太平广记

六

卷二一八至卷二五七

〔宋〕李昉 等 编

高光 王小克 主编

中华书局

目录

第六册

太平广记

卷第二百一十八
医一

华　佗

　　魏华佗善医。尝有郡守病甚，佗过之。郡守令佗诊候，佗退，谓其子曰："使君病有异于常，积瘀血在腹中。当极怒呕血，即能去疾。不尔无生矣。子能尽言家君平昔之愆，吾疏而责之。"其子曰："若获愈，何谓不言？"于是具以父从来所为乖误者，尽示佗。佗留书责骂之。父大怒，发吏捕佗。佗不至，遂呕黑血升余，其疾乃平。又有女子极美丽，过时不嫁。以右膝常患一疮，脓水不绝。华佗过。其父问之，佗曰："使人乘马，牵一栗色狗走三十里，归而热截右足，柱疮上。"俄有一赤蛇从疮出，而入犬足中，其疾遂平。出《独异志》。

华 佗

三国魏人华佗医术高明。曾有一郡守得了重病,华佗去看他。郡守让华佗为他诊治,华佗退了出来,对郡守的儿子说:"你父亲的病和一般的病不同,有淤血在他的腹中。应让他大怒到吐血,这样就能治好他的病。不然就没命了。你能把你父亲平时所做过的错事都告诉我吗? 我揍个斥责他。"郡守的儿子说:"如果能治好父亲的病,有什么不能说的?"于是,他把父亲长期以来所做的错事,全都告诉了华佗。华佗写了一封痛斥郡守的信留下。郡守看信后大怒,派属吏捉拿华佗,没捉到。郡守盛怒之下吐出一升多黑血,他的病就好了。又有一位极漂亮的姑娘,已经过了结婚的年龄,可是仍没有嫁人。因为常期以来她的右膝长了个疮,不断往外流脓水。华佗看过后,她父亲问女儿的病情,华佗说:"派人骑马牵着一条栗色的狗跑三十里,回来后,乘狗身子正热时截下狗的右脚,挂在疮口上。"不一会儿,有一条红色的小蛇从疮口中出来,进到狗的脚中,那姑娘的病就好了。 出自《独异志》。

又后汉末,有人得心腹瘕病,昼夜切痛。临终,敕其子曰:"吾气绝后,可剖视之。"其子不忍违言,剖之,得一铜枪,容数合许。后华佗闻其病而解之。因出巾箱中药,以投枪,枪即成酒焉。出《志怪》。

张仲景

何颙妙有知人之鉴。初郡张仲景总角造颙。颙谓曰:"君用思精密,而韵不能高,将为良医矣。"仲景后果有奇术。王仲宣年十七时过仲景,仲景谓之曰:"君体有病,宜服五石汤。若不治,年及三十,当眉落。"仲宣以其赊远不治。后至三十,果觉眉落。其精如此,世咸叹颙之知人。出《小说》。

吴太医

吴孙和宠邓夫人。尝醉舞如意,误伤邓颊,血流,娇惋弥苦。命太医合药。言得白獭髓、杂玉与虎魄屑,当灭此痕。和以百金购得白獭,乃合膏。虎魄太多,及差,痕不灭,左颊有赤点如痣。出《酉阳杂俎》。

句骊客

魏时有句骊客善用针。取寸发,斩为十余段,以针贯取之,言发中虚也。其妙如此。出《酉阳杂俎》。

又：后汉末年时，有个人腹中长了一个结块，白天黑夜都疼痛无比。临死时，他对儿子说："我死以后，可以剖腹把那东西拿出来，看看到底是什么。"他儿子不忍心违抗父命，在他死后进行剖腹，取出一个铜枪头，约有三分之一升。华佗听说后，就前去了解。他从小箱子里取出药涂在枪头上，枪头立刻化成了酒。出自《志怪》。

张仲景

何颙有极高的识别人才的能力。当初，郡中张仲景孩童时来拜访他，他对张仲景说："你考虑问题细微周到，但你的气韵不能高，以后会成为一名良医。"后来张仲景果然医术超凡。王仲宣十七岁时来拜访张仲景，张仲景对王仲宣说："你身体有病，应当服用五石汤。若不治疗，到三十岁时眉毛该脱落了。"王仲宣认为到三十岁还远着呢，没及时治疗。到三十岁时，果然发现眉毛脱落了。张仲景的医术精深到这种程度，世人无不赞叹何颙识别人才的能力。出自《小说》。

吴太医

吴国的孙和宠爱邓夫人。一次孙和酒醉后挥舞如意，不意刺伤了邓夫人的面颊，流出了血。邓夫人娇声叹惜，疼痛不已。孙和令太医配药。太医说用白獭骨髓、杂玉和琥珀粉末调配，可以除掉疤痕。孙和用一百两黄金买来白獭，于是太医配制药膏。因琥珀用得过多，到伤愈时，邓夫人左颊疤疮没有完全去掉，脸上留下一颗像痣一样的红点。出自《酉阳杂俎》。

句骊客

魏时有个句骊客人擅长用针治病。他拿来一寸长的头发，把它截为十多段，用针把它穿起来，说头发中间是空的。他用针就这么神妙。出自《酉阳杂俎》。

范光禄

有范光禄者得病,两脚并肿,不能饮食。忽有一人,不自通名,径入斋中。坐于光禄之侧。光禄谓曰:"先不识君,那得见诣?"答云:"佛使我来理君病也。"光禄遂废衣示之。因出针针肿上。倏忽之间,顿针两脚及膀胱百余下,出黄脓水三升许而去。至明日,并无针伤而患渐愈。出《齐谐录》。

徐文伯

宋徐文伯尝与宋少帝出乐游苑门,逢妇人有娠。帝亦善诊候,诊之曰:"是女也。"问文伯,伯曰:"一男一女,男在左边,青黑色,形小于女。"帝性急,令剖之。文伯恻然曰:"臣请针之,必落。"便针足太阴,补手阳明。胎应针而落,果效如言。文伯有学行,不屈公卿,不以医自业,为张融所善,历位泰山太守。文伯祖熙之好黄老,隐于秦望山。有道士过乞饮,留一胡芦子曰:"君子孙宜以此道术救世,当得二千石。"熙开视之,乃扁鹊《医经》一卷。因精学之,遂名振海内。仕至濮阳太守。子秋夫为射阳令,尝有鬼呻吟,声甚凄苦。秋夫问曰:"汝是鬼也,何所须?"鬼曰:"我姓斛斯,家在东阳。患腰痛而死。虽为鬼,疼痛犹不可忍。闻君善术,愿见救济。"秋夫曰:"汝是鬼,无形,云何措治?"鬼曰:"君但缚刍作人,按孔穴针之。"秋夫如其言,为针四处,又针肩井三处,设祭而埋之。明日,见一人来谢曰:"蒙

范光禄

有个叫范光禄的人得了病,两只脚全都肿了,不能吃也不能喝。忽然有一人,不通报自己的姓名,径直进入光禄的书房中,坐在他的旁边。范光禄对来人说:"先前我并不认识你,怎么到我这里来了?"来人回答说:"是佛派我来给您治病的。"于是范光禄脱去衣服给他看。来人拿出针,在肿脚上行针。不一会儿,就在两脚和膀胱的穴上进针一百多次。流出黄脓水三升多,他就走了。到第二天,范光禄没有留下伤而病渐渐好了。出自《齐谐录》。

徐文伯

宋徐文伯曾与宋少帝一起走出乐游苑门,遇见一孕妇。少帝也擅长诊病,他给妇人诊视后说:"是个女孩。"又问徐文伯,徐文伯说:"一男一女。男孩在左边,青黑色,比女孩小一些。"少帝性子急,令人剖妇人之腹。徐文伯不忍心,说:"请让我给她用针,胎儿一定能下来。"于是针那孕妇脚的太阴穴,并用手按摩她的阳明穴。用针后,胎儿随之落下来,果然和他说的一样。徐文伯有学问,品德好,不畏权贵,不以医术为业,深得张融的赏识,官任泰山太守。徐文伯的祖父徐熙之崇尚黄帝和老子,在秦望山过着隐居的生活。有位道士路过他那里向他讨水喝,之后留下一只胡芦,说:"你的子孙就用这个道术来拯救世人吧,能得至二千石的官位。"徐熙之打开一看,原来里面装的是扁鹊的《医经》一卷。于是他专心致志地学习医术,终于名振四方。他做官做到濮阳太守。徐熙之的儿子徐秋夫任射阳县令时,曾经有一次,他听见鬼在呻吟,声音非常凄苦。徐秋夫问:"你这鬼要干什么?"鬼说:"我姓斛斯,家在东阳县,因患腰痛病而死。现在虽然做了鬼但还是疼得不能忍受,听说你医术很好,希望你救救我。"徐秋夫说:"你是鬼,没有形状,我怎么给你治疗呢?"鬼说:"你只要扎个草人,按着穴位用针就可以了。"徐秋夫按着鬼说的,扎好草人,在四个穴位用了针,又在肩部的三个穴位用了针,又摆酒供食,祭祷之后把草人埋掉。第二天有人来谢他,说:"承蒙

君疗疾，复为设祭，除饥解疾，感惠实多。"忽然不见。当代服其通灵。<small>出《谈薮》。</small>

又宋明帝宫人患腰疼牵心，发即气绝。众医以为肉症。徐文伯曰："此发瘕也。"以油灌之，则吐物如发。稍稍引之，长三尺，头已成蛇。能动，悬柱上，水滴尽，一发而已。病即愈。<small>出《谈薮》。</small>

徐嗣伯

徐嗣伯字德绍，善清言，精于医术。曾有一妪，患滞瘀，积年不差。嗣伯为之诊疾曰："此尸注也，当须死人枕煮服之可愈。"于是就古冢中得一枕，枕以半边腐缺，服之即差。后秣陵人张景年十五，腹胀面黄，众医不疗。以问嗣伯，嗣伯曰："此石蛔耳，当以死人枕煮服之。"依语，煮枕以服之，得大利，出蛔虫，头坚如石者五六升许，病即差。后沈僧翼眼痛，又多见鬼物。以问之，嗣伯曰："邪气入肝，可觅死人枕煮服之。竟，可埋枕于故处。"如其言又愈。王晏知而问之曰："三病不同，而皆用死人枕疗之，俱差何也？"答曰："尸注者，鬼气也。伏而未起，故令人沉滞。得死人枕促之，魂气飞越，不复附体，故尸注可差。石蛔者，医疗既僻。蛔虫转坚，世间药不能除，所以须鬼物驱之，然后可散也。夫邪气入肝，故使眼痛而见魍魉。应须邪物以钓其气，因而去之，所以令埋于故处也。"晏深叹其神妙。<small>出《南史》。</small>

你为我治病，又为我设祭，除病解饥，你对我的恩惠太多了，深表感谢。"说完忽然不见了。与徐秋夫同时代的人都佩服他能通鬼神。出自《谈薮》。

又：宋明帝的一位宫女患腰痛病，连着心也痛，发病时就不省人事。许多医生都诊断是肉症，徐文伯诊视过后，说："此病是发症。"给这宫女灌了油之后，她就吐出了像头发样的东西。轻轻拨弄它，有三尺长，头已经长成蛇的形状，能动。把它悬挂在柱上，水滴尽后，只是一根头发而已。病从此就全好了。出自《谈薮》。

徐嗣伯

徐嗣伯字德绍。他善清谈，精通医术。曾有一个老妇人患有滞淤病，多年不愈。徐嗣伯给她诊视，说："这是尸注，应该用死人的枕头煮后服用，就可以治好你的病。"于是老夫人从古墓中找到一只已经半边腐烂、残缺不全的死人枕头，煮后服用，病就好了。后来，有个秣陵人叫张景，十五岁，腹胀，面目焦黄，许多医生都治不好他。他去找徐嗣伯，徐嗣伯说："这是石蚘，应该用死人枕煮后服用。"张景按嗣伯的话去做，煮死人枕服用后大泻，便出了蚘虫。这些蚘虫坚硬如石头，约有五六升。打下蚘虫后，张景的病就好了。后来还有一位叫沈翼的和尚眼睛疼痛，并常常看见鬼。这个和尚来找徐嗣伯诊治，徐嗣伯说："这是邪气进入肝脏，可以找死人枕头煮后服用，用完后再把枕头埋在原处。"和尚按徐嗣伯的话做了，他的病也好了。王晏知道了徐嗣伯用尸枕治病的事后，来问徐嗣伯，说："三个人的病不一样，却都用死人枕头治疗，而且全都治好了，是什么原因？"徐嗣回答说："尸注，是鬼气。它附在人身上不离开，所以使人沉滞。必须用死人枕让它离去。鬼气飞走不再附在人的身上，所以尸注病就好了。得石蚘病的人，已是不常见的。蚘虫变成石头，人世间的药打不下来，所以须用鬼物来驱逐它，然后就可以打下它了。因为邪气进入肝脏，所以眼睛就痛，并且看见鬼魅。必须用邪物把邪气引出来，因此就除掉它了。所以让他把死人枕埋在原处。"王晏深深赞叹徐嗣伯的神妙。出自《南史》。

腹瘕病

昔有一人,与奴同时得腹瘕病。奴既死,令剖腹视之,得一白鳖。乃试以诸药浇灌之,并内药于腹中,悉无损动,乃系鳖于床脚。忽有一客来看之。乘一白马,既而马溺溅鳖。鳖乃惶骇,疾走避之。既系之,不得去,乃缩藏头颈足焉。病者察之,谓其子曰:"吾病或可以救矣。"乃试以白马溺灌鳖,须臾消成水焉。病者遂顿服升余白马溺,病即豁然除愈。出《续搜神记》。

李子豫

许永为豫州刺史,镇历阳。其弟得病,心腹坚痛。居一夜,忽闻屏风后有鬼言:"何不速杀之?明日,李子豫当以赤丸打汝,汝即死矣。"及旦,遂使人迎子豫。既至,病者忽闻腹中有呻吟之声。子豫遂于巾箱中出八毒赤丸与服之。须臾,腹中雷鸣绞转。大利。所病即愈。出《续搜神记》。

徐之才

北齐右仆射徐之才善医术。时有人患脚跟踵痛,诸医莫能识之。窥之曰:"蛤精疾也。得之当由乘船入海,垂脚水中。"疾者曰:"实曾如此。"为割之,得蛤子二个,如榆荚。出《太原故事》。

甄权

甄权精究医术,为天下最。年一百三岁,唐太宗幸其宅,拜朝散大夫。出《谭宾录》。

腹瘕病

过去有一个人，与仆人同时得了腹内结块的病。仆人死后，这个人让剖腹查看，从里面取出一只白鳖。于是试着用各种药浇灌它，并同时给它内服这些药，但全不能损伤这只白鳖。于是把它拴在床脚上。忽然有一天，一位客人来看望这个病人。客人是骑着一匹白马来的。过了一会儿白马撒尿，溅在白鳖上，白鳖非常恐慌，急忙躲避着马尿。因为拴着，没能逃掉，就把头和脚都缩了回去。那个病人看到这情景，对他儿子说："我的病也许可以好啦。"于是试着用白马尿灌白鳖，不一会鳖就化成了水。那位病人于是服了一升多白马尿，病当即就好了。出自《续搜神记》。

李子豫

许永任豫州刺史，镇守历阳。他的弟弟患病，腹内有一硬硬的东西阵阵作痛。这天夜里，他弟弟忽然听见屏风后面有鬼说话："为什么不快点杀了他？明天李子豫会用红丸打你，你就得死了。"到了天亮许永就派人去接李子豫。李子豫来后，许永的弟弟忽然听见腹中有呻吟的声音。李子豫从小药箱中拿出八毒红药丸给他服下去，不一会儿，许永弟弟腹中如雷鸣般轰响绞动，大泻，他的病就好了。出自《续搜神记》。

徐之才

北齐时，右仆射徐之才擅长医术。当时有一人患了脚跟肿痛的病，很多医生都诊断不出是什么病。徐之才看看说："是蛤蜊精病，是你在海上乘船时，脚垂到水中而得的。"患者说："真是这样的。"徐之才为患者做手术切除，取出两个像榆钱大小的蛤蜊仔。出自《太原故事》。

甄　权

甄权专心致志研究医术，为天下第一。他一百零三岁时，唐太宗到他家中去看望了他，封他为朝散大夫。出自《谭宾录》。

孙思邈

唐邓王元裕，高祖第十八子也。好学，善谈名理，与典签卢照邻为布衣之交。常称曰："寡人之相如也。"照邻范阳人，为新都尉，因染恶疾，居于阳翟之具茨山，著释《疾文》及《五悲》。雅有骚人之风，竟自沉于颍水而死。照邻寓居于京城鄱阳公主之废府。显庆三年，诏征太白山隐士孙思邈。亦居此府。思貌华原人，年九十余，而视听不衰。照邻自伤年才强仕，沉疾困惫，乃作《蒺藜树赋》，以伤其禀受之不同。词甚美丽。思邈既有推步导养之术。照邻与当时知名之士宋令文、孟诜，皆执师资之礼。

尝问思邈曰："名医愈疾。其道何也？"思邈曰："吾闻善言天者，必质于人。善言人者，必本于天。故天有四时五形，日月相推，寒暑迭代，其转运也。和而为雨，怒而为风，散而为露，乱而为雾，凝而为霜雪，张而为虹霓，此天之常数也。人有四肢五脏，一觉一寐，呼吸吐纳，精气往来。流而为荣卫，彰而为气色，发而为音声，此亦人之常数也。阳用其精，阴用其形。天人之所同也。及其失也，蒸则为热，否则生寒，结而为瘤赘，隔而为痈疽，奔而为喘乏，竭而为焦枯。诊发乎面，变动乎形。推此以及天地，亦如之。故五纬盈缩，星辰错行，日月薄蚀，彗孛流飞。此天地之危

孙思邈

唐朝邓王李元裕,是唐高祖的第十八位儿子。他喜欢学习,擅长谈论辨名析理之学,和典签卢照邻是布衣之交。他经常声称:"我的命相就这样了。"卢照邻是范阳人,任新都尉,因为患有难医治的疾病,他住在阳翟的具茨山,编著并注释《疾文》和《五悲》。卢照邻性情高雅颇具诗人风度,不料后来竟投颍水自杀身亡。卢照邻曾居住在京城鄱阳公主废弃的府第中。显庆三年时,唐高宗召见太白山隐士孙思邈,当时孙思邈也住在这里。孙思邈是华原人,当年已经九十多岁了,但是他的视力和听力都一点没有减弱。卢照邻见到孙思邈后伤感自己正在壮年却疾病缠身,久治不愈,终日里困顿疲惫,于是作《蕨藋树赋》,用来伤悼他与孙思邈二人天生体质的差异。卢照邻作的赋,词句极其华丽。孙思邈会推算天象历法和摄生养性之术。卢照邻和当时的名士宋令文、孟诜都用对老师的礼节待孙思邈。

他们曾问孙思邈,说:"名医能治好病,是根据什么道理呢?"孙思邈说:"我听说通晓天的人,一定能在人的身上找到它的本体,熟悉人的人一定是以天为本体。所以天有春、夏、秋、冬四时和金、木、水、火、土五行。黑天、白日轮流更替,寒冬暑夏交换更迭,这是大自然在运动。自然界中的大气,合起来就成为雨,流动的时候就成为风,散发开去的时候就成为露,紊乱无序时就成为雾,凝聚时就成为霜雪,伸展扩大就成为虹霓,这是大自然的正常规律。人体有四肢和五脏,醒着、睡时,呼出吸进,吐故纳新,精脉和气血循环。流动就是血气循环,显现出来就是人的气色,放出来的就成为声音,这是人体的正常运动。阳用它的精华,阴用它的形体,这是天与人相同的。及至它违背了这一正常规律,就要生病了。蒸就发热,不然就生寒;淤结就成为瘤赘,阻隔就成为痈疽;奔走过疾,就气喘吁吁;用尽了精力,就会焦枯。根据表面的诊断,可以检查出身体内部的变化。从人体类比自然界,也是这样。因此金、木、水、火、土的伸屈变化,星辰运行中出现的差错,日蚀、月蚀现象,彗星的陨落,这是自然界的危险

诊也。寒暑不时，此天地之蒸否也。石立土踊，此天地之瘤赘也。山崩地陷，此天地之痈疽也。奔风暴雨，此天地之喘乏也。雨泽不降，川泽涸竭，此天地之焦枯也。良医导之以药石，救之以针灸。圣人和之以至德，辅之以人事。故体有可消之疾，天有可消之灾。通乎数也。"照邻曰："人事如何？"思邈曰："胆欲大而心欲小，智欲圆而行欲方。"照邻曰："何谓也？"思邈曰："心为五脏之君，君以恭顺为主，故心欲小。胆为五脏之将，将以果决为务，故胆欲大。智者动象天，故欲圆。仁者静象地，故欲方。《诗》曰：'如临深渊，如履薄冰，为小心也。赳赳武夫，公侯干城，为大胆也。'《传》曰：'不为利回，不为义疚，仁之方也。'《易》曰：'见几而作，不俟终日，智之圆也。'"照邻又问："养性之道，其要何也？"思邈曰："天道有盈缺，人事多屯厄。苟不自慎而能济于厄者，未之有也。故养性之士，先知自慎。自慎者，恒以忧畏为本。《经》曰：'人不畏威，天威至矣。'忧畏者，死生之门，存亡之由，祸福之本，吉凶之源。故士无忧畏则仁义不立，农无忧畏则稼穑不滋，工无忧畏则规矩不设，商无忧畏则货殖不盈，子无忧畏则孝敬不笃，父无忧畏则慈爱不著，臣无忧畏则勋庸不建，君无忧畏则社稷不安。故养性者，失其忧畏则心乱而不理，形躁而不宁，神散而气越，志荡而意昏。应生者死，应存者亡，应成者败，应吉者凶。夫忧畏者，其犹水火不可暂忘也。人无忧畏，子弟为勍敌，妻妾为寇仇。是故太上畏道，其次畏天，其次畏物，

征兆。寒暑颠倒，这就是外界的冷热失常。石头竖起，泥土跳跃，这是自然界的瘤赘。山崩地陷，这是自然界的痈疽。急风暴雨，这是自然界的喘乏。不降雨露，河流、湖泽干涸，这是大自然的焦枯。良医用药物进行疏导，用针灸治病救人；圣人用高尚的道德和善于用贤任能来治理天下。所以身体有可以消除的疾病，天有可以去掉的灾害，这全都是气数啊！"卢照邻说："人世间的事情怎样呢？"孙思邈说："胆要大，心要小；智虑要圆通，行为要方正不苟。"照邻说："怎么讲呢？"思邈说："心是五脏的元首，它应该恭敬顺从，所以心要小。胆是五脏的将领，它必须坚决果断，所以胆要大。有智慧的人行动如同天，所以要圆通。仁义的人沉静如同地，所以要方正不苟。《诗经》说：'如临深渊，如履薄冰，为小心也。赳赳武夫，公侯干城，为大胆也。'《传》说：'不因为有利可图就返回去，不因为行仁施义就悔疚，就是仁义的人的方正不苟。'《易经》说：'遇到机会就要立刻去做，不能整天地等待，这就是明智人的圆通。'"卢照邻又问："养性的道理，最重要的是什么呢？"孙思邈说："天道有满有亏，人世间的事情有许多艰难和困苦。如果不谨慎行事而能从危难中解脱出来的人，从来也没有过。所以讲求养性的人，首先要自己懂得谨慎。自己谨慎的人，长期以忧畏为根本。《经》说：'人不畏惧灾祸，天就要降灾难给你。'忧畏是生死的通路，存亡的因由，祸福的根本，吉凶的源头。所以读书人无忧畏，仁义就不存在；种田的无忧畏，粮食就不能增产；做工的无忧畏，就没有可以遵循的标准；做买卖的无忧畏，经营就不能盈利；当儿子的无忧畏，孝敬父母亲就不至诚；做父亲的无忧畏，慈爱就不执著；为人臣子的无忧畏，就不能建功立勋；身为君王的无忧畏，国家就不会安定。因此养性的人，失掉了忧畏就心思紊乱没有条理，行为浮躁难以自持，神散气越意迷志摇。应该活着的却死了，应该存在的却消亡了，应该成功的却失败了，应该吉利的却遇凶险。忧畏就像水与火一样，一刻也不能忘掉。人无忧畏，子弟就会成为你的强敌，妻妾就会变成你的寇仇。因此，最重要的是畏道，然后是畏天，其次是畏物，

其次畏人，其次畏身。忧于身者，不拘于人。畏于己者，不制于彼。慎于小者，不惧于大。戒于近者，不惧于远。能知此者，水行蛟龙不能害，陆行虎兕不能伤。五兵不能及，疫疠不能染。谗贼不能谤，毒螫不加害。知此则人事毕矣。"

思邈寻授承务郎，直尚药局。以永淳初卒，遗令薄葬。不设冥器，祭祀无牲牢。死经月余，颜色不变。举尸就木，如空衣焉。撰《千金方》三十卷行于代。出《谭宾录》。

许裔宗

许裔宗名医若神。人谓之曰："何不著书，以贻将来？"裔宗曰："医乃意也，在人思虑。又脉候幽玄，甚难别。意之所解，口莫能宣。古之名手，唯是别脉。脉既精别，然后识病。病之于药，有正相当者。唯须用一味，直攻彼病，即立可愈。今不能别脉，莫识病原，以情亿度，多安药味。譬之于猎，不知兔处，多发人马，空广遮围。或冀一人偶然逢也。以此疗病，不亦疏乎？脉之深趣，既不可言，故不能著述。"出《谭宾录》。

秦鸣鹤

唐高宗苦风眩，头目不能视。召侍医秦鸣鹤诊之。秦曰："风毒上攻，若刺头出少血，愈矣。"天后自帘中怒曰：

再次是畏人，最后是畏自身。不忘忧畏，就不被别人限制。自己永记忧畏，就不受别人管束。在小的事情上谨慎，就不怕大的挫折；戒惧眼前忧虑，就不害怕以后的磨难。能懂得这些道理的人，在水中航船蛟龙不能害你；在路上行走老虎、犀牛都不会伤着你；各种兵器碰不到你；各种疾病、瘟疫也传染不上你；爱说别人坏话的人毁谤不了你；有毒的蜂、蝎也螫不到你。了解这个道理的人，人世间的一切事情就全明白了。"

不久，孙思邈被授予承务郎，执掌药局事务。孙思邈在唐高宗永淳初年去逝。他留下遗嘱要薄葬，不要摆设冥器，祭祀时不宰杀牲畜。他死后一个多月，脸色还和活着的时候一样。当抬他的尸体放入棺中时，给人的感觉就像抬的是空衣服一样。孙思邈撰写了三十卷《千金方》，在世上传播。_{出自《谭宾录》。}

许裔宗

名医许裔宗医术高超，如同神仙一般。有人对他说："怎么不著书立说留给后人呢？"许裔宗说："医术，就是'意'。它决定于人的思考，而脉又是极奥妙的，很难识别，只能心意领会，嘴不能说出来。自古以来的名手，与别人不同的，唯一差别就在诊脉。先准确切出脉象，然后才能诊断病情，用合适的药治病。如果诊断准确，只须用一味药，就能直接攻克他的病，病立刻就能好。现今不能准确辨别脉象，不了解病因，凭自己主观推测进行诊断，多放几味药，这好比打猎，不知兔子在哪里，大批出动人马，大面积包抄围剿，希望其中有人偶然碰上。用这种方法治病，不是太粗疏了吗？脉的奥妙，是不能用语言表达的，所以不能著书立说。"_{出自《谭宾录》。}

秦鸣鹤

唐高宗患了风眩病，他痛苦不堪，头晕目眩，看不清东西。召侍医秦鸣鹤给他看病，秦鸣鹤看后说："这是风毒往上攻引起的，如果刺破头出点血，就能好了。"则天皇后在帘后面大怒道：

"此可斩也。天子头上，岂是出血处耶?"鸣鹤叩头请命。上曰:"医人议病，理不加罪。且吾头重闷，殆不能忍，出血未必不佳。朕意决矣。"命刺之。鸣鹤刺百会及脑户出血。上曰:"吾眼明矣。"言未毕，后自帘中顶礼以谢之曰:"此天赐我师也。"躬负缯宝以遗之。出《谭宾录》。

卢元钦

泉州有客卢元钦染大风，唯鼻根未倒。属五月五日，官取蚺蛇胆欲进，或言肉可治风，遂取一截蛇肉食之。三五日顿渐可，百日平复。出《朝野佥载》。

又商州有人患大风，家人恶之，山中为起茅舍。有乌蛇坠酒罂中，病人不知，饮酒渐差。罂底见蛇骨，方知其由也。出《朝野佥载》。

周允元

则天时，凤阁侍郎周允元朝罢入阁。太平公主唤一医人自光政门入，见一鬼撮允元头，二鬼持棒随其后，直出景运门。医白公主，公主奏之。上令给使觇问。在阁无事，食讫还房，午后如厕。长参典怪其久，思往候之。允元踣面于厕上，目直视不语，口中涎落。给使奏之。上问医曰:"此可得几时?"对曰:"缓者三日，急者一日。"上与锦被覆之，并床舁送宅。止夜半而卒。上自为诗以悼之。出《朝野佥载》。

"此人该斩！天子的头上是出血的地方吗！"秦鸣鹤磕头请求饶命。高宗说："给人看病，议谈病情，按道理是不应该治罪的。并且我的头非常沉闷，几乎不能忍受了，出点血不一定就不好。我决心已定。"高宗让他给刺。秦鸣鹤刺唐高宗的百会穴和脑户穴，刺出了出血。唐高宗说："我的眼睛能看见了。"他的话还没说完，则天皇后在帘后顶礼拜谢秦鸣鹤，说："这是上天赐给我的医师啊！"然后亲自赠送丝帛、珠宝给秦鸣鹤。出自《谭宾录》。

卢元钦

卢元钦客居泉州时患了麻风病，只有鼻根还未烂掉。正值五月五日，医官拿着蚺蛇胆正要给他吃，这时有人说蛇肉可以治麻风病，于是取了一段蛇肉给他吃。吃了三五天后，病渐好转，百日以后就完全好了。出自《朝野佥载》。

又，商州有人患麻风病，家里人讨厌他，在山中给他盖了茅舍，让他一个人住在那里。有一条黑蛇掉进一个小口大肚的酒坛子里，病人不知道，饮用坛中酒后病渐渐好了。后来在坛底发现蛇骨，才知道是因为喝了蛇浸泡过的酒的缘故。出自《朝野佥载》。

周允元

武则天时，凤阁侍郎周允元在朝中议完事后，回到阁中。这时太平公主传唤一位医生从光政门进宫，这位医生正看见一个鬼摘周允元的头，两个鬼手里拿着木棒跟在他的后边，一直走出景运门。医生把这事告诉了太平公主，太平公主把这事禀报了武则天。武则天命给使去察询。周允元在阁中无事，吃完饭回房休息，午后上了厕所。长参典奇怪他去的时间长，想到这儿就去厕所看他，只见周允元面向前扑倒在厕所里。参典扶起他，他眼睛直视不说话，口中流下涎水。给使把这情况奏明武则天，武则天问医生说："他这样能坚持多久？"医生说："慢了三两天，快了就一天。"武则天拿锦被给他盖上，派人连床抬着送回住处。到半夜周允元就死了。武则天亲自作诗悼念他。出自《朝野佥载》。

杨玄亮

久视年中，襄州人杨玄亮年二十余，于虔州汶山观佣力。昼梦见天尊云："我堂舍破坏，汝为我修造，遣汝能医一切病。"寤而说之。试疗无不愈者。赣县里正背有肿，大如拳。亮以刀割之，数日平复。疗病日获十千。造天尊堂成，疗病渐渐无效。出《朝野佥载》。

赵玄景

如意年中，洛州人赵玄景病卒，五日而苏，云，见一僧与一木长尺余，教曰："人有病者，汝以此木拄之即愈。"玄景得见机上尺，乃是僧所与者。试将疗病，拄之立差。门庭每日数百人。御史马知己以其聚众，追之禁左台。病者满于台门。则天闻之，召入内。宫人病，拄之即愈。放出，任救病百姓。数月以后，得钱七百余贯。后渐无验，遂绝。出《朝野佥载》。

张文仲

洛州有士人患应病，语即喉中应之。以问善医张文仲。张经夜思之，乃得一法。即取《本草》，令读之。皆应，至其所畏者，即不言。仲乃录取药，合和为丸。服之，应时而止。一云，问医苏澄云。出《朝野佥载》。

杨玄亮

武则天久视年间，襄州人杨玄亮，当时二十多岁，受雇于虔州汶山观。他白天睡觉时梦见天尊对他说："我的房屋已破旧不堪，你给我重新修造，我使你能医治一切病。"玄亮睡醒后很高兴，试着给人治病，没有治不好的。赣县有位里正，背部有拳头大的肿块，玄亮用刀把它割下，几天以后就好了。玄亮给人治病，每天可得十千钱。待他为天尊修造好了庙堂，再治病就渐渐无效了。出自《朝野佥载》。

赵玄景

武则天如意年间，洛州人赵玄景病逝，五天后又复活了。他说："我看见一个和尚，他给了我一根木块，有一尺多长，告诉我说：'有患病的人，你用这个木块触一下病人，病立刻就好。'"赵玄景看见几上有一只长尺，正是和尚送给他的。他试着用它治病，一触病人，病立刻就好了。消息传开，人们纷纷来找他，每天有几百人聚在他门前等待让他治病。御史马知己认为他是聚众闹事，逮捕了他并把他囚禁在左台。患者又聚集在左台门前。武则天听说了这事，召赵玄景进宫。宫人有病，他用尺触病人，病人立刻就好了。武则天放他出宫，任由他为百姓治病。几个月以后，赵玄景得钱七百多贯。后来渐渐不灵验了，就再也没有人找他治病了。出自《朝野佥载》。

张文仲

洛州有位读书人患了应答之病。他每次说话，喉咙中就应答一声。这位读书人去问懂医术的张文仲。张文仲经过一夜考虑，想出一个办法：拿《本草》一书让患者读。患者所读到的，喉咙中全都有应答之声，读到它害怕的药名时就没有应声了。于是文仲就把这些药名先抄录下来，然后配制成丸剂，让患者服用。应声当时就止住了。还有人说，那书生是找苏澄云看的病。出自《朝野佥载》。

郝公景

郝公景于泰山采药，经市过。有见鬼者，怪群鬼见公景，皆走避之。遂取药和为杀鬼丸，有病患者，服之差。出《朝野金载》。

崔　务

定州人崔务坠马折足。医令取铜末，和酒服之，遂痊平。及亡后十余年，改葬，视其胫骨折处，铜末束之。出《朝野金载》。

郝公景

郝公景在泰山采药，回来时经过集市。有一个能看见鬼的人，奇怪群鬼看见郝公景全都逃离而去。于是这个人向郝公景讨来草药制成杀鬼丸。有患邪病的人，服用这种杀鬼丸后就会好。出自《朝野佥载》。

崔　务

定州人崔务从马上掉下来，摔断了脚。医生让他拿来铜末，用酒和了给他服用，他的脚就好了。崔务死后十多年被迁坟另葬，有人看见他胫骨折断的地方，有铜末来着。出自《朝野佥载》。

卷第二百一十九

医二

周　广　　　白　岑　　　张万福　　　王彦伯　　　李祐妇
元　颀　　　梁　革　　　梁　新　　　赵　鄂　　　高　骈
田令孜　　　于　遘　　　颜　燧

周　广

开元中,有名医纪明者,吴人也。尝授秘诀于隐士周广。观人颜色谈笑,便知疾深浅。言之精详,不待诊候。上闻其名,征至京师。令于掖庭中召有疾者,俾周验焉。有宫人,每日昃则笑歌啼号,若中狂疾,而又足不能及地。周视之曰:"此必因食且饱,而大促力,顷复仆于地而然也。"周乃饮以云母汤。既已,令熟寐,寐觉,乃失所苦。问之,乃言:"尝因大华宫主载诞三日,宫中大陈歌吹。某乃主讴者,惧其声不能清。且常食豚蹄羹,遂饱。而当筵歌数曲。曲罢,觉胸中甚热,戏于砌台乘高而下。未及其半,复有后来者所激,因仆于地。久而方苏而病狂,因兹足不能及地也。"上大异之。

周　广

　　唐玄宗开元年间,有位叫纪明的名医,是吴地人。他曾传授秘诀给隐士周广。学得秘诀后,周广察颜观色,谈笑之间就能知道病人病患的程度,而且能够说得非常详细具体,无须诊脉检查。玄宗皇帝听说了周广的大名,就征召他进京,并召集宫中有病的人到宫中偏房等候,让周广试验一下。有一名宫人,每天午后就又笑又唱又啼号,好像中邪得了狂病,并且还脚不能着地。周广看后说:"这种病一定是因为吃得太饱,紧接着又干了重活,不一会又跌倒在地而引起的。"周广给她服用了云母汤,不久这个人就停止癫狂。周广又让她熟睡,她睡醒后就没有了以前的痛苦。周广问她,她说:"曾因大华宫主人设三天生日宴会,宫中布置了大型歌舞乐队。我是主唱,担心声音不响亮。并且我曾吃过猪蹄羹,吃饱后去宴席上唱了几首歌,唱完后就觉得胸中特别热。我们几个人就去高台上玩耍,从上面往下跳。我还未跳到一半,后面有一个人又跳了下来,撞着了我,因此我跌倒在地,很长时间才醒过来。之后就得了这狂病,脚也不能着地。"玄宗感到非常惊异。

有黄门奉使，自交广而至，拜舞于殿下。周顾谓曰："此人腹中有蛟龙，明日当产一子，则不可活也。"上惊问黄门曰："卿有疾否？"乃曰："臣驰马大庾岭，时当大热，既困且渴，因于路傍饮野水，遂腹中坚痞如石。"周即以消石雄黄，煮而饮之。立吐一物，不数寸，其大如指。细视之，鳞甲备具，投之以水，俄顷长数尺。周遽以苦酒沃之，复如故形。以器覆之。明日，器中已生一龙矣。上深加礼焉，欲授以官爵。周固请还吴中。上不违其意，遂令还乡。水部员外刘复为周作传，叙述甚详。出《明皇杂录》。

白 岑

白岑曾遇异人传发背方，其验十全。岑卖弄以求利。后为淮南小将，节度高适胁取之。其方然不甚效。岑至九江为虎所食，驿吏于囊中乃得真本。太原王昇之写以传布。出《国史补》。

张万福

柳芳为郎中，子登疾重。时名医张万福初除泗州，与芳故旧，芳贺之，具言子病。惟持故人一顾也。张诘旦候芳，芳遽引视登。遥见登顶曰："有此顶骨，何忧也？"因诊脉五六息。复曰："不错，寿且逾八十。"乃留芳数十字。谓登曰："不服此亦得。"后登为庶子，年至九十。出《酉阳杂俎》。

有一个黄门奉使从交广来，在大殿下行拜舞礼。周广看了看他说："这个人腹中有条蛟龙，它明天必定生下一子，如果不及时治疗他就不能活了。"玄宗吃惊地问黄门奉使，说："你有病吗？"奉使说："臣骑马奔驰在大庾岭时，当时天气炎热，臣又乏又渴，就在路边河沟里喝了生水。于是腹中就长了一个如坚石般的肿块。"周广马上用硝石、雄黄煮水给他喝。他刚喝完就从口中吐出一物，不过几寸长、手指大小。仔细一看，此物身上长有鳞甲，投放在水中不一会就长到好几尺长。周广急忙用苦酒把它泡上，它又恢复到了原来大小。周广拿器具盖上，第二天，器皿中已生出一条小龙。玄宗深加礼待周广，想要授他官爵，周广坚持要回家乡吴中。玄宗没有违背他的意愿，就让他回乡。水部员外刘复为周广作传，对他的事迹叙述得很详细。出自《明皇杂录》。

白　岑

　　白岑曾遇到一位异人，这位异人传给了他治疗背部毒疮的验方。用验方试着给人治背疽，全都治好了。为了得到利益，白岑拿着验方到处炫耀。后来白岑做了淮南一个小军官，节度使高适威胁他交出了验方，但那方子已不像从前那么灵验。白岑到了九江被老虎吃了，驿吏在他的包裹中找到了发背方真本。太原王昇之把它抄写下来传播了出去。出自《国史补》。

张万福

　　柳芳是郎中，他的儿子柳登患了重病。当时名医张万福刚到泗州拜官授职，他与柳芳是老相识。柳芳前来祝贺，向他详细陈述了儿子的病情，希望他能去给儿子治病。第二天，张万福一大早就等候着柳芳。柳芳急急忙忙来了，领着张万福去看儿子柳登。张万福远远望着柳登的头顶说："他有这样的头骨，你担什么心？"说着便给柳登诊了一会儿脉，又说："不错，他的寿数在八十以上。"于是给柳芳留下数十字的药方，对柳登说："不服这药也可以。"后来柳登成为一般百姓，活到九十岁。出自《酉阳杂俎》。

王彦伯

荆人道士王彦伯天性善医,尤别脉。断人生死寿夭,百不差一。裴胄尚书有子,忽暴中病。众医拱手。或说彦伯,遽迎使视之。候脉良久,曰:"都无疾。"乃煮散数味,入口而愈。裴问其状,彦伯曰:"中无鳃鲤鱼毒也。"其子实因鲙得病。裴初不信,乃鲙鲤鱼无鳃者,令左右食之。其疾悉同,始大惊异焉。出《酉阳杂俎》。

又彦伯自言:"医道将行。"列三四灶,煮药于庭。老幼塞门而请。彦伯指曰:"热者饮此,寒者饮此,风者饮此,气者饮此。"各负钱帛来酬,无不效者。出《国史补》。

李祐妇

李祐为淮西将。元和十三年,送款归国。裴度破吴元济,入其城。官军有剥妇人衣至裸体者。祐有新妇姜氏,怀孕五月矣,为乱卒所劫,以刀划其腹。姜氏气绝踣地。祐归见之,腹开尺余,因脱衣襦裹之,一夕复苏,傅以神药而平。满十月,产一子。朝廷以祐归国功,授一子官。子曰行修,年三十余,为南海节度。罢归,卒于道。出《独异志》。

王彦伯

荆州有一位道士叫王彦伯，天性擅长医术，尤其擅长识别不同的脉象。他断定人是生是死，是长寿还是短命，百分之百准确。尚书裴胄有个儿子忽然得了急病，众医生都认为不能治好，不敢再给他治了。有人让去找王彦伯，裴胄忙去接王彦伯来给儿子看病。王彦伯诊了好一会儿脉，说："他一点病也没有。"于是王彦伯煮了几味散药，裴胄的儿子服用后就好了。裴尚书问儿子的病情，王彦伯说："是中无鳃鲤鱼毒了。"他的儿子确实是因为鱼鲙而得的病。开始裴胄不信，于是切无鳃鲤鱼肉让手下人吃。这些人吃了后果然都患了和他儿子一样的病。裴尚书这才大为惊异。出自《酉阳杂俎》。

又，王彦伯自言自语说："我要开始行医了！"于是他在庭院中摆设三四个炉灶，煮上各种药。男女老少都上门来讨药。王彦伯指点着炉灶说："患热病的人服用这个，患寒病的人服用这个，患风邪病的人服用这个，患气病的人服用这个。"人们各自拿着钱和布匹来酬谢他。患病的人吃过他的药后没有不见效的。出自《国史补》。

李祐妇

李祐任淮西将领。唐宪宗元和十三年，他押送钱粮回京。这时裴度战败吴元济，攻进城中。官兵中有把女人衣服扒光的。李祐的新婚妻子姜氏，已怀孕五个月了，被入城乱军劫持，用刀划开了她的腹部。姜氏气绝跌倒在地。李祐从国都回来，看到妻子腹部开口一尺多长，于是脱下衣服包扎好妻子的伤口。过了一夜他的妻子苏醒过来。李祐给她伤口敷上神药，伤口合好如初。怀孕满十月，她生下一个儿子。朝廷因为李祐回都送钱粮有功，授予他儿子官爵。李祐的儿子李行修，三十多岁时任南海节度使。后来辞官回乡，死在归家的路上。出自《独异志》。

元 颀

唐时京城有医人忘其姓名。元颀中表间,有一妇人从夫南中,曾误食一虫。常疑之,由是成疾,频疗不损,请看之。医者知其所患。乃请主人姨奶中谨密者一人,预戒之曰:"今以药吐泻,但以盘盂盛之。当吐之时,但言有一小虾蟆走去。然切不得令病者知是诳绐也。"其奶仆遵之,此疾永除。又有一少年,眼中常见一小镜子。俾医工赵卿诊之。与少年期,来晨以鱼鲙奉候。少年及期赴之。延于内,且令从容。候客退后方接。俄而设台子,止施一瓯芥醋,更无他味,卿亦未出。逾禺中,久候不至。少年饥甚,且闻醋香,不免轻啜之,逡巡又啜。觉胸中豁然,眼花不见,因竭瓯啜之。赵卿知之,方出。少年以啜醋惭谢。卿曰:"郎君先因吃鲙太多,酱醋不快。又有鱼鳞在胸中,所以眼花。适来所备酱醋,只欲郎君因饥以啜之。果愈此疾。烹鲜之会,乃权诈也。请退谋朝餐。"他妙多斯类也。

出《北梦琐言》。

梁 革

金吾骑曹梁革得和扁之术。太和初,为宛陵巡官。按察使于敖有青衣曰莲子,念之甚厚。一旦以笑语获罪,斥出货焉,市吏定直曰七百缗。从事御史崔某者闻而召焉,请革评其脉。革诊其臂曰:"二十春无疾之人也。"崔喜留之,送其直于敖。敖以常深念也,一怒而逐之,售于不识者

元　颀

　　唐朝时,京城里有位医生,忘记他的姓名了。在元颀的中表亲戚中,有一位妇女跟随丈夫来到南中。这个妇女曾经误吃了一条虫子,心中老犯疑,因此得了病,不断治疗病也不见好转。她的家人请京城这位医生给她看病。这位医生知道她患病的原因,就请奶妈中与她亲近又谨慎小心的人,事先告诫说:"现在用药让她吐泄,用盘盂装着。在她吐的时候,只说有一只小虾蟆逃走了,但是千万不能告诉她是在欺骗她。"她的奶妈遵从医嘱,于是她的病就永久去除了。又,有一名少年,常感觉有一面小镜子在眼前晃动。让医生赵卿给他诊治,赵卿和少年约定,说第二天早晨用鱼鲙招待他。少年如期赴约,被引到内室,并且告诉他要耐心等待,不要着急,主人等客人走了以后就来见他。不一会儿仆从在他面前摆上一台桌,上面放上一小瓶芥醋,再没有别的食物了,赵卿也没出来。少年一直等到将近中午,赵卿也没有来。少年非常饿,又闻到醋的香味,忍不住轻轻喝了一小口,他犹豫一下后又喝了一口。这时少年就觉得胸中豁然开朗,眼睛也不花了。于是他把瓶中的醋全喝光了。赵卿知道他把醋全喝了,这才从里面出来。少年因为喝了醋,很不好意思地向赵卿谢罪。赵卿说:"以前你因为吃鱼鲙太多,酱醋放得不适量,又有鱼鳞留在胸中,所以就眼花。刚才所准备的酱醋,是只想让你因饥饿把它喝了。现在果然治好了你的病。说吃鲜鱼鲙的约会,是骗你的。请回去吃早饭吧。"赵卿的妙法,大多是这类。出自《北梦琐言》。

梁　革

　　金吾骑曹梁革得到了古代名医和与扁鹊的医术。唐文宗太和初年,梁革任宛陵巡官。按察使于敖有个婢女叫莲子,他非常想占有她。一天,莲子因为说了句玩笑话而获罪,被赶出去卖掉,市吏将她定价为七百缗钱。当时的从事御史崔某人听说了这事,他把莲子召来,请梁革给她诊脉。梁革在莲子的手臂上切脉说:"这是个二十岁的无病之人。"崔某高兴地把莲子留下,派人送钱给于敖。于敖因为平时极想占有莲子,在一怒之下把她赶走,如今卖给了不认识的人,

斯已矣。闻崔宠之不悦，形于颜色。然已去之，难复召矣，常贮于怀。未一年，莲子暴死。革方有外邮之事，回见城门，逢枢车，崔人有执绋者，问其所葬，曰："莲子也。"呼载归，而奔告崔曰："莲子非死，盖尸蹷耳。向者革入郭，遇其枢，载归而往请苏之。"崔怒革之初言，悲莲子之遽夭。勃然曰："匹夫也，妄惑诸侯，遂齿簪裾之列。汝谓二十春无疾者，一年而死。今既葬矣，召其枢而归，脱不能生，何以相见？"革曰："此固非死，盖尸蹷耳。苟不能生之，是革术不仁于天下，何如就死以谢过言。"乃令破棺出之。遂刺其心及脐下各数处，凿去一齿，以药一刀圭于口中。衣以单衣，卧空床上，以练素缚其手足，有微火于床下。曰："此火衰，莲子生矣。且戒其徒，煮葱粥伺焉。其气通若狂者，慎勿令起，逡巡自定。定而困，困即解其缚，以葱粥灌之，遂活矣。正狂令起，非吾之所知也。"言竟，复入府谓崔曰："莲子即生矣。"崔大释其怒，留坐厅事。俄而莲子起坐言笑。界吏报敖，敖飞牒于崔，莲子复生，乃何术也。仍与革偕归。入门则莲子来迎矣，敖大奇之。且夫莲子事崔也，非素意，因劝以与革。崔亦恶其无齿，又重敖，遂与革。革得之，以神药傅齿，未逾月而齿生如故。太和壬子岁，调金

一切都晚了。他听说崔某很宠爱莲子，心中很不高兴，就显示在脸上。然而人已经走了，难再召回来，只好常在心中思念了。不到一年，莲子突然死去。这时梁革到外面传递文件、书信去了，回来时走到城门，遇见椁车从那里经过。有崔某手下助葬的人，梁革向他询问葬的是谁，他说："是莲子。"梁革听说后，呼喊着让把椁车运回去，又跑着去告诉崔某，说："莲子没死，是尸蹷而已。方才我进城遇见她的椁车，我让把她运回来了。现在让我把她救活吧！"崔某生气梁革当初说的话，又伤心莲子的突然死去，勃然大怒说："你这个匹夫，胡说八道迷惑诸侯，好趁机富贵显达。你说她二十岁，是无病之人，可不到一年就死了。如今就要下葬，你召她椁车回来，假如她不能复生，我们还怎么见面呢？"梁革说："莲子本来没死，是尸蹷而已。如果我不能让她复活，是我梁革医术在天下不仁，我就以死来向您谢罪，怎么样？"于是让人打开棺材，抬出莲子。梁革在莲子的心、脐下几处穴位行针，又凿掉一颗牙，把一刀圭药灌进莲子口中。他让莲子只穿着单衣，把她放在没有行李的板床上，再用白织练子绑住她的四肢，之后在床下生上温火，说："这火灭了，莲子就活。要记住，千万不要让火太旺。煮好葱粥守候着。她的气缓得要是猛烈，千万不要让她起来，过一会儿自己就稳定了。之后她会感到很疲乏，就马上给她解开绑绳，给她灌下葱粥，她就活了。如果在她缓气猛烈的时候让她起来，我可就不知该怎么办了。"梁革说完，又回到府中对崔某说："莲子一会儿就活了。"崔某的怒气消了，留梁革在客厅里落座。一会儿莲子坐起来有说有笑。界吏把这事禀告了于敖，于敖飞递书信给崔某，问他莲子复活究竟是什么医术。于敖与梁革一同归来，进门时莲子出门迎接他们，于敖很奇怪。而且莲子侍奉崔某并不是于敖的本意，所以梁革劝崔某把莲子给梁革。这时崔某因为莲子没了一颗门牙而讨厌她，又尊重于敖，于是把莲子送给梁革。梁革得到莲子后，用神药敷在莲子的缺齿处，不到一个月就长出了和原来一样的牙。太和壬子年，梁革调任金

吾骑曹,与莲子偕在辇下。其年秋,高损之以其元舅为天官,即日与相闻,故熟其事而言之。出《续异录》。

梁新　赵鄂

唐崔铉镇渚宫,有富商船居,中夜暴亡,待晓,气犹未绝。邻房有武陵医工梁新闻之。乃与诊视曰:"此乃食毒也。三两日非外食耶?"仆夫曰:"主翁少出舫,亦不食于他人。"梁新曰:"寻常嗜食何物?"仆夫曰:"好食竹鸡,每年不下数百只。近买竹鸡,并将充馔。"梁新曰:"竹鸡吃半夏,必是半夏毒也。"命捣姜揿汁,折齿而灌,由是而苏。崔闻而异之,召至,安慰称奖。资以仆马钱帛入京,致书于朝士,声名大振。仕至尚药奉御。有一朝士诣之,梁曰:"何不早见示?风疾已深矣。请速归,处置家事,委顺而已。"朝士闻而惶遽告退,策马而归。时有郦州马医赵鄂者,新到京都。于通衢自榜姓名,云攻医术。此朝士下马告之,赵鄂亦言疾危,与梁生之说同。谓曰:"即有一法,请官人剩吃消梨,不限多少。咀龁不及,揿汁而饮。或希万一。"此朝士又策马而归。以书简质消梨,马上旋龁。行到家,旬日唯吃消梨,烦觉爽朗,其恙不作。却访赵生感谢,又访梁奉御,且言得赵生所教。梁公惊异,且曰:"大国必有一人相继者。"遂召赵生,资以仆马钱帛,广为延誉,官至太仆卿。出《北梦琐言》。

吾骑曹,与莲子并肩走在辇下。那年秋天,高损之任用他大舅为天官,梁革当天就把这事说给他知道了,所以很了解他们的事情,就说了出去。出自《续异录》。

梁新　赵鄂

　　唐时,崔铉镇守江陵。当时有一位富商停船在这里,半夜,那商人突然死了,天亮时还未断气。附近房里有位从武陵来的医生,叫梁新,他听说后,就去给富商诊视,说:"这是食物中毒啊!这两三天没有到外面吃饭吗?"仆夫说:"我家主人很少出船去,也不在别人那里吃饭。"梁新说:"他平常喜欢吃什么食物?"仆夫说:"喜欢吃竹鸡,每年不下几百只。最近刚买了竹鸡,并要拿它做菜肴。"梁新说:"竹鸡吃半夏,一定是半夏的毒啊。"梁新命人捣出姜挤汁,折断富商的牙齿灌进去,富商因此苏醒过来了。崔铉听说了这事,感到很惊奇,就把梁新召来赞扬夸奖了一番,又送给他仆人马匹、钱财布匹让他去京城,并写信给朝廷的官员推荐梁新。到京城后,梁新名声大振,官做到尚药奉御。有一名朝士到梁新这来看病,梁新看后说:"怎么不早来看?风疾已经很重了。请快点回去处理家中事情,顺其自然吧。"朝士听了慌忙告辞退去,骑马回家。这时有位叫赵鄂的郿州马医,最近刚来到京城。他在四通八达的大道上立榜标名,告示人们自己专攻医术。朝士路过这里,看见告示便下了马,把自己的病情说给赵鄂。赵鄂也说他病情严重,与梁新说的相同。赵鄂对朝士说:"就有一个办法:请官人多吃消梨,不要限量。嘴吃来不及,就挤汁水喝。或许还有万分之一的希望。"这位朝士又骑马继续往家赶,用书筒装消梨,在马背上立即就开始吃。他到家后,十多天里只吃消梨。渐渐病情好转,过去总觉烦闷,如今变得爽朗了,他的病再也没有犯。朝士返回京城拜访赵鄂向他致谢,又去拜访梁奉御,谈话间说到赵鄂让吃消梨的事情。梁公感到惊奇,并且说:"偌大一个国家一定要有前后相继的人。"于是召见赵鄂,资助他仆人、马匹和钱财布匹,并广泛作宣传扩大他的声誉。赵鄂官做到太仆卿。出自《北梦琐言》。

又省郎张廷之有疾，诣赵鄂。才诊脉，说其疾宜服生姜酒一盏，地黄酒一杯。仍谒梁新，所说并同，皆言过此即卒。自饮此酒后，所疾寻平。他日为时相坚虐一杯，诉之不及，其夕乃卒。时论为之二妙。出《闻奇录》。

高　骈

江淮州郡，火令最严，犯者无赦。盖多竹屋，或不慎之，动则千百间立成煨烬。高骈镇维扬之岁，有术士之家延火，烧数千户。主者录之，即付于法。临刃，谓监刑者曰："某之愆尤，一死何以塞责。然某有薄技，可以传授一人，俾其救济后人，死无所恨矣。"时骈延待方术之士，恒如饥渴。监刑者即缓之，驰白于骈。骈召入，亲问之。曰："某无他术，唯善医大风。"骈曰："可以核之。"对曰："但于福田院选一最剧者，可以试之。"遂如言。乃置患者于密室中，饮以乳香酒数升，则懵然无知，以利刀开其脑缝，挑出虫可盈掬，长仅二寸。然以膏药封其疮，别与药服之，而更节其饮食动息之候。旬余，疮尽愈。才一月，眉须已生，肌肉光净，如不患者。骈礼术士为上客。出《玉堂闲话》。

又，省郎张廷之有病，到赵鄂那去看病。刚一诊脉，赵鄂就说他这病应该服用生姜酒一盏，地黄酒一杯。他还去请梁新为他看视，两个人所说的一样，都说只能按量服用这两种药酒，不然就得死。自从饮了这两种药酒后，张廷之的病渐渐好了。后来，张廷之作了宰相，他硬是节制不住自己喝了一杯白酒，结果来不及说什么话当天晚上就死了。当时人们都称梁、赵二人是两位妙手。出自《闻奇录》。

高　骈

江淮一带的州郡，火令是最严厉的。违犯火令的人一律严惩，决不放过。原因是当地大多盖竹屋，倘若不小心，一着火千百间房屋就立刻化为灰烬。高骈镇守维扬的时候，有位术士家着了火，火漫延开了，烧毁了几千户人家。主持防火的人把这事记录下来，依法惩办。临刑时，术士对行刑的人说："我犯下的罪过，用一死怎么能抵得了呢？但是我有点小技术，可以传授给一个人，让他去救济后人，我就死而无憾了。"当时高骈正如饥似渴地延接方术之士，监刑者听了这位术士的话后，立刻暂缓执行，骑马飞驰去告诉高骈。高骈召术士进来，亲自问他。术士说："我没有别的技术，只善于治麻风病。"高骈说："可以验证一下。"术士回答说："只要在福田院里选一个最严重的病人，可以用他来试一下。"于是依照术士说的，选了一个最重的病人。术士把病人送进一个密室中，给他喝了几升乳香酒。酒后病人就朦胧迷糊，什么也不知道了。术士用快刀剖开他的脑缝，从里面挑出一捧仅两寸长的小虫，然后用膏药封住疮口，又另外给药内服。他又特别注意节制病人的饮食、运动和休息的规律。十多天后，病人的疮口全好了。刚刚过了一个月，病人的眉毛胡须都已经长出来了，肌肉光滑洁净，与没患过麻风病的人一样。高骈礼待这位术士，尊他为上客。出自《玉堂闲话》。

田令孜

长安完盛日,有一家于西市卖饮子。用寻常之药,不过数味,亦不闲方脉,无问是何疾苦,百文售一服。千种之疾,入口而愈。常于宽宅中,置大锅镬,日夜锉斫煎煮,给之不暇。人无远近,皆来取之,门市骈罗,喧阗京国,至有赍金守门,五七日间,未获给付者。获利甚极。时田令孜有疾,海内医工召遍。至于国师待诏,了无其征。忽见亲知白田曰:"西市饮子,何访试之。"令孜曰:"可。"遂遣仆人,驰乘往取之。仆人得药,鞭马而回。将及近坊,马蹶而覆之。仆既惧其严难,不复取云。遂诣一染坊,丐得池脚一瓶子,以给其主。既服之,其病立愈。田亦只知病愈,不知药之所来,遂偿药家甚厚。饮子之家,声价转高。此盖福医也。近年,邺都有张福医者亦然。积货甚广,以此有名,为番王挈归塞外矣。出《玉堂闲话》。

于 遘

近朝中书舍人于遘,尝中蛊毒,医治无门。遂长告,渐欲远适寻医。一日,策杖坐于中门之外。忽有钉铰匠见之。问曰:"何苦而羸茶如是?"于即为陈之。匠曰:"某亦曾中此,遇良工,为某钤出一蛇而愈。某亦传得其术。"遘欣然,且祈之。彼曰:"此细事耳,来早请勿食,某当至矣。"翊日果至。请遘于舍檐下,向明张口,执钤俟之。及欲夹

田令孜

长安城繁庶丰赡的时候，有一家人在西市卖汤药。他家用的是平常药，不过几味。不限制药方和脉象，不问是什么病痛，一百文卖一付，千种疾病，服下就好。这家常年在宽敞的宅院中设置大锅，白天黑夜地刬、砍、煎、煮汤药。他家的汤药供不应求，人们不管远近都纷纷前来买药。门前拥挤，喧闹声响遍京城，以至有带着钱来买药的人守在门口，等了五七天还未买到药。这家获利特别多。当时田令孜有病，海内的医生都找遍了。至于宫中御医与待命供奉内廷的医师，全都诊断不出来他患的是什么病。忽然有一天，他的亲信白田说："西市卖汤药，不妨试一下。"田令孜说："可以。"于是派仆人骑马去取药。仆人拿到药，策马回来。将要到牌坊附近的时候，马颠簸不停，药全撒了。仆人惧怕主人威严责难，不敢再去取药。于是他来到一家染坊，求得一瓶染料残液，拿回来给了田令孜。田令孜服了下去，病立刻就好了。田令孜只知道自己的病好了，却不知道药是从哪里来的，便厚赏了卖汤药这家。卖汤药这家名誉身价比以前更高了。这家真是福医啊！近年，邺都有个叫张福的医生，情况也是这样。他家积贮的财物特别多，因此有了名气，后来被一个番王带回塞外了。出自《玉堂闲话》。

于　遘

近年朝中有个叫于遘的中书舍人，曾经中了蛊毒，没有谁能医治他。他于是请了长假，有点想要去远方寻找医生。一天，于遘柱杖坐在二门外边，忽然被一个钉铰匠看见。钉铰匠问他说："你怎么瘦弱疲倦成这样啊？"于遘就向他陈述了自己的病。钉铰匠说："我也曾中过蛊毒。后来我遇到一位良医，为我钳出一条蛇，病就好了。我也学会了这种技术。"于遘很高兴，祈求钉铰匠给他治病。钉铰匠说："这是细致的活。明天早上请不要吃饭，我来给你治病。"第二天，钉铰匠果然来了。他让于遘到屋檐下，面向亮处张开嘴，他拿着钳子等待着。到了要夹

之，差跌而失。则又约以来日。经宿复至。定意伺之，一夹而中。其蛇已及二寸许，赤色，粗如钗股矣。遽命火焚之。遘遂愈。复累除官，至紫微而卒。其匠亦不受赠遗。但云："某有誓救人。"唯饮数觞而别。出《玉堂闲话》。

颜 燧

京城及诸州郡阛阓中，有医人能出蛊毒者，目前之验甚多。人皆惑之，以为一时幻术，膏肓之患，即不可去。郎中颜燧者，家有一女使抱此疾，常觉心肝有物唼食，痛苦不可忍。累年后瘦瘁，皮骨相连，胫如枯木。偶闻有善医者，于市中聚众甚多，看疗此病。颜试召之。医生见曰："此是蛇蛊也，立可出之。"于是先令炽炭一二十斤，然后以药饵之。良久，医工秉小钤子于傍。于时觉咽喉间有物动者，死而复苏。少顷，令开口，钳出一蛇子长五七寸，急投于炽炭中燔之。燔蛇屈曲，移时而成烬，其臭气彻于亲邻。自是疾平，永无唼心之苦耳。则知活变起虢肉徐甲之骨，信不虚矣。出《玉堂闲话》。

时,他差点跌倒,没有夹成。就又约第二天再来。过了一夜钉铰匠又来了,他决心伺机夹住这条蛇。这次,一夹就夹住了。那蛇已经长到两寸多长了,红色,有钗股般粗细。于遘赶忙命人用火把它烧了。于遘的病就好了。他又多次拜官授职,一直做到紫微侍郎才死去。那位钉铰匠也不接受礼品,只说:"我发过誓要救人。"他在于家只饮了几杯酒就离去了。出自《玉堂闲话》。

颜 燧

从京城到各州郡的街道上,有位能够逐出蛊毒的医生术士,他的医术目前已多次得到了验证。人们感到迷惑,以为是一时的幻术。因为病入膏肓是不能治好的。郎中颜燧家中有一个使女患了这种病。她常常感到心肝中有东西在吃食,痛得她难以忍受。几年后,她瘦弱困病,皮包骨头,小腿好似两根枯木一般。颜燧偶然听说有位良医,市中聚集着许多人看他为别人治疗这种病,就试着召他来为使女治病。医生看见病人说:"这是蛇蛊。马上就可以取出来。"于是他先让人将一二十斤木炭烧旺,然后用药做诱饵。过了许久,医生拿着小钳子站在病人身旁。这时使女觉得咽喉间有东西在动,像是死了又复活似的。不一会儿,医生让她张开嘴,从她嘴里钳出一条五七寸长的小蛇,然后急忙把它抛进炽热的炭火中去烧。蛇烧得弯曲起来,不一会儿变成了灰烬,它的臭味直扩散到左邻右舍。从此使女的病好了,永远没有了心被噬咬的痛苦。据此事可知扁鹊使虢国太子、老子使徐甲死而复活的事,确实是真的。出自《玉堂闲话》。

卷第二百二十

医三

申光逊

近代曹州观察判官申光逊，言本家桂林。有官人孙仲敖，寓居于桂，交广人也。申往谒之，延于卧内。冠簪相见曰："非慵于巾栉也，盖患脑痛尔。"即命醇酒升余。以辛辣物泪胡椒干姜等屑仅半杯，以温酒调。又于枕函中，取一黑漆筒，如今之笙项，安于鼻窍，吸之至尽，方就枕，有汗出表，其疾立愈，盖鼻饮蛮獠之类也。出《玉堂闲话》。

申光逊

近代，曹州有名叫申光逊的观察判官。他说自己的老家在桂林。有名叫孙仲敖的官人，寄居在桂林，是交广地区人。申光逊去拜访孙仲敖时，被请到卧室里。当时孙仲敖尚未戴上冠就与申光逊相见，他说："不是我懒得盥洗，是因为我得了头痛病啊。"申光逊就让他准备一升多酒，用辛辣物以及胡椒、干姜等研成半杯粉末，然后用温酒把这些粉末调好。接着他又从枕匣中取出一个黑色漆筒，外形像现在的笙管，把它安放在孙仲敖的鼻孔处，让他把调好的粉末吸完后躺下。孙仲敖刚躺下就出了汗，这病立刻就好了。这种用鼻子饮服药物的方法，和西南少数民族治病的方法相类似。出自《玉堂闲话》。

孙光宪

火烧疮无出醋泥，甚验。孙光宪尝家人作煎饼，一婢抱玄子拥炉，不觉落火炭之上，遽以醋泥傅之，至晓不痛，亦无瘢痕。是知俗说不厌多闻。出《北梦琐言》。

渔人妻

瓜村有渔人妻得劳疾，转相染著，死者数人。或云："取病者生钉棺中弃之，其病可绝。"顷之，其女病，即生钉棺中，流之于江。至金山，有渔人见而异之，引之至岸。开视之，见女子犹活，因取置渔舍。每多得鳗鲡鱼以食之，久之病愈。遂为渔人之妻，今尚无恙。出《稽神录》。

陈　寨

陈寨者，泉州晋江巫也，善禁祝之术。为人治疾，多愈者。有漳州逆旅苏猛，其子病狂，人莫能疗，乃往请陈。陈至，苏氏子见之，戟手大骂。寨曰："此疾入心矣。"乃立坛于堂中，戒人无得窃视。至夜，乃取苏氏子，劈为两片，悬堂之东壁，其心悬北檐下。寨方在堂中作法，所悬之心，遂为犬食。寨求之不得，惊惧，乃持刀宛转于地，出门而去。主人弗知，谓其作法耳。食顷，乃持心而入，内于病者之腹。被发连叱，其腹遂合。苏氏子既悟，但连呼"递铺，递铺"。家人莫之测。乃其日去家数里，有驿吏手持官文书，

孙光宪

治疗烧伤没有比用醋泥更有效的,特别灵验。有一次孙光宪的家人作煎饼,一名使女在炉边烙煎饼,不小心一块木炭落在她身上。她忙用醋泥敷上,到第二天早上就不痛了,也没留下疤痕。由此可知民间的验方听说得越多越好。出自《北梦琐言》。

渔人妻

瓜村有个渔人的妻子得了结核病,转相传染,死了好几个人。有个人说:"把病人活着装进棺材中丢弃掉,这种病就可以断绝。"时隔不久,这个人的女儿得了肺结核,就被活着装进棺材里,丢到江中任其漂流。棺材漂流到了金山,有一位打鱼的人看见了,觉得奇怪,就把棺材引到岸边。他打开看视,见一女子还活着,就把她接到渔舍中,每天打很多鳗鳖鱼给她吃。吃了很长时间,女子病好了。于是她嫁给了这位打鱼的人,到现在也没有什么病。出自《稽神录》。

陈　寨

陈寨是泉州晋江一带的巫师,擅长用真气、符咒等治邪病。他给人治病,多数都能治好。漳州人苏猛是一个旅店的店主。他的儿子得了疯病,没人能治,苏猛就到泉州请陈寨。陈寨到了苏家,苏猛的儿子见了他指着他大骂。陈寨见状说:"他这病已经进入心脏了。"于是陈寨在堂中设置法坛,告诫人不得偷看。到了夜晚,陈寨捉住苏氏子,把他劈成两半,悬挂在堂屋的东墙上,把他的心挂在北面房檐下。陈寨正在堂中作法,他悬挂的心被狗叼去吃了。陈寨找不到心,又惊又怕,就持刀在地上来回走了几趟,然后出门而去。主人并不知道,以为他还在作法。过了一顿饭工作,陈寨拿着心回来,放在病人腹中。然后他披头散发连声呵叱,苏氏子被剖开的肚子就合上了。苏氏子醒来后,口中只是连呼"递铺,递铺"。家里人都不知道是怎么回事。就在这天,离苏家几里以外的地方,有一个驿吏手里拿着公文,

死于道傍。初南中驿路，二十里置一递铺。驿吏持符牒，以次传授。欲近前铺，辄连呼以警之。乃寨取驿吏之心而活苏氏。苏遂愈如故。出《稽神录》。

陶　俊

江南吉州刺史张曜卿，有傔力者陶俊性谨直。尝从军征江西，为飞石所中，因有腰足之疾，恒扶杖而行。张命守舟于广陵之江口。因至白沙市，避雨于酒肆。同立者甚众。有二书生过于前，独顾俊。相与言曰："此人好心，宜为疗其疾。"即呼俊，与药二丸曰："服此即愈。"乃去。俊归舟吞之。良久，觉腹中痛楚甚，顷之痛止，疾亦多差。操篙理缆，尤觉轻健。白沙去城八十里，一日往复，不以为劳。后访二书生，竟不复见。出《稽神录》。

张　易

江南刑部郎中张易少居菑川。病热，困惙且甚。恍惚见一神人长可数寸，立于枕前，持药三丸曰："吞此可愈。"易受而亟吞之，二丸嗛之，一丸落席有声。因自起求之不得，家人惊问何为，具述所见，病因即愈。尔日出入里巷，了无所苦。出《稽神录》。

死在了道旁。当初南中的驿路，二十里设一递铺，驿吏拿着符牒，依次传递。快要到前一个驿站时，就连喊"递铺"，让这个驿站的人提早准备。原来是陈寨取走了驿吏的心救活了苏猛的儿子。苏猛儿子就康复如初了。出自《稽神录》。

陶　俊

　　江南吉州刺史张曜卿有一个仆从名叫陶俊，性格谨慎直爽。陶俊曾参军征讨江西，被飞石击中，因此腰、脚都留下了残疾，长期拄着拐行走。张曜卿让他在广陵渡口看守船只。有一次陶俊到白沙市去，因遇雨，在酒馆内避雨。同时站在那儿避雨的人很多。这时有两位书生从避雨的人群前面经过，他俩唯独注意到了陶俊。两人相互谈论着说："这个人心眼好，应该给他治病。"于是两人召唤陶俊，给了他两丸药，说："服了它，你的病就好了。"说完就走了。陶俊回到船上把药吃了。过了半晌，他觉得腹中痛得很厉害。又过了一会儿不痛了，病也好了许多。他操篙解缆，觉得特别轻健。白沙离广陵城八十里，陶俊一天走个来回也不觉得累。后来陶俊访寻两位书生，再没有见到他们。出自《稽神录》。

张　易

　　江南刑部郎中张易年轻时住在蕄川。他因患病身体发烧，感到特别疲劳困倦，恍惚之间看见一位约几寸长的神人站在他枕前，手里拿着三丸药，说："吃了这个，病就好了。"张易接过来赶忙吞下，两丸药衔在嘴里，一丸药掉落在床席上发出声响。于是他起来去找，却没有找到。家人吃惊地问他干什么，他把刚才发生的事情一一告诉了家人，他的病也马上就好了。当天他出入街巷，一点病痛都没有了。出自《稽神录》。

广陵木工

广陵有木工，因病，手足皆拳缩，不能复执斤斧。扶踊行乞，至后土庙前，遇一道士。长而黑色，神采甚异。呼问其疾，因与药数丸曰："饵此当愈，旦日平明，复会于此。"木工辞曰："某不能行，家去此远，明日虽晚，尚未能至也。"道士曰："尔无忧，但早至此。"遂别去。木工既归，饵其药。顷之，手足痛甚，中夜乃止，因即得寐。五更而寤，觉手足甚轻，因下床，趋走如故。即驰诣后土庙前。久之，乃见道士倚杖而立。再拜陈谢。道士曰："吾授尔方，可救人疾苦。无为木匠耳。"遂再拜受之。因问其名居，曰："吾在紫极宫，有事可访吾也。"遂去。木匠得方，用以治疾，无不愈者。至紫极宫访之，竟不复见。后有妇人久疾，亦遇一道士，与药而差。言其容貌，亦木工所见也。广陵寻乱，木工竟不知所之。出《稽神录》。

飞　蛊

江岭之间有飞蛊，其来也有声，不见形，如鸟鸣啾啾唧唧然。中人即为痢，便血，医药多不差。旬日间必不救。出《朝野佥载》。

菌　毒

岭南风俗，多为毒药。令老奴食冶葛死，埋之。土堆上生菌子，其正当腹上，食之立死。手足额上生者，当日死。

广陵木工

　　广陵有一位木工，因为有病，手和脚全都拳屈着，不能再拿斧子了。他只好扶着特制的踊鞋上街乞讨。一天，他行乞到后土庙前，遇见一位道士。那道士身材高大，面堂黝黑，神采丰异。道士招呼木工，问他是什么病，然后给了他几丸药说："吃了这几丸药就能好。明天天亮的时候，我们再在这里见面。"木工推辞说："我不能行走，家离这里很远，明天约定的时间虽然很晚，但我还是不能走到这里。"道士说："你不要担心，只要你早点到这就行。"说罢离去。木工回到家里，吃了药，不一会儿，手脚痛得特别厉害。到了半夜就不痛了，因此他很快睡着了。五更时分木工醒了，感觉手脚特别轻快。他于是下床，试一试，无论是疾走还是慢走都和过去一样。他立刻飞奔到后土庙前。等了好半天，才见道士倚杖站在那里。木工拜了两拜感谢道士。道士说："我传授给你秘方，可以救人疾苦。不要做木匠了。"木工又拜了两拜接受了秘方。木工问道士姓名，居住何处，道士说："我住在紫极宫，有事可以找我。"说完离去。木匠得到秘方，用它来治病，没有治不好的。木工到紫极宫拜访道士，却始终没有再见到道士。后来有一位妇人病了很长时间，也遇见一位道士给了她药，吃了病就好了。听妇人说那道士的容貌，也是木工所见的那位。广陵不久发生了叛乱，木工不知去哪里了。出自《稽神录》。

飞　蛊

　　长江与岭南之间有种飞蛊，它来的时候带着声响，却看不见它的踪影，像鸟叫似的啾啾唧唧。人中了飞蛊立刻会得痢疾，便血，医药大多都不能治好，十多日后一定丧命。出自《朝野佥载》。

菌　毒

　　岭南有一种风俗，喜好制毒药。他们让老奴吃毒草野葛而死，死后埋掉。埋葬的土堆上会生出菌子，菌子正生在腹部位置上的，吃了立刻就会死。菌子生在手、足、额部位上的，吃了当天死。

旁自外者，数日死。渐远者，或一月两月。全远者，或二年三年。无得活者。惟有陈怀卿家药能解之。或有以菌药涂马鞭头马控上，拂著手即毒，拭著口即死。出《朝野佥载》。

田承肇

王蜀将田承肇常领骑军戍于凤翔。因引骑潜出，解鞍憩于林木之下。面前忽见方圆数尺静地中，有小树子一茎高数尺。并无柯叶，挺然而立，尤甚光滑。肇就之玩弄，以手上下摩娑。顷刻间，手指如中毒药，苦不禁。于是鞭马归营。至，臂膊已粗于桶。时有村妪善禁，居在深山中。急使人召得，已将不救。妪曰："此是胎生七寸蛇戏处，喷毒在树木间。扪者树枝立合，致卒。"肇曰："是也。"急使人就彼剧之。果获二蛇，长六七寸。毙之。妪遂禁勒。自膊间趁，渐渐下至于腕，又并趁入食指，尽食指一节，趁之不出，蹙成一毬子许肉丸。遂以利刀断此一节，所患方除。其断下一节，巨如一气毬也。出《玉堂闲话》。

蛇　毒

赵延禧云："遭恶蛇虺所螫处，帖之艾炷，当上灸之，立差。不然即死。凡蛇啮即当啮处灸之，引去毒气，即止。"原缺出处，今见《玉堂闲话》。

冶葛鸩

冶葛食之立死。有冶葛处，即有白藤花，能解冶葛毒。鸩鸟食水之处，即有犀牛，犀牛不濯角其水，物食之必死。为鸩食蛇之故。出《朝野佥载》。

生在旁边的,吃了几天之内死。生在稍远位置的,一个月或两个月死。生在最远位置的,或二三年内死。没有能活着的。只有陈怀卿家制的解药能解这种菌毒。如果有人将菌毒涂在马鞭鞘、马控上,碰到手就会中毒,沾到嘴上立刻就死。出自《朝野佥载》。

田承肇

五代十国时期,前蜀将领田承肇曾领兵戍守在凤翔。一次他带领骑兵秘密外出执行任务,在小树林中解下马鞍休息时,田承肇忽然看见面前方圆几尺洁净的地上,有一棵几尺高的小树,没有枝叶,直挺挺地立在那儿,显得特别光滑。田承肇上前玩弄它,用手上下摩挲。立时,他的手指像中了毒似的,疼痛不止。于是他骑马回营。回到营中时,他的臂膊已经肿得像桶那么粗了。当时有个乡村老太太擅长禁咒术,住在深山中,田承肇急忙派人把她召来。这时田承肇已经快不行了。老太太说:"这是胎生七寸蛇玩耍的地方,它的毒汁射在树木上,摸着树的人立刻和树一样也中了蛇毒,遭致死亡。"田承肇说:"是啊。"他忙派人在那个地方挖掘。果然挖到两条长六七寸的小蛇,把它们打死了。老妇人于是施行禁咒之术。先从臂膊间开始赶,慢慢下到手腕处,又一并赶到食指间;全部赶到食指最末的一节时,就赶不出去了,收缩成一球肉丸。就用快刀割断了这一节食指,病患才除掉。割下的这一节食指大得像一个气球。出自《玉堂闲话》。

蛇　毒

赵延禧说:"被蝮蛇咬伤的地方,贴上艾炷,马上灸烤,立刻就能好。不然就会死。凡是被毒蛇咬伤,应该立即在被咬伤的地方灸,引去毒气,就可以了。原来缺出处,如今见于《玉堂闲话》。

冶葛鸩

人吃了野葛立马死。生长野葛的地方,就长有白藤花,它能解野葛的毒。鸩鸟饮水的地方,就有犀牛;犀牛不洗角的地方,人喝了这水一定得死。因为鸩鸟吃蛇的缘故。出自《朝野佥载》。

杂说药

医书言虎中药箭，食清泥。野猪中药箭，豗荠苨而食。雉被鹰伤，以地黄叶帖之。又礜石可以害鼠。张鷟曾试之，鼠中毒如醉，亦不识人，犹知取泥汁饮之，须臾平复。鸟兽虫物，犹知解毒，何况人乎！被蚕啮者，以甲虫末傅之；被马咬者，烧鞭鞘灰涂之。盖取其相服也。蜘蛛啮者，雄黄末傅之；筋断须续者，取旋覆根绞取汁，以筋相对，以汁涂而封之，即相续如故。蜀儿奴逃走，多刻筋，以此续之，百不失一。出《朝野佥载》。

异疾

绛州僧

永徽中，绛州有一僧病噎，都不下食。如此数年，临命终，告其弟子云："吾气绝之后，便可开吾胸喉，视有何物，欲知其根本。"言终而卒。弟子依其言开视，胸中得一物，形似鱼而有两头，遍体悉是肉鳞。弟子致钵中，跳跃不止。戏以诸味致钵中，虽不见食，须臾，悉化成水。又以诸毒药内之，皆随销化。时夏中蓝熟，寺众于水次作靛，有一僧往，因以少靛致钵中，此虫悀惧，绕钵驰走，须臾化成水。世传以靛水疗噎疾。出《广五行记》。

杂说药

医书上说,虎中了药箭,吃清泥;野猪中了药箭,拱荠苨而吃。雉鸡被鹰弄伤,把地黄叶贴在伤口上。又,礜石可以毒死老鼠。有个叫张鷟的人曾经做过试验:老鼠中了毒后,就像喝醉了酒一般,也不能辨别人,但却知道寻找泥汁喝。喝完一会儿就恢复了。鸟兽虫物尚且知道解毒,何况人呢!被蚕咬伤的人,用甲虫末来敷伤口;被马咬伤的人,将鞭鞘烧成灰涂在患处。这都是取他们相克的作用。被蜘蛛咬伤的人,将雄黄末敷在伤口上。筋断了须接续的,取来旋覆根绞取它的汁液,把筋对上,涂上旋覆根的汁液包扎好,就能接上,恢复得同原来一样。蜀地的奴仆逃跑时,有许多磕断了筋,用这种方法接治,一百个人没有一个治不好的。出自《朝野佥载》。

异疾

绛州僧

唐高宗永徽年间,绛州有一个和尚得了噎病,咽不下食物。和尚这样病了好几年,临死时,他告诉弟子说:"我气绝之后,可以剖开我的胸部和咽喉,看看有什么东西,要知道其中的因由。"说完就死了。弟子依照他说的剖开了他的胸腔和咽喉,从胸中取出一个东西,形状像鱼但有两个头,满身全是肉鳞。弟子把它放在钵中,它不停地跳跃。弟子玩弄地把食物放在钵中,虽然没看见它吃,但不一会儿,食物全部化成了水。又把各种毒药放进钵中,也全都跟随着溶化了。当时正值仲夏蓝草成熟季节,寺中的和尚们在水边作蓝靛。有一个和尚去了水边,顺便带回了少许蓝靛,把它放到了钵中。这虫很害怕,绕着钵不停地奔跑,一会儿就化成了水。后来,世间就流传着用蓝靛治疗噎病的方法。出自《广五行记》。

崔　爽

永徽中，有崔爽者。每食生鱼，三斗乃足。于后饥，作鲙未成，爽忍饥不禁，遂吐一物，状如虾蟆。自此之后，不复能食鲙矣。出《朝野佥载》。

刘录事

和州刘录事者，大历中罢官，居和州旁县。食兼数人，尤能食鲙，尝言鲙味未尝果腹。邑客乃网鱼百余斤，会于野庭，观其下箸。刘初食鲙数碟，忽似小哽，因咯出一骨珠子大如豆。乃置于茶瓯中，以碟覆之。食未半，怪覆瓯碟倾侧。举视之，向骨珠子已长数寸如人状。座客竞观之，随视而长，顷刻长及人。遂捽刘，因相殴流血。良久各散走，一循厅之西，一转厅之左，俱及后门，相触，翕成一人，乃刘也。神已痴矣，半日方能语。访其所以，皆不省之。刘自是恶鲙。出《酉阳杂俎》。

句容佐史

句容县佐史能啖鲙至数十斤，恒食不饱。县令闻其善啖，乃出百斤，史快食至尽。因觉气闷，久之，吐出一物，状如麻鞋底。县令命洗出，安鲙所，鲙悉成水。累问医人术士，莫能名之。令小吏持往扬州卖之，冀有识者。诫之："若有买者，但高举其价，看至几钱。"其人至扬州，四五日，

崔　爽

　　唐高宗永徽年间,有个叫崔爽的人,他每次吃生鱼片,要吃三斗才够。后来有一次他饿了,生鱼片还未做成,崔爽忍不住饥饿,就吐出一个东西,形状像蛤蟆。从此以后,他再也不能吃生鱼片了。出自《朝野佥载》。

刘录事

　　和州的刘录事在唐代宗大历年间辞官弃职,住在和州旁县。他每顿能吃好几个人的饭,尤其能吃生鱼片。他曾说自己吃生鱼片从来没有吃饱过。邑客就打了一百多斤鱼,在外面的庭院中集会,观看他吃鱼。开始,刘录事吃了几碟生鱼片,忽然好像有点噎住了,于是"咯"了一下,吐出一个豆粒大小的骨头珠子。他随手把珠子放在茶盅里,用碟盖上。还没吃到一半,他奇怪盖在茶盅上的碟倾到了一边,就拿起来看。他看到方才那颗骨珠子已经长了好几寸,像人的形状似的。在座的客人都争抢着观看。骨珠随看随长,不一会儿就长到人那么大。它猛然揪住刘录事,两个人相互殴斗,打出了血。过了许久,两个人各自走开,一个顺着大厅向西面走,一个转到大厅的左边,都走到了后门。两人相接触后,合成了一个人,就是刘录事。这时他的神情已经呆痴了,半天才能说话。问他是怎么回事,他全然不知。刘录事从此厌恶吃生鱼片。出自《酉阳杂俎》。

句容佐史

　　句容县佐史每次能吃几十斤生鱼片,总也吃不饱。县令听说他能吃,就拿来一百斤生鱼。佐史很快吃完了。因为吃得太快,他觉得有些气闷,半晌吐出一物,形状像麻鞋底。县令让人把这东西洗净放在生鱼片上,生鱼片全变成了水。问了许多医生和术士,都叫不出它的名来。县令让小吏拿着到扬州去卖,希望能有认识这种东西的人。他告诫小吏说:"若有买的人,要高抬它的价格,看能给到多少钱。"小吏到了扬州,过了四五天,

有胡求买。初起一千，累增其价。至三百贯文，胡辄还之。初无酬酢。人谓胡曰："是句容县令家物，君必买之，当相随去。"胡因随至句容。县令问此是何物，胡云："此是销鱼之精，亦能销人腹中块病。人有患者，以一片如指端，绳系之，置病所，其块即销。我本国太子，少患此病，父求愈病者，赏之千金。君若见卖，当获大利。"令竟卖半与之。出《广异记》。

崔　融

唐国子司业知制诰崔融病百余日，腹中虫蚀极痛不能忍。有一物如守宫，从下部出，须臾而卒。出《朝野佥载》。

刁俊朝

安康伶人刁俊朝，其妻巴妪项瘿者。初微若鸡卵，渐巨如三四升瓶盎。积五年，大如数斛之鼎，重不能行。其中有琴瑟笙磬埙篪之响，细而听之，若合音律，泠泠可乐。积数年，瘿外生小穴如针芒者，不知几亿。每天欲雨，则穴中吹白烟，霏霏如丝缕。渐高布散，结为屯云，雨则立降。其家少长惧之，咸请远送岩穴。俊朝恋恋不能已，因谓妻曰："吾迫以众议，将不能庇于伉俪。送君于无人之境，如何？"妻曰："吾此疾诚可憎恶。送之亦死，拆之亦死。君当为我决拆之，看有何物。"俊朝即磨淬利刃，挥挑将及妻前。瘿中轩然有声，遂四分披裂。有一大猱，跳跃踯而去。即以帛絮裹之，虽瘿疾顿愈，而冥然大渐矣。明日，有黄冠

有个胡人要买。开始要一千钱,一次次往上提价,到三百贯文时,胡人就还价。交易始终没有谈成。有人对胡人说:"这是句容县令家的东西,你一定要买,应该跟他走。"胡人就跟随小吏到了句容县。县令问胡人这是什么东西,胡人说:"这是销化鱼的精灵,也能消融人腹中的病块。有患病的人,用像手指尖大的一片,用绳系上放在病处,那个病块就化了。我本是国中的太子,小时候得了这种病,父亲为寻找能治这种病的人,悬赏黄金千两。你要是肯卖给我,能获大利。"县令最后卖给他一半。出自《广异记》。

崔　融

唐朝时,国子司业知制诰崔融病了一百多天了,肚子被虫蛀食,痛得不能忍受。有一个像壁虎似的东西从肛门出来,不一会儿就死了。出自《朝野佥载》。

刁俊朝

安康有位演奏乐器的艺人叫刁俊朝。他的妻子巴氏女脖子上长了一个瘤子,开始只有鸡蛋大小,渐渐长到能装三四升酒的容器那么大。过了五年,瘤子长到像能装几十斗东西的鼎那么大,重得不能走路。瘤子里面有琴、瑟、笙、磬、埙、篪诸多乐器的演奏声,仔细去听,演奏声很符合音律,清越动听。又过了好几年,瘤子外面生出很多像针芒样的小穴,不计其数。每到天要下雨时,穴中吹出白烟,霏霏如丝如缕,渐渐向高处飘散;白烟集结成云气,雨就立刻降下来。他家的老少都惧怕这个大瘤子,全都请求把她送到远处山洞里。刁俊朝恋恋不舍,就对妻子说:"我迫于大家的意见,不能看在夫妻的情分上保护你。我送你到没有人的地方去,怎么样?"妻说:"我的这个病确实令人憎恶。送我走我也是死,拆开它我也是死。你就给我拆开它吧,看里面有什么东西。"刁俊朝立即磨快刀,挥刀到妻子面前要挑。就在这时,瘤子中轰然作响,瘤子破裂四散分开,一只大猱猿跳跃着跑了。夫妻二人立刻用帛絮把伤口包扎好。虽然大瘤子消失、病好了,可是他妻子也昏迷不醒病危了。第二天,有位道士

扣门曰："吾乃昨日瘿中走出之猱也。吾本猕猴之精,解致风雨。无何与汉江鬼愁潭老蛟还往,常与舰船舸将至,俾他覆之,以求舟中馔粮,以养孙息。昨者太一诛蛟,搜索党与,故借君夫人蝤蛴之领,以匿性命。虽分不相干,然为累亦甚矣。今于凤凰山神处,求得少许灵膏,请君涂之,幸当立愈。"俊朝如其言涂之,随手疮合。俊朝因留黄冠,烹鸡设食。食讫,赍酒欲饮,黄冠因啭喉高歌,又为丝匏琼玉之音,罔不铿锵可爱。既而辞去,莫知所诣。时大定中也。出《续玄怪录》。

李　生

天宝中,有陇西李生自白衣调选桂州参军。既至任,以热病旬余。觉左乳痛不可忍,及视之,隆若痈肿之状。即召医验其脉,医者曰:"脏腑无他,若臆中有物,以喙攻其乳,乳痛而痈不可为也。"又旬余,病甚。一日痛溃,有一雉,自左乳中突而飞出,不知所止。是夕李生卒。出《宣室志》。

魏　淑

大历中,元察为邛州刺史。而州城将有魏淑者,肤体洪壮,年方四十,亲老妻少。而忽中异疾,无所酸苦,但饮食日损,身体日销耳。医生术士,拱手无措。寒暑未周,即如婴孩焉,不复能行坐语言。其母与妻,更相提抱。遇淑之生日,家人召僧致斋。其妻乃以钗股挟之以哺,须臾,能

前来叩门，说："我就是昨天从瘤子跑出来的猱猿。我本是猕猴精，通晓呼风唤雨。不知为什么就与汉江鬼愁潭的老蛟相交往了，常和他们一起窥视江中船只行来时，乘机把船倾翻，弄到船中的粮食等物，来供养子孙，繁衍后代。前些年天神太一诛杀了鬼愁潭老蛟，搜索他的党羽，我无处躲藏，所以就借你夫人的美项，以藏性命。虽然与你们毫不相干，但是拖累了你们这么多年。今天我在凤凰山神那里要了一点灵膏，请您把它涂在伤口上，希望能立刻就好。"刁俊朝按照他说的给妻子涂上了灵膏。药刚涂上，疮口就愈合了。于是刁俊朝挽留道士，烹鸡摆饭招待他。吃完饭后，主人赊来了酒，正要饮，道士转动歌喉，放声高唱，接着又发出笙、竽、丝弦等美妙动听的乐音，无不铿锵悦耳。后来道士辞别而去，不知他到什么地方去了。这是大定年间的事。出自《续玄怪录》。

李　生

唐玄宗天宝年间，陇西有位李生，从平民调选任桂州参军。李生到任后便染上了热病，已经十多天了。他感觉左乳疼痛难忍，看到这个地方隆起，像痛肿的样子，他立刻找医生验脉。医生说："五脏六腑里没有别的什么。如果胸中有东西，用嘴攻击你的乳，乳就会痛，但痛不能动啊。"又过了十多天，李生病势加重。一天，痛溃烂了，有一只雏鸡从他左乳中突然飞出，不知落在了哪里。这天夜里，李生就死了。出自《宣室志》。

魏　淑

唐代宗大历年间，元察任邛州刺史。邛州城将中有一个叫魏淑的人，身体高大健壮。魏淑年方四十岁，他的双亲年事已高，妻子尚年轻。忽然，他得了一种奇怪的病，身体并没有什么疼痛，只是饮食一天天渐少，身体一天天变小。医生术士都毫无办法。不到一年，他就像一个婴儿那么大了，不再能行走、坐立、说话。他的母亲和妻子，轮换着抱他。在魏淑生日这天，他的家人召来位僧人设斋祈祀。他的妻子用钗股挟食物喂他，不一会儿，能

尽一小瓯。自是日加所食，身亦渐长，不半岁，乃复其初。察则授与故职，趋驱气力，且无少异。后十余年，捍蛮，战死于陈。出《集异记》。

皇甫及

皇甫及者，其父为太原少尹，甚钟爱之。及生如常儿，至咸通壬辰岁，年十四矣，忽感异病。非有切肌彻骨之苦，但暴长耳。逾时而身越七尺，带兼数围，长啜大嚼，复三倍于昔矣。明年秋，无疾而逝。出《三水小牍》。

王　布

永贞年，东市百姓王布知书，藏钱千万，商旅多宾之。有女年十四五，艳丽聪悟。鼻两孔各垂息肉，如皂荚子，其根细如麻绳，长寸许，触之痛入心髓。其父破钱数百万治之，不差。忽一日，有梵僧乞食，因问布："知君女有异疾，可一见，吾能止之。"布被问大喜。即见其女，僧乃取药色正白，吹其鼻中。少顷摘去之，出少黄水，都无所苦。布赏之百金，梵僧曰："吾修道之人，不受厚施，唯乞此塞肉。"遂珍重而去，势疾如飞。布亦意其贤圣也。计僧去五六坊，复有一少年，美如冠玉，骑白马，遂扣其门曰："适有胡僧到无？"布遽延入，具述胡僧事。其人吁嗟不悦曰："马小蹶足，竟后此僧。"布惊异，诘其故。曰："上帝失乐神二人，近

吃完一小瓯。从这一天起，他一天比一天吃得多，身体也一天天长大。不到半年，就和原来一样了。元察又授给他原来的职位。他快走或策马驰驱，仍然和过去一样有力气。以后的十多年中，他强悍勇猛，最后战死在陈地。出自《集异记》。

皇甫及

皇甫及的父亲是太原少尹，他父亲特别钟爱他。皇甫及出生的时候，和平常的孩子一样。到唐懿宗咸通年间壬辰年，他十四岁时，忽然得了怪异的病。没有切肌透骨的疼痛，只是猛往上长。过了些时日，他的身体就超过了七尺，腰带加长好几围；特别能吃能喝，饭量是过去的三倍。第二年秋天，他没有病就死了。出自《三水小牍》。

王　布

唐顺宗永贞年间，长安东市有一位叫王布的普通百姓，知书达礼，家财千万，商贾们都敬他为上宾。王布有一个女儿，十四五岁，艳丽聪敏。她的两个鼻孔各垂下一条息肉，像皂荚子一样。息肉根细如麻线，长一寸多，碰一下就钻心般疼痛。她的父亲花掉几百万钱为她治疗，也没治好。忽然有一天，一位印度僧人来讨饭，问王布说："我知道你女儿有怪异的病，让我看一下，我能治。"王布听僧人问很高兴，立刻让僧人见他女儿。僧人取出纯白色药末，吹到他女儿的鼻孔中。过了一会儿摘去息肉，出了一点黄水，病人毫无痛苦。王布赏给僧人一百两黄金，印度僧人说："我是修道的人，不接受厚礼，只要这息肉。"于是很珍重地收起息肉离去，疾走如飞。王布也以为他一定是位贤圣。估计僧人走出去有五六个坊，又有一位骑白马、面如美玉的少年叩王布家的门，问："方才有没有一个胡僧来过？"王布忙把少年请进屋内，详细进述了印度僧人为他女儿摘除息肉的事情。少年听后叹了口气，不高兴地说："我的马小跑得慢，竟然落在这个僧人的后面。"王布很惊异，问是怎么回事。少年说："天帝走失乐神二人，最近

知藏于君女鼻中。我天人也,奉命来取,不意此僧先取之,当获谴矣。"布方作礼,举手而失。 出《酉阳杂俎》。

侯又玄

荆州处士侯又玄,尝出郊,厕于荒冢上。及下,跌伤其肘,疮甚。行数百步,逢一老人。问何所苦也,又玄具言,且见其肘。老人言:"偶有良药,可封之,十日不开,必愈。"又玄如其言,及解视,一臂遂落。又玄兄弟五六人互病,病必出血月余。又玄见兄两臂,忽病疮六七处。小者如榆钱,大者如钱,皆成人面。

又江表尝有商人,左臂有疮,悉如人面,亦无他苦。商人戏滴酒口中,其面亦赤。以物食之,凡物必食。食多,觉膊内肉涨起,疑胃在其中也。或不食之,则一臂瘠焉。有善医者,教其历试诸药。金石草木悉试之,至贝母,其疮乃聚眉闭口。商人喜曰:"此药必治也。"因以小苇筒毁其口,灌之。数日成痂。遂愈。 出《酉阳杂俎》。

李言吉

金州防御使崔尧封有亲外甥李言吉者。左目上脸忽痒,而生一小疮。渐长大如鸭卵,其根如弦。恒压其目不能开,尧封每患之。他日饮之酒,令大醉,遂剖去之。言吉不知觉也,赘既破,中有黄雀,鸣噪而去。 出《闻奇录》。

得知，那二人藏在你女儿鼻中。我是天上的人，奉命来取，不料让这和尚先取走了，我该受到责罚了。"王布刚要施礼，举手之间少年不见了。出自《酉阳杂俎》。

侯又玄

荆州处士侯又玄一次去郊外，在荒坟上解手。他往下走时，跌了一跤摔伤了肘部，伤势很重。走出几百步，他遇见一位老人，问他为什么这样痛苦。侯又玄把一切都告诉了他，并把自己受伤的肘部给老人看。老人说："正好我有好药，可以涂上包扎好，十日之内不要打开，一定能好。"侯又玄按照老人说的涂上药包扎好，等十天后拆开看时，这只臂膊掉在了地上。侯又玄弟兄五六人陆续都病了，得病后一定会出血一个多月。侯又玄又看见哥哥的两臂忽然长了六七处疮，小的像榆树钱，大的如钱币，全都像人的脸。

又，江南曾经有一位商人，左臂生了疮，疮全都像人的脸，也没有什么痛苦。商人玩弄地在它口中滴了几滴酒，它的脸也变红了。只要给它食物，它就吃，吃多了会感觉到臂膊的肉发涨。他怀疑里面有胃。有时不给食物吃，这胳臂就瘦下去。有位擅长医术的人，告诉他用金、石、草、木各种药试着给它吃。试到贝母时，这个疮脸就皱眉闭口。商人高兴地说："这种药一定能治这种脸疮。"于是用小苇筒戳毁它的嘴，把药灌了进去。几天以后疮面结成痂，就痊愈了。出自《酉阳杂俎》。

李言吉

金州防御使崔尧封的亲外甥叫李言吉，左眼睛上眼睑忽然骚痒，而且生了一块小疮。疮渐渐长到像鸭蛋那么大，它的根像弦丝，长期压着眼睛不能睁开。崔尧封每天为他外甥的病忧虑。一天，二人在一起饮酒，崔尧封将李言吉灌醉，用刀割掉他眼睑上的赘瘤。李言吉没有感觉到。赘瘤破后，从里面飞出来一只黄雀，鸣叫着飞走了。出自《闻奇录》。

蒯 亮

处士蒯亮,言其所知额角患瘤。医为割之,得一黑石棋子。巨斧击之,终不伤缺。复有足胫生瘤者。因至亲家,为猘犬所齰,正啮其瘤。其中得针百余枚,皆可用,疾亦愈。出《稽神录》。

蒯亮

　　隐士蒯亮说他知道有人额角上长了个瘤子，医生给割开了，得到一颗黑棋子。用大斧子敲击这颗棋子，始终没能损坏它一点。还有一个人小腿上长了一个瘤子，一次去亲戚家被疯狗咬了，正好咬在瘤子上。瘤子被咬破，从里面得到了一百多枚针，全都可以用。病也就好了。出自《稽神录》。

卷第二百二十一
相一

袁天纲　　张囧藏　　张柬之　　陆景融　　程行谌
魏元忠

袁天纲

　　袁天纲，蜀郡成都人。父玑，梁州司仓。祖嵩，周朝历犍为、蒲阳二郡守、车骑将军。曾祖达，梁朝江黄二州刺史，周朝历天水、怀仁二郡守。天纲少孤贫，好道艺，精于相术。唐武德年中为火井令，贞观六年秩满入京。太宗召见，谓天纲曰："巴蜀古有严君平，朕今有尔，自顾何如？"对曰："彼不逢时，臣遇圣主，臣当胜也。"

　　隋大业末，窦轨客游剑南德阳县，与天纲同宿。以贫苦问命，天纲曰："公额上伏犀贯玉枕，辅角又成就。从今十年，后必富贵，为圣朝良佐。右辅角起，兼复明净，当于梁益二州分野，大振功名。"轨曰："诚如此言，不敢忘德。"初为益州行台仆射，既至，召天纲谓曰："前于德阳县相见，

袁天纲

　　袁天纲是四川成都人。他的父亲袁玑，任梁州司仓；祖父袁嵩，北周时先后担任犍为、蒲阳二郡的郡守和车骑将军；曾祖袁达，梁朝时做过江、黄二州的刺使，周朝时担任过天水、怀仁二郡的郡守。袁天纲少年时孤苦贫寒，他喜欢道术，精通相术。他在唐高祖武德年间担任火井令，唐太宗贞观六年任期届满，来到京城长安。唐太宗召见袁天纲，对他说："巴蜀古时候有个严君平擅长占卜，我现在有你，你觉得自己和他相比怎么样？"袁天纲回答说："严君平生不逢时，我遇到了圣明的皇上，我应该能胜过他。"

　　隋炀帝大业末年，窦轨寄居在剑南德阳县，跟袁天纲住在一起。窦轨当时的境遇贫苦不堪，为此他让袁天纲给他看看面相，预卜一下未来的命运。袁天纲说："你前额到发际骨骼隆起，一直连到脑后的玉枕处；你的额角又圆满。十年之后，你一定会富贵的，成为朝廷的贤臣良将。你的右侧下巴隆起，而且明洁光亮，应当以梁、益二州为分界线，树立显赫的功名。"窦轨说："如果真像你说的那样，不敢忘你的大德。"起初窦轨官任益州行台仆射，他到任后召请袁天纲，对袁说："从前你我在德阳县相见，

岂忘也?"深礼之,更请为审。天纲瞻之良久曰:"骨法成就,不异往时。然目色赤贯童子,语浮面赤,为将多杀人,愿深自诫。"后果多行杀戮。武德九年,轨被征诣京,谓天纲曰:"更得何官?"对曰:"面上佳人,坐位不动。辅角右畔光泽,更有喜色。至京必蒙圣恩,还来此任。"其年果重授益州都督。

　　天纲初至洛阳,在清化坊安置。朝野归凑,人物常满。是时杜淹、王珪、韦挺三人来见,天纲谓淹曰:"兰台成就,学堂宽广。"谓珪曰:"公法令成就,天地相临。从今十年,当得五品要职。"谓挺曰:"公面似大兽之面,文角成就,必得贵人携接。初为武官。"复语杜淹曰:"二十年外,终恐三贤同被责黜,暂去即还。"淹寻迁侍御史,武德中为天策府兵曹文学馆学士。王珪为隐太子中允。韦挺自隋末,隐太子引之为率更。武德六年,俱配流隽州。淹等至益州,见天纲泣曰:"袁公前于洛阳之言,皆如高旨。今日形势如此,更为一看。"天纲曰:"公等骨法,大胜往时。不久即回,终当俱享荣贵。"至九年六月,俱追入。又过益州,造天纲。天纲曰:"杜公至京,即得三品要职,年寿非天纲所知。王韦二公,在后当得三品,兼有寿。然晚途皆不深遂,韦公尤甚。"及淹至京,拜御史大夫,检校吏部尚书。赠天纲诗曰:"伊吕深可慕,松乔定是虚。系风终不得,脱屣欲安如。且珍绮素美,当与薜萝疏。既逢杨得意,非复久闲居。"王珪

怎么能忘啊!"深厚地礼待他,又请袁天纲为自己相面。袁天纲望了他许久,说:"你的面相和过去没有什么不同,然而眼睛色红,连着瞳人,说话浮躁,面色赤红。做了武将怕是要多杀人的,但愿你深深地警戒自己。"后来窦轨果然杀戮很多。唐高祖武德九年,窦轨被召往京城。临行前他对袁天纲说:"我这次应召进京,还能得什么官?"袁天纲回答说:"看你脸,面上佳人,坐位不动;额角右侧的光泽又有喜庆之色。到了京城一定会得到皇上的恩遇,还将回本地任职。"这年窦轨果然被任命为益州都督,重新回到益州。

袁天纲初到洛阳时,在清化坊安顿下来,无论是朝廷中的高官显贵,还是民间的各等人士都往他那里跑,因此他家中常常聚满了人。当时,杜淹、王珪、韦挺三个人来见袁天纲,请他看相。袁天纲对杜淹说:"兰台成就,学堂宽阔。"对王珪说:"这位官人法令成就,而且天庭与地阁相临。从现在算起,十年之内,一定能荣任五品的显要官职。"对韦挺说:"这位官人脸像大兽的脸,文角清晰,一定会得到贵人的提携。刚开始时任武官。"又对杜淹说:"二十年以后,恐怕三位贤士要同时被责罚贬黜,但是是暂时的,很快又会被召回恢复官职的。"不久,杜淹升迁为侍御史。唐高祖武德年间,又任天策府兵曹文学馆学士。王珪任隐太子中允。韦挺在隋朝末年由隐太子引荐做了率更。武德六年,三人都被发配,流放到隽州。杜淹三人经过益州时,见了袁天纲哭泣着说:"袁公从前在洛阳说的话,全都像神明的预示啊!今天的情况如此,再给我们看一看相吧。"袁天纲说:"各位的骨法,大大胜过以往。不久就会回来的,最终会都享受荣华富贵的。"到了武德九年六月,三人都被召回京城。回来时又经过益州,三人造访了袁天纲。袁天纲说:"杜公到京城,就能得到三品要职,年寿我就不知道了。王、韦二公,在这以后会到得三品官,又都能长寿;但到了晚年在仕途上不能有太大的发展了,韦公更明显一些。"杜淹到了京城,就官拜御史大夫,检校吏部尚书。他赠诗给袁天纲说:"伊吕深可慕,松乔定是虚。系风终不得,脱屣欲安如。且珍绮素美,当与薜萝疏。既逢杨得意,非复久闲居。"王珪

寻为侍中，出为同州刺史。韦挺历蒙州刺史，并卒于官。皆如天纲之言。

贞观中，敕追诣九成宫。于时中书舍人岑文本，令视之。天纲曰："舍人学堂成就，眉复过目，文才振于海内。头有生骨，犹未大成。后视之全无三品，前视三品可得。然四体虚弱，骨肉不相称，得三品，恐是损寿之征。"后文本官至中书令，寻卒。房玄龄与李审素同见天纲，房曰："李恃才傲物。君先相得何官？"天纲云："五品未见，若六品已下清要官有之。"李不复问，云："视房公得何官？"天纲云："此人大富贵，公若欲得五品，即求此人。"李不之信。后房公为宰相，李为起居舍人卒。高宗闻往言，令房赠五品官，房奏赠谏议大夫。申公高士廉为天纲曰："君后更得何官？"天纲曰："自知相禄已绝，不合更有，恐今年四月大厄。"不过四月而卒也。蒲州刺史蒋俨，幼时，天纲为占曰："此子当累年幽禁。后大富贵，从某官位至刺史。年八十三。其年八月五日午时禄终。"俨后征辽东，没贼，因于地阱七年。高丽平定归，得官一如天纲所言，至蒲州刺史。八十三，谓家人曰："袁公言我八月五日禄绝，其死矣。"设酒馔，与亲故为别。果有敕至，放致任，遂停禄。后数年卒。李义府侨居于蜀，天纲见而奇之曰："此郎贵极人臣，但寿不长耳。"因请舍之，托其子谓李曰："此子七品相，愿公提挈之。"义府许诺。因问天纲寿几何，对曰："五十二

不久任侍中，出任同州刺史。韦挺担任了好几年蒙州刺史。他们都死在任上。这一切全都和袁天纲说的一样。

　　唐太宗贞观年间，皇帝下诏书令袁天纲到九成宫。当时中书舍人岑文本让袁天纲给他看相。袁天纲说："舍人的学堂成就，眼眉又长过眼睛，文才可在海内名声大振。但是头有生骨，不可能有太大的成就。从后面看完全没有三品官的命相，从前面看可以得到三品官。但是四肢虚弱，骨与肉不相称，如果得到三品位，恐怕是折寿的征兆。"后来，岑文本升任中书令，不久就死了。房玄龄与李审素一同来见袁天纲。房玄龄说："审素恃才傲物，你先给他看相，看他能得个什么官？"袁天纲说："五品看不出来，如果是六品以下清要的官还有可能。"李审素不再问他自己的事，说："您看看房公能得个什么官？"袁天纲说："这人大富大贵，你要想得到五品官就求他吧。"李审素不信袁天纲的话。后来，房玄龄任宰相，李审素任起居舍人，死在任上。唐高宗听说了袁天纲给房玄龄看相时说过的这些话后，让房玄龄赠封袁天纲五品官职，房玄龄奏请皇上赠封他为谏议大夫。中国公高士廉对袁天纲说："你今后还能得到什么官？"袁天纲说："我知道我的官运已经到头了，不会再有了。恐怕我今年四月要有大难。"果然，四月还没过完，袁天纲就去世了。蒲州刺史蒋俨，幼年时袁天纲给他预测说："这孩子会受多年的牢狱之苦。以后能大富大贵，跟随某人，官能做到刺史。八十三岁那年八月五日午时，俸禄就终止了。"后来，蒋俨在征伐辽东时，被敌人擒获，被囚禁在地牢中七年。平定高丽后他方得归来，完全像袁天纲说的那样，官做到蒲州刺史。八十三岁时，他对家中人说："袁公说我八十三岁禄绝，这是死啊！"于是置酒食与亲朋故友告别。这时，果然传来皇帝的圣旨：停职免官，于是停发俸禄。以后又过了几年他才去世。李义府客居在蜀地，袁天纲看见他时，惊奇地说："这小伙子贵极人臣，但寿命不长。"于是留他在家中住下，把自己的儿子托付给他，说："这孩子有七品的命相，希望你今后多照顾他。"李义府答应了。又问袁天纲自己的寿命有多长，袁天纲回答说："五十二岁

外，非所知也。"义府后为安抚使李大亮、侍中刘洎等连荐之。召见，试令《咏乌》，立成。其诗曰："日里扬朝彩，琴中伴夜啼。上林多少树，不借一枝栖。"太宗深赏之曰："我将全树借汝，岂但一枝。"自门下典仪，超拜监察御史。其后寿位，皆如天纲之言。

赞皇公李峤幼有清才，昆弟五人，皆年不过三十而卒，唯峤已长成矣。母忧之益切，诣天纲。天纲曰："郎君神气清秀，而寿苦不永，恐不出三十。"其母大以为戚。峤时名振，咸望贵达，闻此言不信。其母又请袁生，致馔诊视。云："定矣。"又请同于书斋连榻而坐寝。袁登床稳睡，李独不寝。至五更忽睡，袁适觉，视李峤无喘息，以手候之，鼻下气绝。初大惊怪，良久侦候，其出入息乃在耳中。抚而告之曰："得矣。"遂起贺其母曰："数候之，皆不得。今方见之矣，郎君必大贵寿。是龟息也，贵寿而不富耳。"后果如其言。则天朝拜相，而家常贫。是时帝数幸宰相宅，见峤卧青绝帐。帝叹曰："国相如是，乖大国之体。"赐御用绣罗帐焉。峤寝其中，达晓不安，觉体生疾。遂自奏曰："臣少被相人云，不当华。故寝不安焉。"帝叹息久之，任意用旧者。峤身材短小，鼻口都无厚相，时意不以重禄待之。其在润州也，充使宣州山采银。时妄传其暴亡，举朝伤叹。

往后，我就不知道了。"后来，李义府被安抚使李大亮、侍中刘洎等联名推荐。唐太宗召见了他，并出了一道试题，让李义府作一首《咏乌》诗。李义府当场写出一首《咏乌》诗："日里扬朝采，琴中伴夜啼。上林多少树，不借一枝栖。"唐太宗非常赏识他说："我将全树借你，岂只一枝！"从门下典仪破格提拔他为监察御使。后来李义府的官位、寿数全如袁天纲所说的那样。

赞皇人李峤年幼时就有卓越的才能。他的兄弟五人全不到三十岁就死去了，只有李峤长大成人。李峤的母亲越发担心儿子，就到袁天纲那里去让给李峤算命。袁天纲说："小伙子神气清秀，可惜寿命不长，恐怕活不到三十岁。"李母听了后大为悲伤。李峤这时已经很有名气，家中人都希望他显贵发达，听了袁天纲的话都不相信。李母又请袁天纲，并且安排饭食招待他，让他再仔细看看。袁天纲说："确定如此。"李母请袁天纲到书斋和李峤同睡在一张床上。袁天纲上床就睡得很平稳，唯独李峤不睡，到五更时分忽然睡去。这时袁天纲正巧醒来，他看李峤没有呼吸，用手试一下，鼻下已经断气。起初袁天纲大惊，察看了许久，发现李峤是用耳朵呼吸。袁天纲推醒李峤，告诉他说："我找到了答案。"于是起身去向李母道贺，说："看了好几次面相，都没有找到问题的所在，今天才看见。你儿子必定大贵长寿。原来他是像龟一样呼吸啊！能大贵长寿却不能富。"后来果然像袁天纲说的那样。武则天执政期间，李峤官拜宰相，但是家中总是很贫困。这期间，则天皇帝几次到过宰相府，看见李峤睡觉用的帐子是用粗绸做的时，感叹地说："一国的宰相用这样的帐子，有损我大国的体面。"就赐给他御用的绣罗帐。李峤在绣罗帐里面睡觉，一直到天明也没有睡安稳，觉得身体好像生了病似的，于是自己奏报皇上说："臣年轻时，看相的人对我说过，不应该侈华，所以睡不安稳。"则天皇帝叹息了许久，任由他用自己的旧帐子。李峤身体短小，鼻子、嘴都没有厚相。按当时人的观念，不应当给他高官厚禄。他在润州期间，担任宣州山采银的官吏。这时谣言传出李峤突然死亡的消息，全朝上下没有不哀伤叹息的。

冬官侍郎张询古，峤之从舅也。闻之甚忧，使诸亲访候其实。适会南使云："亡实矣。"询古潸然涕泗，朝士多相慰者。时有一人，称善骨法，颇得袁天纲之术，朝贵多窃问之。其人曰："久知李舍人禄位稍薄。"诸人竦听。其人又曰："李舍人虽有才华，而仪冠耳目鼻口，略无成就者。顷见其加朝散，已忧之矣。"众皆然之。峤竟三秉衡轴，极人臣之贵。然则峤之相难知，而天纲得之。

又陕州刺史王当有女，集州县文武官，令天纲拣婿。天纲曰："此无贵婿，唯识果毅姚某者，有贵子，可嫁之。中必得力，当从其言嫁之。"时人咸笑焉，乃元崇也。时年二十三，好猎，都未知书。常诣一亲表饮，遇相者谓之曰："公后富贵。"言讫而去。姚追而问之，相者曰："公甚贵，为宰相。"归以告其母，母劝令读书。崇遂割放鹰鹞，折节勤学。以挽郎入仕，竟位至宰相。天纲有子客师，传其父业，所言亦验。客师官为廪牺令。显庆中，与贾文通同供奉。高宗以银合合一鼠，令诸术数人射之，皆言有一鼠。客师亦曰鼠也，然入一出四。其鼠入合中，已生三子，果有四矣。客师尝与一书生同过江。登舟，遍视舟中人颜色，谓同侣曰："不可速也。"遂相引登岸。私语曰："吾见舟中数十人，

冬官侍郎张询古是李峤的堂舅,他听到这一噩耗后特别忧伤,让许多亲戚去探访这个消息的真伪。正好遇到从南边来的使臣,说:"李峤是真的死了。"张询古痛哭流涕,朝中的许多官员都来安慰他。当时有一个人自称擅长相骨法,学到了很多袁天纲的相术。朝中许多显贵的官员都私下来问他关于李峤的事。这个人说:"早就知道李峤舍人俸禄稍薄的面相。"去问的人都洗耳恭听。这个人又说:"李舍人虽然很有才华,但是从相貌上看,他的耳朵、眼睛、嘴和鼻子全都没有富贵相。不久前见他做了朝散大夫,就替他担心了。"众人都认为他说得对。李峤竟然三次出任执掌中枢的要职,地位在众朝臣之上。由此说来李峤的骨相的确难以预测,然而袁天纲却能预测出来。

又,陕州刺史王当有个女儿,他将州县的文武官员都召集到一块儿,让袁天纲给他女儿选个女婿。袁天纲说:"这地方没有你女儿的女婿。我只知道有位姓姚的果毅都尉,他家有一位贵公子,你可以将女儿嫁给他。选中他一定能借力的,要依这话把女儿嫁给他。"当时的人都觉得好笑。这位贵子就是姚元崇,他当时二十三岁,喜欢打猎,没有读过一点书。姚元崇一次到表亲家饮酒,遇到一位相人对他说:"你以后能富贵。"说完就走了。姚元崇追上去问他,相人说:"你能大富大贵,能当宰相。"姚元崇回家后将这件事情告诉了母亲,母亲就劝他读书。于是姚元崇不再架鹰打猎了,他一改过去的志向和行为,勤奋读书。他以挽郎之职入朝做官,一直升到宰相。袁天纲有个儿子叫袁客师,继承父业,他说的话也很灵验。袁客师官任廪牺令。唐高宗显庆年间,袁客师凭着他的相术与贾文通一起去侍奉皇帝。高宗用银盒装一只老鼠,让在场的几位相、卜术人猜里面是什么。这些术人都说是一只老鼠。袁客师也说:"是老鼠,然而放里面一只,拿出来是四只。"那只老鼠放入盒中后,已生下三只小老鼠,打开盒,里面果然是四只老鼠。袁客师曾与一位书生一同过江。上船后,他看遍了船中人的气色,对同伴说:"不能着急!"于是二人相挽着下船上岸。他偷偷地说:"我看见船上几十个人,

皆鼻下黑气，大厄不久。岂可知而从之，但少留。"舟未发间，忽见一丈夫。神色高朗，跛一足，负担驱驴登舟。客师见此人，仍谓侣曰："可以行矣，贵人在内，吾侪无忧矣。"登舟而发，至中流，风涛忽起，危惧虽甚，终济焉。询驱驴丈夫，乃是娄师德也。后位至纳言焉。出《定命录》。

张囘藏

张囘藏善相，与袁天纲齐名。有河东裴某，年五十三为三卫。当夏季番，入京至浐水西店买饭。同坐有一老人谓裴曰："贵人。"裴因对曰："某今年五十三，尚为三卫，岂望官爵，老父奈何谓仆为贵人？"老父笑曰："君自不知耳，从今二十五日，得三品官。"言毕便别。乃张囘藏也。裴至京，当番已二十一日，属太宗气疾发动。良医名药，进服皆不效，坐卧寝食不安。有召三卫已上，朝士已下，皆令进方。裴随例进一方，乳煎荜拨而服，其疾便愈。敕付中书，使与一五品官。宰相逡巡，未敢进拟。数日，太宗气疾又发，又服荜拨差。因问前三卫得何官，中书云："未审与五品文官武官。"太宗怒曰："治一拨乱天子得活，何不与官？向若治宰相病可，必当日得官。"其日，特恩与三品正员京官，拜鸿胪卿。累迁至本州刺史。

刘仁轨，尉氏人。年七八岁时，囘藏过其门见焉。谓其父母曰："此童子骨法甚奇，当有贵禄。宜保养教诲之。"

鼻子下都有黑气，不久就要有大难。既然已经知道了，怎能还跟他们一起去？还是停留一下吧。"船还没开，忽然看见一位男人，神色高朗不凡，跛一只脚，挑着担子，赶着驴上船。袁客师看这个人上船，就对同伴说："我们可以走了，贵人在里面，我们不用担忧了。"他们上船后，船就开走了。到了中流，风涛忽然大作，虽然危险惊惧，最后还是安全渡过了江。询问赶驴的男人，原来是娄师德。后来娄师德担任了门下省的纳言。出自《定命录》。

张囧藏

　　张囧藏擅长相术，与袁天纲齐名。河东有位姓裴的，五十三岁了才在禁卫军中担任三卫的官职。裴某夏天轮值，他进京走到沪水西店买饭，和他同座的一位老人对他说："你是贵人啊！"裴某回答说："我今年都五十三岁了，才是一个三卫，怎么能指望什么官爵。老先生您为什么称我'贵人'呀？"老人笑着说："你自己不知道罢了。从今天算起二十五天内，你能得到三品官。"说完就离去了。这位老人就是张囧藏。裴某到了京城，轮值已二十一天，正赶上太宗皇帝哮喘病发作，请良医，服妙药，都不见效，终日坐卧不宁，寝食不安。太宗皇帝颁下诏书，三卫以上、朝官以下，都可以进献医治此病的药方。裴某按例进献一方：用奶煎荜拨。服用后太宗的病就好了。太宗皇帝命令中书省，给裴某授任一个五品官职。宰相犹豫不决，没敢拟制任职令呈报皇上。过了几天，太宗的哮喘病又发作了，又服用奶煎荜拨止住了哮喘。于是询问前几天那个进献药方的人授予了什么官。中书令说："没有审定好是给五品文官，还是五品武官。"太宗听后生气地说："救一位治国安邦平天下的天子活命的人，为什么不授予官职？假若治好了你宰相的病，一定当天就能得到官职了！"这天，太宗皇帝特别恩赐裴某三品正员京官，官拜鸿胪卿。以后裴某多次升迁，一直升任本州刺史。

　　刘仁轨是尉氏人。七八岁时，张囧藏从他家门前经过看见他，对他父母说："这孩子骨相很奇异，能做高官，要好好培养教育他。"

后仁轨为陈仓尉，囧藏时被流剑南，经岐州过。冯长命为岐州刺史，令看判司已下，无人至五品者。出逢仁轨，凛然变色。却谓冯使君曰："得贵人也。"遂细看之，后至仆射。谓之曰："仆二十年前，于尉氏见一小儿，其骨法与公相类，当时不问姓名，不知谁耳。"轨笑曰："尉氏小儿，仁轨是也。"囧藏曰："公不离四品，若犯大罪，即三品已上。"后从给事中出为青州刺史，知海运，遭风失船，被河间公李义府谮之。差御史袁异式推之，大理断死，特敕免死除名。于辽东效力，入为大司宪，竟位至左仆射。

卢嘉玚有庄田在许州，与表丈人河清张某邻近。张任监察御史，丁忧。及终制，携嘉玚同诣张囧藏，其时嘉玚年尚龆龀，张入见囧藏。立嘉玚于中门外。张谓囧藏曰："服终欲见宰执，不知何如？"囧藏曰："侍御且得本官。纵迁，不过省郎。"言毕，囧藏相送出门。忽见嘉玚，谓张曰："侍御官爵不及此儿，此儿甚贵而寿，典十郡已上。"后嘉玚历十郡守，寿至八十。

魏齐公元忠少时，曾谒囧藏，囧藏待之甚薄。就质通塞，亦不答也。公大怒曰："仆不远千里裹粮，非徒行耳，必谓明公有以见教。而含木舌，不尽勤勤之意耶。且穷通贫贱，自属苍苍，何预公焉。"因拂衣而去。囧藏遽起言曰："君之相禄，正在怒中。后当位极人臣。"

后来刘仁轨做了陈仓县尉。这时,张冏藏被流放到剑南,经过岐州。冯长命任岐州刺史,让张冏藏给判司以下的属员看相,结果是没有能任到五品官职的。张冏藏出来时遇见刘仁轨,他突然变得非常严肃,回头对冯刺史说:"得见贵人了!"于是仔细相看刘仁轨。后来,刘仁轨升到仆射,张冏藏对他说:"二十年前,我在尉氏看见过一个小孩,他的骨相与你类似。当时没有问姓名,不知是谁。"刘仁轨笑着说:"尉氏小儿就是我啊!"张冏藏说:"你离不开四品,若犯大罪,就能升任三品以上。"后来,刘仁轨从给事中出任青州刺史,主持海上运输工作,出航时遇到大风,船沉海中,被河间人李义府诬陷。朝廷派遣御史袁异式推究审理这一案子,刘仁轨被大理寺判处死刑。皇上特别下达一份诏书,免去刘仁轨的死刑,将他从官册上除名。后来刘仁轨在辽东效力,并且调回京城任大司宪,最终升任左仆射。

卢嘉玚在许州有一座庄园,与表丈人河清人张某邻近。张某任监察御史,当时父母去世在家守孝。待到守孝期满后,张御史带着卢嘉玚一同去张冏藏家。这时的卢嘉玚尚在刚刚换牙的年龄。张御史进里面去见张冏藏,把卢嘉玚留在中门外面。张御史对张冏藏说:"服完孝后我想去见见宰相等朝中的重臣,不知怎么样?"张冏藏说:"你这次回京还是官任原职,纵然能升迁,也不过是入省为郎。"说完,张冏藏送张御史出门。他忽然看见卢嘉玚,就对张御史说:"你的官爵还不如这个小孩。这孩子的面相特别显贵,而且长寿,能掌管十郡以上。"后来卢嘉玚历任十个郡的郡守,活到八十岁。

齐国公魏元忠年轻时,曾经拜访过张冏藏,张冏藏待他特别冷淡。魏元忠问张冏藏自己的命运如何,他不回答。魏元忠大怒,说:"我不远千里带着干粮来找你,要知道我不是空着手走路啊!以为你一定能给予我指教,你却闭口不语,仿佛舌头是木头做的。你完全没有诚意!但是人的困厄显达、富贵贫贱都是上天旨意,你能预测出什么呢?"于是拂衣而去。张冏藏忙站起身说:"你的相禄,正在发怒中才能看出来。以后你一定位极人臣。"

高敬言为雍州法曹，闾藏书之云："从此得刑部员外郎中给事中果州刺史。经十年，即任刑部侍郎、吏部侍郎。二年患风，改虢州刺史。为某乙本部，年七十三。"及为给事中，当直，则天顾问高士廉云："高敬言卿何亲？"士廉云："是臣侄。"后则天问敬言，敬言云："臣贯山东，士廉勋贵，与臣同宗，非臣近属。"则天向士廉说之，士廉云："敬言甚无景行，臣曾嗔责伊，乃不认臣。"则天怪怒，乃出为果州刺史。士廉公主犹在，敬言辞去，公主怒而不见。遂更不得改。经九年，公主士廉皆亡，后朝廷知屈，追入为刑部侍郎。至吏部侍郎，忽患风，则天命与一近小州养疾，遂除虢州刺史，卒年七十三。皆如闾藏之言。姚元崇、李迥秀、杜景佺三人，因选同诣闾藏。闾藏云："公三人并得宰相，然姚最富贵，出入数度为相。"后皆如言。出《定命录》。

张柬之

张柬之任青城县丞，已六十三矣。有善相者云："后当位极人臣。"众莫之信。后应制策被落。则天怪中第人少，令于所落人中更拣。有司奏一人策好，缘书写不中程律，故退。则天览之，以为奇才。召入，问策中事，特异之。既收上第，拜王屋县尉。后至宰相，封汉阳王。出《定命录》。

高敬言任雍州法曹,张冏藏写信给他说:"你从此以后能得到刑部员外郎中、给事中、果州刺史等官职。过了十年,你就可以任刑部侍郎、吏部侍郎。两年后患风疾,改任虢州刺史,这是你的归宿。这时你已经七十三岁了。"待到高敬言任给事中时,一天他值班,则天皇后问高士廉,说:"高敬言是你什么亲戚?"高士廉说:"是我侄儿。"后来武则天问高敬言,高敬言说:"我籍贯山东,高士廉是功臣权贵,和我是同宗,不是近亲。"则天皇后向高士廉说了这件事,高士廉说:"高敬言德行不好,我曾怒斥过他,所以他就不认我。"则天皇后怪怒高敬言,就降职让他出京改任果州刺史。当时高士廉、太平公主尚在,临行前高敬言向太平公主辞行,公主生气不见高敬言。于是降职之事更不能改变了。过了几年,太平公主、高士廉都去世了。后来朝廷知道高敬言冤屈,将他请回京城升任刑部侍郎。他忽然患了风疾,则天皇后让给他就近安排在一个小州上养病。于是改任为虢州刺史。高敬言病逝那年七十三岁。全都和张冏藏当年说的相同。姚元崇、李迥秀、杜景佺三人,一次在朝廷选拔官吏时,一同到张冏藏那儿求问官运。张冏藏说:"你们三人都能任宰相。然而姚元崇最富贵,能多次为相。"后来,这三个人的命运都像张冏藏所预言的那样。出自《定命录》。

张柬之

张柬之任青城县丞时,已经六十三岁了。有位擅长相术的人说:"以后你能够位极人臣。"众人都不相信他的话。后来,张柬之应制策选官落了榜。武则天责备中第的人太少,命令另外从落选的人中挑选。有司上报武则天说:"有一人策对得很好,因为书写不合规范,所以未被选中。"武则天看了他的策对后,认为这人是个奇才,于是召见张柬之进宫。武则天考问他制策中的问题,认为他与众不同,立刻选张柬之为第一名,授任他为王屋县尉。后来,张柬之一直升任当朝宰相,封汉阳王。出自《定命录》。

陆景融

陆景融为新郑令。有客谓之曰："公从今三十年,当为此州刺史,然于法曹厅上坐。"陆公不信。时陆公记法曹厅有桐树。后果三十年为郑州刺史,所坐厅前有桐树。因而问之,乃云："此厅本是法曹厅,往年刺史嫌宅窄,遂通法曹厅为刺史厅。"方知言应。出《定命录》。

程行谌

程行谌年六十任陈留县尉,同僚以其年高位卑,尝侮之。后有一老人造谒,因言其官寿。俄而县官皆至,仍相侮狎。老人云："诸君官寿,皆不如程公。程公从今已后,有三十一政官,年九十已上。官至御史大夫,及仆射有厄。"皆不之信。于时行谌妹夫新授绛州一县令,妹欲赴夫任,令老人占其善恶。老人见云："夫人婿今已病,去绛州八十里,必有凶信。"其妹忧闷便发,去州八十里,凶问果至。程公后为御史大夫,九十余卒,后赠仆射右相。果如所言。出《定命录》。

魏元忠

相国魏元忠,与礼部尚书郑惟忠,皆宋人。咸负材器,少相友善。年将三十,而名未立。有善相者见之,异礼相接。自谓曰："古人称方以类聚,信乎?魏公当位极人臣,

陆景融

陆景融任新郑县令时,有位门客对他说:"您从现在起三十年,应该任这个州的刺史,却在法曹堂上办公。"陆景融不信,当时,他记住了法曹堂有棵桐树。果然三十年后,陆景融任郑州刺史,他坐的大堂前边有棵桐树。陆景融询问了这个问题,有人回答说:"这儿本来是法曹堂,前任刺史嫌办公的地方窄小就将它打通了,作为刺史的大堂。"陆景融这才知道当年那位门客说的话应验了。出自《定命录》。

程行谌

程行谌六十岁那年任陈留县尉,同僚们因为他年岁大职位低,常常欺侮他。后来,有一位老人拜见他,谈话中谈起了他的官运与寿数。不一会儿县里的官员也都来了,这些人还像往常一样争相欺侮、捉弄程行谌。老人说:"你们这些人的官运与寿数都不如程县尉。从今往后,他有三十一任官运,能活九十岁以上。他会一直升任御史大夫,待到任仆射时,将有大难。"所有的人都不信老人的这种预测。当时,程行谌的妹夫新近被授任绛州一个县的县令,他妹妹想要到丈夫任职的地方去,让老人预测一下吉凶。老人见到程行谌的妹妹时说:"夫人的丈夫现在已经有病了,当你走到离绛州八十里路的时候,一定会得到凶信的。"程行谌的妹妹忧郁烦闷地起程上路了,离绛州八十里时,果然传来她丈夫的凶信。程行谌后来任御史大夫,九十多岁才去世,死后被追赠为仆射右丞相。这一切,果然都像老人当年预测的那样。出自《定命录》。

魏元忠

丞相魏元忠与礼部尚书郑惟忠都是宋人,都很有才气,两人从小就要好。年近三十两人还都没有功名。有位擅长相术的人看见他们后,用特殊的礼节接待他们。他对魏元忠说:"古人说物以类聚,真的吗?魏公官能做到为人臣子的最高一级,

声名烜赫。执心忠謇，直谅不回，必作栋干，为国元辅。贵则贵矣，然命多蹇剥，时有忧惧，皆是登相位已前事，不足为虞。但可当事便行，闻言则应。"谓郑公曰："足下金章紫绶，命禄无涯。既入三品，亦升八座。官无贬黜，寿复遐长。"元忠复请曰："禄始何岁？秩终何地？"对曰："今年若献书，禄斯进矣。罢相之后，出巡江徼，秩将终矣。"遂以其年，于凉宫上书陈事。久无进止，粮尽却归。路逢故人，惠以缣帛，却至凉宫，已有恩敕召入。拜校书，后迁中丞大夫。中间忤旨犯权，累遭谴责，下狱穷问。每欲引决，辄忆相者之言，复自宽解。但益肮脏言事，未尝屈其志而抑其辞，终免于祸，而登宰辅焉。自仆射窜谪于南郡，江行数日，病困。乃曰："吾终此乎。"果卒。出《定命录》。

声名显赫。你为官一定是忠诚正直,诚信而不行邪僻,一定能成为国家的栋梁,朝中的重臣。你的面相贵是贵,然而你命运多曲折,不时有忧患。这些都是登上相位以前的事,不必担心。只要遇事就去做,听到话就应和即可。"这位相士又对郑惟忠说:"您将来金章紫绶,福寿无边。既能进入三品高官的行列,也能升任八位重臣之一。你做官不会被贬职,你的寿数也长久。"魏元忠又请教说:"我的俸禄从什么时候开始,为官在什么地方结束?"相士回答说:"你今年如果向皇上上书进言,俸禄就来了。罢相位之后,外出到江边巡行,俸禄就终止了。"魏元忠就在这一年,在凉宫上书陈事,却好长时间没有回音。这时盘缠已经用完了,他就往回走。路上遇到了一位熟人,送给他丝和绢等,他又返回了凉宫。这时皇上已经降下诏书,召魏元忠进宫,授予他校书的官职。后来升任中丞大夫。这期间他因违逆圣命,触犯了权贵,多次遭到责罚,被下狱追究。每当他想自杀时,就回忆起当年相士说过的话,又自己宽慰自己。他只是越来越刚直不阿地抨击时政,从未动摇过自己的志向,收敛自己的言辞。最后他还是免除了祸患,登上了宰相的高位。后来,魏元忠从仆射被贬官到南郡任刺史,在江边巡行了几天后病势沉重。魏元忠说:"我就死在这里了吗?"果然他死在了这里。出自《定命录》。

卷第二百二十二

相二

裴光庭

姚元崇,开元初为中书令。有善相者来见,元崇令密于朝堂。目诸官后当为宰辅者,见裴光庭白之。时光庭为武官,姚公命至宅与语,复使相者于堂中垂帘重审焉。光庭既去,相者曰:"定矣。"姚公曰:"宰相者,所以佐天成化,非其人莫可居之。向者与裴君言,非应务之士,词学又寡,宁有其禄乎?"相者曰:"公之所云者才也,仆之所述者命也。才与命固不同焉。"姚默然不信。后裴公果为宰相数年,及在庙堂,亦称名相。出《定命录》。

安禄山

玄宗御勤政楼,下设百戏,坐安禄山于东间观看。肃宗

裴光庭

姚元崇在唐玄宗开元初年任中书令。有位相士来拜见他，姚元崇让这位相士隐藏在大殿旁边，暗中察看各位官员以后有谁能担任宰相之职。相士看见裴光庭时说："这个人可以任宰相。"当时，裴光庭是位武官。姚元崇让裴光庭到家中，说有话要和他说，又让相士藏在堂中门帘后面重新审看裴光庭。裴光庭走后，相士说："一定就是这个人。"姚元崇说："听说宰相是能够辅佐天子成就大业的人，不是这样的人是不可以担任宰相重任的。刚才我和裴光庭谈话，他不是那种善于应对时务的人，学问又浅，怎么能任宰相呢？"相士说："您所说的是才气，我所说的是命。才与命本来就不同。"姚元崇不相信相士说的话，也不再说什么了。后来，裴光庭果然担任了好几年宰相，在朝廷中也算得上名相。出自《定命录》。

安禄山

唐玄宗在勤政楼设御宴招待文武百官，楼下还安排了各种杂艺表演。玄宗与安禄山一同坐在东间观看。后来继位的肃宗

谏曰："历观今古，无臣下与君上同坐阅戏者。"玄宗曰："渠有异相，我欲禳之故耳。"又尝与之夜晏，禄山醉卧，化为一猪而龙头。左右遽告，帝曰："渠猪龙，无能为也。"终不杀之。禄山初为韩公张仁愿帐下走使之吏，仁愿常令禄山洗脚。仁愿脚下有黑子，禄山因洗而窃窥之。仁愿顾笑曰："黑子吾贵相也，汝独窃视之，岂汝亦有之乎？"禄山曰："某贱人也，不幸两足皆有之。比将军者色黑而加大，竟不知其何祥也。"仁愿观而异之，益亲厚之。约为义儿，而加宠荐焉。 出《定命录》。

孙思邈

孙思邈年百余岁，善医术。谓高仲舒曰："君有贵相，当数政刺史。若为齐州刺史，邈有一儿作尉，事使君，虽合得杖，君当忆老人言，愿放之。"后果如其言，已剥其衣讫，忽记忆，遂放。 出《定命录》。

孙　生

有孙生者不载其名，善相人。因至睦州，郡守令遍相僚吏。时房琯为司户，崔涣为万年尉，贬桐庐县丞。孙生曰："此二公位至台辅。然房，神器大宝，合在掌握中。崔

劝谏说:"儿臣读遍古往今来的所有典籍,也没有臣下与君王坐在一起看戏的记载。"唐玄宗说:"安禄山相貌奇特,我是想借他祭祷除邪啊!"唐玄宗曾与安禄山一起在夜间饮宴,安禄山喝醉后,躺下变成一头猪,却长着龙的头。手下人忙去禀报唐玄宗。玄宗皇帝说:"他是一头猪龙,没有什么作为!"终于没有杀他。开始时安禄山在韩国公张仁愿帐下做一名走使小吏,张仁愿经常让安禄山给他洗脚。张仁愿脚下有一颗黑痣,安禄山趁给他洗脚时偷看那颗痣。张仁愿望着安禄山笑着说:"黑痣是我的贵相,唯独你偷偷观察它,难道你也有吗?"安禄山说:"我是一个微不足道的人,不巧的是我的两只脚上都有痣,比将军的颜色黑而大,竟不知道这是什么好兆头?"张仁愿看了安禄山脚上的痣后很惊异,越发亲近、厚待他了,让他做了自己的义子。此后张仁愿更加宠幸安禄山,并极力向朝廷推荐他。出自《定命录》。

孙思邈

孙思邈活了一百多岁,他擅长医术。他曾对高仲舒说:"你生有贵人的相貌,应该担任几年刺史的官职。如果你任齐州刺史,我有一个儿子在你那任尉官,侍奉刺史您。将来他会触犯刑律受杖刑,您要记住我这位百岁老人今天说的话,希望能免除他的杖刑。"后来,果然如孙思邈所说的那样。孙思邈的儿子衣服已经被扒下来,就要对他行杖刑,高仲舒忽然想起当年孙思邈的这番话,于是放了他。出自《定命录》。

孙 生

有一位姓孙的读书人,史书没有记载他的名字。孙生擅长相术。一次,他因事来到睦州,睦州的郡守让他给手下所有的僚属相面。当时,房琯任司户,崔涣任万年县县尉,他俩都被降职到桐庐县任县丞。孙生指着房琯和崔涣说:"这二位官人,将来都能做宰相。尤其是房官人,皇帝的玺印应该归他掌管。崔官人

后为杭州刺史，某虽不睹，然尚蒙其恩惠。"既后房以赍册文，自蜀至灵武授肃宗。崔果为杭州，下车访生，则已亡殁旬日矣。因署其子为牙将，以彩帛赠恤其家。出《广德神异录》。

衡　相

开元中有相者不知姓名，自言衡山来，人谓之衡相。在京舍宣平里。时李林甫为太子谕德，往见之。入门，则郑少微、严杲已在中庭。相者引坐，谓李公曰："自仆至此，见人众矣，未有如公贵者也。且国家以刑法为重，则公典司寇之职。朝廷以铨管为先，则公居冢宰之任。然又秉丹青之笔，当节制之选。加以列茅分土，穷荣极盛，主恩绸缪，又望浃洽。兼南省之官，秩增数四，握中枢之务，载盈二九，搢绅仰威，黎庶赡惠，将古所未有也。"顾严郑曰："预闻此者，非不幸也。公二人宜加礼奉，否则悔吝生矣。"时严郑各负才名，李尤声誉未达。二公有辐轹之心，及闻相者言，以为甚不然。唯唯而起，更不复问。李因辞去。后李公拜中书，郑时已为刑部侍郎。因述往事，谓郑曰："曩者宣平相人，咸以荒唐之说，乃微有中者。"无何，郑出为岐

以后能迁任杭州刺史。到那时，我虽然看不到崔县丞的富贵荣耀，但是还能蒙受他的恩惠。"这以后不久，房琯带着唐玄宗册封肃宗的诏书，从四川到灵武授予肃宗。崔涣果然任杭州刺史，上任时途经孙生家下车去拜访他，然而孙生已经去世十来天了。崔涣就让孙生的儿子在自己手下做了一名牙将，并赠送彩色丝绢给孙生的家属。出自《广德神异录》。

衡　相

　　唐玄宗开元年间有一位不知叫什么名字的相士，自己说是从衡山来的，人们就叫他"衡相"。他住在京城的宣平里。当时李林甫任太子谕德，一天，他去拜访衡相。进了屋门，他看见郑少微、严杲已经坐在中厅里。衡相请李林甫入坐，对他说："自从我到这里来，见过很多人，还从没见过像你这样贵相的人呢。而且国家把刑法看得很重要时，你就能出任司寇，掌管刑罚；朝廷把量才授官的准则放在首位时，你就能坐在宰相的位置上，举才用士选授官吏。同时你还执掌着记勋的丹册，根据每个人功勋的大小，选任节度使，向他们分封侯位，赐给土地。你的荣华富贵能达到顶点。圣上对你已经是情重恩厚，还望你进一步与圣上和谐、融洽。这样你就能兼任南方省份的官吏，并且你的职位不断升高，直到掌握朝廷中枢要务，就达到了鼎盛至极。那时，官宦士绅们将仰仗您的恩威，黎民百姓们将受到您的恩惠，将是从古到今也未曾有过的啊！"衡相看了看严杲和郑少微说："先听听这个人的，并没有什么不好。你二人应该更加敬奉礼待他，不然要悔恨终生的。"当时严杲和郑少微都已经很有名气了，而李林甫的声誉还不够显赫。严杲和郑少微有超过李林甫之心，听衡相这样说，认为不是那么回事，二人就谦恭地站起来，也就不再让他看相了。李林甫也告辞回去了。后来，李林甫升任中书令。这时郑少微已经做了刑部侍郎。他们在一起述说往事时，李林甫对郑少微说："以前宣平里那位看相的人，说的都是不着边际的话，哪有几句被他说中的啊！"不久，郑少微由朝官改任岐

州刺史，与所亲话其事。未期，又贬为万州司马。严自郎中，亦牧远郡。出《定命录》。

又

李林甫少孤，为元氏姨所育，住在伊川。时林甫年十岁，与诸儿戏于路旁。有老父叹而目焉，人问之。老父曰："富贵诚不自知。"指李公曰："此童后当为中书令，凡二十年。所叹与凡小戏谁辨也。"出《定命录》。

马禄师

武功马禄师善相，长安主簿萧璿与县尉李峤、李全昌同诣求决。马生云："三人俱贵达。大李少府，位极人臣，声名振耀，南省官无不虚任，三入中书。小李少府，亦有清资，得五品已上要官，位终卿监。萧主簿中年湮沉，晚达亦大富贵。从今后十年，家有大难，兄弟并流，唯公与一弟获全。又十年之后，方却得官。遇大李少府在朝堂日，当得引用。小李少府入省官时，为其断割。"后璿离长安任，作秘书郎。则天既贵，皇后王氏破灭。萧璿是其外姻，举家流窜。兄弟六人，配向岭南。唯璿与弟瑗，配辽东。无何有处置流移使出，岭南者俱死，唯辽东者获全。兄弟二人，因亡命十余年。至神龙初，方蒙洗涤。其时李峤作相，于街中忽逢璿。使人问是萧秘书郎，因谓之曰："公岂忘武功

州刺史,就向他的亲朋好友讲了这件事情。不到一年,郑少微又被降职任万州司马。严果也从郎中的职位上被贬官到边远的地方去了。出自《定命录》。

又

李林甫很小的时候就父母双亡成了孤儿,被他的姨娘元氏收养,住在伊川。李林甫十岁时,与几个小孩在路边玩耍,一位老翁感叹地望着李林甫。有人问老翁,老翁说:"真是富贵自己不知道啊!"老人指着李林甫说:"这个孩子以后能做中书令,大概也就二十年以后吧。我感叹的是他与这些平常的小孩在一起玩耍,有谁能辨别出来他是未来的宰相呢?"出自《定命录》。

马禄师

武功县的马禄师擅长给人相面。长安主簿萧璿与县尉李峤、李全昌一同到他那里去求他给看个结果。马禄师说:"你三人全都能发达显贵。大李少府的官位能达到为人臣子的最高一级,并将名振四海,声耀天下。但是所任的南方各省的官都是虚职,能三次进入中书省任职。小李少府也有高贵显要的官职,得五品以上重要职务,直到做到卿监。萧主簿中年被埋没,晚年能发达,也是大富大贵。从现在起十年以后,你家有大难,兄弟一起被流放,只有你和一个兄弟能够保全生命。再过十年之后才能再次得官。遇到大李少府在朝中执政,能得到荐举任用。小李少府进入省官时,为他裁决。"后来萧璿离开长安到别的地方任职,作秘书郎。武则天执掌朝政后,王皇后被诛灭。萧璿是王皇后的外戚,因此受牵连,全家被流放。兄弟六人被发配到岭南,只有萧璿与弟弟萧瑗被发配到辽东。不久有处置流亡之人的使者来到,发配到岭南的人都死了,只有发配到辽东的萧璿兄弟二人保全了生命。兄弟二人逃亡在外十多年,到神龙初年才得到昭雪。这时候李峤已经做了宰相,一天他在街上忽然遇到萧璿,派人去询问才知道是萧秘书郎,便对萧璿说:"你怎么忘了当年武功县的

马生之言乎?"于是擢用。时小李少府作刑部员外,判还其家。萧公竟历中外清要,位至崇班,三品官十余政。出《定命录》。

李含章

崔圆微时,欲举进士。于魏县见市令李含章云:"君合武出身,官更不停,直至宰相。"开元二十三年,应将帅举科。又于河南府充乡贡进士。其日正于福唐观试,遇敕下,便于试场中唤将。拜执戟参谋河西军事。应制时,与越州剡县尉窦公衡同场并坐,亲见其事。后官更不停,不逾二十年,拜中书令赵国公,实食封五百户。又圆微当作司勋员外,释服往见会昌寺克慎师。师笑云:"人皆自台入省,公乃自省入台。从此常合在枪槊中行,后当大贵。"无何为刑部员外兼侍御史,充剑南节度留后。入剑门后,每行常有兵戈。未逾一年,便致勋业。崔初入蜀,常于亲知自说如此。出《定命录》。

尚 衡

御史中丞尚衡童幼之时游戏,曾脱其碧衫,唯著紫衫。有善相者见之曰:"此儿已后,当亦脱碧著紫矣。"后衡为濮阳丞,遇安禄山反,守节不受贼官。将军某乙使衡将绯衣鱼袋,差摄一官,衡不肯受曰:"吾当脱碧著紫,此非吾衣。"曾未旬月,有敕命改官赐紫。于是脱碧著紫。衡自又云:

马禄师说的话了呢?"于是,李峤任用了萧璿。这时,小李少府作刑部员外,被革职还乡。萧璿竟然多次担任朝内朝外的显要官职,一直升到殿内崇班,任三品官十多次。 出自《定命录》。

李含章

崔圆微想去考进士时,在魏县见到管市场的李含章。李含章说:"你应当是武官出身,能不停地升迁,直到宰相。"唐玄宗开元二十三年,崔圆微去应选拔将帅的举科考试。稍后他又在河南府充当乡贡进士。这天他正在福唐观看考试,正巧遇到皇上下达诏书,让就便在试场中选拔将领。崔圆微被选中,授予执戟参谋河西军事之职。参加制科考试时他和越州剡县尉窦公衡在同一考场,坐在一起,窦公衡亲眼看见了这件事情。后来,崔圆微不停地升迁,不到二十年,升任中书令,封赵国公,实际封赐他食禄五百户。又,崔圆微应当作司勋员外郎,他脱下朝服换上便装去会昌寺拜访克慎禅师。克慎禅师笑着说:"人家都是从御史台进入中书省,您却从中书省进入御史台。从今往后,你会常在兵戈中行走,以后一定能显贵。"不久,崔圆微任刑部员外兼侍御史,担当剑南节度留后,总摄剑南的军政要务。他到剑门后,每次行动常遇到战事。不到一年,便建功立业。崔圆微初到四川时,自己常在亲朋中说起这些事。 出自《定命录》。

尚 衡

御史中丞尚衡童年时,一次在外面玩耍,脱掉了青绿色的外衣,只穿着一件紫色的衣衫。有一位擅长相面的人看见了,说:"这小孩以后应该也是脱绿穿紫。"后来尚衡任濮阳县丞时,遇上安禄山叛乱。尚衡坚守节操,不接受贼党赐给他的官位。将军某乙派人给尚衡送去象征权位的红色官服和鱼袋,授给他一个临时的官职。尚衡不肯接受,说:"我应该脱绿穿紫,这不是我的衣服。"不到一个月,尚衡便接到皇上的诏命,命他改任官职,赐赠给他紫色官服。于是,尚衡脱绿着紫。尚衡自己又说:

"当作七十政。"今历十余政,已为中丞大夫矣。出《定命录》。

柳 芳

柳芳尝应进士举,累岁不及第。诣朝士宴,坐客八九人皆朱绂,亦有畿赤官。芳最居坐末,又衣服粗故,客咸轻焉。有善相者,众情属之,独谓芳曰:"柳子合无兄弟姊妹,无庄田资产,孑然一身,羁旅辛苦甚多。后二年当及第,后禄位不歇。一座之客,寿命官禄,皆不如君。"诸客都不之信。后二年果及第,历校书郎畿尉丞,游索于梁宋间。遇太常博士有阙,工部侍郎韦述知其才,通明谱第,又识古今仪注,遂举之于宰辅,恩敕除太常博士。时同座客,亡者已六七人矣。出《定命录》。

陈 昭

仆射房琯、相国崔涣并曾贬任睦歙州官。时有婺州人陈昭见之云:"后二公并为宰相,然崔公为一大使,来江南。"及至德初,上皇入蜀,房崔二公,同时拜相。崔后为选补使,巡按江东。至苏杭间,崔公自说。出《定命录》。

卢齐卿

卢齐卿有知人之鉴。年六七岁时性慢率,诸叔父每令一奴人随后。至十五六好夜起,于后园空庭中坐。奴见

"我应当作七十任官。"现在尚衡作了十多任官，已经是中丞大夫了。出自《定命录》。

柳　芳

柳芳曾参加进士考试，接连好几年都未考中。一次他参加朝廷官员的宴会，同座的八九个人都是大权在握的要员，也有的是京城所属及附近各县的地方官。柳芳坐在最后边，而且他穿的是粗布的旧衣服，同座的人都很瞧不起他。席上有位擅长看相的人，大家都请他看相。他只对柳芳说："柳先生，你没有兄弟姐妹，没有庄田资产，孤单一人，作客在外会有许多的艰辛。过两年会考中，以后禄位就不会停止。在座的各位无论寿命还是官禄，都不如你。"在座的客人都不信他的话。过了两年，柳芳科考果然得中，担任校书郎、京城辖县的尉丞，游历在商丘、大梁之间。后来遇到朝中太常博士这一职位空缺，工部侍郎韦述知道柳芳有才学，通晓谱系，还懂得古今的礼仪制度，于是把柳芳荐举给宰相。皇上颁下诏书，授予柳芳太常博士一职。这时，当年朝士宴会上的众客人已经有六七人不在人世了。出自《定命录》。

陈　昭

仆射房琯、相国崔涣当年曾经一同被贬到睦、歙二州任州官。当时有个叫陈昭的婺州人看见他俩，说："以后二公将一齐任宰相，但是崔公将任重要使节，出巡江南。"到了唐肃宗至德初年，玄宗皇上来到蜀中，房琯、崔涣同时被授任宰相。后来崔涣被任命为选补使，巡行视察江南。在巡察苏杭期间，崔涣自己讲述了这件事情。出自《定命录》。

卢齐卿

卢齐卿有鉴别人才的能力。他六七岁的时候性格轻率，他的叔叔们常常让一个仆人在后面跟着他。到了十五六岁的时候，他常常夜间起来，在后花园空庭中坐着。有一次，仆人看见

火炬甚多,侍卫亦众,有人持伞盖盖之。以告叔父,叔父以为妖精怪媚。有巫者教以艾灸在手中心。袁天纲见之,大惊异曰:"此人本合知三世事,缘灸掌损,遂遣灭却两世事,只知当世事。"从此每有所论,无不中者。官至秘书监。张嘉贞之任宰相也,有人诉之。自虑左贬,命齐卿视焉。不为决定,因其入朝,乃书笏上作"台"字,令张见之。张以为不离台座,及敕出,贬台州刺史。张守珪,河北人,事县尉梁万顷。万顷令捉马,失衣襟,遂挞一顿。因此发愤从军,为幽州一果毅。齐卿常引对坐云:"公后当富贵,秉节钺。"守珪踧踖,不意如此。下阶拜。卢公未离幽州,而守珪为将军节度矣。梁万顷为河南县尉,初考满。守珪唤与相见,万顷甚惧,守珪都不恨之。谓曰:"向者不因公责怒,某亦不发愤自达。"乃遗其财物,使疗病。出《定命录》。

梁十二

有梁十二者名知人。至宋州,刺史司马诠作书,荐与苏州刺史李无言云:"梁十二今之管辂。"李无言遣日暮引入宅,无言乃著黄衣衫,令一客著紫,替作无言,与相抵对。梁子谓客云:"向闻公语声,未有官禄。又闻黄衣语,乃是三品。

他周围有许多火把,有很多侍卫在他身边,还有人站在他的身后为他撑着伞盖。仆人把这事告诉了他的叔父,他的叔父以为是妖精鬼怪在迷惑他。有位巫师教他叔父用艾草灼烧他的手心。袁天纲看见了,非常惊异地说:"他本该知道三世的事情,因为灸烤损坏了他的手掌,就使他遗忘了两世的事,现在他只知道当世的事情了。"从此以后,卢齐卿每次谈论什么,没有不被他说中的。后来卢齐卿官任秘书监。张嘉贞任宰相时,有人毁谤他。张嘉贞担心自己会被降职,让卢齐卿给他看视一下。卢齐卿没有给他明确答复,知道他要去上朝,就在他的笏板上写了一个"台"字,让张嘉贞看。张嘉贞以为自己不能离开台座即宰相之职。待到皇上颁下诏书,才知道原来是被降职到台州任刺史。张守珪是河北人,侍奉县尉梁万顷。一次梁万顷让他捉马,张守珪在捉马时,扯掉了衣襟,于是梁万顷让人鞭打了他一顿。张守珪气愤之下参了军,后来在幽州作了一名果毅。卢齐卿曾叫他坐在一起聊天,说:"以后你能够富贵,掌握重要的兵权。"张守珪听了后,显得有些局促不安。他没想到像卢齐卿所说的那样,忙走下台阶,恭敬地拜谢卢齐卿。卢齐卿一直没有离开幽州,而张守珪后来果然升为将军,官任执掌一方军政大权的节度使。梁万顷任河南县尉,任职期满后,张守珪传唤他前来相见。梁万顷知道后,非常惧怕。张守珪一点都没有恨他,对他说:"从前如果你不发怒责罚我,我也不会发愤自强的。"临别时,张守珪还送给梁万顷钱和物品,让他治病用。出自《定命录》。

梁十二

有位叫梁十二的人,以能预测人的未来而知名。梁十二来到了宋州,刺史司马诠写信把他推荐给苏州刺史李无言,说:"梁十二是当今的管辂。"李无言让人天黑时带梁十二到他家中去。李无言自己穿上黄色衣服,让他的一位门客穿上紫色的衣服扮作李无言,与梁十二对答。梁十二对这位门客说:"刚才听您说话的声音,还没有官禄。再听穿黄衣服的人说话,却是三品官。

今章服不同,岂看未审。"无言信之,乃以实对云:"某昨有事,恐被宣尉使恶奏,君视如何?"梁云:"公即合改得上州刺史。"后果改为睦州刺史,无言赠钱二百贯。梁子云:"公至彼州,必得重厄。某为公作一法禳之,公当须嗔责某乙。云是妄语人,鞭背十下,仍不得令妻子知也。"无言再三不可,梁子再三以请,无言闵默而从之。明早,李公当衙决梁子十下,小苍头走报其妻。无言入门,妻云:"何以打梁子?"无言恨云:"忘却他不遣家内知。"俄而梁子叩铃,请见无言曰:"公何以遣妻子知,厄不免矣。公既强与某二百千文,有一事以报公德。公厄虽不免,然令公得二千贯,以充家资,取之必无事。"无言在州,果取得二千贯钱而死。梁十二又谓丹徒主簿卢惟雅云:"从此得通事舍人。"如其言。后于京见之,云:"至某年,财物庄宅合破散,公当与某五十千文,某教公一言即免。"卢不之信,不与是钱。至某年,卢果因蒲博赌赛,庄宅等并尽。出《定命录》。

冯 七

进士李汤赴选,欲求索。入京至汴州,有日者冯七谓之曰:"今年得留,东南三千里外授一尉。"李不信曰:"某以四选得留,官不合恶。校书正字,虽一两资,亦望得之,

现在你们的官服不同，这样叫我看，怎么能鉴察清楚呢？"这回李无言相信梁十二了，于是实话告诉梁十二说："我昨天出了点事，担心宣尉使到皇上那儿说我的坏话，你看应该怎么办？"梁十二说："你马上就能变更职位，任上一级州的刺史。"后来，李无言果然改任睦州刺史。李无言赠送给梁十二二百贯钱。梁十二说："你到睦州以后，一定有大难。我作一法替你祭祷消灾。你必须怒责我一顿，就说我是胡说八道的人，用鞭子抽我背十下，但不要让你妻子知道。"李无言再三推却说不可，梁十二再三请求他这样做。李无言于心不忍，默默地听从了梁十二的话。第二天早上，李无言在大堂上处罚梁十二十鞭子，李无言家的小奴仆跑去把这事告诉了李无言的妻子。李无言回家一进门，妻子就问："为什么打梁先生？"李无言悔恨地说："我忘了十二告诉我，不让告诉家属的。"过了一会儿，梁十二来叩门，要求见李无言，说："你为什么要让你妻子知道这件事？这回，大难是免不了啦。你既然硬是给我二百千文钱，我用一件事报答你的恩德。虽然你的灾难是免不了的，但是可以让你得到二千贯钱，来充实你家的财产，你收下它不会有什么事的。"李无言到睦州后，果然得到二千贯钱后就死了。梁十二又对丹徒主簿卢惟雅说："从此你能得到通事舍人的官职。"后来果然像梁十二说的那样。后来梁十二在京城见到卢惟雅，说："到某一年，你的家产和庄宅会破败散失。你应该给我五十千文钱，我教给你一句话，就可以免去这场灾难。"卢惟雅不相信他的话，不给他这份钱。到了那一年，卢惟雅果然因为赌博，庄宅、钱物等全都输光了。出自《定命录》。

冯　七

进士李汤去京城参加选官，想要找人问问能否被选中。去京城途径汴州，有一位叫冯七的以占候卜筮为业的人对他说："你今年能得官，在东南方向三千里以外的地方被授予一个尉官。"李汤不信，说："我已经四次参加候选，每次都保留了候选的资格，官不应太差。校书正字的官虽小，也希望得到它。

奈何一尉。"冯曰:"君但记之,从此更作一县尉,即骑马不住矣。"又问李君婚未,李云:"未婚,有一姨母在家。"冯曰:"君从今便不复与相见矣。"李到京,选得留。属禄山之乱,不愿作京官,欲与校正,不受。自索湖州乌程县尉。经一年,廉使奏为丹阳尉,遂充判官,因乘官马不住。离乱之后,道路隔绝,果与姨母不复相见。出《定命录》。

马　生

　　天宝十四年,赵自勤合入考。有东阳县瞽者马生相谓云:"足下必不动,纵去亦却来。于此禄尚未尽,后至三品,著紫。"又云:"自六品即登三品。"自勤其年果不入考。至冬,有敕赐紫。乾元二年九月,马生又来。自勤初诳云:"庞仓曹家唤。"至则捏自勤头骨云:"合是五品,与赵使君骨法相似。"所言年寿并官政多少,与前时所说并同也。出《定命录》。

怎么能得到一个尉官呢?"冯七说:"你只要记着,从今以后你将更换着地方作一名县尉,就是骑马不停地走啊!"冯七又问李汤结婚没有,李汤说:"没有结婚,有个姨母在家。"冯七说:"你从现在起就再不能与你姨母见面了。"李汤到京后,被选中留用。正值安禄山叛乱,他不愿在京城里做官。朝廷想让他任校正,他没有接受,自己讨了一个湖州乌程县尉当。过了一年,观察使奏请朝廷任他为丹阳尉。于是他充任判官,从此骑乘官马不停地奔走。安史之乱后,道路不通,李汤果然与姨母没有再相见。出自《定命录》。

马 生

　　唐玄宗天宝十四年,赵自勤应当进京参加选官考试。东阳县有个姓马的盲人给他看相说:"你一定不要去,即使去了也要回来。在这里你的禄位还没有完呢。以后你能任三品官,穿紫色官服。"他又说:"从六品一下你就能升到三品。"赵自勤这年真的没有去参加考试。到了冬天,皇上颁下诏书,赏赐赵自勤紫色官服。唐肃宗乾元二年九月,姓马的盲人又来了。开始,赵自勤骗他说:"我是庞仓曹家的仆人。"姓马的盲人走到赵自勤面前就去捏他的头骨,说:"你是五品,你的骨法和赵使君的差不多。"姓马的盲人所说的关于赵自勤的年寿以及任多少任官,与以前说的都一样。出自《定命录》。

卷第二百二十三
相三

桑道茂

李西平晟之为将军也，尝谒桑道茂。茂云："将军异日为京兆尹，慎少杀人。"西平曰："武夫岂有京兆尹之望？"后兴元收复，西平兼京尹。时桑公在俘囚之中，当断之际，告西平公："忘少杀人之言耶。"西平释之。出《传载》。

韦夏卿

韦献公夏卿有知人之鉴，人不知也。因退朝，于街中逢再从弟执谊，从弟渠牟、舟。三人皆第二十四，并为郎官。簇马良久，献公曰："今日逢三二十四郎，辄欲题目之。"语执谊曰："汝必为宰相，善保其末耳。"语渠牟曰："弟当别承主上恩，而速贵为公卿。"语舟曰："三人之中，弟最

桑道茂

李西平字晟之,他任将军时,曾去拜访桑道茂。桑道茂说:"将军以后能任京兆尹,但你要谨慎,少杀人。"李西平说:"我一介武夫怎么能有任京兆尹的可能呢?"后来,李西平领兵收复了兴元,兼任京兆尹。此时桑道茂是被停人员之一,正要处死他的时候,桑道茂提醒李西平道:"你忘了当年我劝你少杀人的话了吗?"李西平听了桑道茂的话后就释放了他。出自《传载》。

韦夏卿

韦夏卿有预知人未来的能力,别人都不知道他有这种能力。一次退朝后,韦夏卿在街上上遇见了他的再堂弟韦执谊、堂弟韦渠牟和韦舟。这三个人全都考中第二十四名,并同时被选任为郎官。他们几个人骑马聚集在一块儿好一会儿,韦夏卿说:"今天遇见三位二十四郎,我可要对你们妄加品评了。"他对韦执谊说:"你一定能成为宰相,可要好好地保持晚节啊!"对韦渠牟说:"你应该另选新主,承蒙新主的恩赐很快就能贵为公卿。"对韦舟说:"你们三个人中,无论是年寿还是禄位,老弟你最

长远。而位极旄钺。”由是竟如言。出《传载》。

骆山人

王庭凑始生于恒山西南三十里石邑别墅。当生之后，常有鸠数十，朝集庭树，暮宿檐户之下。有里人路德播异之。及长骈胁，善阴符鬼谷之书。历居戎职，颇得士心。以长庆元年春二月曾使河阳，回及沇水。酒困，寝于道。忽有一人荷策而过，熟视之曰：“贵当列土，非常人。”有从者窦载英寤，以告庭凑。庭凑驰数里及之，致敬而问。自云：“济源骆山人。向见君鼻中之气，左如龙而右如虎，龙虎气交，当王于今年秋。子孙相继，满一百年。吾相人多矣，未见有如此者。”复云：“家之庭合有大树，树及于堂，是兆也。”庭凑既归，遇田弘正之难。中夜，有军士叩门，伪呼官称。庭凑股栗欲逃，载英曰：“骆山人之言时至矣。”是夜七月二十七日也，庭凑意乃安。及为留后，他日归其别墅，视家庭之树，婆娑然暗北舍矣。墅西有飞龙山神，庭凑往祭之。将及其门百步，见一人被衣冠，折腰于庭凑。庭凑问左右，皆不见。及入庙，神乃侧坐，众皆异之。因令面东

长远，而且能掌握最高的军权。"最终这三个人的情况都与韦夏卿说的一样。出自《传载》。

骆山人

王庭凑出生在恒山西南三十里的石邑别墅。他出生以后，经常有几十只鸠鸟早晨集聚在他家庭院中的树上，晚上住在他家的屋檐下。同乡里有个叫路德播的人，看见了感到很奇怪。待到长大成人，王庭凑的肋骨相并连为一骨，擅长《阴符》和《鬼谷子》这类的书。他多年担任军职，很得士兵的拥戴。唐穆宗长庆元年春二月，王庭凑被派到河阳，在返回来的途中经过沈水时，他喝醉酒睡在路边。忽然有一个人肩扛着计算用的筹子从这里经过，这个人仔细地端详王庭凑说："这个人特别贵相，将来能得到候位和领地，不是一般的人啊！"这时，王庭凑的随从窦载英醒来听见了这些话，告诉了王庭凑。王庭凑听了后，骑马疾驰了好几里地追上了这个人，施礼后问他方才的事情。这个人自我介绍说："我是济源骆山人。刚才看见你鼻中呼出的气，左边像龙，右边像虎。龙虎两气相交，你必定在今年秋天称王，子孙相递继承你的王位整一百年。我看过相的人很多，从未见过像你这样的人。"又说："你家院中有棵大树，长到了与房屋相接，这就是征兆啊！"王庭凑返回去不久，就遇到了主帅田弘正被反叛的乱军杀死。当天半夜，有士兵叫门，假称是官府的。王庭凑听见叫门声后，吓得两腿颤抖，想要逃走，窦载英说："骆山人说的那个时刻到了。"此时是七月二十七日夜里，王庭凑听了窦载英的话才放下心来。待到王庭凑任魏博节度留后之后，有一天他回到了自己当年的出生地石邑别墅，看见庭院中的大树枝叶繁茂，婆娑摇曳，把北面的房屋掩映在树影之下。别墅西面有飞龙山神，王庭凑前往祭祀。走到离飞龙山神庙门约一百步时，王庭凑看见一个披衣戴冠的人，正俯身向他行礼。王庭凑问跟随在身边的人，都说没有看见。待到进入庙里，他们看见飞龙山神竟然侧身坐着。大家都很奇怪。于是，王庭凑命令手下面向东方

起宇，今尚存焉。寻以德播为上宾，载英列为首校。访骆山人，久而方获。待以函丈之礼，乃别构一亭。去则悬榻，号"骆氏亭"，报畴昔也。出《唐年补录》。

李　生

杜惊通贵日久。门下有术士李生，惊待之厚。惊任西川节度使，马埴罢黔南赴阙，取路至西川。李术士一见埴，谓惊曰："受相公恩久，思有以效答，今有所报矣。黔中马中丞非常人也，相公当厚遇之。"惊未之信。李生一日密言于惊曰："相公将有甚祸，非马中丞不能救，乞厚结之。"惊始惊信。发日，厚币赠之。仍令邸吏为埴于阙下买宅，生生之费无阙焉。埴至阙方知，感惊不知其旨。寻除光禄卿，报状至蜀。惊谓李生曰："贵人至阙也，作光禄勋矣。"术士曰："姑待之。"稍进大理卿，又迁刑部侍郎，充盐铁使。惊始惊忧。俄而作相。懿安皇后宣宗幽崩，惊懿安子婿也。忽一日，内榜子索检责宰臣元载故事，埴谕旨。翌日，延英上前，万端营救。素辩博，能回上意，事遂寝。出《前定录》。

建造了一所房屋，现在那所房子还在。紧接着，王庭凑把同乡路德播待为上宾，把窦载英升任军校头领，又派人寻访那位预言他能称王的骆山人。找了很久才找到他。王庭凑像敬待师长那样敬待骆山人，特为这位骆山人修建了一座亭子，在亭子里专为骆山人放置一张床。骆山人离去时，就将床悬挂起来。亭子叫作"骆氏亭"，用来报答他从前的恩德。出自《唐年补录》。

李　生

　　杜悰通达显贵已经很长时间了。他的门下有位术士李生，杜悰待他很好。杜悰任西川节度使时，正值马植辞去黔南中丞的官职返回京城，路经西川。李生一见马植就对杜悰说："我受你厚待的恩德已经很长时间了，总想报答你，今天有报答你的机会了。从贵州来的这位马中丞，不是一般的人，你应该很好地招待他。"杜悰并未信李生的话。一日，李生偷偷地对杜悰说："相公，你要有大祸，非马中丞不能救你。我恳求你趁这个机会，厚厚地结交他。"杜悰听了后大吃一惊，这才相信了李生的话。这天，马植要出发上路了，杜悰送给他一笔巨款，并且还派邸吏给他在京城内买了房子。这样，马植生活上的一切费用都不缺了。马植是到了京城以后才知道买房的事情，他很感激杜悰，但不知道杜悰的用意是什么。不久，马植被授任光禄卿。马植任光禄卿的消息传到蜀中，杜悰对李生说："贵人到了京城，做了光禄勋。"李生说："暂时等一等。"马植被逐渐升任大理卿，继而又升为刑部侍郎，担任盐铁使。杜悰开始担心害怕。不久，马植升任宰相。当时懿安皇后因跟唐宣宗不合，突然死去。杜悰是懿安皇后女儿的丈夫。忽然有一天，皇上下了一道命令，要仿效当年处罚重臣元载的先例处罚杜悰——抄家灭门。马植知道了这事，第二天，他到延英殿面见皇上，千方百计地设法营救杜悰。马植凭着他能言善辩的才能，终于使皇上回心转意，使这件事情平息下来。出自《前定录》。

王锷

王锷为辛杲下偏裨，杲时帅长沙。一旦击毬，驰骋既酣。锷向天呵气，气高数丈，若匹练上冲。杲谓其妻曰："此极贵相。"遂以女妻之。锷终为将相。出《独异志》。

窦易直

窦相易直，幼时名秘。家贫，就业村学。其教授叟有道术，而人不知。一日近暮，风雪暴至。学童悉归家不得，而宿于漏屋之中。寒争附火，唯窦公寝于榻，夜深方觉。叟抚公令起曰："窦秘，君后为人臣，贵寿之极，勉励自爱也。"及德宗幸奉天日，公方举进士，亦随驾而西。乘一蹇驴至开远门，人稠路隘，其扉将阖，公惧势不可进。闻一人叱驴，兼捶其后，得疾驰而出。顾见一黑衣卒，呼公曰："秀才，已后莫忘闻情。"及升朝，访得其子，提挈累至吏中荣达。出《因话录》。

李潼

韦处厚在开州也，尝有李潼、崔冲二进士来谒，留连月余日。会有过客西川军将某者能相术，于席上言："李潼三日内有虎厄。"后三日，处厚与诸客游山寺，自上方抵下方，日已暮矣。李先下，崔冲后来。冲大呼李云："待冲来！待

王锷

王锷是辛杲手下的一名偏将。当时辛杲率军驻在长沙。一天早晨骑马击球,玩到最激烈的时候,王锷向天空呵了一口气,这口气高达几丈,好像白色的绢练直向上冲去。辛杲看见后,回家对妻子说:"王锷的这种现象,是富贵至极的征兆。"于是把女儿嫁给了王锷。王锷最终做了将相。出自《独异志》。

窦易直

宰相窦易直小时候叫窦秘。他家境贫寒,在村里小学读书。教他的老师是位老头,有道术,但别人不知道。一天傍晚,突然天气大变,风雪交加,学童们都回不了家,就住在了漏屋子里。因为天冷,大家都争着烤火,只有窦易直在床上睡觉,夜深时才睡醒。老人抚摸着他,让他起来,对他说:"窦秘,你以后能做官。你的官位和寿数都极高。你要勤奋学习,自珍自爱啊!"到唐德宗逃往奉天之日,窦易直刚考中进士,也跟随圣驾西行。窦易直骑一头瘸驴走到开远门。这里人多路窄,又到了快关城门的时候。窦易直看见这情形不敢往前走。这时,听见一个人吆喝驴并在驴屁股上捶了一下。驴就疾驰奔出城门。窦易直回头看见一个穿黑衣服的兵士对他喊道:"秀才,以后不要忘了今日城门这件事!"到窦易直做了朝中宰相时,他不忘前情,访察到了黑衣兵士的儿子,就提携他,使他在官场中不断升迁,位高显达。出自《因话录》。

李潼

韦处厚镇守开州时,一次,李潼、崔冲两位进士来拜访他,在他那里住了一个多月。这期间正遇一位西川的军将路过开州,到韦处厚这里做客。这位将领会相术,在宴席上他说:"李潼在三日内有被老虎伤害的灾难。"第三天,韦处厚与众客人到山寺中游玩。他们从山上往山下走时,太阳已经落山。李潼先从山上下来,崔冲落在后面,他大声招呼李潼,喊道:"待冲来!待

冲来！"李闻待冲来声,谓虎至。颠蹶,坠下出趾。绝而复苏,数日方愈。及军将回,谓李曰:"君厄过矣。"出《传载》。

贾 𫗧

贾𫗧布衣时,谒滑台节度使贾耽。以𫗧宗党分,更喜其人文甚宏赡,由是益所延纳。忽一日,宾客大会。有善相者在耽座下,又𫗧退而相者曰:"向来贾公子神气俊逸,当位极人臣。然惜哉,是执政之时,朝廷微变。若当此际,诸公宜早避焉。"耽颔之,以至动容。及太和末,𫗧秉钧衡。有知者潜匿于山谷间,十有三四矣。出《杜阳编》。

娄千宝

浙东李褒闻婺女娄千宝、吕元芳二人有异术,发使召之。既到,李公便令止从事厅。从事问曰:"府主八座,更作何官?"元芳对曰:"适见尚书,但前浙东观察使,恐无别拜。"千宝所述亦尔。从事默然罢问。及再见李公,公曰:"仆他日何如?"二术士曰:"稽山竦翠,湖柳垂阴。尚书画鹢百艘,正堪游观。昔人所谓人生一世,若轻尘之著草,何论异日之荣悴。荣悴定分,莫敢面陈。"因问幕下诸公。

冲来!"李潼错把"待冲来"听成"大虫来",吓得他一跤跌倒,坠落到山脚下。他当时昏死过去,后来又苏醒过来,好几天才完全康复。待到这位军将回来时,他对李潼说:"你的灾难已经过去了。"_{出自《传载》。}

贾 餗

贾餗未做官时,去拜访滑台节度使贾耽。因为贾餗与贾耽有同一宗族的情分,贾耽又喜欢贾餗这个人特别有文才,所以越发愿意招待他。有一天,贾耽大宴宾客。宾客中有位擅长相术的人坐在贾耽下首,在贾餗退下去后他说:"贾公子一向是英俊潇洒,超凡脱俗,应当贵至人臣最高一级。然而可惜啊,此人执掌朝政的时候,朝廷里暗中要发生变化。在这个时候,诸位先生应该及早躲避一下。"听了相人的话,贾耽点点头,继而很是动情。到了唐文宗太和末年,贾餗掌管选拔人才的大权时,知道相人说的这话的人,十分之三四都隐居在山野间,不出来应选。_{出自《杜阳编》。}

娄千宝

浙东道巡察使李褒听说婺州有两个分别叫娄千宝、吕元芳的女人身怀异术,能预知人的生死未来,就派人去请这两个女人。两位女术士来到后,李褒把她们安排在从事厅休息。从事问她们:"我们府主已经位列朝中八大重臣之一,还能升任什么官职啊?"吕元芳回答说:"方才见到了李尚书,他还是任先前的浙东道观察使,恐怕没有别的官职授予他。"另一位女术士娄千宝也是这样说。这位从事不再问了。待到两位女术士再次见到李褒时,李褒问:"我以后的命运将会怎样?"两位女术士说:"会稽山高耸叠翠,湖边绿柳垂阴。李尚书您有画船上百艘,可供您游览观光。古人说人生一世,仿佛尘土依附在小草上一样微不足道,谈什么以后的荣华与衰败?荣华与衰败都有定数的,我们不敢当面说给你。"于是,李褒又问他下属幕僚们的未来归宿。

元芳曰："崔副使刍言,李推官正范,器度相似。但作省郎,止于郡守。团练李判官服古,自此大醉不过数场,何论官矣。观察判官任毅,止于小谏,不换朱衣。杨损支使评事,虽骨体清瘦,幕中诸宾,福寿皆不如。卢判官繢,虽即状貌光泽,若比团练李判官,在世日月稍久,寿亦不如。副使与杨李三人,禄秩区分矣。"二术士所言,咸未之信,默以证焉。是后李服古不过五日而逝,诚大醉不过数场也。李尚书及诸从事,验其所说,敬之如神。

时罗郎中绍权赴任明州,窦弘余少卿常之子也。赴台州。李公于席上,问台明二使君如何。娄千宝曰:"窦使君必当再醉望海亭;罗使君此去,便应求道四明山,不游尘世矣。"后窦少卿罢郡,再之府庭,是重醉也。罗郎中没于海岛,故以学道为名,知其不还也。李尚书归义兴,未几物故,是无他拜。卢繢巡官校理,明年逝于宛陵使幕,比李服古,官稍久矣,为少年也。

任毅判官才为补阙,休官归圃田,是不至朱紫也。崔刍言郎中止于吴兴郡。李范郎中止于九江。二公皆自南宫出为名郡,是乃禄秩相参。独杨损尚书三十来年,两为给事,再任京尹,防御三峰,青州节度使,年逾耳顺,官历

吕元芳说:"副使崔刍言、推官李正范,这两个人的才能风度差不多。只能做到尚书省郎官,最后终止在郡守的职位上。团练判官李服古,从现在起也只能再醉几次酒罢了,还谈什么官职呢?观察判官任毂,只能做个小谏官就再也升不上去了,是穿不上朱服的。支使评事杨损,虽然骨架身体清瘦,但是你这些在坐的幕宾们,论福禄、论寿数都赶不上他。判官卢缋,虽然现在看来神采奕奕,容光焕发,跟团练判官李服古比较,他还能多担任一段时间官职,但是他的寿数却没有李判官长。观察副使崔刍言和杨损、李范三个人,所任官职的品位等级还是有区别的。"两位女术士的上述预测,在坐的人都不相信。他们沉默不语,等待以后的事实来验证。这以后不过五天,团练判官李服古果然死了。真是大醉不过几场啊! 李褒和他的那些幕僚们看到女术士的预测果然应验,像敬重神灵一样地敬重她们。

这时,郎中罗绍权到明州赴任,少卿窦弘余窦常之子。到台州赴任,途经浙东。李褒在招待他们的宴席上,问两位女术士这两个人的未来如何。娄千宝说:"窦大人一定会再来浙东,再次在望海亭上喝醉酒的。罗大人此行一去,恐怕要到四明山上求仙访道,不再漫游尘世了。"后来窦少卿辞去台州郡守的官职,在返回京城的途中,重到浙东李褒这儿作客,真的应了"重醉"一说。罗郎中死在海岛上,因此当时娄千宝说他到四明山求道,是知道他不会活着回来。李褒不长时间就回到义兴,一切都和原来一样,以后再也没有被授任其他官职。判官卢缋改任巡官校理,第二年死在宛陵节度使的幕僚任上。他比团练判官李服古多做了一年官,但是他死的时候还很年轻,没有李服古的寿数长。

判官任毂刚刚升任为皇帝身边的补阙谏官,便辞官不做,回归故里,这是没有换上象征显贵的朱衣紫服啊! 郎中崔刍言在吴兴郡守的职位上离任,郎中李范在九江郡守的职位上离任。这两位都是进士出身,都任过名郡的郡守,这是为官的品位等级差不多啊! 只有尚书杨损,三十年来两次任门下省的给事中,两次任京兆尹,防守华州,任青州节度使,年过六十了还多次担任

藩垣。浙东同院诸公,福寿悉不如也。皆依娄李二生所说焉。杜胜给事在杭州之日,问千宝:"己为宰相之事何如?"曰:"如筮得《震》卦,有声而无形也。当此之时,或阴人所潜也,若领大镇,必忧悒成疾,可以修禳之。"后杜公为度支侍郎,有直上之望,草麻待宣。府吏已上于杜公门构板屋,将布沙堤。忽有东门骠骑,奏以小疵,而承旨以蒋伸侍郎拜相。杜出镇天平,忧悒不乐去,其失望也。乃叹曰:"金华娄山人之言果应矣。"欲令招千宝、元芳。又曰:"娄吕二生,孤云野鹤,不知栖宿何处。"杜尚书寻亦终于郓州。锺离侑少詹,昔岁闲居东越,睹斯异术。每求之二生,不可得也。出《云溪友议》。

丁　重

　　处士丁重善相人。驸马于悰方判盐铁,频有宰弼之耗。时路岩秉钧持权,与之不协。一旦重至新昌私第,值于公适至。路曰:"某与之宾朋,处士垂箔细看,此人终作宰相否?"备陈饮馔,留连数刻。既去,问之曰:"所见何如?"重曰:"入相必矣,兼在旬月之内。"岩笑曰:"见是贵

守国卫疆的重要官职。当年浙江道同为幕僚的其他人，不论是福禄还是寿数都赶不上杨损！上述这一切，真的都应验了娄千宝、吕元芳两位女术士当年的预测。给事中杜胜在杭州的时候，问娄千宝："我升任宰相的事怎么样？"娄千宝回答说："如果占卜到的是《震》卦，卦象是有声而无形，意思是只听到传言而未成为现实。这时，也许是阴险的小人在背后诬陷你。如果让你去镇守险要的州郡，你一定会郁闷成疾的，你可以用祭祷的办法来消除灾祸。"后来，杜胜升任度支侍郎，确实有青云直上的希望。诏书已起草好，就等着宣布了。负责修建的官吏已经派人来到杜府，按宰相的规格建造房屋。正准备铺设宰相车马通行的黄沙大道时，忽然有位东门骠骑将军，抓住他的一点小过失上告到皇上那里。于是，皇上颁下诏书，任命侍郎蒋伸为宰相，改任杜胜为天平刺史，将他调离京城。杜胜大失所望，抑郁不乐地去天平上任。他慨叹地说："金华的娄山人预测的话果然应验了啊！"杜胜想召请娄千宝、吕元芳，又自言自语地说："这两位女术士行如孤云野鹤一样，不知道此时她们游方到哪里去了。"过了不多久，杜胜也病死在郓州。太子少詹事锺离侑，从前闲居东越时，亲眼目睹过娄千宝、吕元芳的异术。他常请这两位女术士给自己预测未来的吉凶福祸，都没有请到。出自《云溪友议》。

丁　重

隐士丁重擅长给人相面。驸马于悰刚刚署理盐铁使，就不断有消息传出，说他可能做宰辅。当时路岩把持着朝廷的重要大权，他与于悰不和。一天，丁重来到路岩在新昌自己置买的府第，正巧遇到了驸马于悰也来这儿。路岩对丁重说："我同于驸马是朋友。你在门帘里面仔细看看，此人最终能不能做宰相？"于是路岩让家人摆下酒饭，留于悰在这儿饮酒吃饭，盘桓了一段时间。于悰走后，路岩问丁重："你看了后觉得怎么样？"丁重说："他肯定会做宰相，而且就在一个月之内。"路岩笑着说："他现在是皇上的贵

戚，复作盐铁使耳。"重曰："不然，请问于之恩泽，何如宣宗朝郑都尉？"岩曰："又安可比乎。"重曰："郑为宣宗注意者久，而竟不为相。岂将人事可以斟酌？某比不熟识于侍郎，今日见之，观其骨状，真为贵人。其次风仪秀整，礼貌谦抑。如百斛重器，所贮尚空其半，安使不益于禄位哉。苟逾月不居廊庙，某无复更至门下。"岩曰："处士之言，可谓远矣。"其后浃旬，于果登台铉。岩每见朝贤，大为称赏。由兹声动京邑，车马造门甚众。凡有所说，其言皆验。后居终南山中，好事者亦至其所。出《剧谈录》。

夏侯生

广南刘仆射崇龟常有台辅之望，必谓罢镇，便期直上。罗浮处士夏侯生有道，崇龟重之，因问将来之事。夏生言其不入相，发后三千里，有不测之事。洎归阙，至中路，得疾而终。刘山甫亦蒙夏生言，示五年行止。事无不验，盖饮啄之有分也。出《北梦琐言》。

薛少尹

荆南节度判司空董，与京兆杜无隐，即滑台杜慆常侍之子，洎蜀人梁震俱称进士。谒成中令，欲希荐送。有薛少尹者，自蜀沿流至渚宫。三贤常访之。一日，薛亚谓董曰："阁下与京兆，勿议求名，必无所遂，杜亦不寿。唯大贤

戚，又任他的盐铁使而已。"丁重说："不是这样的。我问您，于驸马承受当今皇上的恩惠，照比宣宗皇帝在位时的驸马都尉郑颢如何？"路岩说："又怎么可以相比呢？"丁重说："郑都尉被宣宗皇帝注意很长时间了，但是最后竟然没有做成宰相。难道世上的事情是可以任人随意摆布的吗？我本来不熟悉于侍郎，今天看见他，细观他的骨相，果真是贵人啊。再看他仪容端正，风度秀逸，举止恭谨、谦和，就像能盛一百斛的巨大容器，现在还空着一半，怎么能让他不再升迁呢？如果超过一个月他还进入不了朝中执掌重任，我再也不登您的门槛了。"路岩说："丁先生的这些话，可谓是说远了。"过了十天，于悰果然登上宰相的重位。这以后，路岩每看到朝中的贤士，都大加称赏丁重，从此丁重的声名惊动了京城，来拜访他的人很多。凡是丁重所说的话，全都应验了。后来，丁重定居在终南山，一些好事的人也到他那里去。出自《剧谈录》。

夏侯生

广南仆射刘崇龟曾希望有朝一日能升任宰相。他以为如果辞去镇守的职务，就有希望扶摇直上了。罗浮山隐士夏侯生有道术，刘崇龟很看重他，因此问他自己将来的命运。夏侯生说刘崇龟不能登上宰相重位，出发三千里后，将会遇到危险。刘崇龟辞官回京，走到半路，得病死去。刘山甫也承蒙夏侯生告诉他五年之中如何行动和止息。夏侯生说的事情没有不应验的。大概一个人的一生如何都是有定数的。出自《北梦琐言》。

薛少尹

荆南节度使兼任司空的董某，与京兆尹杜无隐，就是滑台的常侍杜慆的儿子，以及蜀人梁震都是进士出身。他们三人去拜见成中令，希望能被荐举上去。有位姓薛的少尹从蜀地顺流而下到了江陵。董、杜、梁三位贤士经常去拜访薛少尹。一天，薛少尹对董某说："阁下与杜京兆不要再谈论求取功名的事了。你们一定不能如愿，杜京兆还不能长寿。只有有大才能的人，

忽为人絷维,官至朱紫。如梁秀才者此举必捷,然登第后,一命不沾也。"后皆如其言。梁公却思归蜀,重到渚宫。江路梗纷,未及西沂。淮师寇江陵,渤海王邀致府衙。俾草檄书,欲辟于府幕。坚以不仕为志,渤海敬诺之。二纪依栖,竟麻衣也。薛尹之言果验矣。出《北梦琐言》。

周玄豹

后唐周玄豹,燕人。少为僧,其师有知人之鉴。从游十年,不惮辛苦,遂传其秘,还乡归俗。卢程为道士,与同志三人谒之。玄豹退谓人曰:"适二君子,明年花发,俱为故人。唯彼道士,他年甚贵。"来岁,二人果卒。卢果登庸,后归晋阳。张承业俾明宗易服,列于诸校之下。以他人请之,曰:"此非也。"玄豹指明宗于末缀曰:"骨法非常,此为内衙太保乎?"或问前程,唯云末后为镇帅。明宗夏皇后方事巾栉,有时忤旨,大犯榰楚。玄豹曰:"此人有藩侯夫人之位,当生贵子。"其言果验。凡言吉凶,莫不神中,事多不载。明宗自镇帅入,谓侍臣曰:"周玄豹昔曾言朕事,颇有征。可诏北京津置赴阙。"赵凤曰:"袁许之事,玄豹所长。

偶然被人挽留，才能做到三四品的官职。如果梁秀才这次去参加科举考试，定能中举。然而他登科后却不能从中得到什么好处。"后来的事情和薛少尹说的一样。梁震登科后思念家乡，在离京返蜀的途中，再次来到江陵。因为江路阻塞，未等梁震逆水西行归蜀，淮军大举进犯江陵。梁震被阻，无法归蜀。渤海王邀请梁震到府衙中，让他起草讨伐淮军的檄文，并想征召他在府中任幕僚。梁震坚决表示不愿步入仕途。渤海王非常敬重梁震的志节，答应了他的要求。过了二十多年，他终究还是一名普通百姓。薛少尹的话果然应验了。<small>出自《北梦琐言》。</small>

周玄豹

　　后唐周玄豹是燕地人，年轻时做过和尚。他的老师有预知人未来的能力。周玄豹跟随师父云游四方十年，不畏辛苦，于是师父把识别人的秘诀传授给他。后来周玄豹还俗回到家乡。道士卢程与志同道合的两位朋友一同去拜访周玄豹，周玄豹退席后对别人说："方才那两位，明年花开时节都是死人了。只有那位道士，以后能显贵。"第二年，周玄豹说的那二位果然都死去了。卢道士也真的被选拔担任了官职，后来回到晋阳。后唐明宗没继位时，张承业让明宗换上普通的军服，站在众多小校队列的最后，以别人的身份让周玄豹来看视。"这位不是一般的人，"周玄豹指着站在队列最后的明宗说，"他的骨相非凡，这个人是内衙的太保吗？"有人问这些人的前程如何，周玄豹说只有站在最末的一位以后能做镇守使帅。明宗的夏皇后刚刚侍奉明宗时，有时候做事违背明宗的意愿、触怒明宗而遭到责罚。周玄豹见了后说："这个人有做藩侯夫人的福份，能生贵子。"他说的话果然应验了。周玄豹所预测的吉凶祸福，没有不被他说中的，如神仙一般灵验。有关他的事情很多，不一一记述了。明宗皇帝从镇帅进宫继承皇位，他对周围的大臣们说："周玄豹过去曾说过我的事，很准，可以下诏让京津地方官安排他来朝廷。"赵凤劝谏说："袁天纲、许逊这些人所做的事，是周玄豹所擅长的。

若诏至辇下，即争问吉凶，恐近妖惑。"乃合就赐金帛，官至光禄卿，年至八十而终。 出《北梦琐言》。

程　逊

　　晋太常卿程逊足下有龟文，尝招相者视之。相者告曰："君终有沉溺之厄。"其后使于浙右，竟葬于海鱼之腹。常谓《李固传》云，固足履龟纹，而位至三公，卒无水害。同事而异应也。 出《玉堂闲话》。

如果把他召到圣上的身边，朝中的大臣们都争着来向他问吉凶，恐怕会接近于妖言惑众。"于是就赏赐给他黄金、布帛。周玄豹步入仕途一直升任光禄卿，八十岁才去世。出自《北梦琐言》。

程 逊

晋朝太常卿程逊脚下有龟文形的痣，曾经招相士看视。相士告诉他说："你最后将有溺水之灾。"后来，程逊被派往浙西，最终葬身大海，被鱼吞食。一次，谈论起程逊溺水时，有人说《李固传》上记载，李固脚下也有龟纹，然而李固却位列三公，到死也没有遇到水害。看来同样的事而应验却不同啊！出自《玉堂闲话》。

卷第二百二十四
相四

王正君相妇人

汉王莽姑正君许嫁，至期当行时，夫辄死。如此者再。乃献之赵王，未取又薨。后又与正君父稚君善者过相正君曰："贵为天下母。"是时宣帝世，元帝为太子。稚君乃因魏郡尉纳之太子，太子幸之，生子。宣帝崩，太子立正君为皇后，上为太子。元帝崩，太子立，是为成帝。正君为皇太后，竟为天下母。出《论衡》。

黄　霸

黄霸为阳夏游徼，与善相者同车俱行。见一妇人年十七八，相者指之曰："此妇人当大富，为封侯者夫人。"

王正君 相妇人

汉朝王莽的姑姑王正君许配给人家,到了应结婚的那天,她丈夫就死了。这样的事情又发生了一次。家人就把她进献给赵王。未等娶过去,赵王又死了。后来有位与王正君的父亲王稚君很要好的人来给她看相,说:"你这个女儿将来会贵为国母。"此时是汉宣帝在位时期,汉元帝是太子。王稚君通过魏郡的郡尉把王正君献给了太子。太子很宠爱王正君,婚后王正君生下一儿子。汉宣帝驾崩,太子继承帝位,立王正君为皇后,立王正君的儿子为太子。汉元帝驾崩,太子继承帝位,就是汉成帝。王正君成为皇太后,最终成为国母。出自《论衡》。

黄 霸

黄霸担任阳夏乡里的游徼小吏时,一日,他与一位擅长相术的人乘坐一辆车同行。途中遇见一个女子,年约十七八岁。相人指着这个女子说:"这个女人必定会大富大贵,成为公侯的夫人。"

公止车，审视之。相者曰："今此妇人不富贵，卜书不用也。"次公问之，乃其傍里人巫家子也，即娶为妻。其后次公果大富贵，位至丞相，封为列侯。出《论衡》。

卖馎媪

唐马周字宾王，少孤贫，明诗传。落魄不事产业，不为州里所重。补博州助教，日饮酒。刺史达奚怒，屡加咎责。周乃拂衣南游曹汴之境。因酒后忤浚仪令崔贤，又遇责辱。西至新丰，宿旅次。主人唯供设诸商贩人，而不顾周。周遂命酒一斗，独酌。所饮余者，便脱靴洗足，主人窃奇之。因至京，停于卖馎媪肆。数日，祈觅一馆客处，媪乃引致于中郎将常何之家。媪之初卖馎也，李淳风、袁天纲尝遇而异之。皆窃云："此妇人大贵，何以在此？"马公寻娶为妻。后有诏，文武五品官已上，各上封事。周陈便宜二十条事，遣何奏之。乃请置街鼓，乃文武官绯紫碧绿等服色，并城门左右出入，事皆合旨。太宗怪而问何所见，何对曰："乃臣家客马周所为也。"召见与语，命直门下省。仍令房玄龄试经及策，拜儒林郎，守监察御史。以常何举得其人，赐帛百匹。周后转给事中中书舍人，有机辩，能敷奏。深识事端，动无不中。岑文本见之曰："吾见马君，令人忘倦。

黄霸停下车，仔细审视这个女子。相人说："如果这个女子将来不富贵，从今以后我再也不给人相面了。"黄霸询问了这个女子，知道她是附近乡里一个巫术人家的女儿，就娶了她做妻子。后来，黄霸果然大富大贵，位至丞相，被封为列侯。出自《论衡》。

卖馄媪

　　唐朝人马周，字宾王。他小时候父母双亡，生活非常贫困。马周通晓《诗》《传》，为人放荡不羁，不治理家业，不被州里人所看重。他补任博州助教后，每日喝酒，刺史达奚很生气，多次责备他。马周一气之下，辞职南行游历曹州、汴州去了。然而，他因酒后触犯了浚仪县令崔贤，又遭到责辱。他西行走到新丰时，投宿客栈，店主人只给那些商贩们端酒送菜，对马周却置之不理。于是他命店家上酒一斗，自斟自饮。饮完后，脱下靴子用剩下的酒洗脚，店主人暗暗惊奇。马周到了京城，留宿在卖蒸饼老妇的店铺里。过了几天，他想找个做门客的地方，卖蒸饼的老妇把他引荐到中郎将常何的家中。这位老妇刚卖蒸饼时，李淳风、袁天纲等当时著名的相士曾经遇到过她，并都感到惊异，他们私下都说："这妇人是位大富大贵的人，怎么在这里卖蒸饼呢？"不久，马周娶了这位卖蒸饼的老妇做妻子。后来皇帝颁下诏书：文武官员五品以上的，各自上书言事。马周陈述了有利国家、合乎时宜的二十条建议，让常何上奏皇上。奏折上有请求在街道设置警夜鼓、让文武百官都穿上各自应穿的绯、紫、碧、绿等各色朝服在城门左右进出等，这些建议都和皇上的想法一致。唐太宗感到奇怪，就问常何怎么想到的这些事情。常何回答说："这些都是我的门客马周提出来的。"唐太宗召见马周问话，让他去门下省任职，让房玄龄考问他明经和策对。之后授任马周儒林郎，暂时署理监察御史的工作。因为常何举荐马周有功，唐太宗赏赐给常何一百匹帛。后来，马周又转任给事中、中书舍人。他机智权变，善于陈奏，深识事体，每次行动没有达不到目的的。岑文本见了马周后，说："我见了马周后，感到他能使人忘记疲倦。

然鸢肩火色，腾上必速，但恐不能久耳。"数年内，官至宰相，其媪亦为妇人。后为吏部尚书，病消渴，弥年不瘳。年四十八而卒。追赠右仆射高唐公。出《定命录》。

苏氏女

苏某，信都富人，有女十人，为择良婿。张文成往见焉，苏曰："此虽有才，不能富贵。幸得五品，即当死矣。"魏知古时已及第，然未有官。苏云："此虽形质黑小，然必当贵。"遂以长女嫁之。其女发长七尺，黑光如漆，诸妹皆不及。有相者云："此女富，不啮宿食。"诸妹笑知古曰："只是贫汉得米旋煮，故无宿饭。"其后魏为宰相，每食，一物已上官供。出《定命录》。

武　后

武士彟之为利州都督也，敕召袁天纲诣京师，途经利州。士彟使相其妻杨氏，天纲曰："夫人骨法非常，必生贵子。"遍召其子，令相元庆、元爽。曰："可至刺史。终亦屯否。"见韩国夫人，曰："此女夫贵，然不利其夫。"武后时衣男子之服，乳母抱于怀中。天纲大惊曰："此郎君男子，神彩奥澈，不易知。"遂令后试行床下，天纲大惊曰："日角龙颜，

但是，马周双肩上耸像老鹰，面呈火红色，这种人一定会很快发达起来，只怕是不能长久。"仅仅几年内，马周就升任宰相，这位卖蒸饼的老妇也做了宰相夫人。后来，马周任吏部尚书，患了消渴症，经年不愈，四十八岁时病逝。死后追赠右仆射、高唐公。

出自《定命录》。

苏氏女

苏某是信都的富翁。他有十个女儿，正给女儿们挑选称心如意的女婿。张文成前去苏家求婚，苏某说："这个人虽然有才学，但不能富贵。他幸运的话能得个五品官，就会死去。"魏知古当时参加科举考试已经及第，但还没有授任官职。苏某见了他之后说："这个人虽然个子矮小，肤色又黑，但是将来一定能富贵。"于是把大女儿嫁给了他。这位大女儿头发有七尺长，像漆似的又黑又亮，她的妹妹们都不如她。有位相士给她看相，说："这姑娘生就的富贵相，将来不吃隔夜的饭食。"妹妹们取笑魏知古，说："因为丈夫穷，现买来米煮饭，所以没有隔夜的饭食喽！"后来，魏知古做了宰相，每顿饭，一种食品以上的都是官府供给。

出自《定命录》。

武　后

武士彟任利州都督的时候，皇帝下诏书召袁天纲到京城去，途经利州。武士彟让袁天纲给他妻子杨氏看相，袁天纲说："尊夫人的骨相不一般，一定能生贵子。"武士彟把他的儿子全都召唤出来，让袁天纲给他的儿子武元庆、武元爽相面。袁天纲说："这两位公子，官位可以做到刺史，但最后要遇到艰难困苦。"看过韩国夫人的面相后说："这位姑娘能嫁个富贵的丈夫，然而他命中克夫，对丈夫不利。"当时武则天皇后穿着男孩的衣服，由奶妈抱在怀中，袁天纲看见她后神色为之一震，说："这个小男孩神采微妙清朗，不容易看透啊！"于是他让武后在床下试着走几步。袁天纲大为吃惊，说："额骨中央隆起，形状如日，眉骨圆起突出似龙，

龙睛凤颈。伏牺之相,贵人之极也。"更转侧视之,又惊曰:
"若是女,当为天下主也。"出《谭宾录》。

李淳风

　　武后之召入宫,李淳风奏云:"后宫有天子气。"太宗召
宫人阅之,令百人为一队。问淳风,淳风云:"在某队中。"
太宗又分为二队,淳风云:"在某队中,请陛下自拣择。"太
宗不识,欲尽杀之。淳风谏不可:"陛下若留,虽皇祚暂缺,
而社稷延长。陛下若杀之,当变为男子,即损灭皇族无遗
矣。"太宗遂止。出《定命录》。

杨贵妃

　　贵妃杨氏之在蜀也,有野人张见之云:"当大富贵,何
以在此?"或问至三品夫人否,张云:"不是。""一品否?"曰:
"不是。""然则皇后耶?"曰:"亦不是,然贵盛与皇后同。"见
杨国忠,云:"公亦富贵位,当秉天下权势数年。"后皆如其
说。出《定命录》。

姜　皎 僧善相

　　姜皎之未贵也,好弋猎。猎还入门,见僧。姜曰:"何
物道人在此?"僧云:"乞饭。"姜公令取肉食与之。僧食讫
而去,其肉并在。姜公使人追问,僧云:"公大富贵。"姜曰:

龙眼凤颈,这是伏羲的面相,他将来的富贵可以达到人中最高的程度。"袁天纲又转身从侧面看武后,又是大吃一惊,说:"如果是女孩,将来必定成为天下之主!"出自《谭宾录》。

李淳风

武则天被召入宫时,李淳风向唐太宗上奏说:"后宫出现了天子的气象。"唐太宗召集宫人察看,让嫔妃们每一百个人排成一队,问李淳风天子气在哪里。李淳风说:"在某队中。"唐太宗让人将这队嫔妃分成两队,李淳风说:"在某队中,请陛下自己挑选吧。"唐太宗分辨不出来,想将这队嫔妃全部杀掉。李淳风劝谏太宗说:"不可以,陛下如果留下她,虽然皇位暂时让别人占据,但是李氏江山可以延长。陛下要是杀了她,会出现一位男人来代替他。那样的话,李家皇族就会被灭绝了。"于是唐太宗不再追究这件事情了。出自《定命录》。

杨贵妃

杨贵妃住在蜀中时,有个隐居在山野中的姓张的隐士,看到她时说:"这个女孩将来能大富大贵,怎么住在这里呢?"杨家有人问:"能做三品夫人吗?"张隐士说:"不是。"问:"一品夫人吗?"回答说:"不是。"问:"那么能成为皇后了?"回答说:"也不是。然而这女孩尊贵、显赫的程度跟皇后一样。"张隐士看到杨国忠,说:"您也是富贵面相,将来能掌握几年朝中大权。"后来,杨氏兄妹果然都像张隐士说的那样。出自《定命录》。

姜 皎 僧善相

姜皎还没富贵的时候,喜欢狩猎。一次他打猎归来进入家门,见到一位和尚。姜皎问:"你是什么道人?"和尚说:"来乞讨吃的。"姜皎让人拿肉给和尚吃。和尚吃完离去,那肉竟然还在。姜皎派人将和尚追回来询问,和尚说:"您能大富大贵。"姜皎问:

"如何得富贵?"僧曰:"见真人即富贵矣。"姜曰:"何时得见真人?"僧举目看曰:"今日即见真人。"姜手臂一鹞子,直二十千。与僧相随骑马出城,偶逢上皇亦猎,时为临淄王。见鹞子识之曰:"此是某之鹞子否?"姜云是。因相随猎。俄而失僧所在。后有女巫至,姜问云:"汝且看今日有何人来?"女巫曰:"今日天子来。"姜笑曰:"天子在宫里坐,岂来看我耶。"俄有叩门者云:"三郎来。"姜出见,乃上皇。自此倍加恭谨,钱马所须,无敢惜者。后上皇出潞府,百官亲旧尽送,唯不见姜。上皇怪之。行至渭北,于路侧,独见姜公供帐,盛相待。上皇忻然与别,便定君臣之分。后姜果富贵。出《定命录》。

常 衮

常衮之在福建也,有僧某者善占色,言事若神。衮惜其僧老,命弟子就其术。僧云:"此事天性,非可造次为传。某尝于君左右,见一人可教。"遍招,得小吏黄彻焉。衮命就学。老僧遂于暗室中,致五色彩于架,令自取之。曰:"世人皆用眼力不尽,但熟看之,旬日后,依稀认其白者。后半岁,看五色,即洞然而得矣。"命之曰:"以若暗中之视五彩,回之白昼占人。"因传其方诀,且言后代当无加也。

"怎么样才能得到富贵?"和尚说:"见到真人就能富贵了。"姜皎问道:"什么时候能见到真人呢?"和尚抬眼看了看说:"今天就能见到真人。"姜皎手臂上架着一只鹞鹰,值二十千钱。他骑马跟随和尚出城去了,正好遇上了唐玄宗也在狩猎。这时的唐玄宗还是临淄王,他看见姜皎臂上架着的鹞鹰,很在行地问:"这是某种鹞鹰吗?"姜皎说:"是。"于是姜皎跟随临淄王一同打猎。不一会儿,和尚不知道到哪里去了。后来,有一天有个女巫来到姜皎家,姜皎问:"你说说看,今天有什么人来?"女巫说:"今天有天子来。"姜皎笑着说:"天子在皇宫里坐着,怎么能来看我呢?"不一会儿有人叩门,说:"三郎来了!"姜皎出去一看,原来是那天在一块儿打猎的临淄王。从此以后,姜皎对临淄王倍加恭敬有礼,金钱、马匹,凡是临淄王需要,姜皎都慷慨地奉送,从不吝惜。后来,玄宗皇帝离开洺州,文武百官和亲朋故友都来送行,唯独不见姜皎。玄宗皇帝有些不高兴。待到玄宗皇帝走到渭水北边,只见姜皎在道边陈设帷帐,为他举行隆重的送行仪式。玄宗皇帝高高兴兴地与姜皎道别。从此以后,两人便结下了君臣的缘分。后来,姜皎果然大富大贵。出自《定命录》。

常 衮

常衮在福建时,有个僧人擅长通过察看人的气色来推测气数、命运,推算得像神一样灵验。常衮怜惜僧人年老,让弟子来学习他的相术。僧人说:"这种事全凭天性,不可以轻易传授给别人。我在你身边的人中,发现有一个人可以传授。"常衮召集身边所有的人,这位老僧人选中了一个叫黄彻的小吏,于是常衮让他跟随僧人学习相术。老僧人在一间暗室中将五种颜色的丝织品悬挂在架上,让黄彻把它们挑选出来,说:"一般人都不能充分地发挥自己的眼力。只要你仔细看,十天以后可以隐约地辨别出白色;半年以后,就能看清楚五种颜色了。"他教导黄彻说:"以你在黑暗中看五色彩丝的本事,回去在白天为人相面。"于是老僧人把相面的秘诀传授给黄彻,并且言说后代没有谁能超过他。

李吉甫云："黄彻之占，袁许之亚也。"出《传载》。

刘禹锡

宾客刘禹锡为屯田员外郎。时事稍异，旦夕有腾趠之势。知一僧术数极精，寓直日，邀之至省。方欲问命，报韦秀才在门。公不得已且见，令僧坐帘下。韦秀才献卷已，略省之，意气殊旷。韦觉之，乃去。却与僧语，僧不得已，吁叹良久，乃曰："某欲言，员外必不惬，如何？"公曰："但言之。"僧曰："员外后迁，乃本行正郎也。然须待适来韦秀才知印处置。"公大怒，揖出之。不旬日贬官。韦秀才乃处厚相也，后二十余年，在中书，为转屯田郎中。出《幽闲鼓吹》。

郑 朗

郑朗相公初举，遇一僧善色。谓曰："郎君贵极人臣，然无进士及第之分。若及第，则一生厄塞。"既而状元及第，贺客盈门，唯此僧不至。及重试退黜，唁者甚众，而此僧独贺曰："富贵在里。"既而竟如所卜。出《摭言》。

李吉甫说："黄彻相面的本事，仅次于袁天纲和许逊！"_{出自《传载》。}

刘禹锡

太子宾客刘禹锡担任屯田员外郎。当时的政事，稍稍有点变化，好像在短时间内他就有飞黄腾达的希望。刘禹锡知道有一位僧人推测人的气数和命运特别灵验，一次他在省衙里值夜，把这位僧人请到省衙中来。他刚想问僧人自己的官运怎样，忽然有人通报，说韦秀才在门外等候求见。刘禹锡不得已只好让韦秀才进来相见，让僧人坐在帘下等候。韦秀才进来后送上自己的文卷，刘禹锡粗略地看了一下，精神特别不集中，韦秀才发觉后就告退离去。刘禹锡回身向僧人询问自己的官运。僧人无奈，长吁短叹了许久，才说："我要说的话，员外一定不高兴。您看我还说吗？"刘禹锡说："你尽管说吧。"僧人说："员外以后升迁，是你现在职位的正职。但是，得等到方才进来的那位韦秀才掌权以后来安排你。"刘禹锡听后大怒，拱手请僧人出去。不到十天，刘禹锡被降职。韦秀才就是后来的宰相韦处厚。以后二十多年，韦处厚一直任中书令，他把刘禹锡转成屯田郎中这一正职。_{出自《幽闲鼓吹》。}

郑　朗

宰相郑朗第一次参加科举考试时，遇到一位擅长通过观察人的气色来推测气数、命运的僧人。这位僧人对郑朗说："郎君您的官位能达到人臣的最高一级，但是你没有考中进士的缘分。如果科举考试考中了，你的一生将窘困艰难，不会有好运的。"不久，郑朗考中状元，前来祝贺的人挤满了屋门，只有这位僧人没有来。待到复试时，郑朗被罢退，人们又纷纷来安慰他。只有这位僧人前来表示祝贺，说："你的富贵就在这里了！"过了不久，竟然真的像这位僧人预言的那样，郑朗做了当朝宰相。_{出自《摭言》。}

令狐绹门僧

令狐赵公绹在相位，马举为泽潞小将。因奏事到宅，会公有一门僧，善声色。偶窥之，谓公曰："适有一军将参见相公，是何人？"公以举名语之，僧曰："窃视此人，他日当与相公为方镇交代。"公曰："此边方小将，纵有军功，不过塞垣一镇。奈何与老夫交代？"僧曰："相公第更召与语，贫道为细看。"公然之。既去，僧曰："今日看更亲切，并恐是扬汴。"公于是稍接之矣。咸通九年，公镇维扬，举破庞勋有功。先是懿宗面许，功成，与卿扬州。既而难于爽信，却除举淮南行军司马。公闻之，既处分所司，排比迎新使。群下皆曰："此一行军耳。"公乃以其事白之。果如所言。出《摭言》。

僧处弘

僧处弘习禅于武当山。王建微时贩鹾于均房间，仍行小窃，号曰贼王八。处弘见而勉之曰："子他日位极人臣，何不从戎，别图功业。而夜游昼伏，沾贼之号乎？"建感之，投忠武军，后建在蜀。弘拥门徒入蜀。为构精舍以安之，即弘觉禅院也。江西锺傅微时亦以贩鹾为事，遇上蓝和尚教其作贼而克洪井。自是加敬，至于军府大事，此僧皆得参之也。出《北梦琐言》。

令狐绹门僧

赵国公令狐绹任宰相时，马举在泽潞镇担任低级武官。一次他因禀报公事来到赵国公府，正遇上赵国公的一位门僧。这位僧人擅长通过观察人的声音、气色，推测出气数、命运。他偶然看了马举几眼，马举走后僧人对赵国公说："方才有一位军将来拜见您，他是什么人？"赵国公把马举的姓名告诉了僧人，僧人说："贫僧暗中仔细观察了这个人，他以后将接替您为一方镇守使。"赵国公说："他不过是一名边塞地方的低级武官，纵然有军功，也不过担任边塞的总兵而已，怎么能接替我的职位？"僧人说："大人姑且再召他进来，再和他说几句话，贫僧再仔细看看。"赵国公同意了，又召马举进来。马举走后，僧人说："这次看得更真切了，恐怕是在扬州或汴州接替你。"于是赵国公稍好地接待了马举。唐懿宗咸通九年，赵国公镇守维扬，率兵剿灭庞勋有功。当初，懿宗皇帝当面许诺，功成之后，授任他为扬州节度使，过后又很难做到不失信，竟任命马举为淮南行军司马。赵国公听说后，立即处理他所管辖的工作，准备迎接新任节度使的到来。他的部下都说："这人只不过是一名行军司马而已。"赵国公就把当年僧人看相的事情告诉了他们。事情果然像当年僧人所预测的那样，接替令狐绹的新任扬州节度使正是马举。出自《摭言》。

僧处弘

僧人处弘在武当山学禅。王建未发达时，在均州、房州一带贩卖盐，还小偷小摸，绰号"贼王八"。处弘看见王建勉励他说："你日后能为人臣的最高一级，你为什么不去参军另建功业，而非要像现在这样昼伏夜出，让人骂你是贼呢？"王建很感激处弘，听从他的劝告参加了忠武军。后来，王建在蜀中称王，建立前蜀，处弘带领门徒也来到了蜀地。王建给他们营造了僧舍让他们居住，就是现在的弘觉禅院。江西的钟传贫寒时也以贩卖盐为职业。他遇到了上蓝和尚，教他做贼而攻克洪井。从此他更加敬重上蓝和尚，甚至军国大事这名僧人都能参加。出自《北梦琐言》。

范氏尼

天宝中,有范氏尼,乃衣冠流也,知人休咎。鲁公颜真卿妻党之亲也。鲁公尉于醴泉,因诣范氏尼问命曰:"某欲就制科,再乞师姨一言。"范氏曰:"颜郎事必成,自后一两月必朝拜。但半年内,慎勿与外国人争竞,恐有谴谪。"公又曰:"某官阶尽,得及五品否?"范笑曰:"邻于一品,颜郎所望,何其卑耶!"鲁公曰:"官阶尽,得五品,身著绯衣,带银鱼,儿子补斋郎,某之望满也。"范尼指坐上紫丝布食单曰:"颜郎衫色如此,其功业名节称是。寿过七十。已后不要苦问。"鲁公再三穷诘,范尼曰:"颜郎聪明过人,问事不必到底。"逾月大酺。鲁公是日登制科高等,授长安尉。不数月,迁监察御史,因押班。中有喧哗无度者,命吏录奏次,即哥舒翰也。翰有新破石堡城之功,因泣诉玄宗。玄宗坐鲁公以轻侮功臣,贬蒲州司仓。验其事迹,历历如见。及鲁公为太师,奉使于蔡州。乃叹曰:"范师姨之言,吾命悬于贼必矣!"出《戎幕闲谈》。

任之良

任之良应进士举,不第,至关东店憩食。遇一道士亦从西来,同主人歇。之良与语,问所从来。云:"今合有身名称意,何不却入京?"任子辞以无资粮,到京且无居处。

范氏尼

唐玄宗天宝年间，有位姓范的尼姑，是有知识的人，能预测人的吉凶。鲁郡公颜真卿的妻子和姓范的尼姑是同族亲戚。颜鲁公在醴泉任县尉时，到姓范的尼姑那里去问自己的前途，说："我想参加科举考试，请求师姨指点迷津。"范尼姑说："你参加科举考试一定能考中，之后一两个月内一定能入朝做官。但是在半年之内，要小心，一定不要与外国人争斗，恐怕因此会被贬官或流放。"颜鲁公又问："我的官职最高能到五品吗？"范尼姑笑着说："接近一品，你的希望怎么这样低呢？"颜鲁公说："官职最高能得个五品，身着红色官服，带银鱼袋佩饰，儿子补上个太常斋郎，我就心满意足了。"范尼姑指着座位上的紫色丝布食单说："你穿的官服的颜色就是这样的，你的功业、名节都与此相当，寿数超过七十岁。以后不要再苦苦追问了。"颜鲁公再三追问，范尼姑说："你这个人聪明过人，问事不要追根问底。"过了一个月，正逢国家喜庆之日，举国同庆。这一天颜鲁公科举考试考中制科高等，授任长安尉。过了几个月，升任监察御史，于是在百官朝会时担任领班。一次朝会，有个人无节制地恣意喧哗，颜鲁公让官吏记录并上奏了一本。这个人原来是胡人哥舒翰。哥舒翰因为新近攻破石堡城有功，就哭泣着向玄宗诉苦。唐玄宗判颜鲁公轻侮功臣罪，将他贬职为蒲州司仓。范尼姑的预言果然都应验了，桩桩件件好像就在眼前。颜鲁公任太师时，奉命出使蔡州。他感叹地说："范师姨说得不错，我的命必定会操在贼人手里了！"出自《戎幕闲谈》。

任之良

任之良参加进士的科举考试没有考中，到关东店休息吃饭。在店中他遇见一位道士，也是从西边来的，正和店主人坐在一起休息。任之良走上前与道士说话，问他从什么地方来。道士说："你现在应该名誉和地位都称心如意，为什么不回转到京城去？"任之良推辞说因为没有盘缠，而且到了京城又没有地方住。

道士遂资钱物，并与一帖，令向肃明观本院中停。之良至京，诣观安置。偶见一道士读经，谓良曰："太上老君二月十五日生。"因上表，请以玄元皇帝生日燃灯。上皇览表依行，仍令中书召试，使与一官。李林甫拒，乃与别敕出身。出《定命录》。

殷九霞

张侍郎某为河阳乌重裔从事，同幕皆是名辈。有道流殷九霞来自青城山，有知人之鉴。乌公问己年寿官禄，九霞曰："司徒贵任藩服，所望者秉持钧轴，封建茅土。唯在保守庸勋，苟贮仁义。享福隆厚，殊不可涯。"既而遍问宾僚，九霞曰："其间必有台辅。"时乌公重一裴副使，应声曰："裴中丞是宰相否？"九霞曰："若以目前人事言之，当如尊旨。以某所观，即不在此。"时夏侯相孜为馆驿巡官，且形质低粹。乌因戏曰："莫是夏侯巡官？"对曰："司徒所言是矣。"乌公抚掌而笑曰："尊师莫错否？"九霞曰："某山野之人，早修直道，无意于名宦金玉。盖以所见，任真而道耳。"乌公曰："如此则非某所知也。然其次贵达者为谁？"曰："张支使虽不居廊庙，履历清途，亦至荣显。"既出，遂造张侍郎所居，从容谓曰："支使神骨清爽，气韵高迈。若以绂冕累身，止于三二十年居于世俗。傥能摆脱嚣俗，相随学道，即二十年内白日上升。某之此行，非有尘虑，实亦

于是道士资助他钱物，并给他一张名帖，让他到肃明观本院中住。任之良返回京城，来到肃明观中住下来。他偶然遇见一道士正在读经，道士对任之良说："太上老君二月十五日生。"于是任之良上奏一份表章，奏请在太上老君生日这天为他燃灯祝寿。玄宗皇帝看完奏章后，采纳了这项建议，还让中书令召见任之良来面试，授任他一个官职。中书令李林甫没有遵从皇帝的旨意，给了他一个斜封官。出自《定命录》。

殷九霞

　　侍郎张某任河阳乌重裔的从事，同他一起在乌重裔这里做幕僚的都是很有名气的人。其中有位道士叫殷九霞，来自青城山，他有预测人未来的能力。乌重裔向他问自己的年寿和官禄，殷九霞说："司徒您已经是镇守一方的封疆大吏，您所希望的不就是能执掌大权、封侯列土吗？只要您保持住功勋，积聚仁义，您有享不尽的荣华富贵。"之后，乌重裔又询问每个宾僚的情况。殷九霞说："其中肯定有人将来能做宰相。"当时乌重裔特别器重一位裴副使，他接过殷九霞的话头问："裴中丞能做宰相不？"殷九霞说："如果按现在的人事情况来说，该像您的意愿那样。但是以我所见，就不是这样了。"当时宰相夏侯孜任官驿巡官，又相貌不佳，因此乌重裔戏谑说："莫不是夏侯巡官？"殷九霞回答说："司徒说对了！"乌重裔拍手笑着说："大师您没看错吗？"殷九霞说："我是山野之人，早修正道，无意于功名利禄，只是将我的看法都真实地说出来罢了。"乌重裔说："这样说来就不是我所能知道的了。那么，其次能显贵发达的是谁呢？"殷九霞说："张支使虽然不是朝廷正式任职的官员，但是他经历清贵的仕途，也能达到荣耀显贵。"殷九霞从乌重裔那里出来，立即到张支使的住处去，从容地对他说："张支使您神骨清爽，气韵高逸，如果在官场中操劳，也就是在尘世间生活那么二三十年。如果您能够摆脱尘世的喧嚣，跟随我一起学道，二十年内就能修炼成仙，升入天界。我这次来，并非有贪恋红尘的念头，实在也是为了

寻访修真之士耳。然阅人甚多，无如支使者。"张以其言意浮阔，但唯唯然。将去复来，情甚恳至。审知张意不回，颇甚嗟惜。因留药数粒，并黄纸书一缄而别云："药服之可以无疾，书纪宦途所得，每一迁转，密自启之。书穷之辰，当自相忆。"其后谯公显赫令名，再居台铉。张果践朝列，出入台省，佩服朱紫，廉察数州。书载之言，靡不详悉。年及三纪，时为户部侍郎。纸之所存，盖亦无几。虽名位通显，而齿发衰退。每以道流之事，话于亲知，追想其风，莫能及也。出《剧谈录》。

相手板庾道敏

宋山阳王休祐屡以言话忤颜。有庾道敏者善相手板。休祐以手板托言他人者，庾曰："此板乃贵，然使人多忤。"休祐以褚渊详密，乃换其手板。别日，褚于帝前称下官，帝甚不悦。出《酉阳杂俎》。

李参军

唐李参军者善相笏，知休咎必验，皆呼为"李相笏"。盐铁院官陆遵以笏视之。云："评事郎君见到。"陆遵笑曰："是子侄否？"曰："是评事郎君。"陆君曰："足下失声名矣，

寻访能够修行成道的人啊。然而我看了很多人，没有像支使您这样与道家有缘的人啊!"张支使认为殷九霞的话是有意虚浮夸张，只是点头称是而已。殷九霞刚离开河阳就又返回来，用心特别真诚恳切。当他看到张支使心意没有改变，颇为感叹惋惜。于是他留下几粒药和黄纸书一册，向张支使告辞说:"服用这药可以不生病，黄纸书上记载着你在仕途上应该得到的。每次升迁或转任，你就秘密地把书打开看看。待到这本书都看完的时候，你再好好想想今天的事情吧。"后来，夏侯孜显赫扬名，继而位居宰辅重臣。张支使果然成为朝廷正式授任的官员，在御史台和中书省门下任职，身着朱、紫朝服，视察过好几个州府。道士留下的那册书上记述得都很详细。到了第三十六年，张支使做了户部侍郎，书上的记载已经所剩无几了。这时，张支使虽然已经功成名就，通达显贵，但是也已经齿落发白了。张支使常常把当年殷九霞劝他入道修行的事情讲给亲属和朋友听时，回忆起殷九霞当年的仙风道骨，再看看老朽的自己，真是没法相比啊! 出自《剧谈录》。

相手板庾道敏

宋时山阳人王休祐多次因为说话触犯皇上。有位叫庾道敏的人，擅长相看官员们上朝拿的手板。王休祐把自己的手板假称是别人的拿给庾道敏相看，庾道敏说:"这块手板是贵相，但是能使主人过多地触犯皇上。"王休祐与褚渊关系密切，就和他换了手板。又一天，褚渊手持这只手板上朝，在皇上面前称自己为"下官"，皇上非常不高兴。出自《酉阳杂俎》。

李参军

唐朝有位李参军擅长相看手板，从中预测出吉凶祸福，每次都很灵验，大家都称他为"李相笏"。盐铁院的官员陆遵拿着笏板让他相看，李参军说:"你的郎君要来了。"陆遵听后笑着说:"是侄儿吗?"李参军说:"是你的儿子!"陆遵说:"阁下你可要丢名声了，

某且无儿。"乃更将出帘下看:"必有错。"陆君甚薄之,以为诈。陆君先有歌姬在任处,其月有妊,分娩果男子也。原缺出处,明抄本作出《逸史》。

龙复本

开成中,有龙复本者无目,善听声揣骨。每言休咎,无不必中。凡有象简竹笏,以手捻之,必知官禄年寿。宋祁补阙有盛名于世,缙绅之士无不倾属。屈指翘足,期于贵达。时永乐萧相实亦居谏署,同日诣之,授以所持竹笏。复本执萧公笏良久,置于案上曰:"宰相笏。"次至宋补阙者曰:"长官笏。"宋闻之不乐。萧曰:"无凭之言,安足介意。"经月余,同列于中书候见宰相。时李朱崖方秉钧轴,威镇朝野。未见间,伫立闲谈,互有谐谑。顷之丞相遽出,宋以手板障面,笑未已。朱崖目之,回顾左右曰:"宋补阙笑某何事?"闻之者莫不心寒股栗。未旬曰,出为清河县令。岁余,遂终所任。其后萧公扬历清途,自浙西观察使入判户部,非久遂居廊庙。俱如复本之言也。出《剧谈录》。

我没有儿子。"李参军拿着笏板走到门帘外看,说:"你一定有问题。"陆遵很瞧不起李参军,认为他在骗人。先前,陆遵在他任职的地方与一位歌妓住在一起,这位歌妓怀有身孕,果然为陆遵生了一个男孩。原缺出处,明抄本作"出自《逸史》"。

龙复本

唐文宗开成年间,有个叫龙复本的人双目失明,擅长以辨别声音、揣摸骨骼的方法推断人的吉凶祸福。他每次推断都非常准确,事后一定应验。凡是象牙手板、竹手板,他只需放在手上把玩一会儿,就一定能测出人的年寿和官禄。补缺宋祁在当时负有盛名,士大夫们没有不想跟他交往的。都在盼望显贵发达。当时永乐人萧相寘也在谏署衙门,一天宋祁与萧相寘一同到龙复本那里去,把他们用的手板拿给龙复本。龙复本拿着萧相寘的竹手板揣摸了很长时间,把竹手板放在书案上,说:"这是宰相用的手板!"然后摸宋祁用的手板,说:"这是长官用的手板!"宋祁听了后很不高兴。萧相寘对宋祁说:"没有根据的话,何必放在心上。"过了一个多月,宋祁与萧相寘二人同到中书省等候宰相接见。当时,李朱崖刚刚任职宰相掌管朝廷大权,声威震摄朝野。宋、萧二人在等待接见的时间里,站着闲聊,相互开着玩笑。不一会儿,李丞相突然从里面走出来,正赶上宋祁用竹手板遮着脸,笑声不止。李朱崖很注意地看了看宋祁,回头问身边的人,说:"宋补阙笑我什么事?"听到李朱崖这样问,没有人不胆寒心惊,双腿颤抖。这件事过去不到十天,宋祁被派出京城,到清河县任县令,一年以后死在任上。后来,萧相寘官运亨通,从浙西观察使调入京中主持户部的工作;不久升任宰相,主掌朝政。一切都如龙复本所预测的那样。出自《剧谈录》。

卷第二百二十五
伎巧一

因祇国

周成王五年,有因祇国去王都九万里,来献女功一人。善工巧,体貌轻洁。披纤罗绣縠之衣,长袖修裾,风至则结其衿带,恐飘飖不能自止也。其人善织,以五色丝内口中,引而结之,则成文锦。其国人又献云昆锦,文似云从山岳中出也;有列堞锦,文似云霞覆城雉楼堞也;有杂珠锦,文似贯佩珠也;有篆文锦,文似大篆之文也;有列明锦,文似罗列灯烛也。幅皆广三尺。其国丈夫,皆勤于耕稼。一日锄十顷之地。又贡嘉禾,一茎盈车。故时俗四言诗曰:"力耕十顷,能致嘉颖。"出《拾遗录》。

因祇国

周成王五年时,有一个离京城九万里的因祇国,来进献了一位做女红的人。这个人不仅手巧、擅长女红,而且体态轻盈,相貌皎洁。她身着细薄透气、绣花绡纱的长袖宽大衣服,轻风拂来衣襟飘带飘拽缠绕,飘飘然的样子让人担心她会站立不住。这个人特别擅长纺织,她把五色丝放在口中,拉引出来,便织成有花纹的彩锦。因祇国人还进献了云昆锦,这种锦的花纹好像彩云从山岳中飘飘而出;有列堞锦,这种锦的图案有如云霞飘浮在城墙上;有杂珠锦,锦上的图纹有如一串串珍珠;有篆文锦,纹形像大篆文字;有列明锦,锦上的花纹像排列的烛灯。这些锦幅宽全都是三尺。因祇国的男人全都辛勤地在田野里耕作,一天能锄十顷地。因祇国还进献了生长得特别奇异的禾,这种禾一株就能装满一车。所以民间流传一首诗说:"力耕十顷,能致嘉颖。"出自《拾遗录》。

葛 由

葛由,蜀羌人,能刻木为羊卖之。一旦乘羊入蜀城,蜀之豪贵,或随之上绥山。绥山高峻,在峨眉之西。随者皆得道,不复还。故里语曰:"得绥山一桃,虽不能仙,亦足以豪。"山下多立祠焉。出《法苑珠林》。

鲁 般

鲁般,燉煌人,莫详年代,巧侔造化。于凉州造浮图,作木鸢,每击楔三下,乘之以归。无何。其妻有妊,父母诘之,妻具说其故。其父后伺得鸢,楔十余下,乘之,遂至吴会。吴人以为妖,遂杀之。般又为木鸢乘之,遂获父尸。怨吴人杀其父,于肃州城南,作一木仙人,举手指东南,吴地大旱三年。卜曰,般所为也。赍物巨千谢之。般为断其一手,其月吴中大雨。国初,土人尚祈祷其木仙。六国时,公输班亦为木鸢,以窥宋城。出《酉阳杂俎》。

弓 人

宋景公造弓,九年乃成而进之。弓人归家,三日而卒。盖匠者心力尽于此弓矣。后公登虎圈之台,用此弓射之,矢越西霸之山,彭城之东,余劲中石饮羽焉。出《淮南子》。

葛　由

　　葛由是蜀地羌族人。他能用木头刻制成羊，到集市上去卖。一天，葛由驾着木羊进入蜀城，城里的豪门贵族中有的人跟随葛由上了绥山。绥山高大险峻，在峨眉山的西边。跟随葛由上绥山的人，全都得道成仙，不再回来。所以俚语说："得绥山一桃，虽不能仙，亦足以豪。"绥山下边，修建了许多祠庙。出自《法苑珠林》。

鲁　般

　　鲁般是敦煌人，生死的年代不详。他心思精巧，善于创造。他在凉州建造佛塔时，造了一只木鸢，敲击机关三下，木鸢就可以飞动，他就乘着木鸢飞回家。没有人知道这件事。直到他的妻子怀孕，父母再三追问，他的妻子才说了这一切。后来，他的父亲窥探到木鸢的秘密，就敲击机关十多下，乘上它，一直飞到了吴地的会稽。吴人以为鲁般的父亲是妖怪，就杀了他。鲁般重又造了一只木鸢，乘上它飞到吴地，找到了父亲的尸体。鲁般怨恨吴人杀了他的父亲，回来后在肃州城南造了一个木仙人，让他的手指指向东南的吴地方向。于是，吴地大旱三年。吴地的一位占卜术士占卜后说："吴地大旱，是鲁般干的。"于是吴人带着许许多多的物品来向鲁般谢罪。鲁般断去木仙人一根手指，这个月吴地就下了大雨。本朝建国初期，当地人还祈祷过这个木仙人。战国时期，公输班也造过木鸢，用它来探视宋国的情况。出自《酉阳杂俎》。

弓　人

　　宋景公让一位弓人造弓，九年才造成。造成后这位弓人将弓进献给景公，回到家里三天后就死了。这是造弓人的心与力全都用在弓上了！后来，宋景公登上兽圈台，用这张弓射兽。弓矢穿过西霸山，一直飞到彭城的东部，剩下的余力射中石头，箭身没入石中，连箭尾的羽毛都隐没不见了。出自《淮南子》。

燕巧人

　　燕王征巧术人，请以棘之端为沐母猴。母猴成，巧人曰："人主欲观之，必半岁不入宫，不饮酒食肉。而霁日出，视之宴阴之间，而棘刺之母猴，乃可见矣。"燕王恩养，不能观也。出《艺文类聚》。

云明台

　　始皇起云明台，穷四方之珍木，天下巧工。南得烟丘碧树，郦水燃沙，贲都朱泥，云冈素竹；东得葱峦锦柏，缥檖龙杉，寒河星柘，岍山云梓；西得漏海浮金，浪渊羽璧，条章霞桑，沈唐员筹；北得冥阜干漆，阴坂文梓，寒流黑魄，暗海香琼。珍异是集。有二人皆虚腾橡木，运斤斧于云中。子时起功，至午时已毕，秦人皆言之子午台也。亦言于子午之地，各起一台。二说有疑。出《拾遗录》。

淫渊浦

　　日南之南，有淫泉之浦。言其水浸淫从地而出，以成渊，故曰"淫泉"也。或言此泉甘软，男女饮之则淫。其水小处可滥舫寨涉，大处可方舟沿泝，随流屈直。其水激石之声，似人之歌笑，闻者令人淫动，故俗谓之"淫泉"。时有凫雁，色如金，群飞戏于沙濑。罗者得之，乃真金凫也。昔秦破郦山之坟，行野者见金凫向南面，飞至淫泉。宝鼎元

燕巧人

燕王征召有技艺的术士，让他用棘刺的尖端做沐浴的母猴。母猴做成了，艺人说："大王要看沐浴的母猴，必须半年不到后宫去，不能饮酒吃肉，而且要在雨后太阳出来时，寻找没有阳光的地方，才可以看见棘刺做成的母猴。"燕王把艺人很好地供养着，却不能看到那母猴。出自《艺文类聚》。

云明台

秦始皇建造云明台，用尽了四方珍贵的木材、天下的能工巧匠。从南方运来烟丘的碧树、郦水的燃沙、贲都的朱泥、云冈的素竹；从东部伐得葱峦锦柏、缥檖龙杉、寒河星栢、岷山云梓；从西部采到漏海的浮金、浪渊的羽璧、条章的霞桑、沈唐的员筹，从北方运进冥阜的干漆、阴坂的文梓、褰流的黑魄、暗海的香琼。将普天下的珍奇异宝都集在了这里。在建造云明台时，只见有两个人悬空在橡木上边，在云中挥舞着板斧做工。他们从子时起开始干，到第二天午时就完工了。所以秦人都把这座台子叫"子午台"。也有人说是在"子"与"午"两个地方各建造了一座台子。这两种说法都不可信。出自《拾遗录》。

淫渊浦

日南郡的南边，有淫泉水流入河中。人们说淫泉的水是从地里浸淫出来，聚集在一块儿形成一眼泉，所以叫淫泉。也有人说这泉水水质甜软，男人与女人喝了就会淫乱。淫泉水小的地方能浮起酒杯，撩起衣服就可以淌过去；水大的地方可以两条船并排而行，随着水流忽而弯曲，忽而笔直。泉水拍激石头的声音，仿佛人在歌唱，在欢笑。听到这种声音的人心旌荡漾，顿生淫乱的欲望，所以民间叫它"淫泉"。当时有一群群金色的野鸭、大雁在淫泉的沙滩上或水中嬉戏，有人用捕鸟的网捕获到了野鸭，竟是真金的。当年秦末农民起义毁坏了郦山陵墓，有人在野外行走，看见金野鸭向南面飞去，一直飞到了淫泉。吴末帝宝鼎元

年,张善为日南太守,郡民有得金凫,以献太守张善。善博识多通,考其年月,即是秦始皇墓金凫也。昔始皇为冢,敛天下瑰异,生殉工人。倾远方奇宝于冢中,为江海川渎及列山岳之形。以沙棠沉檀为舟楫,金银为凫雁,以琉璃杂宝为龟鱼。又于海中作玉象鲸鱼衔火珠为星,以代膏烛。光出冢间,精灵之伟也。皆生埋巧匠于冢里。又列灯烛如皎日焉。先所埋工匠于冢内,至被开时皆不死。巧人于冢里,琢石为龙凤仙人之像,及作碑辞赞。汉初发此冢,验诸史传,皆无列仙龙凤之制,则知生埋匠者之所作也。后人更写此碑文,而辞多怨酷之言,乃谓"怨碑"。《史记》略而不录矣。出《拾遗录》。

新 丰

高祖既作新丰,并移旧社。街巷栋宇,物色如旧。士女老幼,相携路首,各知其室。放犬羊鸡鸭于通衢望涂,亦竞识其家。匠人朝宽所为也。移者皆喜其似而怜之,故竞加赏赠,月余致累百金。出《西京杂记》。

年,张善做日南郡的太守时,当时有郡民得到金野鸭,献给了太守张善。张善知道得多,懂得的广,考证制做它的年月,正是秦始皇墓的金野鸭。当年秦始皇为自己修建郦山陵墓,聚敛天下的奇瑰异宝。陵墓建成以后,建造陵墓的工人活着就被埋在里面,做了他的殉葬品。秦始皇陵中埋藏着所有从远方运来的奇珍异宝,墓中修造了江、海、川、沟渠并且错落建造了一些假山。水中的船只是用沙棠沉檀木做成的,用金、银做野鸭大雁,用各种琉璃宝石做成龟、鱼。又在海中做工象,黥鱼口里衔着火齐珠当作星辰,用来代替蜡烛。光芒四射,满冢生辉,精灵之气宏伟壮观。建造陵墓的能工巧匠都被活埋在里面。墓中还排列着许多灯烛,光芒耀眼,仿佛明亮的太阳一般。先前埋在墓内的工匠,到墓被打开时全都没有死。这些能工巧匠们,在墓内把石头雕琢成龙凤仙人的样子,并作辞刻碑以告后人。汉朝初年发掘这个陵墓时,查验各种史与传,全都没有龙凤仙人守丧的记载,就知道是被活埋在里面的匠人所做的。后人又将这些事情写成碑文刻在碑上,因为文辞大多是憎怨始皇残酷的话语,就被称作"怨碑"。司马迁写《史记》时,把这一段省略去,没有记录在里面。出自《拾遗录》。

新　丰

汉高祖七年,因太上皇思乡,于是汉高祖刘邦命令在骊邑按着丰县街里的格式建造新城,称作新丰,并迁来了丰县的老百姓。新城的大街小巷、房屋建筑、各色什物都和原来丰县的一样。男女老少手拉着手相挽扶着聚集在路边,他们一看便各自认出了自家的房子。把狗羊鸡鸭放在四通八达的大道上,它们也都争抢着往自己的家里跑。这一切都是匠人朝宽仿效丰县建造的。从丰乡移居到这里的人非常高兴,并且很爱惜这里的一切,所以大家都比赛着加倍赏赐或赠送礼物给朝宽。一个多月,朝宽便收到了价值百金的礼物。出自《西京杂记》。

张 衡

后汉张衡字平子,造候风地动仪。以精铜铸之,圆径八尺,盖合隆起,形如酒樽,饰以篆文及山龟鸟兽之状。中有都柱,傍行八道,施关发机。外八龙首,各衔铜丸,下有蟾蜍,张口承之。其牙机巧制,皆隐在樽中,覆盖周密无际。如有地震,则樽动机发,龙吐丸而蟾蜍衔之。震动激扬,伺者因此觉知。一龙发机,而七首不动,寻其方面,乃知震动之所在。仪之合契若神,自书典所记,未之有也。曾一龙发机而地不动。京师学者,初咸怪其无征。数日驿至,果地动。于是皆服其神妙。出《后汉书》。

王 肃

王肃造逐鼠丸。以铜为之,昼夜自转。出《酉阳杂俎》。

凌云台

凌云台楼观极精巧。先称平众材,轻重当宜,然后造构。乃无锱铢相负揭。台虽高峻,恒随风摇动,而终无崩殒。魏明帝登台,惧其势危,别以大材扶持之,楼即便颓坏。论者谓轻重力偏故也。出《世说》。

张　衡

　　后汉人张衡字平子,他制造了一台候风地动仪。地动仪是用精炼的铜铸成的,圆径八尺,盖合高隆起来,形状像个大酒樽。上面绘制有篆文、山龟、鸟兽等图案作为装饰。中间有一根总柱,周围八根分柱,用机关相连接。外有八个龙头,每条龙口中含一枚铜丸,下面有蹲伏着的蟾蜍,张口接着。它的小机关制作精巧,都藏在樽的里面。盖上盖后,非常严密,没有一点缝隙。如果发生地震,就引起樽动,牵引里面机关起动。于是龙吐铜丸,落在蟾蜍口中。震动激烈,观察它的人就知道有了情况。一条龙的机关发动,而另外七头不动,找出它的方向,就知道了地震发生在哪里。地动仪测地震非常准确,好像神物一般。在史书、典籍的记载中从来没有过像候风地动仪这样的仪器。曾经有一次,有一头龙的机关发动了,而它所指方向的地方没有发生地震。京城中的学者开始都责怪地动仪测出的结果不准确。几天后,驿吏来报,那个地方果然发生了地震。于是人们都信服地动仪的神妙了。出自《后汉书》。

王　肃

　　王肃造的驱鼠丸,是用铜做成的,白天黑夜自己不停地转动。出自《酉阳杂俎》。

凌云台

　　凌云台建造得非常精巧。在建造这座楼台时,他先把所有的材料都称量平衡好,使它们轻重得当,然后再开始建造。这样相互之间就连极轻微重量的负担都没有。凌云台虽然高峻,却常常随风摇动,竟然没有塌陷。魏明帝曹叡要登凌云台时,惧怕它那高耸入云、随风摇动欲倒的样子,就让人另用大材支撑住它,楼台却立刻倒塌毁坏了。当时有人认为这是轻重力量不平衡造成的。出自《世说》。

陈思王

魏陈思王有神思，为鸭头杓浮于九曲酒池。王意有所劝，鸭头则回向之。又为鹊尾杓，柄长而直，王意有所到处，于樽上旋之，鹊则指之。

吴夫人

吴主赵夫人，赵达之妹也。善画，巧妙无双。能于指间，以彩丝织为云龙虬凤之锦。大则盈尺，小则方寸，宫中谓之"机绝"。孙权常叹魏蜀未夷，军旅之隙，思得善画者，使图作山川地势军阵之像。达乃进其妹。权使写九州江湖方岳之势，夫人曰："丹青之色，甚易歇灭，不可久宝。妾能刺绣。"列万国于方帛之上，写以五岳河海城邑行阵之形，乃进于吴主。时人谓之"针绝"。虽棘刺木猴，云梯飞鸢，无过此丽也。权居昭阳宫，倦暑，乃褰紫绡之帷。夫人曰："此不足贵也。"权使夫人指其意思焉，答曰："妾欲穷虑尽思，能使下绢帷而清风自入，视外无有蔽碍。列侍者飘然自凉，若驭风而行也。"权称善。夫人乃析发，以神胶续之。神胶出郁夷国，接弓弩之断弦者。百断百续，乃织为罗縠。累月而成，裁之为幔。内外视之，飘飘如烟气轻动，而房内自凉。时权尚在军旅，常以此幔自随，以为征幕。

陈思王

魏人陈思王常常有奇想。他制做了一柄鸭头形状的杓子,把它放在九曲酒池里。陈思王心里想让谁喝酒,鸭头就旋转到那个人的方向。陈思王还制做了一柄鹊尾形状的杓子,它的把又长又直。陈思王心中想到哪里,在酒杯上旋转杓子,鹊尾就指向哪里。

吴夫人

吴主孙权的夫人赵氏是赵达的妹妹。她擅长绘画。她的画精巧美妙,没有第二个人可以达到她的水平。赵夫人能在手指中间用彩丝织成云龙、虬凤图案的锦,大的一尺多,小的只有一寸见方,宫中称为"机绝"。孙权常常慨叹没能铲除魏、蜀两国,在行军打仗的空闲时间里,很想得到一位擅长绘画的人,能绘制出一幅有山川、地貌,供行军布阵用的图像来。赵达就把他的妹妹进献给孙权。孙权让她绘制全国江湖、四方山岳的形势图,夫人说:"丹青的颜色很容易褪掉,不能长久保存,我能刺绣。"于是,赵夫人把所有国家都绣在一块帛上,上面还绣着五岳、河海、城市及行军布阵的图案,然后把它献给了孙权。当时的人称它为"针绝"。虽然有用棘刺木刻的木猴、公输班造的云梯,制作精美的风筝,但是没有比它更珍稀瑰丽的。孙权住在昭阳宫,忍受不了夏天的炎热,就卷起了紫绡幔帐。赵夫人看见后说:"这还不够宝贵的。"孙权让夫人说明是什么意思,赵夫人回答说:"我要绞尽脑汁想出个好办法,让帷幔放下来时,清风也能吹进去,从外面看并没有什么遮挡,侍者们也感到很凉爽,飘飘然仿佛驭着轻风行走一般。"孙权说好。于是赵夫人剖开发丝,然后用神胶把它们粘接起来。神胶出产在郁夷国,是用来粘接弓弩断弦的,不论断成多少段用神胶都能把它接上,特别有神效。赵夫人就用这经过剖制、粘接起的发丝织成绡纱。几个月后完工,然后裁剪缝制成帷幔。无论是从里还是从外面看它,都像烟气似的轻轻飘动,而房间里自然变得清幽凉爽。当时孙权还在亲自带兵行军打仗,他常把这幅帷幔带在身边,作为行军的幕帐。

舒之则广纵数丈,卷之则可内于枕中。时人谓之"丝绝"。故吴有三绝,四海无俦其妙。后有贪宠求媚者,言夫人多耀于人主,因而致退黜。虽见疑坠,犹存录其巧工。及吴亡,不知所在。出《王子年拾遗记》。

区　纯

大兴中,衡阳区纯作鼠市。四方丈余,开四门,门有木人。纵四五鼠于中,欲出门,木人辄以椎椎之。出《晋阳秋》。

水芝欹器

西魏文帝造二欹器。其一为二仙人,共持一钵,同处一盘。盖有山,山有香气。别有一仙人持一金瓶,以临器上,以水灌山。则出于瓶而注于器,烟气通发山中,谓之"仙人欹器"也。其一为二荷,同处一盘,相去盈尺。中有芙蓉,下垂器上,以水注芙蓉而盈于器。又为凫雁蟾蜍以饰之,谓之"水芝欹器"。二盘各有一床一钵,钵圆而床方。中有人焉,言三才之象也。器如觚形,满则平,溢则倾。置之前殿,以警满盈焉。原缺出处,明抄本作出《三国典略》。

兰陵王

北齐兰陵王有巧思,为舞胡子。王意欲所劝,胡子则捧盏以揖之。人莫知其所由也。出《朝野佥载》。

这幅帷幔舒展开时长、宽几丈，卷起来则可以放在枕头里面。当时人称它为"丝绝"。所以吴有三绝，四海之内再没有第二种同它们一样绝妙的稀世珍宝了。后来有为求受到宠幸而谄媚的人，说赵夫人总爱在大王面前炫耀自己，赵夫人因而遭到废免罢退。赵氏虽然因被怀疑而退黜，但是却作为技艺高超的工匠被载录在史书上。东吴灭亡时，不知她到哪里去了。出自《王子年拾遗记》。

区　纯

晋元帝大兴年间，衡阳的区纯做了一个饲养老鼠的游戏器具。它四周长有一丈多，开有四扇门，每扇门前有一个小木人。里面放进四五只老鼠，老鼠要出门，木人就用槌槌老鼠。出自《晋阳秋》。

水芝欹器

西魏文帝造了两个欹器，其中一个是两个仙人共拿一个钵，同在一个盘中。盘中有山，山散发着香气。另有个仙人手中拿着一只金瓶，站在欹器上居高临下用水浇山。水从瓶中流出，注入器内，烟气布满山中，称为"仙人欹器"。另一个是两朵荷花同在一个盘中，相距一尺多远，中间有芙蓉，往下垂落到欹器上，把水灌进芙蓉里而流满欹器。又用野鸭、大雁、蟾蜍图案作为装饰，叫做"水芝欹器"。两个盘中各有一床一钵。钵是圆形的，床是方形的，中间有人，说是天才、地才、人才的象征。欹器形状像装酒的觥，装满水时呈水平状态，水溢出来时它就倾斜。把它放在宫中的前殿，用它来警示满与盈的道理。原缺出处，明抄本写作"出自《三国典略》"。

兰陵王

北齐的兰陵王有奇巧的构思。他制做了跳舞的胡人男子。兰陵王心中想要劝谁喝酒，胡人男子就捧着酒杯向他作揖。人们不知道这里面的道理。出自《朝野佥载》。

僧灵昭

北齐有沙门灵昭甚有巧思,武成帝令于山亭造流杯池。船每至帝前,引手取杯,船即自住。上有木小儿抚掌,遂于丝竹相应。饮讫放杯,便有木人刺还。上饮若不尽,船终不去。未几,灵昭忽拊心,疑有刀刺,须臾吐血而终。

七宝镜台

胡太后使灵昭造七宝镜台。合有三十六室,别有一妇人,手各执镍。才下一关,三十六户一时自闭。若抽此关,诸门咸启,妇人各出户前。出《皇览》。

僧灵昭

北齐有位叫灵昭的僧人，有很巧妙的构思。他奉武成帝的命令在假山亭上建造了流杯池，池中放置制做精巧别致的小船，小船每次行到武成帝面前，武成帝伸手拿取小船上的酒杯，小船就自己停住。上面有一个木制小人一拍手，于是丝竹乐声响起。饮完之后放下酒杯，就有木制小人捧着酒杯回去。武成帝如果没饮完杯中酒，小船就一直不离去。不久，灵昭和尚忽然抚摸着胸口，估计是被刀刺了，不一会儿就吐血而死。

七宝镜台

胡太后派灵昭建造七宝镜台。镜台共有三十六个室，另有一个妇人，两只手各拿着一把钥匙。只要旋转一个钥匙，三十六个室的门同时关闭。如果将钥匙抽出来，各个门全都开启，妇人的影像出现在各个室前的镜子里。出自《皇览》。

卷第二百二十六
伎巧二

水饰图经

炀帝别敕学士杜宝修《水饰图经》十五卷，新成。以三月上巳日，会群臣于曲水，以观水饰。

有神龟负八卦出河，进于伏牺；黄龙负图出河；玄龟衔符出洛；太鲈鱼衔篆图出翠妫之水，并授黄帝；黄帝斋于玄扈，凤鸟降于洛上；丹甲灵龟衔书出洛授苍颉；尧与舜坐舟于河，凤凰负图；赤龙载图出河，并授尧；龙马衔甲文出河授舜；尧与舜游河，值五老人；尧见四子于汾水之阳；舜渔于雷泽，陶于河滨；黄龙负黄符玺图出河授舜；舜与百工相和而歌，鱼跃于水；白面长人而鱼身，捧河图授禹，舞而入

水饰图经

隋炀帝直接命令令学士杜宝篡修的《水饰图经》十五卷,新近完成。在三月三日上巳日这天,隋炀帝在曲水边与文武百官聚会宴饮,让文武百官跟他一块儿观赏根据《水饰图经》上面的记载而制作的各种水上机械玩具。

有神龟浮出黄河水面,背负八卦图纹献给伏羲帝;有黄龙背负宝图从黄河中浮出水面;有从洛水中浮出水面、嘴里衔着神符的大元龟;有从翠妫水中浮出来的大鲈鱼,嘴里衔着能预示吉凶祸福的图案授予黄帝;有黄帝在洛水南岸的玄扈山拜受凤鸟叼来的神图;有红甲灵龟浮出洛河水面,嘴里衔着书文给予苍颉;有唐尧和虞舜坐船行驶在黄河上,凤凰背负八卦图来献;有赤龙载着八卦图浮出黄河献给唐尧帝;有龙马衔着甲文从黄河中浮出来,献给虞舜帝;有尧与舜一块儿游黄河,遇见五星之精;有尧在汾水北岸的藐姑射山接见王倪、齧缺、被衣、许由四位名人;有舜在雷夏泽捕鱼、在黄河边烧制陶器;有黄龙背负黄符玺书从黄河中浮出水面献给舜;有舜和各种工匠一起相和唱歌,鱼儿跃出水面;有白面鱼身的长人手捧河图献给大禹,又舞蹈着没入

河；禹治水，应龙以尾画地，导决水之所出；凿龙门疏河，禹过江，黄龙负舟；玄夷苍水使者授禹《山海经》，遇两神女于泉上；帝天乙观洛，黄鱼双跃，化为黑玉赤文；姜嫄于河滨履臣人之迹，弃后稷于寒冰之上，鸟以翼荐而履之；王坐灵沼，于牣鱼跃；太子发度河，赤文白鱼跃入王舟；武王渡孟津，操黄钺以麾阳侯之波；成王举舜礼，荣光幕河；穆天子奏钧天乐于玄池，猎于澡津，获玄貉白狐；觞西王母于瑶池之上，过九江，鼋龟为梁；涂脩国献昭王青凤丹鹄，饮于洛溪；王子晋吹笙于伊水，凤凰降；秦始皇入海，见海神；汉高祖隐芒砀山泽，上有紫云；武帝泛楼船于汾河，游昆明池，去大鱼之钩，游洛，水神上明珠及龙髓；汉桓帝游河，值青牛自河而出；曹瞒浴谯水，击水蛟；魏文帝兴师，临河不济；杜预造河桥成，晋武帝临会，举酒劝预；五马浮渡江，一马化为龙；仙人酌醴泉之水；金人乘金船；苍文玄龟衔书出洛，青龙负书出河，并进于周公；吕望钓磻溪得玉璜，又钓卞溪获大鲤鱼，腹中得兵钤；齐桓公问愚公名；楚王渡江得萍实；秦昭王宴于河曲，金人捧水心剑造之；吴大帝临钓台望葛玄；刘备乘马渡檀溪；澹台子羽过江，两龙夹舟；淄丘

黄河中；有大禹治水，翼龙用尾巴划地为河，将洪水输导到大海中；有大禹开凿龙门峡疏浚河道，黄龙用背载身送大禹过黄河；有东夷的苍水使者向大禹献《山海经》；有大禹在泉上遇到两位神女；有成汤帝巡游洛水，有两条黄鱼跃到船上变成黑玉，上面书有红色图象；有帝喾的正妃姜嫄在河边踏巨人的脚印怀孕生下后稷，将后稷丢弃在寒冰上面，神鸟张开翅膀覆盖在后稷身上；有周文王坐在灵沼岸边，看见水里的鱼多到互相挤撞蹦跳；有周文王的太子坐船渡河，身上呈现红色图象的白鱼跃上船；有周武王伐纣渡孟津时，手持黄斧指挥击退波神阳侯掀起的巨波狂澜；有周成王举行舜礼，从幕河上升起兆示吉祥的五色瑞气；有周穆王在玄池演奏钧天广乐、在渌津狩猎、猎获黑貉白狐，跟西王母在瑶池饮宴、过九江时鼋龟浮出水面为他铺桥；有涂脩国向周昭王献青凤红天鹅，周昭王在洛溪饮宴；有仙人王子晋在伊水边吹笙，引来凤凰降落在身边；有秦始皇乘船入海，遇到海神；有汉高祖刘邦隐藏在芒山、砀山的山泽间，天上现出兆示天子的紫气；有汉武帝乘坐楼船行驶在汾河上，游赏昆明池，钓大鱼；游洛水，水神向他献上明珠与龙髓；有汉桓帝游黄河，正赶上青牛从河中浮出水面；有曹阿瞒在谯水沐浴，斩杀水蛟；有魏文帝出兵伐吴，来到长江北岸遇到江水暴涨而退兵；有杜预在富平津架桥成功，晋武帝带领文武百官前去祝贺，举杯向他劝酒；有晋怀帝永嘉年间，五位司马姓王南奔过长江，而司马睿后来登极为晋元帝；有仙人饮醴泉水；有金人乘坐金船；有青色图纹的大龟口衔天书从洛水中浮出水面，苍龙背载着天书从黄河中浮出水面，都将天书献给周公；有姜太公垂钓磻溪得到玉璧而辅佐周文王，垂钓卞溪钓得一条大鲤鱼，从鱼腹中得到兵书；有齐桓公在愚公谷狩猎遇访愚公；有楚昭王乘船过江得到吉祥的甘美水果；有秦昭王三月三日在河湾边宴饮，金人从河中浮出水面进献给他可称霸一方的水心宝剑；有吴大帝孙权在钓台拜访太极仙翁葛玄；有蜀汉先帝刘备骑的卢宝马渡过檀溪，摆脱刘表的追杀；有孔子的弟子澹台子羽南游过江，江中浮出两条龙夹舟护送；有淄丘

䜣与水神战；周处斩蛟；屈原遇渔父；卞随投颍水；许由洗耳；赵简子值津吏女；孔子值河浴女子；秋胡妻赴水；孔愉放龟；庄惠观鱼；郑弘樵径还风；赵炳张盖过江；阳谷女子浴日；屈原沉汨罗水；巨灵开山；长鲸吞舟。若此等总七十二势，皆刻木为之。或乘舟，或乘山，或乘平洲，或乘盘石，或乘宫殿。木人长二尺许，衣以绮罗，装以金碧。及作杂禽兽鱼鸟，皆能运动如生，随曲水而行。

又间以妓航，与水饰相次，亦作十二航。航长一丈阔六尺。木人奏音声，击磬撞钟，弹筝鼓瑟，皆得成曲。及为百戏，跳剑舞轮，升竿掷绳，皆如生无异。其妓航水饰，亦雕装奇妙。周旋曲池，同以水机使之。奇幻之异，出于意表。又作小舸子长八尺，七艘。木人长二尺许，乘此船以行酒。每一船，一人擎酒杯立于船头，一人捧酒钵次立，一人撑船在船后，二人荡桨在中央，绕曲水池。回曲之处，各坐侍宴宾客。其行酒船，随岸而行，行疾于水饰。水饰行绕池一匝，酒船得三遍，乃得同止。酒船每到坐客之处即停住，擎酒木人于船头伸手。遇酒，客取酒饮讫。还杯，木人受杯，回身向酒钵之人取勺斟酒满杯。船依式自行，每到坐客处，例皆如前法。

䜣与水神大战；有周处入水斩蛟；有屈原大夫过江遇打渔的老翁；有卞随拒绝成汤让他统治天下而投颍水；有许由闻尧授任他九州长后，在颍水边洗耳；有赵简子遇见津吏女；有孔夫子在河边遇见沐浴的女人；有鲁人秋胡的妻子因不认识久居在外突然归来的丈夫而羞愧地投沂水自杀；有孔愉放龟；有庄惠观鱼；有郑弘太尉年轻时进山砍柴，仙人以风相助他背柴出山；有赵炳张盖过江；有阳谷女子浴日；有屈原投汨罗江自杀；有巨灵河神以手劈开华山，使黄河水畅流无阻；有巨大的鲸鱼吞噬舟船。上述这样的用水力操纵的机械玩具共有七十二种，都是用木材雕刻成的。有的乘船，有的乘山，有的乘水中陆地，有的乘盘石，有的乘宫殿。上面的木人高有二尺左右，穿着绮罗做的衣服，戴着金钗翡翠等饰物。同时上面置放各种鸟、兽、虫、鱼，这些动物都能像真的一样活动，随着水的流动而活动。

其间，还置有小船载着歌妓舞女，与这些水力机械玩具穿插开，也有十二只。每只船长一丈，宽六尺，上面有木人演奏乐曲。有的击磬有的撞钟，有的弹筝有的鼓瑟，都符合乐律。还有的木人表演各种杂技，有跳剑舞轮的，有爬竿掷绳的，都像真人表演一样。这十二只载有歌妓舞女的小船，也雕刻装饰得奇妙异常；围着曲池运行，也是用水力机械使它们自动行驶的。奇异玄幻，出乎人们的意料。又造七只小游艇，上面置放高二尺左右的木人乘这只船为人依次斟酒。每只小游艇上面，一个木人手拿酒杯站在船头，一个木人手捧酒钵站在它后面，一个木人在船后面撑篙，两个木人在船中间划桨，围绕着弯弯的水池行驶。在拐弯的地方坐着侍宴的宾客。这些行酒船沿着岸边行驶，比那些载着各种传说故事的玩具船速度快。那些玩具船绕池一周，行酒船绕池三周，才能同时停下来。行酒船每到有宾客的岸边都自动停下来，手拿酒杯的木人在船头伸手将斟满的酒杯递给宾客。客人饮干这杯酒后，将空杯还给木人。木人接过空杯后，转身从捧着酒钵的木人那儿拿过来木杓，再将空杯斟满酒。斟酒船就这样依次自行自停，每经过有宾客坐着的岸边都如法给客人斟酒。

此并约岸水中安机,如斯之妙,皆出自黄衮之思。宝时奉敕撰《水饰图经》,及检校良工图画。既成奏进,敕遣宝共黄衮相知。于苑内造此水饰,故得委悉见之。衮之巧性,今古罕俦。出《大业拾遗记》。

观文殿

隋炀帝令造观文殿。前两厢为书堂,各十二间。堂前通为阁道。承殿,每一间十二宝厨。前设方五香重床,亦装以金玉。春夏铺九曲象簟,秋设凤绫花褥,冬则加绵装须弥毡。帝幸书堂,或观书,其十二间内,南北通为闪电窗。零笼相望,雕刻之工,穷奇极之妙。金铺玉题,绮井华榱,辉映溢目。每三间开一方户,户垂锦幔。上有二飞仙,当户地口施机。舆驾将至,则有宫人擎香炉,在舆前行。去户一丈,脚践机发,仙人乃下阁,捧幔而升,阁扇即开,书厨亦启,若自然,皆一机之力。舆驾出,垂闭复常。诸房入户,式样如一。其所撰之书,属辞比事,条贯有序,文略理畅,互相明发。及抄写真正,文字之间,无点窜之误。装翦华净,可谓冠绝今古,旷世之名宝。自汉已来讫乎梁,文人才子,

这些斟酒船和环岸水中的各种水力机械玩具,它们的机械安装得这样巧妙,都出自黄衮的设计。杜宝当时奉命撰写完十五卷《水饰图经》,并检查校对完了技艺高超的工匠们绘制的图纸后,编纂好了奏报隋炀帝,隋炀帝让杜宝跟黄衮相见。黄衮在御苑内制造出这些水力机械玩具与行酒船,因此得以全部知晓并亲眼见到这些水力机械玩具和斟酒船。黄衮的心灵手巧,今古都很少有人能跟他相媲美。出自《大业拾遗记》。

观文殿

隋炀帝下令建造观文殿。观文殿前殿的两侧厢房是藏书室,各有十二间,堂前是通向大殿的木造长廊。藏书室的每一间置放十二架宝贵的书橱,前边放置一张五香木重床,床上也镶嵌黄金、玉石。春天和夏天铺九曲象牙席,秋天铺风绫花褥,冬天则加添外罩绵罩的须弥毡。隋炀帝来这儿,有时看书。十二间藏书室南北相通,安装着玲珑相望的闪电窗。闪电窗雕刻得精工细致,没有比它再新奇玄妙的了。而且门上安有黄铜铸制的门环,用玉石装饰椽头。天花板上装饰着花纹藻井,屋梁上架有华美的椽子。这些富丽堂皇的装饰流金溢彩,耀人眼目。每三间屋设置一个方形的屋门,门上垂挂着彩锦门帘,门上面置放两个飞仙,在门下地里安装有机关。皇帝要来藏书室时,就有宫人手拿着香炉,走在皇帝乘坐的车驾前边。在距离馆门一丈远的地方停下来,用脚踏机关的暗钮,门上的两个仙人就降落到地面上,手捧着彩锦门帘再升起来,内室的窗户也立即自动打开,书橱也自动打开。都是一个机关起的作用。皇帝的车驾返回宫殿时,所有的门窗都自动关闭,恢复正常。各间书室的入门设计都是一个样式的。这些书籍,撰文记事条理分明,秩序井然,文词通顺锋利,说理明白畅达,而且相互阐发。至于抄写,用的都是真笔楷书,文字没有一点错误。书籍的装裱华丽洁净,可以说是古往今来从未有过,是绝代的瑰宝。自汉朝以来到南北朝时的梁朝,文人才子们

诸所撰著，无能及者。其新书之名，多是帝自制，每进一书，必加赏赐。出《大业拾遗记》。

刘 交

幽州人刘交，戴长竿高七十尺，自擎上下。有女十二甚端正，于竿置定，跨盘独立，见者不忍，女无惧色。后竟还扑杀。出《朝野金载》。

张 崇

唐巧人张崇者能作灰画腰带铰具。每一胯，大如钱。灰画烧之，见火即隐起。作龙鱼鸟兽之形，莫不悉备。出《朝野金载》。

十二辰车

则天如意中，海州进一匠，造十二辰车。回辕正南，则午门开，马头人出。四方回转，不爽毫厘。又作木火通，铁盏盛火，辗转不翻。出《朝野金载》。

铜 樽

韩王元嘉有一铜樽，背上贮酒而一足倚。满则正立，不满则倾。又为铜鸠，毡上摩之热则鸣，如真鸠之声。出《朝野金载》。

所撰写的著作，都没有能赶得上这些书的。这些新书的书名，都是隋炀帝亲自给起的。每当有人进献一部新书，隋炀帝都给予奖赏。出自《大业拾遗记》。

刘 交

幽州人刘交，头上能顶一只高七十尺的竹竿，可以自己让竿上下自由活动。竿上站立攀附着十二个端庄秀丽的女孩，在上面跨越攀援。观赏的人都由于担心她们跌下来而不忍看，但是竿上的十二个女孩却一点惧怕的表情也没有。后来，还是有女孩不慎从竿上失足跌落地上摔死了。出自《朝野佥载》。

张 崇

唐朝时有个叫张崇的匠人，他能制作灰画腰带扣卡，每一环像铜钱那么大。这种灰画用火烧，见火就渐渐凸起，鱼龙鸟兽等各种花纹图案全有。出自《朝野佥载》。

十二辰车

唐朝武则天如意年间，海州向朝廷进献了一位匠人，他会制造十二时辰车。这种十二时辰车，当车辕转到正南时，午门自动开放，有驾车的马与人从门里探身出来。车子围着东、南、西、北四方旋转，不差毫厘。这位海州匠人还会制作木火通，是用铁盘盛火，旋转时火也不会从盘中掉下来。出自《朝野佥载》。

铜 樽

韩王元嘉有一只盛酒的铜樽，上面盛酒，下面一只脚立在那儿。樽里盛满了酒铜樽就立得很正，没盛满酒就倾斜。他还有一只铜鸠，将它在毡上磨擦发热，就会发出像真鸠在鸣叫一样的响声。出自《朝野佥载》。

殷文亮

洛州殷文亮曾为县令,性巧好酒。刻木为人,衣以缯彩。酌酒行觞,皆有次第。又作妓女,唱歌吹笙,皆能应节。饮不尽,即木小儿不肯把;饮未竟,则木妓女歌管连催。此亦莫测其神妙也。出《朝野佥载》。

杨务廉

将作大匠杨务廉甚有巧思。常于沁州市内刻木作僧,手执一碗,自能行乞。碗中钱满,关键忽发,自然作声云布施。市人竞观,欲其作声。施省日盈数千矣。出《朝野佥载》。

王琚

郴州刺史王琚刻木为獭,沉于水中取鱼。引首而出,盖獭口中安饵为转关,以石縋之则沉,鱼取其饵,关即发,口合则衔鱼,石发则浮出。出《朝野佥载》。

薛眘惑

薛眘惑者善投壶。龙跃隼飞,矫无遗箭。置壶于背后,却反矢以投之,百发百中。出《朝野佥载》。

殷文亮

洛州有位县官叫殷文亮,心灵手巧又喜好喝酒。这位县官自己雕刻了一个木人,身上穿着粗丝彩衣。每到聚宴饮酒时,小木人行酒都很有次序。这位县太爷还制作了一个妓女机器人,即能唱歌又会吹笙,而且都符合节拍乐律。如果酒杯里的酒没有喝干,小木人就不再给你斟酒;如果没有喝尽兴,那个木妓女就连唱带吹地催促你继续饮酒。谁也猜测不出它们的机关奥妙来。出自《朝野金载》。

杨务廉

将作大匠杨务廉心思巧妙。他曾经在沁州市雕刻了一个木僧人,木僧人手里端着一只碗,自动向人乞讨布施。等到木碗中的钱盛满了后,机关的键钮突然自己发动,这个木僧人就会自己说声:"布施!"全沁州市的人都争抢着观赏这位木僧人,都想听听木僧人发声说话,于是争着往木碗里放钱。一天下来,这位木僧人可以行乞到好几千文钱。出自《朝野金载》。

王琚

郴州刺史王琚用木头雕刻成一只木獭。将它沉到水里去捕鱼,捕到鱼后木獭就伸着头颈浮出水面。木獭嘴里安放着饵食,连着转动的机关,用绳绑着一块石头就会沉入水中。有鱼来吃饵食,拽动机关,木獭的嘴随即闭上将鱼衔在口中;同时,绑着的石头脱离木獭沉入水底,木獭就衔着鱼浮出水面来了。出自《朝野金载》。

薛眘惑

有个叫薛眘惑的人,非常擅长玩投壶的游戏。只见投壶用的箭签在他手中,像龙腾鹰飞一样上下左右飞转投出,手法敏捷,没有投不中的。薛眘惑还能将壶背在身后,由身前反着方向投掷,也百发百中。出自《朝野金载》。

马待封

开元初修法驾,东海马待封能穷伎巧。于是指南车、记里鼓、相风鸟等,待封皆改修,其巧逾于古。待封又为皇后造妆具,中立镜台,台下两层,皆有门户。后将栉沐,启镜奁后,台下开门,有木妇人手执巾栉至。后取已,木人即还。至于面脂妆粉,眉黛髻花,应所用物,皆木人执。继至,取毕即还,门户复闭。如是供给皆木人。后既妆罢,诸门皆阖,乃持去。其妆台金银彩画,木妇人衣服装饰,穷极精妙焉。待封既造卤簿,又为后帝造妆台,如是数年。敕但给其用,竟不拜官,待封耻之。又奏请造欹器酒山扑满等物,许之。皆以白银造作。其酒山扑满中,机关运动。或四面开定,以纳风气。风气转动,有阴阳向背,则使其外泉流吐纳,以挹杯斝。酒使出入,皆若自然,巧逾造化矣。既成奏之,即属宫中有事,竟不召见。待封恨其数奇,于是变姓名,隐于西河山中。

至开元末,待封从晋州来,自称道者吴赐也。常绝粒。与崔邑令李劲造酒山、扑满、欹器等。酒山立于盘中,其盘径四尺五寸,下有大龟承盘,机运皆在龟腹内。盘中立山,

马待封

唐玄宗开元初年，宫中修理皇上出行用的法驾车舆。东海郡有个叫马待封的人擅长各种机关技艺，他将宫中指示方向用的指南车，记行程里数的证里鼓和标明风向的相风鸟等，都重新进行了改造，比先前古人制造的更加机巧。马待封又给皇后制造了一座梳妆台。中间是镜台，台下两层，都有门户。皇后要梳洗打扮时，打开装镜的匣子后，台下的门自动打开，一位木制妇人手里拿着梳洗用的毛巾、梳篦等走出来。皇后接过这些东西后，木妇人又回到门里。其他如涂面脂、定妆粉、描眉笔、髻花等一切用物，都由木妇人自动送给皇后。都送完了，木妇人又回到镜台里面，门也自动关好。像这样的一些供给，都由木妇人来完成。皇后着好妆，各门都关好，才让人将梳妆台拿走。这座梳妆台上面饰有黄金、白银，还绘着彩色画图。木妇人的衣着服饰，都制作得非常精致考究。马待封在宫中已经制作了帝后、大臣们外出时所使用的各种仪仗，又为皇后制作了梳妆台，一干就是好几年。但是玄宗皇上只是命人给他送来吃穿用度，竟然不授予他官职。马待封觉得受了羞辱，又上奏皇上，请求让他制作倾器、酒山和蓄钱罐等机巧器具。玄宗皇帝批准了他的请求。这些器具都是用白银制作的。其中的酒山、蓄钱罐，中间都有机关运作。酒山可以四面打开，让风从里面通过。风在里面转动机关，分阴阳向背。这样，使得酒山外面有酒像泉水一样流淌出来，用酒杯斗接酒。斟酒的仆役出进都是自动的，由机关来控制。其精巧玄妙胜过天工。马待封将这些带有机关的器具制作出来后，报告给玄宗皇帝。皇上推托宫中有事，竟然不召见马待封。马待封怨恨自己时运不济，于是变换姓名，隐居在西河山中。

到了开元末年，马待封从晋州来到京城长安，自称是道士吴赐。他常常辟谷不食，修炼长生不老之术。马待封跟崔邑的邑令李劲一同制作酒山、蓄钱瓦器和倾器等。马待封制作的酒山，坐落在一只圆盘中。圆盘直径四尺五寸，盘下有一只大龟承托着，所有的机关都在大龟的腹中。圆盘的中间屹立着一座酒山，

山高三尺,峰峦殊妙。<small>盘以木为之,布漆其外,龟及山皆漆布脱空,彩画其外。山中虚,受酒三斗。</small>绕山皆列酒池,池外复有山围之。池中尽生荷,花及叶皆锻铁为之。花开叶舒,以代盘叶,设脯醢珍果佐酒之物于花叶中。山南半腹有龙,藏半身于山,开口吐酒。龙下大荷叶中,有杯承之,杯受四合。龙吐酒八分而止,当饮者即取之。饮酒若迟,山顶有重阁,阁门即开,有催酒人具衣冠执板而出。于是归盏于叶,龙复注之,酒使乃还,阁门即闭。如复迟者,使出如初。直至终宴,终无差失。山四面东西皆有龙吐酒。虽覆酒于池,池内有穴,潜引池中酒纳于山中。比席阑终饮,池中酒亦无遗矣。欹器二,在酒山左右,龙注酒其中。虚则欹,中则平,满则覆。则鲁庙所谓侑坐之器也。君子以诫盈满,孔子观之以诫焉。杜预造欹器不成,前史所载。若吴赐也,造之如常器耳。<small>出《纪闻》。</small>

高约三尺,山峰制作得非常特异绝妙。圆盘是用木料作的,外面涂漆。大龟与酒山都是漆布脱空成壳,外面涂上各种颜色,画成真龟、真山状。酒山中间是空的,可盛酒三斗。围绕着酒山都排列着酒池,池外还有山围着。酒池中生有荷花,荷花的花与叶都是用铸铁制作的。花已开放,荷叶也舒展开。它们都代替盘使用,里面盛上肉脯、肉酱及各种下酒的珍果。酒山南侧山腰处有一条龙,藏身在山中。龙口张开,就可以吐出酒来。龙口下边的大荷叶上面放有酒杯,四周都有这样的酒杯。龙口吐酒将酒杯盛到八分满就不吐了,饮酒的人立即取杯饮酒。如果你喝得较慢,酒山顶上有双层阁楼,阁门会自动打开,有催酒的人衣冠整齐、手里拿着板子从里面走出来。于是,将酒杯重新放在大荷叶上,让龙口重新给它斟满酒,酒使才自动回到双层阁楼中。阁门随即自动关闭。如果还有人喝慢了,酒使就又出来监督。这样,一直到酒宴结束,不会出现半点差错。酒山的四面东西,都有龙口吐酒。虽然有时将酒吐在酒池中了,但是酒池内有暗穴,可以将池中的酒引流到酒山中。直到宴席结束酒喝完了,池中的酒不留一点痕迹。倾斜盛酒器两个,在酒山两边,从龙口向里面注酒。杯里面没有盛酒,杯呈倾斜状;盛上半杯酒时,杯子平正;酒盛满杯后,杯子则会倾翻。这是孔庙中所谓的"陪坐之器"。君子用来告诫盈满,孔夫子看到它以示警诫。杜预制造这种倾斜盛酒器没有成功,以前的史书有记载。但是如果是吴赐道士,制造这种器皿真是太平常了。出自《纪闻》。

卷第二百二十七

伎巧三 绝艺附

伎巧
华清池　　　重明枕　　　韩志和
绝艺
督君谟　　　李钦瑶　　　苏州游僧　　江西人　　僧灵鉴
张　芬　　　河北将军　　西蜀客　　　陕屺寺僧

伎巧

华清池

　　玄宗于华清宫新广一池，制度宏丽。安禄山于范阳以白玉石为鱼龙凤雁，仍为石梁及石莲花献。雕镌巧妙，殆非人工。上大悦，命于池中，仍以石梁横亘其上，而下莲花出于水际。上因幸华清宫，至其所。解衣将入，而鱼龙凤雁皆若奋鳞举翼，状欲飞动。上甚恐，遽命撤去，去之而莲花石梁尚存。又尝于宫中置长汤池数十间，屋宇环回，甃以文石，为银镂漆船及檀香水船，致于其中。至楫棹皆

伎巧

华清池

唐玄宗在华清宫新修建了一座浴池,浴池规模宏大壮丽。安禄山在范阳让工匠们用白玉石雕刻成鱼、龙、凤凰、大雁,又雕制成石梁、石莲,一块儿进献给唐玄宗。这些东西雕刻制作得异常精致、巧妙,完全不像是人工制成的。玄宗皇帝非常高兴,命人将鱼、龙、凤凰、大雁与石莲花都安放在浴池中,将石梁横放在浴池上面,下面的石莲花露出水面。于是玄宗皇帝亲临华清宫,来到这座新建的浴池。他脱去衣服刚刚下到浴池里,池中的白玉石雕的鱼、龙、凤凰、大雁都像在奋动鳞片、展开翅膀,似乎要跳跃飞动的样子。玄宗皇帝惊恐异常,急忙命令将这些东西搬出浴池,只留下石莲花与石梁还安放在原来的地方。唐玄宗又曾在华清宫中建造了几十间长温池,这几十间屋回环相通,温池的岸边都是用带有纹彩的卵石装饰垒砌而成,又把饰有白银的漆船和檀香水船放在温池里。船上长短船桨都

饰以珠玉。又于汤池中，垒瑟瑟及檀香木为山，状瀛洲方丈。出《谭宾录》。

重明枕

元和八年，大轸国贡重明枕、神锦衾。云其国在海东南三万里，当轸宿之位，故曰"大轸国"，合丘禺藁山，"合丘禺藁山"，见《山海经》。重明枕长一尺二寸，高六寸，洁白逾于水精。中有楼台之状，四方有十道士持香执简，循环无已，谓之"行道真人"。其楼台瓦木丹青，真人簪帔，无不悉具，通莹焉如水睹物。神锦衾，水蚕丝所织，方二尺，厚一寸。其上龙文凤彩，殆非人工。其国以五色石甃池塘，采大柘叶，饲蚕于池中。始生如蚊睫，游泳其间，及长可五六寸。池中有挺荷，虽惊风疾吹不能动，大者可阔三四尺。而蚕经十五日，即跳入荷中，以成其茧。形如方斗，自然五色。国人缲之，以织神锦，亦谓之"灵泉丝"。上始览锦衾，与嫔御大笑曰："此不足以为婴儿绷褓，曷能为我被耶？"使者曰："此锦之丝，水蚕也，得水即舒。水火相返，遇火则缩。"遂于上前，令四官张之，以水一喷，即方二丈，五色焕烂，逾于向时。上叹曰："本乎天者亲上，本乎地者亲下。不亦然哉！"则却令以火逼之，须臾如故。出《杜阳编》。

用珍珠、美玉作装饰。又在温池中用碧色宝石和檀香木垒造成山,形状仿效传说中的东海瀛洲、方丈两座仙山。出自《谭宾录》。

重明枕

唐宪宗元和八年,大轸国使臣来京城长安,向宪宗皇帝进献了重明枕与神锦被。这位使臣说他们国家远在东海南边三万里,正当朱雀七星中最末一星宿轸所在的位置,因此叫"大轸国"。国中有丘禺、菫山。"合丘禺菫山",见于《山海经》。重明枕长一尺二寸,高六寸,其光洁透明超过水晶。枕中有楼台。楼台的四周有十个道士,手中拿着香与手板在枕中循环走动,总也不停止,被称为"行道其人"。枕中楼台上的房瓦、木檐,上面的绘画图饰,以及行道真人头上戴的簪子,身上披的帔衣,都看得清清楚楚,透明得就像看水中的东西一样。神锦被是用水蚕丝织成的,二尺见方,厚有一寸。上面五彩的龙、凤图案,都不是人工所能织出来的。大轸国有用五色纹石砌成的池塘,采来大柘叶,在这池塘的水中饲养蚕。这种蚕刚生出来时像蚊虫的眼睫毛那样小,在池水中游泳,身长就可以到五六寸。池塘中生有挺拔的荷叶,即使遇到狂风吹刮也不倒,叶片最宽大的有三四尺。水蚕生出后十五天,就自己跳到荷叶上,在上面结茧。茧形如方斗,自然呈五色。大轸国中的人将这种蚕茧缫成丝,织成神锦。这种水蚕丝,又叫"灵泉丝"。宪宗皇帝刚看到神锦被时,对身边的侍妾和宫女们大笑着说:"这么一点儿,都不能做包婴儿的小被,怎么能给我盖呢?"大轸国的使臣说:"这条神锦被是用水蚕丝织作的,遇到水就会舒展开。水火正好相反,遇到火就缩回来。"说完,这位使臣走到宪宗皇帝近前,让四位宫人扯住锦被的四个角,口中含水一喷,锦被立时舒展成二丈见方,五彩斑斓,比刚才光亮多了。宪宗皇帝看了,赞叹地说:"来源于天的亲近上天,来源于地的亲近土地。不都是这样吗?"又让人将神锦被放在火上烤,不一会儿,被子又缩回到原来大小。出自《杜阳编》。

韩志和

穆宗朝,有飞龙士韩志和,本倭国人也。善雕木,作鸾、鹤、鸦、鹊之状,饮啄悲鸣,与真无异。以关捩置于腹内,发之则凌空奋翼,可高百尺,至一二百步外,方始却下。兼刻木猫儿以捕雀鼠,飞龙使异其机巧。奏之,上睹而悦之。志和更雕踏床高数尺,其上饰之以金银彩绘,谓之见龙床。置之则不见龙形,踏之则鳞鬣爪角俱出。始进,上以足履之,而龙夭矫若得云雨。上恐畏,遂令撤去。志和伏于上前,称臣愚昧,而致有惊忤圣躬。臣愿别进薄伎,以娱陛下耳目,以赎死罪。上笑曰:"所解何伎,试为我出。"志和于怀中将出一桐木合方数寸。其中有物名蝇虎子,数不啻一二百焉。其形皆赤,云以丹砂唉之故也。乃分为五队,令舞《梁州》。上召国乐,以举其曲。而虎子盘回宛转,无不中节,每遇致词处,则隐隐如蝇声。及曲终,累累而退,若有尊卑等级。志和臂虎子于指上,猎蝇于数步之内,如鹘擒雀,罕有不获者。上嘉其伎小有可观,即赐以杂彩银器。而志和出宫门,悉转施于人。

不逾年,竟不知志和所在。上于殿前种千叶牡丹,及花始开,香气袭人。一朵千叶,大而且红。上每睹芳盛,叹人间未有。自是宫中每夜,即有黄白蝴蝶万数。飞集于花

韩志和

唐穆宗在位期间,有个人叫韩志和,外号飞龙士,是日本国人。韩志和擅长木雕。他雕刻制作的木鸢、木鹤、木鸦、木鹊,喝水、啄食与鸣叫,都和真的没有什么两样。韩志和在这些鸟的肚腹中安置机关,启动开关后,它们能凌空振翼飞行,高达一百尺,飞到一二百步外才落下来。韩志和雕刻制做的木猫,可以捕捉到雀鼠。韩志和用这些奇异的机巧上报穆宗皇帝,皇上看了后很是喜欢。韩志和还会雕刻制作踏床,床高好几尺,床上装饰着金银和彩色绘画。这种踏床叫"见龙床",置放在那儿看不见龙形,用脚一踏,龙的头角爪鳞和龙须都从床中展现出来。这张踏床刚进献给穆宗皇帝时,皇上用脚去踏,龙从床中伸出来扭摆摇动,就像得到了云雨似的。穆宗皇帝感到惊恐,就命令宫人将这张踏床搬出殿外。韩志和得知这件事情后,跪伏在穆宗皇帝面前,说:"我很愚昧,因此才惊吓触犯了皇上。我请求另外再进献一种雕虫小技,用以娱乐皇上的耳目,来赎我的死罪。"穆宗笑着说:"是什么技艺,拿来给我看看。"韩志和起身从怀中取出一只几寸见方的桐木盒,盒里装着蝇虎子,约有一二百只,都是红色的,说是喂食朱砂的缘故。韩志和打开盒盖放出蝇虎子,将它们分列成五队,让它们表演《梁州舞》。穆宗皇帝召令宫中国乐师前来伴奏。蝇虎子在音乐的伴奏下,盘回宛转地飞舞,都符合节拍。遇到需要致词朗诵的地方,就隐隐约约地发出"蝇蝇"声。等到一曲奏完,这些蝇虎子很有秩序地回到盒中,好像它们中间也有等级似的。韩志和将蝇虎子放在手指上,在几步之内猎获苍蝇如同鹰捉鸟雀,很少有捕获不着的时候。穆宗皇帝嘉奖韩志和的技艺颇值得观赏,当即赏赐给他各种彩锦、绫帛和银器。韩志和出了宫门后,随手将这些东西都给了别人。

不到一年时间,不知道韩志和去哪里了。穆宗皇帝在大殿前边种植了千叶牡丹,到了开花季节,香气袭人,一朵千叶,花朵大而且红得鲜艳。穆宗皇帝每次观赏这些牡丹,总赞叹是人间没有过的。从此,宫中每夜都有上万只黄、白蝴蝶飞集在牡丹花

间,辉光照耀,达曙方去。宫人竞以罗巾扑之,无有不获者。上令张网于宫中,遂得数百。于殿内纵嫔御追捉,以为娱乐。迟明视之,则皆金玉也。其状工巧,无以为比。而内人争用丝缕绊其脚,以为首饰,夜则光起于妆奁中。其夜开宝厨,视金屑玉屑藏内,将有化为蝶者,宫中方觉焉。出《杜阳编》。

绝艺

督君谟

隋末有督君谟善闭目而射。志其目则中目,志其口则中口。有王灵智者学射于君谟。以为曲尽其妙,欲射杀君谟,独擅其美。君谟志一短刀,箭来辄截之。惟有一矢,君谟张口承之。遂啮其镝而笑曰:"汝学射三年,未教汝啮镞法。"《列子》:具蝇古之善射者,弟子名飞卫,巧过于师。纪昌又学射于飞卫,以微角之弧,朔蓬之簳,射贯虱心。既尽飞卫之术,计天下敌己,一人而已,乃谋杀飞卫。相遇于野,二人交射,矢锋相触,坠地而尘不扬。飞卫之矢先穷,纪遗一矢。既发,飞卫以棘棘之端捍之,而无差焉。于是二子泣而投弓,请为父子。刻背为誓,不得告术于人。《孟

间。而且，这些蝴蝶身上发出耀眼的光辉，照耀着宫内，直到天亮才飞去。宫里的嫔妃、宫娥争相用丝制巾帕扑蝶，没有扑不着的。穆宗皇帝让宫人在宫中张网，一次就捕到好几百只蝴蝶。把这些蝴蝶放在殿堂中，让嫔妃们追捕，用来娱乐。到天亮一看，所捕到的蝴蝶都是用黄金、白玉制作的；制作的精巧劲儿，无以伦比。宫人们都争着用丝线系住蝴蝶的脚，当作首饰。到了晚上，它们会从梳妆匣中发出光亮来。这天夜里，宫人们打开内库装宝物的柜橱，见到里边都是金屑玉屑，有的正要制成蝴蝶。宫里人这才觉悟到原来这些黄、白蝴蝶，都是韩志和用宫中内库的黄金、玉石等制作的。出自《杜阳编》。

绝艺

督君谟

隋朝末年，有个叫督君谟的人擅长闭着眼睛射箭。他想射中眼睛就射中眼睛，想射中口就射中口。有个叫王灵智的人跟督君谟学射箭，认为已将督君谟的技艺都学到手了，想射死督君谟而独占鳌头。督君谟手中持一短刀，王灵智射来箭他都用刀拨落。只有一只箭，督君谟张开口接住，咬着箭头笑着对王灵智说："你跟我学了三年射箭，自以为将我的技艺都学去了。其实我还没有教你用牙齿咬箭头的方法呢！"《列子》中说：具蝇是古时擅长射箭的人，他有个弟子叫飞卫，比他师父具蝇的技艺还高。有个叫纪昌的人又跟飞卫学习射箭。他用徽角作弓，用朔逢作竿，能够射穿虮子的心。纪昌将飞卫的射箭技艺都学到手里后，认为普天下能够跟自己相匹敌的只有飞卫一个人，于是想谋害飞卫。师徒二人在野外相遇，互相对射，箭镞相撞同时坠地，连点尘土都没扬起来。飞卫的箭先射完了，纪昌还剩下一只，射向飞卫。飞卫用棘刺的尖端来接纪昌射来的箭，一点偏差也没有。于是，两人痛哭流涕地将手中的弓扔在地上，互相请求结为父子，并且刻背盟誓：谁也不得将射箭的技艺告诉他人。《孟

子》曰："逢蒙学射于羿,尽羿之道。惟羿为愈己,于是杀羿。"出《酉阳杂俎》。

李钦瑶

天宝末,有骑将李钦瑶者,弓矢绝伦。以劳累官至郡守,兼御史大夫。至德中,隶临淮,与史思明相持于陕西。晨朝合战,临淮布阵徐进。去敌尚十许里,忽有一狐起于军前,踉跄而趋,若导引者。临淮不怿曰:"越王轼怒蛙,盖激励官军士耳。狐乃持疑妖邪之物,岂有前阵哉。"即付钦瑶以三矢,令取狐焉。钦瑶受命而驰,适有浅芜三二十亩,狐奔入其中。钦瑶逐之,欻有野雉惊起马足,径入云霄。钦瑶翻身仰射,一发而坠。然后鸣鞭逐狐,十步之内,拾矢又中。于是携二物以复命焉。举军欢呼,声振山谷。时回鹘列骑置阵于北原,其首领仅一二百辈。弃军飞马而来,争捧钦瑶,似为神异。仍谓曰:"尔非回鹘之甥。不然,何能弧矢之妙,乃得如此哉!"出《集异记》。

苏州游僧

苏州重玄寺阁一角忽垫,计其扶荐之功,当用钱数千贯。有游僧曰:"不足劳人,请得一夫,斫木为楔,可以正

子》上说:"逢蒙跟羿学习射箭,他将羿的射箭技艺全都学到手后,觉得只有师父羿可以超过自己,于是射死了后羿。"出自《酉阳杂俎》。

李钦瑶

唐玄宗天宝末年,有个骑兵将领叫李钦瑶,射箭的技艺没有人可以跟他相比。他因为成功而连续升迁到郡守,兼任御史大夫。唐肃宗至德年间,李钦瑶隶属于临淮军,跟史思明在陕西两军对峙。一天早晨,两军交战,临淮军布好阵,徐徐向前开进。在距离敌军还有十几里的地方,军队前边忽然出现一只狐狸,踉踉跄跄地奔跑,像是在前引导带路。临淮军统帅不高兴地说:"越王勾践出兵伐吴时,在路上遇一只鼓足气的蛤蟆,勾践凭车前横木向这只鼓足气的蛤蟆表示敬意,是为了鼓励士气。狐狸乃是犹疑妖邪的东西,怎么能让它在军阵前呢?"他就交给李钦瑶三只箭,命令他射杀这只狐狸。李钦瑶接受命令驱马前驰。遇到方圆二三十亩大小的一片浅草地,狐狸奔进这片草地里。李钦瑶追过去,忽然在马蹄旁边惊起一只野鸡,径直飞入空中。李钦瑶翻身仰射,一箭射中野鸡,野鸡坠地。李钦瑶继续鸣鞭催马追逐狐狸,十步之内,张弓射箭,又一箭射中狐狸。于是李钦瑶手里拿着一狐一鸡,回到军中禀报主帅。见此情景,全军将士欢呼声振动山谷。当时,对面的回鹘骑兵正列阵在北面的原野上,他们的首领仅有一二百人。他们见李钦瑶连射连中,也兴奋地离开军队飞马跑过来,争着抱住李钦瑶,将他视为神人,并对李钦瑶说:"你难道不是回鹘人的外甥吗? 不然,怎么能射箭射得这么好啊!"出自《集异记》。

苏州游僧

苏州重玄寺的阁楼一角忽然下陷。寺里的僧人估计,要想将它扶正得花费几千贯钱。有位游方僧说:"不需要动用那么多的人力,只要雇用来一个人给我砍木楔,我一个人就可以扶正

之。"寺主从焉。游僧每食讫，辄取楔数十，执柯登阁，敲椓其间。未旬日，阁柱悉正。旧说圣善寺阁常贮醋十瓮，恐为蛟龙所伏，以致雷电。出《国史补》。

江西人

江西人有善展竹，数节可成器。又有人熊葫芦，云翻葫芦易于翻鞠。出《酉阳杂俎》。

僧灵鉴

贞元末，阆州僧灵鉴善弹，常自为弹丸。其弹丸方，用洞庭沙岸下土三斤，炭末三两，瓷末一两，榆皮半两，泔淀二勺，紫矿二两，细沙三分，藤纸五张，渴弱汁半合，九味和捣三千杵，齐丸之，阴干。郑汇为刺史时，有当家名寅，读书善饮酒，汇甚重之。寅常与灵鉴较角放弹。寅指一树节，相去数十步。曰："中之获五千。"寅自一发而中之，弹丸反射而不破。灵鉴控弦，百发百中，皆节陷而丸碎焉。出《酉阳杂俎》。

张 芬

张芬曾为韦皋行军，曲艺过人。力举七尺碑，定双轮水碨。常于福感寺趯鞠，高及半塔。弹弓力五斗。常拣向

它。"寺里的方丈采纳了这位游方僧的建议。这位游方僧每天吃完饭,就拿着几十个木楔、带着一把斧子上到阁楼上,这敲敲,那钉钉。不过十天,他用这种钉楔扶正的方法,将阁楼的柱子都扶正了。旧时还有一种说法,说圣善寺阁里常常贮放着十瓮醋,是怕有蛟龙蛰伏在里面,从而引来雷电。出自《国史补》。

江西人

江西人有擅长用展竹的方法制作竹器的,几节竹子就可以制成一个竹器。还有一个人叫熊葫芦,他说:"翻制一个葫芦,就像翻球一样容易。"出自《酉阳杂俎》。

僧灵鉴

唐德宗贞元末年,阆州有个叫灵鉴的僧人擅长弹丸,曾自己制作弹丸。他做的弹丸是方形的,用料配方是:洞庭湖沙岸下的土三斤、炭末三两、资末一两、榆树皮半两、淘米泔水沉淀物二勺、紫矿树脂二两、细沙三分、藤纸五张、渴戥汁半盒。将这九种原料混合在一块儿,捣三千杵,然后都做成弹丸,慢慢阴干后便可以使用。郑汇任阆州刺史时,有个叫寅的人给他主持家政。此人喜欢读书,能饮酒,郑汇很是看重他。寅有一次跟灵鉴和尚比赛弹丸。寅指着一个距离有几十步的树节说:"谁能射中这个树节就可以赢钱五千文。"说完,寅先弹了一弹,果然射中了树节。弹丸反弹回来,完好无缺。灵鉴和尚拉弓控弦,百发百中。他所射出去的弹丸都陷入树节中,而且都碎在里面。出自《酉阳杂俎》。

张 芬

张芬曾经任韦皋的行军司马。该人有些特殊的技艺,超过常人。他能举起七尺长的石碑,能够拉住双轮水磨让它停住不转。有一次在福感寺踢球,他一脚将球踢到塔身的一半高。他能使用五斗力的弹弓。这种弓的制作方法是:每年春季,挑选向

阳巨笋,织竹笼之。随长旋培,常留寸许。度竹笼高四尺,然后放长。秋深,方去笼伐之。一尺十节,其色如金,用成弓焉。每涂墙方丈,弹成"天下太平"字。字体端研,如人摸成。出《酉阳杂俎》。

河北将军

建中初,有河北将军姓夏,弯弓数百斤。常于毬场中,累钱十余,走马,以击鞠杖击之。一击一钱飞起,高六七丈,其妙如此。又于新泥墙安棘刺数十,取烂豆,相去一丈,掷豆贯于刺上,百不差一。又能走马书一纸。出《酉阳杂俎》。

西蜀客

又张芬在韦皋幕中,有一客于宴席上,以筹碗中绿豆击蝇,十不失一。一座惊笑。芬曰:"无费吾豆。"遂指起蝇,拈其后脚,略无脱者。出《酉阳杂俎》。

陟屺寺僧

荆州陟屺寺僧那照善射,每言照射之法。凡光长而摇者鹿;贴地而明灭者兔;低而不动者虎。又言夜格虎时,必见三虎并来。狭者虎威,当刺其中者。虎死,威乃入地,得

阳生长的巨笋,用编织成的竹笼将它罩起,随着笋往上长而随时培土,始终让它留在土外面约一寸左右。等到估计竹笼有四尺高了,就可以不培土让竹笋自然生长了。到了深秋,挪去竹笼将竹笋砍下来。这种竹子一尺长有十个节,颜色像金子一样呈金黄色。再将这种竹子制作成弓。张芬经常在墙壁上涂成一丈见方大小的一块白地,用弹弓弹成"天下太平"四个大字。字体端正研丽,像人手摹写的一样。出自《酉阳杂俎》。

河北将军

唐德宗建中初年,有个姓夏的河北将军能拉动几百斤的硬弓。这位将军一次在球场上,将十几枚铜钱摆在一起,他骑马飞驰过来,用击球的拐杖击钱。他一次只击飞一枚铜钱,飞出去高达六七丈。他的功夫就是这样绝妙。他又在新抹的泥墙上插上几十株刺棘,距离有一丈远,手中拿着煮烂的豆子投掷墙上的棘刺,百发百中,没有一枚豆子不是穿在棘刺上的。这位夏将军还能在飞驰的马上握笔在纸上写字。出自《酉阳杂俎》。

西蜀客

张芬在韦皋帐下任幕僚时,有一位西蜀来的客人,在宴席上用筹碗中当筹码用的绿豆击苍蝇,十击十中。满座客人都惊讶大笑。张芬说:"不要浪费我的豆子。"说着用手指捉苍蝇。他能掐住苍蝇的后脚,几乎没有能逃脱的。出自《酉阳杂俎》。

陟屺寺僧

荆州陟屺寺有个叫那照的僧人擅长根据野兽眼睛夜间发出的光来判断是什么兽。他说:"在夜间,凡是眼睛发出的光亮长而摇动的,一准是鹿;贴地面而又时而亮时而灭的,一准是野兔;低而不动的,一准是虎。"这位僧人又说:"夜间跟虎搏斗,你一定会看见有三只虎一同向你扑来。这是由于距离太近,虎纵跳疾速造成的。应当刺杀中间的那只。虎死后,虎威就进入地里,得到

之可却百邪。虎初死,记其头所藉处,候月黑夜掘之。欲掘时,必有虎来吼掷前后,不足畏,此虎之鬼也。深二尺,当得物如琥珀,盖虎目光沦入地所为也。出《酉阳杂俎》。

虎威可避各种邪魔。虎刚死时，你要记住虎头所枕的位置，等到没有月亮的夜晚去挖掘。挖掘时，一定有虎在你的前后吼叫跳跃，不要怕，那是死虎的鬼魂。掘地二尺深，你可以找到一种像琥珀的东西，它就是虎的目光掉入地里所形成的虎威。"出自《酉阳杂俎》。

卷第二百二十八
博戏

奕棋
羊玄保　　王积薪　　一　行　　韦延祐　日本王子
弹棋
汉成帝　魏文帝
藏钩
桓　玄　高　映　石　旻
杂戏

奕棋

羊玄保

宋文帝善奕棋,常与太平羊玄保棋。玄保戏赌得宣城太守,当敕除以为虚受。出《谈薮》。

王积薪

玄宗南狩,百司奔赴行在,翰林善棋者王积薪从焉。蜀道隘狭,每行旅止息,道中之邮亭人舍,多为尊官有力之所先。积薪栖无所入,因沿溪深远,寓宿于山中孤姥之家。但有妇姑,皆阖户,止给水火。才暝,妇姑皆阖户而休。积

奕棋

羊玄保

宋文帝擅长围棋。他曾跟太平人羊玄保下棋，玄保开玩笑说以宣城太守为赌注。宋文帝授予他宣城太守的虚职。出自《谈薮》。

王积薪

唐玄宗南巡巴蜀时，文武百官随同一起前往。翰林院擅长下围棋的王积薪，也是随行官员中的一个。巴蜀的道路狭窄而又险要。由于随行人员太多，每到一处需要投宿歇息时，这个地方的邮亭馆舍多数都让官位显贵的人占用了。王积薪没有地方歇宿，只好沿着溪流向远处找寻，借住在山中的一户孤寡老人家中。这家中只有婆媳二人，都关着门，只给他提供饮用的水和取暖的火。天刚黑，婆婆和媳妇就将门闭好，歇息下来。王积

薪栖于檐下,夜阑不寝。忽闻堂内姑谓妇曰:"良宵无以适兴,与子围棋一赌可乎?"妇曰:"诺。"积薪私心奇之:堂内素无灯烛,又妇姑各在东西室。积薪乃附耳门扉。俄闻妇曰:"起东五南九置子矣。"姑应曰:"东五南十二置子矣。"妇又曰:"起西八南十置子矣。"姑又应曰:"西九南十置子矣。"每置一子,皆良久思唯。夜将尽四更,积薪一一密记,其下止三十六。忽闻姑曰:"子已败矣,吾止胜九枰耳。"妇亦甘焉。积薪迟明,具衣冠请问。孤姥曰:"尔可率己之意而按局置子焉。"积薪即出囊中局,尽平生之秘妙而布子。未及十数,孤姥顾谓妇曰:"是子可教以常势耳。"妇乃指示攻守杀夺救应防拒之法,其意甚略。积薪即更求其说,孤姥笑曰:"止此亦无敌于人间矣。"积薪虔谢而别。行十数步,再诣,则失向来之室闾矣。自是积薪之艺,绝无其伦。即布所记妇姑对敌之势,罄竭心力,较其九枰之胜,终不得也。因名"邓艾开蜀势",至今棋图有焉,而世人终莫得而解矣。 出《集异记》。

一 行

一行本不解奕棋,因会燕公宅,观王积薪棋一局,遂与之敌。笑谓燕公曰:"此但争先耳。若念贫道四句乘除语,则人人为国手。"晋罗什与人棋,拾敌死子,空处如龙凤形。或言王积薪对玄宗棋,局毕,悉持出。 出《酉阳杂俎》。

薪栖息在屋外房檐下,夜已经深了还是没有入睡。他忽然听到屋里儿媳对婆婆说:"这么好的夜晚没有什么好玩的,咱们婆媳俩下盘围棋怎么样?"婆婆回答说:"好吧。"王积薪听了心中特别奇怪:"屋里没有点灯照明,婆媳又各在东、西二屋,她们是怎么下的围棋呢?"于是将耳朵贴在门缝旁边偷听。过了一会儿,听到儿媳说:"起东五南九置一子。"婆婆回应说:"在东五南十二置一子。"儿媳说:"起西八南十置一子。"婆婆又回应说:"在西九南十置一子。"婆媳俩每下一子都思考很长时间。四更天快过去了,王积薪暗中记下来婆媳俩只下了三十六子。忽然听到婆婆说:"你败局已定了。我已经赢了九子!"媳妇也认可了。天亮后,王积薪穿好衣服戴上帽子,叩门请教。婆婆说:"你可以按照自己的想法摆一盘棋我看看。"王积薪立即从随身携带的行囊里拿出棋盘与棋子来,将他平生所掌握的最高妙的棋阵摆上。还没有摆到十几个子,婆婆对媳妇说:"这位先生可教给他几个定势。"于是,媳妇指导王积薪攻、守、杀、夺、救应、防拒的方法,说得都很简略。王积薪请求进一步讲授一些较为深难的方法,婆婆笑着说:"只这些就可以让你在人世间没有敌手了!"王积薪真诚地表示感谢,告辞出来。走了十多步,又返回去想找婆媳两个,怎么找也找不到这户人家了。从这以后,王积薪的棋艺没有人能赶得上他。他随后摆布婆媳二人下的那盘棋,用尽心力想布出胜九子的格局,始终没有布出来。他就把这局棋名为"邓艾开蜀势"。这局棋至今还有棋谱,而当世的人谁也解不了这局棋。出自《集异记》。

一　行

　　一行和尚原本不会下围棋。因为在燕国公家里看了王积薪的一局棋,就跟他下了一局。他笑着对燕国公说:"下这种棋就是争先啊!如果按照贫僧的四句乘除口诀来考虑,那么人人都能成为国手。"晋朝人罗什跟人下围棋,捡取对方的死子,空出来的地方呈龙凤形。还有人说,王积薪与唐玄宗对弈,一局完了,他将玄宗皇帝所下的子都围成死子捡出去。出自《酉阳杂俎》。

韦延祐

韦延祐围棋,与李士秀敌手。士秀惜其名,不肯先。宁输延祐筹,终饶两路。延祐本应明经举,道过大梁,其护戎知其善棋,表进之。遂因言江淮足棋人,就中弈棋明经者多解。出《嘉话录》。

日本王子

大中中,日本国王子来朝,献宝器音乐。上设百戏珍馔以礼焉。王子善围棋,上敕待诏顾师言对手。王子出楸玉棋局,冷暖玉棋子。云:"本国之东三万里,有集真岛,岛上有凝霞台,台上有手谭池,池中出玉子。不由制度,自然黑白分明。冬温夏冷,故谓之'冷暖玉'。更产如楸玉,状类楸木。琢之为棋局,光洁可鉴。"及师言与之敌手,至三十三下,胜负未决。师言惧辱君命,而汗手凝思,方敢落指。即谓之镇神头,乃是解两征势也。王子瞪目缩臂,已伏不胜。回话鸿胪曰:"待诏第几手耶?"鸿胪诡对曰:"第三手也。"师言实称国手。王子曰:"愿见第一。"曰:"王子胜第三,方得见第二,胜第二,得见第一。今欲躁见第一,其可得乎?"王子掩局而吁曰:"小国之第一,不如大国之第

韦延祐

韦延祐喜欢下围棋。一次，他与李士秀对弈。李士秀顾惜他的名声，不肯占先，宁愿输给他几个子，最终让韦延祐两路。韦延祐本来是去选拔应试明经的举子的，路过大梁时，他的随从知道他喜欢下围棋，上表推荐他，借机说江淮一带有很多弈棋能手。于是，这一带应报名试明经的举子，凡是能下围棋的人多数都被选送入京。出自《嘉话录》。

日本王子

唐宣宗大中年间，有位日本国王子来朝见宣宗，进献了音乐和种种宝器。宣宗皇帝安排宫中艺人为日本王子表演各种杂技，又命御厨摆设丰盛的宴席来招待日本王子。日本王子擅长下围棋，宣宗皇帝命令待诏顾师言与他对弈。日本王子取出带来的楸玉棋盘和冷暖玉棋子，说：“我们日本国东南三万里远的海中有一个集真岛，岛上有一座凝霞台，台上有个手谭池。池子里出产一种玉子，不用加工制作，自然分成黑、白二色，而且冬天温热，夏天凉爽。因此叫‘冷暖玉’。这座岛上还长着一种叫如楸玉的树，形状跟楸树相类似。用这种楸玉木雕刻成的棋盘，光洁得可以照人。”顾师言跟日本王子对弈，下到第三十三手时，还不分胜负。顾师言唯恐输给日本王子而辱没了皇上的命令，握着棋子的手都沁出汗来。他思考许久，才落下一子，即后人称为“镇神头”的这一手。于是，两方互相杀子相持不下的局面才得以化解。日本王子瞪着双眼，缩着肩膀，定定地望着棋盘，已经认输了。他问负责接待的鸿胪卿：“顾待诏在大唐国围棋高手中是第几名？”鸿胪卿撒谎说：“是第三名。”实际上，顾师言是国手，第一名。日本王子说：“我希望见见第一名。”鸿胪卿说：“王子胜了第三名，才能见到第二名。胜了第二名，才能见到第一名。现在王子您急着想见到第一名，怎么可能呢？”日本王子合上棋盘，感叹地说：“小国的第一名，不及大国的第

三。信矣！"今好事者，尚有顾师言"三十三下镇神头图"。
出《杜阳编》。

弹棋

汉成帝

汉成帝好蹙鞠，群臣以蹙鞠劳体，非尊者所宜。帝曰：
"朕好之，可择似而不劳者奏之。"刘向奏弹棋以献，上悦。
赐之青羔裘紫丝履，服以朝觐。出《小说》。

魏文帝

弹棋，魏宫内用装棋戏也。文帝为之特妙，用手巾角
拂之，无不中者。有客自云能，帝使为之。客著葛巾角低
头拂棋，妙殆逾于帝。出《世说》。

又文帝尝云："予于他戏弄之事，少所喜，唯弹棋略尽
其妙。少时尝为之赋。昔京师妙工有二焉，合卿侯东方世
安、张公子，常恨不得与之对也。"今弹棋用棋二十四色，色
别贵贱。又魏戏法，先立一棋与局中，余者间白黑圆绕之，
十八筹成都。出《世说》。

藏钩

旧言藏钩起于钩弋，盖依辛氏《三秦记》云："汉武钩弋

三名。真是这样啊!"直到今天,有些喜欢搞收藏的人还藏有顾师言"三十三下镇神头图"的棋谱。出自《杜阳编》。

弹棋

汉成帝

汉成帝喜爱踢球,朝中的大臣们认为踢球劳累身体,不是尊贵的人适合玩的。汉成帝问:"我喜欢这样。你们可以选择类似的活动而又不劳累身体的,向我推荐一下。"刘向将弹棋推荐给汉成帝。汉成帝非常高兴,赏赐给他黑羔的皮衣、紫色丝做的鞋。刘向穿上这衣服和鞋来朝见皇上。出自《小说》。

魏文帝

三国时曹魏宫内用服装来玩弹棋游戏。魏文帝特别会玩弹棋,他每次用手巾拂棋子,没有拂不中的。有位客人自称会玩弹棋,魏文帝让他弹弹看看。这位客人俯身用头上戴的葛巾来拂棋子,他每拂必中,技艺的高妙超过了魏文帝。出自《世说》。

又,魏文帝曾经说过:"我对其他玩耍游戏很少喜爱,只有弹棋稍稍玩得好一些。小时候,我曾撰写过一篇赋,写的是咏叹弹棋这种游戏的。当年京城中有两位弹棋高手,就是合卿侯东方世安与张公子,我常常因为不能跟这二位对弹而感到遗憾。"现今玩的弹棋,使用的是二十四色棋子,用颜色来区别棋子的贵贱。又,魏文帝时弹棋的玩法是:先立一枚棋子在局中央,其余的棋子黑白相间,绕着中间这枚棋子围成一个圆,弹中十八次为赢。出自《世说》。

藏钩

从前有人说,"藏钩"这种游戏,起自汉武帝的皇妃钩弋夫人。大概是依据辛氏《三秦记》上的记载:"汉武帝的妃子钩弋

夫人手拳,时人效之,目为藏钩也。"殷敬《顺敬训》曰:"弧与抠同,众人分曹,手藏物,探取之。又令藏钩,剩一人,则来往于两朋,谓之饿鸱。"《风土记》曰:"藏钩之戏,分二曹以较胜负。若人偶则敌对;若奇,则使一人为游附。或属上曹,或属下曹,为飞鸟。"又令为此戏,必于正月。据《风土记》,在腊祭后也。庾阐《藏钩赋》云:"予以腊后,命中外以行钩为戏矣。"出《酉阳杂俎》。

桓 玄

殷仲堪与桓玄共藏钩,一朋百筹。桓朋欲不胜,唯余虎探在。顾恺之为殷仲堪参军,属病疾在廨。桓遣信,请顾起病,令射取虎探。即来,坐定。语顾云:"君可取钩。"顾答云:"赏百匹布,顾即取得钩。"桓朋遂胜。出《渚宫故事》。

高 映

旧说,藏弧令人生离,或言占语有征也。举人高映,善意弧。段成式常于荆州藏钩,每曹五十余人,十中其九。同曹钩亦知其处,当时疑有他术。访之,映言但意举止辞色,若察囚视盗也。出《酉阳杂俎》。

夫人手指拳卷着不能伸直，当时的女人们争相效仿，称为'藏钩'。"殷敬《顺敬训》说："'抠'与'抠'相同。玩的人分成组，手中隐藏着东西，让对方猜它藏在那只手中，来探取它。如果分成组后还剩下一个人，这个人就来往于两组之间，叫'诪鸥'。"《风土记》上说："藏钩这种游戏，分成两组竞赛胜负。如果参加游戏的人正好是偶数，就分成敌对的两组；如果出现了单数，就让多出来的这个人为游附。或属于上边那组，或属于下边那组。又称为'飞鸟'。"又有种说法，玩这种游戏，一定得在正月。据《风土记》上记载，是在腊月祭祀之后。庾阐撰写的《藏钩赋》上说："必须在腊祭之后，才允许宫内宫外玩藏钩的游戏。"出自《酉阳杂俎》。

桓 玄

　　殷仲堪和桓玄一块儿玩藏钩游戏，一组为一百个筹码。桓玄眼看要输了，对方只剩下一个虎探钩没有被猜了。当时，顾恺之在殷仲堪手下任参军，因身体不舒服在官衙中休息。桓玄派人捎信告诉他，请他带病出来，猜哪只手中藏着虎探钩。顾恺之来到后，坐好，桓玄对他说："你可以猜猜虎探钩在哪只手里藏着。"顾恺之回答说："成功后要赏一百匹布，我就射取虎探钩。"于是桓玄这组取得了胜利。出自《渚宫故事》。

高 映

　　从前有一种说法：玩藏钩会让人在活着的时候与亲人离别，见不到面。有人说这是占卜术语，已得到验证。举人高映，非常会猜钩。段成式一次在荆州跟高映玩藏钩游戏，每组有五十多人，高映十次有九次能猜中。自己这组钩藏在哪里，他也知道。当时人们都认为高映有别的法术。问高映，他说："我主要是靠观察举止神情进行判断。就像审察罪犯和寻找偷盗的人一样。"出自《酉阳杂俎》。

石 旻

山人石旻尤妙打彄，与张又新兄弟善。暇夜会客，因试其意彄，注之必中。张遂置钩于巾襞中，旻良久笑曰："尽张空拳。"有顷眼钩，在张君幞头左翅中，其妙如此。旻后居扬州，段成式因识之。曾祈其术，石谓成式可先画人首数十，遣胡越异貌，辩其相当授。疑其见绐，竟不及画。出《酉阳杂俎》。

杂戏

武帝时，郭舍人善投壶。以竹为矢，不用棘也。古之投壶，取中而不求还，故实小豆于中，恶其矢跃而出也。郭舍人则激矢令还，一矢百余反，谓之为"骁"。言如博之弈棋，于辈中为骁杰也。每为武帝投壶，辄赐金帛。出《西京杂记》。

小戏中，于要局一枰，各布五子，角迟速，名"蹙融"。段成式《读座右方》，为之"蹙戎"。出《酉阳杂俎》。

贞元中，董叔儒进博局并经一卷，颇有新意，不行于时。洛阳令崔师本又好为古文"樗蒲"。其法：三分其子三百六十，限以二关，人执六马，其骰五枚。分上为黑，下为

石旻

有位隐士叫石旻，非常善于猜钩。他跟张又新兄弟关系密切。一次晚上闲着没事，石旻跟宾客一块儿玩藏钩。张又新兄弟想试试石旻是否真的能凭意念猜钩。结果每次下赌注，石旻都能猜中。后来，张家兄弟将钩藏在头上戴的帽子翅里。石旻沉思好长时间，笑着说："都是空拳，没有在手里。"石旻用眼睛观察了一会儿，说："在张君帽子左翅中。"石旻就是这样擅长猜钩。石旻后来移居扬州，因此段成式结识了他。段成式曾经请求石旻将猜钩的方法教授给他。石旻对段成式说："你可以先画几十个人的头像，要使他们相貌各异。我根据这些头像决定怎么教你。"段式成怀疑石旻是在欺诳他，最终也没有画人头像。出自《酉阳杂俎》。

杂戏

汉武帝时，郭舍人擅长玩投壶游戏。他投壶用的是竹子制作的筹箭，不用棘筹箭。古人玩投壶，只看投没投中，不看投中后能不能返跳回来。之所以把小豆装满壶，是厌恶筹箭投中壶后又返跳出来。郭舍人却用力投筹箭让它返跳回来，投一支筹箭可以返跳回来一百多次，称为"骁"。是说就像玩弈棋似的。郭舍人在当时玩骁投壶的人中，是位最杰出的高手。他每次给汉武帝表演投壶，都能博得皇上赏赐黄金、丝帛等物。出自《西京杂记》。

小的博戏中，有在一个棋盘上，双方各摆五子，比赛快慢，叫"鬓融"。段成式在他所撰写的《读座右方》中，称之为"鬓戎"。出自《酉阳杂俎》。

唐德宗贞元年间，董叔儒进献了一个棋盘和一卷棋书。这种博具与玩法很新奇，在当时还没有流行。洛阳县令崔师本喜欢玩古代文献上记载的樗蒲。玩法是："将三百六十子分成三等份，设二道关口，每人持六匹马，骰子五枚。骰子上面是黑色，下面是

白。黑者刻二为犊，白者刻二为雉。掷之，全黑乃为卢，其彩十六；二雉三黑为雉，其彩十四；二犊三白为犊，其彩十；全白为白，其彩八：四者贵彩也。开为十二；塞为十一；塔为五；秃为四；枭为二；撅为三。二六者杂彩也。贵彩得连掷，得打马，得过关，余彩则否。新加进六两彩。出《国史补》。

贞元中，有杜劝好长行。皆有佳名，各记有轻妙。夏中用者为冷子，取其似蕉葛之轻健而名之。出《嘉话录》。

今之博戏，有长行最盛。其具有局有子，子黑黄各十五，掷采之骰有二。其法生于握槊，变于双六。天后尝梦双六不胜，狄梁公言宫中无子是也。后人新意，长行出焉。又有小双六、围透、大点、小点、游谈、凤翼之名，然无如长行也。监险易者，喻时事焉。适变通者，方《易》象焉。王公大人，颇或耽玩，至于废庆吊，忘寝食。及博徒用之，于是强各争胜，谓之撩零。假借分画，谓之囊家。囊家什一而取，谓之乞头。有通宵而战者，有破产而输者。其工者近有谭镐、崔师本首出。围棋次于长行，其工者近有韦延祐、杨芃首出。如弹棋之戏甚古，法虽设，鲜有为之。其工者近有吉达、高越首出焉。出《国史补》。

白色。黑面刻二犊,白面刻二雉。掷骰子,五枚骰子全是黑面在上叫"卢",得十六彩;二枚白面三枚黑面叫"雉",得十四彩;二枚黑面三枚白面叫"犊",得十彩;五枚骰子全是白面在上叫"白",得八彩。上面四样是贵彩。连得十二次者称"开",连得十一次者称"塞",连得五次者称"塔",连得四次者称"秃",连得二次者称"枭",连得三次者称"撅"。二、六者是杂彩。难得的是连续掷中,这样可以打马,可以过关。其余那些杂彩就不稀奇。新加进六两彩的玩法。<small>出自《国史补》。</small>

唐德宗贞元年间,有个叫杜劝的人喜爱玩"长行"游戏。他很有名气,以拨法轻妙为世人记述。他夏季用的棋子称作"冷子",是取这种棋子像蕉布一样轻盈而又结实的特点来命名的。<small>出自《嘉话录》。</small>

现在的博戏,长行最为盛行。这种博戏有棋盘有棋子,棋子分黑、黄两种颜色,各有十五枚。掷彩的骰子有两枚。这种玩法源于握槊,由双陆演变而来。武则天一次梦见玩双陆没有获胜,梁国公狄仁杰给她圆梦说是暗喻宫中没有立太子。以后的人另出新意,才产生出长行这种博戏。还有小双陆、围透、大点、小点、游谈、翼凤等名目,然而都不如长行。那些明察吉凶的人,用它来晓喻时事;那些应变通达的人,用它来比拟《易》象。王公显贵们有很多人都沉溺在博戏长行中,以至于庆典、丧事都不去参加,吃饭睡觉都顾不上。至于那些赌徒们,各自争强斗胜,被称作"撩零";那些主持游戏的人,被称为"囊家"。囊家抽取赌资的十分之一,称为"乞头"。有的人通宵达旦地进行这种赌博,有的人输得倾家荡产。玩长行的高手中,近代有谭镐、崔师本为第一。玩围棋的仅次于长行,高手中韦延祐、杨芃为第一。像弹棋这种博戏,由于它太古老了,玩的方法虽然有,但是很少有人玩。玩弹棋的高手中,近代的吉达、高越为第一。<small>出自《国史补》。</small>

卷第二百二十九
器玩一

周穆王

周穆王时，西戎献玉杯，光照一室。置杯于中庭，明日水满。杯香而甘美，斯仙人之器也。出《十洲记》。

周灵王

周灵王二十三年起昆阳台。渠胥国来献玉骆驼高五尺，琥珀凤凰高六尺，火齐镜高三尺，暗中视物如昼，向镜则闻影应声。周人见之如神。灵王末，不知所之。出《王子年拾遗记》。

王子乔

王子乔墓在京陵。战国时，有人盗发之。都无见，惟有一剑悬在圹中。欲取而剑作龙虎之声，遂不敢近。

周穆王

周穆王时,西戎进献了一只玉杯。这只玉杯发出的光能将一室照亮。将玉杯放在庭院中,第二天就能出现满满一杯水。这只玉杯能发散出甘美的香气,真是仙人之器。出自《十洲记》。

周灵王

周灵王二十三年修造了昆阳台。有渠胥国的使臣来朝贺,进献了一尊五尺高的玉石骆驼和一只六尺高的琥珀凤凰。还献了一枚三尺高的火齐镜。用它在黑暗中看东西,像在白天一样;面对着镜子,会听到镜子里的人影回应你的声音。周人将这面火齐镜看成神镜。周灵王末年,这些神物都不知道哪里去了。出自《王子年拾遗记》。

王子乔

王子乔陵墓在周室皇陵内。战国时,有盗墓人将它挖开。墓里面什么也没有,只有一柄宝剑悬挂在墓穴中。盗墓人想取走宝剑,宝剑立即发出龙吟虎啸的声音,吓得盗墓人不敢近前。

俄而径飞上天。《神仙经》云："真人去世，多以剑代。五百年后，剑亦能灵化。"此其验也。 出《世说》。

方丈山

方丈山一名峦稚。东有龙场千里，玉瑶为林。龙常斗此处，膏血如流水。膏色黑者，著地坚凝如漆，而有紫光，可为宝器。 出《王子年拾遗记》。

昆吾山

昆吾山，其下多赤金，色如火。昔黄帝伐蚩尤，陈兵于此地。掘深百丈，犹未及泉，惟见火光如星。地中多丹，炼石为铜。铜色青而利，泉色赤。山草木皆劲利，土亦刚而精。至越王句践，使工人以白牛马祠昆吾之神。采金铸之，以成八剑。一名掩日，以之指日则光昼暗。金阴物也，阴盛则阳灭。二名断水，以之画水，开而即不合。三名转魄，以之指月，则蟾兔为之侧转。四名悬翦，飞鸟游虫，遇触其刃，如斩截焉。五名惊鲵，以之泛海，则鲸鲵为之深入。六名灭魂，挟之夜行，不逢魑魅。七名却邪，有妖魅者，见之则止。八名真刚，以之切玉断金，如刻削土木矣。以应八方之气铸之者。 出《王子年拾遗记》。

过了一会儿,宝剑自己飞上天去。《神仙经》上说:"真人仙世以后,多数都用剑来替代他葬入坟墓。过了五百年,代葬的宝剑也能得道升仙。"王子乔墓中的这柄宝剑就是证明啊。出自《世说》。

方丈山

　　方丈山又名峦稚。山东面有龙场千里,龙场上长着玉瑶林。龙经常在这里争斗,它们的膏血多得像流水一样。那些颜色呈黑色的膏血,凝固后坚硬如漆,泛着紫光,可用它来做宝器。出自《王子年拾遗记》。

昆吾山

　　昆吾山下埋藏着丰富的赤金,颜色像火一样。从前黄帝征伐蚩尤,在这里驻扎军队,向地下挖了一百多丈深,也没有找到泉水,只见里面有东西像火星一样闪闪发光。昆吾山的地底下有很多丹矿,将丹矿石采上来,可以炼出铜。铜的颜色是青色的,非常坚利。这里的泉水都是红色的,山上的草木都坚固锐利。山上的土刚硬精况。越王勾践派工匠带着白牛、白马上山,去祭祀昆吾神。之后,开采山中的矿石铸成八只宝剑。第一只宝剑叫"掩日",用它指着太阳,太阳光立即暗下来。金,是阴物,阴盛则阳灭。第二只宝剑叫"断水",用它划水,水立即划开,不能合上。第三只宝剑叫"转魄",用它指向月亮,月亮上面的金蟾和玉兔就随着它转动。第四只宝剑叫"悬翦",飞鸟游虫碰上它,立即被斩成两截。第五只宝剑叫"惊鲵",用它来搅动海水,长鲸巨鲵都恐惧得钻入海底。第六只宝剑叫"灭魂",持着它夜间行路,鬼魅躲得远远的。第七只宝剑叫"却邪",哪地方出了妖魅鬼怪,将它放在那儿,妖魅就不来了。第八只宝剑叫"真刚",用它来切玉断金,如同刻木削土一样。以上八只宝剑是工匠们感应八方的精气炼铸而成的。出自《王子年拾遗记》。

汉太上皇

汉太上皇微时，常佩一刀长三尺。上有铭，其字虽难识，疑是殷高宗伐鬼方时，作此物也。太上皇游丰沛山泽中，穷谷里有人欧冶铸。上皇息其傍，问曰："此铸何器？"工人笑而答曰："为天子铸剑，勿泄言。"上皇谓为戏言，了无疑色。工曰："今所铸铁，钢砺难成。若得翁腰间佩刀，杂而冶之，即成神器，可以克定天下。星精为辅佐，以歼三猾。水衰火盛，此为异兆也。"上皇曰："余有此物，名为匕首，其利难俦。水断虬龙，陆斩虎兕。魑魅魍魉，莫能逢之。削玉镂金，其刃不卷。"工人曰："若不得此匕首以和铸，虽欧冶专精，越工砥锷，终为鄙器。"上皇即解腰间匕首，以投于炉中。俄而烟焰冲天，日为之昼暗。及乎剑成，杀三牲衅祭之。铸工问上皇："何时得此匕首？"曰："秦昭襄王之时，余行，逢一野人于路。授余云：'殷时灵物，世世相传。'上有古书，记其年月。"及剑成，工人规之，其铭面存，叶前疑也。工人即持剑授上皇，上皇以赐高祖。高祖长佩于身，以歼三猾。及天下已定，授吕后，藏于宝库之中。守藏者见白气如云，出于户外，如龙蛇，改其库名曰"灵金藏"。及诸吕擅权，白气亦灭。及惠帝即位，以此库贮禁兵器，改曰"灵金内府"。出《王子年拾遗记》。

汉太上皇

汉高祖刘邦的父亲当年未显贵时,身边经常佩带着一把刀。这把刀长三尺,上面刻有铭文。这些铭文虽然很难认识,但是怀疑这把刀是殷高宗征伐鬼方国时铸造的。一次,刘父去丰沛山泽中,看到山谷里有人在冶炼、打造器具。刘父在旁边歇息,问他们道:"你们在铸造什么器具?"工匠们笑着回答道:"我们在为天子铸剑。不要对外面的人说哟!"刘父认为这是笑谈,一点也没感到惊异。工匠们说:"我们现在用的铸铁,怎么冶炼打造都很难将它铸成剑。如果将您身边佩的这把刀投到炉中一块儿冶炼,铸造出来的肯定是神剑,可以用它来平定天下。这是用天上的星精为辅佐,完全可以歼灭三猾。水衰火盛,这是异兆啊。刘父说:"我这把刀,叫匕首。它特别锋利,是任何刀剑不能相比的。在水中可以斩断虬龙,在陆上可以斩杀猛虎与犀牛。妖魔鬼怪都抵挡不了它。而且刻金削玉,它的利刃一点也不卷。"工匠们说:"如果得不到你这把匕首跟现在炉中的铁在一块冶炼,即使冶炼打制得再精致,让最好的越工来磨刃,也终归是件粗鄙的凡品。"刘父听到这里立即从腰间解下匕首,投入熊熊燃烧的炉火中。不一会儿,炉火挟烟冲天而起,天上的太阳也因此变得昏暗。待到宝剑铸造成了,工匠们宰杀猪、牛、羊三牲,用三牲的血涂剑祭祀。工匠们问刘父:"您什么时候得到这把匕首的?"刘父说:"昭襄王时,我有一次出行,途中遇到一个野人,将这把刀送给我,并说'这是殷商时期的灵物,世代相传'。它上面刻有古铭文,记着这把匕首铸造的年月。"等到新的剑铸成后,工匠们察看,匕首上的铭文还存在,和先前差不多。工匠们就将这把宝剑交给刘父。后来,刘父将这把宝剑授给刘邦。刘邦佩用这把宝剑歼灭了三猾。等到平定了天下,刘邦又将这把宝剑授给吕后,吕后将它藏在宝库中。守护库房的士兵经常看到白气如云,从库房里冲出,状如龙蛇,因此改库房的名字为"灵金藏"。到了诸吕专权时,白气也没有了。到了汉惠帝登极继位后,用这座库房贮放宫中御用武器,把它改名为"灵金内府"。出自《王子年拾遗记》。

又汉帝相传以秦王子婴所奉白玉玺,高祖斩白蛇剑。剑上皆用七彩珠九华玉以为饰,杂厕五色琉璃为剑匣。剑在室中,其光景犹照于外,与挺剑不殊。十二年一加磨龙,刃上常若霜雪。开匣板鞘,辄有风气,光彩射人。出《酉阳杂俎》。

汉武帝

孙氏《应瑞图》云:"神鼎者文质精也。知吉凶,知存亡。能轻能重,能息能行。不灼自沸,不汲自满,中生五味。王者兴则出,衰则去。"《说苑》云:"孝武时,汾阴人得宝鼎,献之甘泉宫,群臣毕贺。上寿曰:'陛下得周鼎。'侍中吾丘寿王曰:'非周鼎。'上召问之:'有说则生,无说则死。'寿王对曰:'周德者,始于天授,成于文武,显于周公。德泽上畅于天,下漏三泉。上天报应,鼎为周出。今汉继周,德□显行,六合和同,至陛下之身而逾盛,天瑞并至。昔秦始皇亲求鼎于彭城而不得,天昭有德,神宝自至。此天所以遗汉,乃汉鼎,非周鼎也。'上曰:'善。'"魏文帝《典论》亦云:"墨子曰,昔夏后启使飞廉折金,以精神于昆吾。使翁乙灼自若之龟,鼎成。四定而方,不灼自烹,不举自灭,不迁自行。"《拾遗录》云:"周末大乱,九鼎飞入天池。"

又，相传汉帝将秦王子婴奉献的白玉玺、高祖斩白蛇用的剑这两件宝物世代相传。剑上镶嵌的都是七彩珠、九华玉，并用五色琉璃杂陈在一起镶嵌剑匣。这把宝剑放在室内自己会发光，它发出的光一直射到室外，跟挺立的剑一样。这把宝剑十二年磨一次，剑刃上总像布着一层霜雪似的。打开剑匣板鞘，就会产生一股冷风寒气，而且光彩射人。出自《酉阳杂俎》。

汉武帝

孙氏《应瑞图》上说："神鼎的文理质地制作得非常精致。它能够预兆吉凶存亡，能够变轻也能变重，能停住不动，能自行移走。它能不用烧烤里面的水自己沸起来，不往里放水里面就有满满一鼎水。它还能自行生出酸、甜、苦、辣、咸五种气味。当有帝王产生时它就出现在世上，当这个王国衰败时它又自行离去隐匿起来。"《说苑》上说："汉武帝时，汾阴人得到这只宝鼎，把它献到甘泉宫。文武百官都来祝贺。上寿说：'皇上得到的是周鼎。'侍中吾丘寿王说：'这不是周鼎。'皇上把吾丘寿王叫来问他说：'你能说出为什么不是周鼎的道理就让你活着，说不出来我就处死你。'寿王回答说：'周朝的德政开始于上天授给它，形成于文、武二王，突出于周公。周朝的德政上可以畅达至天，下可通流三泉。这是上天的意旨，因此宝鼎在周朝时出现。现在，我汉朝高祖皇帝继周朝之后，德政昭明，天下六合归一。皇上您继位后国运日盛，各种祥瑞一同出现。从前，秦始皇亲自到彭城去寻找宝鼎而没有得到，现在上天将它昭示给有德的君王，宝鼎自然出现。这是上天馈赠给我汉朝的，因此是汉鼎，而不是周鼎。'武帝听了说：'讲的好！'"魏文帝《典论》上也说："墨子说：'从前，夏后启派大臣飞廉到昆吾山掘采金矿石，以为昆吾山有精神。又让翁乙用自若之龟为柴，将这些矿石冶炼铸成宝鼎。这只宝鼎呈方形，下面有四足站地。不用烧火可以自行烹煮东西，不用将它从火上移开火能自行息灭，不搬挪它可以自行移动。'"《拾遗录》上说："周朝末年，天下大乱，九只宝鼎自行飞入天池。"

《末世书论》云："入泗水,声转谬焉。"出《小说》。

轻玉磬

汉武帝起招仙阁于甘泉宫西,其上悬浮金轻玉之磬。浮金者,自浮水上。轻玉者,其质贞明而轻也。出《洞冥记》。

李夫人

汉武帝过李夫人,就取玉簪拴头。自此宫人搔头皆用玉,为之贵焉。夫以象牙为篦,赐李夫人。出《小说》。

吉光裘

汉武帝时,西成献吉光裘。入水数日不濡,入火不焦。元凤不道之时服此裘,以视朝焉。出《十洲记》。

西毒国

汉武帝时,西毒国献连环羁。皆以白玉作之,玛瑙石为勒,白光琉璃为鞍。安在暗室中,尝照十余丈,其光如昼。出《西京杂记》。

桂　宫

汉武帝为七宝床、杂宝案、杂宝屏风、杂宝帐,设于桂宫。时人谓之"四宝宫"。出《西京杂记》。

《末世书论》上说："宝鼎落入泗水中，声音就变得不对劲了。"出自《小说》。

轻玉磬

汉武帝在甘泉宫西侧建造了一座招仙阁，阁上面悬挂着浮金轻玉磬。所谓"浮金"，是说它能自己浮在水上；所谓"轻玉"，是说它的质地透明，而又比一般的玉石轻。出自《洞冥记》。

李夫人

汉武帝到李夫人那儿，就用玉簪给她簪头发。从此，后宫中的嫔妃们梳理头发都用玉饰，认为这是高贵身份的一种标志。汉武帝又拿象牙让工匠制成篦梳，赏赐给李夫人。出自《小说》。

吉光裘

汉武帝时，西成国进献了一件吉光裘。这件吉光裘放在水中几天不湿，放在火中烧烤不焦。元凤年间，汉昭帝经常穿着吉光裘上朝。出自《十洲记》。

西毒国

汉武帝时，西毒国进献了连环马络头。整个络头都用白玉石制做，用玛瑙做的勒嚼，白光琉璃做的马鞍。将它放在暗室中可以照十多丈远，它发出的光照得室内如同白昼。出自《西京杂记》。

桂　宫

汉武帝让人给他制做了一张七宝床，还有用各种珠宝镶嵌的宝案、宝屏风、宝帐，将它们放置在桂宫。当时人称桂宫为"四宝宫"。出自《西京杂记》。

西胡渠王

汉武帝冢里,先有玉箱瑶杖各一,是西胡渠王所献。帝平素常玩之。后有人扶风郿市买得二物,帝左右识而认之。说卖者形状,乃帝也。出《异苑》。

汉宣帝

汉彩女常以七月七日夜,穿七针于开襟楼,俱以习之。宣帝被收,系郡邸狱。臂上犹带史良娣合采婉转丝绳,系身毒国宝镜一枚,大如八铢钱。旧传此镜照见妖魅,得佩之者,为天神所福,故宣帝从危获济。及即大位,每持此镜,感咽移辰。常以琥珀笥盛之,缄以戚里织成。一曰斜纹织成。宣帝崩,不知所在。出《西京杂记》。

刘 表

刘表跨有南土,子弟骄贵,并好酒。为三爵:大曰伯雅受七升,次曰仲雅受六升,次曰季雅受五升。出《魏文典论》。

西胡渠王

汉武帝刘彻的陵墓中，当初的随葬物品中有玉箱与瑶石手杖各一件。这两件东西，原来是西胡渠王作为贡品进献来的，武帝很是喜爱，平素常拿在手中把玩。后来有人在扶风郿市上买到这两件宝物，过去曾在武帝身边的侍从认出了它们。根据买主讲述的卖主的形象，这些侍从异常惊讶，因为卖主就是汉武帝本人。出自《异苑》。

汉宣帝

汉时，宫女常常在七月七日这天的夜晚，在开襟楼穿七针，以后就沿习下来成为一种仪式。汉宣帝被捕，关押在郡中王府的私狱里。这时，他的胳臂上还带着史良娣和采婉为他缠制的丝绳，绳上系着一面身毒国进献的宝镜，有八铢钱那么大。从前传说这面镜子可以照见妖魅，佩带它的人能得到天神的庇佑，因此汉宣帝后来从危难中得救。待到汉宣帝登极继承皇位后，每当他手持这面宝镜时，便会感念呜咽好长时间。汉宣帝曾将这面宝镜装在一个琥珀匣中，用戚里织成的丝绳系好。还有人说是用丝织的斜纹绳系好。汉宣帝死后，这面宝镜下落不明。出自《西京杂记》。

刘　表

刘表盘踞荆州时，还管辖长江以南的好多地方。刘表的儿子们都非常骄横奢侈，而且都喜爱饮酒。刘表有三只贵重的酒杯，大的叫"伯雅"，能盛七升酒；其次的叫"仲雅"，能盛六升酒；再次的叫"季雅"，能盛五升酒。出自《魏文典论》。

卷第二百三十
器玩二

苏 威　王 度

苏 威

隋仆射苏威有镜殊精好。日月蚀既,镜亦昏黑无所见。威以左右所污,不以为意。他日,月蚀半缺,其镜亦半昏如之,于是始宝藏之。后柜中有声如雷,寻之乃镜声,无何而子夔死。后又有声而威败。其后不知所在。出《传记》。

王 度

隋汾阴侯生,天下奇士也。王度常以师礼事之。临终,赠度以古镜曰:"持此则百邪远人。"度受而宝之。镜横径八寸,鼻作麒麟蹲伏之象。绕鼻列四方,龟龙凤虎,依方陈布。四方外又设八卦,卦外置十二辰位而具畜焉。辰畜之外,又置二十四字,周绕轮廓。文体似隶,点画无缺,

苏　威

隋朝时,仆射苏威有一面镜子,形状特殊,制做得特别精妙。遇上日全蚀或月全蚀的时候,镜子里也昏黑一片,什么都看不见。苏威以为是身边的人将它弄脏了,不以为然。后来,一次月半蚀,他发现镜子也半边昏黑,这才知道不是一般的镜子,将它珍藏起来。后来柜里发出像雷鸣一样的声音,开柜寻找,发现声音是这面镜子里发出来的。不久,苏威的儿子苏夔就死了。之后,这面镜子又发出一次声响,苏威败落。再以后,就不知这面镜子失落到哪里了。出自《传记》。

王　度

隋朝时,汾阴有个侯生,是天下少有的奇士。王度曾经像对待师长一样礼遇他。侯生临去世时,赠送给王度一面古镜,说:"你拿着它,各种妖邪都会远离你。"王度接受了侯生送给他的这面古镜,将它珍藏起来。这面古镜宽有八寸,镜鼻是一只蹲伏的麒麟形状。围绕着镜鼻划分出四个方位,有龟、龙、凤、虎按照方位分布在上面。四方之外又布有八卦。八卦之外又有鼠、牛、蛇、兔、马、羊、猴、鸡、狗、猪等分列十二时辰。十二时辰之外,又有二十四字,绕镜一周。字体酷似隶书,一点一划都不缺少,

而非字书所有也。侯生云："二十四气之象形。"承日照之，则背上文画，墨入影内，纤毫无失。举而扣之，清音徐引，竟日方绝。嗟乎，此则非凡镜之所同也，宜其见赏高贤，自称灵物。侯生常云："昔者吾闻黄帝铸十五镜。其第一横径一尺五寸，法满月之数也。以其相差，各校一寸。此第八镜也。"虽岁祀攸远，图书寂寞，而高人所述，不可诬矣。昔杨氏纳环，累代延庆。张公丧剑，其身亦终。今度遭世扰攘，居常郁怏。王室如毁，生涯何地。宝镜复去，哀哉！今具其异迹，列之于哀哉后。数千载之下，倘有得者，知其所由耳。

大业七年五月，度自御史罢归河东，适遇侯生卒而得此镜。至其年六月，度归长安。至长乐坡，宿于主人程雄家。雄新受寄一婢，颇甚端丽，名曰"鹦鹉"。度既税驾，将整冠履，引镜自照。鹦鹉遥见，即便叩首流血云："不敢住。"度因召主人问其故，雄云："两月前，有一客携此婢从东来。时婢病甚，客便寄留，云还日当取。比不复来，不知其婢由也。"度疑精魅，引镜逼之。便云："乞命。即变形。"度即掩镜曰："汝先自叙，然后变形，当舍汝命。"婢再拜自陈云："某是华山府君庙前长松下千岁老狸，大行变惑，

但是这二十四个字在字书上一个也查找不到。侯生说："镜子背面的二十四字是二十四节气的象形。"将镜子对着太阳照看，它背面上的文字、图形的墨线都在镜面上映出来，一厘一毫也没漏掉。将它举起叩击，会徐徐发出清亮悦耳的声音，过了一天才听不到了。唉！这面古镜跟一般的镜子绝对不同。只适宜高尚贤达的人来鉴赏它，自然可以称它为有灵气的宝物。侯生曾经说过："从前，我曾听人说过黄帝铸了十五面镜子。第一面直径一尺五寸，效法满月的数据。第二、第三面等以次递减，相差一寸。这面古镜是第八面。"虽然年岁距今已经非常遥远了，镜子上的图形文字又不能说话讲述自己的来历，但是像侯生这样的有道高人讲述的这面古镜的来历，不可以不信啊。昔年，杨家把杨玉环送入宫中而世代延续福祚，张公失去一柄剑而身随剑死。现在，王度遭逢时世变化的忧扰，经常郁闷不乐；整个王家如置在火焰之上，何处是赖以生存之地呢？侯生送我的宝镜又失落了。悲伤啊！现在将宝镜所经历的奇异之事记录下来，几千年之后倘若有人得到它，也好知道它的来历。

隋炀帝大业七年五月，王度从御史任上辞官回河东，正好遇上侯生去世而得到了这面古镜。到这年六月，王度又返回长安。途经长乐坡，借宿在程雄家里。他家新近收了他人暂时寄养的一名婢女，容貌颇为端庄秀丽，名叫鹦鹉。王度休息完要整理衣冠，就拿起古镜照。远处的鹦鹉看见了，便连连叩头说："我再也不敢住在这儿啦！"头叩出了血。王度将程雄召唤过来询问这个婢女的来历，程雄说："两个月前，有位客人带着这个婢女从东边来。当时这个婢女病得厉害，客人便将她留住在我家，说回来时一定将她带走。但是这位客人一去不回。至于这位婢女的来历，我一点也不知道。"王度怀疑这个婢女是精怪，就取出宝镜对着婢女照去。婢女便连声喊道："饶命啊！我立刻现原形！"王度就将古镜遮起来，说："你先自己讲清楚你的来历，然而再现原形，我就饶你一命。"婢女拜了再拜，自己讲述道："我是华山府君庙前长松树下的一只千年老狸，能变化成人形迷惑人，

罪合至死。遂为府君捕逐，逃于河渭之间。为下邽陈思恭义女，蒙养甚厚，嫁鹦鹉与同乡人柴华。鹦鹉与华意不相惬，逃而东出韩城县。为行人李无傲所执。无傲，粗暴丈夫也，遂将鹦鹉游行数岁。昨随至此，忽尔见留。不意遭逢天镜，隐形无路。"度又谓曰："汝本老狸，变形为人，岂不害人也？"婢曰："变形事人，非有害也。但逃匿幻惑，神道所恶，自当至死耳。"度又谓曰："欲舍汝可乎？"鹦鹉曰："辱公厚赐，岂敢忘德。然天镜一照，不可逃形。但久为人形，羞复故体。愿缄于匣，许尽醉而终。"度又谓曰："缄镜于匣，汝不逃乎？"鹦鹉笑曰："公适有美言，尚许相舍。缄镜而走，岂不终恩。但天镜一临，窜迹无路，惟希数刻之命，以尽一生之欢耳。"度登时为匣镜，又为致酒。悉召雄家邻里，与宴谑，婢顷大醉。奋衣起舞而歌曰："宝镜宝镜，哀哉予命。自我离形，于今几姓。生虽可乐，死必不伤。何为眷恋，守此一方。"歌讫再拜，化为老狸而死，一座惊叹。

大业八年，四月一日，太阳亏。度时在台直，昼卧厅阁。觉日渐昏，诸吏告度以日蚀甚。整衣时，引镜出，自觉镜亦昏昧，无复光色。度以宝镜之作，合于阴阳光景之妙。不然，岂合以太阳失曜而宝镜亦无光乎？叹怪未已，俄而

该当死罪。被府君追捕,逃到河渭一带,被下邽陈思恭收为义女。蒙他厚爱,将我许配给同乡人柴华为妻。但是鹦鹉跟柴郎不相投和,就又从柴家逃走。刚走出韩城县东门外,便被行人李无傲房去。李无傲是个非常粗暴的男人,他胁迫鹦鹉与他四处游荡多年。前些日子走到这里,忽然将我留在程家,他一个人走了。没想到遭逢天镜,使我再没法隐去原形了。"王度又问:"你原本是只老狸,变成人形后难道不祸害人吗?"婢女说:"我变成人形侍奉人,一点也不想祸害人。但是,我从华山府君那儿逃跑躲藏起来,又变成人形惑人,是神道所不允许的,必死无疑啊。"王度又问:"我想放你一条生路,可行吗?"婢女说:"恩人给我厚爱,怎么敢忘记您的大德。但是,天镜一照,再也逃不了原形啦。但我变成人形很长时间了,羞于回到原来的样子。望恩人暂时将天镜放回匣中,赏给我一餐酒饭,让我喝个大醉再去死吧。"王度说:"我将古镜放回匣里,你不逃走吗!"鹦鹉笑着说:"恩人你刚才已经说放我一条活路,你将镜子放回匣中,我就离开这里,这不是辜负了您的大恩吗? 但是只要让天镜一照,就再也无路可逃了。此刻,我唯一的希望是用剩下的一点点时间,让我享受到一生的欢乐啊!"王度立时将镜放回匣中,又为鹦鹉敬酒,并将程雄的家人及邻里都招呼来,大家一块儿边喝酒,边戏耍玩闹。鹦鹉不一会儿就喝得酩酊大醉,她扬起衣袖,边舞边歌道:"宝镜宝镜,悲哀啊我的命。自从我脱去老狸的原形,到现在我已经侍奉了好几个男人啦。活着虽然是件欢乐的事情,死去也没有什么值得悲伤的。为什么要眷恋不舍,专门守在这里呢?"鹦鹉唱完后拜了两拜,化作一只老狸死去。满座人无不为之惊讶叹息。

　　大业八年四月一日,发生了日蚀。王度当时正在御史台值班。他躺在厅阁中的床上,发觉天渐渐变暗了。属下告诉王度日蚀很严重。王度整理衣冠时拿出古镜照看,发觉古镜也变得昏暗,没有了往日的光色。王度认为这面古镜制作时,一定是符合阴阳光体变化的奥妙的,不然怎么太阳失去光耀,而宝镜也没有光色了呢? 王度心里正感叹奇怪着,不一会儿,

光彩出，日亦渐明。比及日复，镜亦精朗如故。自此之后，每日月薄蚀，镜亦昏昧。

　　其年八月十五日，友人薛侠者获一铜剑长四尺。剑连于靶，靶盘龙凤之状，左文如火焰，右文如水波。光彩灼烁，非常物也。侠持过度曰："此剑侠常试之，每月十五日天地清朗，置之暗室，自然有光，傍照数丈，侠持之有日月矣。明公好奇爱古，如饥如渴，愿与君今夕一试。"度喜甚。其夜果遇天地清霁，密闭一室，无复脱隙，与侠同宿。度亦出宝镜，置于座侧。俄而镜上吐光，明照一室。相视如昼。剑横其侧，无复光彩。侠大惊曰："请内镜于匣。"度从其言。然后剑乃吐光，不过一二尺耳。侠抚剑叹曰："天下神物，亦有相伏之理也。"是后每至月望，则出镜于暗室，光尝照数丈。若月影入室，则无光也。岂太阳太阴之耀，不可敌也乎。

　　其年冬，兼著作郎。奉诏撰国史，欲为苏绰立传。度家有奴曰豹生年七十矣，本苏氏部曲。颇涉史传，略解属文。见度传草，因悲不自胜。度问其故，谓度曰："豹生常受苏公厚遇，今见苏公言验，是以悲耳。郎君所有宝镜，是苏公友人河南苗季子所遗苏公者，苏公爱之甚。苏公临亡之岁，戚戚不乐。常召苗生谓曰：'自度死日不久，不知此

镜中重新现出光彩，外面的日光也逐渐恢复明亮。等到太阳完全复明后，宝镜也光明如旧。从这以后，每到日蚀、月蚀时，这面古镜也变得昏暗无光。

这年八月十五，王度的一位叫薛侠的朋友，得到一把铜剑。剑长四尺，和剑柄相连，剑柄盘成龙凤状。左边的纹理如火焰，右边的纹理似水波。这把剑光彩闪耀，不是平常的宝剑。薛侠带着这柄宝剑到王度这儿来，对王度说："这是一把古剑，我曾经试验过。每月十五这天，天清地朗，将它放在暗室里，会自然发光，照到几丈远的地方。我得到它有些时日了。你喜欢猎奇、喜好古物到了如饥似渴的程度，现在我将它带来，愿意和你在今天晚上一同试验一下。"王度非常高兴。这天夜晚，天气果然晴朗。王度和薛侠同住在一间密室里，密室不透一点光。王度也拿出宝镜，放在身旁。不一会儿，镜面上吐出光华，将全屋照亮。两人互相都能看见对方，就像在白天里一样。薛侠带来的那柄古剑就横放在宝镜的旁边，不见它发出一点光亮来。薛侠大吃一惊，说："请将镜子装进匣子里。"王度听从他的话，将宝镜装进镜匣里。这时，薛侠的古剑才吐出光华来，光不过一二尺。薛侠抚着古剑，感叹地说："天下的神奇宝物也有相克相伏的理论啊。"这之后，每到月圆之夜，王度将宝镜放在暗室中，它就会发出华光，照亮几丈远的地方。如果让月影照到暗室中，宝镜就不发光了。难道是太阳、月亮的光芒，任何宝物也不能和它们相匹敌的缘故吗？

这年冬天，王度兼任著作郎。他奉诏命撰写国史，想为苏绰立传。王度家有位老仆人叫豹生，这年已经七十岁了，是当年苏绰的家兵。豹生读过不少史书、传记，还初通文墨。他读了王度撰《苏绰传》的草稿，不胜悲痛。王度问他缘故，豹生说："我曾经受过苏公的厚遇。今天看到苏公生前所说的话应验了，所以悲伤。主人你现有的这面宝镜，原先是苏公的朋友河南季苗子送给苏公的，苏公特别喜爱它。临死那一年，他郁郁不乐。一次请季苗子来家中，对他说：'我自己感觉离死期不远了，不知道这面

镜当入谁手。今欲以蓍筮一卦，先生幸观之也。'便顾豹生取蓍，苏公自撰布卦。卦讫，苏公曰：'我死十余年，我家当失此镜，不知所在。然天地神物，动静有征。今河渭之间，往往有宝气与卦兆相合，镜其往彼乎。'季子曰：'亦为人所得乎？'苏公又详其卦云：'先入侯家，复归王氏。过此以往，莫知所之也。'"豹生言讫涕泣。度问苏氏，果云旧有此镜。苏公薨后，亦失所在，如豹生之言。故度为苏公传，亦具言其事于末篇。论苏公蓍筮绝伦，默而独用，谓此也。

　　大业九年正月朔旦，有一胡僧行乞而至度家。弟勣出见之，觉其神彩不俗，更邀入室，而为具食。坐语良久，胡僧谓勣曰："檀越家似有绝世宝镜也，可得见耶？"勣曰："法师何以得知之？"僧曰："贫道受明录秘术，颇识宝气。檀越宅上，每日常有碧光连日，绛气属月，此宝镜气也。贫道见之两年矣。今择良日，故欲一观。"勣出之，僧跪捧欣跃。又谓勣曰："此镜有数种灵相，皆当未见。但以金膏涂之，珠粉拭之，举以照日，必影彻墙壁。"僧又叹息曰："更作法试，应照见腑脏，所恨卒无药耳。但以金烟薰之，玉水洗之，复以金膏珠粉，如法拭之，藏之泥中，亦不晦矣。"遂留金烟玉水等法，行之无不获验。而胡僧遂不复见。

宝镜将落在什么人的手中。我现在想用蓍草卜一卦，先生你在一旁看着。'说完，便让我取来蓍草，苏公自己卜卦。卦成，苏公说：'我死后十多年，我家当失落这面宝镜，但不知他失落到何方。然而天地间的神器宝物，动与静都有征象。现在河汾之间，常常有宝气与此卦的征兆相合，难道这面宝镜是往河汾一带去了吗？'季苗子问：'也被人得到了吗？'苏公又仔细看了看卦象，说：'先入侯家，又归王氏。再往后，就不知道它的去向了。'"豹生说完这段往事，涕泪横流。后来，王度询问苏家的后人，果然说从前确实有过这面宝镜，苏公死后就失落了。和豹生说的一模一样。因此，王度在为苏公写传时，在篇末如实地记述了这件事情。并且，还谈到了苏公用蓍草占卜技艺绝伦，秘而独用，从未让外人知道过。就是说的这件事情。

　　大业九年正月初一，有一位胡僧行乞来到王度家。王度的弟弟王勣出来接待这位胡僧，觉得他神采不俗，便邀请他到屋里来，摆上饭食招待他。两人坐着说了好一阵子话，胡僧对王勣说："施主家里好像有一面绝世宝镜啊，可以拿出来让贫僧看看吗？"王勣问："法师怎么知道我家有面宝镜的呢？"胡僧说："贫僧受过明录秘术，颇能识别宝气。施主宅院中每天常有碧光连着太阳。绛气属月，这是宝镜之气啊。贫僧见到这股宝气在施主宅院中已经有两年啦。今天选择良日来造访，就是想一睹宝镜神物。"王勣听了胡僧的恳求，取出宝镜递给胡僧。胡僧欣喜异常地跪下捧接宝镜。他又对王勣说："这面宝镜有好几种灵相，都是未见到过的。只要用金膏涂它，再用珠粉擦拭，举起它来照太阳，透过来的镜影必能穿透墙壁。"接着，胡僧又叹息地说："再换一种方法试验，应能照见腹中的五腑六脏，遗憾的是能使它产生这种奇效的药物用尽了。只要用金烟薰它，再用玉水洗它，之后再涂上金膏珠粉，像先前那样擦拭它，就是将它埋藏在泥土里，也不会变得晦暗的。"说完，胡僧留下金烟、玉水等这些方法。用这些方法进行试验，每次的效果都像胡僧说的那样灵验。而胡僧从此也没有再出现。

其年秋，度出兼芮城令。令厅前有一枣树围可数丈，不知几百年矣。前后令至，皆祠谒此树，否则殃祸立及也。度以为妖由人兴，淫祀宜绝。县吏皆叩头请度，度不得已，为之以祀。然阴念此树当有精魅所托，人不能除，养成其势，乃密悬此镜于树之间。其夜二鼓许，闻其厅前磊落有声，若雷霆者。遂起视之，则风雨晦暝，缠绕此树。雷光晃耀，忽上忽下。至明，有一大蛇，紫鳞赤尾，绿头白角，额上有王字。身被数疮，死于树。度便下收镜，命吏出蛇，焚于县门外。仍掘树，树心有一穴，于地渐大，有巨蛇蟠泊之迹，既而坟之，妖怪遂绝。

其年冬，度以御史带芮城令。持节河北道，开仓粮，赈给陕东。时天下大饥，百姓疾病，蒲陕之间，疬疫尤甚。有河北人张龙驹，为度下小吏。其家良贱数十口，一时遇疾。度悯之，赍此入其家，使龙驹持镜夜照。诸病者见镜，皆惊起云："见龙驹持一月来相照，光阴所及，如冰著体，冷彻腑脏。"即时热定，至晚并愈。以为无害于镜，而所济于众。令密持此镜，遍巡百姓。其夜，镜于匣中泠然自鸣，声甚彻远，良久乃止。度心独怪。明早，龙驹来谓度曰："龙驹昨忽梦一人，龙头蛇身，朱冠紫服。谓龙驹：'我即镜精也，名曰紫珍。常有德于君家，故来相托，为我谢王公。百姓有

这年秋天,王度出京兼任芮城县令。县衙大厅前有一株枣树,粗几丈,不知生长了几百年了。王度之前的几任县令来后都要祭祀这株枣树,不祭祀就会立即遭致祸殃。王度认为妖怪是因由人的崇邪而作怪,不合礼仪的祭祀应该停止。但是县里的官吏们都叩头请求他祭祀,王度不得已,也只好祭祀它。心中却暗暗想这株老枣树中一定有精怪,人们不能除掉它,才养成了它的气势。于是王度悄悄地将身边的宝镜悬挂在枣树上。这天晚上约摸二更时候,王度听到厅前枣树那儿响声像雷鸣似的。他起身看看厅外,只见风雨交加,笼罩着这株枣树。而且电闪雷鸣,忽上忽下。到天亮,王度出去一看,只见一条大蛇死在枣树旁边。这条大蛇红尾巴,紫鳞,绿脑袋上长着白角,额头上有个"王"字清晰可见。蛇身上伤痕无数。王度收起宝镜,喊人来将死蛇拿出去,在县城门外火化。又叫人将枣树掘出,但见树心有一洞穴,进入地底后逐渐变大,洞穴中有巨蟒蟠居的遗迹。他随即让人将洞穴填死。从此,再也没有妖怪作怪了。

这年冬天,王度以御史兼芮城令的身份,带着印信到河北道开仓放粮,救济陕东的饥民。当时天下发生特大饥荒,百姓饥饿,病痛缠身。蒲州、陕西一带闹瘟疫特别严重。王度属下有个小吏叫张龙驹,是河北人。他家中老少几十口人都染上了瘟疫。王度非常同情他,就带着宝镜来到他家,让张龙驹连夜用这面宝镜照染瘟疫的家人。被照的人都异常惊恐,说张龙驹手中拿着一轮月亮来照他们。月光所照到的地方,寒若冰霜侵体,冷彻五脏,随即又热起来。到第二天晚上病都好了。王度知道宝镜有这种奇效后,认为对宝镜没有什么危害,还能帮助百姓解除瘟病。他秘密让人拿着这面宝镜,挨家逐户地为人巡照。这天夜里,宝镜在匣中发出清越激扬的声音,声音长而且传得很远,好长时间才停止。王度觉得很奇怪。第二天早晨,张龙驹来对王度说:"我昨晚忽然梦见一个人,龙头蛇身,穿紫色的衣裳,戴着大红色的帽子。这个人对我说:'我就是宝镜的精灵,名叫紫珍。曾经给过你家恩惠,因此来托你为我谢谢王公,并转告他:百姓有

罪，天与之疾，奈何使我反天救物？且病至后月，当渐愈，无为我苦。'"度感其灵怪，因此志之。至后月，病果渐愈，如其言也。

大业十年，度弟勣，自六合丞弃官归。又将遍游山水，以为长往之策。度止之曰："今天下向乱，盗贼充斥，欲安之乎？且吾与汝同气，未尝远别。此行也，似将高蹈。昔尚子平游五岳，不知所之。汝若追踵前贤，吾所不堪也。"便涕泣对勣。勣曰："意已决矣，必不可留。兄今之达人，当无所不体。孔子曰：'匹夫不夺其志矣。'人生百年，忽同过隙。得情则乐，失志则悲。安遂其欲，圣人之义也。"度不得已，与之决别。勣曰："此别也，亦有所求。兄所宝镜，非尘俗物也。勣将抗志云路，栖踪烟霞，欲兄以此为赠。"度曰："吾何惜于汝也。"即以与之。勣得镜遂行，不言所适。

至大业十三年夏六月，始归长安，以镜归。谓度曰："此镜真宝物也。辞兄之后，先游嵩山少室。降石梁，坐玉坛。属日暮，遇一嵌岩。有一石堂可容三五人，勣栖息止焉。月夜二更后，有两人。一貌胡，须眉皓而瘦，称山公。一面阔，白须眉长，黑而矮，称毛生。谓勣曰：'何人斯居也？'勣曰：'寻幽探穴访奇者。'二人坐，与勣谈久，往往有异义出于言外。勣疑其精怪，引手潜后，开匣取镜。镜

罪,天降瘟疫惩罚他们。怎么能让我违犯上天的旨意,去拯救他们呢?况且,这些百姓病到下个月,就会逐渐痊愈,不要再辛苦劳累我了。'"王度感到这面宝镜太灵怪了,因此将上面这件事也写在这里。到了下个月,瘟疫果然渐渐散去,真像镜精讲的那样。

　　大业十年,王度的弟弟王勣辞去六合县丞的官职回到家中,随即想遍游名山大川,以度余生。王度劝弟弟不要出门远行,说:"现在天下将乱,遍地都是盗贼,你到哪里去呢?再说我与你是手足兄弟,从未长期分离过。你这次出行,似乎要远走。从前尚子平云游五岳,最后不知道到哪去了。你想效仿前辈贤人,这是我不能接受的。"说完向着王勣哭泣。王勣说:"我要出行的想法已经定下来了,一定不会留下。哥哥是贤达的人,不论什么事情都会理解的。孔子说:'匹夫不可夺其志。'人生在世不过百年,如同白驹过隙。得意就高兴,不得志时就悲伤。顺随他的愿望,这是圣人说的道理啊。"王度不得已跟弟弟告别。王勣临行前对王度说:"这次一别,弟弟也有求于兄长。兄长的宝镜不是世间寻常东西。弟弟此行将在云天道路中奔走,在荒山野地里栖息。弟弟想让兄长将宝镜赠送给我。"王度说:"我怎么能舍不得将宝镜给你呢。"就取出宝镜给了王勣。王勣接过宝镜就出发了,没说去哪里。

　　到大业十三年六月夏,王勣才回到长安,将宝镜带回。他对王度说:"这面宝镜真是稀世宝贝啊!告别兄长后,我先游嵩山少室山。游石梁,坐在玉坛上观赏风景。看看太阳快落山了,我找到一个岩洞,里面有一间石屋,可容三五个人。这天晚上,我就栖息在这间石屋里。这天晚上月光如水,二更过后,忽然来了两人。一人貌似胡人,须眉花白,容貌清瘦,自称为'山公'。一人宽脸,白须长眉,面黑而身体矮,自称为'毛公'。这两人问我:'什么人住在这里?'我回答说:'我是一个寻幽访奇的旅游人。'二人坐下后跟我谈了许久,说话中常常说出来一些奇异的事情。我疑心他们是精怪,伸手到身后,悄悄打开镜匣取出宝镜。镜

光出而二人失声俯伏。矮者化为龟,胡者化为猿。悬镜至晓,二身俱殒。龟身带绿毛,猿身带白毛。即入箕山,渡颍水。历太和,视玉井。井傍有池,水湛然绿色。问樵夫,曰:'此灵湫耳,村闾每八节祭之,以祈福佑。若一祭有阙,即池水出黑云大雹,浸堤坏阜。'勋引镜照之,池水沸涌,有雷如震。忽尔池水腾出,池中不遗涓滴。可行二百余步,水落于地。有一鱼,可长丈余,粗细大于臂。首红额白,身作青黄间色,无鳞有涎,龙形蛇角。嘴尖,状如鲟鱼,动而有光。在于泥水,困而不能远去。勋谓鲛也,失水而无能为耳。刃而为炙,甚膏有味,以充数朝口腹。遂出于宋汴。汴主人张琦家有女子患。入夜,哀痛之声,实不堪忍。勋问其故,病来已经年岁,白日即安,夜常如此。勋停一宿,及闻女子声,遂开镜照之。痛者曰:'戴冠郎被杀。'其病者床下,有大雄鸡死矣,乃是主人七八岁老鸡也。

"游江南。将渡广陵扬子江,忽暗云覆水,黑风波涌,舟子失容,虑有覆没。勋携镜上舟,照江中数步,明朗彻底,风云四敛,波涛遂息。须臾之间,达济天堑。跻摄山,趋芳岭。或攀绝顶,或入深洞。逢其群鸟环人而噪,数熊当路而蹲,以镜挥之,熊鸟奔骇。是时利涉浙江,遇潮出海。涛声振吼,数百里而闻。舟人曰:'涛既近,未可渡南。若不回舟,吾辈必葬鱼腹。'勋出镜照,江波不进,屹如云立。

光射出，这两个人大叫一声俯伏在地。那个矮子变成一只老龟，那个高个子化作一只毛猿。我将宝镜高悬在二物的头上直到天亮，二物都死了。龟身上长着绿毛，猿身上长着白毛。这之后，我又游箕山，渡颍水，游历了太和，观赏了玉井。玉井旁边有一水池，池水清湛呈绿色。我问一个打柴的樵夫，樵夫回说：'这个池子是灵湫啊！每到立春、立夏、立秋、立冬、春分、夏至、秋分、冬至这八节时，村人们都来祭祀它，祈求福佑。如果少祭一次，池水中就涌出黑云大雹，冲毁堤坝，砸坏房屋。'我听了后取出宝镜照池水，立刻池水沸涌，雷声隆隆。忽然，池水腾空而出，池中不遗留一滴，在空中飞行二百多步落到地面上。有一条大鱼，长一丈多，有胳臂粗细，红头白额，身体呈青黄间色。这条鱼身上没有鳞片，有粘涎，身形像龙，角如蛇，嘴尖像鲟鱼，一动就闪着光泽。它困在泥水中不能远去。我称它为鲛，离开了水它就什么能耐也使不出来啦。我让村人们用刀杀了它，将它的肉做成菜肴。它的肉吃着肥美有味，一连吃了好几天。接着，我又到了宋汴。宋汴的主人张琦家里有一个患病女孩。到了晚上这个女孩哀痛的叫声实在令人不忍听。我问主人得的是什么病，主人说病了有一年了，白天跟好人一样，到了晚上常常这样。我在张家住了一宿，等听到女孩喊叫声，就开匣取镜去照她。女孩立即喊道："戴冠郎被杀啦！"女孩的床下，有一只已经死去的大公鸡，乃是主人家养了七八年的老鸡。

"之后，我游江南，从扬州登船渡长江。忽然云暗水涨，黑风刮起巨浪。摆渡的船工大惊失色，担心风浪翻船。我手拿宝镜登上船，向江中照出几步远。立时风息云收，波平涛静，江水清澈见底。转瞬间抵达长江天堑。我攀登摄山，漫游芳岭。或攀绝顶，或探深洞。遇上群鸟围着你噪鸣不止，或遇上几只熊蹲在路间，拿这面宝镜一挥，它们立即惊恐奔逃。此时我将游浙江，趁涨潮乘船出海。涛声轰鸣吼叫，几百里外都能听到。舟子说：'潮快涨到跟前了，不能再向南驶了。如果不掉转船头，我们这一船人一定要葬身鱼腹的！'我取出宝镜照向江潮，潮水屹立如云，不再向前。

四面江水豁开五十余步，水渐清浅，鼋鼍散走。举帆翩翩，直入南浦。然后却视，涛波洪涌，高数十丈，而至所渡之所也。遂登天台，周览洞壑。夜行佩之山谷，去身百步，四面光彻，纤微皆见。林间宿鸟，惊而乱飞。

"还履会稽。逢异人张始鸾，授勋《周髀》《九章》及'明堂、六甲'之事。与陈永同归，更游豫章。见道士许藏秘，云是旌阳七代孙，有咒登刀履火之术，说妖怪之次。更言丰城县仓督李慎家有三女遭魅病，人莫能识，藏秘疗之无效。勋故人曰赵丹有才器，任丰城县尉，勋因过之。丹命祇承人指勋停处，勋谓曰：'欲得仓督李敬慎家居止。'丹遽命敬为主礼。勋问其故，敬曰：'三女同居堂内阁子，每至日晚，即靓妆炫服。黄昏后，即归所居阁子，灭灯烛。听之，窃与人言笑声，及至晓眠。非唤不觉，日日渐瘦，不能下食。制之不令妆梳，即欲自缢投井。无奈之何？'勋谓敬曰：'引示阁子之处。'其阁东有窗，恐其门闭固而难启，遂昼日先刻断窗棂四条，却以物支拄之如旧。至日暮，敬报勋曰：'妆梳入阁矣。'至一更，听之，言笑自然。勋拔窗棂子，持镜入阁照之。三女叫云：'杀我婿也。'初不见一物，

四面的江水豁然闪出一道豁口，约五十多步；水渐渐变得清浅，水中的鱼、鳖、虾、蟹纷纷逃走。我乘坐的这条船张着风帆，一直驶向南浦。我往船后一看，只见波涛汹涌，高达几十丈，向着我们所坐的这条船驶过的地方压过来。我登上天台山，周游观赏了山上的岩洞。夜晚我手持宝镜绕着山谷而行，百步之内，光亮如白昼，微小的东西都能看见，宿在树林中的鸟雀被惊得四处飞散。

"从天台山返回会稽，遇到异人张始鸾传授我《周髀》《九章》及明堂六甲等秘术。之后，我和陈水一同归来，再游豫章，遇见道士许藏秘。他说自己是晋朝时得道成仙的旌阳县令许逊的第七代孙。他会咒法，可以登刀山、在火里行走。谈到妖怪时，他特别说到丰城县仓督李敬慎家中有三个女儿得了魅病，没有人识别出遭的是什么妖魅，许道士亲自去除妖也没有除成。我有个老朋友叫赵丹，很有才干器局。当时他在丰城县任县尉，我于是去看望他。赵丹让他的仆人问我晚上住在哪里，我说：'想住在仓督李敬慎家。'赵丹于是让李敬慎为主要接待人。我到李家后，问起他三个女儿得病的根由，李敬慎告诉我说：'我三个女儿同住在堂内的一间小屋里，每天到了晚上她们就身着盛装，打扮得漂漂亮亮的。一到黄昏，姐妹三人就都回到她们住的小屋里，闭门熄灯。在门外听到她们好像在跟什么人说话笑闹。她们直到第二天早晨才睡觉。不去喊她们就不会自己醒来，而且姐妹三人都日渐消瘦，不思茶饭。如果不让她们梳妆打扮，她们就要投井上吊。真让人没有办法啊。'我对李敬慎说：'请领我到姐妹三人住的小屋去看看。'李敬慎领我来到小屋旁边，我看到屋东面有一个窗户。我怕晚上姐妹三人在里面将门拴死，从外面打不开，于是在白天先悄悄折断四根窗棂，用东西支拄着，看起来像没断时一样。到了傍晚，李敬慎来告诉我：'打扮好了，姐妹三人都回到小屋里去了。'到了一更时节，我悄悄来到屋外，听到里面谈笑风生。我拔掉折断的窗棂，手持宝镜进入屋内一照，三个女孩立即大叫：'杀我女婿啦！'开始时看不见什么东西，

县镜至明,有一鼠狼。首尾长一尺三四寸,身无毛齿。有一老鼠,亦无毛齿,其肥大可重五斤。又有守宫,大如人手。身披鳞甲,焕烂五色,头上有两角,长可半寸,尾长五寸已上,尾头一寸色白,并于壁孔前死矣。从此疾愈。

"其后寻真至庐山,婆娑数月。或栖息长林,或露宿草莽。虎豹接尾,豺狼连迹。举镜视之,莫不窜伏。庐山处士苏宾,奇识之士也。洞明易道,藏往知来。谓勋曰:'天下神物,必不久居人间。今宇宙丧乱,他乡未必可止。吾子此镜尚在,足下卫,幸速归家乡也。'勋然其言,即时北归,便游河北。夜梦镜谓勋曰:'我蒙卿兄厚礼,今当舍人间远去,欲得一别,卿请早归长安也。'勋梦中许之。及晓,独居思之,恍恍发悸。即时西首秦路。今既见兄,勋不负诺矣,终恐此灵物亦非兄所有。"数月,勋还河东。

大业十三年七月十五日,匣中悲鸣,其声纤远,俄而渐大,若龙咆虎吼,良久乃定。开匣视之,即失镜矣。出《异闻集》。

我将宝镜悬挂在小屋里一直到天亮,发现屋内地上有三件死物:一只黄鼠狼、一只老鼠、一只壁虎。黄鼠狼头尾长一尺三四寸,身上没有毛齿。老鼠也没有毛齿,又肥又大,约有五斤重。壁虎像人手这么大,身披鳞甲,五色斑斓;头上长着两只角,有半寸长;尾巴五寸多长;头尾各有一寸白色。三物都在壁孔前死去。从此李家的三个女孩病就好了。

"离开丰城后,我寻访真人来到庐山,在庐山停留了几个月。有时栖息在树林里,有时露宿在草莽中。山中虎豹豺狼众多,举着宝镜照它们,没有不立即惊慌逃窜的。庐山上有个隐士叫黄宾,是天下奇士。他精通《易经》,知晓往事与未来。他对我说:'天下的神物宝器,一定不会总留在人间的。现今世道丧乱,别的地方不一定再去了。您趁这面宝镜还在,足可以用它自卫,还是赶快返回家乡去吧。'我听了黄隐士的劝告,立即北归。游河北时,一天夜里梦见镜精对我说:'我蒙你的兄长厚待,现在要离开人间远去,想跟你兄长辞别,请你早日返回长安吧。'我在梦中答应了它。天亮后,我一个人坐在那儿想着夜间梦中的情景,恍惚发怔,于是立即西行返回秦地。现在既然见到兄长你了,也算我不负梦中的许诺。但是,最终恐怕这面宝镜还是要离开兄长的。"王勣在长安盘桓了几个月后返回河东。

隋炀帝大业十三年七月十五日,宝镜在匣中悲鸣,声音纤细渺远;一会儿渐渐变大,犹如龙咆虎啸。过了很长时间才住声。王度打开镜匣一看,宝镜已不见了。出自《异闻集》。

卷第二百三十一
器玩三

张　华

晋张华，生挺聪慧。好观奇异图纬之学，捃拾天下遗逸。自书契之始，考验神怪，及世间里闾所说，撰《博物志》四百卷，奏武帝。帝曰："卿才十倍万代，博识无伦。记事采言，多所浮妄。宜删翦无据，以见成文。昔仲尼删诗书，不及鬼神幽昧之事，不言怪力乱神。今见卿此志，惊所未闻，异所未见，将繁于耳目也。可更芟截浮疑，分为十卷。"即于御前赐青铁砚。此铁是于阗国所献，铸为砚。又赐麟角管，此辽西国所献也。侧理纸万番，南越所献也。汉言"陟厘"，"陟厘"与侧理相乱。南人以海苔为纸，其理纵横斜侧，因为名焉。出《王子年拾遗记》。

张　华

　　晋朝人张华，天生聪明慧敏。他喜爱读谶纬书等奇异的书籍，广泛收集天下的遗闻逸事。他从古代文字、书简起，考证神怪以及世间街头巷间的传说，撰写成《博物志》一书，共四百卷，奏献给武帝。武帝说："你的才干超过万代十倍，知识广博没有人能和你相比。但是你所记载的事情、采集的传说，多数都属于虚妄之谈。应该将那些没有根据的删去，才能成为一本书。昔年孔仲尼删定《诗》《书》，不记载神鬼阴司的事情，也不谈特异的妖力和各种仙神方士。现在看到你的这部书，记载的都是让人惊异的从未听说过的和从未见到过的事情，会杂乱人的耳目的。可以进一步删节去虚浮、尚未有定论的那些记载，分为十卷。"武帝当即赐给张华青铁砚一方，这方砚是用于阗国进献的铁铸的；麟角笔一支，此笔是辽西国进献的；侧理纸万张，此纸是南越国进献的，汉语叫它为"陟厘"。"陟厘"与"侧理"音相谐。南越人用海中苔类植物造的纸，它的纹理纵横斜侧，因此名叫"侧理"。

出自《王子年拾遗记》。

晋惠帝

晋惠帝元康三年，武库火。烧汉高祖斩白蛇剑、孔子履。咸见此剑穿屋飞去，莫知所向。出《异苑》。

许　逊

西晋末，有旌阳县令许逊者，得道于豫章西山。江中有蛟蜃为患，旌阳没水，拔剑斩之，后不知所在。顷渔人网得一石，甚鸣，击之，声闻数十里。唐朝赵王为洪州刺史，破之，得剑一双。视其铭，一有"许旌阳"字，一有"万仞"字，一有"万仞师出"焉。出《朝野佥载》。

陶贞白

梁陶贞白所著《太清经》，一名《剑经》。凡学道术者，皆须有好剑镜随身。又说，干将、莫耶剑，皆以铜铸，非铁也。出《尚书故实》。

又贞白隐居贝都山中，尝畜二刀，一名善胜，一名宝胜。往往飞去，人望之，如二条青蛇。本传具载。出《芝田录》。

张祖宅

唐乾封年中，有人于镇州东野外，见二白兔。捕之，忽却入地，绝迹不见。乃于入处掘之，才三尺许，获铜剑一双，古制殊妙。于时长吏张祖宅以闻。出《朝野佥载》。

晋惠帝

晋惠帝元康三年,京都武器库失火,烧掉了汉高祖刘邦斩白蛇的那柄宝剑和一双孔子穿过的鞋。在现场围观的人都看到那柄宝剑穿透库房的屋顶飞出去,不知道飞到哪里去了。出自《异苑》。

许　逊

西晋末年,有个叫许逊的旌阳县令,在豫章西山得道。江中有蛟蜃兴妖作怪为害百姓,许逊潜入江水中,挥剑斩杀了这只蛟蜃。后来就不知道他到哪里去了。过了一会儿,渔人打鱼网上来一块石头,鸣声很大,敲击它发出的鸣声几十里内都能听得到。到了唐朝,赵王任洪州刺史时,将这块石头击破,得到一双宝剑。看看宝剑上的铭文,一只上刻有"许旌阳"三个字,一只上刻有"万仞"二字,另外还有"万仞师出"四个字。出自《朝野佥载》。

陶贞白

梁朝陶贞白著有《太清经》一书,该书还有一名叫《剑经》。上面说:"凡是学道术的人,都必须备有宝剑、宝镜随身带着。"又说:"干将、莫耶两柄名剑,都是用青铜铸造的,不是用铁铸造的。"出自《尚书故实》。

又,陶贞白隐居在贝都山中,曾经藏有两把刀,一把叫"善胜",一把叫"宝胜"。这两把刀常常能自行飞去,人们看见它们像两条青蛇一样。《陶贞白传》上有这件事情的记载。出自《芝田录》。

张祖宅

唐高宗乾封年间,有人在镇州东郊的野外看见两只白兔。他想捉到它们,这两只白兔忽然钻入地里不见了。这个人在白兔钻入地里的地方挖掘查找,才挖进去三尺多深,得到一双铜剑,是做工异常精妙的古剑。这件事情当时是在长吏张祖家听到的。出自《朝野佥载》。

唐 仪

唐上元年中，令九品以上，佩刀砺等袋。彩帨为鱼形，结帛作之。取鱼之象，强之兆也。至天后朝乃绝。景云之后，又复前饰。出《朝野佥载》。

唐中宗

唐中宗令扬州造方丈镜。铸铜为桂树，金花银叶。帝每常骑马自照，人马并在镜中。出《朝野佥载》。

宋青春

唐开元中，河西骑将宋青春骁果暴戾，为众所推。西戎尝岁犯边境，青春每临阵，必独运剑大呼，执馘而旋，未尝中锋镝。西戎惮之，一军咸赖焉。后吐蕃大北，获生口数千。军帅令译问衣大虫皮者，尔何不能害之。答曰："但见青龙突阵而来，兵刃所及，若叩铜铁，以为神助将军也。"青春乃知剑之灵。青春死后，剑为瓜州刺史季广琛所得。或风雨后，迸光出室，环烛方丈。哥舒翰镇西凉，知之。求易以他宝，广琛不与。因赠之诗曰："刻舟寻已化，弹铗未酬恩。"出《酉阳杂俎》。

唐　仪

唐高中上元年间,朝廷命令九品以上的官员要佩带装有刀、砺石等的饰袋。饰袋的做法是先在彩帕上绘出鱼形,再用丝线绣出真色的图案,缝制成像鱼的袋子,兆示强盛。到武则天临朝执政时才不再佩带这种鱼袋。睿宗景云年间又恢复了这种佩饰。出自《朝野佥载》。

唐中宗

唐中宗命令扬州的地方官吏给他制作一面一丈见方的镜子,在铜镜上铸出桂树,再镶嵌金花银叶。中宗常常骑马时照这面巨镜,人马都可以照进镜子里。出自《朝野佥载》。

宋青春

唐玄宗开元年间,河西骑将宋青春骁悍暴戾,手下的将士非常推崇他。西戎曾年年侵犯边镜,宋青春每次与入侵者接战,必定是一个人手挥宝剑大声吼叫着冲入敌军,割下被他杀死的敌军将士的左耳凯旋,从未中过敌军的刀箭。西戎军都惧怕他,我方全军也都仰仗着他击退入侵的敌军。后来前来进犯的吐蕃军被打得大败,唐军俘虏了吐蕃兵数千人。唐军统帅让翻译问一个穿虎皮衣裳的敌军俘虏:"你们为什么不能伤害我方的宋将军呢?"这个俘虏回答说:"每次宋将军临阵,我们都见到一条青龙突阵而来。宋将军手中的那把利剑,我们的兵刃触碰到它像撞在铜铁上似的。我们都认为他是有神力相助的将军啊!"这时宋青春才知道他用的是把通灵宝剑。宋青春死后,这把宝剑落入瓜州刺史季广琛手中。有时在风雨过后,这把宝剑会自行迸发出光芒,照耀到周围一丈远的地方。哥舒翰镇守西凉时,得知这把宝剑的灵性,曾请求用别的珍宝来换取它,季广琛不换,赠诗说:"刻舟寻已化,弹铗未酬恩。"出自《酉阳杂俎》。

武胜之

唐开元末,太原武胜之为宣州司士,知静江事。忽于滩中见雷公践微云逐小黄蛇,盘绕滩上。静江夫戏投以石,中蛇,铿然作金声。雷公乃飞去,使人往视,得一铜剑。上有篆"许旌阳斩蛟第三剑"云。出《广异记》。

李守泰

唐天宝三载五月十五日,扬州进水心镜一面。纵横九寸,青莹耀日。背有盘龙长三尺四寸五分,势如生动。玄宗览而异之。进镜官扬州参军李守泰曰:"铸镜时,有一老人,自称姓龙名护。须发皓白,眉如丝,垂下至肩,衣白衫。有小童相随,年十岁,衣黑衣。龙护呼为玄冥。以五月朔忽来,神采有异,人莫之识。为镜匠吕晖曰,老人家住近,闻少年铸镜,暂来寓目。老人解造真龙,欲为少年制之,颇将惬于帝意。遂令玄冥入炉所,扃闭户牖,不令人到。经三日三夜,门左洞开。吕晖等二十人于院内搜觅,失龙护及玄冥所在。镜炉前获素书一纸,文字小隶云:'镜龙长三尺四寸五分,法三才。象四气,禀五行也。纵横九寸,类九州分野。镜鼻如明月珠焉。开元皇帝圣通伸灵,吾遂降祉。斯镜可以辟邪,鉴万物。秦始皇之镜,无以加焉。歌曰:"盘龙盘龙,隐于镜中。分野有象,变化无穷。兴云吐雾,行雨生风。上清仙子,来献圣聪。"'吕晖等遂移镜炉置船中,

武胜之

唐朝开元末年,太原人武胜之任宣州司士,主持静江的政务。一次,他忽然在江边沙滩上看到雷公踏着薄云在追逐一条小黄蛇,在沙滩上绕来绕去。武胜之好玩地投去一块石头。石头击中了蛇,发出"铿"的一声响,像击在金属上似的。雷公随之也飞走了。武胜之派人去察看,拾到一把铜剑,剑上刻有篆文"许旌阳斩蛟第三剑"。出自《广异记》。

李守泰

唐玄宗天宝三载五月十五日,扬州进献一面水心镜。镜子长宽各九寸,镜面青莹净亮,可耀日月。镜的背面盘着一条龙,龙身长三尺四寸五分,形态生动,像真龙一样。玄宗观赏后,觉得它不同一般。进献这面镜子的官员扬州参军李守泰说:"我们铸造这面镜子时,来了一位老人,说自己姓龙,叫龙护。这位老人须发洁白,眉毛如丝,下垂到肩上,身上穿着白衫。有一个小童跟随老人左右,年方十岁,身穿黑衣,老人叫他'玄冥'。这一老一少是在五月初一这天突然来到铸镜现场的。他们的神态跟一般人不一样,所有在场的人都不认识他们。那位老人对镜匠吕晖说他家就住在附近,听说要铸镜,特来观看。又说他知道在镜上铸造真龙的方法,愿意为吕晖制作一条,定会取得皇上的喜欢。他就让那个叫玄冥的小童进到安放镜炉的院子里,将门窗关闭好,不让任何人进入院里。过了三天三夜,左门洞打开。吕晖等二十人在院子里搜查寻找,不见这位老人和小童的踪影,只在镜炉前边找到一纸素书,是用小篆写的,内容如下:'镜龙长三尺四寸五分,是效法天、地、人三才,春温、夏热、秋冷、冬寒四气,金、木、水、火、土五行。镜长宽各九寸,类似天下九州的分野;镜鼻呈明月珠状。开元皇帝圣明通达神灵,我才降福。这面镜子可以避邪祟,鉴万物,秦始皇的镜子也比不上它。歌曰:'盘龙盘龙,隐于镜中。分野有象,变化无穷。兴云吐雾,行雨生风。上清仙子,来献圣聪'。'吕晖等看过这纸素书后,就将镜炉移到船上,

以五月五日午时,乃于扬子江铸之。未铸前,天地清谧。兴造之际,左右江水忽高三十余尺,如雪山浮江,又闻龙吟,如笙簧之声,达于数十里。稽诸古老,自铸镜以来,未有如斯之异也。"帝诏有司,别掌此镜。

至天宝七载,秦中大旱,自三月不雨至六月。帝亲幸龙堂祈之,不应。问昊天观道士叶法善曰:"朕敬事神灵,以安百姓。今亢阳如此,朕甚忧之。亲临祈祷,不雨何也?卿见真龙否乎?"对曰:"臣亦曾见真龙,臣闻画龙四肢骨节,一处得以似真龙,即便有感应。用以祈祷,则雨立降。所以未灵验者,或不类真龙耳。"帝即诏中使孙知古,引法善于内库遍视之。忽见此镜,遂还奏曰:"此镜龙真龙也。"帝幸凝阴殿,并召法善祈镜龙。顷刻间,见殿栋有白气两道,下近镜龙。龙鼻亦有白气,上近梁栋。须臾充满殿庭,遍散城内。甘雨大澍,凡七日而止。秦中大熟。帝诏集贤待诏吴道子,图写镜龙,以赐法善。出《异闻录》。

陈仲躬

唐天宝中,有陈仲躬家居金陵,多金帛。仲躬好学,修词未成,携数千金,于洛阳清化里,假居一宅。其井甚大,常溺人,仲躬亦知之。以靡有家室,无所惧。仲躬常习学不出。月余日,有邻家取水女可十数岁,怪每日来于井上,

于五月五日午时，在扬子江上铸镜。没铸镜前，天地清明安静。铸镜当中，左右的江水忽然高涨三十多尺，如一座雪山浮在江面上。又听到龙吟声，如笙簧吹鸣，传到几十里地以外。我们考查了所有的老年人，都说自打铸镜以来，从未见过这样怪异的事情。"玄宗皇帝诏令有司，将这面水心镜单独置放在一个地方。

到了天宝七载，秦中大旱，从三月起没有降雨，一直旱到六月。玄宗皇帝亲自到龙堂祭祀祈雨，但是老天一点反应也没有。玄宗皇帝问昊天观的道士叶法善："我尊敬地侍奉神灵，来安抚百姓。现在大旱如此，我特别忧虑，亲自到龙堂祈雨，老天为什么还不降雨呢？道长你见过真龙吗？"叶法善说："臣下我也曾见过真龙。我听说画龙的四肢骨节，有一个地方得似真龙，就会立即有感应。用它来祈祷，雨立即就会降下来的。之所以皇上您亲自祈雨未获灵验，大概是龙堂上画的龙不似真龙吧。"玄宗皇帝听了，立即诏令中使孙知古带领叶法善去皇宫内库各处查看。叶法善忽然看见这面水心镜，就返回奏禀玄宗皇帝，说："宫内水心镜背面是真龙啊！"玄宗皇帝亲临凝阴殿，同时召叶法善祈祀镜龙。顷刻间，只见殿栋间有两道白气降下来，接近镜龙；镜龙的鼻上也升出白气，向上接近梁栋。不一会儿云气充满殿庭，遍布京城。大雨倾盆而降，下了七天才停。这年秋天，秦中获得大丰收。玄宗皇帝特意诏令集贤殿待诏吴道子临摹镜龙真图，用以赏赐叶法善。出自《异闻录》。

陈仲躬

唐玄宗天宝年间，有个叫陈仲躬的书生，家住金陵，富有钱财。陈仲躬非常好学，但因为赋诗、写文章一时没有成就，便带着大量金钱，来到东都洛阳清化里，租一所房屋住下。这所房屋庭院中有一口很大的井，井里经常淹死人。陈仲躬也知道这件事情，他自恃没有家室住在这里，就不惧怕什么。陈仲躬住进这座院落后，总是关在屋中学习，足不出户。邻家有一个女孩，约十几岁的样子，每天都来井边来提水。这天女孩又来提水，

则逾时不去,忽坠井而死。井水深,经宿,方索得尸。仲躬异之。闲日,窥于井上,忽见水中一女子。其形状少丽,依时样妆饰。以目仲躬,凝睇之际,以红袂半掩其面微笑,妖冶之姿,出于世表。仲躬神魂恍惚,若不支持。乃叹曰:"斯为溺人之由也。"遂不顾而退。

后数月炎旱,此井水不减。忽一日水竭。清旦,有人叩门云:"敬元颖请谒。"仲躬命入,乃井中所见者。衣绯绿之衣,其装饰铅粉,悉时制耳。仲躬与坐,讯曰:"卿何以杀人?"元颖曰:"妾非杀人者,此井有毒龙。自汉朝绛侯居于兹,遂穿此井。洛城内有五毒龙,斯其一也。缘与太一左右侍龙相得,每为蒙蔽。天命追征,多托故不赴集。好食人血,自汉以来,杀三千七百人矣,而水不耗涸。某乃国初方坠于井,遂为龙所驱使。为妖惑以诱人,用供龙所食。甚于辛苦,情所非愿。昨为太一使者交替,天下龙神尽须集驾。昨夜子时,已朝太一矣。兼为河南旱,勘责三数日方回。今井内已无水,君子诚能命匠淘之,则获脱斯难矣。若然,愿终君子一生奉养。世间之事无不致。"言讫,便失所在。仲躬当时即命匠,命一亲信,与匠同入井。嘱曰:

站在井边过了很常时间也不离去，忽然坠入井中淹死了。井水很深，隔了一宿，才将尸体打捞上来。对女孩落井淹死，陈仲躬觉得有些可疑。一天闲时，他来到井边，向井下窥望，忽然看见水中出现一个女子。女子容貌端丽可爱，按当时人的样子妆饰。她用眼睛看陈仲躬，凝视之际，用红袖半掩脸面，向他脉脉含情地微笑。这个女子妖冶的姿容超出了世上的女人。陈仲躬看得心动神迷，精神恍惚，似乎都按捺不住了。他不由得叹息地说："怪不得呢，这就是女孩落入井中淹死的缘由啊。"于是他不再看井中的妖媚女子，转身回到屋里。

之后的几个月，天气炎热大旱，但是院中这口井里的水一点也不见减少。忽然有一天，井水干涸了。一个清早，有人敲门说："敬元颖请求拜见相公。"陈仲躬让来人进屋，一看乃是那天在井中见到的那个妖丽女子。她身穿红衣绿裳，面涂脂粉丹红，打扮得跟当时洛阳城中的女人一样。陈仲躬让这位女子坐下，询问道："你为什么要诱杀人呢？"敬元颖回答说："我不是杀人者。这口井中住有一条毒龙。自汉朝绛侯住在这里，就掘了这口井。洛阳城中有五条毒龙，它是其中的一条。因为它同太一神左右的侍龙处得很好，因此太一神常常被它所蒙蔽。上天征召，它多数时候找个因由不去赴会。这条毒龙喜爱喝人血，自汉朝以来，它已经杀了三千七百人了，而井里的水从来没有干涸过。我是国朝初年才坠入井中的，因而为这条毒龙所驱使，为它引诱人坠入井中，来供它吸食。这样做很是辛苦，而且也不是我情愿这样干的。昨天，是太一神使者交接班的日子，天下的龙神都得集驾到太一神那里。昨天夜里子时，各位龙神已经朝拜过太一神了。同时因为河南大旱，太一神让群龙考察三五天才放它们回来。现在井内已经没有水了，如果您果真能让工匠下去淘井，就可以让我摆脱这条毒龙带给我的苦难了。如果能这样做了，我愿终生侍奉公子。世间上的事情，没有办不到的啊！"说罢，她便不见了。陈仲躬当时就让一名工匠下井去淘，同时派一名亲信仆人与工匠一块儿下到井底，嘱咐这名仆人说：

"但见异物即收。"至底无别物，唯获古铜镜一枚，阔七寸七分。仲躬令洗净，贮匣内。焚香以奉之，斯所谓敬元颖也。一更后，元颖忽自门而入，直造烛前设拜。谓仲躬曰："谢生成之恩，照浊泥之下。某昔本师旷所铸十二镜之第七者也。其铸时，皆以日月为大小之差。元颖则七月七日午时铸者也。贞观中，为许敬宗婢兰苕所堕。以此井水深，兼毒龙气所苦，人入者闷绝，故不可取，遂为毒龙所役。幸遇君子正直者，乃获重见人间耳，然明晨内，望君子移出此宅。"仲躬曰："某已用钱僦居，今移出，何以取措足之所？"元颖曰："但请君子饰装，一无忧也。"将辞去，仲躬复留之。问曰："汝安得有红绿脂粉状乎？"对曰："某变化无常，非可具述。"言讫，即无所见。明旦，忽有牙人叩户，兼领宅主来谒仲躬，便请移居，并夫役并足。未到斋时，前至立德坊一宅中。其大小价数，一如清化者。其牙人云："价值契本，一无遗缺。"并交割讫。后三日，其清化宅井，无故自崩。兼延及堂隅东厢，一时陷地。

仲躬后文战累胜，为大官。有所要事，未尝不如移宅之效也。其镜背有二十八字，皆科斗书。以今文推而写之曰："维晋新公二年七月七日午时，于首阳山前白龙潭铸成此镜。千年在世。"于背上环书，一字管天文列宿。依方列之，则左有日而右有月。龟龙虎雀，并如其位。

"到井底后，见到特殊的物件就将它取上来。"这位仆人随工匠下到井底后，没有见到其他东西，只拣得一面古铜镜，宽七寸七分。陈仲躬让仆人将古铜镜用水洗净，放在匣子里，焚香敬奉它。这面古铜镜就是敬元颖。当夜一更后，敬元颖果然从门外走进屋来，一直走到香烛前下拜，对陈仲躬说："感谢你搭救我的大恩，使我脱离了在井下照着污泥的苦差使。我原本是昔年师旷所铸的十二面铜镜中的第七面。师旷铸造我们时，都以日月为大小之差。元颖是七月七日午时铸造的，因此宽为七寸七分。贞观年间，是许敬宗的婢女兰苕将我坠入井中。因为这井水特别深，又有毒龙吐出的毒气，下到井底的人都被闷死，因此没人将我捞取上来。我就为毒龙所使役了。幸亏遇到你这样正直的人，我才得以重见人间啊！然而明天早晨，望你搬出这所房子。"陈仲躬说："我已用钱将这所宅院租赁下来了，现在搬出去住，我一时上哪筹措到足够的租金呢？"敬元颖说："现在就请你整装，什么忧虑也不要有。"说着就要告辞。陈仲躬又将敬元颖留住，问："你怎么能有红绿脂粉打扮的相貌的？"敬元颖说："我变化无常，不能一一讲述出来。"说完立时不见了。第二天早晨，忽然有一个买卖的中间人来叫门。他领来一位房主拜见陈仲躬，并请他立即搬家。外面车马夫役都准备好了，未到正午陈仲躬就来到立德坊的一所宅院中。这所宅院，大小和租金跟清化里那所宅院一样。领陈仲躬来的中间人说："租金、房契都不缺少，都已交割完毕。"过了三天，陈仲躬原来住的清化里那所宅院的水井，无缘无故地自行崩塌，牵延到东侧的厢房，一时间都陷下去了。

这以后，陈仲躬参加科举考试屡屡成功，并做了高官。他不论有什么重要的事情，都像当年搬家移居一样有人出来帮助。陈仲躬从井中得到的这面古铜镜，它的背面有二十八个字，都是蝌蚪文。用现代文翻译过来，大意是："维晋新公二年七月七日午时，于首阳山白龙潭铸成此镜。这面古铜镜在人世间已经有一千年了。"它背上的环书文字，一个字分管一个天文列宿，按照方位排列，左有日而右有月，龟、龙、虎、雀四象也都在各自的位置上。

于鼻四旁题云："夷则之镜。"出《博异志》。

曹王皋

唐嗣曹王皋有巧思,精于器用。为荆州节度使,有羁旅士人怀二羯鼓桊,欲求通谒。先启于宾府,宾府观者咸讶议曰:"岂足尚耶?"对曰:"但启之,尚书当解矣。"及见,皋捧而叹曰:"不意今日获逢至宝。"指其钢勺之状,宾佐唯唯,或腹非之。皋曰:"诸公心未信乎?"命取食样,自选其极平正者。令置桊于样心,以油注桊中,桊满而油无涓滴渗漏。皋曰:"此必开元天宝中供御桊,不然无以至此。"问其所自,士人曰:"某先人在黔中,得于高力士之家。"众方深伏。宾府又潜问士人:"宜偿几何?"士人曰:"不过三万。"及遗金帛器皿,其直果称是焉。出《羯鼓录》。

渔 人

苏州太湖入松江口。唐贞元中,有渔人载小网。数船共十余人,下网取鱼,一无所获。网中得物,乃是镜而不甚大。渔者忿其无鱼,弃镜于水。移船下网,又得此镜。渔人异之,遂取其镜视之,才七八寸。照形悉见其筋骨脏腑,溃然可恶。其人闷绝而倒,众人大惊。其取镜鉴形者,

在镜鼻四周题有四字:"夷则之镜。"出自《博异志》。

曹王皋

唐时曹王李皋心思巧妙,精通各种器具古玩。李皋任荆州节度使时,有位暂居在这里的读书人,带着两只羯鼓上的楗,想请求见李皋。这位读书人先将两付楗打开给李皋的幕僚们看。这些人看了后故作惊讶地说:"这种平常的楗,还用给曹王看啊?"读书人说:"但请通报,节度使看了它们一定会识别出来的。"等见到后,李皋用手捧着楗赞叹地说:"没想到今天还能遇到这么珍贵的宝物啊!"他指示给幕僚们看这楗的坚牢致密,在座的众幕僚表面上唯唯称是,心中都不以为然。李皋看出幕僚心中所想,说:"你们不一定相信这是难得的宝物吧?"他命人取来食柈,李皋亲自挑选出特别平整的食柈,将两只鼓楗置放在食柈上面,让人将食油注入楗中。直到注满,油一点也没渗漏出来。李皋说:"这两只楗一定是开元、天宝年间御用的楗。不然,制作得不会如此精细。"他问献楗的读书人是从哪儿得到的,读书人回答道:"我的先人在黔中,从高力士的家中得到的。"众幕僚们才深深拜服。事后,幕僚们又暗中问这位读书人:"你估计曹王会补偿你多少钱?"读书人说:"也就三万吧。"待到曹王赠送给这位读书人金帛器皿等物后,这些幕僚估量了一下这些东西的价值,果然就在三万左右。出自《羯鼓录》。

渔 人

唐德宗贞元年间,在苏州太湖入松江口,有打鱼人载着小网捕鱼。好几条船十多个人,下网没有网到一条鱼,却网到一面不大的镜子。打鱼人恼火没有打上鱼来,就将镜子丢入水中。他们移船再撒网,又将这面镜子打上来了。打鱼人感到非常奇怪,有人就将这面镜子拿在手中仔细观看。镜子大小约七八寸,但是照人却筋骨五脏六腑都能看到,脏腑溃烂得让人恶心。这人一下子昏倒在地。众人都大吃一惊。那些拿起镜子照自己的人,

即时皆倒，呕吐狼藉。其余一人，不敢取照，即以镜投之水中。良久，扶持倒吐者既醒，遂相与归家，以为妖怪。明日方理网罟，则所得鱼多于常时数倍。其人先有疾者，自此皆愈。询于故老，此镜在江湖，每数百年一出。人亦常见，但不知何精灵之所恃也。出《原化记》。

都立刻昏倒在地，呕吐不止。还剩下一个打鱼人不敢照了，他慌忙将镜子又抛入水中。过了许久，昏倒在地的那些打鱼人都苏醒过来了。这个打鱼人将他的这些同伙一一扶起来，大家相互搀扶着回到家里。他们都认为是遇上妖怪了。他们第二天整理好网具又驾船出去打鱼，打到的鱼是平常的好几倍。而且，这些打鱼人中从前身上患有疾病的，从此都痊愈了。询问打鱼的老人们，有人说这面镜子在江湖间几百年出现一次，曾经有人见到过它，但是却不知道上面附着有什么精灵。出自《原化记》。

卷第二百三十二
器玩四

符　载

　　唐符载文学武艺双绝,常畜一剑,神光照夜为昼。客游至淮浙,遇巨商舟舰,遭蛟作梗,不克前进。掷剑一挥,血洒如雨,舟舸安流而逝。后遇寒食,于人家裹秬粽,粗如桶,食刀不可用,以此剑断之讫。其剑无光,若顽铁,无所用矣。古人云:"千钧之弩,不为鼷鼠发机。"其此剑之谓乎。出《芝田录》。

破山剑

　　近世有士人耕地得剑,磨洗诣市。有胡人求买,初还

符　载

　　唐朝人符载文武双全。他曾经有一把宝剑,发出的光能将夜间照成白昼一样。一次,符载出游到淮浙一带,遇到一只大商人的货船遭到水中巨蛟的拦阻,不能继续航行。他拔出这把宝剑向巨蛟刺去,血水像下雨一样从巨蛟身上喷洒出来。于是商船安然无恙地驶走了。后来有一年寒食节,符载暂时借宿的这家用秬黍包裹粽子,有桶那么粗,用菜刀切割不了。符载用他随身带着的这把宝剑去割。切完后,宝剑再也不发光了,变成了一块顽铁,没什么大用了。古人说:"有千钧之力的箭弩,不能用它去射鼹这样的小鼠。"说的就是符载的这把宝剑吧。出自《芝田录》。

破山剑

　　近年,有个士人在耕地的时候拣到了一把剑。他把剑磨洗之后拿到集市上去卖。有位北方的胡人要买这把剑,最初胡人出

一千，累上至百贯，士人不可。胡随至其家，爱玩不舍，遂至百万。已克明日持直取剑。会夜佳月，士人与其妻持剑共视。笑云："此亦何堪，至是贵价。"庭中有捣帛石，以剑指之，石即中断。及明，胡载钱至。取剑视之，叹曰："剑光已尽，何得如此？"不复买。士人诘之，胡曰："此是破山剑，唯可一用。吾欲持之以破宝山，今光芒顿尽，疑有所触。"士人夫妻悔恨，向胡说其事，胡以十千买之而去。出《广异记》。

扬州贡

扬州旧贡江心镜，五月五日，扬子江所铸也。或言无百炼者，六七十炼则止。易破难成，往往有鸣者。出《国史补》。

郑云逵

唐郑云逵少时得一剑，鳞铗星钑，有时而吼。常庄居，横膝玩之。忽有一人从庭树窣然而下，紫衣朱帻，被发露剑而立。黑气周身，状如重雾。郑素有胆气，佯若不见。其人因言："我上界人，知公有异剑，愿借一观。"郑谓曰："此凡铁耳。君居上界，岂藉此乎？"其人求之不已。郑伺便良久，疾斫之，不中。制坠黑气著地，数日方散。出《酉阳杂俎》。

一千文钱,后来涨到一百贯,这个士人还是不卖。买者跟随卖剑的男人来到他家中,赏玩不舍得放手,最后出到一百万贯。双方说定了,第二天这位胡人拿钱来取剑。这天夜晚,月色很好。士人跟他妻子在院中一块儿观看这把剑,笑着说:"这把剑有什么出奇的地方,值那么高的价钱?"他家庭院中有一块捣衣石,他随意用剑向这块捣衣石一指,捣衣石立时断为两截。第二天,买剑的胡人载着钱来到士人家,他拿起宝剑一看,叹息着说:"剑光已经没有了,怎么会这样呢?"于是不买剑了。士人责问他为什么不买了,胡人说:"这是把破山剑,只可用一次。我想用这把剑刺破宝山。现在剑的光芒已经消失了,我怀疑你们用它触指什么东西了。"士人夫妻俩听了很后悔,将昨天晚上用剑指断捣衣石的事情告诉了胡人。胡人最后用十千钱买走了这把剑。出自《广异记》。

扬州贡

扬州旧日向朝廷进贡的江心镜,是在五月五日这天,在扬子江上铸造的。有人说铸镜时没有铸一百次,也有六七十次。这面镜子非常容易破损,极难铸成。铸成后,它常常自己发出鸣声。出自《国史补》。

郑云逵

唐朝人郑云逵小时候得到一柄剑,剑把上布有鳞纹,剑身像星星一样泛着亮光,时常自己发出鸣叫声。一次,郑云逵在家盘腿坐着把玩这把剑。忽然,从院里树上跳下一个人,身穿紫色衣服,戴朱红色的头巾,头发披散着,手中持剑站在那儿。他周身围有一团黑气,像一团浓雾。郑云逵素来胆气过人,假装没看见,继续把玩怀中宝剑。紫衣人说:"我是上界人,得知你有一柄奇异的宝剑,希望能借我看看。"郑云逵说:"这是一块凡铁而已。你既然住在天上,难道还顾念这么一块凡铁吗?"紫衣人一再请求郑云逵借他看看。郑云逵盯视他好长时间,突然挥剑疾砍过去,没有砍中。只削下来一团黑气落在地上,几天后才散去。出自《酉阳杂俎》。

张 存

唐段成式，其友人温介云："大历中，高邮百姓张存以踏藕为业。尝于陂中见旱藕稍大如臂，遂尽力掘之，深二丈，大至合抱。以不可穷，乃断之。中得一剑长二尺，色青无刃，存不之宝。邑人有知者，以十束薪获焉。其藕无丝。"出《酉阳杂俎》。

百合花

唐元和末，海陵夏侯一庭前生百合花，大如常数倍，异之。因发其下，得臂匣十三重，各匣一镜。至第七者，光不蚀，照日光环一丈。其余规铜而已。出《酉阳杂俎》。

浙右渔人

唐李德裕，长庆中，廉问浙右。会有渔人于秦淮垂机网下深处，忽觉力重，异于常时。及敛就水次，卒不获一鳞，但得古铜镜可尺余，光浮于波际。渔人取视之，历历尽见五脏六腑，血萦脉动，竦骇气魄。因腕战而坠。渔人偶话于旁舍，遂闻之于德裕。尽周岁，万计穷索水底，终不复得。出《松窗录》。

张 存

唐朝人段成式有个朋友叫温介,他曾讲过这样一件事:"唐代宗大历年间,高邮有个叫张存的平民,以踏藕为业。一次,他在池塘中发现一只旱藕,像胳臂那么粗。他用尽全力挖掘,掘到两丈深时,这只旱藕已经有双臂合抱那么粗了。因为挖不到根,张存就用刀将旱藕砍断。他在藕中得到一柄剑,长二尺,呈青色,没有剑刃。张存不太看重这把剑。城里有个人得知这事后,用十捆柴薪将这柄剑买了去。这只旱藕里面没有藕丝。"出自《酉阳杂俎》。

百合花

唐宪宗元和末年,海陵夏侯房前生出一株百合花,比一般的百合花大好几倍。他觉得奇怪,就挖掘这株花底下,得到一只十三层的臂匣,每层里放有一面镜子。第七层臂匣中放的镜子光面没有被腐蚀,对着太阳照映出的光环有一丈。余下的十二面则是普通铜镜而已。出自《酉阳杂俎》。

浙右渔人

唐穆宗长庆年间,宰相李德裕去查访浙右。当时有个渔人,他在秦淮下机网到深水处捕鱼。起网时他觉得特别沉,跟往常不一样。等到将网起到临近水面时,发现没有网到一条鱼,里面只有一面古铜镜。铜镜有一尺多长,镜面泛光,照耀水波间。打鱼人将它拿在手中照看,看到自己的五脏六腑清清楚楚地映现在镜子里面;血管跳动、血在血管里流动,都能看到,让人感到一种摄人神魄的恐惧。打鱼人手腕一抖,镜子又坠入水中。一次,打鱼人偶然在别的地方谈到这件事,让李德裕听到了。李德裕让人打捞,用了一年的工夫,想出各种办法,也没有打捞到这面古镜。出自《松窗录》。

元 祯

唐丞相元祯之镇江夏也,常秋夕登黄鹤楼。遥望其江之浔,有光若残星焉,遂令亲信一人往视之。其人棹小舟,直诣光所,乃钓船中也。询彼渔者,云:"适获一鲤,光则无之。"其人乃携鲤而来。既登楼,公命庖人剖之。腹中得镜二,如钱大,而面相合。背则隐起双龙,虽小而鳞鬣爪角悉具。精巧且泽,常有光耀。公宝之,置卧内巾箱之中。及相国薨,镜亦亡去。出《三水小牍》。

李德裕

唐太尉卫公李德裕,尝有老叟诣门。引五六辈舁巨桑木请谒焉,阍者不能拒之。德裕异而出见,叟曰:"此木某家宝之三世矣。某今年耄,感公之仁德,且好奇异,是以献耳。木中有奇宝,若能者断之,必有所得。洛邑有匠,计其年齿已老,或身已殁。子孙亦当得其旨。设非洛匠,无能有断之者。"公如其言,访于洛下,匠已殂矣。子随使而至。玩视良久曰:"可徐而断之。"因解为二琵琶槽,自然有白鸽,羽翼嘴足,巨细毕备。匠料之微失,厚薄不中,一鸽少其翼。公以形全者进之,自留其一。今犹在民间。水部员外卢延让,见太尉之孙,道其事。出《录异记》。

元稹

　　唐朝丞相元稹镇守江夏时，一个秋天的夜晚，他登黄鹤楼观赏夜景。他遥望长江岸边有一处亮光像星光，就派手下的一个亲信去察看。这位亲信划着一只小船直奔亮光处，发现亮光是从一只钓鱼船上发出来的。问那个钓鱼的人，那人说："刚才钓到一条鲤鱼，没有看到什么亮光。"这位亲信提着这条鲤鱼返回。登上黄鹤楼后，元稹让厨师剖开鱼腹，从里面找到两只小镜。镜子有铜钱那么大，镜面合在一起。镜的背面隐约凸起两条龙，虽然小却鳞鬣爪角都有。两面小镜制作得非常精巧而且有光泽，常常发出光来。元稹将它们珍藏起来，放在卧室里的巾箱中。等元稹死后，这两面宝镜也不知去向了。出自《三水小牍》。

李德裕

　　唐朝李卫公李德裕任太尉时，曾经有一个老翁，让五六个人抬着一段巨大桑木来到府门前请求谒见，守门人没法拒绝，就通报进去。李德裕觉得不寻常，出来接见了这位老翁。老翁说："这段桑木我家已经珍藏三代了。我现在已到耄耋之年，很是敬佩您的仁德，而且听说太尉也喜好稀奇古怪的东西，因此将它奉送给您。这段桑木中藏有奇宝，如果让技术高的人打开它，就能得到这奇宝。洛阳城里有一名匠人，但是算算他的年岁已经老了，或者已经死了。可是他的子孙也应当承继了他的技艺。如果不是洛阳这家工匠，没有能打开这段桑木的人。"李德裕按照老翁的话，派人到洛阳去查找，那位老匠人果然已经死了。老匠人的儿子随使者来到府上。他将桑木反复地把玩、察看了许久，说："可以慢慢地截断它。"后来剖解出两枚琵琶槽，每枚槽上都有一只木纹理自然生成的白鸽，羽翼足嘴，不论大小都具备。由于估算小有差误，做出来的琵琶槽薄厚有些不均匀，其中的一只白鸽身上少了翅膀。李德裕将鸽身齐全的琵琶槽进献给皇上，少鸽翅膀的那枚自己留下。这枚琵琶槽现在还在民间。水部员外卢延让见过李太尉的孙子，他说起这件事。出自《录异记》。

甘露僧

唐润州甘露寺僧某者道行孤高，名重江左。李卫公德裕廉问日，常与之游。及罢任，以方竹杖一枝留赠焉。方竹出大宛国，坚实而正方，节眼须牙，四面对出，实卫公之所宝也。及再镇浙右，其僧尚在。公问曰："前所奉竹杖无恙否？"僧对曰："已规圆而漆之矣。"公嗟惋弥日。出《桂苑丛谈》。

令狐绹

唐丞相令狐绹因话奇异之物，自出铁筒，径不及寸，长四寸，内取小卷书于日中视之，乃九经并足。其纸即蜡蒲团，其文匀小。首尾相似，其精妙难以言述。又倾其中，复展看轻绢一匹。度之四丈无少，秤之才及半两，视之似非人世所。按"所"字下脱佚甚多，"返报"二字以下似系《虔州刺史》条之下半，中脱《裴岳》等四条。返报，太守惧。追叟欲加刑，叟曰："乞使君不草草，某知书，褚辈只须此笔。乞先见相公书迹，然后创制。"太守示之，叟笑曰："若如此，不消使君破三十钱者，且更寄五十管。如不称，甘鼎镬之罪。"仍乞械系，俟使回期。太守怒稍解，且述叟事。云："睹相公神翰，宜此等笔。"相府得之，试染翰甚佳。复书云："笔大可意，宜优赐匠人也。"太守喜，以束帛赠叟而遣之。出《芝田录》。

甘露僧

唐朝时，润州甘露寺有一位僧人道行很高，为人孤傲，在江左一带非常有名望。李卫公李德裕查访江左期间，经常与他结伴同游。到卸任返回京城时，李德裕将一根方竹杖留赠这位高僧。这种方竹产自大宛国，坚实而正方，节眼须牙，四面相对着生长，是李卫公的一件珍爱之物。李德裕再来浙右时，这位高僧还健在。李德裕问他："从前我送给你的那根方竹杖还在不在啦？"僧人回答说："还在。贫僧已将它弄圆了，并且涂上了一层油漆。"李德裕听了后感叹惋惜了一整天。出自《桂苑丛谈》。

令狐绹

唐朝丞相令狐绹一次说到世间奇异的东西时，他自己拿出一只铁管，直径不到一寸，长四寸。从中取出一小卷书，对着太阳光观看，乃是一部完整的《九经》。这部书所用的纸就是蜡蒲团。上面的经文匀小，头尾相似，它的精妙是语言表达不出来的。令狐绹将小铁筒又倾倒了几下，又倾出一件东西，展开看是一匹轻绢。量一下，整四丈，一点也不少；称一下，只有半两重。看起来不像是人世间的东西。按"所"字下脱佚很多，"返报"二字以下似乎是《虔州刺史》条的下半部分，中间脱漏《裴岳》等四条。返回来报告，太守恐惧，追查老翁，并想给他加罪。老翁说："希望大人不要随便给我加罪。我也懂得书法，褚遂良只要这样的笔。恳求您先让我看看褚相公的书法真迹，然而我才能制作笔。"太守取出褚遂良的书法真迹给老翁看，老翁看完后笑着说："就像这样，不消使君你破费三十钱，我还可以给你五十管笔。如果不称你的意，我甘受放在鼎镬中油炸水烹的刑罪。"说完，仍旧恳求为他戴上刑枷，等待使臣回信。太守的怒气消了些，他写信给褚遂良讲述了老翁的事情，说："此翁看了相公的宝贵墨迹，认为适于用这样的笔。"褚遂良得到这种笔后，试着书写一下，觉得非常好，又写一封回信说："这种笔让我非常满意，应该优厚地赏赐制笔的匠人。"太守见到回信后非常高兴，赠送老翁五匹束帛让他回去了。出自《芝田录》。

周邯

唐周邯自蜀沿流，尝市得一奴，名曰水精，善于探水，乃昆仑白水之属也。邯疑瞿塘之深，命水精探之。移时方出，云："其下有关，不可越渡，但得金珠而已。"每遇深水潭洞，皆命奴探之，多得宝物。闻汴州八角井多有龙神，时有异手出于井面。欲使水精探之，而犹豫未果。其友邵泽有利剑，常自神之。解剑授奴，遣之入井。邯与泽于外以俟之。悄然经久，忽见水精高跃出井，未及投岸，有大金手挈之复入，剑与奴自此并失。邯悲其水精，泽恨其宝剑，终莫穷其事。他日，有人谓邯曰："此井乃龙神所处，水府灵司，岂得辄犯，可祭而谢之。"邯乃祭谢而去。出《原化记》。

真阳观

新浙县有真阳观者，即许真君弟子曾真人得道之所。其常住有庄田，颇为邑民侵据。唐僖宗朝，南平王锺传据江西八州之地。时观内因修元斋，忽有一香炉自天而下。其炉高三尺，下有一盘。盘内出莲花一枝，花有十二叶。叶间隐出一物，即十二属也。炉顶上有一仙人，戴远游之冠，着云霞之衣，相仪端妙。左手搘颐，右手垂膝，坐一小磐石。石上有花竹流水松桧之状，雕刊奇怪，非人工所及也。其初降时，凡有邑民侵据本观庄田，即蕫于田所，放大光明。邑民惊惧，即以其田还观，莫敢逗留。南平王

周邯

唐朝人周邯从蜀地乘船顺长江而下。他曾经在途中买到一个奴仆，名叫水精，擅长潜水，是昆仑白水地方的人。周邯疑惑瞿塘峡有多深，命令水精去探测。过了一个时辰水精才浮出水面，说："峡底下有一座关，不能够渡过去，只得到一些金珠而已。"从此，每次遇到深水潭洞周邯都让水精潜下去探察，得到很多珍宝。后来，听说汴州八角井多数里面都有神龙，经常有一只怪异的大手伸出井面来。周邯想让水精潜入井底探察一下，却犹豫没去成。周邯的友人邵泽有一柄利剑，他自认为很神奇。邵泽解下宝剑交给水精，让水精潜入井底。周邯与邵泽在井边等候，等了很长时间，井底下一点动静也没有。突然水精从井中高高地跃出井外，还没来得及跳到岸上，从井内伸出一只金色的大手，将他又拽入井中。宝剑与水精从此一并失去。周邯为失去水精而悲伤，邵泽非常惋惜失去的宝剑。然而他们始终不知道这是怎么一回事。后来，有人对周邯说："这口井是神龙居住的地方，水府灵司怎么能够触犯呢？你赶快祭祀谢罪吧。"于是，周邯祭祀谢罪后离开了汴州。出自《原化记》。

真阳观

新淦县境内有一座真阳观，是晋朝仙人许逊真君的弟子曾真人得道成仙的地方。道观的庄田大多被附近住户侵占。唐僖宗在位期间，南平王锺传镇守江西八州。当时观里修缮房屋，忽然从天上落下来一只香炉。香炉高三尺，下面有一只托盘，盘里长着一枝莲花，上面长着十二片莲叶，每片莲叶上隐约浮现一种动物，是十二生肖。炉顶上有一位仙人，头戴远游冠，身穿云霞衣，相貌端庄神妙。他左手撑着下巴，右手垂放在膝盖上，坐在一只小盘石上。石上雕刻有花、竹、流水、松、桧等图形，雕刻得非常奇怪，不是人工能刻出来的。香炉刚降落时，凡有被附近住户侵占的本观的庄田，它就落在那里，大放光明。邑民们惊恐害怕，当即将侵占的庄田都退还给道观，没有一个人敢延误。南平王

闻其灵异,遣使取炉,至江西供养。忽一夕失炉,寻之却至旧观。道俗目之为瑞炉。故丞相乐安公孙偓南迁,路经此观,留题。末句云:"好是步虚明月夜,瑞炉蕙下醮坛前。"其瑞炉比如金色,轻重不定。寻常举之,只可及六七斤。曾有一盗者窃之,虽数人亦不能举。至今犹在本观,而不能复蕙矣。出《玉堂闲话》。

陴湖渔者

徐宿之界有陴湖,周数百里。两州之莞蒯萑苇,迨芰荷之类,赖以资之。唐天祐中,有渔者于网中获铁镜,亦不甚涩,光犹可鉴面,阔六五寸,携以归家。忽有一僧及门,谓渔者曰:"君有异物,可相示乎?"答曰:"无之。"僧曰:"闻君获铁镜,即其物也。"遂出之。僧曰:"君但却将往所得之处照之,看有何睹。"如其言而往照,见湖中无数甲兵。渔者大骇,复沉于水。僧亦失之。耆老相传,湖本陴州沦陷所致,图籍亦无载焉。原缺出处,明抄本作出《玉堂闲话》。

文 谷

伪蜀词人文谷,好古之士也。尝诣中书舍人刘光祚,喜曰:"今日方与二客为约,看予桃核杯。"文方欲问其由,

听说这件事后,派使臣来到真阳观,将这只仙炉取回江西供养。忽然有一天晚上,仙炉不胚而走。南平王派人寻找,结果这只仙炉却又回到真阳观内。观里的道士和附近的乡民都将它看成能给人带来祥瑞的仙炉。丞相乐安公孙偓全家南迁,途中经过真阳观时,他为这只仙炉题留一首诗,结尾两句是:"好是步虚明月夜,瑞炉蜚下醮坛前。"这只香炉呈金黄色,时轻时重。平常人们用手举它,也就六七斤重。一次窃贼来偷它,即使好几个人也搬不动。这座香炉至今还在真阳观里,但是却再没飞走过。出自《玉堂闲话》。

陴湖渔者

徐、宿两州临界的地方有个湖泊叫陴湖,湖围几百里。两州临湖而居的乡民们,都靠着湖里生长的芫、蒴、蕹、苇、芰、荷等物生活。唐昭宗天祐年间,有个打鱼人网到一枚铁镜,有五六寸宽,还不是那么太不光滑,光亮的程度还可以照人。这个打鱼人将铁镜带回家中。忽然有一位僧人来到他家门口,对这个打鱼人说:"你有一件特殊的东西,可以拿出来让贫僧看看吗?"打鱼人回答说:"我家没有什么特殊的东西。"僧人说:"听说你打鱼时得到一面铁镜。就是这件东西。"打鱼人取出铁镜给僧人看。僧人看罢对打鱼人说:"你拿着这面铁镜再到你网到它的地方去照一照,看看都看到了什么。"打鱼人按这僧人说的去湖上一照,立即看见湖中有无数甲兵。打鱼人大惊失色,又将这面铁镜扔入湖水中。那位僧人也不知去向。老人们相传说这个湖是陴州塌陷后形成的。但是地图、典籍上都没有这方面的记载。原缺出处,明抄本写作"出自《玉堂闲话》"。

文 谷

五代时,伪蜀王建王朝有位词人叫文谷,是个雅好古玩的人。一次文谷到中书舍人刘光祚家作客,刘光祚欣喜地告诉他:"今天刚刚跟两位客人约好了,来看我的桃核杯。"文谷正想问缘由,

客至。乃青城山道士刘云，次乃升宫客沈默也。刘谓之曰："文员外亦奇士。"因令取桃核杯出视之。杯阔尺余，纹彩灿然，真蟠桃之实也。刘云："予少年时，常游华岳。逢一道士，以此核取瀑泉盥漱，予睹之惊骇。道士笑曰：'尔意欲之耶。'即以半片见授。予宝之有年矣。"道士刘云出一白石，圆如鸡子。其上有文彩，隐出如画，乃是二童子，持节引仙人，眉目毛发，冠履衣帔，纤悉皆具。云："于麻姑洞石穴中得之。"沈默亦出一石，阔一寸余，长二寸五分。上隐出盘龙，鳞角爪鬣，无不周备。云："于巫峡山中得之。"文谷一日尽睹此奇物，幸矣。出《野人闲话》。

客人来了。其中一位是青城山道士刘云,另一位是升宫客沈默。刘光祚向两位客人介绍说:"这位文员外也是一位奇士。"说着,让家人取出桃核杯给他们观赏。这只杯子阔有一尺多,上面纹彩灿烂光亮,是真蟠桃的果实。刘光祚说:"我少年时,一次游华山,遇到一位道士用这枚蟠桃核汲取山泉水洗漱,我看到后非常惊恐。道士笑着说:'你想要它吗?'就将半片蟠桃核送给了我。我珍藏它有年头啦!"看过蟠桃核杯后,道士刘云从杯中拿出一颗白石,白石圆如鸡蛋。石上有纹彩,隐约如画。细看,是两名童子手持符节为一位仙人引路。他们的眉眼毛发、帽子、鞋、衣裳、斗披都清清楚楚。刘道士说这颗白石是在麻姑洞石穴中得到的。另一位客人沈默也取出一颗石头,宽一寸多,长约二寸五分。石上隐约可见一条盘龙,鳞、角、爪、鬣无不具备。沈默说他这颗石头是在巫峡山中得到的。文谷一天之内能够看到这么多的稀奇珍物,感到非常荣幸。出自《野人闲话》。

卷第二百三十三

酒 酒量、嗜酒附

千日酒

　　昔有人名玄石,从中山酒家沽酒。酒家与千日酒,忘语其节。至家醉卧,不醒数日。家人不知,以为死也,具棺殓葬之。酒家至千日,乃忆玄石前来沽酒,醉当醒矣。遂往索玄石家而问之,云:"石亡已三年,今服阕矣。"于是与家人至玄石墓,掘冢开视,玄始醒,起于棺中。出《博物志》。

擒奸酒

　　河东人刘白堕者善于酿酒。六月中时暑赫,刘以罂贮

千日酒

　　从前有个叫玄石的人,到中山酒家买酒。店家将"千日醉"卖给了他,忘了告诉他这是什么酒了。结果,玄石喝了千日醉后回到家里醉倒在床上,一连好几天也没醒过来。家里人不知道,以为他死了,就将他装入棺椁中埋葬了。到了一千天,酒家才想起买酒的玄石今天该醒酒了,于是到玄石家询问情况。家里人说:"玄石已经死了三年啦,现在正好守丧期满。"于是酒家跟玄石家人一块儿来到玄石墓前,挖开坟墓打开棺椁一看,玄石正好刚醒酒,自己从棺椁中坐起来。出自《博物志》。

擒奸酒

　　河东人刘白堕擅长酿酒。六月中旬盛夏时节,他用罂瓮贮藏

酒,曝于日中。经一旬,酒味不动,饮之香美,醉而不易醒。京师朝贵出郡者,远相饷馈,逾于千里。以其可至远,号曰"鹤觞",亦名"骑驴酒"。永熙中,青州刺史毛鸿宾带酒之任。路中夜逢劫盗,盗饮之皆醉,遂备擒获。因此复名"擒奸酒"。游侠语曰:"不畏张弓拔刀,唯畏白堕春醪。"出《伽蓝记》。

若下酒

《舆地志》:村人取若下水以酿酒,醇美,俗称"若下酒"。张协士所云:"荆州乌程,豫北竹叶。"即此是也。出《十道记》。

昆仑觞

魏贾璋家累千金,博学善著作。有苍头善别水,常令乘小舟于黄河中。以瓠匏接河源水,一日不过七八升。经宿,器中色如绛。以酿酒,名"昆仑觞",酒之芳味,世间所绝。曾以三十斛上魏庄帝。出《酉阳杂俎》。

碧筒酒

历城北有使君林。魏正始中,郑公悫三伏之际,每率宾僚避暑于此。取大莲叶置砚格上。盛酒三升。以簪刺叶,令与柄通。屈茎上,轮菌如象鼻。传吸之,名为"碧筒"。历下效之,言酒味杂莲气,香冷胜于冰。出《酉阳杂俎》。

酒，放在太阳底下曝晒。晒过十天后，酒味不变，饮时感觉味道特别甘甜芳香，而且喝醉后不容易醒。京城里的朝廷显贵每次出京，都不远千里带回刘白堕酿造的这种酒送人。因为它能扬名千里之外，所以起名叫"鹤觞"，也叫"骑驴酒"。晋惠帝永熙年间，青州刺史毛鸿宾带着刘白堕酿造的"鹤觞"酒上任。途中夜间遇到劫道的贼寇，他们喝了鹤觞酒后都醉得人事不省。于是这些盗贼都被捕获。从这以后，刘白堕酿造的这种酒又叫"擒奸酒"。当时在江湖上行走的侠士们说："不惧怕箭射刀砍，只畏惧白堕酿的春酒啊！"出自《伽蓝记》。

若下酒

《舆地志》上说：村里的乡民取来若下水酿酒，酒味醇美，当地人称"若下酒"。张协士说："荆州的乌程酒，豫北的竹叶青。"说的就是这种酒。出自《十道记》。

昆仑觞

魏人贾琳家财千金。他学识广博，还能著书写文章。他家有一位奴仆擅长识别水性，贾琳经常让这名奴仆乘坐小船驶到黄河中流，用葫芦接黄河源的水，一天不过能接到七八升。放了一宿，葫芦里的水变成绛色。用这种黄河源的水酿的酒，名叫"昆仑觞"。这种酒的甘美芳香是人世间所没有的。贾琳曾经把三十斛"昆仑觞"进献给魏庄帝。出自《酉阳杂俎》。

碧筒酒

历城城北有一片使君林。魏齐王正始年间，郑悫每到三伏天便率领宾朋属僚们到这里来避暑。郑悫让家人拿来硕大的莲叶放在砚格上面，再盛酒三升。之后，用簪子刺莲叶，让它与莲叶的柄相通，再将叶柄如象鼻般弯曲，相传着饮吸，起名叫"碧筒"。历下的人们争相效仿，说这样酒味中掺进去莲花的清香，比冰还要香冷。出自《酉阳杂俎》。

九酝酒

张华既贵，有少时知识来候之。华与共饮九酝酒，为酣畅，其夜醉眠。华常饮此酒，醉眠后，辄敕左右，转侧至觉。是夕，忘敕之。左右依常时为张公转侧，其友人无人为之。至明，友人犹不起。华咄云："此必死矣。"使视之，酒果穿肠流，床下滂沱。出《世说》。

消肠酒

张华为醇酒，煮三薇以渍曲蘖。蘖出西羌，曲出北胡。胡中有指星麦，四月火星出，获麦而食之。蘖用水渍，三夕而麦生萌牙。以平旦时鸡初鸣而用之，俗人呼为"鸡鸣麦"。以酿酒，清美酊。久含令人齿动，若大醉不摇荡，使人肝肠烂，当时谓之"消肠酒"。或云，醇酒可为长宵之乐。二说声同而事异焉。出《王子年拾遗记》。

青田酒

乌孙国有青田核，莫知其树与实。而核大如五六升瓠，空之盛水，俄而成酒。刘章曾得二枚，集宾设之，可供二十人。一核方尽，一核所盛，复中饮矣。唯不可久置，久则味苦难饮。因名其核曰"青田壶"，酒曰"青田酒"。出《古今注》。

九酝酒

张华发迹后,他小时候的朋友来看他。张华用九酝酒来招待这位朋友,两人喝得非常畅快。这天晚上,两个人都喝得大醉,躺下就睡着了。张华经常喝九酝酒,每次喝后睡觉时,都令家里人将他翻转来、调过去,一直到醒酒才停下来。这天晚上,张华忘了告诉家人,仆人像往常一样翻转他,张华的那位朋友却没有人去照看。到天亮,张华的朋友还没有醒过来。张华惋惜地说:"我这位朋友一定是死啦!"派人过去看看,酒果然穿透他这位朋友的肚肠流出来,床下汪着一地酒水。出自《世说》。

消肠酒

张华酿造的醇酒,用煮三薇的水来浸泡曲蘖。蘖产自西羌,曲产自北胡。胡地产一种指星麦,说的是农历四月火星出来,将麦子收割后吃。蘖芽用水浸泡,经过三个晚上,麦子泡出蘖芽。在天刚亮鸡初次打鸣时,用它来酿酒。民间称它为"鸡鸣麦"。用这种鸡鸣麦酿的酒,清美甘醇,芳香持久。嘴里含着这种酒时间长了,能将牙齿泡活动了。如果喝醉了不翻转摇动,能将人的肝肠浸烂。当时人称它为"消肠酒"。还有人说这种醇酒可让人长宵欢乐。两种说法发音相同,但是包含的内容却不一样。出自《王子年拾遗记》。

青田酒

乌孙国出产一种青田核,不知道是什么树结的,也不知道它的果实是什么样的。这种青田核像能盛五六升东西的葫芦那么大。用这种空核盛水,不一会儿,水就变成了酒。有个叫刘章的人曾得到两枚青田核,他将朋友邀来设酒宴。这两枚青田核酿出来的酒可供得上二十个人喝。一核的酒才饮完,另一核中的水又变成了酒,可以接着饮。只是不能放得时间长了,时间长了则味苦难饮。因此管这种核叫"青田壶",这种酒叫"青田酒"。出自《古今注》。

黏雨酒

石虎于大武殿前起楼，高四十丈。结珠为帘，垂五色玉佩。上有铜龙，腹空，盛数百斛酒。使胡人于楼上噀酒，风至，望之如云雾。名曰"黏雨台"，使以洒尘。出《拾遗录》。

酒　名

酒名：郢之富水，乌程之若下，荥阳之土窟春，富平之石冻春，剑南之烧春，河东之乾和蒲桃，岭南之灵溪博罗，宜城之九酝，浔阳之湓水，京城之西市腔，虾蟆陵之郎官清。河汉之三勒浆，其法出波斯。三勒者，谓庵摩勒、毗黎勒、诃黎勒。出《国史补》。

南方酒

新州多美酒。南方酒不用曲蘖，杵米为粉，以众草叶胡蔓草汁溲，南人呼"野葛"为"胡蔓草"。大如卵，置蓬蒿中荫蔽，经月而成。用此合糯为酒。故剧饮之后，既醒，犹头热涔涔，有毒草故也。南方饮既烧。即实酒满瓮，泥其上，以火烧方熟。不然，不中饮。既烧即揭瓶趋虚，泥固犹存。沽者无能知美恶，就泥上钻小穴可容箸，以细筒插穴中，沽者就吮筒上，以尝酒味，俗谓之"滴淋"。无赖小民空手入市，遍就酒家滴淋，皆言不中，取醉而返。南人有女数岁，即大酿酒。既漉，候冬陂池水竭时，置酒罂，密固其上，瘗于陂中。至春涨水满，不复发矣。候女将嫁，因决陂水，取供贺客。南人谓之"女酒"。味绝美，居常不可致也。出《投荒杂录》。

黏雨酒

石虎在大武殿前建造起一座楼,高四十丈。用珠子编结成门帘挂在上面,帘下垂着五色玉佩。帘上安装一条铜龙,龙腹是空的,可以盛几百斛酒。他让胡人在楼上喷酒,风刮来的时候,望去如云雾一般。这座楼名叫"黏雨台",用它来洒尘。出自《拾遗录》。

酒 名

酒名,有郢地的富水酒、乌程的若下酒、荥阳的土窟春酒、富平的石冻春酒、剑南的烧春酒、河东的乾和蒲桃酒、岭南的灵溪博罗酒、宜城的九酝酒、浔阳的湓酒、京城的西市腔酒、虾蟆陵的郎官清酒、河汉的三勒浆酒。三勒浆酒的酿造方法出自波斯国。所谓"三勒",就是庵摩勒、毗黎勒、诃黎勒。出自《国史补》。

南方酒

新州盛产美酒。南方酿酒不用曲糵,而是将米杵成粉,用胡蔓草汁和粉,南方人称"野葛"为"胡蔓草"。外面包裹上各种草叶,如鸡蛋大小,放在蓬蒿中荫蔽一个月。然后再掺上糯米酿成酒。这种酒喝多了不醉,只是头上往外冒热汗,是有毒草的缘故。南方人饮这种酒得烧它。将酒装满瓮,上面涂泥,再用火烧才算熟。不然就不能饮。烧完后,立即将瓮上的盖揭去,中间出现空隙,上面的泥还在。买酒人不知道酒的好坏,就在泥上钻个可插入一根筷子的小洞,将细管插入洞中。买酒人吮吸细管的一端来品尝酒的味道,民间叫"滴淋"。有的无赖小民空手来到市上,挨个到各酒家滴淋,每尝一家都说不好喝,最后喝得大醉回去。南方人生下女孩长到几岁时,就酿造很多酒。过滤好了后,等到冬天池塘里的水枯竭时,将这滤好的酒盛在酒罂中,将上面的罂盖密封加固,把酒罂埋在池塘中。到春天池塘里涨满了水,也不再挖出来。等这个女孩要出嫁时,才将池塘里的水放干,挖出埋藏多年的美酒招待贺喜的宾客。南方人称它为"女儿酒"。这种酒味道异常甘美,平常是喝不到的。出自《投荒杂录》。

李景让

大中年，丞郎宴席，蒋伸在座。忽斟一杯言曰："席上有孝于家，忠于国，及名重于时者，饮此爵。"众皆肃然，无敢举者。独李公景让起引此爵，蒋曰："此宜其然。"出《卢氏杂说》。

夏侯孜

崔郾为京尹日，三司使在永达亭子宴丞郎。崔乘酒突饮，众人皆延之。时谯公夏侯孜为户部使，问曰："尹曾任给舍否？"崔曰："无。"谯公曰："若不曾历给舍，京兆尹不合冲丞郎宴。命酒纠来，命下筹，且吃罚爵。"取三大器物，引满饮之。良久方起。出《卢氏杂说》。

孙会宗

唐孙会宗仆射，即渥相大王父也。宅中集内外亲表开宴。有一甥侄为朝官，后至。及中门，见绯衣官人，衣襟前皆是酒渍，咄咄而出。不相识。顷即席，说于主人。讶无此官。沉思之，乃是行酒时，阶上酹酒，草草倾泼也。自此每酹酒，止侧身恭跪，一酹而已，自孙氏始，今人三酹非也。出《北梦琐言》。

李景让

唐宣宗大中年间，一次，在尚书省的左右丞及六部侍郎的宴席上，在座的蒋伸忽然斟一杯酒，说："在咱们今天的宴席上，有在家孝敬父母、在朝为国尽忠、而且名重时下的人，请饮这一杯。"蒋伸说完后，在座的人都神色严肃，谁也没敢端这杯酒。独有李景让站起身，端起这杯酒一饮而尽。蒋伸说："李公最适宜喝这杯酒。"出自《卢氏杂说》。

夏侯孜

崔郾任京兆尹时，一次，三司使在永达亭宴请丞郎。崔郾乘着酒劲忽然不礼貌地狠劲喝，众人都劝阻他。当时任户部使的谯公夏侯孜问他："崔京尹你曾经任过给事中与中书舍人吗？"崔郾回答说："没有任过。"夏侯孜说："如果不曾任过给事中与中书舍人，你就不应该冲撞这次丞郎宴。叫监酒人过来投酒筹，让崔京尹吃罚酒。"监酒人拿来三只大杯，都满满地斟上酒，罚崔郾喝。崔郾喝了这三杯酒后好久才站起来。出自《卢氏杂说》。

孙会宗

唐朝时的仆射孙会宗，就是渥相大王的父亲。一次，他在家中摆酒席宴请内外亲表。他有一位甥侄辈的亲戚在朝廷里任职，来晚了。这名亲戚走到中门时，看见一位身着红色官服的官人，衣襟前边全是酒渍，气冲冲地从庭院里走出来。他不认识这位官人是谁。一会儿这位亲属来到酒席前，把刚才见到的事情告诉了孙会宗。孙会宗听了后特别惊讶，说："没有这样一位官人来赴宴啊！"孙会宗沉思好久才恍然大悟，说："一定是我们刚才行酒时，向阶前地上洒酒祭祀，大家都随便乱洒而洒到哪位家神的衣服上了。"从此，人们每次洒酒祭祀时，都侧身恭敬地跪在地上，洒一下而已。这种洒酒祭祀的仪式始自孙会宗，现在的人洒三次是不对的。出自《北梦琐言》。

陆 扆

陆相扆出典夷陵时，有士子修谒。相国与之从容，因命酒酌劝。此子辞曰："天性不饮酒。"相曰："诚如所言，已校五分矣。盖平生悔吝有十分，不为酒困，自然减半也。"出《北梦琐言》。

酒量

山 涛

山涛字巨源，饮酒量至八斗。武帝欲试之，使人私默以记之，至量而醉。出《晋书》。

周 颛

周颛字伯仁，饮酒至量一石。及过江，虽日醉，每恨无对。偶有旧对北来，颛遇之，为忻然。乃置酒二石共饮，各大醉。及醒，颛使人视，客已腐肋而死矣。出《晋书》。

裴弘泰

唐裴均之镇襄州，裴弘泰为郑滑馆驿巡官，充聘于汉南。遇大宴，为宾司所漏。及设会，均令走屈郑滑裴巡官。弘泰奔至，均不悦。责曰："君何来之后，大涉不敬。酌后至酒，已投纠筹。"弘泰谢曰："都不见客司报宴，非敢慢也。

陆 扆

丞相陆扆任职夷陵时,有位叫修的读书人来见他。陆扆接待了这位读书人,并让人设酒宴招待他。席间,陆扆劝这位读书人喝酒,他推辞说:"我天性不能饮酒。"陆扆说:"真的像你说的那样,我这次考核你已经得了五分啦。人一生中悔恨的事情有十分,不饮酒便减去了五分啊!"<small>出自《北梦琐言》。</small>

酒量

山 涛

山涛字巨源。他的酒量能到八斗。晋武帝想试探一下,一次饮酒的时候让人暗中为山涛记数,果然他喝到八斗才醉。<small>出自《晋书》。</small>

周 颛

周颛字伯仁,他能饮一石酒。过江以后,虽然每天都喝得酩酊大醉,他还是每每为没人跟自己对饮而感到遗憾。有一次从江北来了一位过去在一起饮酒的朋友,周颛遇到他后非常高兴,准备了两石酒两人共饮。两人都喝得酩酊大醉。等醒酒后,周颛让人看看客人怎么样了,才发现那位客人已经肋侧腐烂而死。<small>出自《晋书》。</small>

裴弘泰

唐朝时,裴均镇守襄州,他的侄子裴弘泰任郑滑馆驿巡官,充聘在汉南。有一次大宴会,裴弘泰因为负责接待的人忘了通知他而没有参加。待到宴会开始后,裴均让人去找裴弘泰。裴弘泰飞奔而来。裴均很不高兴,责备他说:"你怎么来晚了?这是很不礼貌的。要喝晚到的罚酒。已经投了酒筹了。"裴弘泰谢罪说:"我没有见到客司通知我参加宴会,不是我敢怠慢您老人家。

叔父舍罪，请在座银器，尽斟酒满之。器随饮以赐弘泰，可乎？"合座壮之，均亦许焉。弘泰次第揭座上小爵，以至舢船。凡饮皆竭，随饮讫。即置于怀，须臾盈满。筵中有银海，受一斗以上，其内酒亦满。弘泰以手捧而饮。饮讫，目吏人，将海覆地，以足踏之，卷抱而出，即索马归驿。均以弘泰纳饮器稍多，色不怿。午后宴散，均又思弘泰之饮，必为酒过度所伤，忧之。迨暮，令人视饮后所为。使者见弘泰戴纱帽，于汉阴驿厅，箕踞而坐。召匠秤得器物，计二百余两。均不觉大笑。明日再饮，回车日，赠遗甚厚。出《乾𦠆子》。

王源中

王源中，文宗时为翰林承旨。暇日，与诸昆季蹴鞠于太平里第。毬子击起，误中源中之额，薄有所损。俄有急召，比至，上讶之。源中具以上闻，上曰："卿大雍睦。"命赐酒二盘，每盘贮十金碗，每碗各容一升许，宣令并碗赐之。源中饮之无余，略无醉容。出《摭言》。

叔叔真要处罚我，请将宴席上的所有银器都斟满酒，我喝了多少，就请将我喝干的银器赏给我，怎么样？"整个宴席上的人都为裴弘泰助威，裴均也就答应了他。于是裴弘泰按次序先喝席上的小银杯，接着喝大酒杯。凡是他喝到的银杯，酒全部喝干。而且喝干后他就将这只银杯揣在怀里。不一会儿就揣满了。筵席上有只银海杯，能盛一斗以上的酒，里面也盛满了酒。裴弘泰双手捧起来喝，喝完后，眼睛看着这些官员们，将银海杯扔在地上，用脚将它踩扁，然后伸手拾起来卷巴卷巴，抱在怀中走出去。他到外面要了一匹马，骑着回驿馆了。裴均认为裴弘泰拿走的银杯太多了，有些不高兴。但是，到午后筵席散了，他又怕裴弘泰酒喝多了伤了身子，很是担心。到了傍晚，裴均让人去看看裴弘泰在干什么。派去的使者看见裴弘泰头戴纱帽，两腿伸开，坐在汉阴驿馆大厅中，正在让匠人称他抱回去的那些银酒器呢。一共有二百多两。使者回来将看到的情形告诉了裴均，裴均不禁大笑。第二天再饮酒时，喝完后他派车将裴弘泰送回驿馆，并赠送他很丰厚的礼品。出自《乾𦠆子》。

王源中

唐朝人王源中在文宗皇帝李昂时任翰林承旨。一天闲暇，他跟几个兄弟在太平里的宅第中踢球玩。球踢起来后，误打在王源中的额头上，让他受了点轻伤。不一会儿，皇上紧急召见他。到后，皇上看见他额上受伤，很是惊讶。王源中就将在家里被球误伤的事情如实禀报了文宗皇帝。文宗皇帝听了后说："爱卿你家真是和睦啊！"然后命人赏赐给王源中御酒两盘，每盘放置十只金碗，每碗各盛约一升酒，命令连同盛酒的金碗，一并赏赐给王源中。王源中当场将两盘酒全部喝光了，他却一点醉意也没有。出自《摭言》。

嗜酒

徐 邈

魏徐邈字景山，为尚书郎。时禁酒，邈私饮沉醉。从事赵达问曹事，邈曰："中圣人。"达白太祖，太祖甚怒。鲜于辅曰："醉人谓清酒为圣人，浊酒为贤人。邈性修慎，偶醉言耳。"乃得免罪。出《异苑》。

刘 伶

刘伶常乘鹿车，携一壶酒，使人荷锸随之。曰："死便埋我。"其遗形如此。渴甚，求酒于妻。妻藏酒弃器，谏曰："非养生之道，宜断之。"伶曰："善。当祝鬼神自誓，便可具酒肉。"妻从之。伶跪祝曰："天生刘伶，以酒为名。一饮一石，五斗解酲。妇人之言，必不可听。"于是酌酒御肉，块然复醉。出《晋书》。

酒 臭

义宁初，一县丞衣缨之胄。年少时，甚有丰采。涉猎书史，兼有文性。其后沉湎于酒，老而弥笃。日饮数升，略无醒时。得病将终，酒臭闻于数里，远近惊愕，不知所由。如此一旬，此人遂卒。故释典戒酒，令人昏痴。今临亡酒臭，彰其入恶道耳。出《五行记》。

嗜酒

徐邈

魏国人徐邈字景山,官任尚书郎。魏国当时禁止饮酒,徐邈却私自饮酒喝得酩酊大醉。属下赵达问他有关曹务,徐邈回答说:"中圣人。"赵达将这话禀报了太祖,太祖非常生气。鲜于辅说:"喝醉了酒的人称清酒为'圣人',称浊酒为'贤人'。徐邈性情一向谨慎,这次是偶尔说的醉话而已。"徐邈才得以免去罪过。出自《异苑》。

刘伶

刘伶经常乘坐鹿车,带着一壶酒,让一个仆人带着一把锹跟随他,说:"我若是喝死了你就地将我埋了。"他的超脱形骸大致如此。一次,刘伶馋酒,向妻子要酒喝。他妻子将酒藏起来,将酒器扔掉,苦苦地劝说他:"喝酒不是养生之道,还是戒酒吧。"刘伶说:"好!我要向神明发誓不再喝酒了,请你为我准备好酒肉。"妻子答应了他。妻子将酒菜端上来后,刘伶跪在地上向神明祈祝说:"上天将我刘伶降生在人世间,就是让我以能饮而闻名。我每次饮酒必饮一石,五斗才解了我的酒病啊!妇人的话,一定不要听啊!"说完,斟酒吃肉,安然又醉了。出自《晋书》。

酒臭

隋恭帝义宁初年,有一位县丞,原本是官宦人家的后代,小时候很有神采,读过许多书,而且有文学才能。长大后他沉湎在酒中,越老喝得越厉害。每天都要喝好几升酒,几乎没有清醒的时候。待到他患病将要死去时,他散发出来的酒臭在几里地以外就能闻到。远近的人都特别惊异,不知道这是什么原因。这样持续了十天左右,他终于死了。因此佛经劝人戒酒,说饮酒令人昏痴。这位县丞临死前发出的酒臭,昭示着他死后要入恶道。出自《五行记》。

卷第二百三十四

食 能食、菲食附

吴 馔

吴郡献海鰕干鲙四瓶,瓶容一斗。浸一斗,可得径尺数盘。并状奏作干鲙法。帝示群臣云:"昔术人介象于殿庭钓得海鱼,此幻化耳,亦何足为异? 今日之鲙,乃是真海鱼所作。来自数千里,亦是一时奇味。"虞世基对曰:"术人之鱼既幻,其鲙固亦不真。"出数盘以赐达官。作干鲙之法:当五六月盛热之日,于海取得鰕鱼,大者长四五尺,鳞细而紫色,无细骨不腥者。捕得之,即于海船之上作鲙。去其皮骨,取其精肉缕切。随成随晒,三四日,须极干,

吴　馔

　　吴郡向朝廷进献来海鳀鱼干鲙四瓶,瓶的容量为一斗。浸泡一斗鳀鱼干鲙,可得一尺长的鳀鱼丝几盘。并详细上奏了烹饪这种鳀鱼鲙的方法。隋炀帝告诉群臣说:"从前仙人介象在宫殿庭院内的池水中钓上来海鱼,那是幻化出来的,有什么奇异的呢?现在,吴郡进献的鳀鱼鲙,才是真海鱼制作的。它来自几千里以外的吴郡,是一时的珍奇美味呀。"虞世基回答说:"从前术士钓的海鱼既然是虚幻的,那用他钓上来的海鱼做成的鲙也不是真的。"皇上将鳀鱼干鲙拿出几盘赏赐给各位高官。制作干鲙的方法:在五六月盛暑的时候,从海中捕鳀鱼,挑选个头大的,每条约四五尺长,细鳞而紫色,没有细骨且不腥的。捕到之后,当即在海船上,将它们制作成鲙。制作时,先去掉鳀鱼的皮骨,割取它身上的精肉切成条状。随切随晒,晒三四天,晒到特别干的程度,

以新白瓷瓶,未经水者盛之。密封泥,勿令风入。经五六十日,不异新者。取啖之时,开出干鲙,以布裹,大瓮盛水渍之,三刻久出,带布沥却水,则皦然。散置盘上,如新鲙无别。细切香柔叶铺上,箸拨令调匀进之。海鱼体性不腥,然鳝鲩鱼肉软而白色,经干又和以青叶,皙然极可啖。又献海虾子三十梃。梃长一尺,阔一寸,厚一寸许,甚精美。作之法:取海白虾有子者,每三五斗置密竹篮中,于大盆内以水淋洗。虾子在虾腹下,赤如覆盆子,则随水从篮目中下。通计虾一石,可得子五升。从盆内漉出,缝布作小袋子,如径寸半竹大,长二尺。以虾子满之,急击头,随袋多少,以末盐封之,周厚数寸。经一日夜出晒,夜则平板压之,明旦又出晒,夜以前压十日干,则拆破袋,出虾子梃。色如赤琉璃,光彻而肥美,盐于鲻鱼数倍。

又献鲩鱼含肚千头,极精好。作之法:当六月七月盛热之时,取鲩鱼长二尺许,去鳞净洗。停二日,待鱼腹胀起,方从口抽出肠,去腮留目。满腹纳盐竟,即以末盐封周遍,厚数寸。经宿,乃以水净洗。日则曝,夜则收还,安平板上,又以板置石压之。明日又晒,夜还压。如此五六日干,即纳干瓷瓮,封口,经二十日出之。其皮色光彻,有如黄油,肉则如糗,又如沙棋之苏者,微咸而有味,味美于石首含肚。然石首含肚亦年常入献,而肉强不及。此法出自

将它放入没盛过水的新白瓷瓶中。用泥密封好，不能透风。这样制作的鲛鱼干鲙，放个五六十天，吃的时候跟新鲜的鲛鱼没什么不同。吃的时候，将干鲙取出来后，用布裹上，放在盛水的大瓷里浸泡，大约三刻工夫，带着布沥干水，打开一看，肉色精白光亮啊。将其散放在盘子上，与新出网的海鲛没有什么两样。再将切细的香柔叶放在上面，用筷子调拌均匀，就可以进食了。海鱼体性不腥，特别是鳍鲛鱼，肉细软而色白，晒干后再配上青菜叶，白绿分明，极为好吃。吴郡还进献了海虾子三十梃。每梃长一尺，宽一寸，厚一寸多，非常精美。制作虾子梃的方法是：挑取有子的海白虾，每选出三五斗就将它们盛入一只密封的竹篮中，放在一只大盆内用水淋洗。虾子长在虾腹下面，色红像覆盆子。随着淋下的水，从竹篮的孔眼中流入大盆中。大约一石白虾，可以得五升虾子。之后，再从大盆中将虾子捞出来，用布缝成小袋，像直径一寸半的竹子那样宽大，长二尺。将捞出来的虾子盛入布袋，盛满为止，赶快用绳扎住袋口，不管一次装了多少袋，都用盐末封上，周围封的盐末约几寸厚。封上一天一夜后，将布袋取出来放在外面晒，晚上则取下来放在木板下面压实，第二天再晒，这样反复晒压十天，看它完全干透后，拆开布袋，就可以得到虾子梃了。颜色像红琉璃，色泽光艳而质地肥美，比鲻鱼咸好几倍。

吴郡又进献鲛鱼含肚一千条，极其精好。制作鲛鱼含肚的方法是：在六七月盛暑的时候，挑选二尺长左右的鲛鱼，刮去鱼鳞，用水洗净。等两天鱼肚胀起，就从鱼嘴中抽出肠子，去掉鱼腮，留鱼眼睛。将鱼腹内塞满盐，再用盐末涂抹周身，厚几寸。过一宿，再用水洗净。白天放在太阳底下曝晒，晚上取下来，放在两板之间，上面压上石头。第二天再曝晒，晚上再压。这样晒压五六天就干透了，将它们盛入干瓷瓮中，封口，过二十天取出来。鲛鱼的皮色光亮透明，像黄油，鱼肉则像炒熟的米，又像沙棋苏，微咸而有味，比石首含肚还好吃。石首含肚也是每年都有人进献，但是它的肉发僵，不如鲛鱼含肚好吃。这种制作方法，出自

随口味使大都督杜济。济会稽人，能别味，善于盐梅。亦古之符郎，今之谢讽也。出《大业拾遗记》。

又吴郡献松江鲈鱼干鲙六瓶，瓶容一斗。作鲙法，一同鲩鱼。然作鲈鱼鲙，须八九月霜下之时。收鲈鱼三尺以下者作干鲙，浸渍讫，布裹沥水令尽，散置盘内。取香柔花叶，相间细切，和鲙拨令调匀。霜后鲈鱼，肉白如雪，不腥。所谓"金齑玉鲙"，东南之佳味也。紫花碧叶，间以素鲙，亦鲜洁可观。吴郡又献蜜蟹三千头，作如糖蟹法。蜜拥剑四瓮。拥剑似蟹而小，二螯偏大。《吴郡赋》所谓"乌贼拥剑"是也。出《大业拾遗记》。

御　厨

御厨进馔，凡器用有少府监进者。用九饤食，以牙盘九枚，装食味于其间。置上前，亦谓之看食。见京都人说，两军每行从进食，及其宴设，多食鸡鹅之类。就中爱食子鹅，鹅每只价值二三千。每有设，据人数取鹅，煿去毛，及去五脏，酿以肉及糯米饭，五味调和。先取羊一口，亦煿剥，去肠胃。置鹅于羊中，缝合炙之。羊肉若熟，便堪去却羊，取鹅浑食之，谓之"浑羊殁忽"。翰林学士每遇赐食，有物若毕罗，形粗大，滋味香美，呼为"诸王修事"。出《卢氏杂说》。

五侯鲭

娄护字君卿，历游五侯之门。每旦，五侯家各遗饷之。君卿口厌滋味，乃试合五侯所饷之鲭而食，甚美。世所谓

精于口味的大都督杜济。杜济是会稽人，善于辨别各种味道，还擅长制作盐梅。他也是古代的符郎，当今的谢讽啊！出自《大业拾遗记》。

又：吴郡进献松花鲈鱼干鲙六瓶，每瓶为一斗。将鲈鱼做成干鲙的方法，跟鲩鱼一样。然而，制作鲈鱼干鲙，要等到八九月下霜之时。挑选三尺以下的鲈鱼做干鲙，浸泡之后，用布裹好沥净水，散放在盘中。再将切细的香柔花叶放上，和鲙一起调匀。下霜后的鲈鱼，肉白如雪，一点也不腥。人们常说的"金齑玉鲙"，是东南方的美味啊！紫花碧叶，还有白莹如雪的鲈鲙丝，也是鲜丽皎洁得让人喜欢。吴郡又进献蜜蟹三千只，和制作糖蟹的方法相同。蜜渍拥剑，共四瓮。拥剑像蟹而比蟹小，两个螯偏大。就是《吴郡赋》中所说的"乌贼拥剑"。出自《大业拾遗记》。

御　厨

御厨向皇帝奉上食物菜肴时，一切器皿用具都由少府监供给。先上九样陈设的食品，用象牙盘九个，将要上的食物菜肴放在上面。送到皇帝面前，也叫作"看食"。听京城里的人说，两军的侍从每次进食或设筵席，多数时候都吃鸡鹅一类的菜肴。其中最爱吃的是童子鹅，童子鹅每只价值二三千钱。每次设宴，都按人数去拿鹅，烧去毛，取出五脏，填上肉和糯米饭，再用佐料调好。事先取来一只羊，也将它剥皮去毛，取出脏腑。将童子鹅放入羊腹中，缝合好在地火上烤。如果羊肉熟了，取出羊腹中的童子鹅，与羊混食，称这种吃法为"浑羊殁忽"。翰林院的学士们每次遇上皇上赏赐菜肴饭食，都有一种像毕罗一样的食物，形状粗大，滋味香美，把它叫作"诸王修事"。出自《卢氏杂说》。

五侯鲭

娄护，字君卿，遍访五位侯爷的家。每天早晨，五位侯爷都各自派人送来饭食菜肴给他吃。娄护吃得有些腻烦了，于是试着将五位侯爷家送来的鱼肉杂烩，味道特别好。世上所谓的

"五侯鲭",君卿所致。出《语林》。

或云,护兼善五侯,不偏食。故合而为之鲭也。出《世说》。

又五侯不相能,宾客不得往来。娄护丰辞,传会五侯间,各得其心,竞致奇膳。护乃合以为鲭,世称"五侯鲭",以为奇味焉。出《西京杂记》。

刘孝仪

梁刘孝仪食鲭鲊曰:"五侯九伯,今尽征之!"魏使崔劼、李骞在坐。劼曰:"中丞之任,未应已得分陕。"骞曰:"若然,中丞四履,当至穆陆陵。"孝仪曰:"邺中鹿尾,乃酒肴之最。"劼曰:"生鱼熊掌,孟子所称。鸡跖猩唇,吕氏所向。鹿尾乃有奇味,竟不载书籍。每用为恨。"孝仪曰:"实自如此,或古今好尚不同。梁贺季曰:'青州蟹黄,乃为郑氏所记。'此物不书,未解所以。"骞曰:"郑亦称益州鹿胺,但未是尾耳。"出《酉阳杂俎》。

鲓 议

何胤侈于味,食必方丈。后稍欲去其甚者,犹食白鱼鲓腊糖蟹,使门人议之。学士锺岏议曰:"鲓之就腊,骤于屈申;蟹之将糖,躁扰弥甚。仁人用意,深怀恻怛。至于车

"五侯鲭"，就是娄护发明的。出自《语林》。

又有人说：娄护跟五位侯爷的关系都很好，不偏爱某一位侯爷送来的菜肴。因此将五家的饭菜合在一起而成"五侯鲭"。出自《世说》。

又有人说：五位侯爷之间关系不和，宾客之前不能往来。但是娄护非常会说话，来往于五位侯爷之间，都博得他们的欢心，因此争着给娄护送珍奇佳肴。娄护将五家送来的鱼肉杂烩，合到一块儿吃，世上人称为"五侯鲭"，把它当作不可多得的奇味。出自《西京杂记》。

刘孝仪

南朝梁时的刘孝仪吃了用腌鱼制作的鱼脍说："五侯九伯，都可以征伐！"当时，魏国的使臣崔劼、李骞也在座。崔劼说："中丞这样的官员，不应当早就到下边任地方上的要员了。"李骞说："如果是这样的话，刘中丞的四只脚应当踏上穆陆陵。"刘孝仪说："邺中的鹿尾，可是最好的下酒菜哟！"崔劼说："生鱼和熊掌，是孟子最为称道的佳肴。鸡爪和猩唇，是吕不韦最想要的名菜。鹿尾有这样的奇味，而不见古籍中有记载。每次吃它的时候，都感到非常遗憾。"刘孝仪说："确实是如此，这大概是古人和今人的喜好不一样吧。梁贺季说过：'青州的蟹黄，是郑氏将它记载在书中的。'鹿尾没有被记在里面，想不出来是为什么。"李骞说："郑氏也称赞过益州的鹿矮是美味，但不是鹿尾。"出自《酉阳杂俎》。

鲌议

何胤在饮食上非常奢侈，每顿饭都极为丰盛。后来，稍稍节俭一点，还是经常吃白鱼、鲌腊、糖蟹，令属僚们都讨论此事是否可行。学士钟岏品评说："将鲌鱼制成肉干，它一定是拼命地屈伸挣扎过；将螃蟹浸渍上糖，它一定是在里面左突右撞，不堪忍受。品德高尚的人，应该在内心深处多怀恻隐。至于车

螯蚶蛎，眉目内缺，惭浑沦之奇；唇吻外缄，非金人之慎。不荣不悴，曾草木之不若；无馨无臭，与瓦砾而何异。故宜长充庖厨，永为口实。"出《酉阳杂俎》。

鲃 表

后梁韦林，京兆人。南迁于襄阳，天保中为舍人。涉猎有才藻，善剧谈。尝为《鲃表》以讥刺时人。其词曰："臣鲃言：'伏见除书，以臣为糁熬将军、油蒸校尉、脽州刺史。脯腊如故。肃承将命，含灰屏息，凭笼临鼎，载战载兢。臣美愧夏鳣，味惭冬鲤。常恐鲐腹之讥，惧贻鳌岩五甘反。之诮。是以嗽流湖底，枕石泥中。不意高赏殊临，曲蒙钧拔。遂得超升绮席，忝预玉盘，远厕玳筵。猥颁象箸，泽罩紫腴，恩加黄腹。方当鸣姜动桂，纤苏佩橃。轻瓢才动，则枢盘如烟。浓汁暂停，则兰肴成列。宛转绿盦之中，逍遥朱唇之内。衔恩噬泽，九殒弗辞。无任屏营之诚，谨诣铜铛门，奉表致谢以闻。'"诏答曰："省表具悉。卿池沼缙绅，陂渠俊乂。穿蒲入荇，肥滑有闻。允堪兹选，无劳致谢。"出《酉阳杂俎》。

螯蚶子和牡蛎，它们原本就没有眉毛眼睛，对外面的浑浊世界羞于见到；它们的唇吻是自己从外面封闭上的，不是像铜铸的人那样永不开口。它们不知道荣华富贵也不懂得忧伤，简直连草木都不如；它们没有芳香也没有臭味，与瓦砾没有什么不同。因此，适宜长期充当厨房里的材料，永远是人口中的食物。"出自《酉阳杂俎》。

鲗 表

后梁时的韦林，京兆人。南迁到襄阳后，在梁明帝天保年间，任中书舍人。韦林见多识广，有才华文采，擅长畅谈。他曾作《鲗表》，用来讥讽当时崇尚美味佳肴的达官贵人。其中说道："鲗鱼说：'我刚刚接到陛下签发的任命，授予我为糁熬将军、油蒸校尉，雁州刺史。与从前一样，将我制成干肉。我恭敬地接受陛下的任命，忍含着沮丧，屏息住呼吸，任凭你们将我放在笼屉上蒸，或者放进鼎镬里煮，每时每刻都战战兢兢啊！比肥美，我愧对夏天里的鳢鱼；论味鲜，我羞见冬日里的鲤鱼。我常常害怕鲐腹的讽刺，时时畏惧鳖岩的讥诮。因此，我吮吸潮底的流沙为食，枕着石泥睡觉。不料，崇高的奖赏还是降临到我的头上。承蒙提拔，于是高升到丰盛的华宴上，列到玉盘中，远远地置放在豪华、珍贵的筵席旁边。有劳象牙筷子大人，将我亲昵地夹起来，送入一张张肥大的嘴里，进入一个个长满黄油的肚子中。刚刚放上姜末、桂皮，再置入紫苏、茱萸。轻便的葫瓢刚刚启动，精美的山榆木盘就像烟一样地聚来。浓浓的汤汁才停止沸腾，一排排的佳肴就摆成列。周旋在绿色的绿色调料中间，逍遥于红色的口唇之内。含着你们的恩德，吃着你们的泽惠，虽然九死而不辞。没有任何惶恐可以诚告，只是谨慎地走进铜釜之门，奉上此表表示谢意。'"圣上颁下诏书回答说："奏上的表章全读过了。爱卿乃是池沼中的晋绅，岸渠里的俊杰。穿行于菖蒲、荇菜之间，以肥嫩滑腻而闻名于人世。正应当接受挑选，不用再行谢恩。"出自《酉阳杂俎》。

热洛河

玄宗命射生官射鲜鹿，取血煎鹿肠，食之，谓之"热洛河"，赐安禄山及哥舒翰。出《卢氏杂说》。

名 食

今衣冠家名食，有：萧家馄饨，漉去，其汤不肥，可以瀹茗；庾家粽子，白莹如玉；韩约能作樱桃饆饠，其色不变。又能造冷胡突、鲙鳢鱼臆、连蒸獐獐皮索饼；将军曲良翰能为驴鬃驼峰炙。出《酉阳杂俎》。

败障泥

贞元中，有一将军家出饭食。每说无物不堪吃，唯在火候，善均五味。尝取败障泥胡盝，修理食之，其味佳。出《酉阳杂俎》。

尚食令

冯给事入中书祗候宰相，见一老官人衣绯，在中书门立，候通报。时夏谯公为相，留坐论事多时。及出，日势已晚，其官人犹尚在。乃遣人问是何官。官人近前相见曰："某新除尚食局令，有事相见相公。"因令省官通之。官人入，给事偶未去。官人见宰相了，出谢云："若非给事恩遇，某无因得见相公。某是尚食局造馄子手，不知给事宅在何处？"曰："在亲仁坊。"曰："欲说薄艺，但不知给事何日在宅？"曰："来日当奉候。然欲相访，要何物？"曰："要大台

热洛河

唐玄宗命令射生官射杀活鹿，取鹿血煎鹿肠吃，称为"热洛河"，赏赐给安禄山和哥舒翰。*出自《卢氏杂说》。*

名　食

当今的达官贵人家，有名的食品有：萧家的馄饨，沥去汁，汤汁一点也不肥腻，还可以煮茶；庾家的粽子，色白而有光泽如美玉；韩约做的樱桃馅饼，它的颜色不改变。他还能做冷胡突、鲙鳢鱼胸骨、连蒸獐獐皮面条；将军曲良翰能做烤驴鬃、驼峰。*出自《酉阳杂俎》。*

败障泥

唐德宗贞元年间，有一位将军，他家什么东西都能做着吃。他常说天下没有不能吃的东西，诀窍在于对火候的掌握，善于调味。这位将军曾经将败障泥拿回家中，用盛箭矢的胡盝修理后吃，说味道特别好。*出自《酉阳杂俎》。*

尚食令

冯给事到中书省去恭候宰相，见到一位穿着红衣的老官人，站在中书省门前等候通报。当时是夏谯公任宰相，留下冯给事谈论公务，谈了很长时间。等到冯给事从中书省出来，天已经不早了，那位老官人还在那里。于是派人问他是什么官。老官人走到冯给事身前，说："我是新上任的尚食局令，有事情想见宰相。"冯给事令中书省的官员通报。老官人进到中书省里，冯给事因有事，待老官人出来时还没有离去。老官人见完宰相，上前致谢说："若不是给事帮忙通报，我就没有机会见到宰相。我是尚食局做蒸饼的，不知道给事宅子在哪条街？"冯给事回答说："在亲仁坊。"老官人说："我想向你表演一下我的这点手艺，不知给事什么时候在府上？"冯给事说："明天我在家等你。但你到我家献艺，不知道需要为你准备哪些用品？"老官人说："需要准备大台

盘一只,木楔子三五十枚,及油铛炭火,好麻油一二斗,南枣烂面少许。"给事素精于饮馔,归宅便令排比。仍垂帘,家口同观之。至日初出,果秉简而入。坐饮茶一瓯,便起出厅。脱衫靴带,小帽子,青半肩,三幅裤,花襜袜肚,锦臂鞲。遂四面看台盘,有不平处,以一楔填之,后其平正。然后取油铛烂面等调停,袜肚中取出银盒一枚,银篦子银笊篱各一。候油煎熟,于盒中取馄子豏。以手于烂面中团之,五指间各有面透出。以篦子刮郤,便置馄子于铛中。候熟,以笊篱漉出。以新汲水中良久,郤投油铛中,三五沸取出,抛台盘上,旋转不定,以太圆故也。其味脆美,不可名状。出《卢氏杂说》。

大 饼

王蜀时,有赵雄武者,众号"赵大饼"。累典名郡,为一时之富豪。严洁奉身,精于饮馔,居常不使膳夫,六局之中,中有二婢执役,当厨者十五余辈,皆着窄袖鲜洁衣装。事一餐,邀一客,必水陆俱备。虽王侯之家,不得相仿焉。有能造大饼,每三斗面擀一枚,大于数间屋。或大内宴聚,或豪家有广筵,多于众宾内献一枚,裁剖用之,皆有余矣。虽亲密懿分,莫知擀造之法。以此得大饼之号。出《北梦琐言》。

盘一只，木楔子三五十枚，还有油釜、炭火，上好的麻油一二斗，南枣、普通面粉少许。"冯给事平素对饮食馔肴也很通晓，回到家里后，便让家人按老官人说的安排准备。并且在厨房外面挂上一幅帘子，让家中内眷一同观看。第二天早晨，太阳刚出来，老官人果然手持宫中的简牍来了。稍坐，喝了一杯茶，便起身走出客厅到厨房里去。只见他脱去外面的长衫、靴子、革带，戴上一顶小帽，穿上青色半袖衫、三幅裤，系上花围裙袜肚，胳膊套上皮套袖。之后，围着事先备好的平台盘仔细看看，见有不平的地方就用木楔填平。然后，拿过来油釜，将面粉等放在里面和好后，从袜兜中取出银盒一只，银篦子、银筷篱各一只。等油煎热后，从银盒中取出做蒸饼用的豆馅儿，用手将面团好，从手指缝中挤出来。用银篦子刮下去，放在釜中热油里煎。煎好后用银筷篱捞出来，放在新打来的井水中一段时间，将它们捞出来再放入釜中热油里炸，三五个开了后，捞出抛放在台盘上，转个不停，因为包子太圆的缘故。这种蒸饼，口感酥脆，味道鲜美，难以用语言形容。出自《卢氏杂说》。

大　饼

　　前蜀时期，蜀中有个叫赵雄武的人，大家都称他为"赵大饼"。因长期在名郡做官，是当时的一位大富豪。他廉洁奉公，精通饮食菜肴，平常家中不使用厨师，他家里后勤有两个婢女掌管，在厨房操作的却有十五六个人，都是穿窄袖干净整洁的衣服。而且每餐饭只邀请一位客人，山珍海味都有。即使是王侯之家，也不能与之相比。赵雄武还会烙大饼，擀一张大饼需用三斗面，饼有几间屋子那么大。如果宫廷里举行宴会，或是豪门贵族人家广筵宾朋，常常请他擀做一张大饼，用刀切着吃，不论来了多少宾客，也有剩下的。就是再亲密的朋友，也不告诉他制作这种大饼的方法。因此，赵雄武才得了个"赵大饼"的称号。出自《北梦琐言》。

能食

范　汪

晋范汪能啖生梅。有人致一斛,汪食之,须臾而尽。出《晋书》。

宋明帝

宋明帝讳彧,能食蜜渍鱁鮧,一食数升。啖猪肉炙,常至二百脔。出《宋书》。

苻坚三将

苻坚以乞活夏默为左镇郎,胡人护磨那为右镇郎,奄人申香为拂盖郎。并身长一丈三尺,多力善射。三人每食,饭一石,肉三十斤。出《前秦录》。

菲食

茅　容

后汉茅容字季伟,郭林宗曾寓宿焉。及明旦,容杀鸡为馔。林宗初以为己设。既而容独以供母,自以草蔬与客同饭。林宗因起拜之曰:"卿贤乎哉!"劝之就学。竟以成德。出《陈留耆旧传》。

陆　机

陆机诣王武子,有数斛羊酪。指示陆曰:"卿江东无敌此。"曰:"有千里莼羹,但未下盐豉耳。"出《世说》。

能食

范　汪

晋朝人范汪能吃生梅。有人给他送来十斗生梅,他不一会儿就都吃完了。出自《晋书》。

宋明帝

南朝宋明帝刘彧非常能吃用蜂蜜腌渍的鲑鱼,一顿可以吃几升。他吃烤猪肉,一次能吃二百块。出自《宋书》。

苻坚三将

苻坚任乞活夏默为左镇郎,胡人护磨那为右镇郎,宦官申香为拂盖郎。这三位武将都身高一丈三尺,力大无穷,而且擅长骑马射箭。他们每顿饭要吃一石米,三十斤肉。出自《前秦录》。

菲食

茅　容

后汉人茅容字季伟,郭林宗曾经在他家里借住过一宿。第二天早晨,茅容杀一只鸡做菜。郭林宗以为是为他安排的食物。等鸡做好了后,茅容单独将鸡给母亲吃,自己和郭林宗吃的是简单的蔬菜。郭林宗起身参拜茅容,说:"你很高尚啊!"并劝他寻师就学。后来,茅容的道德名扬天下。出自《陈留耆旧传》。

陆　机

陆机到王武子家中拜访,武子面前放着几斛羊奶酪。他指着羊酪对陆机说:"你们江东没有比羊奶酪还好的食品了。"陆机回答说:"我们江东千里湖的莼羹与此相似,只是还没有加上咸豆豉罢了。"出自《世说》。

羊 曼

晋羊曼为丹阳尹。时朝士过江，初拜官，必饰供馔。曼拜丹阳尹，客来早者得佳设。日晏即渐罄，不复精珍。随客早晚，不问贵贱。有羊固者拜临海太守，备馔，竟日皆精，虽晚至者，犹有盛馔。论者以固之丰腆，不如曼之真率也。出《晋书》。

羊 曼

　　东晋羊曼任丹阳令。晋朝迁都建邺后,朝廷的文武百官也随着过江。当时,凡是刚上任的官员都要设宴请客。羊曼刚任丹阳令时,也设宴请客,来得早的客人得到好的饭菜。宴席吃得差不多了,就不再上什么好菜了。羊曼设宴请客,随到随用,不论你的身份高低。有个叫羊固的人,官拜临海太守,也设宴请客,一整天都是佳肴美食,就是晚到的人,也能吃到丰盛的菜肴。论者以为羊固的宴席虽然特别丰盛,却不如羊曼的纯真坦率。

出自《晋书》。

卷第二百三十五
交友

宗世林

汉末，南阳宗世林与魏武同时，而薄其为人，不与交。及武帝拜司空，总朝政，从容问宗曰："可以交未？"答曰："松柏之志犹存。"既忤旨见疏，位不配德。而文帝兄弟每造其门，必拜床下。其礼重如此。出《世说》。

祢　衡

祢衡字正平，少与孔文举作尔汝之交。时衡未二十，而文举已五十余矣。出《本传》。

宗世林

汉朝末年,南阳郡的宗世林跟魏武帝曹操同在朝做官,他看不上曹操的人品,不与他交往。后来曹操官拜司空,总揽朝政,很平静地问宗世林:"现在我们可以结交了吗?"宗世林回答说:"我的志向像松柏一样一直没有改变。"宗世林既然触犯了曹操,与曹操关系疏远,也没得到重用。但是,曹丕兄弟每次去宗世林家,都在床前向宗世林行跪拜的大礼。他就是这样受到尊重。

出自《世说》。

祢　衡

祢衡字正平,年少与孔融的交往很密切,达到不分彼此的程度。当时祢衡还不到二十岁,而孔融已经五十多岁了。出自《本传》。

荀巨伯

荀巨伯远看友人疾，值胡贼攻郡。友人语伯曰："吾且死矣，子可去。"伯曰："远来视子，今有难而舍之去，岂伯行耶？"贼既至，谓伯曰："大军至此，一郡俱空。汝何人，独止耶？"伯曰："有友人疾，不忍委之，宁以己身代友人之命。"贼闻其言，异之，乃相谓曰："我辈无义之人，而入有义之国。"乃偃而退，一郡获全。出《殷芸小说》。

管 宁

魏管宁与华歆友善。尝共园中锄菜，见地有黄金一片。管挥锄不顾，与瓦石无异；华捉而掷之。又尝同席读书，有乘轩冕者过门，管读书如故，华废书出看。管割席分坐曰："子非吾友也。"出《世说》。

竹林七贤

陈留阮籍、谯国嵇康、河内山涛，三人年相比。预此契者，沛国刘伶、陈留阮咸、河内向秀、琅琊王戎。七人常集于竹林之下，肆意酣畅。世谓之"竹林七贤"。出《世说》。

嵇 康

嵇康素与吕安友，每一相思，千里命驾。安来，值康不在。兄喜出迎，安不前，题门上作"凤（鳳）"字而去。喜不悟。

荀巨伯

荀巨伯到很远的地方去看望生病的朋友,正赶上胡人进犯郡城。友人对荀巨伯说:"我快要死了,你可以走了。"荀巨伯说:"我远道而来探望你,现在遇到危险就扔下你离开,这是荀巨伯能做出来的事情吗?"胡兵攻破城池,对荀巨伯说:"大军进到城里后,整座城的人都逃走了。你是什么人,一个人留下来?"荀巨伯说:"我的这位朋友身患重病,我不忍心扔下他,我愿意替我的这位朋友去死。"胡兵听了这话很诧异,相互议论说:"我们这些不讲道义的人,却闯进了礼仪之国啊。"于是撤军而去,全城得以保全。出自《殷芸小说》。

管 宁

魏国人管宁跟华歆是好朋友。一次,他们一起在园中菜地锄草,看见地里有一片黄金。管宁继续锄草,连看都不看一眼,将这片黄金看作石头瓦块;华歆拣起黄金扔到一边去。还有一次,两人曾同在铺席上读书,有一位头戴高冠的达官乘车从这里经过,管宁照样在那读书,华歆却放下书跑出去看。于是,管宁在席上划条线与华歆分开坐,说:"你不是我的朋友。"出自《世说》。

竹林七贤

陈留人阮籍、谯国人嵇康、河内人山涛,三个人年龄相仿。和他们为友的,还有沛国人刘伶、陈留人阮咸、河内人向秀、琅琊人王戎。他们七个人常常聚集在竹林下面,尽情地饮酒狂欢。人们称他们为"竹林七贤"。出自《世说》。

嵇 康

嵇康一向与吕安十分要好,每当他想念吕安时,就是他们相距千里,也要驾车前往。一次,吕安来看嵇康,不巧嵇康外出不在家。嵇康的哥哥嵇喜出来迎接他,吕安却不进屋门,只在门上挥笔写了一个"凤(鳳)"字就走了。嵇喜不理解这是什么意思。

康至云："凤（鳳），凡鸟（鳥）也。"出《语林》。

山　涛

山涛与嵇、阮一面，契若金兰。山妻韩氏觉涛与二人异于常交，问之。涛曰："当年可以友者，唯此二人。"妻曰："负羁之妻，亦亲观赵狐。意欲窥之，可乎？"涛曰："可。"他日二人来，劝涛止之宿，具酒食。妻穿墙视之，达旦忘返。涛入曰："二人何如？"曰："君才致不如，正当以识度耳。"涛曰："伊辈亦以我识度为胜。"出《世说》。

王安期

晋太傅东海王越，镇许昌，以王安期为记室参军，雅相知重。敕世子毗曰："夫学之所益者浅，体之所安者深。闲习礼度，不如式瞻仪形；讽味遗言，不如亲承旨音。王参军人伦之表，汝其师之。"出《世说》。

王　敦

庾亮见王敦问曰："闻君有四友，何者为是？"答曰："君家中郎，我家太尉、阿平，胡毋彦国。我平故当最劣。"庾曰："似未劣。"又问何者居其右，王曰："自有人。"庾曰："何者是？"王曰："噫！"左右蹑庾公知足，乃止。出《世说》。

嵇康回来之后见了说:"'凤(鳳)',是凡鸟(鳥)啊!"出自《语林》。

山　涛

　　山涛与嵇康、阮籍只见一面,就情意相投,如亲兄弟一般。山涛的妻子韩氏觉得山涛跟他们的交往跟一般人不一样,问山涛。山涛对她说:"我平生可以看作朋友的,只有这两个人。"山涛妻子说:"负羁的妻子,也曾亲自观察过赵衰和狐偃。我想偷偷看看你的这两位朋友,可以吗?"山涛说:"可以。"有一天,嵇康、阮籍来看望山涛,韩氏劝说山涛留他们在家中住下,并为他们准备了酒菜。山涛妻子从墙洞里观看他们三人饮酒畅谈,一直看到第二天早晨而忘了离去。山涛进屋里说:"我的这两位朋友怎么样?"山涛妻子说:"你的才能不及他们二人,见识和气度与他们相当。"山涛说:"我的这两位朋友也认为我的见识、气度胜人一筹。"出自《世说》。

王安期

　　晋朝太傅东海王司马越,镇守许昌,任用王安期为记室参军,非常器重他。司马越训诫儿子司马毗说:"从书本中学习所获得的益处是浅薄的,亲身体会到的才是深刻的。你平常学习礼仪风度,不如观看礼节仪式;你诵读玩味前人的遗训,不如亲身接受圣贤的教诲。王参军是人们的表率,你要把他当作老师。"出自《世说》。

王　敦

　　庾亮见到王敦后,问:"听说你有四位挚友,都是谁呀?"王敦回答说:"有你家的中郎、我家的太尉、阿平,还有胡人毋彦国。我家阿平是其中最差的一个。"庾亮说:"你家的阿平不一定差。"又问哪一个最出众,王敦回答说:"自然有人。"庾亮问:"谁呀?"王敦说:"唉!"庾亮身边的人踩他的脚,示意他别再问了,庾亮才停止发问。出自《世说》。

孙伯翳

齐太原孙伯翳家贫,尝映雪读书。放情物外,栖志丘壑。与王令君亮、范将军云,为莫逆之交。王范既相二朝,欲以吏职相处。伯翳曰:"人生百年,有如风烛。宜怡神养性,琴酒寄情。安能栖栖役曳若此?稽康所不堪,予亦未能也。"出《谈薮》。

湘东王绎

梁湘东王绎,博览群书,才辨冠世。不好声色,爱重名贤。与河东裴子野、兰陵萧子云,为布衣之交。出《谈薮》。

唐霍王元轨

唐霍王元轨,高祖第十四子也。谦慎自守,不妄接士。在徐州,与处士刘玄平为布衣交。或问玄平,王之所长。玄平曰:"无。"问者怪而诘之,玄平曰:"夫人有短,所以见其长。至于霍王,无所不备,吾何以称之哉?"出《谭宾录》。

王方翼

凉州长史赵持满,与长孙无忌亲。许敬宗既陷无忌,惧持满为己患,乃诬其同反。追至京拷讯。叹曰:"身可杀,辞不可辱。"吏为代占而结奏,遂死狱中。尸于城西,亲戚莫敢收视者。王方翼叹曰:"栾布之哭彭越,大义也;周文之掩朽骸,至仁也。绝友之义,蔽主之仁,何以事君?"遂

孙伯翳

北齐太原人孙伯翳，家境贫困，曾经借着窗外的雪光读书。孙伯翳性情旷达、志向高远，与王君亮、范云是情意相投的好朋友。后来，王、范二人分别当了宰相，都想请他出来担任官职。孙伯翳说："人活在世间不过百年，就像是风中之烛，十分短暂。因此，应该怡情养性，以抚琴、饮酒为乐事。怎么能终日忙碌为俗务所累？嵇康不能忍受的事情，我也不能忍受。"出自《谈薮》。

湘东王绎

南朝梁湘东人王绎，博览群书，才华与思辨的能力在当代首屈一指。他不好娱乐、美色，爱惜看重名士贤才。与河东的裴子野、兰陵的萧子云，是贫贱之交。出自《谈薮》。

唐霍王元轨

唐朝霍王李元轨，是唐高祖李渊的第十四个儿子。他谦虚谨慎，不轻易与士人交往。在徐州任职期间，与隐居在江湖间的处士刘玄平是贫贱之交。有人问刘玄平，霍王有什么长处，刘玄平回答说："没有。"问的人感到奇怪进而责备刘玄平，刘玄平说："一个人有了短处，才能显露出他的长处。至于霍王，他各方面都尽善尽美，我又能称说什么呢？"出自《谭宾录》。

王方翼

凉州长史赵持满，是长孙无忌的亲属。许敬宗陷害长孙无忌，害怕赵持满成为自己的心腹之患，就诬陷赵持满与长孙无忌一同谋反。将他押送到京城后严刑拷问。赵持满感叹道："你们可以杀死我，但是绝不会有屈辱的供词！"有关官吏代他录下口供上报，最后赵持满死在狱中。尸体被扔弃在城西，亲属没有一个人敢去收尸。王方翼感叹地说："从前，栾布为彭越大哭，这是大义；周文王下令掩埋已经朽烂的骨骸，这是施行仁政。跟朋友断绝义气，蒙蔽主上的仁德，怎么能侍奉国君呢？"于是

具礼葬焉。高宗义之而不问。出《大唐新语》。

吴少微

吴少微，东海人也。少负文华，与富嘉谟友善。少微进士及第，累授晋阳太原尉，拜御史。时嘉谟疾卒，为文哭之。其词曰："维三月癸丑，河南富嘉谟卒。于时寝疾于洛阳北里。闻之投枕而起，泪沾乎衽席。匍匐于寝门之外，病不能起。仰天而呼曰：'天乎天乎，予曷所朋。曷有律，曷可得而见。'抑斯文也，以存乎哀。太常少卿徐公、鄜州刺史尹公、中书徐元二舍人、兵部张郎中说，未尝值我不叹于朝。夫情悼之，赋诗以宠亡也。其词曰：'吾友适不死，於戏社稷臣。直禄非造利，常怀大庇人。乃无承明藉，遘此敦牂春。药砺其可畏，皇穹故匪仁。畴昔与夫子，孰云异天伦。同病一相失，茫茫不重陈。子之文章在，其殆尼父新。鼓兴干河岳，真词毒鬼神。可悲不可朽，东辖没荒榛。圣主贤为宝，吁兹大国贫。'"词人莫不叹美。既而病亟，长叹曰："生死人之大分，吾何恨焉？然官职十分未作

按照礼仪将他埋葬。唐高宗认为王方翼的做法是侠义之举，没有再追究此事。出自《大唐新语》。

吴少微

吴少微，是东海人。年少时就很有才华，与富嘉谟是好朋友。吴少微考中进士，连续升到晋阳太原尉，最后官为御史。当时富嘉谟患病去世，吴少微写一篇祭文哭祭亡友。祭文内容是："是年三月癸丑日，河南富嘉谟去世。当时我也病卧在洛阳北里家中。听到这一噩耗后，激动得扔掉枕头坐起来，眼泪沾湿了床席。爬到卧室的门外，病痛缠身难以起来。我仰天大呼：'天啊天啊！你怎么这样对待我的朋友？你有什么样的规则，怎样让我再见到我的好朋友？'于是写这篇祭文，用以寄托我的哀思。太常少卿徐公、郴州刺史尹公、中书省徐元二位舍人、兵部郎中张说，在朝上见着我没有不慨叹的。心中哀悼嘉谟，赋诗来悼念我的亡友。这首诗是这样的：'我的好友富嘉谟如果不去世，他完全可以和朝廷重臣比试一下才华能力的高低。他要做官不是为了拿取俸禄，而是关心天下的黎民百姓。无奈他还没有跻身仕途，在这太平盛世就过早地去世了。医药真是让人不信任它，连我好友的病都治不好。皇天啊你一点也不仁慈，早早地就让我的好友离开了人世。从前，我和你是好朋友，就像是亲兄弟一样。现在同卧在病床上，一个却先走了，茫茫人世间再也不能相见畅谈友情了。你生前写的那些文章依然存留在世上。这些文章如同孔子老先生的新作一样啊！它们的力量可以撼动山岳江河，它们的真诚可以使那些虚幻的鬼神致死。你过早地离开人世是件让人悲伤的事情，但是你的文章与天地共存，永世不朽。此时，大概你丧车上的饰物都已经没入荒野中了。你是圣明皇上的贤臣至宝，我们这样的泱泱大国也很少有你这样的人才啊！'"词人见了没有不赞叹其富有情感。不久，吴少微的病越来越严重了，他长叹道："生死是人生的大限，我死了有什么遗憾的呢？但是，为官以来，我还没有将本分内的事情完成十分

其一,乃至是耶。"慷慨而终。 出《御史台记》。

张　说

张说之谪岳州也,常郁郁不乐。时宰以说机辨才略,互相排摈。苏颋方当大用,而张说与璟善。张因为《五君咏》,致书,封其诗以遗颋。戒其使曰:"候忌日,近暮送之。"使者既至,因忌日,赍书至颋门下。会积阴累旬,近暮,吊客至,多说先公寮旧。颋因览诗,呜咽流涕,悲不自胜。翌日,乃上封。大陈说忠贞謇谔,有勤乎王室,亦人望所属,不宜沦滞于遐方。上乃降玺书劳问,俄而迁荆州长史。由是陆象先、韦嗣立、张廷珪、贾曾,皆以谴逐岁久,因加甄收。颋常以说父之执友,事之甚谨。而说重其才器,深加敬慕焉。 出《明皇杂录》。

柳　芳

柳芳与韦述友善,俱为史学。述卒后,所著书未毕者,芳多续成之。 出《国史补》。

杜　佑

刘禹锡言:"司徒杜公佑视穆赞也,如故人子弟。"佑见赞为台丞数弹劾,因事戒之曰:"仆有一言,为大郎久计,他日少树敌为佳。"穆深纳之,由是少霁威也。 出《嘉话录》。

之一,就到了这一步!"吴少微慷慨陈词,说完就去世了。出自《御史台记》。

张　说

　　张说被贬到岳州之后,经常郁郁寡欢。当时的宰相姚崇因为张说擅长机辨有才干而排挤他。当时苏颋正受到重用,张说与苏颋的父亲苏瓌的关系非常亲密。因此,张说写一首《五君咏》,又给苏颋写了一封信,连同这首诗,派使者一并送给苏颋。告诉使者说:"等到苏瓌的忌日,快到傍晚时再送进苏府。"使者来到京城后,等到苏瓌的忌日那天,将书信投送到苏府。当时正赶上连阴了几十天,傍晚时分,凭吊苏瓌的宾客纷纷到来,多数都是苏瓌的同僚或下属。苏颋读了张说的《五君咏》之后,痛哭流涕,悲伤得不能自持。第二天,苏颋立即上奏玄宗皇帝。大力陈述张说效忠朝廷,正直敢言,对王室尽心尽力,又是众望所归,不应该再让他继续滞留在边远荒僻的地方。于是玄宗皇帝下诏书对张说表示慰问,过了不久,将张说调任荆州刺史。这以后,陆象先、韦嗣立、张廷珪、贾曾等也都上奏皇上,都因被贬谪年岁已久,而得到甄别收用。苏颋常因张说是父亲苏瓌的挚友,对他十分恭谨。张说也非常看重苏颋的才干,对他更加敬慕。出自《明皇杂录》。

柳　芳

　　柳芳和韦述是挚友,他们二人都致力于史学。韦述死后,他没有写完的史书,多数都由柳芳续写完成。出自《国史补》。

杜　佑

　　刘禹锡说:"司徒杜佑对穆赞就像对自己的孩子一样。"杜佑看到穆赞作为御史台丞,经常弹劾大臣,便劝诫穆赞说:"我有一句话要告诉你,为大郎你长久打算,以后你还是要少树敌为好。"穆赞深深地记住了杜佑的这句话,从此稍稍有所收敛。出自《嘉话录》。

李 舟

陇西李舟与齐映友善。映为将相，舟为布衣。舟致书于映，以交不以贵也。时映左迁于夔，书曰："三十三官足下：近年以来，宰臣当国，多与故人礼绝。仆以礼处足下，则足下长者，仆心未忍，欲以故人处足下，则虑悠悠之人，以仆为谄。几欲修书，逡巡至今。忽承足下出守夔国，为苍生之望，不为不幸。为足下之谋，则名遂身退，斯又为难。仆知时者，谨以为贺。但鄱阳云安，道阻且长。音尘寂蔑，永望增叹。仆所病沉痼，方率子弟力农，与世疏矣，足下亦焉能不疏仆耶？足下素仆所知，其于得丧，固恬如也。然朝臣如足下者寡矣，明主岂当不察之耶？唯强饭自爱，珍重珍重。"出《摭言》。

白居易

白少傅居易，与元相国稹友善。以诗道著名，号元白。其集内有《哭元相诗》云："相看掩泪俱无语，别有伤心事岂知。想得咸阳原上树，已抽三丈白杨枝。"出《北梦琐言》。

许 棠

许棠久困名场。咸通末，马戴佐大同军幕，棠往谒之，一见如旧识。留连数月，但诗酒而已，未尝问所欲。忽一

李 舟

陇西李舟和齐映十分友善。后来齐映官任宰相，李舟还是一个平民。李舟还是常常给齐映写信，他认为交朋友不应该因为对方地位高了就不交往了。齐映由宰相被贬到夔州后，李舟给他写信说："三十三官阁下：近年来，你担任一国的宰相，跟很多朋友故旧断绝了往来。我要按正常的礼仪将您看成当朝宰相，好像亵渎了我们多年的友情，于心不忍，我想以故人朋友与您交往，又害怕世俗之人认为我巴结你。几次想给你写信又停下来，一直犹豫到现在。忽然听说足下改任夔州，从老百姓的愿望来说，此事不一定不是一件好事情。为足下着想，则是功成身退，又是十分难得的。我是很了解世态时务，仅写此信表示祝贺。但是鄱阳与云安之间距离遥远，又有山水阻隔，两地信讯隔绝，只好这样遥望远方而平添慨叹。我久患重病，领着孩子们种田务农，与时世疏隔，足下又怎能不跟在下生疏了呢？足下的平素为人我是知道的，大概得到我去世的消息，也会平静对待的。只是朝中像足下这样的官员很少啊，圣明的皇上怎么不明察呢？最后，只希望你努力加餐，更加珍爱自己，望多多保重。"出自《摭言》。

白居易

太子少傅白居易，与宰相元稹非常要好。二人都以能诗而闻名于世，人称"元白"。白居易的诗集中有一首《哭元相诗》说："相看掩泪俱无语，别有伤心事岂知。想得咸阳原上树，已抽三丈白杨枝。"出自《北梦琐言》。

许 棠

许棠屡试不第。唐懿宗咸通末年，马戴在大同军中任幕僚，许棠去拜谒他，两人一见如故。许棠住了好几个月，马戴和他每天只是谈诗饮宴，从未问过他来这里后有什么想法。忽然有一

旦大会宾友，命使者以棠家书授之。棠惊愕，莫如其来。启缄，乃是戴潜遣一价，恤其家矣。出《摭言》。

陆龟蒙

吴郡陆龟蒙字鲁望。父宾虞进士甲科，浙东从事，家于苏台。龟蒙幼精六籍，长而攻文。与颜荛、皮日休、罗隐、吴融为益友。性高洁，家贫。思养亲之禄，与张搏为卢江、吴兴二郡倅，丞相李蔚、卢携景重之。罗隐《寄龟蒙诗》云："龙楼李丞相，昔岁仰高文。黄阁今无主，青山竟不焚。"盖尝有征聘之意。唐末，以左拾遗授之。诏下之日，疾终于家。与皮日休为诗友。出《北梦琐言》。

颜 荛

颜给事荛谪官，殁于湖外。末间，自草墓志。性躁急，不能容物。其志词云："寓于东吴，与吴郡陆龟蒙，为诗文之交，一纪无渝。龟蒙卒，为其就木至穴，情礼不缺。其后即故谏议大夫高公丞之、故丞相陆公扆二君，于荛至死不变。其余面交，皆如携手过市，见利即解携而去，莫我知也。后有吏部尚书薛公贻矩、兵部侍郎于公兢、中书舍人郑公撰三君子者，予今日以前不变。不知后日见予骨肉孤幼，复如何哉。"出《北梦琐言》。

天早晨,马戴大宴宾客。席间,让使者将许棠的家书交给他。许棠异常吃惊,不知道家书是怎么捎来的。打开家书,才知道是马戴暗中派仆人到他家中去,资助抚恤他的家人。出自《摭言》。

陆龟蒙

　　吴郡人陆龟蒙,字鲁望。他的父亲陆宾虞进士甲科出身,任浙东从事,家住在苏台。陆龟蒙自幼精通六经,年长后专攻写文章。他与颜荛、皮日休、罗隐、吴融是亲密的朋友。陆龟蒙性情高洁,家中生活贫寒。为了获得赡养家人的俸禄,他与张搏一起担任卢江、吴兴二郡长官的副手。当时的丞相李蔚、卢携景很是器重他。罗隐《寄龟蒙诗》说:"龙楼李丞相,昔岁仰高文。黄阁今无主,青山竟不焚。"原本有征聘陆龟蒙入朝为官之意。唐朝末年,朝廷授陆龟蒙为左拾遗。任命的诏书下发之日,陆龟蒙病逝在家中。陆龟蒙与皮日休是诗友。出自《北梦琐言》。

颜　荛

　　给事颜荛被贬官放逐出京城后,死在湖外。临死前,他曾自己撰写墓志。颜荛性情急躁,不能容人。他的墓志是这样写的:"家住东吴,跟吴郡的陆龟蒙,是谈诗论文的朋友,相交十二年没有改变。陆龟蒙死后,我为他买棺下葬,不论从情谊上,还是在礼仪上,都没有什么过失。在陆龟蒙之后,有故谏议大夫高丞之、故丞相陆扆,和我的友谊至死不变。其余泛泛之交,都如同手拉手走过市场,见到有利可图就分手了,并没有谁真正了解我。后来还有吏部尚书薛贻矩、兵部侍郎于兢、中书舍人郑撰三位君子,和我之间的情谊至今没有改变。但是我预料不到我死后,他们对我的家属子女又会是怎样的。"出自《北梦琐言》。

卷第二百三十六
奢侈一

吴王夫差

吴王夫差筑姑苏台,三年乃成。周环诘屈,横亘五里。崇饰土木,殚耗人力。宫妓千人,又别立春霄宫。为长夜饮,造千石酒钟。又作大池,池中造青龙舟,陈妓乐,日与西施为水戏。又于宫中作灵馆馆娃阁,铜铺玉槛,宫之栏楯,皆珠玉饰之。出《述异记》。

汉武帝

汉武帝时,身毒国献连环羁,皆以白玉作之,玛瑙石为勒,白光琉璃为鞍。在暗室中,常照十余丈,如昼焉。自是长安始盛饰鞍马,竞加雕镂。或一马之饰直百金,皆以南

吴王夫差

吴王夫差修造姑苏台,历时三年才完成。姑苏台曲折环绕,横跨五里。整个建筑都有豪华的装饰,耗费许多人力。为了容纳宫妓千余人,夫差又另外建造一座春宵宫。为了彻夜举行酒宴,又制作能盛一千石酒的酒钟。修建了一个巨大的水池,池中停放一只青龙舟,上面安排歌舞伎与乐队,整日跟西施一块儿在水上玩耍嬉戏。夫差又在宫中修造一座灵馆、馆娃阁,馆中置放铜床,门槛是玉石的,周围的栏杆都用珠宝、玉石装饰。出自《述异记》。

汉武帝

汉武帝时,身毒国献来连环羁,全用白玉石做成,玛瑙石做的马爵子,白光琉璃做的马鞍。将它放在暗室中,常常能照出去十多丈,像白天一样。从这以后,京城长安开始盛行装饰鞍马的风俗,竞相雕镂。有的一匹马浑身上下的装饰价值黄金百两,都用南

海白蜃为珂,紫金为花,以饰其上,犹以不鸣为患。或加铃镊,饰以流苏,走如钟磬,动若飞幡。后得二师天马,常以玫瑰石为鞍,镂以金银输石,以绿地五色锦为蔽泥。后稍以熊罴皮为之,熊毛有绿光,皆长三尺者,直百金。卓王孙□□□□□百余双,诏使献二十枚。出《西京杂记》。

丁 媛

长安巧工丁媛者,为恒满灯,七龙五凤,杂以芙蓉莲藕之属。又作卧褥香炉,又一名被中香炉。本出房风,其法后绝,至媛始更为之。设机环,转运四周,而炉体常平,可置之被褥,故取被褥以为名。又作九层博山香炉,镂刻为奇禽怪兽,穷诸灵异,皆能自然运动。又作七轮扇,其轮大皆径尺,递相连续,一人运之,满堂皆寒凛焉。出《西京杂记》。

淋 池

汉昭帝元始元年,穿淋池,广千步。中植分枝荷,一茎四叶,状如骈盖。日照则叶低荫根,若葵之卫足也,名曰"低光荷"。实如玄珠,可以饰佩。花叶杂萎,芬芳之气彻十余里。食之令人口气常香,益人肌理。宫人贵之,每游宴出入,皆含咀。或剪以为衣,或折以蔽日,相为戏。《楚辞》

海产的白蜃做笼头，用紫金镂花，装饰在马具上，还以不能鸣响为遗憾。有的在马具上系上铜铃簪饰，有的还装饰上流苏，这样，马一走动铃声叮咚如石磬，流苏及饰簪随风飘动像飞卷着的幡旗。后来，汉武帝又得到两匹师天宝马，经常给它们配上玫瑰石的马鞍，上面饰以金、银、铜石的镂刻装饰，用绿地五色彩锦做障泥用以蔽尘。后来又渐渐改用熊皮做障泥，熊毛泛绿光，长三尺的价值黄金百两。卓王孙□□□□□一百多双，汉武帝下诏书让他献上二十枚。出自《西京杂记》。

丁 媛

长安有一位手艺奇巧的工匠叫丁媛，他制作的恒满灯，上面雕有七条龙五只凤凰，中间还雕有芙蓉、莲藕等。他还制作了卧褥香炉，又叫被中香炉。这种香炉原本是房风发明，它的制作方法后来失传了。到了丁媛这里，他又重新制作出来。香炉内设有环状机关，不论它朝哪个方向翻转，炉身始终是平放着的。因为可以将它放在被褥里，所以以被褥为名。丁媛还制作过一只九层博山香炉，上面镂刻着奇禽怪兽，极尽灵巧新异，而且都能在香炉上面活动。丁媛还制作过一只七轮宝扇，轮子的直径都有一尺大，轮子按照次序相继转动，一个人操作，满屋子里都凉风习习。出自《西京杂记》。

淋 池

汉昭帝元始元年，修造一座淋池，有一千步那么宽阔。池中栽有分枝荷，一根茎上长着四片叶子，形状像两两相对的伞盖。太阳光一照，叶片就垂到茎根，像葵花低头向着根部一样，这种荷花名叫"低光荷"。它结出的莲子像水晶珠那么大，可以当作装饰物佩戴在身上。当花叶枯萎时，散发出来的芬芳香气香彻十几里以外。食用它，会令人芳香满口，还能滋润人的肌肤。宫中的人都很珍视它，外出宴游或出入宫中，嘴里都含着它。有人剪下荷叶来缝制衣裳，有的折下叶子遮挡太阳，互相嬉戏。《楚辞》

谓折芰荷以为衣，意在斯也。又有倒生菱，茎如乱丝，一花十叶，根浮水上，实沉泥里，泥如紫色，谓之紫泥菱。食之令人不老。时命水戏，游宴永日。工人进一巨槽，帝曰："栝楫松舟，嫌其重朴，况乎此槽，岂可得而乘也？"乃命文梓为舟，木兰为枻。刻飞鸾翔鹢，饰其船首。随风轻漾，毕景忘归，乃至通夜。使宫人为歌，歌曰："商秋素景泛洪波，谁云好手折芰荷。凉风凄凄揭棹歌，云光开曙月低河，万岁为乐岂为多。"帝大悦，起游商台于池上。及乎末岁，谏者多。遂省游荡奢侈，堙毁台池，鸾舟荷芰，随时废灭。今台址无遗，池亦平焉。出《拾遗录》。

霍光妻

汉霍光妻遗淳于衍蒲桃锦二十匹，散花绫二十五匹。绫出钜鹿陈宝光，妻传其法。霍显召入第，使作之。机用一百二十蹑，六十日成一匹，直万钱。又与越珠一斛䩄，绿绫七百端，直钱百万，黄金百两。又为起第宅，奴婢不可胜数。衍犹怨薄曰："吾为若何成功，而报我若是哉！"出《西京杂记》。

韩嫣

韩嫣好弹，常以金为丸，一日所失者十余。长安为之语曰："苦饥寒，逐金丸。"京师儿童每闻嫣出弹，辄随逐之。

里说的折下芰荷的叶子当作衣裳,就是这个意思。池中还生长着一种叫"倒生菱"的植物,花茎像乱麻一样,一朵花下面长着十片叶子,根浮在水面上,结出的果实落入池底淤泥中,池底的泥是紫色的,称为"紫泥菱"。吃了它可以令人不衰老。有一次汉昭帝在池水中嬉戏,全天游乐宴饮。工匠们进献一只巨槽,昭帝说:"用栝木作桨,松木作舟,我都嫌弃它笨重朴拙。何况这只独木舟,怎么能乘坐它呢?"于是命令下属用梓木做船,木兰为船桨。雕刻上飞翔着的鸢鸟鹢,装饰船头。乘着梓木小船,随风在池水上轻轻地漂荡,赏遍了美景而忘了归去,一直玩到第二天早晨。并且让宫中的嫔妃们唱歌,歌词的大意是这样的:"商秋素景泛洪波,谁云好手折芰荷。凉凉凄凄揭棹歌,云光开曙月低河,万岁为乐岂为多。"汉昭帝非常高兴,在池中建造一座游商台。到了这年岁尾,许多大臣都进谏劝止。于是汉昭帝减省游玩奢侈,台池堵塞毁坏,鸢舟荷芰也随着时间的流逝而朽烂湮灭。现在,亭台都已荡然无存,淋池也被埋没填平了。出自《拾遗录》。

霍光妻

汉朝时大将霍光的妻子送给淳于衍蒲桃锦二十四匹,散花绫二十五匹。这种散花绫只有钜鹿陈宝光家能织,他的妻子得到这种家传织绫的方法。霍显将她召入府内,让她织散绫。用一百二十台登织机,织六十天才能织成一匹散绫,价值一万钱。霍妻还送给淳于衍一斛穿成串的越珠,绿绫七百端,价值百万钱,黄金一百两。又为淳于衍修造住宅,给他奴仆、侍女无数。淳于衍还是怨恨嫌弃道:"我为你做了这样大的功业,却这样回报我!"出自《西京杂记》。

韩嫣

韩嫣非常喜欢玩弹丸。她经常用金子做成弹丸,一天弹丢十多丸。长安人因此传言道:"苦于饥饿寒冷,就去逐金丸。"京城中的儿童每次听到韩嫣出来玩弹丸,都争相跟随追逐她。

望丸之所落,而竞拾取焉。出《西京杂记》。

袁广汉

茂陵富人袁广汉藏镪巨万,家童八九百人。于北芒山下筑园,东西四里,南北三里。引流注其内,构石为山,高十余丈,连延数里。养白鹦鹉紫鸳鸯,旄牛青兔,奇禽怪兽,积委其间。移沙为洲屿,激水为波潮。其中育江鸥海鹤,孕雏产鷇,延漫林池。奇树异草,靡不具植。屋徘徊重属,间以修廊。行之移晷,不能遍也。袁广汉后得罪诛,没入官。其园鸟兽草木,皆移植于上苑中矣。出《西京杂记》。

霄游宫

汉成帝好微行。于太液池旁起霄游宫,以漆为柱,铺黑绨之幕,器服乘舆,皆尚黑色。悦于暗行,憎灯烛之照。宫中之美御,皆服皂衣。自班姬以下,咸带玄绶。衣佩虽加锦绣,更以木兰纱绡罩之。至霄游宫,方秉炬烛。宴幸既罢,静鼓息罩,而步不扬尘。好夕出游,造飞行殿方一丈,如今之辇。选期门羽林之士,负之以趋。帝于辇上坐,但觉耳中若闻风雷之声。以其疾也,一名云雷宫。所行之处,咸以毡绨藉地,恶车辙马迹之喧也。虽惑于微行暗宴,民无劳怨。每乘舆返驾,以爱幸之姬,宝衣珍食,舍于道旁。

看准金丸弹落的地方，争先恐后地去拾取。出自《西京杂记》。

袁广汉

茂陵富豪袁广汉家中储钱巨万，家中有奴仆八九百人。袁广汉在北芒山下建了一个园子，东西长四里，南北宽三里。开渠将附近的河水引入庄园里，垒石做成假山，高十多丈，连绵几里。园中养着白鹦鹉、紫鸳鸯、旄牛、青兔，奇禽怪兽，散养在假山园林之间。并且用移来的沙石堆成河滩洲屿，将引进来的河水筑坝升高形成激流浪潮。在洲屿河滩上养着许多江鸥海鹤，让它们产卵育雏，布满林间池中。奇树异草，遍处种植，品种齐全。房屋馆舍回环重叠，中间用回廊连成一体。行走一天，也不能走遍。后来，袁广汉获罪被杀，整个庄园没收充官。园中的珍禽怪兽、奇树异草，都移植到皇家园林中去了。出自《西京杂记》。

霄游宫

汉成帝喜欢微服出行。他下令在太液池旁边修造一座霄游宫，把柱子涂成黑色，铺挂黑色的帷幕，所用的器具，所穿的服装以及车马，一律都用黑色。汉成帝喜欢在黑暗中行走，厌恶有灯烛的照射。宫中的艳丽嫔妃们，一律身穿黑色衣服。从班姬以下，都佩戴黑色的绶带。衣服、佩带虽然都加有锦绣，但是外面都用木兰纱绡罩上。来到霄游宫中，方才点燃灯烛。饮宴结束后，鼓乐都静下来，灯烛等都熄灭了，脚步轻轻落地悄悄地离去，不允许一点灰尘扬起。汉成帝还喜欢晚间出去游赏，特意制造了一座"飞行殿"，一丈见方，跟现在皇帝用的辇车相类似。从宫中羽林军护卫中挑选身强力壮的人，拉着飞行殿奔走如飞。汉成帝坐在飞行殿中，只觉得耳边呼呼风响如同听到风雷的声音，这是说飞行殿行走得极为疾速，所以又叫"云雷宫"。所经过的道上都用毡缔铺地，讨厌车轮、马蹄踏地发出的喧嚣。虽然汉成帝嗜好微服出行，冶游密宴，老百姓并没有什么怨言。每次乘坐飞行殿出游回宫，都将他宠爱的嫔妃们的宝衣珍馐，沿途抛舍。

国之穷老，皆呼万岁。是以鸿嘉永始之间，国富家丰，兵戈长戢。故刘向、谷永窃言指谏，于是焚霄游、飞行之殿，罢宴逸之乐。所谓从绳则直，如转丸焉。出《拾遗录》。

沙棠舟

汉成帝常以三秋暇日，与飞燕游戏太液池。以沙棠为舟，贵其不沉也。以云母饰于鹢首，一名云舟。又刻大桐木为虬龙，雕饰如真象，以夹云舟而行，以紫文桂为柁枻。每观云棹水，玩撷菱蕖，则忧轻荡以惊飞燕，命佽飞之士，乃以金锁缆云舟，使佽飞于水底引之。值轻风时至，飞燕殆以风飘飖，随风入水。帝以翠缨结飞燕之裾，游倦乃返。飞燕后渐见疏，常怨恚曰："以妾微，何时复预缨裾之游，漾云舟于波上耶？"帝为之怃然。今液池中尚有成帝避风台、飞燕结裾处。出《拾遗录》。

赵飞燕

赵飞燕为皇后。其女弟昭仪在昭阳殿，遗飞燕书曰："今日佳晨，贵姊懋膺洪册，上贡三十五条，以陈踊跃之至：金花紫纶帽、金花紫罗面衣、织成下裾、同心七宝钗、七宝綦履、玉环、五色文绶、鸳鸯襦、云母屏风、琉璃屏风、云母七宝扇、琥珀枕、龟文枕、金错绣裆、琉璃玛瑙匜、珊瑚玦、黄金步摇、金博山炉、七支灯、回风席、茅叶席、金浦圆箔、孔雀扇、五明扇、九华扇、同心梅、合枝李、三清木香、螺卮、

京城里的穷苦老人,一边拣拾这些东西一边山呼"万岁"。汉成帝鸿嘉、永始年间,国家繁荣富强,百姓生活也丰足,军械武器长年藏放在库房中,天下太平无事。后来刘向、谷永私下劝谏,于是汉成帝焚毁了霄游宫、飞行殿,停止了一切饮宴玩乐。这就是依照绳墨便可以取直,所以善言如同弹丸转动一样流顺。出自《拾遗录》。

沙棠舟

汉成帝常常在三秋闲暇时节,和赵飞燕在太液池中游戏玩耍。用沙棠木制作龙舟,这种木贵在不沉。船头用云母装饰,所以又叫"云舟"。同时,用硕大的桐木刻成虬龙,像真的虬龙一样,用它夹着云舟在水上行走,用紫色的文桂木作舵与桨。每次成帝与飞燕观赏云霞,摇船弄水,担心船体轻荡惊吓着飞燕,便让会潜水的勇士用金锁牵引沙棠舟,潜入水底曳着船行走。有时,恰有轻风徐徐吹来,赵飞燕站起来任风将她吹落水中。汉成帝用翡翠色的彩带系在她的裙裾上在舟上拉着她,直到赵飞燕在水中玩够了,才将她拉上舟来。后来,赵飞燕渐渐被汉成帝疏远,她常常怨愤地说:"微贱的我,什么时候能再让皇上用翡翠彩带系着裙裾在太液池水中一游,荡漾云舟于水波之上啊?"汉成帝听了后,怅然若失。直到今天,太液池边还有成帝避风台、赵飞燕系袖处。出自《拾遗录》。

赵飞燕

赵飞燕被册封为皇后,她的妹妹昭仪在昭阳殿,写信给飞燕道:"今日大吉,姐姐被册封为皇后,献上礼物三十五样,来表示妹妹欢欣喜悦之情,礼物有:金花紫纶帽、金花紫罗面衣、织成下裙、同心七宝钗、七宝綦履、玉环、五色文绶、鸳鸯襦、云母屏风、琉璃屏风、云母七宝扇、琥珀枕、龟文枕、金错绣裆、琉璃玛瑙匜、珊瑚玦、黄金步摇、金博山炉、七支灯、回风席,茅叶席、金浦圆玙、孔雀扇、五明扇、九华扇、同心梅、合枝李、三清木香、螺卮、

出南中螺田。麝香、沉水香、九真黄、鸳鸯襦及被。"出《西京杂记》。

郭 况

汉郭况,光武皇后之弟也。累金数亿,家童四百人。以金为器皿,铸冶之声,彻于都鄙。时人谓郭氏之室,不雨而雷,言铸冶之声盛也。于庭中起高阁,厝衡石于其上,以称量。下有藏金窟,列武士卫之。错杂宝以饰台榭,悬明珠于梁栋间,光彩射目,昼视如星,夜望如月。里语曰:"洛阳多钱郭氏室,夜月昼星富难匹。"其内宠者,皆以玉器盛食。故东京谓郭氏家为"琼厨金窟"。况小心畏慎,虽居富势,闭门优游,未曾干世,为一时所知也。出《拾遗录》。

后汉灵帝

灵帝初平三年,于西园起裸游馆十间。采绿苔以被阶,引渠水以绕砌,周流澄澈。乘小舟以游漾,宫人乘之,选玉色轻体者以执篙楫,摇荡于渠中。其水清浅,以盛暑之时,使舟覆没,视宫人玉色,奏招商七言之歌,以来凉气也。其歌曰:"凉风起兮日照渠,青荷昼偃叶夜舒。唯日不足乐有余,清弦流管歌玉凫,千年万岁喜难渝。"渠中植莲大如盖,枝长一丈,南国所献也。其叶夜舒昼卷,一茎有四莲丛生,名曰"夜舒荷"。亦言月出见叶舒,亦名"望舒

出南中螺田。麝香、沉水香、九真黄、鸳鸯襦和被子等等。"出自《西京杂记》。

郭　况

汉朝时的郭况,是汉光武帝皇后的弟弟。家中积蓄有几亿钱,有童仆四百人。郭家用金子制作器皿,冶炼铸制金器的声音,响彻整个京都和市郊。当时人说郭家府上,不下雨也打雷,就是说他家冶炼打制金器的声音繁盛。郭况又在他家庭院中建造一座高阁,上面放着衡石,用以称量金子的重量。高阁的下面有藏金窟,整日有武士在旁边站岗守卫。郭况还用各种珍宝镶嵌装饰庭院中的楼台亭榭,将明珠悬挂在梁栋上,光彩照人,白天看这些悬挂着的明珠像一颗颗星星,晚上看它们就如月亮。街巷中的歌谣说:"京城洛阳钱最多的是郭家,他家梁栋上悬挂的明珠白天像星星晚上像月亮,没有人能跟郭家比富。"郭况宠爱的人,都用玉制的器皿盛食物。因此京城人都称郭家为"琼厨金窟"。郭况一生小心谨慎,胆小怕事,虽然位居京城首富,却都是闭门而居,过着闲适的生活,从不干预外界的事情,为当时人所共知。出自《拾遗录》。

后汉灵帝

汉灵帝初平三年,在西园建造十间裸游馆。让人采来绿色的苔藓铺在台阶上,引来渠水绕着台阶,渠水澄澈见底。乘坐小船沿渠游漾,宫女同乘,挑选宫女中容貌俊丽、身材轻盈的撑篙划船,在渠水中荡漾游乐。渠水清浅,盛夏酷暑,将船打翻水中,看落在水中宫人的美色,再演奏七言招商歌曲,用以招来凉气。歌中唱道:"凉风起兮日照渠,青荷昼偃叶夜舒。唯日不足乐有余,清弦流管歌玉兔,千年万岁喜难渝。"渠水中栽植莲荷像篷盖那么大,荷枝有一丈长,这种莲荷是南方进献的。它的叶子夜间舒展白天卷起,每一根茎上丛生着四枝莲花,叫"夜舒荷"。也有人说这种莲荷在月亮出来后叶子才舒展开,又叫它"望舒

荷"。帝乃盛夏避暑于裸游馆，长夜饮宴。帝叹曰："使万年如此，则为上仙矣。"宫人年二七以上，三六以下，皆靓妆而解上衣，或共裸浴。西域所献茵墀香，煮为浴汤，宫人以之沐浴，浴毕，余汁入渠，名曰"流香渠"。又欲内监为鸡鸣，于馆北起鸡鸣堂，多畜鸡。每醉乐，迷于天晓，内阉竞作鸡鸣，以乱真声也。仍以炬烛投于殿下，帝乃惊寤。及董卓破京师，收其美人，焚其堂馆。至魏咸熙中，于先帝投烛处，溟溟有光如星，后人以为神光，于此地建屋，名曰"余光祠"，以祈福。至魏明之末，乃扫除焉。出《王子年拾遗记》。

石　崇

晋石崇与王恺争豪。晋武帝，恺甥也，尝以一珊瑚树与恺，高二尺许，枝柯扶疏，世间罕比。恺以示崇。崇视讫，举铁如意击碎之，应手丸裂。恺甚惋惜，又以为嫉己之宝，声色方厉。崇曰："不足恨，今还卿。"乃命左右，悉取珊瑚树。有高三尺，条干绝俗，光彩溢目者六七枚。如恺比者甚众。恺怅然自失。出《世说》。

王　敦

王敦初尚主，如厕，见漆箱盛干枣。本以塞鼻，王谓上厕

荷"。汉灵帝每到盛夏都在裸游馆避暑,和宫人通宵饮宴。他感叹地说:"要一万年都过着这样游乐的生活,便是天上的神仙了!"凡十四岁以上,十八岁以下的宫女,都装饰俊丽,解掉上衣,有些人和灵帝一同裸浴。洗浴的浴汤,是用西域进献的茵墀香煮制的。宫人们用它沐浴,将浴汤放入渠中,名叫"流香渠"。汉灵帝又让宫内的太监学鸡叫,在裸游馆北侧修建一座鸡鸣堂,里面蓄养许多鸡。灵帝每当玩乐饮宴醉了之后,到天亮了还在醉梦中,于是太监们争相学鸡叫,以假乱真。然后,将燃烧的火炬、蜡烛投掷在大殿下面,灵帝才惊惶地醒过来。后来董卓攻破京城,将宫中的美人收到董府,将裸游馆焚毁。到了魏元帝咸熙年间,在汉灵帝当年投掷蜡烛的地方,在幽暗中隐约有光亮如星星,后人以为是神光,并在有光亮的地方修造一座房屋,起名叫"余光祠",用它来向上天祈福。一直到魏明帝末年,才将这座祠堂拆毁除掉。出自《王子年拾遗记》。

石 崇

晋朝的石崇跟王恺斗富。晋武帝是王恺的外甥,有一次赏给王恺一株珊瑚树,高约二尺多,枝干参差扶疏,世间罕有。王恺将这株珊瑚树拿给石崇看。石崇看罢,举起铁如意将它砸碎,手到之处像击中鸟卵一样迸裂。王恺特别惋惜,认为石崇是嫉妒自己的这株珊瑚宝树,正要发怒,石崇劝说道:"这不值得可惜,我现在还你一株。"于是命令仆人们,将家中的珊瑚树都取出来。其中高约三尺,枝干超尘脱俗,发出的光彩耀人眼目的有六七株。和王恺的珊瑚树一样的,还有许多。王恺见状,怅然若失。出自《世说》。

王 敦

王敦起初娶了公主,去上厕所,看见漆箱里装着干枣。这种干枣是用来塞鼻子防止闻到臭味儿的,王敦以为它是上厕所

果,食至尽。既还,婢擎金盆贮水,琉璃碗盛澡豆。因倒置水中而饮之,群婢莫不掩口。出《世说新书》。

魏高阳王雍

后魏高阳王雍居近清阳门外数里,御道西旁,洛中之甲第也。正光中,雍为丞相。给羽葆鼓吹,虎贲班剑百人。贵极人臣,富兼山海。居第匹于帝宫,白壁丹槛,窈窕连亘,飞檐华宇,胶葛周通。僮仆六千,妓女五百。隋珠照日,罗绮从风。自汉晋以来,诸王豪侈,未之有也。出则鸣驺御道,文物成行,铙吹响发,笳声哀啭;入则歌姬舞女击筑吹笙,而丝管迭奏,连宵尽日。竹林鱼池,侔于禁苑。芳草如积,珍木连阴。及雍薨后,诸妓女悉令入道,或有出家者。美人徐月华善弹箜篌,能为《明妃出塞》之歌,闻者莫不动容。永安中,与卫将军原士康为侧室。士康宅亦近清阳外,徐鼓箜篌而歌,哀声入云。行路听者,俄而成市。徐常语士康云:"王有二美姬,一名修容,一名艳姿。并蛾眉皓齿,洁貌倾城。修容能为《绿水歌》,艳姿善为《逐凤舞》。并爱倾后室,宠冠诸姬。"士康闻此,常令徐歌《绿水》《文凤》之曲焉。出《伽蓝记》。

吃的果子，便全都吃光了。从厕所回来后，婢女端着盛着水的金盆，用琉璃碗装着澡豆。王敦将澡豆倒入水中，喝了下去，众婢女看了全都掩口而笑。出自《世说新书》。

魏高阳王雍

后魏高阳王元雍，居住在京都洛阳清阳门外几里的地方，在御道的西侧，是洛阳城中一流的宅第。北魏孝明帝正光年间，元雍官至丞相。皇上赏赐给他用鸟羽装饰的华盖仪仗和演奏乐曲的乐队，皇家卫队百人。权势显赫，位极人臣，富有到山海都归他所有。他居住的府第，可以跟皇宫媲美，雪白的墙壁，朱红的门槛，绵延秀美，飞翘的屋檐，华丽的房舍，交错连通。府中有僮仆六千人，歌妓舞女五百人。最珍贵的隋珠可以映照太阳，华丽的罗绮随风舞动。自汉晋以来，最奢侈的王公大臣，也没达到这种地步。元雍出行则有骑马的侍从在前面鸣锣开道，后面紧跟着各种车服旌旗仪仗，并有军乐为他伴行，胡笳声哀啭苍凉；回到府中则有歌姬舞女为他唱歌起舞，击筑吹笙，丝竹管弦接连演奏，通宵达旦不歇息。至于府中的竹林鱼池之美，皇家御苑也不过如此。翠绿的芳草连片，珍木奇树成荫。元雍死后，五百名歌姬舞伎都被下令遁入空门，有的出家为尼。美人徐月华擅长演奏箜篌，最拿手的是演奏《明妃出塞》，听她演奏此曲的人，没有不被感动得流下眼泪来的。孝庄帝永安年间，徐月华下嫁给原士康做妾。原士康的府第也在清阳门外，徐月华经常边鼓箜篌边歌唱，凄婉的歌声传入云霄。路上的行人都驻足倾听，不一会儿就如同集市一样。徐月华经常对士康说："高阳王生前有两位美姬，一位名叫修容，一位名叫艳姿。两位美姬都长得蛾眉皓齿，容貌洁雅端丽，倾城倾国。修容最擅长唱《绿水歌》，艳姿最擅长跳《逐凤舞》。在众多的后室姬妾中，元雍最宠爱的就是她们二人。"原士康听了之后，经常让徐月华为他奏唱《绿水》《文凤》两支曲子。出自《伽蓝记》。

元 琛

后魏王侯外戚公主,擅山海之富,居川林之饶。争修园宅,互相夸竞。崇门丰室,阿户连房,飞馆生风,重楼起雾。高台芳树,家家而筑。花林曲池,园园而有。莫不桃李夏绿,竹柏冬青。而河间王琛最为豪首,常与高阳争衡。造文柏堂如徽音殿。置玉井金罐,以五色丝为绳。妓女三百人尽皆国色,有婢朝云善吹箎,能为《团扇歌》《陇上声》。琛为秦州刺史,诸羌外叛,屡讨之不降。琛令朝云假为贫妪,吹箎而乞。诸羌闻亡,悉皆流涕,迭相谓曰:"何为弃坟井,在山谷为寇耶?"相率归降。秦民语曰:"快马健儿,不如老妪吹箎。"琛在秦中,多无政绩。遣使向西域求名马,远至波斯国,得千里马,号曰"追风赤"。次有七百里者十余,皆有名字。以银为槽,金为环锁。诸王服其豪富。琛尝语人云:"晋室石崇,乃是庶姓,犹能雉头狐腋,画卵雕薪。况我大魏天王,不为华侈。"造迎风馆于后园。窗户之上,列钱青琐,玉凤衔铃,金龙吐旆。素奈朱李,枝条入檐,妓女楼上坐而摘食。

琛尝会宗室,陈诸宝器。金瓶银瓮百余口,瓯擎盘合称是。其余酒器,有水晶钵、玛瑙硫璃碗、赤玉卮数十枚。

元 琛

北魏时期，王侯、外戚以及公主们，都富得占有山海，居住的都是风景优美、物产丰富的地方。他们争相修造营建房宅园林，互相夸耀斗富。他们居住的府第都是高高的门楼、富丽的居室，家家都有连片的高屋，饰有飞檐的堂馆，一座挨一座的高楼，各种高台、亭榭。至于花木、林树、曲径、幽地，每座庭园都有。而且都是夏有桃李润绿，冬有竹柏常青。但是，其中最富有的还是河间的元琛，常与高阳王元雍一争高下。建造的文柏堂就像皇家的徽音殿，堂内设置玉井金罐，以五色丝为井绳。元琛家养有三百名歌姬舞伎，全都是倾国之色。其中有一个名叫朝云的婢女擅长吹竹篪，能奏《团扇歌》《陇上声》。元琛任秦州刺史时，当时羌族的各个部落多有叛乱外逃为寇的人，他多次带兵讨伐，都不能降服。后来，元琛让朝云扮成一位穷老妇，吹竹篪沿街乞讨。这些叛乱的羌人听到他们熟悉的竹篪声后，都泪流满面，互相述说："我们为什么要背井离乡，躲在这深山恶谷中为贼寇呢？"于是，相继归降。秦人说："快马健儿，不知老妪吹篪。"元琛在秦州刺史任上，没有多少政绩。他曾派出使臣向西域各国索求名马，最远的时候到达波斯国，求得一匹千里马，名叫"追风赤"。还求得日行七百里的马十多匹，都各有名字。喂养这些马的食槽是用银做的，环锁都是金的。诸位王姓富豪都佩服他的富有。元琛曾经跟人说："晋朝时的石崇，乃是一个平民百姓，还能戴饰有雉翎的豪华的帽子，穿着用狐腋拼成的昂贵的裘皮大衣，在鸡蛋、薪木上雕画图形。何况我这位堂堂的大魏国的一方之王，我这样做一点也不算豪华奢侈。"元琛在后园建造一座迎风馆。窗户上用青钱连环成装饰图案，玉石雕成的凤凰嘴中衔着串铃，金铸的龙嘴里吐着垂疏。结着白柰果、红李子的枝条伸进屋檐来，歌舞艺伎们坐在楼上窗边伸手可以摘食。

元琛曾将同宗的人都请到他府上，将各种珍宝器皿展示给他们看。有金瓶、银瓮一百多口，盆、盘、盒、擎灯等器皿，也都非金即银。其余酒具，有水晶钵、玛瑙琉璃碗、赤玉酒杯几十只。

作工奇妙，中土所无，皆从西来。又陈女乐及诸名马。复引诸王按行库藏，锦罽珠玑，冰罗雾縠，充积其内。琛谓章武王融曰："不恨我不见石崇，恨石崇不见我。"融立性贪暴，志欲无厌。见之叹惋，不觉成疾。还家，卧三日不能起。江阳王继来省疾，谕之曰："卿之财产，应得抗衡，何为羡叹，以至于此？"融曰："常谓高阳一人，宝货多于融。谁知河间，瞻之在前。"继曰："卿欲作袁术之在淮南，不知世间复有刘备也。"及尔朱氏乱后，王侯第宅，多题为寺宇。寿丘里间，列刹相望。祇洹郁起，宝塔高壮。四月八日，京都士女，多至河间寺。观其堂庑绮丽，无不叹息，以为蓬莱仙室，亦不是过也。出《伽蓝记》。

隋炀帝

炀帝巡狩北边，作大行殿七宝帐，容数百人，饰以珍宝，光辉洞彻。引匈奴启民可汗，宴会其中。可汗恍然，疑非人世之有。识者云："大行殿者，不祥之兆也。是非王莽轻车之比。此实天心，非关人事也。"出《朝野佥载》。

又唐贞观初，天下乂安，百姓富赡，公私少事。时属除夜，太宗盛饰宫掖，明设灯烛，殿内诸房莫不绮丽。后妃嫔御皆盛衣服，金翠焕烂。设庭燎于阶下，其明如昼。盛奏

这些酒具做工都奇妙无比，是中国所没有的，都是从西方进口来的。又陈列歌妓和他饲养的那些名马。之后，带领诸王参观库房中收藏的珍贵物品，有华丽的毛织品、名贵的珠宝，精美的绉纱、白绸，库房中装得满满的。元琛对章武王元融说："我一点也不以见不到石崇而感到遗憾，只遗憾石崇见不到我。"元融为人贪婪残暴，贪得无厌。他看到元琛有这么多的稀世至宝和财物后，深为惋惜和叹恨，不觉间酿成疾病。回到家中后，三天卧床不起。江阳王元继来探病，劝慰他说："你的财产，完全可以和他人相匹敌，为什么美慕惋惜到得病的地步？"元融说："曾经有人说高阳王元雍珍宝比我元融多，谁知道河间又出了个元琛，他的珍宝也远远地超过我。"元继说："你就跟淮南的袁术一样，不知道世间还有个刘备呢。"后来尔朱氏作乱后，王侯的宅第许多都变成了寺庙。山石乡里之间，寺庙林立相望。寺院兴起，宝塔高大。每到四月初八，京城里的男男女女，都到河间寺去游玩。看到华丽的殿堂廊屋，没有人不赞叹的，认为蓬莱仙室，也不过是这样啊！ 出自《伽蓝记》。

隋炀帝

隋炀帝到北部边地巡游，特意制作一座大行殿七宝帐，可以容纳几百人，镶嵌装饰着各种珍珠、宝石，光芒四射。隋炀帝引请匈奴可汗启民在大行殿内饮宴。启民可汗神情恍然，怀疑人世间不可能有这样的帐房。有见识的人说："隋炀帝造大行殿是一种不吉祥的预兆。它的错误好比王莽当年造的轻车。这实在是上天的旨意，而不是人力所能改变的啊！"出自《朝野佥载》。

又：唐太宗贞观初年，天下太平安定，百姓富裕充足，朝廷和民间都少有大事发生。这年大年除夕，唐太宗下令将皇宫及嫔妃们居住的宫舍装饰布置一新，各处置设灯烛，宫殿里的各个屋子都布置得豪华绮丽。皇后、嫔妃们都身穿华丽的盛服，她们身上的金银珠宝光彩绚烂。在宫中庭院阶下设置火炬，照耀得宫中如同白天一样明亮。又命令宫中乐工一曲接一曲地演奏

歌乐。乃延萧后,与同观之。乐阕,帝谓萧曰:"朕施设孰
与隋主。"萧后笑而不答。固问之,后曰:"彼乃亡国之君,
陛下开基之主,奢俭之事,固不同矣。"帝曰:"隋主何如?"
后曰:"隋主享国十有余年,妾常侍从,见其淫侈。隋主每
当除夜,至及岁夜。殿前诸院,设火山数十,尽沉香木根也,
每一山焚沉香数车。火光暗,则以甲煎沃之,焰起数丈。
沉香甲煎之香,旁闻数十里。一夜之中,则用沉香二百余
乘,甲煎二百石。又殿内房中,不燃膏火,悬大珠一百二十
以照之,光比白日。又有明月宝夜光珠,大者六七寸,小者
犹三寸。一珠之价,直数千万。妾观陛下所施,都无此物。
殿前所焚,尽是柴木。殿内所烛,皆是膏油。但乍觉烟气
薰人,实未见其华丽。然亡国之事,亦愿陛下远之。"太宗
良久不言。口刺其奢,而心服其盛。出《纪闻》。

则天后

　　则天造明堂,于顶上铸铁为鸑鷟,高二丈,以金饰之,
轩轩若飞。数年,大风吹动,犹存其址。更铸铜为大火珠,
饰以黄金,煌煌耀日,今见存焉。又造天枢于定鼎门,并番
客胡商聚钱百万亿所成。其高九十尺,下以铁山为脚,铸

乐曲,好不热闹。唐太宗命人将隋炀帝的皇后萧后请来,一同观赏这空前的盛景。一曲演奏完毕,太宗问萧后:"朕今天晚上的这些陈设布置跟隋炀帝比较,哪个更盛大豪华?"萧后只是微笑并没有回答这个问题。太宗再三问她,萧后回答说:"隋炀帝是个使国家灭亡的昏君,陛下是开创基业的皇帝,因此哪位奢侈、哪位节俭,当然不一样了。"太宗问:"隋炀帝当年是怎样的?"萧后说:"隋炀帝在位十多年,我一向在他身边侍奉他,他的那些奢华淫逸的事情我见得太多了。隋炀帝每到除夕的夜晚,便在大殿前边的各个庭院中架设几十座火山,用的都是沉香木根作燃料,每一座火山都要焚烧好几车沉香木根。如果嫌火光昏暗,就再往上面添加香料甲煎,火焰立刻就可以高达好几丈。沉香、甲煎燃烧散发出来的香味,京城附近几十里地以内都能闻得到。除夕这一个晚上,就要烧掉沉香木二百多车,用掉甲煎二百石。同时,殿内各屋不点灯烛,而是悬挂一百二十枚巨大的珍珠用来照明,光亮如同白昼。又有明月宝夜光珠,大的六七寸,小的也有三寸。一枚夜光珠就价值几千万钱。我看陛下今晚的陈设布置,都没有这些东西。殿前所烧的,全是些木柴。殿内点燃的,也是膏油蜡烛。只是一开始让人觉得烟气太熏人,实在是看不出有什么华丽来。然而,穷奢极欲则会亡国的啊,还望陛下远避为好。"唐太宗听了之后,很长时间没说一句话。虽然后来嘴里指斥隋炀帝的奢侈靡费,但心中却暗暗叹服当时场面的繁盛。

出自《纪闻》。

则天后

武则天建造明堂,在明堂顶上铸造一只铁凤凰,高二丈,用黄金装饰它,展翅的样子像在天空飞动。几年后,经历过狂风吹动,现在还存有它的基址。武则天还用铜铸造了一只大火珠,上面饰以黄金,光彩夺目可以照耀太阳,现在仍然完好地保存着。武则天又在定鼎门建造了一座天枢,是用向外族客商集资百万亿钱才建造成的。天枢高九十尺,下面铸有铁山做底脚,铸造

铜为二麒麟，以镇四方。上有铜盘，径三丈。蛟龙人立，两足捧大火珠，望之如日初出。镌文于柱曰："大周万国述德天枢。"后开元中推倒，铜入上方。出《大唐新语》。

许敬宗

唐许敬宗奢豪。尝造飞楼七十间，令妓女走马于其上，以为戏乐。出《独异记》。

张易之

张易之为母阿臧造七宝帐，金银珠玉宝贝之类，罔不毕萃。旷古以来，未曾闻见。铺象牙床，织犀角簟，罽貂之褥，蛮氎之毡，汾晋之龙须、临河之凤翮以为席。阿臧与凤阁侍郎李迥秀私通，逼之也，以鸳鸯盏一双共饮，取其常相逐。迥秀畏其盛，嫌其老，乃荒饮无度，昏醉是务，常频唤不觉。出为恒州刺史。易之败，阿臧入官。迥秀被坐，降为卫州长史。出《朝野佥载》。

宗楚客

宗楚客造一宅新成，皆是文柏为梁，沉香和红粉以泥壁，开门则香气蓬勃。磨文石为阶砌及地，着吉莫靴者，行则仰仆。楚客被建昌王推得赃万余贯，兄弟配流。太平公主就其宅看，叹曰："观其行坐处，我等虚生浪死！"一年，

两只铜麒麟,用来镇守四方。天枢上面置有一只巨形铜盘,直径三丈阔。并铸有蛟龙,像人一样立在那儿,两足捧着一只大火珠,远远望去像太阳刚刚升起来。在柱子上镌刻文字:"大周万国述德天枢。"后来,唐玄宗开元年间,这座天枢被推倒,所有的铜物、铜饰都被没收送入皇宫库府。 出自《大唐新语》。

许敬宗

唐朝时许敬宗非常豪华奢侈。他曾经建造飞楼七十间,让艺妓们骑马在楼上奔走,以此作为一种游戏与娱乐。 出自《独异记》。

张易之

张易之为他母亲阿臧制造七宝帐,上面金、银、珠、玉等各种珍宝,无不具备。从远古到现在,从未有听到过、从未有见到过这样奢华的帐幔。张易之还为母亲铺设象牙制作的床,床上铺的是犀角席,用灰鼠和貂皮做的褥子,蛩蟊毛和蚊毫所制作的毡褥,汾晋的龙须和临河的凤翮编织的床席。阿臧逼迫凤阁侍郎李迥秀与她私通,两人用一对鸳鸯酒杯饮酒,取其常相伴而行、永以为好的寓意。李迥秀畏惧她家权盛一时,又嫌弃她年老色衰,于是颓唐地饮酒浇愁没有止境,直到醉得酩酊大醉为止,经常是阿臧怎么招呼他也不醒过来。后来,李迥秀出任恒州刺史。张易之被杀,他母亲阿臧没入官府充奴仆。李迥秀也被牵连,降职为卫州长史。 出自《朝野佥载》。

宗楚客

宗楚客新建造一座宅院,一律用文柏木为屋梁,墙壁是用沉香和红粉抹的,一打开门马上香气四溢。将有纹理的石块磨平,用来铺砌台阶直到地面,穿着吉莫靴的人,走在这样光滑的地面上,抬脚就要滑倒的。宗楚客被建昌王查出赃款一万多贯,兄弟俩被发配流放。太平公主到他的宅院观看后,感叹说:"看了他家的宅院,我们这些皇家子弟都枉活在世上了!"一年后,

追入为凤阁侍郎。景龙中,为中书令。韦氏之败被诛。出《朝野佥载》。

安乐公主

洛州昭成佛寺,有安乐公主造百宝香炉。高三尺,开四门。绛桥勾栏,花草飞禽走兽,诸天妓乐,麒麟鸾凤,白鹤飞仙。丝来线去,鬼出神入,隐起钑镂,窈窕便娟。真珠玛瑙,琉璃琥珀,颇梨珊瑚,车渠琬琰,一切宝贝,用钱三万,库藏之物,尽于是矣。出《朝野佥载》。

又

安乐公主改为悖逆庶人。夺百姓庄田,造定昆池四十九里,直抵南山,拟昆明池。累石为山,以象华岳。引水为涧,以象天津。飞阁步檐,斜墙磴道,被以锦绣,画以丹青,饰以金银,莹以珠玉。又为九曲流杯池,作石莲花台,泉于台中流出。穷天下之壮丽,言之难尽。悖逆之败,配入司农。每日士女游观,车马填咽。奉敕,辄到者,官人解见任,凡人决一顿,乃止。出《朝野佥载》。

宗楚客又被召回京城担任凤阁侍郎。到了唐中宗景龙年间，他又出任中书令。韦氏图谋叛乱政变失败后，宗楚客也被杀死。出自《朝野佥载》。

安乐公主

洛州的昭成佛寺里，有安乐公主制造的百宝香炉一只。这个香炉高三尺，四面都可以打开。上面有红桥栏杆，装饰有花、草、飞禽、走兽，诸位天女乐妓，麒麟、鸾凤，白鹤飞仙。都是用金线、银线嵌饰花纹，隐起镂刻成的。每个人物都轻盈姣好，真乃是鬼斧神工。而且香炉上面还镶嵌着珍珠玛瑙、琉璃琥珀、玻璃珊瑚、车渠琬琰等，什么宝物都有。制造这座百宝香炉耗用了三万钱，库府中所珍藏的宝物全都拿出来，用在这上面了。出自《朝野佥载》。

又

安乐公主因为犯了忤逆罪被贬为普通百姓。曾夺取侵占老百姓的庄田，修造了一座定昆池，周围四十九里，一直到南山，可以与昆明池相比。在池边用石头堆砌成一座假山，仿效华山。引来河水成为溪涧，仿效银河。围着池边建造了许多楼、台、亭、榭，座座都是翘盖如翼、步檐出廊。池周围依山砌有斜墙，铺上登山的石道。而且，到处都披锦挂绣，绘画上各种花鸟图案、壁画，镶嵌装饰着金、银、珠、玉，绮丽奢华，溢光流彩。安乐公主又修造一座九曲流杯池，在池中修建石莲花台，引泉水从石台中流出来。真是穷尽普天下的壮观华丽，都不能用言语一一将它讲述出来啊！"悖逆庶人"被杀之后，定昆池被分配给大司农管理。每天都有男男女女来到这里游玩观赏，经常是车马堵塞，热闹非凡。后来，奉皇上的敕令，凡是擅自来到这里的人，有官职的人则解除现职，一般百姓就杖责一顿，这才没有人再去游赏了。出自《朝野佥载》。

又

安乐公主造百鸟毛裙，以后百官百姓家效之。山林奇禽异兽，搜山荡谷，扫地无遗。至于网罗，杀获无数。开元中，焚宝器于殿前，禁人服珠玉金银罗绮之属，于是采捕乃止。出《朝野佥载》。

杨慎交

景龙中，妃主家竞为奢侈。驸马杨慎交、武崇训至以油洒地，筑毬场。出《国史异纂》。

唐睿宗

唐睿宗先天二年正月十四、十五、十六夜，于京师安福门外，作灯轮高二十丈。被以锦绮，饰以金银。燃五万盏灯，俱竖之如花树。宫女千数，衣绮罗，曳锦绣，耀珠翠，施香粉。一花冠，一巾帔，皆至万钱。装束一妓女，皆至三百贯。妙简长安万年县年少妇女千余人，衣服花钗媚子亦称是。于灯下踏歌三日夜。观乐之极，未始有之。出《朝野佥载》。

玄 宗

玄宗幸华清宫。新广汤池，制作宏丽。安禄山于范阳，以白玉石为鱼龙凫雁，仍为石梁及石莲花以献。雕镌巧妙，殆非人功。上大悦，命陈于汤中，又以石梁横亘汤上，而莲花才出于水际。上因幸华清宫。至其所，解衣将入。

又

安乐公主用百鸟毛编织一条裙子。后来，官宦人家和普通百姓都争相效仿。山林中珍禽异兽，被搜山荡谷，清扫一空。乃至于张布罗网，捕杀无数鸟兽。唐玄宗开元年间，皇上在大殿前将这些珍宝异器尽数焚毁掉，禁止有人再穿戴金、银、罗绮之类的衣服，这才制止住了采集捕猎的风气。出自《朝野金载》。

杨慎交

唐中宗景龙年间，妃主家互相争胜谁家更奢侈豪华。驸马杨慎交、武崇训竟然用油洒地，修筑球场。出自《国史异纂》。

唐睿宗

唐睿宗先天二年正月十四、十五、十六三个晚上，在京城长安安福门外，修造一座大型彩灯，高二十丈，披裹锦绮等丝织品，上面装饰着金银。并且同时点亮五万盏彩灯，都高高地悬挂起来，远望如同花团锦簇的大树。下面还有千余名宫女，身穿绮罗，肩披锦绣，头戴珠翠，脸施脂粉，个个打扮得华丽妖娆可人。而且一条披巾，一只花冠，都价值万钱。装束一个歌妓舞女，都得用上三百贯钱。又从长安万年县精心挑选出青年妇女一千多人，这些人的衣服、花饰、首饰等，跟宫女们一样。她们一同在彩灯下载歌载舞，三天三夜不散。像这样盛大的元宵灯会，是从未有过的。出自《朝野金载》。

玄　宗

唐玄宗驾幸华清宫。在那里重新扩建温泉浴池，修造得宏丽堂皇。安禄山在范阳用白玉雕刻成鱼、龙、凫雁，又制作了石梁、石莲花，一并进献给玄宗。这些东西雕刻得十分精巧神妙，巧夺天工。玄宗皇帝特别高兴，立即命人将这些东西放进浴池中，又命人将石梁横放在浴池上面，石莲花刚刚露出水面。玄宗于是驾幸华清宫。来到温泉浴池，他脱去衣服，刚要下到池水中。

而鱼龙凫雁，皆若奋鳞举翼，状欲飞动。上甚恐，遽命撤去，其莲花至今犹存。又尝于宫中置长汤屋数十间，环回甃以文石。为银镂漆船及白香木船，置于其中。至于楫橹，皆饰以珠玉。又于汤中，垒瑟瑟及沉香为山，以状瀛洲方丈。上将幸华清宫，贵妃姊妹竞饰车服。为一犊车，饰以金翠，间以珠玉。一车之费，不啻数十万贯。既而重甚，牛不能引。因复上闻，请各乘马。于是竞购名马，以黄金为衔镳，组绣为障泥。共会于国忠宅，将同入禁中。炳炳照烛，观者如堵。自国忠宅至于城东南隅，仆御车马，纷纭其间。国忠方与客坐于门下，指而谓客曰："某家起于细微，因缘椒房之亲，以至于是。吾今未知税驾之所，念终不能致令名，要当取乐于富贵耳。"由是骄奢僭侈之态纷然，而昧处满持盈之道矣。太平公主玉叶冠、虢国夫人夜光枕、杨国忠锁子帐，皆稀代之宝，不能计其直。出《明皇杂录》。

虢国夫人

杨贵妃姊虢国夫人，恩宠一时。大治第宅，栋宇之盛，举无与比。所居韦嗣立旧宅。韦氏诸子方午偃息于堂庑间，忽见妇人衣黄罗帔衫，降自步辇。有侍婢数十人，笑语

忽然觉得放置在池水中的石鱼、石龙、石凫雁，都像抖动鳞片、振起翅膀要动要飞的样子。玄宗皇帝大为惶恐，立即命人将它们统统搬走，只有石莲花直到今天还留存在浴池中。玄宗皇帝又在华清宫中建造长形浴屋几十间，环绕的屋墙都砌上玛瑙或带纹理的石头。又造银镂漆船和白香木船，放在温汤浴池中。至于船桨、船橹，都用珍珠、玉石作装饰物。又在池水中用碧绿色的宝石和沉香木垒成两座假山，形状像传说中的瀛洲、方丈二座仙山。玄宗皇帝将巡幸华清宫，杨贵妃的姐妹们竞相置办豪华的车服。一辆牛车，用黄金翡翠作装饰，还有珍珠、美玉。装饰一辆牛车的费用，不下几十万贯。牛车太重了，牛拉不动。因此又向皇上呈报，请求各自换乘马车。于是又竞相购买名马，用黄金制作马嚼子，用华丽的组绣作障泥垂在马腹两侧。她们会集在身为丞相的哥哥杨国忠府上，一同前往宫内。灯烛通明，围观的人像墙一样将她们围起来。从杨国忠的府第到京城东南角，仆人们驾着马车，一片纷纭。杨国忠和宾客坐在府门下，指着这长长的车队说："我家出身寒微，因为贵妃跟当今皇上结为亲家，以至于富贵显赫到这种程度。我现在也不知道将来的归宿在哪里，但是考虑到像我们这样靠跟皇上结亲而显赫的人家，终归不能在史书上留下什么美好的声誉，还不如尽一时之富贵享乐呢！"从此之后，杨家兄妹更加骄奢淫逸，恣情享乐，而根本不懂得极盛之时的处世之道。太平公主的玉叶冠、虢国夫人的夜光枕与丞相杨国忠的锁子帐，都是稀世珍宝，它们的价值是无法估量的。出自《明皇杂录》。

虢国夫人

　　杨贵妃的姐姐虢国夫人，曾获得到盛极一时的恩宠。她大肆修造府第住宅，房屋栋宇的宏伟高大，整个高城长安没有能与之相比的。她住的原本是已故大臣韦嗣立的旧宅。一天中午，韦嗣立的儿子们正在屋中睡午觉，忽然看见一位贵妇人，身着黄罗披衫，从步辇上走出来。她身旁围着几十个侍女，谈笑

自若。谓韦氏诸子曰:"闻此宅欲货,其价几何?"韦氏降阶曰:"先人旧庐,所未忍舍。"语未毕,有工数百人,登东西厢,撤其瓦木。韦氏诸子乃率家童,挈其琴书,委于路中。而授韦氏隙地十数亩,其宅一无所酬。虢国中堂既成,召匠污镘。授二百万赏其值,而复以金盏瑟瑟三斗为赏。后曾有暴风拔树,委其堂上。已而视之,略无所伤。既撤瓦以观之,皆乘以木瓦。其制作精致,皆此类也。虢国每入禁中,常乘骢马,使小黄门御。紫骢之俊健,黄门之端秀,皆冠绝一时。出《明皇杂录》。

自若,如入无人之境。对韦家的几个儿子说:"听说这所宅院要卖,售价多少啊?"韦家儿子走下台阶恭迎道:"这宅院是先人留给我们的,我们不舍得把它卖了。"话还未说完,就涌进来好几百个工人,登上东、西厢房掀瓦拆房。韦家诸子和童仆只好拿着琴、书等日常使用的器具,站在路中间眼睁睁地看着他们拆扒自己的房屋。最后,虢国夫人只留下十几亩的一小块地方给韦家,而且分文未给。虢国夫人新宅的中堂建好后,召来工匠进行粉刷墙壁。给工钱二百万钱,又拿出金盏、碧色宝石三斗作为工钱赏给工匠们。后来,有一次刮暴风将一株大树连根拔起来,落在虢国夫人新宅的堂屋上。风停后上到堂屋顶上看,基本上没有什么损坏。后来撤掉瓦看,房上覆盖的是精制的木瓦。整座宅院修造的精致程度,都跟这差不多。虢国夫人每次进入皇宫,经常骑着一匹紫骢宝马,旁边有一个小太监为她牵马。紫骢宝马的高大健美,小太监的端庄俊秀,都是当时首屈一指的。出自《明皇杂录》。

卷第二百三十七
奢侈二

韦陟　芸辉堂　裴冕　于頔　王涯
李德裕　杨收　同昌公主　李璋　李使君

韦　陟

韦斌虽生于贵门,而性颇质厚。然其地望素高,冠冕特盛,虽门风稍奢,而斌立朝侃侃,容止尊严,有大臣之体。每会朝,未尝与同列笑语。旧制,群臣立于殿庭,既而遇雨雪,亦不移步于廊下。忽一旦密雪骤降,自三事以下,莫不振其簪裾,或更其立位。独斌意色益恭,俄雪甚至膝。朝既罢,斌于雪中拔身而去。见之者咸叹重焉。

斌兄陟,早以文学识度,著名于时。善属文,攻草隶书。出入清显,践历崇贵。自以门地才华,坐取卿相。而接物简傲,未尝与人款曲。衣服车马,尤尚奢侈。侍儿阉竖,左右常数十人。或隐几搘颐度日,懒为一言。其于馔

韦 陟

　　韦斌虽然生在富贵人家,然而他的性情却很耿直厚道。他家的声望地位一向很高,在朝做官的人很多。虽然门风稍微有些奢华,可韦斌在朝为官素来刚直,举止言行庄重而有威仪,很有大臣的风范做派。每次上朝时,从来不跟站在一起的僚属们谈笑。按朝廷旧例,文武百官站在殿前庭上,即使遇上下雨、下雪,也不允许走到殿廊下躲避。有一天早晨,天上忽然下起大雪,自三公以下,没有不摘掉帽子掸雪或改变原来所站的位置的。只有韦斌站在那儿一动不动,一直到大雪都埋住了他膝盖。直到退朝后,韦斌才从雪中拔脚走回去。看到的人全都对他叹服敬重。

　　韦斌的哥哥韦陟,年幼时便以博学有见识著称。他擅长写文章,专心致志地研习草书、隶书。跟他交往的人都居清要显达的官位,他经常走动的人家也都是高贵有名望的。自以为凭借他的门第与才华,官位相位全不难得到。他平常待人接物态度太高傲、简慢,从不与任何人殷勤应酬。他穿的衣服、乘坐的车马,都特别奢侈豪华。在他身边,经常有几十个僮仆太监服侍他。有时候,他整天坐在书案旁边,用手托腮,一句话不说。他对饭

羞，尤为精洁，仍以鸟羽择米。每食毕，视厨中所委弃，不啻万钱之直。若宴于公卿，虽水陆具陈，曾不下箸。每令侍婢主尺题，往来复章。未尝自札，受意而已。词旨重轻，正合陟意。而书体遒利，皆有楷法。陟唯署名。常自谓所书陟字，如五朵云。当时人多仿效，谓之"郇公五云体"。常以五彩纸为缄题。其侈纵自奉，皆此类也。然家法整肃。其子允，课习经史，日加诲励，夜分犹使人视之。若允习读不辍，旦夕问安，颜色必悦。若稍怠惰，即遽使人止之，令立于堂下，或弥旬不与语。陟虽家僮数十人，应门宾客，必遣允为之。寒暑未尝辍也，颇为当时称之。然陟竟以简倨特才，常为持权者所忌。出《酉阳杂俎》。

芸辉堂

元载造芸辉堂于私第。芸辉香草名也，出于阗国。其香洁白如玉，入土不朽烂。春之为屑，以涂其壁，故号"芸辉"。而更以沉香为梁栋，金银为户牖。内设悬黎屏风紫绡帐。其屏风本杨国忠之宝也。其上刻前代美女妓乐之形，外以玳瑁水晶为押，络饰以真珠瑟瑟。精巧之妙，殆非人工所及。紫绡帐得于南海溪洞之帅首，即绞绡类也。轻疏而薄，如无所碍。虽当时凝寒，风不能入；盛夏则清凉自至。其色隐隐，或不知其帐也，谓载卧内有紫气。其余服

菜,尤其追求精细、洁净,用鸟羽挑选米。每吃完一顿饭,厨房里所扔掉的菜肴食物,都不只万钱。如果到公卿同僚家赴宴,虽然山珍海味俱全,韦陟却不动筷。韦陟常让他的侍婢办理文书。往来的信函,他从不亲自书写,而是授意给他的侍婢代为书写。遣词用句的分寸正好符合他的心意。而且书写的字体遒劲流利,都非常符合章法。韦陟只签署个名氏而已。他常常自己夸赞他签署的"陟"字,宛若五朵云彩。当时有许多人都效仿他的这种签署方式,称之为"郇公五云体"。韦陟常年使用五彩纸为信笺。他的日常生活用度的奢华程度,都像这样啊!但是,韦陟的治家法规非常严整。他的儿子韦允学习经史,每天他都加以教诲训励,就是在夜间,也常派人去察看。如果韦允学习很用功,不停顿,则在早、晚向父母问安时,都和颜悦色。如果他稍有懈怠,就立即派人去制止,命令韦允站在厅堂下,或者十天之内不跟儿子说一句话。韦陟虽然有家僮几十人,但是凡是到他家来的宾客,必定让他的儿子韦允接待、迎送。不论寒冬酷暑也从未间断,很被当时的人所称道。可是韦陟这还是因为高傲恃才,常常被那些有权有势的人所忌恨。出自《酉阳杂俎》。

芸辉堂

元载在自己的宅院里建造了一座芸辉堂。芸辉是一种香草名,产在于阗国。它的质地像玉一样洁白,掺入土里不腐烂。元载将它捣成碎屑,用来涂饰墙壁,因此叫"芸辉堂"。这座殿堂还用沉香木作屋梁,用金银作门窗。殿堂内装有美玉制的屏风,紫色的绡帐。美玉屏风本是杨国忠心爱的至宝,上面雕刻着前朝美女妓乐图,另外用玟瑰、水晶作压帘的饰具,还用碧色宝石串成串作装饰。它制作得精致巧妙,巧夺天工。紫绡帐从南海溪洞洞主那儿得到,是用绞绡一类织物制作的。轻疏单薄,挂在那边就像什么也没挂一样。虽然在寒冷的时节,风也刮不进帐子里面;就是在盛夏酷暑,帐子里自然清凉。它的颜色隐隐约约的,有人不知是帐子,都说元载的卧室里有紫气。其他的服饰、

玩奢僭,率皆拟于帝王家。芸辉堂前有池,以文石砌其岸。中有蘋阳花,亦类于白蘋,其花红而且大,如有牡丹。更有碧芙蓉,香洁菖菡,伟于常者。

载因暇日,凭栏以观。忽闻歌声清亮,若十四五女子唱焉,其曲则《玉树后庭花》也。载惊异,莫知所在。及审听之,乃芙蓉中也。俯而视之,闻喘息之音。载大恶,遂剖其花,一无所见。因秘不令人说。及载受戮,而逸奴为平庐军卒,人故得其实。

载龙髯拂,紫色如烂椹。可长三尺,削水晶以为柄,刻红玉以为环钮。或风雨晦暝,临流沾湿,则光彩动摇,奋然如怒。置之于堂中,夜则蚊蚋不能近;拂之为声,则鸡犬牛马无不惊逸;若垂之于池潭,则鳞甲之属,悉俯伏而至;引水于空中,即成瀑布长三五尺,而未尝辄断;烧燕肉薰之,则焞焞焉若生云雾。厥后上知其异,载不得已而进内。载自云,得之于洞庭道士张知和。出《杜阳编》。

又

载之妻王氏字韫秀,缙之女也。初,王缙镇北京,以韫秀嫁元载,岁久而见轻怠。韫秀谓夫曰:"何不增学,妾有奁幌资装,尽为纸笔之费。"王氏父母未知或知,亲属以载

古玩、用具，也都特别奢华，都可以与帝王之家的相比拟。芸辉堂前有一座水池，用带纹理的石头垒砌池塘的堤岸。池中植有蘋阳花，像白蘋一类，它开的花是红色的而且非常大，像牡丹。种植的还有碧芙蓉，香洁荷，都比一般的芙蓉、荷花长得高大壮伟。

一天闲暇时，元载依着栏杆观赏池中的花草。忽然听到清亮的歌声，像十四五岁少女唱的，唱的歌曲是《玉树后庭花》。元载非常惊异，不知道这歌声来自哪里。待仔细审听辨识，乃是从池中芙蓉里发出来的。他俯身察看，听到有喘气的声音。元载非常讨厌，立即将芙蓉花剖开看，什么也没有见到。他不让家里人对外讲这件事。后来等元载获罪被处死后，他家中的一个童仆被遣送到平庐为兵卒，人们才知道这件事。

元载的龙髯拂尘，颜色绛紫，像熟透了的桑椹。这把拂尘长约三尺，用水晶石制作尘柄，雕刻红玉作环钮。到刮风下雨天气晦暗时，靠近流水沾湿后，则光彩摇动，拂尘上的龙髯奋然立起来像发怒了的样子。将它放在厅堂中，到了夜晚蚊子等昆虫不敢靠近；将它拂出声音来，鸡犬牛马听到后没有不惊恐逃离的；如果将它垂放在池潭旁边，那么鱼鳖虾蟹之类，都俯首来到近前；将水喷洒向空中，立即形成长三五尺的瀑布，而且一点也不断流；如果烧燕子肉来熏它，就会生出烟来如云似雾。后来，皇上得知这把拂尘的奇异后，元载不得已，只好把它进献到宫中。元载自称，这把拂尘是从洞庭湖一位叫张知和的道士那里得到的。<small>出自《杜阳编》。</small>

又

元载的妻子王氏字韫秀，是王缙的女儿。起初，王缙镇守太原时，将女儿韫秀嫁给了元载。时间长了，元载在王家受到轻慢。韫秀对元载说："夫君何不再多增加些学问，为妻我带来些陪嫁的钱物、服饰，都可以给你当作读书的费用。"对于这件事，王韫秀的父母或许不知道也或许知道。但是当时亲属们都将他们

夫妻皆乞儿，厌薄之甚。元遂游秦，为诗别韫秀曰："年来谁不厌龙钟，虽在侯门似不容。看取海山寒翠树，苦遭霜霰到春风。"妻请偕行曰："路扫饥寒迹，天哀志气人。休淋离别泪，携手入西秦。"载既到京，屡陈时务，深符上旨。肃宗擢拜中书。王氏喜元郎入相，寄诸姊妹诗曰："相国已随麟阁贵，家风第一右丞诗。笄年解笑鸣机妇，耻见苏秦富贵时。"载肃宗代宗两朝宰相，贵盛无比。广葺亭台，交游贵族，客候其门，或多间阻。王氏复为一篇以喻之曰："楚竹燕歌动画梁，春兰重换舞衣裳。公孙开馆招嘉客，知道浮荣不久长。"载于是稍减。太原内外亲属悉来谒贺，韫秀安置于闲院。忽因天晴之景，以青紫丝绦四十条，各长三十丈，皆施罗纨绮绣之饰。每条绦下，排金银炉二十枚，皆焚异香，香至其服。乃命诸亲戚西院闲步，韫秀问是何物，侍婢对曰："今日相公与夫人晒曝夜服。"王氏谓诸亲曰："岂料乞索儿妇，还有两事盖形粗衣也。"于是诸亲羞赧，稍稍辞去。韫秀常分馈服饰于他人，而不及太原之骨肉。每曰："非儿不礼于姑姊，其奈当时见辱何！"载后贪恣为心，竟招罪累。上恶诛之，而亡其家。韫秀少有识量，节概亦高。载被戮，上令入宫，备彤管箴规之任，叹曰："王家十二娘子，二十年太原节度使女，十六年宰相妻，谁能书得长信昭阳之事？死亦幸矣！"坚不从命。或云，上宥其罪。或云，京兆笞而毙之。

夫妇当成乞丐看待，非常瞧不起他们。元载于是离家去秦地游学，离家前写诗一首留别韫秀道：“年来谁不厌龙钟，虽在侯门似不容。看取海山寒翠树，苦遭霜霰到春风。”王韫秀也写诗一首，请求陪伴元载去秦游学：“路扫饥寒迹，天哀志气人。休淋离别泪，携手入西秦。”元载到了京城后，多次向朝廷上表陈述治理国家的方针、谋略，很是符合皇上的旨意。于是唐肃宗将他升任为中书令门下平章事。王韫秀欣喜元载官居相位，写诗寄给她的几个姐妹道：“相国已随麟阁贵，家风第一右丞诗。笄年解笑鸣机妇，耻见苏秦富贵时。”元载官居唐肃宗、代宗两朝宰相，富贵权重没人能比。他在宅院中大势兴修楼台亭榭，跟他来往的都是豪门贵族，许多客人在他府门前等候接见，经常受到阻挡。这时，王韫秀又写诗一首劝喻丈夫道：“楚竹燕歌动画梁，春兰重换舞衣裳。公孙开馆招嘉客，知道浮荣不久长。”元载果然有所收敛。太原王氏的远近亲属都来拜见祝贺，王韫秀将他们安排在一个空闲的院中住下。有一天天气晴朗，仆人们借此拴挂上四十条青紫色的丝条，每条长三十丈，上面晾晒着软罗、素绸、绮绣等服饰。每条丝条下面，并排置放二十只金银香炉，里面焚烧的都是异香，用来熏上面的衣物。王韫秀让亲属们去西院散步，问仆人晾的是什么，侍女回答说：“晾晒的是宰相与夫人的晚服。”王韫秀对亲属们说：“谁想到当年的乞讨儿的媳妇，还有两件遮体的粗布衣裳啊！”这些亲属听了后，都羞惭满面，悄悄走开。王韫秀经常将衣服、饰物馈送他人，却从来不送给她太原的亲属，她常说：“不是我不礼待姑姑、姐姐，怎奈当初她们那样轻慢我的！”元载后来骄横贪婪，终于招来罪祸。皇上大怒下诏处死他，抄没家产。王韫秀非常有见识，志节气概也高。元载被处死后，皇上诏令王韫秀进入宫中，当记功书过的女吏，王韫秀接到诏令后，感叹道：“王家的十二娘子，二十年的节度使的女儿，十六年当朝宰相的夫人，怎么还能去记录太后们的宫中之事呢？就是被处死也是万幸之事啦！”坚决不进宫去。有人说，皇上赦免了她的罪过。有人说，她被京兆尹乱杖打死了。

载宠姬薛瑶英能诗书,善歌舞,仙姿玉质。肌香体轻,虽旋波、移光,飞燕、绿珠,不能过也。瑶英之母赵娟,亦岐王之爱妾也。后出为薛氏之妻,生瑶英。而幼以香啖之,故肌香。及载纳为姬,处金丝之帐、却尘之褥。出自勾骊国,云却尘兽毛为之,其色红殷,光软无比。衣龙绡之衣,一袭无二三两,抟之不盈一握。载以瑶英体轻,不胜重衣,故于异国求之。唯贾至、杨炎与载友善,故往往得见歌舞时。至因赠诗曰:"舞怯铢衣重,笑疑桃脸开。方知汉武帝,虚筑避风台。"炎亦作长歌褒美,其略曰:"雪面淡娥天上女,凤箫鸾翅欲飞去。玉钗翘碧步无尘,纤腰如柳不胜春。"瑶英善为巧媚,载惑之,怠于相务。而瑶英之父曰宗本,兄曰从义,与赵娟递相出入,以构贿赂,号为关节。更与中书主吏卓倩等为心腹。而宗本辈以事告者,载未尝不从之。天下赍货求官职者,无不恃载雄势,指薛、卓为梯媒。及载死,瑶英为里人妻。论者以元载丧令德,自一妇人致也。出《杜阳编》。

裴冕

裴冕代裴鸿渐秉政,小吏以俸钱文簿白之。冕顾子弟,喜见于色,其嗜财若此。冕性本侈靡,好尚车服。名马数百金铸者十匹。每会客,滋味品数,多有不知名者。出《朝野佥载》。

元载有个最宠爱的小妾叫薛瑶英，能诗善书，擅长歌舞，玉质仙姿。而且肌肤香艳，体态轻盈，就是春秋时期越国的美女旋波、移光，汉代的赵飞燕，晋代的绿珠，都比不上她。薛瑶英的母亲赵娟，原本是岐王的爱妾。后来再嫁薛家，生了薛瑶英。她从小就给薛瑶英吃香料，因此她肌体芳香。后来薛瑶英被元载纳为妾后，寝卧的是金丝帐，铺的是却尘褥。却尘褥产自勾骊国，据说是用却尘兽毛制作的，殷红色，异常光亮柔软。穿的是龙绡织成的衣服，一件衣服没有二三两重，将它团起来不满一把。元载认为薛瑶英身体轻盈娇丽，不堪穿太重的衣服，因此才从勾骊国寻到这种龙绡衣。元载在世时，因为他只有贾至、杨炎二位好友，他们二人常常能够亲眼看到薛瑶英唱歌跳舞。贾至赠诗道："舞怯铢衣重，笑疑桃脸开。方知汉武帝，虚筑避风台。"杨炎也作一首长诗赞美薛瑶英："雪面淡娥天上女，凤箫鸾翅欲飞去。玉钗翘碧步无尘，纤腰如柳不胜春。"薛瑶英非常会巧笑献媚，元载对她很是迷恋，宰相的政务也懒得去处理。薛瑶英的父亲叫宗本，哥哥叫从义，与她的母亲赵娟，频繁出入相府，来收索贿赂，被称为关节。更严重的是，他们跟中书主吏卓倩等人互相勾结、狼狈为奸。而宗本等人告求元载的事情，元载从未有过不应允的。当时，所有带着钱物贿赂他们谋求官职的人，都依仗元载的权势，靠薛家的人与卓倩从中搭桥。后来元载被朝廷处死，薛瑶英又嫁给闾里的一般人家为妻了。评论这件事情的人认为元载丧失德操，是由一个女人导致的！出自《杜阳编》。

裴　冕

裴冕代替裴鸿渐处理政务，属下的小官吏将记录薪俸的文簿禀白他。裴冕回头看裴家子弟，喜形于色，他就是这样爱财。裴冕生性好奢华铺张，喜好车马服饰。他家养着十匹名贵的马，每匹都耗费几百金为它制备鞍辔。每次宴请宾客，都上好多菜肴，有很多是大家连名字都不知道的。出自《朝野佥载》。

于 頔

于頔为襄州，点山灯，一上油二千石。李昌夔为荆南，打猎，大修妆饰。其妻独孤氏，亦出女队二千人，皆著干红紫绣袄子锦鞍鞯。此郡因而空耗。出《传载》。

王 涯

文宗朝，宰相王涯奢豪。庭穿一井，金玉为栏，严其锁钥。天下宝玉真珠，悉投于中。汲其水，供涯所饮。未几犯法，为大兵枭戮，赤其族。涯骨肉色并如金。出《独异志》。

李德裕

武宗朝，宰相李德裕奢侈。每食一杯羹，其费约三万。为杂以珠玉宝贝，雄黄朱砂，煎汁为之。过三煎则弃其粗。出《独异志》。

杨 收

咸通中，崔安潜以清德峻望，为镇时风。宰相杨收师重焉，欲设食相召，无由可人。先请崔公之门人，方便为言，至于再三，终未许，杨意转坚。稍稍亦有流言，或劝崔曰：“时相不可坚拒。”不得已而许之。杨甚喜，遽令排比，然后请日祗候。先是崔公亲情间人，亦与杨通旧。欲求事，请公言之，终难启口。将赴杨之召，谓亲情曰：“修行今召我食。明日，尔但与侧近祗候。此际必言之，倘或要

于 頔

于頔在襄州为官,点山灯,一次就用了二千石油。李昌夔在荆南为官,喜欢打猎,对服饰车马大加装饰。他的妻子独孤氏,也带着女队二千人出行,每个人都穿着深红色绣着紫花的祆,铺着彩锦鞍鞯。荆南一地的库藏因此被消耗一空。出自《传载》。

王 涯

唐文宗时,宰相王涯极其奢侈豪华。在他庭院中凿一口井,围井的栏杆都是用黄金、玉石制作的,而且用锁头锁上,严加看管。他将普天下的珠宝玉石搜刮来后,都投进这口井里。井里打上来的水供他自己饮用。不久王涯触犯了刑律,被斩首示众,整个亲族被杀尽。王涯的骨肉全都呈金色。出自《独异志》。

李德裕

唐武宗时,宰相李德裕非常奢侈。他食用的一杯菜羹,都价值三万钱。汤里掺杂珠玉等各种宝物,再加上雄黄、朱砂等用火煎成汁液做的。煎过三次后,就会扔掉那些汤渣。出自《独异志》。

杨 收

唐懿宗咸通年间,崔安潜因为清正德操和崇高声望,成为一时风范。宰相杨收很器重他,要宴请他,却苦于没有理由。最初,杨收请崔安潜的弟子门客给从中沟通斡旋,再三邀请,崔安潜都没有答应,但杨收非要请崔安潜赴宴不可。而渐渐有了流言蜚语,有人劝说崔安潜道:"杨收现在是一朝宰相,不能强意拒绝。"于是,崔安潜才勉强应允了。杨收非常高兴,马上命令家人安排准备,然后定好宴请的日期在府上恭候。起先,崔安潜有位熟人跟杨收也是旧交。有事欲求杨收,请崔安潜说项,始终难于启口。现在崔安潜已答应到杨家赴宴,于是对他的这位熟人说:"现在杨收邀请我去他家赴宴。明天我去他家时你务必在他家附近恭候。这次我一定跟杨收提及你的这件事,倘若他提出要

见,尔便须即来。"及崔到杨舍,见厅馆铺陈华焕,左右执事皆双鬟珠翠,崔公不乐。饮馔及水陆之珍。台盘前置香一炉,烟出成楼阁之状。崔别闻一香气,似非烟炉及珠翠所有者,心异之,时时四顾,终不谕香气。移时,杨曰:"相公意似别有所瞩?"崔公曰:"某觉一香气异常酷烈。"杨顾左右,令于厅东间阁子内缕金案上,取一白角楪子,盛一漆毬子。呈崔公曰:"此是罽宾国香。"崔大奇之。宴罢返归,竟不说得亲情求事。据《太宗实录》云,罽宾国进拘物头花,香闻数里,疑此近是。又见杨门人说,相公每下朝,常弄一玉婆罗门子。高数寸,莹彻精巧可爱,云是于阗王内库中物。出《卢氏杂说》。

同昌公主

咸通九年,同昌公主出降。宅于广化里,锡钱五百万贯。更罄内库珍宝,以实其宅。而房栊户牖,无不以众宝饰之。更以金银为井栏药臼,食柜水槽,铛釜盆瓮之属,缕金为笊篱箕筐,制水晶火齐琉璃玳瑁等为床,搘以金龟银鹿。更琢五色玉为器皿什物,合百宝为圆案。赐金麦银粟共数斛,此皆太宗朝条支国所献也。堂中设连珠之帐,

见你,你就马上过来。"崔安潜到了杨府后,只见厅堂楼馆布置得豪华璀璨,左右的招待人员,一律是头梳双鬟、戴珠叠翠的美女,他很不高兴。开宴后,上的菜肴都是山珍海味,极为名贵。桌案前边放着一只香炉,里面有屡屡香烟燃出,烟形呈楼阁的样子。崔安潜还闻到另外一种香味,似乎不是这只香炉和珠翠等饰物发出的香气,心里暗暗诧异,不时地环视四周,始终没有找到这股异香是从哪里来的。过了一会儿,杨收问:"崔老是不是在查找什么东西?"崔安潜说:"我闻到一股香气特别浓烈,不知这香气是从哪来的?"杨收招呼身边的人,让她们从厅堂东间屋里的缕金桌案上,拿过来一只白角碟子,碟子上装着一只漆球。端过来给崔安潜看,说:"这是罽宾国进献来的香料。"崔安潜非常惊异。宴会结束后就回家了,竟然忘了跟杨收谈他的这位熟人求他的那件事情。据《太宗实录》上说,罽宾国进献拘物头花,它散发出来的香气在几里地之内都可以闻到,怀疑宴会上杨收家的大概就是这种香料。又听杨收的门客说,宰相每天下朝后,时常把玩一个玉佛。有几寸高,身体晶莹剔透、精巧可爱,说是于阗国王宫内库收藏的宝物。出自《卢氏杂说》。

同昌公主

　　唐懿宗成通九年,同昌公主出嫁。公主的宅第在京城长安的广化里,皇上赐给她五百万贯钱。而且将宫中内库珍藏的各种珍宝几乎都给了同昌公主,来充实她的新宅。新宅的房屋门窗没有不用这些珍宝装饰的。更为奢华的是,宅内的水井,捣药的药臼,贮放食物的柜厨,存放饮用水的水槽,以及铛、釜、盆、瓮等炊具,全都是用黄金、白银铸制的。用金丝编制筷篓、簸箕、箩筐,用水晶、火齐珠、琉璃、玳瑁等制作床榻,床脚下支着黄金、白银制作的龟、鹿。还用五彩玉石雕琢成器皿等用具,将各种珍宝镶嵌在一块制成圆桌案。皇上还赏赐给同昌公主用黄金制成的麦子,用白银制成的粟米,一共有好几斗。这都是唐太宗在位期间条支国进献的珍品。堂屋中架设的还有连珠帐子,

却寒之帘,犀簟牙席,龙凤绣。连珠帐,续真珠以成也。却寒帘,类玳瑁斑,有紫色,云却寒鸟骨之所为也,但未知出于何国。更有鹧鸪枕、翡翠匣、神丝绣被。其枕以七宝合为鹧鸪之斑,其匣饰以翠羽。神丝绣被,三千鸳鸯,仍间以奇花异叶,精巧华丽,可得而知矣。其上缀以灵粟之珠如粟粒,五色辉焕。更有蠲忿犀、如意玉。其犀圆如弹丸,入土不朽烂,带之,令人蠲忿怒。如意玉类枕头,上有七孔,云通明之象。更有瑟瑟幕、纹布巾、火蚕绵、九玉钗。其幕色如瑟瑟,阔三尺,长一百尺,轻明虚薄,无以为比。向空张之,则疏朗之纹,如碧丝之贯其珠。虽大雨暴降,不能沾湿,云以蛟人瑞香膏所傅故也。纹布巾即手巾也,洁白如雪,光软绝伦,拭水不濡,用之弥年,亦未尝垢。二物称得鬼谷国。火蚕绵出火洲,絮衣一袭,止用一两,稍过度,则熇蒸之气不可奈。九玉钗上刻九鸾,皆九色,其上有字曰"玉儿",精巧奇妙,殆非人制。有得于金陵者,因以献,公主酬之甚厚。一日昼寝,梦绛衣奴传语云:"南齐潘淑妃取九鸾钗。"及觉,具以梦中之言告于左右。公主薨,其钗亦不知其处。韦氏异其事,遂以实语诸门人。或曰:"玉儿即潘妃小字。"逮诸珍异,不可具载。自汉唐公主出降之盛,未之有也。

公主乘七宝步辇,四角缀五色锦香囊,囊中贮辟邪香、

悬挂却寒门帘,铺犀牛皮褥子和用象牙做装饰的竹席,以及乡有龙凤图案的床上用品。连珠帐,是将珍珠串起来编制成的;却寒帘,类似玟瑁花斑,紫色的,据说是用却寒鸟骨做成的,但是不知道产在哪个国家。还有鸱鸪枕、翡翠匣、神丝绣被等华贵物品。鸱鸪枕,用七种珍宝镶嵌成鸱鸪的图案,翡翠匣上面装饰有翠色的羽毛。神丝绣被上面,绣有三千只鸳鸯,中间穿插奇花异叶,精巧华丽可想而知啊!而且绣被上还缝缀上灵粟珠。这种珠子只有米粒那么大,五色斑斓,耀人眼目。还有蠲忿犀、如意玉。它的样子,犀骨雕琢成如弹丸样的圆珠,埋入土中不会朽烂,带上它后可以使你消除忿怒。还有如意玉形状像枕头,上面有七个孔,据说是用来通明的。还有碧色宝石帐幕、纹布巾、火蚕绵、九玉钗等物。这件帐幕颜色像碧色宝石,宽三尺,长百尺,轻薄透明,是无与伦比的。将它在空中张挂起来后,纹络疏朗,像有碧丝穿着珍珠一样。即使遇到下暴雨,也不会沾湿,据说是用鲛人的瑞香膏涂搭的缘故。纹布巾,就是手巾,像雪一样洁白,光亮柔软没有东西能和它相比,而且沾水不湿,用很多年也沾不上灰尘污垢。这两件东西,据说是在鬼谷国得到的。火蚕绵产自火洲,用它絮一件棉衣,只需一两就够了,稍稍用得多了些,穿在身上就会烘烤得受不了。九玉钗上雕刻有九只鸾凤,呈九种颜色,它上面镌刻着"玉儿"两个字,精致巧妙,不像是人工制作的。有人在金陵得到这只九玉钗,将它进献给同昌公主,公主赏赐给他特别丰厚的报酬。一天,白日里同昌公主躺在床上小憩,梦见一位身穿紫绛色衣服的使女传话给她,说南齐的潘淑妃来取这只九玉钗。梦醒后,公主将梦中的情形告诉给她身边的人。同昌公主死后,这只九鸾钗也不知道到哪里去了。同昌公主的母亲韦氏对这件事感到奇异,就将情况如实告诉了诸位门客。有的门客说:"玉儿就是潘妃的小名。"至于其他的奇珍异宝,不可胜数。自汉唐以来,皇家公主出嫁,从未有过像同昌公主这样盛大奢华的。

公主乘七宝步辇,四角缀有五色锦香囊,囊里装的是辟邪香、

瑞麟香、金凤香，此皆异国献者。仍杂以龙脑金屑，镂水晶玛瑙辟尘犀为龙凤花木状，其上悉络真珠玳瑁，更以金丝为流苏，雕轻玉为浮动。每一出游，则芬香街巷，晶光耀日，观者眩其目。时有中贵人，买酒于广化旗亭，忽相谓曰："坐来香气？何太异也？"同席曰："岂非龙脑乎？"曰："非也。予幼给事于嫔妃宫，故常闻此。未知今日何由而致。"因顾问当垆者，云："公主步辇夫，以锦衣质酒于此。"中贵人共请视之，益叹异焉。

上日赐御馔汤药，而道路之使相属。其馔有消灵炙、红虬脯。其酒则有凝露浆、桂花醑。其茶则有绿花、紫英之号。灵消炙，一羊之肉，取四两，虽经暑毒，终不臭败。红虬脯，非虬也。但贮于盘中，缕健如红丝，高一尺，以箸抑之，无三四分，撤即复故。其诸品味，他人莫能识。而公主家人餐饫，如里中糠粃。一日大会韦氏之族于广化里，玉馔具陈。暑气将甚，公主命取澄水帛以蘸之，挂于南轩，满座皆思挟纩。澄水帛长八九尺，似布而细，明薄可鉴。云其中有龙涎，故能消暑也。韦氏诸宗好为叶子戏，夜则公主以红琉璃盘，盛夜光珠，令僧祁捧立堂中，则光明如昼焉。公主始有疾，召术士米宾为禳法，乃以香蜡烛遗之。米氏之邻人，觉香气异常，或诣门诘其故，宾具以事对。出其烛，方二寸，长尺余，其上施五彩。爇之，竟夕不尽，郁烈

瑞麟香、金凤香，都是异域国家进献的贡品。其间掺着龙脑香料、金粉等，辇上用水晶、玛瑙、辟尘犀等宝物镂成龙凤花木的各种形状，上面都缀饰珍珠、玳瑁等。辇上的流苏是用金丝制作的，并且用轻玉雕刻成浮坠。同昌公主每次出游时，都满街溢香，莹光耀日，围观的人都被照得晃眼。当时有宫中的太监到广化里酒楼来买酒，忽然问别人道："咱们坐在这里，哪来的香气？怎么这样特别啊？"同桌的一个太监说："这不是龙脑香吗？"另一个回答说："不是龙脑香。我从小便在嫔妃宫中办事，经常闻到这种异香。但不知道今天是什么缘由在这里闻到了。"于是，他问卖酒的人，卖酒人说："同昌公主的驾辇仆夫，在我这里用一件锦衣换酒喝。"太监们让卖酒人将这件锦衣拿出来给他们看看，看了之后更加惊异，连连感叹不息。

皇帝每天都派人赐送宫中的御膳和汤药，道路上的使臣接连不断。皇上赐送的菜有消灵炙、红虬脯。御酒有凝露浆、桂花醑。赐送的茶有绿花、紫英等。消灵炙，一只羊身上的肉，只取四两，经过暑天毒热，也不腐烂变臭。红虬脯，不是真虬。但是将它盛在盘子里，健力犹如虬，高一尺，用筷子按压，没有三四分厚，松开又恢复原状。其他的食品馔肴，别人都不认识。而公主家里的人食用起来就像平常百姓吃糠粃一样平常。一天同昌公主在广化里家宅中大宴驸马韦氏家族，珍馐玉馔，样样俱全。正值酷暑，公主命人拿出澄水帛蘸上水后，挂在南窗上，满座的人都想披上棉衣遮寒。澄水帛，有八九尺长，像布而比布细，薄得透明可以照见人。据说其中有龙涎，因此能消暑解热。韦氏族人喜爱玩叶子戏，到了晚上，同昌公主用红琉璃盘子，盛上夜光珠，让僧祁用手端着站在堂屋中间，照耀屋中像白天一样。同昌公主刚刚患病时，召来术士米宾祭神怯病，便送给他香蜡烛作为酬谢。米宾拿回家中点燃后，米宾的邻居闻到一股异常的香气，有的来到他家问是怎么回事，米宾将实际情况告诉他。拿出香蜡烛给邻人看，二寸见方，一尺多长，上面饰有五彩纹饰。点燃它，一个夜晚也燃不尽，散发出来的浓郁强烈

之气，可闻于百步余。烟出于上，即成楼阁台殿之状。或云，烛中有䗪脂也。公主疾既甚，医者欲难其药，奏云："得红蜜白猿膏，食之可愈。"上令检内库，得红蜜数石，本兜离国所贡。白猿膏数瓮，本南海所献。虽日加药饵，终无其验。公主薨。

上哀痛，遂自制挽歌词，令朝臣继和。反庭祭日，百司内官，皆用金玉饰车舆服玩，以焚于韦氏庭，韦家争取灰以择金宝。及葬于东郊，上与淑妃御延兴门。出内库金骆驼凤凰麒麟各高数尺，以为仪从。其衣服玩具，与人无异，每一物皆至一百二十舆。刻木为数殿，龙凤花木人畜之象者不可胜计。以绛罗绮绣，络以金珠瑟瑟，为帐幕者千队。其幢节伞盖，弥街翳日。旌旗珂佩卤簿，率多加等。敕紫尼及女道士为侍从引翼，焚升霄百灵之香，而击归天紫金之磬。繁华辉焕，殆将二十余里。上又赐酒一百斛，饼啖三十骆驼，各径阔二尺，饲役夫也。京城士庶罢业观者流汗相属，唯恐居后。及灵辂过延兴门，上与淑妃恸哭，中外闻者，无不伤痛。

同日葬乳母，上更作《祭乳母文》，词质而意切，人多传诵。自后上日夕注心挂意。李可及进《叹百年曲》，声

的香气，百步开外都能闻到。燃出的蜡烟，在蜡烛上空形成楼阁台殿的形状。有人说，这是因为蜡烛里面含有蜃脂的缘故。同昌公主的病越来越重了，御医很难再给她开药。上奏皇上道："需要用红蜜白猿膏，吃了即可病愈。"懿宗皇帝命令宫人盘检宫中内库，找到红蜜几石，是兜离国进献来的贡品。白猿膏几瓮，是南海进献来的。虽然每天都用红蜜、白猿膏为药饵，始终没有收到效验。同昌公主病死。

　　懿宗皇帝极其哀痛，于是亲自为公主写了挽歌词，命满朝大臣随和。到了庭祭这天，朝廷中的文武百官，都用黄金、玉石等为饰物作车舆服玩等祭品，在韦氏庭院中焚烧，韦家人争抢着拾取焚烧后的灰烬，在里面寻拣黄金、珠宝。待到同昌公主下葬东郊那天，懿宗皇帝与公主母亲郭淑妃，都亲临延兴门。从宫中内库拿出金骆驼、金凤凰、金麒麟，每只都高几尺，作为仪从。至于陪葬的衣服、器具，跟活人使用的一样，每一种陪葬物品都有一百二十车。还用木头雕刻好几座宫殿，上面雕刻的龙、凤、花、木、人、畜的形象，不计其数。用绛罗绮绣作帐幕，上面穿络黄金、珍珠、碧色宝石，这样的车舆有一千多队。丧葬队伍所持的旗帐仪仗，布满街市，遮天蔽日。旌旗、玉佩、卤薄仪仗等，都比往日高了好几个等级。懿宗皇帝御敕身着紫服的尼姑和女道士，在送葬队伍前面为引导，焚烧的是升霄百灵香，敲打的是归天紫金磬。豪华盛大的送葬队伍，长达二十多里。懿宗又赐予一百斛酒，三十驼糕饼，每只糕饼直径都有二尺，用来赏赐给出殡送葬的杂役仆夫。整个长安京城，在同昌公主下葬这天市民商贩都停止营业，挤在路两边围观。每个人都挤得汗流满面，唯恐落在后面看不到。待到同昌公主的灵车经过延兴门，懿宗皇帝和郭淑妃失声恸哭，凡是听到哭声的人，没有一个不为之悲伤哀痛的。

　　在这同一天，懿宗皇帝下葬他的乳母，皇上亲自写了一篇《祭乳母文》，言词质朴而情真意切，人们争相传诵。从这以后，懿宗皇帝凝思悬想，挂念公主。李可及写了一首《叹百年曲》，曲子与

词哀怨,听之莫不泪下。更教数十人作叹百年队。取内库珍宝雕成首饰,取绢八百匹画作鱼龙波浪文,以为地衣。每舞竟,珠翠满地。可及官历大将军,赏赐盈万。甚无状,左军容使西门季玄素颇梗直,乃谓可及曰:"尔恣巧媚以惑天子,族无日矣。"可及恃宠,无有少改。可及善啭喉舌,于天子前,弄眼作头脑,连声著词,唱曲。须臾间,变态百数不休。是时京城不调少年相效,谓之拍弹去声。一日可及乞假为子娶妇,上曰:"即令送酒面及米,以助汝嘉礼。"可及归至舍,俄一中贵人监二银榼各高二尺余,宣赐可及。始以为酒,及启,皆实以金宝。上赐可及银麒麟高数尺。可及取官库车,载往私第。西门季玄曰:"今日受赐用官车,他日破家,亦须辇还内府。不道受赏,徒劳牛足。"后可及果流于岭表,旧赐珍玩,悉皆进入。君子谓季玄有先见之明。出《杜阳编》。

李璋

李绛子璋为宣州观察使。杨收造白檀香亭子初成,会亲宾观之。先是璋潜遣人度其广袤,织成地毯,其日献之。及收败,璋亦从坐。出《杜阳编》。

歌词都哀怨感人，听的人没有不落泪的。懿宗皇帝诏令几十个人演唱《叹百年曲》。从宫中内库里取出珍宝雕成首饰，取出丝绢八百匹，上面画上鱼、龙、波浪纹，当作地毯。每次演唱舞完后，珠翠落得满地都是。李可及官任大将军，懿宗皇帝赏赐给他的物品价值过万。李可及行为举止一点也不检点，左军容使西门季玄为人非常耿直，对李可及说："你取巧谄媚迷惑皇上，用不了多久就会招致杀头之罪啊！"李可及仗恃懿宗对他的恩宠，一点儿也没有收敛。李可及擅长唱歌，他在懿宗面前，又飞眼又摇头晃脑，接连不断地编词唱曲。转瞬间，就能变化一百多种神态而且不停止。当时京城中的不才少年争相效仿，称这种演唱方法叫"拍弹"。一天，李可及请假为他的儿子娶亲，懿宗说："我马上命人给你送去酒、面和米，用来作为祝贺你儿子结婚的贺礼。"李可及回到家中，马上就有一个太监担着两只银盒来到府上，每只银盒约有二尺多高，宣旨赏赐给李可及。李可及开始以为银盒里盛的是酒之类，后来打开盒盖一看，里面盛的全是黄金、珠宝。懿宗还赏赐给李可及一只银麒麟，高几尺。李可及用官库的车，将银麒麟运回家里。西门季玄看到说："今天受到皇上的赏赐用官车运回自己府中，他日被抄家，也得用官车再将银麒麟运回宫中内库。受赏谈不上，是白白地劳累牛足啊！"后来，李可及果然获罪被流放到岭外，当年懿宗赏赐给他的珍宝古玩，又都被抄没运回宫中内库。有见识的人认为西门季玄有先见之明。

出自《杜阳编》。

李 璋

李绛的儿子李璋任宣州观察使。宰相杨收家的白檀香亭子刚建成，邀请亲朋宾客观赏。李璋在这之前，暗中派人进入杨收宅第测量这座亭子的大小尺寸，将它织成地毯，到杨收宴请宾客这天进献给他。等到杨收败落，李璋也因这事而获罪。出自《杜阳编》。

李使君

乾符中，有李使君出牧罢归，居在东洛。深感一贵家旧恩，欲召诸子从容。有敬爱寺僧圣刚者，常所往来。李因以具宴为说，僧曰："某与为门徒久矣，每观其食，穷极水陆滋味。常馔必以炭炊，往往不惬其意。此乃骄逸成性，使君召之可乎？"李曰："若朱象髓白猩唇，恐未能致。止于精办小筵，亦未为难。"于是广求珍异，俾妻孥亲为调鼎。备陈绮席雕盘，选日邀致。弟兄列坐，矜持俨若冰玉。肴羞每至，曾不入口。主人揖之再三，唯沾果实而已。及至冰餐，俱置一匙于口，各相眄良久，咸若啮蘖吞针。李莫究其由，但以失饪为谢。明日复见圣刚，备述诸子情貌。僧曰："前者所说岂谬哉？"既而造其门问之曰："李使君特备一筵，肴馔可谓丰洁，何不略领其意？"诸子曰："燔炙煎和未得法。"僧曰："他物纵不可食，炭炊之餐，又嫌何事？"乃曰："上人未知，凡以炭炊馔，先烧令熟，谓之炼炭，方可入爨，不然犹有烟气。李使君宅炭不经炼，是以难食。"僧拊掌大笑曰："此则非贫道所知也。"及巢寇陷洛，财产剽掠俱尽。昆仲数人，乃与圣刚同窜，潜伏山谷，不食者至于三日。贼锋稍远，徒步将往河桥。道中小店始开，以脱粟为

李使君

　　唐僖宗乾符年间，有个姓李的官员从州府任上辞官回来，居住在东都洛阳。他非常感激一位权贵家的旧恩，想设宴请他家的几位儿子来家中玩一天。洛阳敬爱寺中有个僧人叫圣刚，和李使君有往来。李某人将自己想宴请这家几个儿子的打算告诉了圣刚。圣刚说："我和他们家交往多年，每次看到他家吃的饭菜，穷极山珍海味。而且，平常饭菜都必用炭火烧制，这样还往往不满意。这是骄奢淫逸成性了，你邀请他们可以吗？"李使君回答说："如果要吃红象髓、白猩唇，我恐怕弄不到。至于将筵席置办得精致一些，也不是什么太难的事情。"于是，李使君四处搜求珍稀的食物，让妻子儿女亲自下厨房烹调。终于准备好一桌奢华的筵席，选定好日期，将这家权贵的几个儿子都邀请来了。这家权贵的几兄弟来到后，依次入座，十分矜持，面若冰霜。每道菜上来后，都不动筷子放入口中。李使君请让再三，只是吃一点干鲜水果而已。待到吃冰餐，都只用勺子舀一下放入口中，互相对视了许久，都像吃了树叶吞了针一样难受。李使君不知道怎么回事，只是客气地说饭菜做得不到位。第二天，李使君又见到圣刚僧人，将昨天宴席上的情形详细地告诉了他。圣刚僧人问："我从前说的话一点也没错吧？"之后来到这位权贵家中问几位兄弟："李使君特意为几位兄弟准备了一桌筵席，菜肴可谓丰盛洁净，你们为什么不肯赏脸呢？"几位兄弟回答说："因为他家饭食做得不得方法。"圣刚僧人说："其他的菜都不好吃，用炭烧制的餐食，又嫌什么呢？"几位兄弟说："僧人你不知道，凡是用炭火烤制食物，必须先将炭火烧熟了，这叫炼炭，这样的炭才能用，不然就会有炭烟。李使君家的炭没有经过炼烧，往外冒炭烟，因此难以下食。"圣刚僧人拍掌大笑道："这些都是贫僧不知道的啊！"后来，黄巢率领军队攻占了洛阳，权贵家的财产被抢掠一空。兄弟几人和圣刚僧人一同逃出洛阳，潜藏在深山中，长达三天没吃到一点东西。等到黄巢的部队稍稍远去，一行人才徒步去河桥。途中遇到一家刚刚开门的小饭店，用只脱去皮壳的糙米做成

餐而卖。僧囊中有钱数百,买于土杯同食。腹枵既甚,膏
粱之美不如。僧笑而谓之曰:"此非炼炭所炊,不知堪与郎
君吃否?"皆低头惭觊,无复词对。出《剧谈录》。

饭卖给顾客。圣刚囊中还有几百文钱,买了些糙米饭盛在一只土杯中,跟兄弟几人一同食用。肚子饿得特别厉害,吃着这样的糙米饭,觉得比过去吃过的珍馐美味还要可口。圣刚笑着问兄弟几人:"这糙米饭不是经过炼炭烧制的,不知道合不合郎君的口味?"几位兄弟听了后,都羞愧地低下了头,一句话也答不上来。出自《剧谈录》。

卷第二百三十八
诡诈

刘龙子

唐高宗时,有刘龙子妖言惑众。作一金龙头藏袖中,以羊肠盛蜜水,绕击之。每聚众,出龙头,言圣龙吐水,饮之百病皆差。遂转羊肠水于龙口中出,与人饮之,皆罔云病愈。施舍无数,遂起逆谋,事发逃窜。捕访擒获,斩之于市,并其党十余人。出《朝野金载》。

郭　纯

东海孝子郭纯丧母,每哭则群乌大集。使检有实,旌表门闾。后讯,乃是孝子每哭,即撒饼于地,群乌争来食之。

刘龙子

唐高宗时,有个叫刘龙子的人妖言惑众。他制作一个金龙头藏在袖子里,再用羊肠衣灌满蜜水,缠绕在身上,和龙头相接。每到人多的地方,刘龙子便从袖口里露出金龙头,说他这只神龙能从嘴中往外吐水,喝了后能治百病。说完,他转动羊肠,让蜜水从金龙口中流出,给人喝下,喝了蜜水的人,都谎称自己身上的病痊愈了。刘龙子白送人喝了一些后,就起了坑骗人的坏心。后来,事情败露后他逃跑流窜。最终还是被官府查访捉获,他同十多个党羽,在闹市区被开刀问斩。 出自《朝野金载》。

郭 纯

东海郡有个叫郭纯的孝子,他的母亲死后,每次哭母都有许多乌鸦来到他跟前。官府派人来查验,确实是这样。于是官府为他立牌坊,用来表彰他的孝顺。后来审查落实,原来是这位孝子每次哭泣之前,都在地上撒上饭粒,因此成群的乌鸦都争着来吃。

其后数如此,乌闻哭声以为度,莫不竞凑。非有灵也。出
《朝野佥载》。

王 燧

　　河东孝子王燧家,猫犬互乳其子。州县上言,遂蒙旌
表。乃是猫犬同时产子,取猫儿置犬窠中,取犬子置猫窠
内。饮惯其乳,遂以为常,殆不可以异论也。自知连理木、
合欢瓜、麦分歧、禾同穗,触类而长,实繁其徒,并是人作,
不足怪焉。出《朝野佥载》。

唐同泰

　　唐同泰于洛水得白石紫文,云"圣母临水,永昌帝业"。
进之,授五品果毅,置永昌县。乃是将石凿作字,以紫石
末和药嵌之。后并州文水县于谷中得一石,还如此,有"武
兴"字,改文水为武兴县。自是往往作之,后知其伪,不复
采用,乃止。出《国史补》。

胡延庆

　　襄州胡延庆得一龟,以丹漆书其腹曰:"天子万万年。"
以进之,凤阁侍郎李昭德以刀刮之并尽。奏请付法,则天
曰:"此非恶心也。"舍而不问。出《国史补》。

经过多次训练后，乌鸦一听到这位孝子的哭声，就以为撒了饭粒，形成了习惯，没有不争相聚集的。不是什么神通显灵。出自《朝野佥载》。

王燧

河东孝子王燧家里，猫与狗互换哺乳它们的幼崽。州县得知这一情况后向上呈报，于是王燧得到了官府的表彰。其实是他家的猫与狗同时生崽，他将猫崽放在狗窝里，又将狗崽放在猫窝里。互相吃惯了奶，习以为常了，并不是异常的表现。由此可以知道，所谓的连理木、合欢瓜、麦分歧、禾同穗，都是这样长出来的，像这样的事情确实有许多，都是人为培养出来的，一点也不值得奇怪。出自《朝野佥载》。

唐同泰

唐同泰在洛水中得到一块白色的石头，上面镌刻着紫色的文字，写的是"圣母临水，永昌帝业"八个字。唐同泰将这块白色石头进献给皇上，被授予五品果毅将军的称号，并且在这个地方增设永昌县。其实，唐同泰先在白石上凿刻上字，再用紫色的石末和药液嵌在字的上面。后来，并州文水县有人在山谷中得到一块石头，也是这样，上面有"武兴"两个字，于是便改文水县为武兴县。从此以后，常常有人这样作假，后来知道是人们伪造的，朝廷便不再接受这种进献，这种怪事也就销声匿迹了。出自《国史补》。

胡延庆

襄州有个叫胡延庆的人得到一只乌龟，用红漆在乌龟的腹上写上："天子万万年。"并将这只乌龟进献给朝廷。凤阁侍郎李昭德用刀一刮，便将漆写的字都刮掉了。于是上奏武则天用法律制裁胡延庆，武则天回答说："这样做并不是什么坏心啊。"于是将这件事丢在一边，不再过问。出自《国史补》。

朱前疑

则天好祯祥。拾遗朱前疑说梦云，则天头白更黑，齿落更生。即授都官郎中。司刑寺系三百余人，秋分后，无计可作。乃于内狱外罗墙角边，作圣人迹长五尺。至夜半，众人一时大叫。内使推问，对云："昨夜有圣人见，身长三丈，面作金色，云：'汝等并冤枉，不须忧虑。天子万年，即有恩赦放汝。'"把火照视，见有巨迹。即大赦天下，改为大足元年。出《唐国史》。

宁　王

宁王尝猎于鄠县界，搜林，忽见草中一柜，扃钥甚固。命发视之，乃一少女也。询其所自，女言姓莫氏，父亦曾仕。昨夜遇一火贼，贼中二人是僧，因劫某至此。含嚬上诉，冶态横生。王惊悦之，遂载以后乘。时方生获一熊，置柜中，如旧锁之。值上方求极色，王以莫氏衣冠子女，即日表上之，且具所由。上令充才人。经三日，京兆府奏："鄠县食店，有僧二人，以万钱独赁房一日夜，言作法事。唯舁一柜入店中。夜深，膈膊有声。店主怪日出不启门，撤户

朱前疑

　　武则天崇尚吉祥的征兆。拾遗朱前疑说他做了一个梦，梦见武则天头上的白发变黑发，牙齿掉落后又长出新的牙齿来。当即就被则天授予了都官郎中。司刑寺里关押了三百多名囚犯，秋分过后，眼看就要被发落，想不出什么办法来自救。这些犯人中有人在内狱外侧墙角边，伪造了一个圣人的脚印，长五尺。到了半夜，这些囚犯一起大喊大叫。内监推问他们发生了什么事，回答说："昨天半夜看见有一位圣人出现在内狱院子里，身高三丈，面放金光。这位圣人对我们说：'你们都是被冤枉的，不用忧虑。圣明的万岁天子马上会施恩大赦你们的。'"内监用火把照着看地上，果然见到有圣人的巨大脚印。于是则天女皇立即大赦天下所有的囚犯，并把这一年改为大足元年。出自《唐国史》。

宁　王

　　宁王曾在鄠县山中狩猎，搜索树林，忽然看见草丛中有一只柜子，锁得特别牢固。宁王让人将这只柜子打开一看，柜子里装的是一位妙龄少女。宁王询问她的来历，少女说自己姓莫，父亲也曾担任过官职。昨天晚上遇到一伙盗贼，盗贼中有两个还是和尚，把她劫到此处。这位少女蛾眉微蹙地向宁王诉说此事，妖冶之态不断变化。宁王见了非常惊异喜悦，便让她坐在自己的随从马车中。当时正好猎到一只活熊，就将这只活熊放在柜子里，还是像之前那样锁好。这时正赶上玄宗皇帝下诏天下，搜求极端美丽的女子。宁王就将很有教养、深明礼仪的莫氏女进献玄宗皇帝，并上表言明她的来历。玄宗皇帝将莫氏女封为才人。三天后，京兆府上报玄宗皇上说："鄠县一家旅店，来了两个和尚，用一万钱包租了一个房间住了一天一宿，说是作法事。这两个和尚只抬着一只大柜子来到旅店。夜深，只听到和尚包住的屋子噼啪作响，似乎有人在厮斗。第二天，店主感到很奇怪，怎么天亮了还不见两个和尚开门，店主让伙计打开门

视之，有熊冲人走去。二僧已死，体骨悉露。"上知之，大笑。书报宁王："大哥善能处置此僧也。"莫氏能为新声，当时号"莫才人啭"。出《酉阳杂俎》。

安禄山

玄宗幸爱安禄山，呼禄山为子。尝于便殿与杨妃同宴坐，禄山每就见，不拜玄宗而拜杨妃。因顾问曰："此胡不拜我而拜妃子，意何在也？"禄山对云："臣胡家，只知有母，不知有父故也。"笑而舍之。禄山丰肥大腹，帝尝问曰："此胡腹中何物，其大乃尔。"禄山应声对曰："臣腹中更无他物，唯赤心耳。"以其言诚，而益亲善之。出《开天传信记》。

白铁余

白铁余者，延州稽胡也，左道惑众，先于深山中埋一铜佛像柏树之下。经数年，草生其上，诒乡人曰："吾昨夜山下过，见有佛光。"于是卜日设斋，以出圣佛。及期，集数百人，命于非所藏处劚，不得。则诡曰："诸人不至诚布施，佛不可见。"是日，男女争施舍百余万。即于埋处劚之，得其铜像。乡人以为圣人，远近相传，莫不欲见。宣言曰："见圣佛者，百病即愈。"余遂左计数百里老小士女皆就之。乃

看看,有一只熊从屋中冲着伙计跑了出来。两个和尚已死在屋里,浑身让熊撕咬得露出骨头。"玄宗皇帝知道后大笑。马上写封信告诉宁王,说:"大哥真有好办法处置这两个和尚啊!"莫氏女通音乐,善于歌唱新谱的词曲。当时被称为"莫才人啭"。出自《酉阳杂俎》。

安禄山

唐玄宗非常宠爱安禄山,把安禄山称为儿子。一次,玄宗赏赐安禄山在便殿与杨贵妃坐在一桌上吃饭,安禄山每次回京朝见,不拜玄宗而拜杨贵妃。玄宗皇帝问安禄山:"你这个胡儿,不拜我而拜贵妃,是什么用心?"安禄山回答说:"我是胡人,只知道有母亲,不知道有父亲啊!"玄宗皇帝听后笑着让安禄山走了。安禄山身体肥胖,大腹便便,玄宗皇帝曾问安禄山:"你这胡儿肚子里装的是什么东西,为什么这么大啊?"安禄山回答说:"我肚子里没有别的东西,只有对父皇的一颗忠心啊!"由于他说得很真诚,玄宗就更加亲近和信任他。出自《开天传信记》。

白铁余

白铁余,是延州稽山的一位胡人,用旁门左道迷惑百姓,先在深山里的一株柏树下面埋了一尊铜佛像。过了几年,埋铜像的地方荒草丛生,他便欺骗乡人们说:"我昨天晚上从山下经过,看见山中有佛光出现。"于是,他卜算了一个吉日,设斋祭,来请出这尊圣佛。到了这一天,白铁余召集了好几百人到山中,他先让人在不是埋铜像的地方挖掘,没有得到佛像。他欺骗人们说:"大家不诚心诚意地布施钱财,是见不到圣佛的。"当天,就有男男女女争抢着布施一百多万钱给圣佛。然后他就领着众人在他埋佛像的柏树下面挖掘,挖到了铜佛像。乡人们认为白铁余是圣人,远近相传,没有人不想见到他的。白铁余又散布风声说:"见到圣佛的人,不管什么病立刻都可以痊愈。"于是,白铁余用欺骗的手法,使方圆几百里之内的老少男女都来拜佛。他就

以绀紫红绯黄绫,为袋数十重,盛佛像。人来观者去其一重,一回布施,获千万,乃见其像。如此矫伪一二年,乡人归伏,遂作乱。自称光王,署置官属,设长吏,为患数年。命将军程务挺讨斩之。出《朝野佥载》。

李庆远

中郎李庆远狡诈轻险。初事皇太子,颇得出入。暂时出外,即恃威权。宰相以下,咸谓之要人。宰执方食即来,诸人命坐。即遣一人门外急唤云:"殿下见召。"匆忙吐饭而去。诸司皆如此计,请谒嘱事,卖官鬻狱,所求必遂焉。东宫后稍稍疏之。仍潜入仗内,食侍官之饭。晚出外,腹痛大作,犹诈云:"太子赐瓜,啖之太多,以致斯疾。"须臾霍乱。吐出卫士所食粗米饭,及黄臭韭齑狼藉。凡是小人得宠,多为此状也。出《朝野佥载》。

刘玄佐

汴州相国寺,言佛有汗流。节度使刘玄佐遽命驾,自持金帛以施。日中,其妻亦至。明日复起斋场。由是将吏商贾,奔走道路,唯恐输货不及。因令官为簿书,以籍所入。

用绀、紫、红、绯黄绫缝制成几十个袋子,将铜佛盛入袋中。有人来观看佛像,去掉一重袋子就得施舍一次钱。几十重袋子揭完,才能见到佛像,这样就可以得到上千万的布施。白铁余用这种手段骗人骗了一两年,乡人们都归伏他,于是他就开始反叛作乱。自称是"光王",伪设各种官衔,封任长吏,在延州稽山一代作乱了好几年。后来,朝廷命令将军程务挺讨伐他,抓住把他杀了。出自《朝野佥载》。

李庆远

中郎李庆远,为人狡诈轻浮奸险。当初他事奉皇太子时,很被看重,能经常在宫中进进出出。有时到外面去,就显示他的威势权力。因此,宰相以下的官员们,都把他视为关键人物。宰执官刚要吃饭,他就前来拜访,众人设座,留他一起用餐。他事先派一个人在门外喊:"太子殿下召见李中郎!"李庆远急忙将嘴里的饭吐出来去见太子。李庆远对各个部门,都用这种办法,不论是谁请求见到他,托付他办事,以及买卖官职、花钱减刑,凡是求他办的事情,一定都能办到。太子后来渐渐疏远了李庆远。一次,李庆远偷偷走入太子宫中,偷吃了卫士们的饭菜。晚上出来,突然肚子痛得难以忍受,他还跟人们夸说:"太子赏赐一只瓜,吃得太多了,才会肚子疼。"不一会儿,像得了霍乱一样,李庆远上吐下泻。吐出来的都是卫士们吃的粗米饭,以及黄臭变质的韭菜等,吐得满地都是。凡是小人得宠,多数都是这种样子!出自《朝野佥载》。

刘玄佐

汴州相国寺,传言说有佛像身上会流汗。节度使刘玄佐立即亲自到相国寺,将金帛等物布施给佛像。这天中午,刘玄佐的妻子也来到相国寺。第二天,又建造了斋祭的道场。于是,文武官员、商贾士人,都争先恐后地前来相国寺,唯恐来不及布施。刘玄佐命令节度府派出官员带着账簿去相国寺,收取布施。

十日乃闭寺，曰："佛汗止矣。"得钱巨万，以赡军资。出《国史补》。

张 祜

进士崔涯、张祜下第后，多游江淮。常嗜酒，侮谑时辈。或乘其饮兴，即自称豪侠。二子好尚既同，相与甚洽。崔尝作侠士诗云："太行岭上三尺雪，崔涯袖中三尺铁。一朝若遇有心人，出门便与妻儿别。"由是往往传于人口曰："崔张真侠士也。"是此人多设酒馔待之，得以互相推许。后张以诗上盐铁使，授其子漕渠小职，得堰名冬瓜。或戏之曰："贤郎不宜作此职。"张曰："冬瓜合出祜子。"戏者相与大哂。岁余，薄有资力。一夕，有非常人妆束甚武，腰剑手囊。囊中贮一物，流血殷于外。入门谓曰："此非张侠士居也？"曰："然。"揖客甚谨。既坐，客曰："有一仇人之恨，十年矣，今夜获之。"喜不能已，因指囊曰："此其首也。"问张曰："有酒店否？"命酒饮之。饮讫曰："去此三四里有一义士，予欲报之。若济此夕，则平生恩仇毕矣。闻公气义，能假予十万缗否？立欲酬之。是予愿毕，此后赴蹈汤火，誓无所惮。"张深喜其说，且不吝啬。即倾囊烛下，筹其缣

到了第十天，突然关闭相国寺，宣布："佛像停止流汗了。"共收得布施巨万，刘玄佐将这笔钱全部充作军队开支。出自《国史补》。

张　祜

进士崔涯、张祜落第后，多在江淮一带游走。经常聚众饮酒，侮辱戏谑当时有名望的人；有时乘着酒兴，自称江湖豪侠。这两个人的喜好崇尚相同，因此相处得很融洽。崔涯曾经写首赞颂侠士的诗道："太行岭上三尺雪，崔涯袖中三尺铁。一朝若遇有心人，出门便与妻儿别。"从此常常可以从人们的口中听到："崔涯、张祜是真正的豪侠啊！"所到之处，人们都愿意摆设酒宴款待他们。他们也借此互相推崇赞许。后来，张祜给管理盐铁的官吏书赠一首赞美诗，这位盐铁使在漕渠上授予他儿子一个小官职，负责冬瓜这一段堤堰的管理工作。有人戏谑说："你的儿子不应该任这么小的职务啊！"张祜自我解嘲地说："冬瓜堰的官正该由张祜的儿子来出任！"戏谑他的人听了这样的回答后，与张祜一起大笑不止。过了一年多，张祜家积攒了一点资产。一天晚上，来了一位身穿夜行衣的人，全身武侠打扮，腰间悬挂一柄宝剑，手中拎着一只行囊。囊里盛着一件东西，有血泅出囊外边。那人进入屋门后问："这儿不是张侠士的住处吗？"张祜回答说："是的。"非常恭谨地让这个人进屋。落座之后，来人说："我有一个仇家，此仇已结十年了，今夜我将他杀死了，报了这段怨仇。"边说边高兴得不能自己，指着行囊接着说："这就是他的人头。"又问张祜："这儿有酒店吗？"张祜知道他的用意，就命人备下酒菜，跟他一起吃喝。喝完酒，来人说："离这儿三四里地有一位义士，我想报答他对我的大恩。如果今天晚上能报答我的这位恩人，那么，我平生恩、仇两件大事就算处理完了。听说张大侠非常讲义气，能不能借我十万缗钱？之后马上还给你。我的这两件夙愿都完成后，从此以后，我发誓对您赴汤蹈火，无所畏惧。"张祜听来人这样说，大喜过望，一点也不吝惜自己的资财，马上将家中的一切值钱的物品都拿出来摆放在烛光下，又挑出一些布

素中品之物，量而与焉。客曰："快哉，无所恨也！"遂留囊首而去，期以却回。既去，及期不至。五鼓绝声，杳无踪迹。又虑囊首彰露，以为己累。客且不来，计无所出，乃遣家人开囊视之，乃豕首也。由是豪侠之气顿衰矣。出《桂苑丛谈》。

大安寺

唐懿宗用文理天下，海内晏清。多变服私游寺观。民间有奸猾者，闻大安国寺，有江淮进奏官寄吴绫千匹在院。于是暗集其群，就内选一人肖上之状者，衣上私行之服，多以龙脑诸香薰裛，引二三小仆，潜入寄绫之院。其时有丐者一二人至，假服者遗之而去。逡巡，诸色丐求之人，接迹而至，给之不暇。假服者谓院僧曰："院中有何物可借之？"僧未诺间，小仆掷眼向僧。僧惊骇曰："柜内有人寄绫千匹，唯命是听。"于是启柜，罄而给之。小仆谓僧曰："来日早，于朝门相觅，可奉引入内，所酬不轻。"假服者遂跨卫而去。僧自是经日访于内门，杳无所见。方知群丐并是奸人之党焉。出《玉堂闲话》。

帛中质量好的，供他选用。来人高兴地赞扬张祜说："您真是位痛快人啊！完成这件事之后，我平生再没有什么遗憾的事情啦！"于是将行囊连同里面的人头留下，便离开了张祜家并约定好回来的日子。但离开后，到了约定的时间却没有回来。张祜一直等到外面报夜的敲完五鼓了，还是一点踪影也没有。张祜又怕行囊中的人头被人发现了，会连累自己。可那位来客却迟迟不来，实在没有什么好办法，只好让家中的仆人将行囊打开看看，原来里面装的是一只猪头。从此，张祜的豪侠之气再也振作不起来了。出自《桂苑丛谈》。

大安寺

唐懿宗用宽和的政策治理国家，海内清平，国泰民安。懿宗多次换上便服游览寺庙。民间有一伙狡猾奸诈的人，听说大安国寺院中，寄放着江淮进奏官进献给朝廷的吴绫一千匹。他们暗中串联谋划，挑选出一个长相很像皇帝的人，穿上皇上私游时穿的衣服扮成皇上，并用龙脑等多种香料熏染衣服，带着两三个小仆人来到寄放吴绫的院落中。正好这时有一两个乞丐来到院中，假扮皇上的这个贼人分给他们一些钱后打发他们离开这里。过了一会儿，各种各样的乞丐接连不断地来到院中向假扮皇上的人乞讨。这个假扮的贼人施舍不过来，对寺院的僧人说："寺院里有什么东西？暂借我用用。"僧人正在犹豫不决，假扮的小仆人给僧人使眼色。僧人无比惊惶恐惧，连连说："寺院柜里有他人寄放的吴绫一千匹，听候吩咐。"于是打开柜子，将一千匹绫都施舍给了那些乞丐。假扮的小仆人对僧人说："明天早晨，在朝门相见。我奉皇上之命引导你进入宫内，给你的报酬和赏赐绝对不会少的！"说完，服侍假皇帝骑马扬长而去。僧人从此以后好几天都在宫门边等候，连个人影都没等着。这才知道昨日在寺院借绫的皇上和那些乞讨的乞丐，都是奸人贼党假扮的啊！出自《玉堂闲话》。

王使君

　　王凝侍郎案察长沙日，有新授柳州刺使王某者，不知何许人，将赴所任，抵于湘川，谒凝。凝召预宴于宾佐。王启凝云："某是侍郎诸从子侄，合受拜。"凝遽问云："既是吾族，小名何也？"答曰："名通郎。"凝乃谓左右曰："促召郎君来。"逡巡，其子至。凝诘曰："家籍中有通郎者乎？"其子沉思少顷，乃曰："有之，合是兄矣。"凝始命邀王君，则受以从侄之礼。因从容问云："前任何官？"答曰："昨罢职北海盐院，旋有此授。"凝闻之，不悦。既退，凝复召其子谓曰："适来王君，资历颇杂，的非吾之枝叶也。"遂征属籍，寻其派，乃有通郎，已于某年某日物化矣。凝睹之怒。翌日，厅内备馔招之。王君望凝，欲屈膝。忽被二壮士挟而扶之，鞠躬不得。凝前语曰："使君非吾宗也。昨日误受君之拜，今谨奉还。"遂拜之如其数讫。二壮士退，乃命坐与餐。复谓之曰："当今清平之代，此后不可更乱入人家也。"在庭吏卒悉笑。王君惭赧，饮食为之不下。斯须，踧踖而出。出《南楚新闻》。

刘崇龟

　　刘崇龟以清俭自居，甚招物论。尝召同列餐苦荬饆饠。朝士有知其矫，乃潜问小苍头曰："仆射晨餐何物？"苍

王使君

侍郎王凝在长沙按察期间，有位刚被任命的柳州刺史王某人，不知道哪里人，在赴任途中经过长沙时，请求拜见王凝。王凝得知后，先请他跟僚属们一块饮酒。席间，这位王刺史对王凝说："下官是侍郎你的几个堂侄中的一位，今天应该受小侄一拜。"王凝立刻问他："既然是我族上的人，请问你小名叫什么？"王某人回答说："小名通郎。"王凝对手下人说："快把少爷叫来。"不一会儿，王凝的儿子被召来了。王凝问儿子："我们王家户册上有通郎这个名字吗？"王凝儿子沉思一会儿，回答道："有这个人，应当是我的哥哥。"王凝这才正式邀请这位王某人，并且接受了他以堂侄礼数的参拜。王凝随便问王某人："之前你任的是什么官职？"王某人回答说："这之前刚刚辞去北海盐院的官职，紧接着就被授予柳州刺史。"王凝听了，不大高兴。退席以后，又将儿子叫到跟前，说："刚才来的这个姓王的，他的做官经历很是闲杂，确实不是我们王家族人。"说完立即取出王家户册，查找分枝族系，确实有位堂侄叫通郎，但是已在某年某日去世了。王凝看了后很生气。第二天，仍在厅堂上准备好酒宴招待这位王某人。王某人来了后，看到王凝就要下跪参拜。忽然被两位身强力壮的仆夫拉住，扶他站起来，不能鞠躬。王凝上前对王某人说："你不是我们王家宗族的人。昨天错误地接受你的参拜，今天允许我还礼。"说完，如数回拜王某。二位仆人退下，王凝让这位王某人入座就餐，又对他说："当今天下清平，国泰民安。以后不可以再随便闯入别人的家中去了。"在场的官员和办事人员听了后，都嗤笑不已。这位王某人满脸羞愧，酒菜也吃不下去。只坐了一会儿，就局促不安地离开了。出自《南楚新闻》。

刘崇龟

刘崇龟平素以清廉节俭自居，很招人们的非议。他曾经召请同僚到他家吃苦荬馅饼。朝中官员有人知道刘崇龟弄虚作假，于是偷偷问他家的小伙夫："仆射今天早晨吃的什么啊？"小伙

头实对:"食泼生。"朝中闻而哂之。及镇番方,京国亲之贫乏者,俟其濡救。但画《荔枝图》,自作赋以遗之。后卒于岭表,归葬,经渚宫,家人鬻海珍珠翠于市。为当时所鄙。出《北梦琐言》。

李延召

王蜀将王宗俦帅南梁日,聚粮屯师。日兴工役,凿山刊木,略不暂停。运粟泛舟,军人告倦。岷峨之人,酷好释氏。军中皆右执凶器,左秉佛书。诵习之声,混于刁斗。时有健卒李延召,继年役于三泉黑水以来,采斫材木,力竭形枯,不任其事。遂设诈陈状云:"近者得见诸佛如来,乘舆跨象,出入岩崖之中,飞升松柏之上。如是之报甚频。某虽在戎门,早归释教。以其课诵至诚,是有如此感应。今乞蠲兵籍,截足事佛。俾将来希证无上之果。"宗俦判曰:"虽居兵籍,心在佛门。修心于行伍之间,达理于幻泡之外。归心而依佛氏,截足以事空王。壮哉貔貅,何太猛利!大愿难阻,真诚可嘉。准状付本军,除落名氏。仍差虞候,监截一足讫,送真元寺收管洒扫。"延召比欲矫妄免其役,及临断足时,则怖惧益切。于是迁延十余日,哀号宛转,

夫如实告诉他："老爷早晨吃的是泼生。"朝中官员们听到这件事后,都讥笑他。等到刘崇龟外放岭南为镇守一方的封疆大吏,京城中有些生活贫困的亲戚想沾光等待他的接济。他只画了一幅《荔枝图》,亲自在上面题写赋,赠给人家。后来,刘崇龟病死在岭南任上,在归葬途中,路过湖北江陵时,他的家人在市上出卖南海的珍珠、翡翠。他的行为受到当时人的鄙视。出自《北梦琐言》。

李延召

前蜀将军王宗俦统帅南梁期间,搜聚粮草,在山中驻扎军队。每天都让兵卒做工服役,凿山开路,砍伐树木,一刻也不停歇。还让士兵撑船运送粮食,全军上下都疲惫不堪。岷山和峨眉山一带的百姓民众,都非常信仰佛教。军中所有的人,都右手拿着兵器,左手拿着佛经。诵读佛经的声音,跟巡更通报时辰的刁斗声混在一起。当时有一个兵卒叫李延召,连年来在三泉县黑水河地区服役,采伐木材,劳累得身体枯瘦如柴,精疲力竭,他再也受不了这种折磨了。于是就撒谎上报称:"我最近见到了如来佛,乘坐车辇,骑在大象上,在山崖绝壁上行走,还在松柏树上飞腾。这样的事频频出现。我虽然身在军门,心却早就皈依佛门。因为我每天诵读佛经,才会有这样的感应。我现在乞求长官取消我的军籍,砍去我一只脚,让我去事奉佛主,希望我将来能修成无上至高的境界。"王崇俦在李延召报送的申请书上批示道:"虽然身在军籍,却心在佛门。修心在行伍之间,达理于虚幻无常之外。决心皈依佛教,情愿截足以事奉从未见过的佛主。豪壮啊兵士,何必这么凶暴残忍啊!你这样的宏大志向难以阻拦,你的真诚事佛理应嘉奖。特此批准这份申请,请交付该兵士所在部队,除掉他的军籍。并差派管理山泽的虞候监督截去该兵士的一只脚,然后送往真元寺收管,让他在寺中洒扫庭院。"李延召本来是想用这种欺骗的办法,逃脱掉劳役之苦,等到真的要砍去他的一只脚时,则非常恐惧。拖延了十多天,又哭又闹,

避其锋铓。宗俦闻之,大笑而不罪焉。出《玉堂闲话》。

成都丐者

成都有丐者诈称落泊衣冠。弊服褴缕,常巡成都市郾。见人即展手希一文云:"失坠文书,求官不遂。"人皆哀之,为其言语悲嘶,形容憔悴。居于早迁桥侧。后有势家,于所居旁起园亭,欲广其池馆,遂强买之。及辟其圭窦,则见两间大屋,皆满贮散钱,计数千万。邻里莫有知者。成都人一概呼求事官人为"乞措大"。出《朝野佥载》。

薛氏子

有薛氏二子野居伊阙。先世尝典大郡,资用甚丰。一日,木阴初盛,清和届候。偶有叩扉者,启关视之,则一道士也。草履雪髯,气质清古,曰:"半途病渴,幸分一杯浆。"二子延入宾位。雅谈高论,深味道腴。又曰:"某非渴浆者。杖藜过此,气色甚佳。自此东南百步,有五松虬偃在疆内否?"曰:"某之良田也。"道士愈喜,因屏人曰:"此下有黄金百斤,宝剑二口。其气隐隐,浮张翼间。张翼,洛之

不让虞候截砍他的脚。王宗俦听到这一消息后大笑，下令停止行刑，并且没有治他的罪。出自《玉堂闲话》。

成都丐者

成都有一个乞丐谎称自己是官宦人家的落魂子弟。穿着破败褴褛的衣服，经常在成都集市间游走。一见到人就将手中的一篇文章展示给他们看，说："我丢失了任职的文书，才当不上官了。"人们听了他这悲悲切切的话语，看到他那憔悴的容颜，都非常同情可怜他。这个乞丐住在成都早迁桥旁边。后来，一个很有权势的人家，在他居住的旁边建造起一座园亭，想再扩大地面修建池塘馆舍，就强行买下了他居住的这块地皮。待到扒倒这个乞丐外面破败的门洞后，才看见里面两间大屋中到处都装满了各种钱币，总计有好几千万。附近的邻居没有人知道他有这么多钱。因此成都人把想求官的人一概称为"乞措大"。出自《朝野佥载》。

薛氏子

有薛家兄弟二人居住在伊阙的郊野。兄弟俩的先祖曾经做过州郡的高官，因此，家中很是富有。草木茂盛的初夏里的一天，天气晴朗。忽然有人敲薛家的院门，开门一看，原来门外站着一位道士。脚下穿着草鞋，脸上白髭如雪，气质清古不凡，道士说："我云游途中身患疾病口渴，施主请施舍一杯水喝。"薛家兄弟二人将这位道士请入厅堂入座，待为宾客。这位道士坐下后，谈吐高雅，议论深奥，深谙道家的哲理。道士又说："我并不是因为渴了来讨碗水喝的。我拄着拐杖经过这里，发现你这儿有祥瑞之气。从你家院落往东南走一百步，是不是有五株像虬龙一样偃卧盘踞的古松树长在那儿？"薛家兄弟回答说："那是我家的田地。"道士听了后更加欢喜，让兄弟二人屏退家中仆人，说："你家的那五株松树下埋藏着黄金百两，宝剑二口。这两样宝物发出的宝气分明，悬浮在张翼一带的空中。张翼乃是洛阳

分野，某寻之久矣。黄金可以分赠亲属甚困者。其龙泉自佩，当位极人臣。某亦请其一，效斩魔之术。"二子大惊异。道士曰："命家僮役客辈，悉具畚锸，候择日发土，则可以目验矣。然若无术以制，则逃匿黄壤，不复能追。今俟良宵，剪方为坛，用法水噀之，不能遁矣。且戒僮仆，无得泄者。"问其结坛所须，曰："徽缥三百尺，赤黑索也。随方色彩缣素甚多，泊几案炉香裀褥之具。"且曰："某非利财者，假以为法。又用祭膳十座，酒茗随之。器皿须以中金者。"二子则竭力经营。尚有所缺，贷于亲友。又言："某善点化之术，视金银如粪土，常以济人之急为务。今有囊箧寓太微宫，欲以暂寄。"二子许诺，即召人负荷而至。巨笈有四，重不可胜，缄镝甚严，祈托以寄。旋至吉日，因大设法具于五松间，命二子拜祝讫。趣令返居，闭门以俟，且戒无得窥隙。"某当效景纯散发衔剑之术，脱为人窥，则祸立至。俟行法毕，当举火相召。可率僮仆，备畚锸来，及夜而发之。冀得静观至宝也。"二子依所教，自夜分危坐，专望烛光，

与伊阙的分界线，我寻找了好久才找到你们这里啊！你们兄弟可以把百两黄金分送给贫困的亲友。那龙泉宝剑，你们兄弟佩带身边，可保你们位极人臣。另外一把宝剑赏给贫道，用它来降妖除魔。你们看如何？"薛家兄弟二人听后很是惊异。道士说："让你家中的僮仆和雇用的工匠，都准备好畚箕、锹钎等挖泥运土的工具，等我选个吉日好挖土取出这两宗宝物，就可以亲眼验证虚实。但是，如果不施用法术制住它们，这两宗宝物没等挖掘出来就会土遁逃走，再也追找不到了。假如等选好良辰吉日，按四方五行设置神坛，用有道法的灵水一喷，它们就不能逃遁了。一定要告诫你家的僮仆，不可泄露机密。"薛家二兄弟问道士设法坛所需物品，道士说："请准备微缥三百尺，就是赤黑的绳索。布置法坛需要很多的彩色细绢，还有小凳、桌案、香炉、褥垫等物。"说到这里，道士看看薛家二兄弟，接着说："我不是贪财图利的人，不过是借助这些东西念咒作法。还需要祭祀神灵用的供膳十座，酒、茶都准备好。祭祀用的器皿必须是含有一半以上黄金的金器。"薛家二兄弟遵照道士的要求，竭尽全力去准备。还有缺少的物件，就向亲友求借。道士又说："贫道擅长点石成金之术，视金银如同粪土一样，经常周济一些贫困人，帮助他们解决紧急的困难。现在，贫道有一些箱子包裹存放在太微宫，想暂时寄放在你们这儿，怎么样？"二兄弟听后高兴地答应了，立即让家中仆人将这些箱子、包裹运回来。一共有四只巨大的箱子，每只箱子都重得搬不动，而且上锁贴封条，极为严密。很快到了道士选定的吉日，道士在五株松树那儿搭设法坛，让薛家二兄弟跪拜法坛前面，祝祈神灵保佑降福。之后，道士立即让他们回到家中，关闭门户等待。并且告诫他们不得向法坛这边偷看。道士说："贫道将效仿景纯法师披散头发、口中叼着宝剑的法术，如果有人偷看，就会立刻招致灾祸。等到贫道法事做完了，当以举火为号招唤你们。你们见到火光后，就可以带领家僮仆夫，拿着畚箕、锹铲等工具，连夜挖掘，你们兄弟俩就在旁边静观财宝吧。"薛家两兄弟，依着道士的指教，从半夜在家中正襟危坐，等候火光的召唤，

杳不见举。不得已，辟户觇之，默绝影响。步至树下，则掷杯覆器，饮食狼藉。彩缣器皿，悉已携去。轮蹄之迹，错于其所。疑用徽缥束固以遁。因发所寄之笈，瓦砾实中。自此家产甚困，失信于人。惊愕忧惭，默不得诉。出《唐国史》。

秦中子

秦川富室少年有能规利者藏镪巨万。一日逮夜，有投书于其户者，仆执以进。少年启封，则蒲纸加蜡，昧墨斜翰，为其先考所遗者。曰："汝之获利，吾之冥助也。今将有大祸，然吾已请于阴骘矣。汝及朔旦，宜斋躬洁服，出于春明门外逆旅。备缣帛，随其年，三十有五。俟夜分往灞水桥，步及石岸，见黄衣者即置于前，礼祝而退，灾当可免。或无所遇，即挈缣以归，急理家事，当为窜计。祸不旋踵矣。"少年捧书大恐。合室素服而泣，专志朔旦。则舍弃他事，弹冠振衣，止于春明门外，矜严不寐。恭俟夜分，乃从一仆乘一马，驰往灞桥，唯恐无所睹。至则果有一物，形质

左等右等也不见五株松方向有火光的信号。实在等不下去了，打开门看看，五株松那边一点声响也没有。两兄弟急忙来到五株松下，只见杯盘狼藉，到处都是吃过的饭菜。而且，他们兄弟俩为道士准备的布设法坛的五色细绢以及盛装祭膳用的金器，都被道士席卷一空。只见车轮与牲畜的蹄印满地都是。怀疑是用三百尺赤黑绳索煞牢车子，便于逃跑。回到家中，两兄弟让家人赶快打开道士寄存的四只大箱子，里面盛的全是瓦砾。从这以后，薛家两兄弟家道败落，一贫如洗，而且在亲朋好友那里失去了信誉。两兄弟又惊愕又愁苦惭愧，一言不发地吃了这个大哑巴亏，无处告发。出自《唐国史》。

秦中子

在秦川，有一家富有的少年，擅长经营获利，家中藏钱巨万。一天晚上，有人将书信扔在这位少年家院内，仆人取回来给少年。少年打开信封，是蒲草纸，上面用蜡油缄封，信是用暗淡的墨和斜侧的字体写成的，从字迹和内容上看，是他死去的父亲写给他的信。信上说："你能获得这么多的利，是我在阴间帮助你的结果。现在将有大祸临头，但是我已经在阴间请求保佑你了。你可以等到下月初一，应当斋戒沐浴，穿上整洁的衣服，到春明门外的一家客店。准备好细绢，随着年份计算，需用三十五匹。等到黑夜降临后，前往瀍水桥，步行到达石岸边，看见一个身穿黄衣服的人，就将三十五匹细绢放在这个人面前，行礼祝祀而退，灾祸就可以免除了。如果什么人也没有遇到，你带着细绢赶快回到家中，处理好家中事宜，赶快离家出走。这样，灾祸不会转着脚跟随你去的。"少年看后，手捧书信惊恐万分。全家人身着素服，抱头哭泣，对着先人的灵位哭泣，专心等待下月初一这一天的到来。那天一早，少年打扫干净帽子上、衣服上的灰尘，带着三十五匹细绢，来到春明门外的旅店旁边，谨慎地恭候在那里，不敢合眼。恭候到夜间，带着一个仆人，骑着一匹马，驰往瀍桥。唯恐看不到要见的人。来到瀍桥，果然看见有一个人，形态

诡怪，蓬头黄衣，交臂束膝，负柱而坐，俯首以寐。少年惊喜，捧缣于前，祈祝设拜。不敢却顾，疾驱而回。返辕相庆，以为幸免矣。独有仆夫疑其不直。曾未逾旬，复有掷书者。仆夫立擒之，乃邻宇之导青襟者。启其缄札，蒲蜡昧墨如初。词曰："汝灾甚大，曩之寿帛，祸源未塞。宜更以缣三十五，重置河梁。"其家则状始末，诉于官司。诘问具伏，遂置于法。时李常侍丛为万年令，讼牒数年尚在。出《缺史》。

李全皋

护军李全皋，罢淮海监临日，寓止于开元寺。以朝廷艰梗，未获西归。一旦，有小校引一道人，云能通炉火之事，全皋乃延而礼之，自此与之善。一日语及黄白之事，道人曰："唯某颇能得之。可求一铁鼎，容五六升以上者，黄金二十余两为母，日给水银药物，火候足而换之。莫穷岁月，终而复始。"李甚喜其说，顾囊有金带一条，可及其数，以付道人。诸药既备，周火之日后，日躬自看验。居数日微倦，乃令家人亲爱者守之。日数既满，斋沐而后开视，黄金烂然，的不虚也。李拜而信之。三日之内，添换有征。

诡怪，头发蓬乱，身着黄衣，两臂交叉着抱住两膝，靠着桥柱坐在那儿，低头打盹儿。少年见了非常惊喜，双手捧着细绢走上前，行礼祈求祝祷。然后转身离去，驱马急驰而归，连头都不敢回一下。在回家的路上，少年心中暗自以为这下免去了一场大灾祸。唯独跟少年同去的仆人不大相信这件事。没过十天，又有人向少年院里投掷书信。仆人立即出去将投信人捉获，原来是邻居家的一个读书人。打开信缄，蒲纸蜡封，暗墨斜草，都和上次的一样。信上写的是："你的灾祸非常大，上次送去寿帛，并没有免去祸源。还应再带三十五匹细绢，重新放在灞桥河岸边。"这位少年将这件事情上告到官府那里，陈述始末缘由。官府审问那位邻家的读书人，他一一招认，便被依法判刑。当时常侍李丛任万年县县令，办案的文书几年后都完好地收存在县衙里。出自《缺史》。

李全皋

护军李全皋，辞去淮海监那天，暂时居住在开元寺中。因为朝廷阻难，没能得到允许回到他西部老家。一天早上，有一位小校引荐一位道人来见李皋，说他通晓用炉炼金的秘法，李全皋听了后以礼相待，从此之后两人的关系日渐友善。一天谈到用炉炼金的事情，道人说："只有贫道我擅长这种秘法。你可以寻找一只能容五六升以上的铁鼎，再拿来黄金二十多两做母本，每天往鼎里添加水银等药物，待火候炼足了再更换。年年月月不停地炼，终而复始，一直炼下去，你就会得到无穷无尽的黄金啊。"李全皋听后大喜，看看自己行囊中有金带一条，大约有二十多两重，便拿来交给了道士。又将炼金所需要的水银等药物准备齐全，开炉升火后，每天李全皋都亲自到炉边验看。过了几天后，他感到有些厌倦了，就让他的家中亲人去炉前看守。待到炼满预定的天数后，斋戒沐浴换上洁净的衣服，打开鼎盖验看，只见满鼎金黄灿然一片，确实不假啊！李全皋拜谢道士，并且相信了他的炼金法术。三天之内，就可以添换取出一些炼出来的黄金。

一旦道人不来，药炉一切如旧，疑骇之际。俄经再宿，久待讶其不至，不得已，启炉视之，不见其金矣。事及导引小校，代填其金而止。道人绝无踪迹。出《桂苑丛谈》。

文处子

有处子姓文，不记其名，居汉中。常游两蜀侯伯之门，以烧炼为业。但留意于炉火者，咸为所欺。有富商李十五郎者，积货甚多。为文所惑，三年之内，家财罄空。复为识者所谮，追而耻之，以至自经。又有蜀中大将，屯兵汉中者，亦为所惑。华阳坊有成太尉新造一第未居，言其空静。遂求主者，赁以烧药。因火发焚其第，延及一坊，扫地而静。文遂夜遁，欲向西取桑林路，东趋斜谷，以脱其身。出门便为猛虎所逐，不得西去，遂北入王子山溪谷之中。其虎随之，不离跬步。既窘迫，遂攀枝上一树，以带自缚于乔柯之上。其虎绕树咆哮。及晓，官司捕逐者及树下，虎乃徐去。遂就树擒之，斩于烧药之所。出《王氏见闻》。

一天早上道士没有来到炉前，药炉的一切像原先一样，照旧添火炼烧，感到很震惊。又过了一宿，依然不见道士的踪影，李全皋非常奇怪着急，不得已，他自己打开鼎盖一看，鼎中置放的黄金母本，都不见了。事情牵连到领道士来的小校。于是，小校将自己的黄金拿出来补给了李全皋，才算了结这件事。那位自称会炼金的道士，再也没有见到他的踪影。出自《桂苑丛谈》。

文处子

有一个姓文的处士，不记得他叫什么名字，居住在汉中。经常往来于两蜀侯伯等权贵之家，以炼金为职业。但凡想要通过炼金发财的人，都受过这位文处士的欺骗。有位富商叫李十五郎，积聚的财产很多。受文处士的蛊惑，三年之内，将家财全都败光了。而且还遭到熟人的讥讽，后悔莫及，以致悬梁自尽了。还有一位蜀中的大将军，军队驻扎在汉中，也被文处士所蛊惑。华阳坊有位成太尉，新建造一座府第还没有住过，文处士说这座宅院空静，适合炼金。于是，这位大将军就向主人将它租赁来用以炼金。不慎失火，将整座宅第烧为平地，而且火势蔓延整条华阳坊，烧毁整整一条街。文处士连夜逃走，出城后想向西取道桑林路，再向东到斜谷，以逃脱官府的追捕。但是，他一出城门就被一只猛虎追逐，西去不得，向北逃入王子山溪谷中。这只老虎一直追逐他到这里，寸步不离。文处士无计可施，攀爬到一株树上，用带子将自己绑缚在树干上。老虎绕着树转圈，边转边咆哮。直到天明，官府听到虎叫声赶到这株树下，老虎才离去。于是，文处士在树上被擒获，在烧药炼金的地方被斩首示众。出自《王氏见闻》。

卷第二百三十九

谄佞一

安禄山

　　玄宗命皇太子与安禄山相见，安禄不拜。因奏曰："臣胡人，不闲国法，不知太子是何官？"玄宗曰："是储君。朕万岁后，代朕君汝者。"安禄曰："臣愚，比者只知有陛下，不知有太子。"左右令拜，安禄乃拜。玄宗嘉其志诚，尤怜之。出《谭宾录》。

成敬奇

　　成敬奇有俊才，文章立而可就。为大理正，与姚崇有姻亲。崇尝寝疾，敬奇造宅省焉。对崇涕泣，怀中置生雀数枚，一一持出，请崇手执而后放之。祝云："愿令公速愈。"崇勉强从之。敬奇既去，崇恶其谀媚。谓其子弟曰："此泪从何而来。"自兹不复接遇。出《大唐新语》。

安禄山

唐玄宗让皇太子与安禄山相见，安禄山不跪拜。并启奏玄宗说："我是胡人，不熟悉国法，不知太子是什么官职？"玄宗告诉他："是储君。待我去世之后，太子代替朕做你的国君。"安禄山回答说："我很愚昧，亲近的人只知道有皇上您，不知道有太子。"主管礼仪的官员都让他向太子下拜，安禄山这才下拜参见太子。玄宗嘉许安禄山忠诚，更加怜爱他。出自《谭宾录》。

成敬奇

成敬奇才智卓越，写文章片刻就能写成。官任大理正卿，与宰相姚崇有姻亲。姚崇曾有病卧床，成敬奇到相府探病。他面对姚崇泪流满面，从怀中取出几只活雀，一一放在姚崇手中，让他拿一会儿再放生。并祝福说："希望姚令早日痊愈！"姚崇勉强忍让他这样做。等成敬奇离开后，姚崇立刻露出讨厌他故作阿谀谄媚的神情，对子弟们说："他的眼泪是从哪里流出来的？"从此以后再也不接见成敬奇的来访。出自《大唐新语》。

陈少游

唐陈少游检校职方员外郎,充回纥使。检校官自少游始也。而少游为理,长于权变,时推干济。然厚敛财货,交结权右,寻除管桂观察使。时中官董秀用事。少游乃宿于里,候下直际,独谒之。从容曰:"七郎家中人数几何,每日所费几何?"秀曰:"久忝近职,累重。又属时物腾贵,一月须千余贯。"少游曰:"据此所费,俸钱不能足其数。此外常须求于人,方可取济。倘有输诚供应者,但留心庇护之,固易为力耳。少游虽不才,请以一身独备七郎之费用。每岁愿送钱五万贯,今见有大半,请即收受。余到官续送,免费心劳虑,不亦可乎!"秀既逾于所望,忻悦颇甚,因与之相厚。少游言讫,泣曰:"南方毒瘴深僻,但恐不得生还,再睹颜色。"秀遽曰:"中丞美才,不当远官。从容旬日,冀竭蹇分。"时少游已纳贿于元载子仲武矣。秀、载内外引荐。数日,拜宣歙观察使,改浙东观察使,迁淮南节度使。十余年间,三总大藩。征求货易,且无虚日,敛积财宝,累巨万亿。

陈少游

　　唐朝的陈少游官任检校职方员外郎,担任出使回纥的使节。唐朝设置检校官,就是从陈少游这儿开始的。陈少游的本性擅长权变,当时的人都推崇他办事干练有才干。然而他却贪得无厌,无休止地搜刮民财,同时还攀高结交权贵,不久又被授任管州、桂州观察使。当时,宫内宦官董秀得宠。陈少游就住在董秀家所在街坊附近,等候董秀在宫中值完班回来的途中,单独拜见他。陈少游神情从容不迫地问董秀:"七郎家有多少口人,每天需要多少钱开销日常用度啊?"董秀说:"我担任这个职务有好久了。又赶上现在物价飞涨,一个月大概得需要一千多贯钱吧。"陈少游说:"根据你家的消费,你的俸禄肯定是不够用的。除了俸禄之外,七郎大概需要经常向别人求助,才能过得去啊。倘若有人愿意向你献纳忠心,按时供给你一笔钱来补贴你家的生活用度。你稍微留心庇护他,原本也是很容易办到的。我陈少游虽然没什么才干,但是恳请让我一个人全部承担下七郎家中所需要的费用。每年我可以送给你五万贯钱,现在我这就有一大半,请你立即收下。余下的,等到了住所之后再补送给你。这样,就会免得七郎为生活用度费心劳力,这样不是很好吗?"董秀看到所得到的钱,远远地超出自己想要的数目,非常欢欣喜悦,便与陈少游结成至交。陈少游说完这席话,又流着眼泪说:"当今朝廷任我为管桂观察使,南方荒蛮多瘴疠之地,此次一去恐怕难以活着回来,再与七郎相见!"董秀立即说:"像中丞你这样聪明有才干的人,不应当充任边远荒僻地方的官员。你先等待十多天,我将会尽余力为你周旋。"当时,陈少游已经为这件事情向宰相元载的儿子元仲武送纳了贿赂。董秀、元载,一内一外,不断地引荐陈少游。几天后,朝廷便改派陈少游为宣州、歙州观察使,旋而又改任浙东观察使,又改任淮南节度使。十多年间,陈少游任过三处重郡的节度使。在此期间,他没有一天不在四处征收钱赋,大肆搞买卖交易,聚敛积集钱财珠宝,多达万亿。

视文雅清流之士,蔑如也。初结元载,每岁馈十万贯。后以载渐见忌,少游亦稍疏之。及载子伯和,贬官扬州,少游外与之深交,而阴使人伺其过,密以上闻。代宗以为忠,待之益厚。关播尝为少游宾客,卢杞早年,与之同在仆固怀恩幕府,故骤加其官。德宗幸奉天后,遂夺包佶财物八百万贯。复使参谋温述,送款于李希烈曰:"濠、舒、庐等州,已令罢垒,韬戈卷甲,伫候指挥。"后銮舆归京,包佶入朝,具奏财赋事状。少游上表,以所取财,皆是供军费用,今请据数却纳。乃重征管内百姓以进。后刘洽收汴州,得希烈起居注:某月日,陈少游上表归顺。少游闻之,惭愧而卒。出《谭宾录》。

裴延龄

唐裴延龄累转司农少卿,寻以本官权判度支。自揣不通食货之物,乃设钩距,召度支老吏与谋,以求恩顾。乃奏言:"天下出入钱物,新陈相因,而常不减六七千万贯,唯在一库,差殊散失,莫可知之。请于左藏库中分置,别建欠、负、耗、剩等库,及季库月给,纳诸色钱物。"德宗从之。但贵欲张名目,以惑上听。其实钱物更无增加,唯虚费簿书

他对高尚文雅负有名望的人士，非常蔑视。陈少游刚攀结宰相元载时，每年馈送元家十万贯钱。后来，元载渐渐有所顾忌，陈少游才稍稍与他疏远。等到元载的儿子元伯和被贬谪到扬州。陈少游表面上与他交往密切，暗中却指使人搜集他的过失，密报皇上。唐代宗以为陈少游对他忠诚，因此更加重用厚待他。关播曾经做过陈少游的宾客，卢杞早年也跟陈少游一同在仆固怀恩幕府为同事。因为这层关系，他们屡次破格提拔他的官职。唐德宗移驾奉天后，陈少游趁机夺取包佶的家产共计八百万贯。同时，他又派参谋温述携巨款去汴州联络叛军李希烈，说："濠、舒、庐等州，已经命令他们停止抵抗，放下武器，原地等待着你去指挥。"后来，德宗銮驾回到京城后，包佶入朝，向皇上奏告陈少游夺取他家财产一事。陈少游上表，谎称他取走的包家财产都充作军队费用了，现在请包佶按照被抄没时的数目再取回去。于是，他加重征收所辖区内百姓的赋税，用这笔钱来补缴给朝廷。后来，刘洽从李希烈手中收回汴州时，得到一份李希烈的起居注，上面记载着：某月日，陈少游上表归顺。陈少游听说这件事后，羞愧成疾而死。出自《谭宾录》。

裴延龄

唐德宗李适在位期间，连续任司农少卿的裴延龄，随即又以司农少卿兼户部尚书，全面负责国家的财政开支。裴延龄自知不懂得财政工作，于是广泛调查咨询，召请来掌管过财政的退职老官吏，帮助他出谋划策，来求得皇上的信任。这之后，他上奏德宗说："整个国家钱物的收与支，新旧相连接，通常情况下，库存都不少于六七千万贯，历来只存放在一座库房，如果出现差错散失，没办法知道。请求允许在左藏库中分开存放，另外设立欠、负、耗与剩等二级库房，按季、按月供应和收纳各种成色的钱财货物。"德宗批准了他的这些建议。其实，这些设置都是裴延龄故意搞的名堂，想用这些来迷惑皇上，以达到他邀恩纳宠的目的。实际上，这样设置钱物一点也不能增加，只是白白耗费账簿

人吏。又奏请，令京兆府两税青苗钱，市草百万团，送苑中。宰臣议，以为若市草百万团，则一方百姓，自冬历夏，搬运不了，又妨夺农务。其事得止。京西有污池卑湿处，芦苇丛生焉，不过数亩。延龄忽奏云："厩马冬月合在槽枥秣饲，夏中即须有牧放处。臣近寻访得长安咸阳两县界，有陂地百顷，请以为内厩牧马之地。且去京城十数里。"德宗信之，言于宰臣。宰臣坚执云："恐必无此。"及差官阅视，悉皆虚妄。延龄既惭且怒，又因对欺。德宗曰："朕所居浴堂殿院一柣，以年多故致损坏，而未能换。"延龄曰："宗庙事重，殿柣事轻。陛下自有本分钱物。"德宗惊曰："本分钱何名也？"曰："此是经义。愚儒常才，不足与言。陛下正合问臣，臣能知之。《准礼经》云，天下赋税，分为三分。一分充干豆，一分充宾客，一分充君之庖厨。干豆供宗庙也。今陛下奉宗庙，虽至严至丰至厚，亦不能用一分财赋也。只如鸿胪礼宾，诸国番客，至于回纥马价，用一分钱物，尚有赢羡甚多。况陛下御膳宫厨，皆极简俭，所用外，以赐百官充俸料餐钱等，犹未能尽。据此而言，庖厨之用，其数尚少，皆陛下本分也。用修十殿，亦不合疑，何况一柣。"上曰："经义如此，人未曾言，颔之而已。"后因计料造神龙寺，须用长七十尺松木。延龄奏曰："臣近于同州，检得一谷，有数千株，皆长七八十尺。"德宗曰："人云，开

人力而已。裴延龄又上奏德宗，让京城地区用两税青苗钱，来购买饲草一百万团，送到皇家御苑中。宰相们议论，如果买饲草一百万团，那么京城地区的百姓，从冬到夏都搬运不完，又妨碍占用农业生产的时间。这件事才算被否决。京城长安西郊有一片低洼潮湿的水塘，上面丛生着芦苇，不过几亩地。裴延龄忽然上奏德宗，说："御苑马厩里的马，冬天应当在槽中饲养，到了夏天就应该在野外放牧。我近日寻访到长安、咸阳两县交界处，有一片临水的低洼湿地，约有一百顷，请皇上批准将这块地方作为御马放牧的地方，而且离京城只有十几里路。"德宗相信了裴延龄的奏请，对宰相们说此事。宰相们坚持说："恐怕没有这么大的水面。"等到派出官员去考察，证明报告里的全是谎言。裴延龄既羞愧又恼怒，因为是面君对奏，又不好发作。一天，德宗召见裴延龄说："我的住处浴室殿院有一根屋梁，因年久失修损坏了，到现在还没有更换。"裴延龄回答说："社稷宗庙事重，殿梁事轻。皇上自有本分钱物。"德宗惊异地问："本分钱是什么钱啊？"裴延龄回答说："这是经书上讲的义理。迂腐的儒臣、平庸的官员，没法跟他们讲。皇上问我正合适，我知道是怎么一回事。《准礼经》上说，普天下的赋税，分为三份。一份用来置办干肉、祭器；一份用来宴请国宾；一份用来置办皇上御厨里的用品。干肉、祭器是供宗庙祭祀的用品。现今皇上祭奉宗庙，虽然特别庄严、特别丰盛、特别优厚，也用不了一份财赋啊。至于朝贺庆典以及接待各国使臣宾客，及付给回纥的买马钱，也只需一份财赋而已，还有很多盈余呢。况且，皇上的御膳、宫中的饮食，都极节俭。这以外，赏赐给文武百官为俸禄吃饭钱等，都没有用尽。根据我的推算，宫中饮食用度所用的钱物还比这少。剩下来的，都是皇上的本分钱啊！用来修建十座殿堂，也不应当怀疑。何况一梁呢？"德宗皇上说："经书上的这种义理，别人没有说过，我只好点头称是而已。"后来，计算建造神龙寺的用料，必须用长七十尺的松木。裴延龄上奏说："我近日在同州，找到一座山谷，有松树好几千棵，都长七八十尺。"德宗说："听人说，开

元天宝中，近处求觅五六丈木，尚未易得，皆须于岚胜州采造。如今何为近处便有此木？"延龄对曰："贤者珍宝异物，皆处处有之，但遇圣君即出。今此木生自关辅，盖为圣君，岂开元天宝合得有也？"延龄既锐情于苛刻，剥下附上为功。奏对之际，皆恣骋诡怪虚妄，他人莫敢言者。延龄言之不疑，亦人之所未尝闻。上颇欲知外事，故特优遇之。出《谭宾录》。

薛盈珍

姚南仲为郑滑节度使。时监军薛盈珍估势，干夺军政。南仲不从，数为盈珍构谗于上，上颇疑之。后盈珍遣小使程务盈，驰表奏南仲不法，谗构颇甚。南仲裨将曹文洽，时奏事赴京师。窃知盈珍表中语，文洽私怀怒。遂晨夜兼道追务盈，至长乐驿，及之，与同舍宿。中夜杀务盈，沉盈珍表于厕中，乃自杀。日旰，驿吏开门，见流血满地。旁得文洽二缄，一缄告盈珍罪；一缄表理南仲冤，且陈谢杀务盈。德宗闻其事，颇骇动。南仲虑衅深，遂入朝。初至，上曰："盈珍扰卿甚也。"南仲曰："盈珍不扰臣，自隳陛下法

元天宝年间,在京城附近寻找长五六丈的木材,尚且不容易找到,都必须在岚胜州采伐。如今为什么近处就有这么长的松木?"裴延龄回答说:"对于圣贤的人来说,珍宝异物,处处都有,现在圣君已经出现了。今天这种长木生长在京城附近,都是因为有您这样圣明的皇上啊。怎么开元、天宝就必须有呢?"裴延龄言辞锋利苛刻,以盘剥下属依附皇上为能事。跟皇上奏对时,他完全随意进行诡辩,说些虚妄怪异不着边际的话,别人都不敢这样说。他却一点儿也不怀疑自己说得不对,也都是他人不曾听到过的。德宗皇上很想知道外界的一些事情,因此特别优待他。出自《谭宾录》。

薛盈珍

姚南仲任郑滑节度使。当时,在郑滑任监军的薛盈珍依仗权势,屡屡干预,夺取军政大权。姚南仲不听从他的摆布,多次被薛盈珍向德宗诬告谗毁,德宗并没有完全相信。后来,薛盈珍得寸进尺,暗中派遣心腹小使程务盈,带着他写好的上奏姚南仲不法的表章,到京城上告姚南仲。表章上写的尽是无中生有的诬陷之词。当时,正赶上姚南仲的副将曹文洽进京奏报军务要事,暗中得知薛盈珍上奏的表章中诬陷姚南仲的话。曹文洽心中异常恼怒,于是昼夜兼程追赶程务盈,到长乐驿站终于赶上了他,与他一同住在驿站里。到了半夜,曹文洽杀死了程务盈,将上告诬陷姚南仲的表章扔到厕所中,之后自杀身死。第二天早晨,驿站的官吏打开房门,只见血流满地,两个人都死在屋中。曹文洽身旁放着两封信,一封信上写着薛盈珍擅权、诬陷姚南仲的种种罪状;一封信上写的是为姚南仲辩护申冤,并且陈述自己杀死程务盈的经过和请求谢罪道歉。唐德宗听到这件事情后,很受震动,惊骇异常。姚南仲唯恐因这件事跟薛盈珍的怨恨越结越深,于是便亲自入京上朝。姚南仲刚到,德宗皇帝便召见他说:"薛盈珍干扰你的军政要务很严重吧。"姚南仲回答说:"薛盈珍一点也没有干扰我的军政要务,是我自己不遵守朝廷的法纪

耳。如盈珍辈所在，虽羊杜复生，抚百姓，御三军，必不成恺悌父母之政，师律善阵之制矣。"德宗默然久之。出《谭宾录》。

画 雕

裴延龄恃恩轻躁，同列惧之，唯顾少连不避。延龄尝画一雕，群鸟噪之，以献。德宗知众怒，益信之。出《谭宾录》。

冯道明

雍陶，蜀人也，以进士登第。后稍薄于亲党，其舅云安刘敬之罢举，归三坡，素事篇章。让陶不寄书曰："山近衡阳虽少雁，水连巴蜀岂无鱼。"陶得诗愧赧，方有狐首之思。后为简州牧，自比之谢宣城、柳吴兴也。宾至则折挫之，阍者亦怠，投赞者稀得见。忽有冯道明下第请谒云："与员外故旧。"阍者以道明言启之，及引进，陶呵曰："与君昧平生，何方相识？"道明曰："诵员外诗，仰员外德，诗集中日得见，何乃隔平生也！"遂吟曰："立当青草人先见，行近白莲鱼未知。"又曰："江声秋入寺，雨气夜侵楼。"又曰："闭门客到常疑病，满院花开不似贫。"陶闻吟欣然，待道明如曩昔之交。

啊。如果薛盈珍这样的人到处都有的话，纵然是晋朝的羊祜、杜预这些名臣死而复生，让他们安抚百姓、统率三军，也不能成就百姓和乐安康的政绩，以及纪律严明、善于作战的军容啊。"德宗听了这番话，沉默了很久。出自《谭宾录》。

画　雕

裴延龄仗恃皇上对他的恩宠与重用，为人轻狂暴躁，同僚都惧怕他，只有顾少连一点也不回避他。裴延龄曾经画一只雕，群鸟围着它吵吵嚷嚷，将这幅画进献给德宗。德宗原先就知道朝中诸官都怨恨惧怕裴延龄，见到这幅画后，更加相信了。出自《谭宾录》。

冯道明

雍陶，蜀郡人，考中进士。之后，他对亲友有些冷淡、疏远，他的舅舅，云安的刘敬之，被推举做官，罢官后，回到三坡，平素作诗写文章。有一次他寄诗责备雍陶不给他写信，道："山近衡阳虽少雁，水连巴蜀岂无鱼。"雍陶得到舅父的这首诗后，想到自己以前对亲友的冷淡，很羞愧，这才有想家思亲之感。后来，雍陶任简州牧，将自己比作南北朝时的诗人谢朓谢宣城、柳恽柳吴兴。有宾客来拜访则轻慢折磨人家，连他家的守门人也怠慢宾客，带着自己的诗文或礼物请求拜见雍陶的人，很少受到接见或款待。忽然有一天，有个叫冯道明的落第文人请求拜见雍陶，说："我跟雍员外是旧相识，请给通报一下。"守门人将这话通报给雍陶。待到引领冯道明拜见雍陶后，雍陶大声呵斥说："我与你素昧平生，你在哪里认识我的？"冯道明回答说："我每天都诵读你的诗，敬仰你的德行，我在诗集中天天和你相见，怎么能说我们是素昧平生呢？"说完随口吟出雍陶的两句诗："立当青草人先见，行近白莲鱼未知。"接着又说："江声秋入寺，雨气夜侵楼。"又说："闭门客到常疑病，满院花开不似贫。"雍陶听了冯道明的吟诵后，非常高兴，便对待冯道明像相交多年的老朋友一样。

君子以雍君矜持而好媚,冯子匪艺而求知,其两违之。出
《云溪友议》。

杜宣猷

杜宣猷大夫自闽中除宣城,中官之力也。诸道每岁进
阉人,所谓"私白"者,闽为首焉,且多任用。以故大阉以下
桑梓,多系于闽。时以为中官薮泽。宣猷既至,每寒食节,
辄散遣将吏,荷挈食物,祭于诸阉冢墓,所谓洒扫者也。故
时号为"敕使看墓"。出《玉泉子》。

李德裕

李德裕镇扬州,监军使杨钦义追入,必为枢近。而德
裕致礼,皆不越寻常,钦义心衔之。一日,中堂设宴,更无
他宾。而陈设宝器图画数床,皆殊绝。一席祗奉,亦竭情
礼。宴罢,皆以赠之。钦义大喜过望。旬日,西行至汴州,
有诏却令监淮南。钦义即至,具以前时所赠归之。德裕笑
曰:"此无所直,奈何拒焉?"悉却与之。钦义心感数倍。后
竟作枢密使,唐武宗一朝之柄,皆钦义所致也。出《幽闲鼓
吹》。

韩全诲

唐昭宗以宦官怙权,骄恣难制,常有诛剪之意。宰相

有德尚的人认为雍陶为人恃才傲物而又喜欢别人讨好他，冯道明无才却靠谄媚恭维求取知遇的人，大概双方都是不正派的。
出自《云溪友议》。

杜宣猷

杜宣猷大夫从福建到安徽宣城为官，是借助朝中宦官的作用。各个府道每年向宫中进献的阉人，也叫"私白"，闽中进献的最多，而且大多数都被皇宫留用。因此，在宫中颇有权势的大宦官的原籍，多数都在福建。当时人都说闽中是出宦官的地方。杜宣猷到宣城上任后，每到寒食节，都派出许多将士、官吏，带着祭祀用的食品，给埋在闽中的各个宦官的坟墓设祭，即扫墓。因为这个缘故，当时人称杜宣猷为"皇上任命的守墓人"。出自《玉泉子》。

李德裕

李德裕镇守扬州，监军使杨钦义也紧跟着来到扬州，一定要参与军政要务。李德裕以礼相待，一点也不超出常理，杨钦义暗暗怀恨在心。一天，李德裕在内厅设宴宴请杨钦义，此外没有再请其他客人。并在好几张床上摆满了各种宝器、名画，都是极罕见的珍品。席间李德裕始终恭恭敬敬地对待杨钦义。宴席结束时，又把这些宝物全都赠送给杨钦义。杨钦义喜出望外。过了十多天，杨钦义往西到了汴州，朝廷下诏书让他改任淮南监军使。杨钦义回到扬州后，将前些日子李德裕送给他的宝器书画全都归还给李德裕。李德裕笑着说："这些东西不值几个钱，为什么拒绝收取它们呢？"又都归还给杨钦义。杨钦义心中加倍感谢李德裕。杨钦义后来竟然官任枢密使，唐武宗一朝的大权，都掌握在杨钦义的手中。出自《幽闲鼓吹》。

韩全诲

唐昭宗因宦官专权，骄横难控，早有剪除他们的想法。宰相

崔胤嫉忌尤甚。上敕胤,凡有密奏,当进囊封,勿于便殿面奏。以是宦官不能知。韩全海等乃访京城美女数十以进,密求宫中阴事。天子不之悟,胤谋渐泄。中官以重赂甘言,请藩臣为城社,视崔胤眥裂。时因伏腊宴聚,则相向流涕,辞旨诣谀。会汴人寇同华知崔胤之谋,于是韩全海引禁军,陈兵仗,逼帝幸凤翔。他日崔胤与梁祖协谋,以诛阉官。未久,祸亦及之,致族绝灭。识者归罪于崔胤。先是,其季父安潜常谓所亲曰:"灭吾族者,必缁儿也。"缁儿即胤小字。河东晋王李克用闻胤所为,谓宾佐曰:"助贼为虐者,其崔胤乎。破国亡家,必在此人也。"出《北梦琐言》。

苏 循

唐末,尚书苏循诣媚苟且,梁太祖鄙之。他日至并州,谒晋王。时张承业方以匡复为意,而循忽献晋王画敕笔一对,承业愈鄙薄之。出《唐书》。

苏 楷

昭宗先谥"圣穆景文孝皇帝",庙号"昭宗"。起居郎苏楷等驳议,请改为"恭灵庄闵皇帝",庙号"襄宗"。苏楷者,礼部尚书苏循之子,乾宁二年应进士。楷人才寝陋,兼无德行。昭宗恶其滥进,率先黜落。由是怨望,专幸邦国

崔胤更是忌恨他们。唐昭宗让崔胤，凡是机密的奏章，一定装入囊袋中并且密封好，呈送给他，不要在便殿面奏。因此宦官们就无法了解朝廷的机密。宦官韩全诲在京城访求到几十个美女进献给昭宗皇上，实际是想通过这些美女暗中掌握皇上密谋的事情。昭宗皇帝没有察觉韩全诲等人的阴谋，使得他与宰相私下商议剪除宦官的事情渐渐泄露出来。韩全诲等宦官用重金与甜言蜜语贿赂朝外的藩镇节度使们来作为自己的靠山，视宰相崔胤为眼中钉。当时正值伏腊祭祀聚宴，聚集策划，宦官们痛哭流涕，言辞谄谀，讨好朝廷重臣和各地将军。恰巧汴人寇同华得知崔胤的谋划，并密告给韩全诲。于是韩全诲调动宫中禁军，摆开阵势，逼迫昭宗皇帝移驾凤翔。这之后，宰相崔胤与梁祖协密谋想诛灭宦官。不久，就招来祸患，致使全族人被杀。有见识的人认为：这是崔胤自己招致的罪祸。起初，崔胤的叔父崔安潜曾对亲属说过："使我们崔家灭族的，一定是缁儿啊。"缁儿，即崔胤的小名。河东晋王李克用听到崔胤的所作所为，对宾客、幕僚们说："帮助宦官逆贼施行虐政的人，就是他崔胤啊！导致国破家亡的，也一定是这个人。"出自《北梦琐言》。

苏　循

　　唐朝末年，尚书苏循为人阿谀谄媚、行事苟且，后梁太祖朱温非常鄙视他。后来，苏循到并州，拜见晋王李克用。当时，张承业正以恢复大唐盛业为自己的志向。然而，苏循忽然进献给晋王李克用一对绘画御笔，张承业越发瞧不起苏循。出自《唐书》。

苏　楷

　　唐昭宗最初谥号为"圣穆景文孝皇帝"，庙号"昭宗"。起居郎苏楷等人提出异议，请昭宗改称为"恭灵庄闵皇帝"，庙号"襄宗"。苏楷，是礼部尚书苏循的儿子，乾宁二年考中进士。苏楷相貌丑陋，又没有良好的品德。唐昭宗厌恶他的滥调谀言，贬了他的官职。由于这个原因，苏楷对朝廷满怀怨恨，幸灾乐祸于国家

之灾。其父循，奸邪附会，无誉于时。故希旨苟进。梁祖识其险诐，滋不悦。大为敬翔、李振所鄙。梁祖建号，诏曰："苏楷、高贻休、萧闻礼，皆人才寝陋，不可尘污班行。并停见任，放归田里。苏循可令致仕。"河朔士人，目苏楷为衣冠枭獍。出《北梦琐言》。

乐朋龟

旧例，士子不与内官交游。十军军容田令孜擅回天之力。唐僖皇播迁，行至洋源，百官未集，缺人掌诰。乐朋龟侍郎亦及行在。因谒中尉，仍请中外。由是荐之，充翰林学士。张濬相自处士除起居郎，亦出令孜之门，皆申中外之敬。洎车驾到蜀，朝士毕集。一日，中尉为宰相开筵，学士洎张起居同预焉。张公耻于对众设拜，乃先谒中尉，便施谢酒之敬，中尉讶之。俄而宾至，即席坐定。中慰白诸官曰："某与起居，清浊异流，曾蒙中外。既虑玷辱，何惮改更？今日暗地谢酒，即不可。"张公惭惧交集。自此甚为群彦所薄。乐公举进士，初陈启事，谒李昭待郎，自媒云："别于九经书史及老庄八都赋外，著八百卷书。请垂比试。"诚有学问也，然于制诰不甚简当。时人或未之可也。出《北梦琐言》。

的灾难。苏楷的父亲苏循,奸恶邪险,依附权贵,在当时一点声望威信也没有。因此,专靠迎合皇上的意旨来求得高位。梁太祖朱温认识到他为人奸险邪僻,更加不喜欢他。苏家父子也被敬翔、李振等大将所鄙视。朱温建国号为梁,下诏书说:"苏楷、高贻休、萧闻礼,都人才丑陋,不可以让他们玷污朝臣的行列,一律免去他们现任的官职,放归原籍。苏循可以让他辞官。"河北地方官员,都将苏楷看成衣冠禽兽。出自《北梦琐言》。

乐朋龟

依照唐代旧例,士大夫等朝官不允许跟宫中的宦官交往。十军观军容史宦官田令孜独揽大权,并能左右皇上旨意。唐僖宗离京逃难,行到洋源时,文武百官还未赶到,皇上缺少一个起草诏书的人。侍郎乐朋龟当时也伴驾随行。听说这件事后,拜见田令孜,请他在里外疏通。于是,经田令孜推荐,将他提升为翰林学士,掌管诏书。宰相张濬,起自河间的一个普通的读书人,也是出自田令孜门下。因此,他对宫内宦官、朝中大臣,都得时时敬重。等车驾到蜀,文武百官也都赶来了。一天,中尉为宰相张濬摆设宴席,宴请百官,翰林学士乐朋龟也被邀请赴宴。宰相张濬感觉当着百官面前拜谢田令孜有失脸面,便提前到席上拜见中尉,施礼感谢他邀请自己,田令孜非常惊讶。过了一会儿,赴宴的百官全到齐了,依次入座。田令孜对百官们说:"我与张宰相原本是清、浊两种不同的人。张宰相曾经蒙受朝廷内外的赏识,才有今天。既然考虑跟我田某人玷污声名,为什么又惧怕更改呢?像今天这样私下向我表示感谢为你置办宴席,是不可以的。"宰相张濬听了这席话后,既羞愧又恐惧。从这之后,朝中的众官员们更加轻视他。乐朋龟考中进士后,初次上表述事,拜见侍郎李昭,自我介绍说:"在九经书史老庄八都赋之外,我撰写过八百卷书。请您随便出题考核我。"乐朋龟确实是很有学问的,然而在撰写诏书上,却做不到简练得体。当时有人尚未认为他胜任这个职务。出自《北梦琐言》。

孔　谦

后唐明宗即位之初，诛租庸使孔谦、归德军节度使元行钦、邓州节度温韬、太子少保段凝、汴州曲务辛廷蔚、李继宣等。孔谦，魏州孔目吏。庄宗图霸，以供馈军食，谦有力焉，既为租庸使，曲事嬖幸，夺宰相权。专以聚敛为意，剥削万端，以犯众怒伏诛。元行钦为庄宗爱将，出入宫禁，曾无间隔。害明宗之子从景，以是伏诛。段凝事梁，以奸佞进身，至节将。末年绾军权，束手归朝。温韬凶恶，发掘西京陵寝。庄宗中兴，不证其罪。厚赂伶官阉人，与段凝皆赐国姓，或拥旄钺。明宗采众议而诛之。辛廷蔚，开封尹王瓒之牙将也，朱友贞时，廷蔚依瓒势曲法乱政，汴人恶之。李继宣，汴将孟审澄之子，亡命归庄宗，刘皇后畜为子。时宫掖之间，秽声流闻。此四凶，帝在藩邸时，恶其为人，故皆诛之。庄宗皇帝为唐雪耻，号为中兴。而温韬毁发诸帝陵寝，宜加大辟，而赐国姓，付节旄。由是知中兴之说谬矣。出《北梦琐言》。

孔 谦

　　后唐明宗李亶刚刚继承皇位时，下诏处死了租庸使孔谦、归德军节度使元行钦、邓州节度使温韬、太子少保段凝、汴州曲务辛廷蔚、李继宣等人。孔谦，曾任魏州孔目吏。庄宗李存勖图谋霸业时，孔谦在供给军粮方面出过力，随即授予他租庸使，孔谦用曲意逢迎的方法获得庄宗的宠幸，夺取了宰相的权力。专心于巧取豪夺积攒钱财，想方设法盘剥百姓。因此触犯众怒而被处死。元行钦原来是庄宗李存勖的得力将领，曾经随意出入宫中禁苑，没有谁能阻拦。他是因为杀害了明宗皇帝的儿子，才被处死的。段凝，在后梁任职期间，靠奸诈谄佞受到重用，做到节度使。在后梁末年，他掌管兵权，拱手归降后唐。温韬为人凶恶，他曾率人掘盗过西京长安的皇家陵墓。庄宗中兴李唐，没有追究他毁坏皇陵的罪行。温韬用重金贿赂乐官和太监，并且跟段凝同被赐予皇族国姓，还让他执掌兵权。明宗皇帝采纳大家的意见才处死了他。辛廷蔚原是开封府尹王瓚的副将，后梁末帝朱友贞在位时，依仗王瓚的势力违法乱政，胡作非为，汴州人都非常厌恶他。李继宣是汴州将领孟审澄的儿子，叛逃出后梁，归降庄宗，刘皇后收养他为义子。当时后宫传出了很多他与刘皇后之间淫乱的秽闻。这四个凶恶的人，明宗还是藩王时就非常厌恶他们的为人。因此，刚一登基就处死了他们。庄宗皇帝声言要为李唐王朝雪除耻辱，中兴李唐王朝。但是温韬毁坏盗掘先皇陵墓，是罪当斩首的，却赐予他宗室李姓，让他执掌兵权。由此可知，庄宗志在中兴李唐王朝的说法只是一个幌子。出自《北梦琐言》。

卷第二百四十
谄佞二

赵元楷

赵元楷为交河道行军大总管,时侯君集为元帅。君集马病颡疮,元楷以指沾其脓而嗅之,以谀君集。为御史所劾,左迁刺史。出《谭宾录》。

阎知微

唐春官尚书阎知微和默啜,司宾丞田归道为之副焉。至牙帐下,知微舞蹈,宛转抱默啜靴鼻而嗅之。田归道独长揖不拜。默啜大怒,倒悬之,经一宿。明日将杀之,元珍谏:"大国和亲使,杀之不祥。"乃得释。后与知微争于殿庭,言默啜必不和,知微坚执以为和。默啜果反,陷赵定。天后乃诛知微九族,拜归道夏官侍郎。出《朝野佥载》。

赵元楷

赵元楷任交河道行军大总管时,当时侯君集在交河道任元帅。一次,侯君集的坐骑头上生疮,赵元楷用手指沾着马额头上的脓血,放在鼻子上闻,来讨好侯君集。被御史弹劾,贬为刺史。出自《谭宾录》。

阎知微

唐朝武则天执政期间,礼部尚书阎知微奉旨出使突厥默啜部请求和亲,司宾丞田归道为其副使。阎知微进入默啜单于居住的帐幕里,立即舞蹈着,左右抱着默啜单于脚上穿的皮靴用鼻子嗅着,借以讨好。田归道却只长揖一躬而不屈膝下拜。默啜单于大怒,将田归道倒悬,整整吊了一宿。第二天早晨就要把他杀掉,元珍劝谏说:“大国派遣来的和亲使节,杀了他会招致不祥的。”才得以获释。出使归来后,阎知微和田归道在殿庭争执起来,田归道说默啜不会和亲,阎知微坚持说会和亲。后来,默啜果然反叛,出兵攻陷了赵州。武则天于是诛杀了阎知微并诛其九族,同时提升田归道为夏官侍郎。出自《朝野佥载》。

郑 愔

唐吏部侍郎郑愔初托附来俊臣。俊臣诛,即附张易之。易之被戮,即附韦庶人。后附谯王,竟被诛。出《朝野金载》。

薛 稷

唐太子少保薛稷、雍州长史李晋、中书令崔湜、萧至忠、岑羲等,皆外饰忠鲠,内藏谄媚。胁肩屏气,而舐痔折肢,阿附太平公主。并腾迁云路,咸自以为得志,泰山之安也。七月三日,家破身戮。何异鸤鸠栖于苇苕,大风忽起,巢折卵坏。后之君子,可不鉴哉!出《朝野金载》。

李 峤

唐李峤少负才华,代传儒学。累官成均祭酒吏部尚书,三知政事,封郑国公。长寿三年,则天征天下铜五十余万斤,铁一百三十余万斤,钱二万七千贯。于定鼎门内,铸八棱铜柱,高九十尺,径一丈二尺。题曰"大周万国述德天枢"。张革命之功,贬皇家之德。天枢下置铁山,铜龙负戴,狮子麒麟围绕。上有云盖,盖上施盘龙,以托火珠。珠高一丈,围三丈,金彩荧煌,光侔日月。武三思为其文,朝士献诗者,不可胜纪。唯峤诗冠绝当时。诗曰:"辙迹光西

郑 愔

唐朝吏部侍郎郑愔,最初依附御史中丞来俊臣。来俊臣被处死后,他立即依附张易之。张易之被诛杀后,郑愔又投靠了韦庶人。后又依附谯王李重福。最后,郑愔终于也被诛杀。出自《朝野佥载》。

薛 稷

唐代太子少保薛稷、雍州长史李晋、中书令崔湜、萧至忠、岑羲等人,都外表装作忠诚耿直,内心却隐藏着奸诈谄媚。他们耸着肩膀装成恭敬畏屈的样子,不敢大声出气以示驯顺,实际上却哈腰舐腚地依附于太平公主。并通过这种途径飞黄腾达、官居高位,他们自得意满,自以为地位安如泰山。延和元年七月三日这天,随着太平公主被玄宗皇帝处死,这些谄媚的弄臣也身遭杀戮,家破人亡。这种下场与鹁鸠在芦苇之上筑巢,忽然刮起大风,招致巢折卵破有什么不同?后世的正人君子们,怎么可以不从中吸取教训呢! 出自《朝野佥载》。

李 峤

唐朝李峤少年时就负有才华,承继家传儒学。累官至成均祭酒、吏部尚书,三次兼任相当宰相的职务,封为郑国公。武则天长寿三年,则天后从全国各地征集铜材五十多万斤,铁一百三十多万斤以及二万七千贯钱币。在定鼎门内,铸造一个八棱的铜柱,柱高九十尺,直径一丈二尺。在铜柱上面题"大周万国述德天枢"八个大字,用以宣扬武氏周朝改革的政绩,贬斥李唐王朝的功德。天枢下面铸造一座铁山,铸有一条铜龙负载,四周布有狮子、麒麟等围绕着铁山。铁山上面铸有一只云盖,盖上置放盘龙,盘龙托举着一只巨大的火珠。火珠高一丈,周围三丈,流金溢彩,金碧辉煌,它发出的光亮可和日月相比。武三思写文章颂扬天枢,朝中的官员争相献诗纪颂的人,不可胜数。其中,唯有李峤献的诗冠压群臣,位居榜首。李峤的诗写道:"辙迹光西

崦,勋庸纪北燕。何如万国会,讽德九门前。灼灼临黄道,迢迢入紫烟。仙盘正下露,高柱欲承天。山类丛云起,珠疑大火悬。声流尘作劫,业固海成田。圣泽倾尧酒,薰风入舜弦。忻逢下生日,还偶上皇年。"后宪司发峤附会韦庶人,左授滁州别驾。后至开元中,诏毁天枢,发卒镕烁,弥月不尽。洛阳尉李休烈乃赋诗以咏曰:"天门街东倒天枢,火急先须卸火珠。既合一条丝线挽,何劳两县索人推。"先有谣云:"一条丝线挽天枢。"言其不久也,故休诗及之。庶士莫不讽诵。天枢之北,韦庶人继造一台,先此毁拆。出《大唐新语》。

李义府

唐李义府状貌温恭,与人语,必嬉怡微笑,而褊忌阴贼。既处权要,欲人附己,微忤意者辄加倾陷。故时人言义府笑中有刀。杨行颖表言义府罪状,制令刘祥道对推其事,李勣监焉,按有实,长流嶲州。或作刘祥道破铜山之大贼,李义府露布,称"混奴婢而乱放,各识家而竞入"。出《谭宾录》。

侯思止

唐侯思止贫穷,不能理生业,乃依事恒州参军高元礼。而无赖诡谲,无以逾也。时恒州刺史裴贞杖一判司。则天将不利王室,罗织之徒已兴矣。判司谓思止曰:"今诸

崦，勋庸纪北燕。何如万国会，讽德九门前。灼灼临黄道，迢迢入紫烟。仙盘正下露，高柱欲承天。山类丛云起，珠疑大火悬。声流尘作劫，业固海成田。圣泽倾尧酒，薰风入舜弦。忻逢下生日，还偶上皇年。"后来，御史发现李峤依附韦庶人，将他贬降为滁州别驾。到开元年间，唐玄宗下诏命人拆毁天枢铜柱，派去工匠役夫将它推倒熔化，经过一个月也没有熔化完。洛阳尉李休烈赋诗一首曰："天门街东倒天枢，火急先须卸火珠。既合一条丝线挽，何劳两县索人推。"武则天当年铸造天枢时，世上就有歌谣说："一条丝线挽天枢。"是说天枢铜柱只用一条丝线牵引着，是不会长久的。因此，李诗中用了这一典故。天枢铜柱被拆毁后，大快人心，朝野中的人莫不写文赋诗讽诵。天枢的北侧，有韦庶人建造的一座高台，在天枢被销毁之前，就先被拆毁了。出自《大唐新语》。

李义府

唐代的李义府表面看似温顺谦恭，跟人说话，一定是和颜悦色、面带微笑，然而内心狭隘疑忌、阴险残忍。待到他位居要职后，想方设法让别人依附投靠他，稍有冒犯便打击陷害。因此，当时人都说他笑里藏刀。杨行颖上表朝廷陈述李义府的种种罪状，制令刘祥道对他进行审问对质，经过调查，事实俱在。李勣重新核查，证据确凿，于是将他流放发配到巂州。还有人说刘祥道攻破铜山的起义军首领时，李义府先写出布告，诬称"贼人冒充奴婢、仆夫被随便放走，各自逃回自己家中躲藏起来"。出自《谭宾录》。

侯思止

唐朝侯思止家境贫困，不能维持生活，于是投奔恒州参军高元礼。但是，这个人狡诈无赖，没有人能赶得上他。当时，恒州刺史裴贞杖罚一名判司。这时武则天已经显露出了除灭王室篡夺政权的野心，广为搜罗党羽。这位判司对侯思止说："现在诸

王多被诛戮，何不告之？"思止因请状，遂告舒王及裴贞谋反。诏按问，并族诛，授思止游击将军。元礼惧而思媚之，引与同坐，呼为"侯大"，曰："国家用人不次，若言侯大不识字，可奏云：'獬豸亦不识字，而能触邪。'"则天果曰："欲与汝御史，人云汝不能识字。"思止以獬豸对，则天大悦，即授焉。元礼复教曰："圣上知侯大无宅，倘以没官宅见借，可拜谢而不受。圣上必问所由，可奏云：'诸反逆人宅，恶其名，不愿坐其内。'"果如言，则天复大喜，恩赏甚优。出《谭宾录》。

卢藏用

卢藏用征拜左拾遗，迁吏部侍郎中书舍人。历黄门侍郎，兼昭文馆学士，转尚书右丞。与陈伯玉、赵贞固友善。隐居之日，颇以贞白自炫，往来于少室、终南二山，时人称为"假隐"。自登朝，奢靡淫纵，车服鲜丽。趑趄诡佞，专事权贵。时议乃表其丑行。以阿附太平公主，流陇州。出《谭宾录》。

赵履温

唐赵履温为司农卿，谄事安乐公主。气势回山海，呼

王多数都被武则天杀害,你何不趁此机会告发舒王与裴贞谋反呢?"侯思止听信了这位判司的话,果然奏上状纸,诬告舒王与裴贞图谋造反。朝廷下令追查,舒王与裴贞全家都被处死,并授任侯思止游击将军。高元礼惧怕侯思止,进而向侯思止献媚,将其看作同辈,跟自己同起同坐,并且称呼侯思止为"侯大人",为他出谋划策说:"眼下朝廷用人不按资历、能力,如果说侯大人不识字,你可以上奏朝廷说:'獬豸还不识字呢,但是却能用它的独角辨别忠奸、善恶。'"则天皇后果然召见侯思止,问他:"想任你为御史,人们说你不认识字。"侯思止用獬豸可辨别善恶回答武则天,武则天果然非常高兴,立即授任他为御史。高元礼又教侯思止说:"则天皇后知道你没有居住的宅第,假若将没收的官宅暂时借给你住用,你可以拜谢而不接受。则天皇后一定要问你缘由,你就说:'这些反叛您的逆贼的宅第,名声丑恶,我不愿意住在那里。'"后来,果然像高元礼预料的那样,侯思止按照他教的去回答,武则天听了后又特别高兴,对侯思止的恩宠与赏赐特别优厚。出自《谭宾录》。

卢藏用

卢藏用被征召授任左拾遗,升任吏部侍郎、中书舍人。又任黄门侍郎,兼昭文馆学士,后转任尚书右丞相。卢藏用与陈伯玉、赵贞固是亲密的朋友。他在被征召前过着隐居的生活时,很是以自己正直清廉自诩,经常行走于少室、终南二山,当时人称他为"假隐士"。自从被征召入朝为官后,生活非常奢华张扬、淫逸骄纵,使用特别豪华鲜丽的车马服饰。而且专横暴虐、诡诈奸佞,专门阿谀事奉权贵。当时朝臣议论他,都上表揭露卢藏用的种种丑恶行为。终于因为他投靠依附太平公主,而被流放发配到陇州。出自《谭宾录》。

赵履温

唐朝赵履温任司农卿,讨好安乐公主。气势回山填海,一呼

吸变霜雪。客谓张文成曰:"赵司农何如人?"曰:"猖獗小人。心佞而险,行僻而骄。折支势族,舐痔权门。詥于事上,傲于接下。猛若虓虎,贪如饿狼。性爱食人,终为人所食。"为公主夺百姓田园,造"定昆池",言"定天子昆明池"也,用库钱百万亿。斜褰紫衫,为公主背挽金犊车。险诐皆此类。诛逆韦之际,上御承天门。履温诈喜,舞蹈称万岁。上令斩之,刀剑乱下,与男同戮。人割一脔,骨肉俱尽。出《朝野佥载》。

张 崀

唐天后时,张崀谄事薛师。掌擎黄幰随薛师后,于马旁伏地承薛师马镫。侍御史郭霸尝来俊臣粪秽,宋之问捧张易之溺器。并偷媚取容,实名教之罪人也。出《朝野佥载》。

吉 顼

天后时,太常博士吉顼,父哲,易州刺史,以赃坐死。顼于天津桥南,要内史魏王承嗣,拜伏称死罪。承嗣问之,曰:"有二妹堪事大王。"承嗣诺之,即以犊车载入。三日不语,

一吸可令滴水成冰。有位门客问张文成："司农卿赵履温为人怎么样？"张文成说："那是个得势便猖狂的无耻小人。他的心地奸佞阴险，行为乖僻而骄横。而且弯腰俯首依附有势力的皇族，舔腔溜须投靠权贵豪门。攻谄事上，极尽献媚取宠之心；傲慢对下，穷竭侮辱作践之法。狂暴如食人猛虎，贪婪似饥饿凶狠。但是他天生喜欢吃人，终将被人所吃。"赵履温为安乐公主抢夺百姓田园修造"定昆池"，据说是为了"安定天子昆明池"，耗费掉国家府库中上百万亿钱。赵履温为了讨好安乐公主，斜着撩起紫衫衣襟用手提着，亲自为公主俯身躬背拉着金牛车。赵履温为人谄邪不正，都像上面所讲的那样。在玄宗皇帝起事诛除叛逆的韦氏家族时，事成之后，玄宗登上承天门，赵履温假作欢喜之状，手舞足蹈地高呼"万岁"。玄宗下命斩杀他，顿时刀剑乱下，将他与他的儿子一起杀掉。在场的人，一人割下他的一块肉，硬是把他剐得干干净净。出自《朝野佥载》。

张 岌

唐朝武则天执政期间，张岌谄媚事奉薛稷。张岌手里举着黄头巾紧随在薛师的后面，在马旁边俯伏在地把自己当作上马凳，让薛师踏着他的脊背上马。当时，还有侍御史郭霸尝酷吏来俊臣的粪秽；宋之问亲手捧着武则天的宠臣张易之的尿罐。这几个人都属于苟且谄媚、取悦权势之辈，实在是儒教的罪人啊！出自《朝野佥载》。

吉 顼

武则天时代，太常博士吉顼，父亲名叫吉哲，任易州刺史，由于贪赃枉法，被判死罪。吉顼曾在京城天津桥的南边，阻拦内史魏王承嗣，跪拜在地上口称："下臣罪该万死！"承嗣问他有什么事相求，吉顼回答说："我有两个妹妹，愿意服侍大王。"承嗣同意了他的请求，当即就用牛车载着他的两个妹妹回到府上。吉顼的两个妹妹进入承嗣府中三天了，却一句话不也说。

承嗣问其故，对曰："父犯国法，忧之，无复聊赖。"承嗣既幸免其父极刑。进顼笼马监，俄迁中丞吏部侍郎。不以才升，二妹请求耳。原缺出处，明抄本作出《朝野佥载》。

宗楚客

唐天后内史宗楚客性谄佞。时薛师有嫪毐之宠，遂为作传二卷。论薛师之圣，从天而降，不知何代人也，释迦重出，观音再生。期年之间，位至内史。出《朝野佥载》。

崔　融

唐天后梁王武三思为张易之作传。云是王子晋后身，于缑氏山立祠。词人才子佞者为诗以咏之，舍人崔融为最。后易之赤族，佞者并流岭南。出《朝野佥载》。

崔　湜

唐崔挹子湜，桓、敬惧武三思谮间，引湜为耳目。湜乃反以桓敬等计潜告三思，寻为中书令。湜又说三思，尽杀五王，绝其归望。先是湜为兵部侍郎，挹为礼部侍郎。父子同为南省副贰，有唐以来，未之有也。上官昭容屡出外，湜谄附之。玄宗诛萧至忠后，所司奏"宫人元氏款称，与湜

承嗣问她们原因，二人回答说："我们的父亲触犯了国法，心里很是为他老人家担心，以后我们就没有什么人可以依赖了。"承嗣问明情况果然为吉顼的父亲请求免去了死罪。并且推荐吉顼任笕马监，不久又升任中丞、吏部侍郎。吉顼不是凭借才干任职升迁的，而是靠他的两个妹妹为他请求的官职啊。原缺出处，明抄本作出自《朝野金载》。

宗楚客

唐朝武则天时内史宗楚客为人谄媚奸佞。当时，薛稷有类似嫪毐之宠，宗楚客为为薛师撰作传二卷。论说薛师是超凡的圣人，从天而降，不知道是什么时代的人，简直是如来佛重生，观世音再世。因此一年之间，升官为内史。出自《朝野金载》。

崔　融

唐朝武则天执政期间，梁王武三思为武则天的弄臣太子少卿张易之作传。说张易之是周灵王的太子晋转世，并在缑氏山为张易之建造祠堂。一时间，词人才子与谄谀奸姣的人，争相撰诗赞咏，其中以舍人崔融最为积极。后来，张易之被灭九族，那些附炎张易之的人，也被流放到岭南。出自《朝野金载》。

崔　湜

唐朝武则天执政期间，崔挹的儿子崔湜得宠于一时。起初，桓彦范、敬晖因惧怕武三思进谗言陷害他，收纳崔湜为自己的耳目。崔湜将桓、敬等人商量的计策密告给武三思。不久，他就被武则天提升为中书令。崔湜又建议武三思，将李氏五王全都诛杀除掉，以免除他人恢复李氏王朝的希望。在这之前，崔湜任兵部侍郎，他的父亲崔挹任礼部侍郎。父子同时官任尚书省的副职，是自唐朝以来，不曾有过的事情。当时，宫内女官上官昭容很有权势，崔湜于是谄媚依附于她。唐玄宗处死萧至忠后，负责审理此案的官员上奏玄宗说"宫中女使元氏供认，曾经与崔湜一同

曾密谋进鸩"。乃赐湜死，年四十。初，湜与张说有隙，说为中书令，议者以为说构陷之。湜美容仪，早有才名。弟液、涤及从兄泚，并有文翰，列居清要。每私宴之际，自比王谢之家。谓人曰："吾之门地及出身历官，未尝不为第一。丈夫当先据要路以制人，岂能默默受制于人！"故进取不已，而不以令终。又湜谄事张易之与韦庶人。及韦诛，复附太平。有冯子都、董偃之宠。妻美，并二女并进储闱，得为中书侍郎平章事。有榜之曰："托庸才于主第，进艳妇于春宫。"出《朝野佥载》。

用番将

唐玄宗初即位，用郭元振、薛讷；又八年而用张嘉贞、张说；五年而杜暹进；又三年萧嵩进；又十二年而李适之进。咸以大将直登三事。李林甫既惩适之之患，遂易旧制。请以番人为将，欲固其权。尝奏于上曰："以陛下雄才，兼国家富强。而诸番未灭者，由文吏为将，怯懦不胜武事。陛下必欲灭四夷，威海内，莫若武臣，武臣莫若番将。番将生而气雄，少养马上，长求阵敌，此天性然也。若陛下感而将之，使其必死，则夷狄不足图也。"上大悦。首用

谋划在进献给您的赤箭粉食中下鸩想毒死您”。于是，玄宗皇帝下令处死崔湜，年仅四十岁。当年，崔湜与张说有矛盾。张说官任中书宰相，议论的大臣认为张说仗着职权陷害崔湜。崔湜长得英俊，很早就以有才华而闻名。崔湜的弟弟崔液、崔涤及堂兄崔涖，都能赋诗撰文，而列居显要的官位。每次家宴谈起来，都以王、谢那样的名门望族自比。对人说：“我们家的门第以及出身历任的官职，没有不是天下第一的。大丈夫生活在世上，应当抢先占据重要位置用以制人，怎么能默默地被人控制呢！”因此，他们崔氏兄弟从未有停止谋取高官显位的时候，而不顾及保持美善的名誉。崔湜还曾谄媚依附张易之与韦庶人。等到韦庶人被处死后，崔湜又依附太平公主，受到像冯子都、董偃等那样的宠幸。崔湜的妻子非常漂亮，他将自己的妻子和两个女儿，一同进献给太子宫中，由此而得以官任中书侍郎平章事那样的高职。有人张贴出榜文说崔湜：“本是个庸才却身居宰相要职，将自己美貌的妻女进献给东宫。”出自《朝野佥载》。

用番将

唐玄宗刚刚即位时，重用郭元振、薛讷；过了八年而起用张嘉贞、张说等老臣；又过了五年，起用杜暹；又过了三年，起用萧嵩；又过了十二年起用李適之。都是起用大将、重臣，直接执掌三公大权。到了李林甫为宰相时，他吸取李適之的教训，于是改易旧制。请求起用胡人为大将，从而巩固他的宰相权力。曾经上奏玄宗说：“以皇上的雄才大略，加上国家的昌盛富强。现在那些胡人还不时地骚扰边境，如果任用文职官员为统兵的大将，他们怯懦不胜任征战杀伐之事。皇上想要灭除四方胡人夷族，施天朝国威于海内，不如起用武臣为将掌握兵权，武臣中汉将不如番将勇猛。番将生来就气势雄壮，自幼生长在马上，长年打仗对阵。这是他们的天性啊！如果皇上用恩宠的办法，感化他们，让他们以死来效忠皇上。那么四面边境上时常骚扰进犯的夷族胡人，不足为虑，会很快就被灭除的。”唐玄宗非常高兴。他首先起用

安禄山,安禄山有功;用哥舒翰有勇;用安思顺能军;用高仙芝善战。禄山卒为戎首,林甫之罪也。出《谭宾录》。

张　说

唐燕国公张说,幸佞人也。前为并州刺史,谄事特进王毛仲。饷致金宝,不可胜数。后毛仲巡边,会说于天雄军大宴。酒酣,恩敕忽降:授兵部尚书同中书门下三品。说拜谢讫,便把毛仲手起舞,嗅其靴鼻。出《朝野佥载》。

程伯献

唐将军高力士特承玄宗恩宠。遭父丧,左金吾大将军程伯献、少府监冯绍正二人,直就其丧前,被发而哭,甚于己亲。朝野闻之,不胜其笑。出《谭宾录》。

杨国忠

玄宗谓侍臣曰:"我欲行一事,自古帝王未有也。盖欲传位于肃宗。"及制出,国忠大惧,言语失次。归语杨氏姐妹曰:"娘子,我辈何用更作活计?皇太子若监国,我与姊妹等即死矣。"相聚而哭。虢国入谋于贵妃。妃衔土以请,其事遂止。哥舒翰在潼关,或劝请诛国忠,以悦众心,舒翰

胡人安禄山，安禄山屡建战功；又起用骁勇善战的哥舒翰，在打击吐蕃时非常勇猛；又起用安思顺，也能领兵作战；起用能征善战的高句丽族人高仙芝。安禄山最终成为众夷酋之首，这都是李林甫"起用番将"酿下的罪恶。出自《谭宾录》。

张　说

唐玄宗在位期间，曾位居宰相的燕国公张说，是个奸佞媚上的人。以前担任并州刺史时，谄媚事奉有特殊地位的散官王毛仲。送给王毛仲金银财宝，不计其数。后来，王毛仲巡视边境，跟张说一块儿聚宴于天雄军。酒喝到兴起时，忽然朝廷特使送来玄宗皇帝的敕书：授予张说为兵部尚书同中书门下三品。张说叩头谢恩完毕，便拉着王毛仲的手跳起舞来，还用鼻子嗅王毛仲的靴子尖。出自《朝野佥载》。

程伯献

唐玄宗时被封为大将军的高力士，权倾朝野，极获玄宗的宠幸。高力士父亲去世时，左金吾大将军程伯献和少府监冯绍正二人，直接到灵堂前吊孝，披散着头发，大声痛哭，比自己的父亲去世都要悲伤。朝野听说这件事情后，都觉得特别可笑。出自《谭宾录》。

杨国忠

唐玄宗对侍臣说："我要做一件事情，是自古以来的帝王从未有人做过的。我想现在把皇位传给肃宗。"待册封李亨为太子的命令下达后，宰相杨国忠异常恐惧，说话都语无伦次。下朝后，立即找到杨氏姐妹说："娘子们，我们怎么才能想出一条活路来？若皇太子继位，我与诸位姊妹立即就会被处死的啊。"说完抱头大哭。虢国夫人进宫找杨贵妃谋划。杨贵妃口中衔土，用这种办法请求玄宗，玄宗才停止此事。哥舒翰率兵镇守潼关，有人劝他请求玄宗皇帝处死杨国忠，以使天下人心大快，哥舒翰

不听。禄山发范阳,每日于帐前叹曰:"杨国忠头,来何太迟也!"国忠妻裴柔,蜀之大娼也。国忠又为剑南节度。劝玄宗入蜀,授其所亲官,布蜀汉。出《谭宾录》。

太真妃

太真妃尝因妒忌,有语侵上。上怒甚,令高力士以辎车载送还其家。妃悔恨号泣,抽刀剪发,授力士曰:"珠玉珍异,皆上所赐,不足充献。唯发父母所生,可达妾意。望为申妾万一慕恋之诚。"上得发,挥涕泫然。遽命力士召之归。出《贵妃传》。

李林甫

玄宗在东都,宫中有怪。明日,召宰相,欲西幸。裴稷山、张曲江谏曰:"百姓场圃未毕,请候冬间。"是时,李林甫初拜相,窃知上意。及罢退,佯为蹇步。上问:"何故脚疾?"对曰:"臣非病足,愿独奏事。"乃言:"二京陛下东西宫也。将欲驾幸,何用择时?设有妨于刈获,独免过路赋税。臣请宣示有司,即日西幸。"上大悦。自此驾幸长安,不复东矣。旬日,耀卿、九龄俱罢,而牛仙客进。出《国史补》。

没有听取这种意见。待安禄山兵变范阳进逼两京，哥舒翰每天坐在军帐中叹息地说："杨国忠的人头，为什么迟迟不送了呢！"杨国忠的妻子裴柔，是蜀中有名的娼妓。杨国忠后来又兼任剑南节度使。在安禄山叛军逼近京城长安时，杨国忠劝玄宗皇帝避难入蜀，他已经将他的亲信，都安插在蜀中。出自《谭宾录》。

太真妃

杨贵妃曾因为妒忌，言语冲撞玄宗。玄宗大怒，命令高力士用一般的饰有帷盖的车，将她送回娘家杨府。杨贵妃异常悔恨，抽出剪刀剪下一缕头发，交给高力士说："珠宝玉翠，都是皇上赐赏给我的，不足以用它们进献给皇上。唯有这缕头发是父母给予我的，可以用它来表达我对皇上的一片真情。望高公公向皇上转达我的万分之一的仰慕依恋的诚心。"玄宗看到杨贵妃的这缕头发后，立刻流下眼泪。马上命令高力士将贵妃召回宫中。出自《贵妃传》。

李林甫

唐玄宗在东都洛阳，宫中常闹鬼怪。第二天，玄宗召集宰相们上朝议事，说自己想回驾西京长安。宰相裴稷山、张曲江劝阻说："老百姓现在正忙于收割打场，请皇上等候到冬闲时再回驾西京吧。"当时，李林甫刚刚升任宰相，他心中暗暗体察到玄宗欲回驾长安的原因。待到退朝时，他假装脚瘸留在后面。玄宗问："脚怎么瘸了？"李林甫回答说："我的脚没有病，是想单独向皇上谈谈我对回驾西京的看法。"于是对玄宗说："洛阳、长安二京，乃是皇上的东宫与西宫。皇帝要去哪个宫，难道还用选择日子吗？如果会妨碍百姓们收割打场，单独免去他们的过路赋税就可以了。我请求皇上允许我指示有关部门，说皇上马上就回驾西京。"玄宗非常高兴。就在这一天回驾长安，再也没有来过东都洛阳来。过了十多天，裴耀卿、张九龄都被免除宰相职务，而由牛仙客来担任。出自《国史补》。

又

李林甫居相位一十九年，诛锄海内人望。自储君以下，无不累息。初开元后，姚宋等一二老臣，多献可替否，以争天下大体。天下既理，上心亦泰。张九龄上所拔，颇以后进少之。九龄尤謇谔，数犯上，上怒而逐之。上雄才豁达，任人不疑。晚得林甫，养成君欲，未尝有逆耳之言，上爱之。遂深居高枕，以富贵自乐。大臣以下，罕得对见，事无大小，责成林甫。林甫虽不文，而明练吏事，慎守纲纪，衣冠非常调，无进用之门。而阴贼忍杀，未尝以爱憎见于容色。上左右者虽饔人厮养，无不赂之，故动静辄知。李适之初入相，疏而不密，林甫卖之。乃曰："华山之下有金矿焉，采之可以富国。上未知之耳。"适之善其言，他日，从容以奏，上悦。顾问林甫，林甫曰："臣知之久矣。华山，陛下本命也，王气所在，不可发之。故臣不敢言。"上遂薄适之。因曰："自今奏事，先与林甫议之，无轻脱。"自是适之

又

李林甫位居相位十九年，专门打击铲除朝廷内外有名望、有影响力的人。因此，自太子以下，没有不感到恐惧的，连大气都不敢出。唐玄宗刚刚即位时的开元初年，所用的姚崇、宗璟等一些老臣，多数人都向皇上推荐日后能替代自己为相的人，用以谋得国家太平，百姓康乐。他们知道，国家治理好了，皇上的心也就安了。宰相张九龄是玄宗皇帝亲自选拔重用的人。在历任宰相中，张九龄是资历较浅、也较年轻的一位。但是他为人正直，多次直言冲撞玄宗皇帝。玄宗一怒之下，罢免了他的宰相。玄宗皇帝雄才大略，为人豁达，用人不疑。在晚年得到李林甫这样的一位谄媚的宰相，从来不说玄宗皇帝不爱听的话，这才养成了皇上听不得逆耳忠言的习惯，玄宗皇帝因此宠爱倚重李林甫。于是就深居在宫帷中，贪恋声色，恣意享乐。大臣以下的人，很少有机会见到玄宗皇帝，更谈不上跟皇上商讨国家大事了。不论大事、小事，都一律责成宰相李林甫去办理。李林甫虽然没有文才，然而对官场上的事情却很精通，恪守原有的纲常法纪，就是再有奇才异学的官员士人，也没有破格提拔任用的门路，一切都按规矩办事。但李林甫为人阴毒残忍，随意迫害人，从未表露过喜爱谁与憎恨谁。玄宗皇帝左右的人，即使是厨师、马夫，也没有不向他贿赂讨好的。因此，皇上的一举一动，他能马上知晓。李适之刚任宰相时，行事疏忽而不缜密，被李林甫设下圈套出卖了。一次，李林甫对李适之说："华山下面有金矿，开采了可以给国家增加财富。但是皇上并不知道啊。"李适之相信了他的话，日后，将此事上奏玄宗皇帝。玄宗皇帝非常高兴，征询李林甫的意见，李林甫说："我很久以前就知道华山底下有金矿。但是华山是皇上的风水本命脉山啊。帝王之气所在，不可以开采金矿。因此，我不敢向皇上提起这件事情。"玄宗皇帝从此特别轻视李适之，对他说："从今以后，凡是向我奏请的事，都要事先跟林甫商议一下，不要太轻佻随便了。"从此，李适之的

束手矣。非其所引进，皆以罪诛。威震海内，谏官但持禄养资，无敢论事。独补阙杜中犹再上疏。翌日，被黜为下邽令。林甫召诸谏官谓曰："今明主在上，群臣将顺之不暇，何用多言。君不见立仗马乎？终日无声，而食三品料；及其一鸣，即黜去。虽欲再鸣，其可得乎？"由是谏诤之路绝失。晚年多冤仇，惧其报复。出广车仆，金吾静街，前驱百步之外。居则以砖甃屋，以板幕墙。家人警卫，如御大敌。其自防也如此。故事，宰臣骑从，三五人而已，士庶不避于路。至是骑从百余人，为左右翼，公卿以下趋避，自林甫始也。出《谭宾录》。

手脚被束缚住了,再也不能单独向玄宗皇帝奏事。李林甫在任宰相期间,凡是不是经他引荐的人,都想方设法罗织罪名将其除掉。由此,他的声威震动海内,所有的谏官都老老实实地拿着俸禄维持生计,谁也不敢纳谏议论朝政。唯独补阙杜中犹不信邪,再次上疏玄宗皇上。第二天,就被贬黜为下邽县令。李林甫召集诸位谏官说:"现今上有圣明的皇帝,我们当臣子的,按照皇上的正确旨意办事还来不及呢,何用多嘴多舌。你们没有看到御苑内那些供仪仗使役的马吗? 整天老老实实没有一点响动的,可以吃到三品的草料;只要哪匹马稍一鸣叫,立即被赶出去。即使想叫第二声,哪能再有机会呢?"从此,向玄宗皇上纳谏提意见的道路被堵死了。李林甫到了晚年时,结下了许多的冤仇,非常惧怕有仇人报复。因此,每次出行都广置车舆仆夫,派许多宫中卫士将前边百步之内的人群驱散。他居住的府第都用砖砌屋,用木板蒙护围墙。派出许多家将仆夫日夜警卫,如临大敌。他就这样设防保护自己。按照唐朝的旧例,历任宰相出行过街,不过有三五个侍从随行而已,士人百姓也无须在道路两旁躲避。像这样设置上百骑从在左右护卫,让公卿以下的人躲藏退避,就是从李林甫开始的。出自《谭宾录》。

卷第二百四十一
诌佞三

王承休

王承休

蜀后主王衍宦官王承休,后主以优笑狎昵见宠。有美色,恒侍少主寝息,久而专房。承休多以邪僻奸秽之事媚其主,主愈宠之。与韩昭为刎颈之交,所谋皆互相表里。承休一日请从诸军拣选官健,得骁勇数千,号龙武军。承休自为统帅,并特加衣粮,日有优给。因乞秦州节度使,且云:"原与陛下于秦州采掇美丽。且说秦州之风土,多出国色。仍请幸天水。"少主甚悦,即遣仗节赴镇。应所选龙武精锐,并充衙队从行。到方镇下车,当日毁拆衙庭,发丁夫采取材石,创立公署使宅,一如宫殿之制。兼以严刑峻法,妇女不免土木之役。又密令强取民间子弟,使教歌舞

王承休

前蜀后主王衍在位期间，宦官王承休因为善于戏谑、狎玩，深得王衍的宠爱与欢心。王承休容貌俊秀，一直服侍王衍起居，时间长了王衍就专门由他一人服侍。王承休经常用一些怪诞淫秽的事情来讨取王衍的欢心，因此后主对他更加宠爱了。王承休跟成都府尹韩昭是生死之交，凡是有所谋划就在宫内宫外互相串联勾结。一天，王承休请奏王衍允许他从各地部队中选拔出士官和健儿，选出了几千骁勇善战的兵卒，单独编成一队，号称"龙武军"。王承休亲自统帅，并且特殊增加衣服、粮食等，每天都有特殊的优厚待遇。王承休奏请王衍授任他为秦州节度使，并且说："我愿意为皇上在秦州搜寻采置佳人美女，供您享乐。秦州山明水秀，自古以来多出倾国丽人。到任上之后，便会立即请皇上巡狩天水。"后主王衍听了非常高兴，立即授予王承休秦州节度使的仗节绶印，派遣他去秦州上任。并将王承休新编的龙武军，赐给他为军府卫队的随行。王承休到达秦州刚一上任，当天就拆毁秦州原有的官署的庭堂，征发丁夫差役到山上伐木采石，建造新的公署命使宅，一切都按皇宫的样式建造。同时，他在秦州施行严刑厉法，连妇女也不能免除大兴土木的劳役。又暗中让手下亲信强行索求民间俊男美女，教他们唱歌、跳舞、

伎乐。被获者,令画工图真及录名氏,急递中送韩昭。昭又密呈少主。少主睹之,不觉心狂。遂决幸秦之计,因下制曰:"朕闻前王巡狩,观土地之惨舒,历代省方,慰黎元之僛望。西秦封域,远在边隅。先皇帝画此山河,历年征讨,虽归王化,未浃惠风。今耕稼既属有年,军民颇闻望幸,用安疆场。聊议省巡,朕选取今年十月三日幸秦州。布告中外,咸使闻知。"由是中外切谏不从。母后泣而止之,以至绝食。

前秦州节度判官蒲禹卿叩马泣血,上表谏曰:"臣闻尧有敢谏之鼓,舜有诽谤之木,汤有司过之士,周有诚慎之鼗。盖古者明君,克全帝道,欲知己过,要纳谠言。将引咎而责躬,庶理人而修德。陛下自承祧秉录,正位当天,爰闻逆耳之忠言,每犯颜而直谏。且先皇帝许昌发迹,阆苑起身,历艰辛于草昧之中,受危险于虎争之际。胼胝戈甲,寝寤风霜,申武力而拘诸原,立战功而平多垒。亡躯致命,事主勤王,方得成家,至于开国。今日鸿基霸盛,大业雄崇。地及雍凉,界连南北。德通吴越,威定蛮陬。郡府颇多,关

奏乐、演戏。被抓来的人,让画工为他们绘画图像,并注明名氏,派人紧急送给宫中的韩昭。韩昭又秘密献给后主王衍过目。王衍看罢,不由得淫心萌动,狂喜异常。于是决定巡游秦州,发布文告说:"朕听说父王当年出巡视察,亲自察看土地耕种的好坏,百姓生活的忧乐,历代君主巡视四方,都为黎民百姓带去抚慰与希望。现今我朝西部疆土秦州,远在边陲。先皇经过多年的征讨才将这块地域并入我蜀国疆域,虽然施行了我朝法制,但是还没有普遍蒙受朝廷的恩惠。现在那里开垦农业已有多年,当地的军民都非常希望我去视察,以安定疆界。于是,暂且议定去巡察秦州,朕出巡的日期选定在今年十月三日。特此布告朝廷内外,使你们都知道这个决定。"从此以后,朝廷上下官员恳切地劝谏后主,后主都不听从。王衍的母亲痛哭流涕地劝阻他,最后用绝食的方法表示劝阻的决心。

前秦州节度判官蒲禹卿勒住王衍的马缰,哭得眼泪带血,呈上奏表劝谏说:"我听说唐尧有让人进谏劝诫的鼓,虞舜也树立着让人讽刺朝政的诽谤木柱,商汤专门设置指摘君主过失的官员,周朝有劝诫谨慎的小鼓。凡是古代的明君,他们都想方设法实现帝王的圣明之道,深知要想知道自己的过失,必须听取正直的言论。而且能够敢于承认自己的过失,反省自己,能够为治理黎民百姓的事情实行德政。皇上继承祖业,统领百官,登上王位以来,喜爱听取逆耳的忠言,使得臣属们都敢于冒着触犯您的危险而直言劝诫。况且,先皇帝起自许昌寒微之士,但由占据阆州起家,草创基业时历尽艰辛险阻,时时面对着与虎争斗的危险。由于长期披甲执戈,手脚全身都磨出老茧,顶风冒雪,寝食难安,凭借武力征战而制服了诸多地方,用赫赫的战功扫平了许多割据的壁垒。冒着生命危险,侍奉唐主、守土裂疆,方能成就了这份家业,开创蜀国。现在,先皇开创的基业正值强盛兴旺的时候,宏大的事业正欲发展壮大。我们蜀国疆域一直发展到雍、凉各州,疆界南北相连。我们的德政布及吴、越之地,威力慑服到南疆蛮夷的荒僻角落。所以统辖的郡府越来越多,占领的雄关

河渐广。人物秀丽,土地繁华。当四海辐裂之秋,成万代龙兴之业。陛下生居富贵,坐得乾坤。但好欢娱,不思机变。臣欲望陛下,以名教而自节,以礼乐而自防。循道德之规,受师傅之训。知社稷之不易,想稼穑之最难。惜高祖之基扃,似太宗之临御。贤贤易色,孜孜为心。无稽之言勿听,弗询之谋勿用。听五音而受谏,以三镜而照怀。少止息于诸处林亭,多观览于前王经史。别修上德,用卜远图。莫遣色荒,毋令酒惑。常亲政事,勿恣闲游。

"臣窃闻陛下欲出成都,往巡边垒。且天水地远,峻恶难行。险栈欹云,危峰插汉。微雨则吹摧阁道,稍泥则沮滑山程。岂可鸣銮,那堪叱驭。又复敌京咫尺,塞邑荒凉。民杂蕃戎,地多岚瘴。别无华风异景,不可选胜寻幽。陇水声悲,胡笳韵咽。营中止带甲之士,城上宿枕戈之人。看探房于孤峰,朝朝疑虑;睹望旗于峻岭,日日隄防。是多山足水之乡,即易动难安之地。麦积崖无可瞻恋,米谷峡何亚连知。路遇嗟山,程通怨水。秦穆围马之地,隗嚣僭

山川越来越广。人才济济,多出聪慧有识之士;土地肥沃,盛产稻粟豆麦之粮。而且,眼下正值天下分崩离析之际,这正是成就万代封疆建国伟业的最好的时机。皇上生下来就生活在富贵中,没有费操戈之劳就承继了这么宏大的基业。只喜欢娱乐享受,不考虑权衡变故。我衷心希望皇上您以儒家名教作为自己的操守,凭借礼乐加强自己的修养。遵守道德规范,承继师传古训。懂得这大好的江山基业来之不易,体察到黎民百姓耕种田亩的艰辛。珍惜先皇开创下的这份基业,像唐太宗那样处理朝政。尊重贤才要胜过美色,勤务事业,专心治理国家。没有根据的话不要听,违拗的计谋不要采纳。聆听音乐用来提高自己的修养,用镜、古人"三鉴"来经常对照自己。少去各地的园林亭榭处游玩娱乐,多阅读古代帝王留下来的经史,用来增长自己的才干、经验。应当特别加强高尚品德的修养,以便做出长远的计划和远大的志向。且不要沉湎于恣情淫乐的享受中,也不要整日迷惑在酒宴上。要经常亲自处理国家政事,切勿恣意闲游,不务正业。

　　"我听说皇上想要移驾出京,前去巡察边境。天水与京城远隔千山万水,地处荒远,道路险恶难行。险要的栈道高入云端,高峻的山峰直插霄汉。稍微降些雨就可以冲毁栈道,稍稍滑些泥就会阻塞山路。这样险恶的地方,怎么可以行驶銮舆,哪里可以行进天子的御驾?再加上,天水离敌国的京城很近,城邑特别荒凉,汉人与胡夷之人杂居,土地多有瘴疠岚气。没有什么特别的风光、美景,也没有什么幽境可觅。只有陇水悲鸣,胡笳呜咽。军营中看到的只有披甲执戈的兵士,城头上睡着枕戈待旦的戍卒。在孤独的烽火台上察看胡虏的动向,天天让人担惊受怕;远望敌军的旌旗插在险峻的山岭中,时时提防不懈。秦州是山多水足的地方,也是容易发生动乱,难于治理的穷乡僻壤。麦积山没有什么值得观瞻留恋的,米谷峡也不能让人流连忘返。一路上,尽是让人惊嗟的荒山。沿途中,全是叫人怨愤不已的恶水。这里本是秦穆公养马的荒凉之地,东汉人隗嚣越分窃据上

位之邦。是以一人出行，百司参从，千群雾拥，万众星驰。当路州县摧残，所在馆驿隘少，止宿尚犹不易，供须固是为难。纵若就中指挥，自破属省钱物，未免因依扰践，触处凌迟。以此商论，不合轻动。其类苍龙出海，云行雨施，岂教浪静风恬？必见伤苗损稼。所以銮舆须止，天步难移。况顷年大驾，只到山南，犹不关进发兵士。此时直至天水，未审如何制宜。自当初打破梁原城池，掳掠义宁户口。截腕者非一，斩首者甚多。匪惟生彼人心，抑亦损兹圣德。今去洛京不远，复闻大驾重来。若彼预有计谋，此则便须征讨。况凤翔久为进敌，必贮奸谋。切虑妄构妖词，致生衅隙。又陛下与唐主始申欢好，信币交驰。但虑闻道圣驾亲行，别怀疑忌，其必特差使命，请陛下境上会盟。未审圣躬去与不去？若去则相似秦赵争强，彼此难屈；若不去，即便同鲁卫不睦，战伐寻兴。酌彼未萌，料其先见。愿陛下思忖。

"臣伏闻自古帝王，省方巡狩，吊民伐罪，展义观风，然后便归九重，别安万姓。今陛下累曾游历，未闻一件教条。止于跋涉山川，驱驰人马。秦苑则舟船几溺，青城则

位称王的蛮夷之邦。加上皇上您一个人圣驾出巡，就需要各种执事的大臣随行，千人簇拥，万人奔走。沿途经过的州县一定会受到严重的骚扰与损害，况且沿途驿站稀少而且房屋狭窄，解决住宿都成问题，饮食供应更是无比困难。即使是皇上您派人指挥安排这一切，让他就地筹措所需要的物资用品，却免不了要扰攘这些地方，使得所过之处受到摧残与破坏，还会感到处处怠慢不恭。由此看来，皇上您且不可轻易巡行天水。您的出巡，犹如苍龙出海，必然行云布雨，怎么能够风平浪静呢？所过之地一定会践踏伤害庄稼的。因此，皇帝的车辇应当停止，天子的步履实难移动。况且，近年来皇上的圣驾只巡行过山南，并且没有派遣军队，加强山南的防务。此时直接巡行到天水，山南的防务还没有确定和安排好。自从当初先帝攻破梁原的城池，抢掠裹胁义宁人丁。被砍去胳膊的，不止一个人，被处死斩首的也有很多。陛下此行不但让这些地方的人心生异志，还会损害皇上您的圣德名声。秦州离唐邦的京城洛阳很近，又听说您的圣驾要巡行天水。假若事先有预谋准备，这次就要发生征战。况且凤翔长久以来就想进犯我邦，此次必然会阴谋策划的。因此，一定要考虑不要轻信迷惑圣心的话，导致不利的事情发生。还有，皇上刚刚与后唐互通友好，书信与钱货可以往来。只怕听说您亲临天水，也会产生怀疑猜忌，他必然专派使臣邀请皇上在边界上会盟相见。果真如此，不知道皇上您是去会盟还是不去？如果前去会盟，势必会出现当年秦国与赵国争夺疆土的场面，彼此都很难屈尊退让；如果不去会盟，又会出现当年鲁国与卫国不和的事情，征伐战事马上就会发生，斟酌那些尚未萌芽的利害，就应预料到。希望皇上您能慎重考虑。

"我听说自古以来的明君圣主，巡视四方，为的是慰问百姓，或讨伐叛逆，展示自己的德义，省察民风民情，然后便立即回到京都来，安抚万民。现在皇上您曾经多次巡行出游，从未听说您发布或宣谕一条劝谕百姓的法律、制度。只是限于跋山涉水，劳顿驱役人马。巡游秦苑就多次发生舟船翻溺的情况，出行青城则

嫔彩将沉。自取惊忧,为何切事?却还京辇,不悦军民,但郁众情,莫彰帝德。忆昔先皇在日,未尝无故巡游。陛下纂承已来,率意频离宫阙,劳心费力,有何所为?此际依前整跸,又拟远别宸居。昔秦皇之鸾驾不回,炀帝之龙舟不返。陛下圣逾秦帝,明甚隋皇。且无北筑之虞,焉有南游之弊?宽仁大度,笃孝深慈。知稼穑之艰难,识古今之成败。自防得失,不纵襟怀。忍教致却宗言将道断,使烝民以何托,令慈母以何辜。若何虑以危亡,但恐乖于仁孝。况玉京金阙,宝殿珠楼,内苑上林,琼池环圃,香风满槛,瑞露盈盘。钧天之乐奏九韶,回雪之舞呈八佾。簇神仙于清虚之境,列歌舞于阆苑之中。人间胜致,天下所无,时或赏游,足观奇趣。何必须于远塞,看彼荒山?不惜圣躯,有何裨益。

"方今岐阳不顺,梁园已亡。中原有人,大事未了。且当国生灵受弊,盗贼横行。纵边廷无峰火之危,而内地有腹心之患。陛下千年膺运,一国称尊,文德武功,经天纬地。孝逾于舜,仁甚于汤。百行皆全,万机不扰。聪明博

嫔妃险些落水。自找这些惊忧，难道是为了什么急迫的事情吗？还得还驾回京，使得军人和百姓都不高兴，只会让人们心情忧郁，一点也不能宣张皇上的义德。回想先皇在世时，从来没有过无缘无故就出行巡游的事情。皇上即位以来，频频随意离开京城出游，既劳心伤神又耗费人力财力，有什么作为呢？现在正在向先前一样整顿禁军卫队，又准备远离京城出巡秦州。从前秦始皇出巡銮驾未归而病死沙丘，隋炀帝巡行江南龙舟没有返京。皇上的圣德超越秦始皇，您的明智胜过隋炀帝。并且没有北筑长城、防备匈奴的忧患，怎么能效法南游吴越的弊端？作为一国之君主，应该宽怀仁厚、大度容人，至诚孝道、深怀善心。知晓百姓耕地种田的艰难辛苦，熟谙古今成败兴亡的道理。自身提防得失，从不纵情享乐。怎么忍心让国家衰落、圣道断绝？致使黎民百姓没有了依托，让慈爱的母后失去了希望。如果不考虑到国家的危亡，恐怕也会失之于仁慈孝道。何况京城成都，玉宇金阙、宝殿珠楼，皇宫内的御苑上林，琼地四周环抱着花圃，阵阵花香布满整个宫院，祥瑞的甘露盛满玉盘。要听天上的仙乐，可让宫中乐师演奏九韶之乐；欲观回雪的舞蹈，方命梨园歌使献演八佾之舞。可以在清虚的皇家寺院里，跟神仙们顿着相聚；可以在华丽的宫中阆苑中，观赏高雅的歌舞表演。人间最美好的景致都在我们的京城，可以随时供皇上您游乐观赏，完全能满足您观奇猎异的意愿。何必非去那么遥远荒僻的地方，去看那些荒山恶水呢？这样不顾长途跋涉的劳顿对圣体造成损害，又有什么益处呢？

"现在正赶上岐山以南动乱不安，后梁政权已经灭亡。中原腹地有人正在窥伺我国，政局仍处在动荡之中。整个国家的百姓正遭受苦难，到处都是盗贼横行。纵然是我蜀国边境没有战事的危险，中原内地尚存严重的祸患。皇上您正逢千年难遇的大好时机，您以一国之君而称尊天下，既有文德又有武功，身负经天纬地的才干。您的孝道超越虞舜，您的仁德胜过商汤。各种条件全都具备，处理各种重要事务都不混乱。您聪明睿智，博才

达，识量变通。深负智谋，独怀英杰。方居大宝，正是少年。既承社稷之基，复把山河之险。但不远听深察，居安虑危。辟四门以求贤，总万邦而行事。咸有一德，端坐九重。使恩威并行，赏罚必当。平分雨露，遍及疮痍。令表里以宽舒，使子孙以昌盛。布临人之惠化，立济众之玄功。选拣雄师，思量大计。振彼鸱张之势，壮兹虎视之威。秣马训兵，丰粮利器。彼若稍有微衅，此即直下平吞。正取时机，大行王道。自然百灵垂祐，四海归仁。众心成城，天下治理。即目蜀都强盛，诸国不如。贤士满朝，圣人当极。臣愿百姓乐于贞观，万乘明于太宗。采药石之言，听刍荛之说。爱惜社稷，医疗军民。似周武谔谔而昌，知辛纣唯唯而灭。无饰非拒谏之事，有面折廷争之人。因我睿朝，益我皇化。

"陛下莫见居人稠叠，谓言京辇繁华。盖是外处凌残，住止不得。所以竞来臻凑，贵且偷安。今诸州虐理处多，百姓失业欲尽。荒田不少，盗贼成群。乞陛下广布腹心，特令闻见。且蜀国从来创业，多乏永谋。或德不及于

明达；审时度势，随机变通。深谋远虑，足智多谋。志向宏大，独怀英才。而且刚刚登上帝位，正值青春年少。既承继下先皇开创的基业，又把握着山川的险要。但是不远听深察，居安思危，也成就不了大业。须打开各路大门，广泛延揽贤才，总领万邦而行使经国的大业。自始至终都具备这些德尚，稳稳端坐九重金殿。使您的恩德与威严同时行使，奖惩分明，赏罚得当。平均分配您的恩惠，普遍照顾到穷困的地方。让人民里外都感到宽松舒畅，使子孙万代永远昌盛。广布泽德于黎民百姓，长立伟大的功业于劳苦众生。同时，还要选拔精兵良将组成强大的军队，谋划天下统一的大计。振奋起雄鹰般飞扬的势力，壮大起猛虎般攻击的声威。喂养好战马，训练好兵士，准备充足的粮草，打制好坚利的武器。对方如果稍有举动，我们立即大兵陈境平推过去。眼下正是成就大业的好机会啊！我们大力实行的是以仁义治理天下的王道。各种神灵自然都会保佑我们的，四海之内都会归附我们的仁政，军民众志成城一定会治理好整个国家的。眼下我们蜀国特别强盛，所有国家都赶不上。我们蜀国贤达之士满朝皆是，而且有您这样圣明的皇帝在执掌这个国家的朝政。我唯一的愿望就是：黎民百姓能过上贞观年间的太平安乐的生活，皇上您比唐太宗还要圣明勤勉。能够采纳良药苦口之言，听高人隐士的建议。倍加爱惜国家社稷，悉心疗治军民的疾苦。像周武王那样听取直言使国家昌盛发达，别像商纣王那样宠信唯唯逢迎的奸佞，而致商朝灭亡。杜绝掩饰过失拒绝劝谏的事情，发扬当面批评殿上争论的风气。承袭我朝的圣明，发扬辉煌的教化。

"皇上您不要只看到京城成都居民稠密，就说京城繁华。其实是京城以外的地方凌乱残破，无法居住，所以才都争相涌入城中来，暂且求得眼前的安逸。现在京外各州郡县，官吏暴虐，百姓几乎都不能正常地耕田种地，操持家业。随处可见许多荒芜的田亩，到处都有成群的盗贼。因此恳请皇上广派心腹之人，到各处去调查搜集材料报告您知晓。况且，蜀国有始以来创立基业的人，多数都缺乏深谋远虑、宏图大志。有的人德政施行不到

两朝，或祚不延于七代。刘禅俄降于邓艾，李势遽归于桓温。皆为不取直言，不恤政事，不行王道，不念生灵。以至国人之心，无一可保。山河之险，不足可凭。陛下至圣至明，如尧如舜，岂后主之相匹？岂子仁之比伦？有宽慈至孝之名，有远见长谋之策。不信谄媚，不恣耽荒。出入而有所可征，动静而无非经久。必致万年之业，终为四海之君。臣愿陛下且住銮舆，莫离京国。候中原无事，八表来王。天下人心，咸归我主。若群流赴海，众蚁慕膻。有道自彰，无思不服。匪惟要看天水，直可便坐长安。是微臣之至恳，举国之深愿。

"臣闻天子有诤臣七人，虽无道，不失其天下。是以辄倾丹恳，仰谏圣明。不藉官荣，不沽名誉。情非讪上，理直忧君。虽无折槛之能，但有触鳞之罪。不避诛殛，辄扣天庭。臣死如万类之中，去一蝼蚁。陛下或全无忖度，须向边陲。遗圣母以忧心，令庶寮以怀虑。全迷得失，自取疲劳。事有不虞，悔将何在？臣愿陛下，稍开谏路，微纳臣言。勿违圣后之情，且允国人之望。俯存大计，勿出远

两朝,有的国家的福祚延续不到七代。三国时蜀汉后主刘禅刚
刚即位就归降了曹魏的大将邓艾,成汉的蜀主李势,很快便投降
桓温。他们亡国的原因,都在于不能听取直言劝诫,不能顾及
朝中政务,不能施行仁义的德政,不体念黎民百姓的苦难。以至
国人的心没有一个忠诚于你,山河的险要也不足以凭借。皇上
您最圣明,像唐尧、如虞舜,蜀汉的后主刘禅怎么能跟您相媲美
呢?西晋时的蜀主李势怎么能跟您相比呢?您有宽厚仁慈至孝
的名声,有远见深谋以图国家富强的策略。您从不听信诡言媚
语,从不恣情沉溺酒色。时事的变化,都有可以预兆的迹象;动
静相替、治乱更迭,无一不是经久的。只要皇上您能做好准备、
因势利导,就一定能建立万年不朽的基业,最终成为四海之内的
国君。我希望皇上暂且停住车马,一定不要远离京都。静候中
原内地战事息灭,八方之外的百姓前来朝拜您,普天之下的人心
都归附皇上。就像诸条江河奔向大海,众多蚂蚁慕恋腥膻。有
道德的人,自己就会扩大影响,威名远震;四海之内没有不想要
归附的。不仅是要巡行天水,而且直接便可以坐在长安的金殿
上。这是我这个做臣子的最大的恳求,也是举国上下最深切的
愿望。

　　"我听说天子有七位敢于直谏劝诫的忠臣,虽然无道,也不
会失去他的天下。因此,立即说出我的真诚的恳求,来劝谏圣主
您。我不想借此进官加宠,也不想用此来沽得好的名声。按情
理不是有意诋毁皇上,而是讲明事理为皇上担心。虽然没有汉
代朱云折断宫殿门楣的才能,只是冒着触犯皇上的罪过。我不
躲避被处死或者被流放的罪过,擅自叩启宫门。我死就像大千
世界中死去一只蝼蚁似的。皇上也许一点也不动心,必须出巡
天水。但会让皇太后在心中忧虑挂念,让臣僚百姓为您忧愁担
心。完全不分得失,自己去找麻烦。一旦发生出乎意料的事情,
后悔也来不及了。我诚恳地希望皇上您,稍稍打开纳谏的门路,
略微接受我的忠言。既不违背皇太后的一片心愿,也能符合举国
上下对您的期望。安下心来准备立国兴邦的大计,千万不要远行

边。"后主竟不从之。韩昭谓禹卿曰:"我取汝表章,候秦州回日,下狱逐节勘之。勿悔!"

至十月三日,发离成都,四日到汉州。凤州王承捷飞驿骑到秦云:"东朝差兴圣令公,统军十余万,取九月到凤州。"少主犹谓臣下设计,要沮其东行。曰:"朕恰要亲看相杀,又何患乎?"不顾而进。上梓潼山,少主有诗云:"乔岩簇冷烟,幽径上寒天。下瞰峨嵋岭,上窥华岳巅。驱驰非取乐,按幸为忧边。此去将登陟,歌楼路几千。"宣令从官继和。中书舍人王仁裕和曰:"彩杖拂寒烟,鸣驺在半天。黄云生马足,白日下松巅。盛得安疲俗,仁风扇极边。前程问成纪,此去尚三千。"成都尹韩昭、翰林学士李浩弼、徐光浦并继和,亡其本。至剑州西二十里已来,夜过一碛山。忽闻前后数十里,军人行旅,振革鸣金,连山叫噪,声动溪谷。问人云:"将过税人场,惧有鸷兽搏人,是以噪之。"其乘马亦咆哮恐惧,棰之不肯前进。众中有人言曰:"适有大驾前,鸷兽自路左丛林间跃出,于万人中攫将一夫而去。其人衔到溪洞间,尚闻唱救命之声。况天色未晓,无人敢捕逐者。"路人罔不流汗。迟明,有军人寻之,草上委其余骸矣。

少主至行宫,顾问臣僚,皆陈恐惧之事。寻命从臣令各赋诗。王仁裕诗曰:"剑牙钉舌血毛腥,窥算劳心岂暂

天水。"后主王衍没有采纳蒲禹卿的意见与规劝，执意远行天水。成都府尹韩昭对蒲禹卿说："我拿来了你上奏皇上的表章，待到皇上巡狩秦州回来后，一定将你捕入牢狱中逐条审问你。到那时候，你可不要后悔！"

　　到了十月三日，从成都出发，开始远巡天水的路程，四日到达汉州。凤州长官王承捷派驿吏信使飞马来报，说："东朝唐王派兴圣令公，统师大军十多万人，定在九月兵进凤州。"少主王衍还以为是臣僚们设下的计谋，想阻止他东行天水，回答使臣说："我正要看看两军是怎样互相厮杀战斗的，又有什么可担心的呢？"不听劝阻，继续前进。登上梓潼山，少主即兴吟诗一首："乔岩簇冷烟，幽径上寒天。下瞰峨嵋岭，上窥华岳巅。驱驰非取乐，按幸为忧边。此去将登陟，歌楼路几千。"少主宣诏命令随行的官员们写诗和。中书舍人王仁裕和诗一首："彩杖拂寒烟，鸣驺在半天。黄云生马足，白日下松巅。盛得安疲俗，仁风扇极边。前程问成纪，此去尚三千。"成都尹韩昭、翰林学士李浩弼、徐光浦都有和诗，都遗失了。少主王衍一行走到剑州西二十多里，深夜经过一座山谷。忽然听到前后几十里路之间，都有随行的军族击鼓吹号，喊叫声山山相连，声音震动溪谷。询问随从，回答说："就要经过山王将要经过'税人场'，那里有凶猛的野兽，所以击鼓鸣金喊叫。"骑乘的马也惊恐地嘶叫不已，直往后退，用鞭子抽打它也不肯往前走。人群中有人说："适才，在皇上大驾到来之前，有一头猛兽从路边右侧的丛林中跃出来，在人群中扑倒一人用嘴叼着奔突而去。这个人被叼到溪洞里面，还能听到他呼救的叫喊声。但是，天色未亮，没有人敢追赶捕捉。"路上的人听了这话后，个个吓得都直流冷汗。待到天亮后，有几个兵士按照凶兽的足迹一路寻找，在一片荒草丛中只找到了这个人的几块残余骸骨。

　　少主一行来到剑州行宫，环视左右，都在讲凶兽吃人的事情。少主听了后，随即命令臣属们各赋一诗，纪咏这件事情。中书舍人王仁裕立即赋诗道："剑牙钉舌血毛腥，窥算劳心岂暂

停。不与天朝除患难，惟于当路食生灵。从将户口资嚵口，未委三丁税几丁。今日帝王亲出狩，白云岩下好藏形。"翰林学士李浩弼进诗曰："岩下年年自寝讹，生灵餐尽意如何。爪牙众后民随减，溪壑深来骨已多。天子纪纲犹被弄，客人穷独固难过。长途莫怪无人迹，尽被山王税杀他。"少主览此二篇，大笑曰："此二臣之诗，各有旨也。朕亦于马上构思，三十余里，终不就。"于是命各官从臣。翰林学士徐光浦、水部员外王巽亦进诗。至剑门，少主乃题曰："缓辔逾双剑，行行蹑石棱。作千寻壁垒，为万祀依凭。道德虽无取，江山粗可矜。回看成阙路，云叠树层层。"后侍臣继，成都尹韩昭和曰："闭关防外寇，孰敢振威棱。险固疑天设，山河自古凭。三川奚所赖，双剑最堪矜。鸟道微通处，烟霞镵百层。"王仁裕和曰："孟阳曾有语，刊在白云棱。李杜常挨托，孙刘亦恃凭。庸才安可守，上德始堪矜。暗指长天路，浓峦蔽几层。"又命制《秦中父老望幸赋》一首进之，今亡其本。过白卫岭，大尹韩昭进诗曰："吾王巡狩为安边，此去秦亭尚数千。夜照路歧山店火，晓通消息戍瓶烟。为云巫峡虽神女，跨凤秦楼是谪仙。八骏似龙人似虎，何愁飞过大漫天。"少主和曰："先朝神武力开边，画断封疆四五千。前望陇山屯剑戟，后凭巫峡镵烽烟。轩皇尚自亲平寇，嬴政徒劳爱学仙。想到隗宫寻胜处，正应莺语暮春天。"王仁裕和曰："龙旆飘飘指极边，到时犹更二三千。登高晓蹋巉岩石，冒冷朝充断续烟。自学汉皇开土字，不同周穆好神仙。秦民莫遣无恩及，大散关东别有天。"

泊至利州，已闻东师下固镇矣。旬日内，又闻金牛败卒，塞硖而至。其时蜀师十余万，自绵汉至于深渡千余里，首尾相继，皆无心斗敌。遣使臣逼促，则回枪刺之曰："请唤取龙武军相战。不惟勇敢，况且偏请衣粮。我等拣退不

停。不与天朝除患难，惟于当路食生灵。从将户口资饕口，未委三丁税几丁。今日帝王亲出狩，白云岩下好藏形。"翰林学士李浩弼也献诗一首："岩下年年自寝讹，生灵餐尽意如何。爪牙众后民随减，溪壑深来骨已多。天子纪纲犹被弄，客人穷独固难过。长途莫怪无人迹，尽被山王税杀他。"少主看了这两首诗后，大笑道："二位臣属赋的诗各有题旨啊。我在马上构思，行了三十多里，还没有赋出一首诗来。"于是，命令其他臣僚写诗随从。翰林学士徐光浦、水部员外王巽也各有诗进献。到了剑门，少主王衍终于赋出一首诗："缓辔逾双剑，行行蹑石棱。作千寻壁垒，为万祀依凭。道德虽无取，江山粗可矜。回看成阙路，云叠树层层。"之后，侍臣们继续和诗，成都府尹韩昭的和诗是："闭关防外寇，孰敢振威棱。险固疑天设，山河自古凭。三川奚所赖，双剑最堪矜。鸟道微通处，烟霞镞百层。"中书舍人王仁裕和道："孟阳曾有语，刊在白云棱。李杜常挨托，孙刘亦恃凭。庸才安可守，上德始堪矜。暗指长天路，浓峦蔽几层。"少主又命令群臣各自撰写《秦中父老望幸赋》一首，进献给他。现在这些诗赋都遗失了。过白卫岭，成都府尹韩昭献诗："吾王巡狩为安边，此去秦亭尚数千。夜照路歧山店火，晓通消息戍瓶烟。为云巫峡虽神女，跨凤秦楼是谪仙。八骏似龙人似虎，何愁飞过大漫天。"少主和道："先朝神武力开边，画断封疆四五千。前望陇山屯剑戟，后凭巫峡镞烽烟。轩皇尚自亲平寇，嬴政徒劳爱学仙。想到隗宫寻胜处，正应莺语暮春天。"王仁裕和道："龙斾飘飘指极边，到时犹更二三千。登高晓蹋巉岩石，冒冷朝充断续烟。自学汉皇开土字，不同周穆好神仙。秦民莫遣无恩及，大散关东别有天。"

少主一行到达利州时，已经得到了后唐军攻占了固镇的消息。十天之内，又听说从金牛战败的士卒，充斥峡谷，铺地而来。这时，蜀军尚有十多万人，自绵州至汉州，陈兵在一千多里的防线上，首尾相连，但都无心与唐军战斗。派去使臣督战，就调转枪头刺向使臣说："请你调来龙武军与敌战斗吧。龙武军不但骁勇，他们还多得到武器装备、粮饷。我们都是被挑选剩下来的不

堪，何能相杀。"实无奈何，十月二十九日狼狈而归。于栈阁悬险溪岩壑之中，连夜继昼，却入成都。康延孝与魏王继踵而入，少主于是树降。东军未入前，王宗弼杀韩昭、枢密使宋光嗣、景润澄、宣徽州使李周辂、欧阳晃等。王承休握锐兵于天水，兵刃不举。既知东军入蜀，遂拥麾下之师及妇女孩幼万余口，金银缯帛，于西蕃买路归蜀。沿路为左衽掳夺，并经溪山，冻饿相践而死。迨至蜀，存者百余人，唯与田宗汭等脱身而至。魏王使人诘之曰："亲握锐兵，何得不战？"曰："惮大王神武，不敢当其锋。"曰："何不早降？"曰："盖缘王师不入封部，无门输款。"曰："其初入蕃部，几许人同行？"曰："万余口。""今存者几何？"曰："才及百数。"魏王曰："汝可偿此万人之命。"遂尽斩之。蜀师不战，坐取亡灭者，盖承休、韩昭之所致也。人多不知之。出《王氏闻见录》。

合格者,怎么能够跟敌军相拼杀呢?"前去督战的使臣一点办法也没有。王衍一行,于十月二十九日狼狈撤退。在悬伏在险溪山谷的栈道上,夜以继日地赶路,逃回京城成都。后唐的康延孝与魏王率兵紧跟着进入城都,少主王衍立即竖起白旗归降。在后唐军没进入成都前,王宗弼杀掉了成都府尹韩昭、枢密使宋光嗣、景润澄、宣徽州使李周辂、欧阳晃等。王承休手握精锐的龙武军在天水,按兵不动。待知道后唐军攻入蜀中后,才率领龙武军及妇女孩童一万多人,用金银布帛等买通羌人头领绕道回蜀。一路上经常遭遇到当地夷、狄、胡人的骚扰、掳掠,翻越大山、涉过溪水时,冻饿而死与互相践踏而死的人不计其数。回到蜀地时,侥幸生还的仅仅有一百多人,只有王承休与田宗汭等人逃回来了。魏王李继岌派人责问王承休:"你身为蜀国重臣,手握精锐之师,为什么不抵抗我唐军的进攻?"王承休说:"我惧怕大王的神勇威武,不敢抵挡天兵的锋芒。"来人问:"为什么不早点投降?"王承休说:"都是因为大王的军队还没有进入蜀中,没有门路投降的缘故啊。"来人问:"当初进入西羌蕃人居住的地域时,有多少人和你同行?"王承休说:"一万多人。"来人问:"现在还剩下多少人?"王承休说:"仅有百余人。"魏王听到这里,说:"你可以抵偿这死去的一万多人的性命。"于是将王承休处斩。蜀国的军队不抵抗进攻的唐军,蜀国君臣自取灭亡,都是王承休、韩昭之流所造成的啊!很多人都不知道这段史实。出自《王氏闻见录》。

卷第二百四十二

谬误遗忘附

谬误

益州长吏	萧颖士	郗昂	张长史	萧俛
崔清	何儒亮	于頔	苑玼	李文彬
苏拯	窦少卿			

遗忘

张利涉	阎玄一	郭务静	张守信	李觋
张藏用				

谬误

益州长吏

唐益州每岁进甘子,皆以纸裹之。他时长吏嫌其不敬,代之以细布。既而恒恐有甘子为布所损,每岁多怀忧惧。俄有御史甘子布至,长吏以为推布裹甘子事,因大惧曰:"果为所推。"及子布到驿,长吏但叙以布裹甘子为敬。子布初不知之,久而方悟。闻者莫不大笑。子布好学,有文才,知名当代。出《大唐新语》。

谬误

益州长吏

唐朝益州每年都向京都宫中进献甘子,每只甘子都用纸包裹好。后来,长吏怕用纸包裹显得不恭敬,改用细布包裹。之后,又怕甘子被布包裹坏了,每年进献甘子都怀着诚惶诚恐的心情。不久有个叫甘子布的御史来到益州,长吏误以为这位御史来益州是推究用布裹甘子的事,因此异常惊恐地说:"果然被朝廷追究这件事情。"待到御史甘子布来到驿馆中,这位长吏拜见后,只是说用布裹甘子是为了表示对皇上的恭敬。甘子布刚开始不明白是什么原因。过了一会儿,才领悟到是怎么一回事。在场的人没有不开怀大笑的。御史甘子布好学,有文才,在当时很有名望。出自《大唐新语》。

萧颖士

唐天宝初,萧颖士因游灵昌。远至胙县南二十里,有胡店,店上有人多姓胡。颖士发县日晚,县寮饮饯移时,薄暮方行。至县南三五里,便即昏黑。有一妇人年二十四五,着红衫绿裙,骑驴,驴上有衣服。向颖士言:"儿家直南二十里。今归遇夜,独行怕惧,愿随郎君鞍马同行。"颖士问女何姓,曰:"姓胡。"颖士常见世间说有野狐,或作男子,或作女人,于黄昏之际媚人。颖士疑此女即是野狐,遂唾叱之曰:"死野狐,敢媚萧颖士。"遂鞭马南驰,奔至主人店,歇息解衣。良久,所见妇人,从门牵驴入来。其店叟曰:"何为冲夜?"曰:"冲夜犹可,适被一害风措大,呼儿作野狐,合被唾杀。"其妇人乃店叟之女也。颖士渐恶而已。出《辨疑志》。

郗　昂

唐郗昂与韦陟交善。因话国朝宰相,谁最无德。昂误对曰:"韦安石也。"已而惊走而去,逢吉温于街中。温问何故苍惶如此,答曰:"适与韦尚书话国朝宰相最无德者,本欲言吉顼,误言韦安石。"既言,又鞭马而走。抵房相之第,琯执手慰问之,复以房融为对。昂有时称,忽一日犯三人。

萧颖士

唐玄宗天宝初年，萧颖士游历灵昌。来到胙县以南二十里的地方，这里有一家胡人开的店，店里的人多数姓胡。萧颖士从县城出发时天已经很晚了，县里的官员们为他设宴饯行耽搁了一段时间，到了傍晚才起程。出了县城向南走三五里路，天色就昏黑了。遇到一位妇女约二十四五岁，身着红衫绿裙，骑着一头毛驴，驴身上驮有衣服。这位妇女对萧颖士说："我家住在顺道往南走二十里的地方，现在天色已晚，我一个人走路很害怕，希望能与您搭伴同行。"萧颖士问女子："你姓什么？"女子回答说："我姓胡。"萧颖士常听人们说有野狐狸精，或者变成男人，或者变成女人，在黄昏时刻迷惑人。萧颖士疑心眼前的这位妙龄少妇就是野狐狸变的，于是唾骂呵斥说："死野狐，你竟敢媚惑我萧颖士？"立即策马向南疾驰而去。萧颖士骑马来到胡家店，投宿店中，脱衣歇息。过了许久，他从窗户看到路上遇见的那位少妇牵驴从大门进到院子里。店里的老主人出屋问道："为什么一个人赶夜路？"少妇回答说："赶夜路倒没什么，恰巧在路上被一个害了疯犬病的人，唤孩儿野狐，好悬没被他唾杀。"直到这时，萧颖士才知道自己误将店主的女儿当成了野狐狸。不由得羞愧满面，很不好意思。出自《辨疑志》。

郗 昂

唐玄宗时，郗昂与韦安石的儿子韦陟关系很好。一次，二人在一起谈论起朝中的诸位宰相中谁最无德。郗昂口误说："韦安石啊！"说完，吓得起身就跑。郗昂来到街上，遇上另一位宰相吉顼的侄子吉温。吉温问他因为什么这么惊惶，郗昂回答说："刚才跟韦尚书谈论朝中宰相谁最无德，本来是想说吉顼，却口误说成韦安石了。"说完又觉不对，立即打马而去。郗昂经过房宰相府第门前，宰相房融的儿子拉着他的手，安慰他不要这么慌恐失措，并问他是因为什么事，郗昂又张口说出房融最无德的话来。事后，郗昂经常对人说，自己一天之间忽然得罪了三位宰相。

举朝嗟叹,唯韦陟遂与之绝。 出《国史补》。

张长史

　　唐临济令李回,妻张氏。其父为庐州长史,告老归。以回之薄其女也,故往临济辱之,误至全节县。而问门人曰:"明府在乎?"门者曰:"在。"张遂入至厅前,大骂辱。全节令赵子余不知其故,私自门窥之,见一老父诟骂不已。而县下常有狐为魅,以张为狐焉。乃密召吏人执而鞭之,张亦未寤,骂仍恣肆。击之困极,方问何人,辄此诟骂。乃自言:"吾李回妻父也,回贱吾女,来怒回耳。"全节令方知其误,置之馆,给医药焉。张之僮夜亡至临济,告回。回大怒,遣人吏数百,将袭全节而击令。令惧,闭门守之。回遂至郡诉之,太守召令责之,恕其误也。使出钱二十万遗张长史以和之。回乃迎至县。张喜回之报复,卒不言其薄女,遂归。 出《纪闻》。

萧　俛

　　唐贞元中,萧俛新及第。时国医王彦伯住太平里,与给事郑云逵比舍住。忽患寒热,早诣彦伯求诊候,误入云逵第。会门人他适,云逵立于中门。俛前趋曰:"某前及

满朝文武都感慨不已，只有韦陟与其断绝了往来。出自《国史补》。

张长史

　　唐朝临济县县令李回，娶妻张氏。张氏的父亲曾经担任庐州长史，现告老还乡。张长史因为李回薄待他的女儿，前往临济县去辱骂李回，不料误入全节县。进门就问看门人："县令在吗？"看门人回答说："在。"张长史于是直奔厅前，大声辱骂。全节县令赵子余不知道是怎么回事，暗中从门缝里向外看，只见一位老汉大骂不已。当时县内常传有狐狸成精作怪，以为张长史是狐精变的来县衙作怪，迷惑众人，于是暗中招呼差役用鞭子抽打张长史。张长史依然不醒悟，仍辱骂不已。差役们鞭打累了，才想起来问他是什么人，到此随便辱骂县令。张长史才说："是县令李回妻子的父亲。李回虐待我女儿，所以我来骂他。"全节县令赵子余这才知道是一场误会，将张长史安置在驿馆中住下，请来医生为他诊伤上药。跟随张长史一块儿来的仆人连夜赶到临济县，将张长史在全节县挨打的事情报告给李回。李回听了后大怒，立即派遣差役几百人，声言要袭击全节县衙，殴打县令。赵子余听说后非常恐惧，关好大门守候在县衙里。李回便来到郡府上告赵子余，太守听了李回的上告后，将全节县令召到府衙中斥责一顿，考虑到是误会便原谅了他。只命令他出钱二十万赔偿张长史来和解。李回将岳父张长史接到临济县自己家中。张长史很高兴李回能为自己报仇，就没有提他虐待女儿的事情，然后就回家了。出自《纪闻》。

萧俛

　　唐德宗贞元年间，萧俛刚考中进士。当时，太医王彦伯住在京城长安太平里，与给事中郑云逵的宅院相邻。萧俛忽然患寒热症，早晨起来后到太医王彦伯家中去看病，没想到误入郑云逵家。正赶上看门人到别处去了，没有被阻拦就径直进入院中，郑云逵站在中门那儿，萧俛上前施礼后，说："我是前天新考中的

第,有期集之役,忽患。"具说其状。遂命仆人延坐,为诊其臂曰:"据脉候,是心家热风。云遂姓郑,若觅国医王彦伯,东邻是也。"俛赧然而去。出《乾𦠆子》。

崔　清

唐崔清除濠州刺史,替李逊。清辞户部侍郎李巽,留坐与语。清指谓所替李逊曰:"清都不知李逊浑不解官。"再三言之。巽曰:"李巽即可在,只是独不称公意。"清稍悟之,惭顾而去。出《嘉话录》。

何儒亮

唐进士何儒亮自外州至京,访其从叔。误造郎中赵需宅,自云同房侄。会冬至,需欲家宴,挥霍云:"既是同房,便令入宴。"姑姊妹妻子尽在焉。儒亮馔毕,徐出。及细察之,乃何氏之子也,需大笑。儒亮岁余不敢出。京城时人,因以为"何需郎中"。出《国史补》。

于　頔

唐司空于頔以乐曲有《想夫怜》,其名不雅,将改之。客有笑曰:"南朝相府,曾有瑞莲,故歌为《相府莲》,自是后人语讹。"乃不改。出《国史补》。

进士，与友人一起聚集游宴，忽然间生了病。"接着详细介绍了自己的症状。郑云逵让家中仆人拿来一只椅子请萧俛坐在那儿，为他在手腕部诊脉，说："根据你的脉象，是心火上升引起的伤风。我叫郑云逵，你要找的是太医王彦伯，他是我东邻，请到隔壁院子去找。"萧俛听了之后，羞臊得离开了郑家。出自《乾㬽子》。

崔　清

唐朝人崔清官拜濠州刺史，接替他的前任李巽。崔清上任前，去向户部侍郎李巽辞行，李巽留他坐下交谈。崔清坐下后，指责被接替的李逊："我都不知道李逊这个人愚昧到不想辞官离任。"再三重复说这一句话。李巽说："李巽即便可以在职，只是单单不让您满意。"崔清这才听出话中的意思，羞愧地走了。出自《嘉话录》。

何儒亮

唐朝进士何儒亮从外州来到京城长安，要去拜访他的堂叔。误入郎中赵需家，自我介绍说是族内同一分支的侄子。当时正值冬至，赵需正欲设家宴过节，招手请何儒亮入席，说："既然是本家，就请入席吧。"赵需家中的姑姑、姐姐、妹妹及他的妻子都在一张桌上，跟何儒亮一起吃饭。何儒亮吃完饭，起身告辞，慢慢走出赵家。赵需仔细询问身边的人，才发现他是何家人，不是赵家堂侄，不由得大笑起来。何儒亮也知道自己误入赵家，有一年多不好意思出门。当时，满京城的人，都称何儒亮为"何需郎中"。出自《国史补》。

于　頔

唐朝司空于頔认为乐曲《想夫怜》的曲名不够文雅，想换一个曲名。有位客人笑着说："南朝相府中，曾有瑞莲，所以有首歌名《相府莲》，'想夫怜'应该是后人的讹传。"于是就不改了。出自《国史补》。

又

旧说，董仲舒墓，门人至，皆下马，谓之"下马陵"，语讹为"虾蟆陵"。今荆襄之人，呼"堤"为"提"；留绛之人，呼"釜"为"付"。皆讹谬所习也。出《国史补》。

苑 诇

唐尚书裴胄镇江陵，常与苑论有旧。论及第后，更不相见，但书札通问而已。论弟诇方应举，过江陵，行谒地主之礼。客因见诇名曰："秀才之名，虽字不同，且难于尚书前为礼，如何？"会诇怀中有论旧名纸，便谓客将曰："某自别有名。"客将见日晚，仓遽遽将名入。胄喜曰："苑大来矣，屈入！"诇至中庭，胄见貌异。及坐，揖曰："足下第几？"诇对曰："第四。"胄曰："与苑大远近？"诇曰："家兄。"又问曰："足下正名何？"对曰："名论。"又曰："贤兄改名乎？"诇曰："家兄也名论。"公庭将吏，于是皆笑。及引坐，乃陈本名名诇。既逡巡于便院，俄而远近悉知。出《乾𦠆子》。

李文彬

唐举人李文彬受知于舍人纥干泉。时有京兆府司箓贺兰洎卒，文彬因谒紫微。紫微问曰："今日有何新事？"文彬

又

旧时还有人说,汉朝宰相董仲舒的陵墓,他的门生去拜谒,都必须下马才得进入,因此称为"下马陵"。后人讹传为"虾蟆陵"。现在荆襄一带的人,把"堤"读作"提";留绛一带的人,把"釜"读作"付"。这些都是讹误字音习惯传承的结果。出自《国史补》。

苑 诎

唐朝尚书裴冑镇守江陵,曾经与苑论有旧交。苑论考中进士后,就再也没见过面,只是通信问候一下而已。苑论的弟弟苑诎,刚刚参加选拔举人的考试,途经江陵,到府衙通报,欲行参拜地方长官的礼仪。负责接待工作的书吏,看到苑诎通报的名氏说:"你这位秀才的名字,虽然只是字不同,但是很难向我家老爷禀报,怎么办?"正巧,苑诎的怀中还带有哥哥苑论的旧名片,便取出来对接待人说:"我还有另外一个名字。"负责接待客人的书吏见天色已经晚了,仓促地接着苑诎递给他的名片,进入里面通报。裴冑看到苑论的名片,非常高兴,说:"是苑老大来了啊!快请进来!"苑诎来到厅堂,裴冑见面貌不是苑论。待到请苑诎入座后,举手揖拜问:"请问你是苑家的老几啊?"苑诎回答说:"我是苑家的老四。"裴冑问:"与苑老大关系远近?"苑诎回答说:"是我的亲哥哥。"裴冑又问:"你的真正的名字叫什么呀?"苑诎回答说:"苑论。"裴冑又问:"你哥哥苑论改名了吗?"苑诎回答说:"我哥哥也叫苑论。"在场的府衙中的文武官员吏役听了后,都大笑不止。等到引苑诎到正室入座后,他才向裴冑说自己的本名叫"苑诎"。从此以后就在节度使的府衙进进出出。不久,远近都传开了这个笑话。出自《乾膜子》。

李文彬

唐朝举人李文彬受得中书舍人纥干泉的知遇之恩。当时,京兆府的司篆贺兰洎因病去世,李文彬正在这时前去拜见中书舍人纥干泉。纥干泉问他:"今天京城中有什么新鲜事吗?"李文彬

曰:"适过府门,闻纥干洎卒。"泉曰:"莫错否?"文彬曰:"不错。"泉曰:"君大似共鬼语也。"拂衣而去。文彬乃悟,盖俱重姓,又同名,而误对也。出《奇闻录》。

苏　拯

唐光化中,苏拯与乡人陈涤同处。拯与考功郎中苏璞,初叙宗党。璞,故奉常涤之子也。拯既执贽,寻以启事温卷。因令陈涤缄封,涤遂误书己名。璞得之,大怒。拯闻之仓皇,复致书谢过。吴子华闻之曰:"此书应误也。"出《北梦琐言》。

窦少卿

有窦少卿者家于故都。素于渭北诸州,至村店中。有从者抱疾,寄于主人而前去。历鄜、延、灵夏,经年未归。其从者寻卒于店中。此人临卒,店主问曰:"何姓名?"此仆只言得"窦少卿"三字,便奄然无语。店主遂坎路侧以埋之,卓一牌向道曰"窦少卿墓"。与窦相识者过之,大惊讶,问店主,店主曰:"牌上有名,固不谬矣。"于是更有识窦者经过,甚痛惜。有至亲者报其家,及令骨肉省其牌,果

便回答说:"刚才经过府门,听说纪干洎死了。"纪干泉问:"没有
听错吗?"李文彬回答说:"没有听错。"纪干泉满脸怒气地说:"你
大概是在跟鬼说话吧。"心中愤怒,甩动衣袖而离去。李文彬这
才醒悟过来,原来是这两个人虽然不是一个姓但同音,又同名,
刚才自己回答错了。出自《奇闻录》。

苏　拯

　　唐昭宗光化年间,苏拯与同乡陈涤住在一起。苏拯与考功
郎中苏璞刚刚攀上亲族关系。苏璞,是故奉常苏涤的儿子。苏
拯既然已经带着礼品到苏璞那儿认了同宗,不久,便写了一封请
苏璞关照的信,并随信寄去自己过去写过的文章。信写好后,请
陈涤代为封好,陈涤随手写上自己的名字。考功郎中苏璞收到
信后一看,立即大怒。苏拯得知这一消息后诚惶诚恐,马上又写
了一封信表示歉意。吴子华听说这件事后说:"这完全是一场误
会啊!"出自《北梦琐言》。

窦少卿

　　有个叫窦少卿的人,家住在故都。窦少卿离家到渭北各个
州去考察巡游,来到一个乡村小店。随他同来的一个仆人因为
得病不能同行,窦少卿便将这个仆人寄托在店主这儿,自己继
续去巡游。先后到过鄜州、延州、灵夏等地,有一年多没有回
家。他的那个仆从不久后便死在店中。这个人临死前,店主问
他:"你叫什么名字?"这个仆人只说出"窦少卿"三个字,就再也
不出声了。于是,店主就在路边挖了一个墓穴,将这个仆人埋在
里面,并在墓前竖立一块墓碑,上面刻着"窦少卿墓"几个字。有
个跟窦少卿认识的人路过这里,看到墓碑上的名字非常吃惊,问
店主是怎么回事,店主回答说:"碑上有名有姓,一点也不假。"
后来,又有一个跟窦少卿非常熟悉的人路过这里,看到墓碑上的
名字,很是痛惜。有个跟窦家非常亲近的亲戚将这事告诉了窦
家,窦家立即派出窦少卿的儿子前往这家村店去查看墓碑,果然

不谬。其家于是举哀成服，造斋相次，迎其旅榇殡葬。远近亲戚，咸来吊慰。葬后月余，有人附到窦家书，归程已近郡，报上下平善。其家大惊，不信，谓人诈修此书。又有人报云："道路间睹其形貌，甚是安健。"其家愈惑之，遂使人潜逆之，窃窥于路左，疑其鬼物。至其家，妻男皆谓其魂魄归来。窦细话其由，方知埋者是从人，乃店主卓牌之错误也。出《王氏见闻》。

遗忘

张利涉

唐张利涉性多忘。解褐怀州参军，每聚会被召，必于笏上记之。时河内令耿仁惠邀之，怪其不至。亲就门致请，涉看笏曰："公何见顾？笏上无名。"又一时昼寝惊，索马入州。扣刺史邓恽门，拜谢曰："闻公欲赐责，死罪？"邓恽曰："无此事。"涉曰："司功某甲言之。"恽大怒，乃呼州官棰，以甲间构，将杖之。甲苦诉初无此语。涉前请曰："望公舍之，涉恐是梦中见说耳。"时人由是咸知其性理惛惑矣。出《朝野金载》。

没有错。于是窦家全家穿上哀服为窦少卿发丧,相继设斋祭奠他,并将墓里的灵柩迎运回家中安葬。不论是远道的,还是近处的亲朋好友都来吊唁慰问。下葬后一个多月,有一个人捎来一封窦少卿的书信给窦家,信上说他正在归途中,快到本州县境了,并向全家老少报平安。窦家人见信后非常惊讶,不相信这是真的,说一定是故意写封书信欺诈。过了几天,又有人来报告说:"我在路上见到了窦少卿,非常健壮。"窦家人更加疑惑,于是派人偷偷去迎视窦少卿,这个人见窦少卿远远走过来,便躲藏在路边偷偷窥视,看的人怀疑走来的是窦少卿的鬼魂。待到窦少卿进入家门,妻儿老小都大喊大叫说是魂魄回来了。窦少卿仔细讲述了这件事情的经过后,家里才知道下葬的是仆人,如此大错是那家村店主人立碑刻字造成的啊!出自《王氏见闻》。

遗忘

张利涉

唐朝人张利涉记性不好,好忘事。张利涉任怀州参军期间,每次聚会被召见,都在手中的板笏上记下这件事。有一次,当时的河内县令耿仁惠邀请他,奇怪他为什么没有按期去。于是亲自登门来请他,张利涉看看手中的笏板说:"大人为什么来见我?笏板上并没有记这件事啊。"还有一次,张利涉白天睡觉忽然惊醒,急忙让手下为他备马,说是有急事要到州里去。张利涉骑马来到州里,直奔刺史邓恽府门,敲门而入,见到邓恽拜谢说:"听说刺史要给予我死刑的处罚?"刺史邓恽惊异地说:"没有这样的事。"张利涉说:"司功官某某说的啊!"邓恽大怒,于是喊来掌管笞刑的州官,让他将司功官某某以离间中伤的罪名,处以杖刑。那人听到这件事情后,苦苦哀求说他确实没有说过刺史要处张利涉死罪的话。这时,张利涉上前请求刺史邓恽说:"望刺史大人放了他,我大概是在睡梦中听说的。"从此以后,人们都知道张利涉头脑糊涂。出自《朝野佥载》。

阎玄一

唐三原县令阎玄一为人多忘。曾至州,于主人舍坐。州佐史前过,以为县典也,呼欲杖之。典曰:"某是州佐也。"一惭谢而止。须臾县典至,一疑其州佐也,执手引坐。典曰:"某是县佐也。"又愧而止。曾有人传其兄书者,止于阶下。俄而里胥白录人到,一索杖,遂鞭送书人数下。其人不知所以,讯之。一曰:"吾大错。"顾直典,向宅取杯酒慰疮。良久,典持酒至,一既忘其取酒,复忘其被杖者,因便赐直典饮之。出《朝野佥载》。

郭务静

唐沧州南皮县丞郭务静,初上,典王庆通判案。静曰:"尔何姓?"庆曰:"姓王。"须臾,庆又来,又问何姓,庆又曰:"姓王。"静怪愕良久,仰看庆曰:"南皮佐史总姓王?"出《朝野佥载》。

张守信

唐张守信为余杭太守,善富阳尉张瑶。假借之,瑶不知其故,则使录事参军张遇,达意于瑶,将妻之以女。瑶喜,吉期有日矣。然私相闻也,郡县未知之。守信为女具衣装,女之保母问曰:"欲以女适何人?"守信以告,保母

阎玄一

唐朝三原县令阎玄一非常健忘。一次,阎玄一来到州里,坐在主人家中。正好有位州里的佐史从这里走过,阎玄一错误地将州佐史认成县里的佐史,招呼过来想要鞭打他。走过来的这位"县佐"说:"我是州佐啊。"阎玄一羞愧地道歉,才算了结。过了一会儿,县佐来了,阎玄一又疑心他是州佐,拉着来人的手让他坐下。来人说:"我是县佐啊!"阎玄一又羞愧万分。还有一次,一个人捎给阎玄一他的哥哥寄给他的信,站在台阶下面等候回话。过了一会儿,乡吏白录人来了,阎玄一向乡吏要来棍杖,就鞭打给他送信的这个人。这位送信人完全不知道是什么原因挨了打,责问阎玄一。阎玄一说:"我打错了。"这时遇到值班的县佐从这里路过,让县佐到他家里取来一杯酒为被打的人涂抹伤口。过了许久,县佐拿来了酒,阎玄一完全忘记了让县佐取酒这件事情,也忘了被他鞭打的送信人。于是就把酒赏赐给县佐喝了。出自《朝野佥载》。

郭务静

唐朝沧州南皮县丞郭务静,刚上任时,县佐王庆懂得审判的事,便请他来。郭务静问王庆:"你姓什么?"王庆回答说:"我姓王。"过了一会儿,王庆又来到县丞郭务静这儿,郭务静又问他姓什么,王庆又回答说:"我姓王。"郭务静惊异愣住了好一会儿,仰头看着王庆,问:"原来南皮县佐史都姓王。"出自《朝野佥载》。

张守信

唐朝张守信为余杭太守,与富阳县尉张瑶非常友善。借调他到州府办公,张瑶不知原因,守信就让录事参军张遇转告张瑶,说他想将女儿嫁给他。张瑶听了后非常高兴,认为自己娶妻的日期有指望了。然而这些都是悄悄进行的,从郡府到两县的县衙,都不知道这件事情。张守信积极为女儿准备嫁妆,女儿的保姆问:"准备将女儿嫁给谁呀?"张守信告诉保姆女婿是谁,保姆

曰:"女婿姓张,不知主君之女何姓? 吾窃惑焉。"守信乃悟,亟止之。出《纪闻》。

李 觋

唐殿中侍御史李逢年自左迁后,稍进汉州雒县令。逢年有吏才,蜀之采访使常委以推按焉。逢年妻,中丞郑昉之女也,情志不合,去之。及在蜀城,谓益府户曹李觋曰:"逢年家无内主,濩落难堪。儿女长成,理须婚娶。弟既相狎,幸为逢年求一妻焉。此都官寮女之与妹,纵再醮者,亦可论之,幸留意焉。"觋曰:"诺。"复又访之于觋。觋率略人也,乃造逢年曰:"兵曹李札,甚名家也。札妹甚美,闻于蜀城,曾适元氏,其夫寻卒。资装亦厚,从婢且二十人。兄能娶之乎?"逢年许之,令觋报李札。札自造逢年谢。明日,请至宅。其夜,逢年喜,寝未曙而兴。严饰毕,顾步阶除而独言曰:"李札之妹,门地若斯。虽曾适人,年幼且美。家又富贵,何幸如之。"言再三,忽惊难曰:"李觋过矣,又误于人。今所论亲,为复何姓,怪哉!"因策马到府庭。李觋进曰:"兄今日过札妹乎?"逢年不应,觋曰:"事变矣。"逢年曰:"君思札妹乎,为复何姓?"觋惊而退。遇李札,札曰:

说:"女婿姓张,不知太守的女儿姓什么啊?我私下感到疑惑。"张守信这才明白过来,立即停止这门婚事。出自《纪闻》。

李 觊

唐朝殿中侍郎李逢年被贬职后,过了一段时间又授以汉州雒县县令。李逢年很有治理政务的才干,蜀道掌管刑狱与监察州县官吏的官员,经常委派他代为审理狱案。李逢年的妻子,是御史中丞郑昉的女儿,因为感情性格不合,而被他休了。一次,李逢年来到蜀城后,对益州府户曹李觊说:"我现在家里没有一个主事的妻室,空落孤单,日子很难过。况且,儿女们都长大自立了,理应再娶一个妻子。老弟既然跟我不错,非常希望你能为我介绍一个妻子啊!署中同僚的女儿或者妹妹,纵然是离婚再嫁的,也可以考虑,希望老弟为我留心。"李觊回答说:"好的。"后来,李逢年又一次拜访李觊谈起这件事。李觊是个性情粗疏马虎的人,过了一段时间到李逢年这儿说:"兵曹李札,是蜀中的名门望族。李札的妹妹长得很美,听说在成都曾嫁给元氏为妻,丈夫刚刚死去。她的嫁妆也非常丰厚,单是陪嫁的随从侍女就有二十人。老哥愿意娶此女为妻吗?"李逢年高兴地答应了,并让李觊将自己的意愿转告给李札。李札得到这一消息后,亲自前来拜谢李逢年。第二天,李札请李逢年到他家去做客。当天晚上,李逢年非常高兴,天还没亮就醒来了。他穿好衣服,一个人走出屋门,在庭院中边踱步边自言自语地说:"李札的妹妹,门第这么高。虽然曾嫁过人,但年轻又美貌动人,家里又富贵丰裕,这是多么幸运的事啊。"李逢年反复念叨着,忽然惊醒过来,难受地说:"李觊犯了个大错误啊,真是误人不浅。他给我提的这门亲事,我们男女双方为什么都姓李啊!真是奇怪!"于是,李逢年立即骑马回到公堂上。过了一会儿,李觊进入公堂,问:"老哥今天就娶李札的妹妹吗?"李逢年低头不语。李觊问:"怎么,事情有变化吗?"李逢年抬起头来说:"我在想,李札的妹妹为什么跟我一个姓呢?"李觊听了后方惊悟,离开公堂。遇见李札,李札问:

“侍御今日见过乎？已为地矣。”睨曰：“吾大误耳，但知求好婿，都不思其姓氏。”札大惊，悢恨之。出《纪闻》。

张藏用

唐青州临朐丞张藏用，性既鲁钝，又弱于神。尝召一木匠，十召不至。藏用大怒，使擒之。匠既到，适会邻县令，使人送书，遗藏用。藏用方怒解，木匠又走。读书毕，便令剥送书者，笞之至十。送书人谢杖，请曰：“某为明府送书，纵书人之意忤明府，使者何罪？”藏用乃知其误，谢曰：“适怒匠人，不意误笞君耳。”命里正取饮一器，以饮送书人，而别更视事。忽见里正，指酒问曰：“此中何物？”里正曰：“酒。”藏用曰：“何妨饮之。”里正拜而饮之。藏用遂入户。送书者竟不得酒，扶杖而归。出《纪闻》。

"李侍御你今天见过他了吗？你已经替我说通了吧。"李觊说："我犯了一个大错误。只是想为令妹找个好女婿，都没有考虑人家姓什么！"李札听了后也大为吃惊，连连表示惋惜遗憾。出自《纪闻》。

张藏用

唐朝青州临朐县丞张藏用，性情愚鲁迟钝，神志不清醒。一次，张藏用让人请一位木匠，多次召唤也没有来。张藏用异常恼怒，派人将这个木匠捉来。这个木匠刚到县衙，正赶上邻县县令派人送书信给张藏用。张藏用怒气稍得缓解，被捉来的木匠悄悄离开县衙溜走了。张藏用读完书信后，便命令差役剥去送信人的衣服，打十板子。送信人谢过杖刑后，问："我是给县丞您送信的邻县衙役，纵然是写信人触犯了县丞您，我这个送信的使者有什么罪呢？"张藏用才知道自己错打了人，向送信人表示歉意，说："刚才我是跟那个木匠生气，无意间误打了使君啊！"让里正赶快拿来一坛酒，送给被打的送信人饮用，便又去处理别的公务了。过了一会儿，张藏用看见里正手捧一坛酒走过来，指着坛子问："这里盛的是什么？"里正回答说："酒。"张藏用说："你就把它喝了吧。"里正拜谢后就打开坛子把酒喝了。张藏用随后进屋去了。被打的送信人左等右等也不见有人送酒给他喝，只好挂着拐杖一瘸一拐地走了。出自《纪闻》。

卷第二百四十三

治生贪附

治生

裴明礼	何明远	罗　会	窦　乂

贪

滕蒋二王	窦知范	夏侯彪之	王志愔	段崇简
崔玄信	严昇期	张昌仪	李　邕	裴　佶
元　载	张延赏	卢　昂	崔　咸	崔　远
江淮贾人	龙昌裔	安重霸	张虔钊	

治生

裴明礼

　　唐裴明礼,河东人。善于理生,收人间所弃物,积而鬻之,以此家产巨万。又于金光门外,市不毛地。多瓦砾,非善价者。乃于地际竖标,悬以筐,中者辄酬以钱,十百仅一二中。未洽浃,地中瓦砾尽矣。乃舍诸牧羊者,粪既积。预聚杂果核,具犁牛以耕之。岁余滋茂,连车而鬻,所收复

治生

裴明礼

　　唐朝裴明礼，是河东人。善于经营生财，他收购人们遗弃的物品，积攒到一定数量后再卖出去，以此积攒万贯家财。同时，裴明礼又在金光门外，买下一块荒芜不长草的土地。这块土地上尽是瓦砾，因此没有人购买，卖不上好价钱。裴明礼想了个办法，在这块地里竖立一根木杆，上面悬挂着竹筐，让人拣地里的石头瓦砾往筐里投掷，投中的人奖励他钱，吸引许多人都来投掷。结果投十次百次，也不中一次。还未等这些人轮上一遍，地里的瓦砾已经拣拾尽了。于是，裴明礼又让人在这块土地上放羊，这样，地里又积满了羊粪。之后，裴明礼事先拣各种果核撒在这块地里，再用牛犁将它翻起来。一年以后，地里长出茂盛的杂果树苗。他再一车一车地运到集市上去卖，所得的收入又有

致巨万。乃缮甲第,周院置蜂房,以营蜜。广栽蜀葵杂花果,蜂采花逸而蜜丰矣。营生之妙,触类多奇,不可胜数。贞观中,自古台主簿,拜殿中侍御史,转兵吏员外中书舍人,累迁太常卿。出《御史台记》。

何明远

唐定州何明远大富,主官中三驿。每于驿边起店停商,专以袭胡为业,资财巨万。家有绫机五百张。远年老,或不从戎,即家贫破。及如故,即复盛。出《朝野金载》。

罗 会

长安富民罗会以剔粪自业,里中谓之"鸡肆",言若归之积粪而有所得也。会世副其业,家财巨万。尝有士人陆景阳,会邀过所止。馆舍甚丽。入内梳洗,衫衣极鲜。屏风毡褥烹宰,无所不有。景阳问曰:"主人即如此快活,何为不罢恶事?"会曰:"吾中间停废一二年,奴婢死亡,牛马散失。复业已来,家途稍遂。非情愿也,分合如此。"出《朝野金载》。

窦 乂

扶风窦乂年十三,诸姑累朝国戚。其伯检校工部尚书

好些万钱。他又在这块土地上建造房屋，在院子的周围安置蜂箱养蜂来酿蜜。地里全栽上蜀葵，蜜蜂采花酿蜜又传授花粉，蜀葵与蜂蜜都获得丰收。裴明礼善于经营管理，都是这种新奇的事，多得数不过来。唐太宗贞观年间，裴明礼自古台主簿升任殿中侍御史，又转任兵部吏部员外郎、中书舍人，直到升任为太常卿。出自《御史台记》。

何明远

　　唐朝定州人何明远特别富有，他主管州中的三个驿站。并常在驿站旁边建造旅店，供来往客商住宿，专门以赚取胡商的钱为主业，家中财产巨万。他家还有五百张织绫机。何明远年老了，便不去干为军事服务的营生，他家开始贫困破败。等到他重操旧业，立即又兴盛起来。出自《朝野佥载》。

罗　会

　　长安有个富翁叫罗会，以清除粪便为职业，街坊邻里都称他为"鸡肆"，是说他因为积攒粪便而发家致富。罗会家世代都以此为副业，家中有财产巨万。一次，有个叫陆景阳的读书人，应邀到罗会家住宿。看到罗会家的房屋建造装修得特别豪华富丽。他的妻子也梳洗打扮，穿的衣服极其艳丽。屏风、毡褥等一应陈设，应有尽有。而且自己家宰杀、烹煮牲畜。陆景阳问罗会："罗先生日子过得这样富裕安乐，为什么还继续从事清除粪便这样肮脏污秽的工作？"罗会说："我中间曾停工过一两年，怎奈一不干清除粪便这行当，家中奴婢、仆夫死去，牛马逃散丢失，家业不兴。后来恢复这一行当后，家道才逐渐恢复过来。不是我情愿干这除粪的行当啊，是命该如此。"出自《朝野佥载》。

窦　义

　　扶风县有个叫窦义的小男孩，年仅十三岁。他的几位姑母家，都是历朝的皇亲国戚。他的伯父是担任检校工部尚书的

交，闲厩使宫苑使，于嘉会坊有庙院。乂亲识张敬立任安
州长史，得替归城。安州土出丝履，敬立赍十数辆，散甥
侄。竞取之，唯乂独不取。俄而所余之一辆，又稍大，诸甥
侄之剩者，乂再拜而受之。敬立问其故，乂不对。殊不知
殖货有端木之远志。遂于市鬻之，得钱半千，密贮之。

潜于锻炉作二枝小锸，利其刃。五月初，长安盛飞榆
荚，乂扫聚得斛余。遂往诣伯所，借庙院习业，伯父从之。
乂夜则潜寄褒义寺法安上人院止，昼则往庙中。以二锸开
隙地，广五寸，深五寸，密布四千余条，皆长二十余步。汲
水渍之，布榆荚于其中。寻遇夏雨，习皆滋长。比及秋，森
然已及尺余，千万余株矣。及明年，榆栽已长三尺余。乂
遂持斧伐其并者，相去各三寸。又选其条枝稠直者悉留
之。所间下者，二尺作围束之，得百余束。遇秋阴霖，每束
鬻值十余钱。又明年，汲水于旧榆沟中。至秋，榆已有大
者如鸡卵。更选其稠直者，以斧去之，又得二百余束。此
时鬻利数倍矣。后五年，遂取大者作屋椽。仅千余茎，鬻
之，得三四万余钱。其端大之材，在庙院者，不啻千余，皆
堪作车乘之用。此时生涯已有百余。自此币帛布裘百结，
日歉食而已。遂买蜀青麻布，百钱个匹，四尺而裁之，顾人

窦交，兼任闲厩使、宫苑使，在嘉会坊出资建造了一座寺庙。窦义的亲戚张敬立任安州长史，得以被接替返回京城。安州盛产丝鞋，敬立回来时便带十几双丝鞋，分送给外甥、侄儿们。都争抢着去拿，唯独窦义不去抢拿。过了一会儿，还剩下一双丝鞋，鞋号偏大，是诸位外甥、侄儿们挑剩下的，窦义再次拜谢并收下了这双鞋。张敬立问他为什么要人家挑拣剩下的，窦义没有回答。其实是他竟不知道窦义在经商方面有春秋时期子贡的远大目光。窦义将这双丝鞋拿到集市上去卖，换回来五百钱，偷偷藏起来。

  暗中去铁匠铺打制了两把小铲，将铲刃磨得很锋利。五月初，京城长安榆荚漫天飞舞，窦义扫聚到榆荚十余斗。然后到伯父家借住在嘉会坊的寺庙学习功课，伯父答应了他。窦义每天晚上都偷偷寄宿在附近的褒义寺法安和尚院中，白天则回到寺庙中，用两把小铲开垦院里的空地，挖成宽五寸、深五寸的浅沟共有四千多条，每条长二十多步。打水浇灌，将榆荚播种在沟内。过了几天，下了一场大雨，每条沟里都长出了榆树苗。等到秋天，小树苗已长到一尺多高，很是苗壮，大约共有榆树苗一千多万株。到了第二年，榆树苗已经长到三尺多高。窦义手持利斧间伐树苗，株距三寸。又挑选枝条苗壮直挺的留下来。间伐下来的小榆树，窦义将它们捆成二尺粗的柴捆，共有一百多捆。这年秋天天气阴冷，连降大雨。窦义将这一百多捆榆柴运到集上去卖，每捆卖钱十多文。第三年，窦义依旧提水为榆苗浇灌。到秋后，榆树苗有的已长成鸡蛋那么粗。窦义又挑选枝干茂盛的留下来，用斧砍间伐，又得榆柴二百多捆。这年每捆售价就是去年的好几倍了。又过了五年，当年种植的小榆树苗已经长大成材。窦义挑选粗大的，砍伐下来制成盖房屋用的椽材一千多根，卖得三四万钱。然而寺庙中还长着的榆树，不只一千多根，都可以作为打制车轴的材料。到这时，窦义的生活用度已经富富有余，钱帛、布匹、裘皮衣服，什么都有，可他仍然坚持节俭吃喝。后来购买蜀郡产的青麻布，一百钱买一匹，裁成四尺宽，雇人

作小袋子。又买内乡新麻鞋数百纳。不离庙中,长安诸坊小儿及金吾家小儿等,日给饼三枚,钱十五文,付与袋子一口。至冬,拾槐子实其内,纳焉。月余,槐子已积两车矣。

又令小儿拾破麻鞋,每三纳,以新麻鞋一纳换之。远近知之,送破麻鞋者云集。数日,获千余量。然后鬻榆材中车轮者,此时又得百余千。雇日佣人,于宗贤西门水涧,从水洗其破麻鞋,曝干,贮庙院中。又坊门外买诸堆弃碎瓦子,令功人于流水涧洗其泥滓,车载积于庙中。然后置石嘴碓五具,锉碓三具。西市买油靛数石,雇庖人执爨。广召日佣人,令锉其破麻鞋,粉其碎瓦,以疏布筛之,合槐子油靛。令役人日夜加工烂捣,候相乳尺,悉看堪为挺,从臼中熟出。命工人并手团握,例长三尺已下,圆径三寸。垛之得万余条,号为法烛。建中初,六月。京城大雨,尺烬重桂,巷无车轮。又乃取此法烛鬻之,每条百文。将燃炊爨,与薪功倍,又获无穷之利。

先是西市秤行之南,有十余亩坳下潜污之地,目曰小海池。为旗亭之内,众秽所聚。又遂求买之,其主不测,又酬钱三万。既获之,于其中立标,悬幡子。绕池设六七铺,制造煎饼乃团子,召小儿掷瓦砾,击其幡标,中者以煎饼米团子啖。不逾月,两街小儿竞往,计万万,所掷瓦已满池

缝成小布袋。又购买内乡产的新麻鞋几百双。窦乂每天都不离开寺庙，召来长安各条街坊里巷市民家的小孩，有些朝廷金吾卫士家的孩子也来到这里。每天发给这些小孩三张饼，十五文钱，再发给他们每人一只小布袋。到了冬天，让他们拣拾槐树籽，收上来。结果一个多月，就收集了两车槐树籽。

又让小孩们拣拾破旧的麻鞋，每三双破旧麻鞋换一双新麻鞋。远近都知道这件事情，来用旧麻鞋换新麻鞋的人不计其数。几天后，就换得旧麻鞋一千多双。然后，又卖掉做车轮的榆材，得钱十多万。按天雇用短工，在宗贤西门的溪涧中，用水洗涤破麻鞋，晒干，贮存在寺院中。又在坊门外买下几堆遗弃的碎瓦片，让工人在流水涧将泥滓洗去，用车运到寺庙内。然后置买了石嘴碓五具，锉碓三具。西市买油漆几石，雇用厨役煮熬。再多雇用按日计酬的仆役，让他们用锉碓锄切破麻鞋，用石嘴碓捣碎瓦片，再用疏布筛子筛过，和上槐籽和油，让仆役们日夜不停地捣烂，待到捣成乳状，细看凝结挺硬了，将它们从臼中趁热取出来。让工人们双手用力转握，做成长三尺以下，圆径三寸的长棒，一共有一万多条，堆放在一起，称为"法烛"。唐德宗建中初年，盛夏的六月，京城长安连降大雨，一尺长的一根柴薪贵如平常两棵的桂木，街道上不再有车辆通行。窦乂于是将贮存的法烛拿出来卖，每条卖钱百文。买的人拿回家用它烧饭，火力是一般柴薪的一倍。窦乂卖掉全部法烛，又获利无数。

在这之前，长安西市秤行的南边有一处很脏的水洼，约有十多亩大小，人们管它叫小海池。成为市楼以内，倒放垃圾的地方。窦乂又委托别人将这块地方买下来，这块地皮的主人也没有测量一下有多少亩，只收取了窦乂三万文钱。买下这个小海池后，窦乂在它的中间立了一个木杆，杆顶悬挂一面小旗。再围绕着小池沿边起六七座临时小房，雇人制作煎饼、团子等食品。招呼小孩投掷石块、瓦片击木杆上面的小旗。击中的，就奖励煎饼或团子吃。不到一个月，两条街的小孩都争着前来投掷小旗，大概来投掷的就有上亿人次，所掷的石头、瓦块已将池子填满

矣。遂经度,造店二十间。当其要害,日收利数千,甚获其
要。店今存焉,号为"窦家店"。

又尝有胡人米亮因饥寒,乂见,辄与钱帛。凡七年,不
之问。异日,又见亮,哀其饥寒,又与钱五千文。亮因感激
而谓人曰:"亮终有所报大郎。"乂方闲居,无何,亮且至。
谓乂曰:"崇贤里有小宅出卖,直二百千文,大郎速买之。
又西布柜坊,镪钱盈余,即依直出钱市之。"书契日,亮语乂
曰:"亮攻于览玉,尝见宅内有异石,人罕知之。是捣衣砧,
真于阗玉,大郎且立致富矣。"乂未之信。亮曰:"延寿坊召
玉工观之。"玉工大惊曰:"此奇货也,攻之当得腰带銙二十
副。每副百钱,三千贯文。"遂令琢之,果得数百千价。又
得合子执带头尾诸色杂类,鬻之,又计获钱数十万贯。其
宅并元契,乂遂与米亮,使居之以酬焉。

又李晟大尉宅前,有一小宅。相传凶甚,直二百十千,
乂买之。筑园打墙,拆其瓦木,各垛一处,就耕之术。大尉
宅中傍其地有小楼,常下瞰焉,晟欲并之为击毬之所。他
日乃使人向乂,欲买之,乂确然不纳,云:"某自有所要。"
候晟沐浴日,遂具宅契书,请见晟。语晟曰:"某本置此宅,
欲与亲戚居之。恐俯逼太尉甲第,贫贱之人,固难安矣。

了。经过测量，在填平的这块地皮上建造了门市房二十间。由于正是繁华市区，所以每天收入几千钱，获利甚多。这些店房今天还保存着，叫"窦家店"。

曾经有个叫米亮的胡人处于饥寒交迫的境地，窦乂看见，便给了他一些钱和布。整整有七年，也不向他讨账。一天，窦乂在街市上又遇见了米亮。米亮向他述说饥寒之苦，窦乂又给了他五千文钱。米亮特别感激，对人说："我米亮一定会报答窦乂的大恩大德！"窦乂刚刚闲下来，暂时没有什么事情可做，米亮就来见他。对窦乂说："崇贤里有一套小宅院要出卖，要价二十万钱，你赶紧将它买下来。还有西市一家代人保管金银财物的柜坊，很赚钱，你也可以按价出钱将它买下来。"写房契这天，米亮又对窦乂悄悄说："我擅长鉴别玉石，曾看见这家屋内有一块特殊的石头，很少有人留意它，是一块捣衣石，它是一块真的于阗玉，你会立即富起来的啊！"窦乂没有相信米亮的话。米亮说："可以到延庆坊请来一位玉工，让他鉴定一下。"玉工看到这块捣衣石，大为惊讶地说："这是一块奇异的宝玉啊！经过加工，可以雕琢出腰带銙二十副。每副卖百文钱，还能卖三千贯文钱呢！"于是，窦乂雇来玉工将这块捣衣玉石加工成腰带銙，卖了几十万。又加工成盒子、执带头尾等各种东西，卖掉之后，得钱几十万贯。后来，窦乂将这座买下的宅院，连同房契一块儿赠送给米亮，让他住在这里，算作对米亮的酬谢。

大尉李晟住宅边有一座小宅。传说很不祥，要价二十万钱，窦乂将它买了下来。四周筑上围墙，拆去房屋，将拆下来的木料、房瓦，各垛一处，准备辟成耕地。大尉有一座小楼挨着窦乂买下的这块地，从楼上就可以俯瞰全园。李晟想将这块地跟小楼所占的地方合并到一块儿，建造一座击球场。一天，李晟请人代他向窦乂提出买地的事，窦乂坚决不同意，说："我留下这块地方也有用处的。"待到李晟又承受新的皇恩时，窦乂带着房契去拜见李晟。说："我买下这座宅院原打算借给一位亲属居住。但是，恐怕离太尉府第太近，家贫位卑的人家，很难安稳地住下去。

某所见此地宽闲，其中可以为戏马。今献元契，伏惟俯赐照纳。"晟大悦。私谓义："不要某微力乎？"义曰："无敢望，犹恐后有缓急，再来投告令公。"晟益知重。义遂搬移瓦木平治其地如砥，献晟为戏马。荷义之所惠。义乃于两市，选大商产巨万者，得五六人，遂问之："君岂不有子弟婴诸道及在京职事否？"贾客大喜，语义曰："大郎忽与某等，致得子弟庇身之地，某等共率草粟之直二万贯文。"义因怀诸贾客子弟名谒晟，皆认为亲故。晟忻然览之，各置诸道膏腴之地重职，义又获钱数万。

崇贤里有中郎将曹遂兴当夜生一大树，遂兴每患其经年枝叶有碍庭宇，伐之又恐损堂室。义因访遂兴，指其树曰："中郎何不去之？"遂兴答曰："诚有碍耳，因虑根深本固，恐损所居室宇。"义遂请买之，仍与中郎除之，不令有损，当令树自失，中郎大喜。乃出钱五千文，以纳中郎。与斧斤匠人议伐其树，自梢及根，令各长二尺余，断之，厚与其直。因选就众材，及陆博局数百，鬻于本行，义计利百余倍。其精干率是类也。

后义年老无子，分其见在财等与诸熟识亲友。至其余千产业，街西诸大市各千余贯，与常住法安上人经营。不

我看到这块地方很宽阔、闲静,可以修建个跑马场。今天,我特意来府上向您进献房契,只希望大人您能收下我的这份心意。"李晟非常高兴。私下对窦义说:"不需要我帮你办点什么事情吗?"窦义说:"我不敢有这种奢望。但是日后有什么急着要办的事情,我再来找太尉您。"李晟更加看重窦义。于是,窦义搬走堆放的木料、房瓦,雇工将这块空地修整得像磨刀石一样平坦坚实后,送给李晟为跑马场。李晟非常感谢窦义的惠赠。之后,窦义在京城长安的东西两个集市上,挑选家财万贯的大商人五六个,问他们:"你们难道不愿意自己的子弟在各州郡和京城挂职当官吗?"这些富商们听了后非常高兴,说:"窦义没有忘了我们啊!待到您为我们的孩子办得保身的好差使,我们一定送您二万贯表示酬谢。"于是,窦义带着这些富商们子弟的名片去拜见太尉李晟,都说是自己亲朋好友的孩子。李晟高兴地答应下来,都给安排在各道裕的州郡担任重的职务。于是,窦义从这些富商们那儿获钱几万。

崇贤里内中郎将曹遂兴的庭院中离窗户很近的地方长着一株大树。曹遂兴常怕这株大树的枝叶遮挡住房的光线,又怕砍伐它砸坏了堂屋。窦义知道这件事后,来拜访遂兴,指着这株大树对曹遂兴说:"中郎怎么不将它砍了呢?"曹遂兴回答说:"是有些碍事,但是考虑到它根深本固,伐倒它唯恐砸坏堂屋。"窦义于是要求将这株大树买下来,仍旧将它伐倒,却保证一点也不损坏他家的堂屋,而是让树自己消失,曹遂兴听后非常高兴。答应将树卖给窦义,只收五千文钱。窦义买下这株大树后,跟伐树的匠人商议采取从稍到根砍伐的方法,将它伐成每段二尺多长的若干木段,工钱从优。又从中挑选出好的木材雇匠人制成赌博用具,在自己的商行中出卖,获利一百多倍。窦义的善于经商,精于盘算,大都像以上所说的那样!

窦义老年时没有子嗣,将他一生积攒的钱财分别赠送给了他的亲朋好友。至于其余的产业,像街面各大商店,每个店都价值一千多贯,委托给他少年时曾经借宿过的法安和尚经营。不

拣日时供拟,其钱亦不计利。又卒时年八旬余。京城和会里有邸,弟侄宗亲居焉,诸孙尚在。出《乾𦠆子》。

贪

滕蒋二王

唐滕王婴、蒋王恽,皆不能廉慎。大帝赐诸王名五王,不及二王。敕曰:"滕叔蒋兄,自解经纪,不劳赐物。"与之,以为钱贯,二王大惭。朝官莫不自励,皆以取受为赃污。有终身为累,莫敢犯者。出《朝野佥载》。

窦知范

唐瀛州饶阳县令窦知范贪。有一里正死,范令门内一人,为里正造像,各出钱一贯,范自纳之。谓曰:"里正有罪过,先须急救。范先造得一像,且以与之。"结钱二百千,平像五寸半。其贪皆类此。范惟有一男,放鹰马惊,桑枝打伤头破。百姓快之,皆曰:"千金之子,易一兔之命。"出《朝野佥载》。

夏侯彪之

唐益州新昌县令夏侯彪之初下车,问里正曰:"鸡卵一钱几颗?"曰:"三颗。"彪之乃遣取十千钱,令买三万颗。谓

必挑选时日随时供给,所有的钱都不计算利息。窦乂活到八十多岁才去世。在京城长安和会里留下一座宅院,由他的弟弟、侄子和同族居住着,他的子孙现在还在那里。<small>出自《乾膿子》。</small>

贪

滕蒋二王

唐朝滕王李元婴、蒋王李恽,都不能清廉自慎,而是贪得无厌。皇上赏赐其他李姓皇室五王,就是没有滕、蒋二王的份。皇上下敕书说:"滕王叔、蒋王兄,能够自己照料自己,不需要朝廷赏赐你们财物。"这封敕书送到滕、蒋二王那里,二王误以为是赐给他们钱财。看完敕书后,非常羞愧。从此,满朝的文武百官都自己严格要求自己,都以巧取豪夺与收取贿赂为贪赃枉法,认为这样做贻害终生,所以没有敢违反的。<small>出自《朝野佥载》。</small>

窦知范

唐朝瀛州饶阳县县令窦知范贪婪成性。县内有一个里正死了,窦知范让族人每家出钱一贯,为这个里正建造塑像。钱收上来后,窦知范将这笔钱收归己有。说:"这个里正生前有罪过。这笔造塑像的钱先派急用。本县令得先建造一座塑像,就用这笔钱吧。"于是用钱二十万文,建造一座五寸半的塑像。窦知范的贪婪无耻都像这样啊!窦知范只有一个儿子,一次放鹰行猎,他的儿子骑的马受惊狂奔,桑树枝打伤他的头部而死。全县百姓听说后拍手称快,都说:"县太爷的千金儿子,换了一只野兔的命!"<small>出自《朝野佥载》。</small>

夏侯彪之

唐朝益州新昌县令夏侯彪之刚来上任时,下车问一个里正说:"这地方鸡蛋一文钱买几颗?"回答说:"能买三颗。"夏侯彪之听了后,派人取来一万文钱交给里正,让他代买三万颗鸡蛋。对

里正曰:"未便要,且寄鸡母抱之,遂成三万头鸡,经数月长成,令县吏与我卖。一鸡三十钱,半年之间成三十万。"又问:"竹笋一钱几茎?"曰:"五茎。"又取十千钱付之,买得五万茎。谓里正曰:"吾未须笋,且林中养之。至秋竹成,一茎十钱,积成五十万。"其贪鄙不道,皆此类。出《朝野金载》。

王志愔

唐汴州刺史王志愔饮食精细,对宾下脱粟饭。商客有一骡,日行三百里,曾三十千不卖。市人报价云十四千,愔曰:"四千金少,更增一千。"又令买单丝罗,匹至三千。愔问用几两丝,对曰:"五两。"愔令竖子取五两丝来,每两别与十钱手功之直。出《朝野金载》。

段崇简

唐深州刺史段崇简性贪暴。到任追里正,令括客。云:"不得称无。上户每家取两人,下户取一人,以刑胁之。"人惧,皆妄通。通讫,简云:"不用唤客来,但须见主人。"主人到,处分每客索绢一匹。约一月之内,得绢三十车。罢任发,至鹿城县。有一车装绢未满载,欠六百匹。即唤里正,令满之。里正计无所出,遂于县令丞尉家,一倍

里正说："我不立刻要这三万只鸡蛋。用母鸡孵化成三万只鸡崽，过了几个月长大成大鸡后，让县吏为我卖了它们。一只鸡卖三十文钱，半年期间，我就可以积攒成三十万钱。"又问："竹笋一文钱能买几根？"里正回答说："能买五根。"于是又取一万文交给里正，让里正代他购买五万根竹笋。并对里正说："我并不立刻需要这些竹笋，暂且放在竹林中让它生长，到秋天长成成竹子，一根卖钱十文，就可以积成五十万文钱。"他的贪婪成性、卑鄙无耻的行为，大都属于此类。出自《朝野金载》。

王志愔

唐朝汴州刺史王志愔在饮食上非常讲究，食不厌精，脍不厌细。然而却给宾客却吃粗米饭。一次，一位商人要出售一头驴。这头驴一天能行三百里路，曾经有人给他三万文钱，他都没有卖。这次，管理市场的官吏报价说十四千，王志愔听了后说："四千文钱少，我再加一千。"还有一次，王志愔派手下人去给他买单丝罗，每匹三千文钱。王志愔问织一匹单丝罗要用几两丝，代买的人回答说："五两。"于是，王志愔让童仆取来五两丝交给代买人，又按每两十文钱手工费，硬叫人家给他织一匹单丝陵罗。出自《朝野金载》。

段崇简

唐朝深州刺史段崇简为人贪婪残暴成性。段崇简上任后，立即追逼乡里的里正，向各户征召佃户。说："不得说没有佃户。上等户，每家召取二人。下等户，每家召取一人。不来的，可动用刑法。"乡人们害怕，都乱找门路请求通融。之后，段崇简说："不用召唤佃户来，但必须见到佃户的主人。"佃主来到后，段崇简处罚每个佃户白绢一匹。约在一个月内，共收得白绢三十车。于是段崇简辞官返京，到了鹿城县。有一辆车没有装满白绢，还少六百匹，就叫里正们想办法装满。里正们一时没有办法，于是到县令、县丞、县尉家筹取。多筹了一倍，

举送。至都，拜邠州刺史。出《朝野佥载》。

崔玄信

唐安南部护崔玄信命女婿裴惟岳摄受州刺史。贪暴，取金银财物向万贯。有首领取妇，裴即要障车绫，索一千匹。得八百匹，仍不肯放，捉新妇归，戏之三日，乃放还。首领更不复纳，裴即领物至扬州。安南及问至，擒之。物并纳官。裴亦镖项至安南，以谢百姓。及海口，会赦免。出《朝野佥载》。

严昇期

唐洛州司仓严昇期摄侍御史，于江南巡察。性嗜牛肉，所至州县，烹宰极多。事无大小，入金则弭。凡到处，金银为之涌贵。故江南人呼为"金牛御史"。出《朝野佥载》。

张昌仪

唐张昌仪为洛阳令，恃易之权势，属官无不允者。鼓声动，有一人姓薛，赍金五十两，遮而奉之。仪领金，受其状。至朝堂，付天官侍郎张锡。数日失状，以问仪。仪曰："我亦不记得，但姓薛者即与。"锡检案内姓薛姓者六十余人，

一共筹到一千二百匹白绢，呈交段崇简。回到京城长安后，又被任命为邠州刺史。出自《朝野佥载》。

崔玄信

唐朝安南都护崔玄信任命自己的女婿裴惟岳代理受州刺史。裴惟岳贪婪残暴，非法收取金银等财物价值万贯。一次，有位首领要娶媳妇，裴惟岳向这位首领索要做车幔帐用的绫子一千匹。那人交给他八百匹，还是不肯放过人家。竟然将新娘抢回府衙，戏弄了三天，才放回去。这位首领还是不肯交纳余下的那二百匹绫子，于是裴惟岳亲自将这些绫子运到扬州。安南方面及时派人追到扬州，逮捕了裴惟岳。他运到扬州的一切财物也被收为官有。裴惟岳被戴上枷锁押送回安南，让他向安南的百姓们谢罪。走到海口，遇到皇上的赦令，才得以赦免返回。出自《朝野佥载》。

严昇期

唐朝洛州司仓严昇期代理侍御史，在江南巡察。严昇期非常喜爱吃牛肉，他巡察所到的州县，宰杀了许多牛做成菜肴给他吃。事情无论大小，只要送上金银等物就能满足要求。所到之处，金银的价格都会猛然上涨。因此，江南人称他为"金牛御史"。出自《朝野佥载》。

张昌仪

唐朝张昌仪任洛阳县令，仗恃张易之的权势，花钱想当官的，他没有不帮助办成的。一次，惊堂鼓响，有一个姓薛的人带着五十两黄金进入公堂，用衣袖遮挡着将黄金偷偷送给了张昌仪。张昌仪得到黄金后，接受了薛氏的状纸，回到京城将状纸交付天官侍郎张锡办理。几天后呈状丢了，张锡问张昌仪那个人的名字，张昌仪回答说："我也不记得了。只要见姓薛的，你就看着给个官职。"张锡回到官衙中查检，见桌案内放有姓薛的六十多个人，

并令与官,其蠹政也若此。出《朝野佥载》。

李 邕

　　唐江夏李邕之为海州也,日本国使至海州,凡五百人,载国信。有十船,珍货数百万。邕见之,舍于馆,厚给所须,禁其出入。夜中,尽取所载而沉其船。既明,讽所馆人白云:"昨夜海潮大至,日本国船尽漂失,不知所在。"于是以其事奏之。敕下邕,令造船十艘,善水者五百人,送日本使至其国。邕既具舟及水工,使者未发,水工辞邕。邕曰:"日本路遥,海中风浪,安能却返?前路任汝便宜从事。"送人喜。行数日,知其无备,夜尽杀之,遂归。邕又好客,养亡命数百人,所在攻劫,事露则杀之。后竟不得死,且坐其酷滥也。出《纪闻》。

裴 佶

　　唐裴佶常话,少时姑夫为朝官,有雅望。佶至宅,会其退朝。深叹曰:"崔照何人,众口称美,必行贿也。如此安得不乱?"言未讫,门者报曰:"寿州崔使君候谒。"姑夫怒,呵门者,将鞭之。良久,束带强见。须臾,命茶甚急。又命

将这些状纸一并送了上去，张昌仪枉法害政竟到这种程度。出自《朝野佥载》。

李 邕

　　唐朝江夏人李邕在海州做官。一次，日本国派遣唐使来到海州，一共五百人，带着国书。乘十只船，船上装载的都是珍宝，价值好几百万。李邕见了这些珍宝后，将五百名遣唐使安排在驿馆住下，充足供应一切生活用品，但是禁止他们随便出入。当天夜里，李邕派人将日本遣唐使船上的珍宝尽数取走，将船沉入海中。天亮后，对所有驿馆的人谎称："昨夜海潮特别凶猛，日本国使臣的船全都漂失得不知去向。"于是将这件事上报给朝廷。皇上发下来文书，命令李邕造十艘船，派遣船工五百人，送日本使臣回本国。李邕接到文书后，准备了船与水手。临出发前，水手们向李邕辞行时，李邕暗示水手们说："日本国离此地路途遥远，海中风浪又大，怎么能够返回来呢？此去任凭你们自己见机行事。"水手们听了这话不由得大喜。出发没几天，趁日本国使臣没有防备，在一天夜里将他们全部杀死，驾着空船回到海州。李邕喜欢收养门客，共收养了亡命之徒几百人，到处攻杀抢掠，事情败露就杀掉。后来李邕没有得到善终，看来是对他滥杀无辜的报应。出自《纪闻》。

裴 佶

　　唐朝裴佶曾经讲过这样一件事，小时候，他姑夫在朝中为官，有声望。一次，裴佶到姑夫家，正赶上姑夫退朝回来。听他深深叹气，自言自语说："崔昭是什么人，众人一致说他好。一定是行贿买通了上下。这样下去，国家怎么能不混乱呢？"话音未落还未说完，守门人进来通报说："寿州崔刺史请求拜见老爷。"裴佶的姑夫听后很生气，呵斥门人一顿，让人用鞭子将崔刺史赶出府门。过了很久，这位崔刺史整束衣带强行拜见裴佶的姑夫。不一会儿，裴佶的姑夫急忙命家人给崔刺史上茶。又命仆人

酒馔，又命饮为饭。佶姑曰："前何踞而后恭？"及入门，有德色。揖佶曰："憩学中。"佶未下阶，出怀中一纸，乃"赠官绔千匹"。出《国史补》。

元 载

唐元载破家，藉财物，得胡椒九百石。出《尚书故实》。

张延赏

唐张延赏将判度支，知一大狱颇有冤屈，每甚扼腕。及判使，召狱吏，严诫之，且曰："此狱已久，旬日须了。"明旦视事，案上有一小帖子曰："钱三万贯，乞不问此狱。"公大怒，更促之。明日，复见一帖子来曰："钱五万贯。"公益怒，令两日须毕。明旦，案上复见帖子曰："钱十万贯。"公遂止不问。子弟承间侦之，公曰："钱至十万贯，通神矣，无不可回之事。吾恐及祸，不得不受也。"出《幽闲鼓吹》。

卢 昂

唐卢昂主福建盐铁。赃罪大发，有瑟瑟枕大如半斗，以金床乘之。御史中丞孟简按鞠累月，乃得以进。召市人估

准备酒宴，并命令做饭。送走崔刺史后，裴佶的姑姑问他姑夫："你为什么之前那么傲慢而后来又那么恭敬呢？"裴佶的姑夫面带有恩于人的神色走进屋门，挥手让裴佶离开这里，说："你到学堂休息吧。"裴佶出屋还没走下门前的台阶，回头一看，见他姑夫从怀中掏出一张纸，上面写着"赠送粗绸一千匹"。出自《国史补》。

元　载

唐朝宰相元载获罪被抄家时，在他家抄出胡椒九百石。出自《尚书故实》。

张延赏

唐朝张延赏即将担任度支使。他知道有一宗大案子是个冤案，每每提起这宗大案都扼腕叹息。等到他具体负责审理工作，召见掌管讼案、刑狱的官吏严加训诫，并且责令他们说："这宗案子拖得太久了，你们必须在十天之内将它审理完。"第二天早晨来到府衙办公，见桌案上放着一张便笺上写："出钱三万贯，请你不要过问这宗案子。"张延赏看后大怒，再次督促此案。第三天，又在书案上看见一张便笺，上面写着："出钱五万贯。"张延赏看后更加气愤，责令两日内必须结案。第四天，书案上依然放着一张便笺，上面写着："出钱十万贯。"张延赏看后再也不过问这宗案子了。子弟们得知这件事情后，找机会问张延赏原因，张延赏回答说："钱出到十万贯，能通神啊！没有不可挽回的事情。我担心招来祸患，不得不接受。"出自《幽闲鼓吹》。

卢　昂

唐朝卢昂主管福建盐铁。他贪赃的罪行被举发后，在抄没家产中，有一个碧绿宝石缀成的枕头，有半斗那么大，置放在黄金制作的床上。在处理卢昂贪赃的案子时，御史中丞孟简审讯、查办了好几个月，才有突破性的进展。他召集珠宝商人来评估

之，或云宝无价。或云美石，非真瑟瑟地。出《国史补》。

崔 咸

唐中书舍人崔咸尝受大僚之知。及悬车之年，与表表上。崔时为司封郎中，以感知之分，极言赞美。便令制议行，值无厚善者，一章而允请。三数月后，门馆日阒寂，家人辈窃骂。后甚悔，语子弟曰："有大段事，慎勿与少年郎议之。"出《幽闲鼓吹》。

崔 远

唐崔远将退位，亲厚皆勉之。长女贤，知书，独劝。相国遂决退。一二岁中，居闲躁闷。顾谓儿侄曰："不得诸道金铜茶笼子，近来总四掩也。"遂复起。出《幽闲鼓吹》。

江淮贾人

江淮贾人有积米以待涌价。画图为人，持米一斗，货钱一千，又以悬于市。杨子留后余粲，杖杀之。出《国史补》。

龙昌裔

戊子岁旱，庐陵人龙昌裔有米数千斛粜。既而米价稍贱，昌裔乃为文，祷神冈庙，祈更一月不雨。祠讫，还至路，

这只碧宝石枕,有的珠宝商人说这只碧宝石枕是无价之宝;有人说是精美的石头,不是真的碧宝石。出自《国史补》。

崔　咸

　　唐朝中书舍人崔咸曾经受过大官僚的赏识。大官僚在七十二岁的时候,递上了申请退休的表章。这时,崔咸任司封郎中,从感恩的角度,在表章中极力赞美这位大僚。皇上下令议论是否可行。正赶上宰相们与官僚关系不友好,一章上奏,就得到了批准。三几个月后,门庭一天比一天冷落,家里的晚辈人都在私下骂崔咸。官僚非常后悔,并埋怨崔咸没有为自己说好话,对家中子弟们说:"有重要的事,一定不要跟崔咸说啊!"出自《幽闲鼓吹》。

崔　远

　　唐朝宰相崔远将退职回家,亲朋中关系密切的人,都劝他不要退下来。只有他的大女儿知书达理,劝他退职。于是崔远听从大女儿的话,决定退职回家。崔远退职在家赋闲了一两年,觉得心情郁闷烦躁。对儿子、侄子们说:"自从退职回家后,再也没有得到各道属员们送的金铜茶笼子,近些日子总感到闭塞压抑!"于是又复出做官。出自《幽闲鼓吹》。

江淮贾人

　　江淮有一位商人,积存许多米不卖而等米价上涨。这位米商让画工画一个人手中端着一斗米,旁边写上:每斗米价一千文,之后将这幅画张贴在米市上。杨子留守余粲知道这件事情后,施用杖刑将他打死。出自《国史补》。

龙昌裔

　　唐朝戊子年间大旱,庐陵人龙昌裔囤米几千斛。稍后,米价跌下来一些,龙昌裔于是写祷文,祈求上天再有一个月不下雨,之后亲自到神冈庙去祷告。龙昌裔祷告完毕后,走到半路,

憩亭中。俄有黑云一片，自庙后出。顷之，雷雨大至，昌裔
震死于亭外。官司检视之，脱巾于髻中得一纸书，则祷庙
之文也。昌裔有孙，将应童子举，乡人以其事诉之。不获
送。出《稽神录》。

安重霸

蜀简州刺史安重霸渎货无厌。州民有油客者姓邓，能
棋，其家亦赡。重霸召对敌，只令立侍。每落一子，俾其退
立于西北牖下。俟我算路，乃始进之，终日不下十数子而
已。邓生倦立且饥，殆不可堪。次日又召，或有讽邓生曰：
"此侯好赂，本不为棋，何不献赂而自求退？"邓生然之，献
中金三锭。获免。出《北梦琐言》。

张虔钊

张虔钊多贪。镇沧州日，因亢旱民饥，乃发廪赈之。
事上闻，甚嘉赏。他日秋成，倍斗征敛。常言自觉言行相
违，然每见财，不能自止。时人笑之。出《北梦琐言》。

在亭中休息。忽然有一片黑云自神冈庙后涌过来。不一会儿，雷雨大作，龙昌裔被震死在亭子外面。官司检视龙昌裔的尸体，解去他的头巾，在发髻中找到一张写着字的纸，是他写的那篇祷文。龙昌裔有个孙子，将去参加童子举试。乡邻们将他爷爷的这件事告诉了举试官。于是他的孙子没有被获准举选。出自《稽神录》。

安重霸

前蜀王朝时，简州刺史安重霸贪得无厌。州中百姓中，有一位姓邓的油商，能弈棋，家中也比较富裕。安重霸将他找来对弈，只让他站着弈棋，不许坐下。邓油商每布下一子后，安重霸立即让他退到西北窗下站在那里，待自己盘算好棋路，才布子。下了一天不过只布下十几个棋子罢了。邓油商又累又饿，几乎到了体力不支的程度。第二天，安重霸又派人召见邓油商，有人告诉邓油商说："这个刺史喜爱受贿，你怎么不向他献上贿赂而求免了苦役呢？"邓油商听了这个人的话，献给安重霸三锭中等的金元宝，这才免去站着弈棋之苦。出自《北梦琐言》。

张虔钊

张虔钊生性好贪。他任沧州刺史时，因为大旱百姓挨饿，就开仓发放粮米赈济饥民。这件事传到皇上耳朵里，皇上很是赞赏他。可是等到秋后收成定了，张虔钊却加倍征收旱时赈济的粮米。张虔钊常常说他自己也觉得说的与做的相违背。然而，一见到钱财就想贪占，不能控制自己。当时的人都讥笑他。出自《北梦琐言》。

卷第二百四十四
褊急

时 苗

汉时苗为寿春令。谒治中蒋济,济醉,不见之。归而刻木人,书"酒徒蒋济",以弓矢射之。牧长闻之,不能制。出《独异志》。

王 思

王思性急。执笔作书,蝇集笔端,驱去复来。思恚怒,自起逐之,不能得。还取笔掷地,蹋坏之。出《魏略》。

李凝道

唐衢州龙游县令李凝道性褊急。姊男年七岁,故恼之。即往逐之,不及。遂饼诱得之,咬其胸背流血。姊救

时　苗

　　汉朝时苗任寿春县令。一次,去拜见郡府中管理文书档案的官员蒋济,偏巧遇上蒋济喝醉了酒,不见他。时苗回到家中后,雕刻一个木人,上面写上"酒徒蒋济"四个字,用弓箭射这个木人。郡守得知这件事情后,也劝止不住。出自《独异志》。

王　思

　　王思性格急躁。一次,他执笔写字,一只苍蝇飞落到笔端,挥手赶走它,一会儿又飞回来。王思非常恼怒,起身追打它,没有打到。于是气得将笔扔在地上,用脚踩烂了。出自《魏略》。

李凝道

　　唐朝时,衢州龙游县令李凝道度量狭小,脾气急躁。他姐姐有个儿子,才七岁,因不听话激怒李凝道。他就追着打,没有追上。于是用饼诱惑他,将他骗回来,一把抓住,用牙咬小男孩的前胸后背,咬得到处流血。他姐姐发现了,将小男孩救

之得免。又乘驴于街中，有骑马人，靴鼻拨其膝，遂怒大骂，将殴之。走马遂无所及，忍恶不得，遂嚼路傍棘子血流。出《朝野佥载》。

尧君卿

唐贞观中，冀州武强丞尧君卿失马。既得贼，枷禁未决，君卿指贼面骂曰："老贼，吃虎胆来，敢偷我物！"贼举枷击之，应时脑碎而死。出《朝野佥载》。

萧颖士

唐萧颖士，开元中，年十九擢进士第，至二十余该博三教。性急躁忿戾，举无其比。常使一佣仆杜亮，每一决责，以待调养平复，遵其指使如故。或劝亮曰："子佣夫也，何不择其善主，而受苦若是乎？"亮曰："愚岂不知。但爱其才学博奥，以此恋恋不能去。"卒至于死。出《朝野佥载》。

裴 枢

河东裴枢字环中。季父耀卿，唐玄宗朝，位至丞相。开元二十一年奏开河漕，以赡国用，上深嘉纳之。亲姨夫中书舍人薛邕，时有知贡举之耗。元日，因来谒枢亲。乃

走才得以逃脱。还有一次，李凝道骑着一头毛驴走在街上，有个骑马的人，脚上穿的靴鼻子碰了他的膝盖一下，于是李凝道破口大骂，要去殴打人家。骑马人跑得快，李凝道没有追赶上，咽不下这口气，就用嘴嚼啮路边的棘刺，扎得满嘴流血。出自《朝野佥载》。

尧君卿

唐太宗贞观年间，冀州武强县县丞尧君卿的马丢了。后来抓到了盗马贼，戴上刑枷。可是刑枷还没有戴好，尧君卿指着盗马贼的鼻子大骂道："好你个老贼，吃了老虎胆了，竟敢偷我的马！"这个盗马贼抢过来刑枷向尧君卿头上击去，尧君卿被击碎脑壳倒地死去。出自《朝野佥载》。

萧颖士

唐朝人萧颖士，唐玄宗开元年间，才十九岁就考中进士，到二十几岁时，精通儒、释、道三教。他为人性情急躁，容易发怒、蛮横无理，再也没有像他这样的人了。萧颖士身边有个老仆人叫杜亮，每次犯了错都要挨他一顿打骂。然而等到杜亮的伤养好后，照样服侍萧颖士，听从萧颖士的使唤，跟以前一样。有人劝杜亮说："你不就是一个仆人吗？何不挑选一个和善的主人侍奉，而在这受这样的苦呢？"杜亮回答说："我怎么不知道这些道理呢。但是我仰慕他才学渊博，所以才恋恋不舍不能离去。"杜亮最终被萧颖士虐待而死。出自《朝野佥载》。

裴 枢

河东人裴枢，字环中。他的叔父裴耀卿，唐玄宗在位期间，官至宰相。开元二十一年，裴耀卿上奏玄宗皇帝建议开通漕运，用以充实国库，玄宗皇帝特别赞许并采纳了这个建议。裴枢的亲姨夫薛邕官任中书舍人，当时传出来他有可能主持科举选拔考试的消息。这年正月初一，薛邕特来拜见裴枢双亲。于是

曰："几姊有处分亲故中举人否?"其亲指枢。邕整容端手板对曰："三十六郎,自是公共积选之才,不待处分矣。伏恐别有子弟。"枢即应声曰:"娭子失言。"因举酒沥地,誓曰:"薛姨夫知举,枢当绝迹匿形,不履人世。"其亲决责,令拜谢邕,枢竟不屈。永泰二年,贾至侍郎知举,枢一举而登选。后大历二年,薛邕方知举。枢及第后,归丹阳里,不与杂流交通。又韦元甫除此州,计到郡之明日,合来拜其亲。元甫至丹阳之明日,专使送衣服书状信物,枢怒言不纳。后三日,元甫亲拥骑到枢别业,枢戒其仆,不令报。久停元甫车徒,不得进。元甫不怒,但云:"裴君太褊。某乍到,须与军吏监军相识。遽此深责,未敢当也。"亲乃遣女奴传语,延元甫就厅事,置酒。元甫陈以公事,枢方出欢话。出《乾𦠆子》。

崔 珙

唐崔珙为东都留守,判尚书省事。中书舍人崔荆为庶子,公务谒珙,珙不为见。荆乃求与珙素厚善者,使候问之,珙怒不已。他日,因酒酣,复诘之。居守益忿曰:"珙誓不与此人相面。且人为文词,言语何限,岂可以珙弟兄作假对耶?"荆尤不喻,亲族咸忧栗不安。甥族中有颖悟者,

说:"姐姐家的亲友有人参加应举科考吗?"裴枢的父母指了指裴枢。薛邕手捧上朝记事用的手板,面容严肃地说:"三十六郎,自然是国家积贮待选拔的人才,不用特意吩咐我了。我是深恐还有其他子弟,因此问一下。"裴枢当即应声说:"恕我口出狂言。"举起一杯酒洒在地上,当场立誓说:"如果是薛姨夫主持科举考试,裴枢我自当断绝跟外人的交往,藏身在家中,绝对不去参加考试。"他父母举杖责打裴枢,责令他向薛邕赔礼道歉,裴枢就是不肯屈膝。唐代宗永泰二年,侍郎贾至主持科举考试,裴枢一次就考中进士。这之后,在唐代宗大历二年,裴枢的姨夫才主持科举考试。裴枢应举中第后,回到丹阳里,不与一般闲杂人士交往。韦元甫来丹阳上任,计划在到任的时候,一块儿拜见他的亲朋。韦元甫到丹阳上任的第二天,专门派人带着衣服、书信和作为凭证的物件,来到裴枢家。裴枢气愤地将这个人赶走,没有收纳他带来的礼物。过了三天,韦元甫亲自乘车到裴枢的住处拜访他。裴枢嘱咐他家中的仆人,不许他们通报。让韦元甫的车马在外面等候很长时间,不能进门。韦元甫一点也没有生气,只是说:"裴枢这个人啊太偏狭固执了。我初来乍到,需要跟军吏、监军们见见面,相互认识一下。受到这样严重的责备,不敢当啊!"裴枢的父母派丫鬟出来传话,说请刺史到厅堂暂坐,并让仆夫们准备酒宴。韦元甫到厅堂入座后,跟裴枢谈的都是公事,裴枢这才高高兴兴地跟他说话。出自《乾𦠆子》。

崔 珖

　　唐朝时,崔珖任东都洛阳的留守,主理尚书省的事务。中书舍人崔荆担任庶子的职务,因为公事拜见崔珖,崔珖不接见。崔荆于是求一个跟崔珖平素关系非常好的人,替他转达问候,崔珖大怒不止。过了几天,这个人跟崔珖一块儿喝酒,待酒喝到兴起时,他又问崔珖为什么不接见崔荆,崔珖更加气愤地说:"我发誓不与这个人见面。况且要是有公事,怎么能借用我崔珖弟兄间的关系来传话应对呢?"崔荆还不明白他的意思。他的家族、亲属都为他感到忧虑不安。崔荆的外甥中有极其聪明的人,

采取文集，许之。乃掌制日，贬崔球为抚州郡丞云："因缘雁序，鼓扇浇风。"荆因尔成疾。出《芝田录》。

韩 皋

唐韩皋，自中书舍人除御史中丞。西省故事，阁老改官词头，送以次舍人。是时吕渭草敕，皋恐，问曰："仆何故转？"习不告。皋劫之曰："与君一时左降？"渭急，乃告之。皋又欲诉于改相，渭执之，夺其靴笏。哅哅久之，乃止。出《国史补》。

杜 佑

唐杨茂卿客游扬州，与杜佑书。词多捭阖，以周公吐握之事为讽，佑讶之。时刘禹锡在坐，亦使召杨至，共饮。佑持茂卿书与禹锡曰："请文人一为读之。"既毕，佑曰："如何？"禹锡曰："大凡布衣之士，皆须捭阖，以动尊贵之心。"佑曰："休休，捭阖之事烂也。独不见王舍乎？捭阖陈少游，少游刿其头。今我与公饭吃，过犹不及也。"翌日，杨不辞而去。出《嘉话录》。

给崔荆提议将自己的诗文集呈给崔珙。崔荆采纳了这个提议。就在崔珙掌管草拟皇上命令的日子里，将崔球降职为抚州郡丞，说："将崔球降职是因为他借着是同族兄弟的关系，宣扬扇动浮薄不正的社会风气。"崔荆因为这件事情而气闷出病来。出自《芝田录》。

韩　皋

　　唐朝人韩皋，自中书舍人改任御史中丞。依照中书省的惯例，宰相改任其他官职的任命书，由中书舍人中资格最老的阁老来起草谕旨，然后分送其次的中书舍人。当时，由吕渭起草韩皋改任御史中丞的任命书。韩皋心中恐慌，问吕渭："我因为什么缘故改任御史中丞？"按照惯例是不能说的。韩皋逼问说："难道是跟你同时降职？"吕渭被逼问急了，就告诉了韩皋这次降职的原因。韩皋还想上诉他被免去宰相的事，吕渭坚决不同意他这样做。抢夺下来韩皋的朝靴和记事用的手板。他气得大声吵嚷了很长时间，才平息下来。出自《国史补》。

杜　佑

　　唐朝时，有个叫杨茂卿的读书人游历扬州，送书信给杜佑。信中多是议论天下政事的内容，用周公"捉发吐哺"等典故暗讥杜佑，杜佑看了这封信后非常惊讶。当时刘禹锡也在座，于是，杜佑派人请杨茂卿来一块饮酒。席间，杜佑将杨茂卿给他的信递给刘禹锡说："请文人拜读一下。"刘禹锡读完信后，杜佑问："怎么样？"刘禹锡说："一般来说，没有进入仕途的读书人不甘寂寞，都须用游说之术，来打动高官显贵的心。"杜佑说："快别说了。游说之术早已用烂了啊！难道没有看到过王舍吗？向陈少游献游说之术，陈少游却斩了他的头。可我现在却请你吃饭。看来两种做法都有点偏颇呀！"第二天，杨茂卿没有告辞就离开了。出自《嘉话录》。

皇甫湜

唐皇甫湜气貌刚质，为文古雅，恃才傲物，性复遍直。为郎时，乘酒使气忤同列者。及醒，不自适，求分务东洛。值伊瀍仍岁歉食，淹滞曹不迁。省俸甚微，困悴且甚。尝因积雪，门无行迹，庖突不烟。裴度时保厘洛宅，以美词厚币，辟为留守府从事。湜简率少礼，度亦优容之。先是度讨淮西日，恩赐巨万，贮于集贤私第。度信浮图教，念其杀戮者众，恐贻其殃。因舍讨淮叛所得，再修福先佛寺，备极壮丽。就有日矣，将致书于白居易，请为碑。湜在座，忽发怒曰："近舍某而远征白，信获戾于门下矣。某文若方白之作，所谓宝琴瑶瑟而比之桑间濮上也。然何门不可曳长裾，某自此请长揖而退。"宾客无不惊栗。度婉词谢之，且曰："初不敢以仰烦长者，虑为大手笔见拒。今既尔，是所愿也。"湜怒稍解，则请斗酒而归。至家，独饮其半，乘醉挥毫，其文立就。又明日，洁本以献。文思古謇，字复怪僻。度寻绎久之，不能分其句读。毕叹曰："木玄虚、郭景纯江海之流！"因以宝车名马，缯彩器玩，约千余缗，置书，遣小

皇甫湜

唐朝皇甫湜性格品貌倔强耿直，文章古拙高雅，而且性情高傲，秉性偏狭暴躁。皇甫湜在任工部郎中时，一次在酒桌上发脾气，跟同僚争吵起来。等酒醒后，自己觉得不好意思，请求到东都洛阳去任职。正赶上伊水、瀍水泛滥，连年歉收，皇甫湜又很长时间滞留在那里不得升迁。薪俸特别低，生活非常困顿愁苦。曾经天降大雪，皇甫湜家门前连个脚印都没有，全家挨饿，厨房的烟囱都不冒烟。当时，晋国公裴度正治理东都，皇甫湜用优美的辞令和优厚的礼物，得到裴度的赏识，被提拔为留守府的从事。皇甫湜简朴率直不拘礼仪，裴度对他也很优待宽容。早年，裴度讨伐淮西叛乱有功，皇上赏赐给他价值巨万的礼品，存放在集贤里的宅院中。裴度信奉佛教，经常顾虑在征讨淮西叛军时杀人太多，会带来灾祸。因此，他将这些钱财施舍给福先佛寺，让僧侣用这笔钱重修佛寺。重修后的福先佛寺，极为宏丽壮观。佛寺修好后，裴度正要写信请白居易为重建的佛寺写篇碑文记载这件事。当时，皇甫湜也在场，他忽然气恼地指责裴度说："我皇甫湜就在你身旁，你却写信请在远处的白居易给你写碑文。一定是我得罪了你啊。我的文章如果跟白居易相比较，就好像通常所说的宝琴玉瑟弹出的高雅音乐与桑间濮上的村野小曲一般。但是，为什么在你门下就容不得高贵的人呢？我现在就向你请求辞职归家。"在座的宾客没有人不惊恐害怕的。裴度委婉地向皇甫湜表示歉意，说："起初，我不好意思有劳老先生。考虑您是大手笔，怕遭到您的拒绝。现在既然您愿意撰写这篇碑文，这也是我的初衷啊！"皇甫湜的怒火稍稍消解，向裴度要了一斗酒，便告辞回到家中。到家后，一个人喝了半斗酒，乘着醉意挥笔撰写碑文，一气呵成。第二天誊写清楚后，送给裴度。皇甫湜写的这篇碑文，文思奇僻、古奥，用字也怪诞邪僻。裴度忖度了好长时间，也不能准确地断句。读完之后叹息道："真是木玄虚、郭景纯一类的隐居高士啊！"于是，备好宝车名马，各种丝织品和古玩器皿，价值一百多万钱，并写了一封信，派遣一名小

将就第酬之。湜省书大怒，掷书于地，谓小将曰："寄谢侍中，何相待之薄也？某之文，非常流之文也。曾与顾况为集序外，未尝造次许人。今者请为此碑，盖受恩深厚耳。其碑约三千字，一字三匹绢，更减五分钱不得。"小校既恐且怒，归具告之。僚属列校，咸振腕愤悱，思脔其肉。度闻笑曰："真奇才也。"立遣依数酬之。自居守府正郎里第，辇负相望。洛人聚观，比之雍绛泛舟之役。湜领受之无愧色。而卞急之性，独异于人。尝为蜂螫手指，因大躁急。命奴仆暨里中小儿辈，箕敛蜂巢，购以善价。俄顷山聚于庭，则命碎于砧几，烂于杵臼，绞取津液，以酬其痛。又常命其子松，录诗数首。一字小误，诟詈且跃。手杖不及，则啮腕血流。其性褊急，皆若此。出《阙史》。

段文昌

唐段相文昌性介狭。宴席宾客，有眉睫之失，必致怪讶。在西川，有进士薛大白，饮酒称名太多，明日遂不复召。出《因话录》。

李德裕

刘禹锡唐太和中为宾客，时李德裕同分司东都。禹锡因谒

校送到皇甫湜家中。皇甫湜看完裴度给他的信后，大为恼怒，气愤地将信扔在地上，对小校说："请转告裴侍中，为什么这样亏待我啊？我的文章不是一般人的文章，除了曾经给顾况写过集序外，还没有再为什么人写过。现在裴侍中请我撰写这篇碑文，都是因为我受他的恩惠深厚啊。这篇碑文约有三千字，每个字需付润笔费三匹绢，减少五分钱也不行。"小校听了后既惊恐又愤怒，回到留守府中如实汇报给裴度。在场的下属与各位将校，都挥臂握拳，异常愤怒，纷纷叫嚷要将皇甫湜切成肉块。裴度笑着说："真是奇才啊！"立即派人按照皇甫湜提出的酬金数额，如数付给他。运载绢的车辆，自留守府衙到皇甫湜居住的路上，一辆挨着一辆。全洛阳的人都走出家门观看这种奇观，就像观看历史上秦国向晋国送救灾粮的"雍绛之役"一样。皇甫湜欣然接受，毫不羞愧。皇甫湜性情急躁，的确与众不同。一次，皇甫湜被马蜂螫了手指，于是大为躁怒。让家中仆夫及邻里的小孩，将蜂巢取下来装在畚箕里，他用高价买下来。过了一会儿，所有的马蜂都飞聚在他家庭院中。于是，他又让家仆将马蜂捉住，在杵臼中砸烂捣碎，再将它们的汁液用布绞取出来，以解螫手之恨。还有一次，皇甫湜让他儿子皇甫松抄录几首诗。发现有个字写得有小错，便蹦跳着大骂不止。他来不急用木棍打，就用牙将他儿子的手腕咬得直流血。皇甫湜的性情急躁，都像这样啊！出自《阙史》。

段文昌

唐朝宰相段文昌性情心胸狭隘。在宴请宾客时，出现鼻子眉毛那样细小的漏洞，也会遭到他的责怪。在西川，有个叫薛大白的进士，喝酒时说的赞美之词过多，第二天设宴便不再请他来了。出自《因话录》。

李德裕

唐文宗太和年间，刘禹锡任太子宾客，跟当时的宰相李德裕同时兼任东都洛阳的分司。借着这个机会，刘禹锡去拜访了

于德裕曰:"近曾得白居易文集否?"德裕曰:"累有相示,别令收贮,然未一披。今日为吾子览之。"及取看,而箱笥盈溢,尘土蒙覆。既启而复卷之,谓禹锡曰:"吾于此人不足久矣,其文章何必览焉。但恐回吾精绝之心,所以不欲看览。"其抑才也如此。初,文宗命德裕朝中朋党,首以杨虞卿、牛僧孺为言。杨、牛即白之密友也。其不引翼,皆如此类。出《北梦琐言》。

李 潘

唐礼部侍郎李潘尝缀李贺歌诗,为之集序,未成。知贺有表兄,与贺笔砚之交者。召之见,托以搜访所遗。其人敬谢,且请曰:"某盖记其所为,亦常见其多点窜者。请得所缉者视之,当为改正。"潘喜,并付之。弥年绝迹。潘怒,复召诘之。其人曰:"某与贺中外,自少多同处。恨其傲忽,尝思报之。所得歌诗,兼旧有者,一时投溷中矣。"潘大怒,叱出之,嗟恨良久。故贺歌什传流者少也。出《幽闲鼓吹》。

卢 罕

唐李讷除浙东,路由淮楚,时卢罕为郡守。讷既到,适

李德裕，问："近来宰相可曾收到白居易的文集吗？"李德裕回答说："接连收到他送给我的文章，另外收存起来了，但是我始终没有翻阅过。今天拿给你看看吧。"等到去取时，只见满满一书箱全是白居易的诗稿，上面覆盖着一层厚厚的尘土。李德裕拿出展开看，又卷起来放了进去，并对刘禹锡说："我很长时间就认为这个人没什么值得称道的，他的文章你又何必读呢？对于白居易的文章，我怕辜负了我的精妙之心，所以我不想看。"李德裕身为宰相，就这样压抑人才啊！文宗重用李德裕的朝中朋党时，首先以杨虞卿、牛僧儒为重。杨虞卿、牛僧儒都是白居易的亲密朋友。他们不引荐扶持有才学的人，都像这样。出自《北梦琐言》。

李　潘

　　唐朝礼部侍郎李潘，曾经搜集、编纂李贺的诗歌，并想给这本诗集撰写序文，可惜没有办成。李潘得知李贺有一位表兄，李贺生前跟他有诗文唱和的交往。于是召见这位表兄，委托他代为访察搜集李贺的遗作。该人恭恭敬敬地答应了，并表示谢意。还请求说："李贺所有的诗作我都知道，还常常见他对自己的诗作进行反复修改。请您将搜集到的也交给我，我可以将其中有误的地方改正过来。"李潘听了之后非常高兴，将诗稿全都交给了这个人。然而，过了一年，如石沉大海，一点消息也没有。李潘很是生气，又将李贺的这位表兄召见来，责问他，这位表兄回答说："我与李贺是表兄弟，从小就常在一起。我非常忌恨他为人傲慢，看不起人，早就想报复他。搜集的那些诗歌，连同您原来整理的，我都一并扔进厕所里了。"李潘听了后非常气愤，大声呵斥让他出去，叹息惋惜了很久。这也是李贺诗歌流传下来很少的缘故啊！出自《幽闲鼓吹》。

卢　罕

　　唐朝的李讷被任命为浙东节度使，在上任的途中，路过淮南、荆楚之地。当时是卢罕在该地任郡守。李讷到达时，正

值远日，罕命设将送素膳于讷。讷初见忻然，迨览状，乃将名与讷父讳同。讷，建子也，雅性褊躁，大怒。翌日仅旦，已命鼓棹前去。罕闻之，亟命驾而往，舟且行矣。罕知其故，逊谢良久，且言所由以不谨，笞之。讷去意益坚。罕度不可留，怒曰："大小人多名建，公何怒之深也！"遂拂衣而去。出《玉泉子》。

王　珙

唐给事中王枢，名家子，以刚鲠自任。黄寇前，典常州。京国乱离，盘桓江湖，甚有时望。及诏征回，路经于陕。时王珙为帅，颇凶暴。然枢将来必居廊庙，亦加礼待之。枢鄙其人，殊不降接。珙乃于内厅盛张宴席，列妓乐。敛容白枢曰："某虽鄙人，叨忝旌钺，今日多幸，遇轩盖经过。苟不弃末宗，愿厕子侄之列。"枢坚不许。珙勃然作色曰："给事王程有限，不敢淹留。"俄而罢宴，命将吏速请王给事离馆。暗授意旨，并令害之，一家悉投黄河，尽取其囊橐。以舟行没溺闻奏，朝庭多故，舍而不问。时枢有一子，行至襄州，亦无故投井而死。出《北梦琐言》。

值远日,卢罕让设将给李讷送去素餐。李讷刚看到的时候非常高兴,等到看了卢罕附上的信后,才知道这个给他送饭食的设将名字与自己父亲的名字相同。李讷是李建的儿子,度量狭小,性情急躁,看了之后非常生气。第二天一早,就命人开船离开淮楚。卢罕听到李讷不告而辞的消息后,立即命人备好车马前往码头拜见李讷。卢罕赶到码头时,李讷的官船正要启航。卢罕问明李讷不辞而别的缘由后,一再恭顺地表示歉意,并且说都是由于自己不细心造成的,并处罚了那位设将。然而李讷坚决要走。卢罕意识到怎么也挽留不住李讷了,气愤地说:"不论职位高低、尊卑,很多人的名字都叫'建',何必发这么大的火呢?"说完甩衣袖离去。出自《玉泉子》。

王 珙

唐朝给事中王讽,出身于显赫之家,以刚直耿介自诩。黄巢起义前,任常州刺史。黄巢军攻陷京都长安期间,王讽回旋在南方,很有名望。等到朝廷征召他回京时,途经陕西。当时王珙为陕西的军政长官,特别凶狠残暴。然而,王珙考虑到王讽此次应召回京一定在朝中担任重要职务,更加以礼相待。王讽鄙视王珙的为人,极不愿意屈尊接受他的款待。王珙在内厅摆设丰盛的宴席,并专门为他准备了乐妓献演歌舞。席间,王珙恭敬地对王讽说:"我王珙虽然是个粗鄙的人,叨忝统领陕军,今天得遇给事途经蔽地深感荣幸。若不嫌弃我是柴门小户,愿排在您儿子、侄子辈分上。"王讽坚决不答应。王珙勃然大怒,说:"王给事奉命回京的时间有限,我王某人不敢挽留。"说罢立即命人撤去酒宴,并让人催促王讽迅速离开驿馆。等王讽离开驿馆后,王珙暗中授意手下将士尾随王讽,在王讽渡过黄河时将他全家杀死投入河中,并将其所携带的行李包裹尽数取回。之后,王珙假称王讽渡黄河船翻落水淹死在水中,上报朝廷。当时,朝廷混乱多事,没有时间查询这件事。王讽有一个儿子,在返京途中走到襄州时,也无缘无故地被人投入井中而死。出自《北梦琐言》。

高季昌

□□□□□□□董掌奏记府主褊急。□□□□□□□□诣梁园劝梁太祖，□□□□□□□□□□官入中原授大理□□□□□□季昌怒曰："天下皆知四镇令公必作天子，□□□偃仰乎诟怒而起。久之，召孔目官王仁厚谓曰："我□□□□书记所见甚长，且广南、湖南与梁王齐肩，所以□□□□使我乃梁王将校，安可辄同两处。差都押衙可□□□□董且召宴饮，迎而谓曰："集性急请一切勿言。"仍遗衣□□十匹以安之。董虽禀受，莫知喜怒之由。他日闻说，自□□我本无此见，诚出司徒之意。都校充使，于礼合仪，所遗□段乃谬恩也。出《北梦琐言》。

高季昌

卷第二百四十五
诙谐一

晏　婴

齐晏婴短小，使楚。楚为小门于大门侧，乃延晏子。婴不入，曰："使狗国，狗门入。今臣使楚，不当从狗门入。"王曰："齐无人耶？"对曰："齐使贤者使贤王，不肖者使不肖王。婴不肖，故使王耳。"王谓左右曰："晏婴辞辩，吾欲伤之。"坐定，缚一人来。王问："何谓者？"左右曰："齐人坐盗。"王视婴曰："齐人善盗乎？"对曰："婴闻橘生于江南，至江北为枳。枝叶相似，其实味且不同。水土异也。今此人生于齐，不解为盗，入楚则为盗，其实不同，水土使之然也。"王笑曰："寡人反取病焉。"出《启颜录》。

晏 婴

　　春秋时期,齐国晏婴身材矮小,出使楚国。楚国在大门旁边开一个小门迎请晏婴。晏婴不肯从小门进城,说:"出使狗国,从狗门进城。可我现在出使的是楚国,不应当从狗门进去。"楚王问:"齐国没有人了吗?"晏婴回答说:"齐国派遣贤德高尚的人出使贤王统治的国家,派遣品德不好的人出使品行不好的国王统治的国家。晏婴品行不好,因此出使大王您这儿。"楚王对身旁的大臣们说:"晏婴善于雄辩,我想治治他。"楚王坐好后,武士们从外面绑着一个人进来。楚王问:"他是什么人?"左右回答说:"是个犯偷窃罪的齐国人。"楚王看着晏婴,问:"齐国人擅长偷窃吗?"晏婴回答说:"我听说橘树生长在江南,移植到江北就变成了枳。它们的枝叶都相似,但结的果实味道却不同。是因为水土不一样啊。大王阶下绑着的这个人生于齐国,在齐国时不懂得偷盗,来到楚国后就成了盗贼,本质不同,这是楚国的水土使他变坏的啊!"楚王听了之后笑着说:"我反倒被你戏弄了!"出自《启颜录》。

东方朔

汉武帝尝问东方朔曰："先生视朕何如主?"朔对曰："自唐虞之后,成康之际,未足以喻。臣伏观陛下功德,陈五帝之上,在三王之右。非徒若此而已。诚得天下贤士,公卿在位,咸得其人矣。譬若以周邵为丞相,孔丘为御史大夫,太公为将军,毕公高拾遗于后,卞严子为卫尉,皋陶为大理,后稷为司农,伊尹为少府,子贡使外国,颜闵为博士,子夏为太常,益为右扶风,季路为执金吾,契为鸿胪,龙逢为宗正,伯夷为京兆,管仲为冯翊,鲁般为将作,仲山甫为光禄,申伯为太仆,延陵季子为水衡,百里奚为典属国,柳下惠为大长秋,史鱼为司直,孔父为詹事,蘧伯玉为太傅,孙叔敖为诸侯相,王庆忌为期门,子产为郡守,夏育为鼎官,羿为旄头,羿善射。宋万为式道侯……"上乃大笑,复问:"今公孙丞相、儿大夫、董仲舒、夏侯始昌、司马相如、吾丘寿王、主父偃、朱买臣、严助、汲黯、胶仓、终军、严安、徐乐、司马迁之伦,皆辨知闳达,溢于文辞。先生自视,何与比哉?"对曰:"臣观其函齿牙,树颊胲,音改。吐唇吻,擢项颐,结股脚,连脽尻,遗蛇其迹,行步禹旅。臣朔虽不肖,尚兼此数子者。"朔之进退澹词,皆此类也。

上尝使诸数家射覆,置守宫于盆下。射之,皆不能中。朔自赞曰:"臣尝受易,请射之。"乃别著布卦而对曰:"臣以为龙又无角,谓之为蛇又有足。跂跂脉脉善缘壁,非是守宫即蜥蜴。"帝曰善,赐帛十匹。复使射他物,连中,辄赐

东方朔

汉武帝曾问东方朔:"先生看我是什么样的君主?"东方朔回答说:"自唐尧虞舜之后,到周朝的成王康王盛世,没有一位国君可以和您相比。以臣看,皇上的功勋与品德,在五帝之上,超过了三皇。并且还不仅仅如此。以诚待人,就能广泛地得到普天下仁人志士的支持和拥戴,朝中的文武百官,都能任用这些贤达的人。比如任周邵为丞相,任孔丘为御史大夫,任姜太公为将军,任毕公高为拾遗,任卞严子为卫尉,任皋陶为大理寺卿,任后稷为司农卿,任伊尹为少府,任子贡为使节出使外国,任颜回、闵损为博士,任子夏为太常卿,任伯益为京兆尹,任季路为执金吾,任契为鸿胪卿,任龙逄为宗正,任伯夷为京兆尹,任管仲为冯翊郡守,任鲁般为将作大匠,任仲山甫为光禄大夫,任申伯为太仆,任季札为水衡都尉,任百里奚为典属国,任柳下惠为大长秋,任史鱼为司直,任孔父为詹事,任蘧伯玉为太傅。任孙叔敖为诸侯相,任王庆忌为期门,任子产郡守,任夏育为鼎官,任后羿为排头兵,任宋万为式道侯……"汉武帝大笑起来,又问:"现在在我朝为官的公孙丞相、儿大夫、董仲舒、夏侯始昌、司马相如、吾丘寿王、主父偃、朱买臣、严助、汲黯、胶仓、终军、严安、徐乐、司马迁一类的人,他们都能言善辩,渊博通达,擅长文章辞赋。先生看看你自己,在哪些方面可以和这些人相比?"东方朔回答说:"我看到他们的包牙齿,长而多毛的脸,往外翻的嘴唇,长脖凸下巴,罗圈腿,大肥屁股,像蛇行的歪歪斜斜的脚印,起来拖拖拉拉。我虽然长相不怎么样,还能兼有上述这些人的这些特征。"东方朔讲的,都是这样能进能退、随机应变的俏皮话。

汉武帝曾经让几位大臣玩猜物游戏,在盆内扣放着一只壁虎。大臣们没有猜中。东方朔自我吹嘘说:"我曾学习《周易》,请让我猜。"于是,他就算了一卦,回答说:"我认为它像龙又没有长角,我说它是条蛇又长着脚。连续不断地爬行而且善于攀缘墙壁,不是壁虎就是蜥蜴。"汉武帝称好,于是赏赐给东方朔帛十四。又让东方朔猜别的东西,都连连被他猜中,就会被赏赐

帛。时有幸倡郭舍人滑稽不穷,常侍左右。曰:"朔狂幸中耳,非至数也。臣愿令朔复射,朔中之,臣榜百;不能中,臣赐帛。"乃覆树上寄生,令朔射之。朔曰:"是窭薮也。"舍人曰:"果知朔不能中也。"朔曰:"生肉为脍,干肉为脯。著树为寄生,盆下为窭薮。"上令倡监榜舍人,舍人不胜痛,呼謈。朔笑之曰:"咄,口无毛,声謷謷,尻益高。"舍人恚曰:"朔擅诋欺天子从官,当弃市。"上问朔:"何故诋之?"对曰:"臣非敢诋之,乃与为隐耳。"上曰:"隐云何?"朔曰:"夫口无毛者,狗窦也。声謷謷者,乌哺鷇也。尻益高者,鹤俯啄也。"舍人不服,因曰:"臣愿复问朔隐语,不知亦当榜。"即妄为谐语曰:"令壶龃,老柏涂,伊优亚,狋吽牙。何谓也?"朔曰:"令者命也,壶者所以盛也。龃者齿不正也,老者人所敬也。柏者□之廷也,涂者渐洳径也。伊优亚者,辞未穷也。狋吽呀者,两犬争也。"舍人所问,朔应声辄对,变诈锋出,莫能穷者。左右大惊。上以朔为常侍郎,遂得爱幸。

久之,伏日诏赐从官肉。大官丞日晏不来。朔独拔剑,谓其同官曰:"伏日当蚤归,请受赐。"即怀肉去。大官奏之。朔入,上曰:"昨赐肉,不待诏,以剑割肉而去之。何也?"朔免冠谢。上曰:"先生起自责。"朔再拜曰:"朔来朔来,

帛。当时，有一位汉武帝特别宠爱的歌舞艺人叫郭舍人，能表演出各种各样的滑稽动作，经常随侍在汉武帝身边。郭舍人喊叫道："东方朔只是侥幸猜中啦，并不是什么真本事。我请求皇上让我放物叫东方朔猜。他猜中了，打我一百板子；他没有猜中，请皇上赏赐给我帛。"于是，郭舍人将依附在树上生长的寄生虫放在盆底下，让东方朔来猜。东方朔说："是头上顶盆用的垫圈。"郭舍人大叫："我就知道你不能猜中。"东方朔说："生肉叫脍，干肉叫脯。放在树上就叫寄生虫，放在顶盆底下就叫垫圈。"汉武帝听了让倡人的主管杖打郭舍人，郭舍人被打得疼痛难忍，大声呼叫。东方朔笑着说："啊！嘴上没毛，喊声嗷嗷，屁股越抬越高！"郭舍人非常生气，说："东方朔随意诽谤皇上的侍从官，罪当斩首示众！"汉武帝问东方朔："你为什么诽谤我的侍从官啊？"东方朔回答说："我不敢诽谤皇上的侍从官啊，我说的是隐语呀！"汉武帝问："什么隐语？"东方朔回答说："嘴上没毛，指的是狗洞。叫声嗷嗷，指的是母鸟哺育小鸟崽。屁股抬得高，指的是鹤俯身啄食。"郭舍人不服气，说："我请求再问东方朔隐语，如果说不出来也应该打板子。"随即胡乱说道："令壶龃，老柏涂，伊优亚，狋吽牙。你说说都隐含的什么？"东方朔回答说："'令'是命，'壶'是盛器，'龃'齿不正，'老'人要敬，'柏'长在院庭中的树，'涂'渐渐潮湿的路径，'伊优亚'是词未穷，'狋吽牙'是两狗相争斗。"郭舍人胡乱问的这些话，东方朔立即应声，对答如流，一点也问不住他。在场的所有文武大臣们都非常惊讶。汉武帝任命东方朔为常侍郎，长期得到宠爱。

　　三伏天汉武帝下诏赏肉给侍从官们，大官丞到天很晚了也没有来。东方朔拔出宝剑对同僚们说："伏天热肉容易坏，应当早点将肉拿回家去，请你们赶快接受赏赐吧。"用剑砍块肉拿走了。大官丞将这件事上报给汉武帝。东方朔来了后，汉武帝问："昨天我赏赐给你们肉，你不等着总管去分，自己割一块拿走，是怎么回事？"东方朔摘下帽子表示认罪。汉武帝说："先生请起，自己责备自己吧。"东方朔连拜了两次，说："东方朔啊东方朔，

受赐不待诏,何无礼也?拔剑割肉,一何壮也?割之不多,又何廉也?归遗细君,又何仁也?"上笑曰:"使先生自责,乃反自誉。"复赐酒一石,肉百斤,归遗细君。

边　韶

后汉边韶字孝先,教授数百人。曾昼日假寐,弟子私嘲之曰:"边孝先,腹便便,懒读书,但欲眠。"孝先潜闻之,应曰:"边为姓,孝为字,腹便便,五经笥。但欲眠,思经事。寐与周公通梦,静与孔子同意。师而可嘲,出何典记。"嘲者大惭。原缺出处,明抄本作出《启颜录》。

袁次阳

后汉袁次阳妻,扶风马季长女。初,婚装遣甚盛,次阳曰:"妇奉箕帚而已,何乃过珍丽乎?"对曰:"慈亲垂爱,不敢逆命。君若欲慕鲍宣、梁鸿之高者,妾亦请从少君、孟光之事矣。"次阳又问曰:"弟先兄举,世以为笑。今处姊未适,先行可乎?"曰:"妾姊高行殊邈,未遭良匹。不如鄙薄,苟然而已。"次阳默然,不能屈。帐外听者为惭。出《本传》。

接受赏赐而不等皇上的命令,怎么是无礼呢？拔出宝剑割肉,是何等豪壮的义举啊！割肉并没有多割,又是何等廉洁啊！回到家中把肉交给妻子,又是何等仁爱啊!"汉武帝笑着说:"本来是让先生自己责备自己,你反而夸奖自己了啊!"又赏赐给东方朔一石酒,一百斤肉,让他带回家中交给妻子。

边　韶

后汉的边韶字孝先,教授几百个弟子。有一次,白天在睡觉,他的弟子私下嘲笑他:"边孝先,大腹便便,懒得读书,就想着睡觉。"边韶偷偷听见了,应和道:"边是姓,孝是字,大腹便便,那是装书的箱子。想睡觉,是为了思考经书上的事。睡时与周公在通梦,静卧与孔老夫子同心。你们随便嘲弄师长,这是哪本经书上告诉你们的啊?"嘲笑他的弟子们听了后感到非常羞愧。原缺出处,明抄本作出自《启颜录》。

袁次阳

后汉袁次阳的妻子,是扶风马季长的女儿。出嫁时,娘家陪送的嫁妆特别丰厚,袁次阳问妻子:"女人家每天只是料理家务而已,为什么嫁妆这么铺张呢?"袁妻回答说:"这是父母的垂爱,我不能违背命令。如果郎君仰慕汉朝的鲍宣、梁鸿的高尚志节,为妻也一定效仿鲍宣的妻子少君、梁鸿的妻子孟光,将饭菜高高地奉举到眉间来侍奉你啊!"袁次阳又问:"弟弟先于哥哥结婚,会被世人耻笑。现在你的姐姐还未出嫁,你先出嫁合适吗?"袁妻回答说:"我姐姐品德高尚卓异,到现在还没有寻找到可以嫁给他的好丈夫。不像我只是随便找个人嫁了就算了。"袁次阳听了后沉默不语,但还不服气。在帐子外面偷听的人,都为他感到惭愧。出自《本传》。

伊 籍

蜀先主以伊籍为左将军从事中郎,使吴。孙权闻其才辨,欲逆折其辞。籍适入拜,权曰:"劳事无道之君。"籍应声对曰:"一拜一起,未足为劳。"吴主大惭,无语对。 出《三国志》。

张 裔

蜀张裔为益州太守,为郡人雍闿缚送孙权。武侯遣邓芝使吴,令言次从权请裔。裔自至吴,流徙伏匿。权未之知,故许芝遣。裔临发,乃引见。问裔曰:"蜀卓氏寡女,亡奔相如。贵土风俗,何以乃尔?"裔对曰:"愚以为卓氏寡女,犹贤于买臣之妻。"出《启颜录》。

张 裕

□□□□□刘璋会涪,时张裕为从事,侍坐。其人饶须,先主嘲之曰:"吾涿县特多毛姓,东西南北,皆诸毛也。涿令称曰:'诸毛绕涿居乎!'"裕即答曰:"昔有作上党潞长,迁为涿令者,去官还家。时人与书,欲署潞则失涿,署涿则失潞,乃署曰潞涿君。"先主大笑。先主无须,故裕云及之。《艺文类聚》卷二五引《蜀志》(《蜀志》十二《周群传》文)文略同,疑出《启颜录》。

薛 综

吴薛综见蜀使张奉,嘲尚书令阚泽姓名,泽不能答。薛综下行乃云:"蜀者何也? 有犬为独(獨),无犬为蜀。横目句

伊 籍

　　蜀汉先主刘备任用伊籍为左将军从事郎中,派他出使东吴。吴王孙权听说他有辩才,就想先下手折服他。伊籍刚刚进来参拜,孙权说道:"你事奉无道之君辛苦了。"伊籍应声回答道:"一拜一起,算不上辛苦。"孙权听了很惭愧,无话可答。<small>出自《三国志》。</small>

张 裔

　　蜀汉益州太守张裔,被本郡人雍闿暗中绑着送到孙权那里。诸葛亮派遣邓芝出使东吴,让邓芝拜见孙权时请求放了张裔。张裔自从到东吴后,便从雍闿手里逃出来各处流落躲藏。孙权并不知道他被绑来,因此允许邓芝带他回蜀国。临行前,张裔被引见去拜辞吴主孙权。孙权问他:"蜀中卓氏寡妇卓文君,跟司马相如私奔。贵地的风俗怎么这样呢?"张裔回答说:"我认为卓氏寡妇卓文君,尽管跟人私奔,也比吴地朱买臣的妻子嫌贫爱富弃夫而嫁强得多!"<small>出自《启颜录》。</small>

张 裕

　　□□□□□与刘璋在涪州相见,当时张裕任刘璋的从事,在旁边作陪。张裕胡子很重,刘备嘲笑他说:"我的家乡河北涿县姓毛的特别多,东西南北,都是毛啊。涿县的县令自称为:'众多的毛绕着涿居住。'"张裕随即回答:"从前有个人任上党潞长,后迁任涿县县令,辞官回家。当时有人给他写信,想在信头写'潞'就遗漏下'涿',写'涿'就遗下'潞'。于是,索性写上'潞涿君'。"刘备大笑。刘备脸上没长胡须,因此张裕这样讲。<small>《艺文类聚》卷二五引《蜀志》(《蜀志》十二《周群传》文)文略同,疑出自《启颜录》。</small>

薛 综

　　东吴的薛综见到蜀汉的使臣张奉,张奉嘲笑尚书令阚泽的姓名,阚泽一时反驳不了。于是薛综走到张奉面前说:"'蜀'是什么?旁边有犬念'独'(獨),没有犬念'蜀';横'目''句'

身,虫入其腹。"奉曰:"不当复嘲君吴耶?"综应声曰:"无口为天,有口为吴。君临万邦,天子之都。"于是众坐喜笑,而奉无以对也。 出《启颜录》。

诸葛恪

诸葛恪对南阳韩文晃,误呼其父字。晃诘之曰:"向人子而字父,子为是礼也?"恪大笑,答曰:"向天穿针而不见者,非不明,意有所在耳。"孙权使太子嘲恪曰:"诸葛元逊食马矢一石。"恪答曰:"臣得戏君,子得戏父。"答曰:"明太子未敢。"上曰:"可。"恪曰:"乞令太子食鸡卵三百枚。"上问恪曰:"人令君食马矢,君令人食鸡卵,何也?"恪答曰:"所出同耳。"吴主大笑。 出《启颜录》。

费 祎

孙权尝飨蜀使费祎,逆敕群臣:"使至,伏食勿起。"祎至,权为辍食,而群下不起。祎嘲云:"凤凰来翔,麒麟吐哺;驴骡无知,伏食如故。"诸葛恪曰:"爱植梧桐,以待凤凰。有何燕鸟,自称来翔。何不弹射,使还故乡。"咸称善。 出《启颜录》。

身,'虫'进入它的腹中。"张奉说:"你不再嘲笑一下吴国吗?"薛综应声回答说:"无'口'为天,有'口'为吴,我们吴国君临在万邦之上,是天子的国都啊!"在座的人听了之后都喜笑颜开。而张奉却无言以对。出自《启颜录》。

诸葛恪

诸葛恪有一次无意中失口叫了韩文晃父亲的名字。韩文晃责问他:"当着儿子的面叫父亲的字,您认为这样做有礼貌吗?"诸葛恪大笑起来,回答说:"农历七月七日夜,妇女们向天穿纫七孔针,不是不知道天是黑的,难纫针,而是另有寓意啊!"吴主孙权指使太子孙亮嘲弄诸葛恪说:"诸葛之逊吃马粪一石!"诸葛恪问:"做臣子的可以戏弄国君吗?做儿子的可以戏弄父亲吗?"太子明回答说:"我不敢这样做啊。"吴主孙权接口说:"可以这样做。"诸葛恪听了后,说:"请皇上命令太子吃鸡蛋三百只。"孙权问:"太子让你吃马粪,你让太子吃鸡蛋,这是为什么呀?"诸葛恪回答说:"它们都出自同一个地方啊!"孙权听了大笑不止。出自《启颜录》。

费　祎

一次,吴主孙权宴请蜀汉使臣费祎,事先告诉参加宴会的群臣们说:"一会儿费祎来了,诸位爱卿装作没看见,继续低头吃喝,不用站起来迎接。"费祎来了之后,只有孙权停止进食,其他群臣均没有起身迎接他。费祎看到这种情形,立即嘲讽地说:"凤凰飞来了,只有麒麟吐出食物,驴和螺子无知,却照旧在那里闷头继续吃。"诸葛恪听后抬起头来,说:"我们喜爱种植梧桐树,是为了迎接凤凰的到来。从哪里飞来的燕雀,自称是凤凰。为什么不用弹弓射它,将它赶回自己的故乡。"众臣都起身叫好。出自《启颜录》。

王戎妻

晋王戎妻,语戎为卿。戎谓曰:"妇那得卿婿,于礼不顺。"答曰:"我亲卿爱卿,是以卿卿;我不卿卿,谁当卿卿。"戎笑遂听。出《启颜录》。

邓艾

邓艾口吃,语称艾艾。晋文王戏之曰:"艾艾为是几艾?"对曰:"凤兮凤兮,故是一凤。"《御览》四六四引作出《语林》,又四六六引作出《世说》,文同。

安陵人

晋钟毓兄弟警悟过人,每嘲谑,未尝困踬。尝语会,闻有女善调谑,往观之。于是盛饰共载。行至西门,一女子笑曰:"车中央殊高。"毓等初不觉,车后门生云:"向已被嘲。"钟愕然。门生曰:"中央高,两头低也,盖言羝也。"兄弟多髯故云。

杨修

晋杨修九岁,甚聪慧。孔君平诣其父,不在。杨修时为君平设。有果杨梅,君平以示修:"此实君家果。"应声答曰:"未闻孔雀是夫子家禽也。"出《启颜录》。

孙子荆

晋孙子荆年少时欲隐,语王武子云:"当枕石漱流。"误曰:"漱石枕流。"王曰:"流可枕,石可漱乎?"子荆曰:"所以

王戎妻

晋人王戎的妻子,称王戎为卿。王戎对她说:"妻子怎么能称丈夫为卿呢? 在礼节上讲不通。"妻子回答说:"我亲卿爱卿,所以才卿卿;我不卿卿,谁来卿卿?"王戎听后笑了。出自《启颜录》。

邓 艾

邓艾口吃,经常说"艾艾"。晋文王曾和他开玩笑说:"艾艾到底是几个艾呀?"邓艾回答说:"凤兮凤兮,只是一凤。"《御览》四六四引作出自《语林》,又四六六引作出自《世说》,文同。

安陵人

晋朝锺毓兄弟机敏聪明,超过常人,每次与人戏谑,从未被难倒过。一次,锺毓对锺会说,听说有个女人非常会调笑戏谑,就想去会一会她。于是两兄弟穿着华美的衣服,乘坐同一辆车前往,他们走到西门,遇见一个女人指着他们笑着说:"车中央太高了。"锺毓等人起初一点也没有察觉出什么来,坐在车后面的弟子说:"方才已经被戏谑啦!"锺氏兄弟吃了一惊。弟子说:"那个女人说中央高,两头低,就是羝——公羊。"锺毓兄弟二人,都长着浓密的胡须,所以那个女人才这么说。

杨 修

晋朝杨修九岁,特别聪明慧颖。一次,孔君平来看望杨修的父亲,父亲不在家,杨修代为招待。餐桌上有一盘杨梅,孔君平指着桌上的杨梅问杨修:"这杨梅是你杨家的果吗?"杨修应声回答说:"我没听说过孔雀是夫子家的家禽。"出自《启颜录》。

孙子荆

晋朝孙子荆年轻时想隐居,对王武子说:"应当头枕石头,用溪水漱口。"误说成:"应当用石头漱口,头枕溪水。"王武子问:"溪水可以枕,石头怎么漱口呢?"孙子荆于是狡辩道:"我之所以

枕流，欲洗其耳；所以漱石，欲砺其齿。"出《世说新语》。

蔡 洪

晋蔡洪赴洛，洛中问曰："募府初开，群公辟命。求英奇于仄陋，采贤俊于岩穴。君吴楚之士，亡国之余，有何异才，而应斯举？"蔡答曰："夜光之珠，不必出于盟津之河；盈握之璧，不必采于昆仑之山。大禹生于东夷，文王生于西羌。圣贤所出，何必常处。昔武王伐纣，迁顽民于洛邑，诸君得无是其苗裔乎？"出《启颜录》。

陆 机

陆机诣王武子，武子有百斛羊酪。指以示之曰："卿东吴何以敌此？"陆曰："有千里莼羹，未下盐豉耳。"机在坐，潘安至，陆便起。安仁曰："清风至，乱物起。"陆应声答曰："众鸟集。"出《启颜录》。

头枕溪水，是为了洗耳朵；之所以饮石头，是想磨砺牙齿。"出自
《世说新语》。

蔡　洪

　　晋朝人蔡洪到洛阳，洛阳城里有人问他："现今刚开始招幕
僚，你们这些人就拼命挤入京城。在卑微的人中选拔英才奇士，
在山野岩洞中招揽贤人俊杰。你们这些吴楚之地的人，原本是
亡国之后侥幸生存下来的，有什么特殊的才能来应此召？"蔡洪
回答说："价值连城的夜光宝珠，不必是产在周武王会盟诸侯的
孟津水中；一手握不过来的美玉，不必是从昆仑山上采的。大禹
出生在东夷，周文王出生在西羌。圣明贤良的人出生的地方，为
什么非是在一个固定的地方？当年周武王伐纣胜利后，迁移顽
固不化的人到洛阳来，你们这些洛阳人能不是顽民的后裔吗？"
出自《启颜录》。

陆　机

　　陆机到王武子家做客，王武子家存有一百斛羊奶酪。王武
子指着这些羊奶酪问陆机："你们东吴有什么名菜可以跟羊奶酪
相媲美？"陆机回答说："我们东吴有千里产的莼菜羹，只是还没
有加盐酱。"陆机正坐着呢，潘安来了，陆机站起身来。潘安说：
"清风吹来了，各种废弃东西都被刮起来了。"陆机听后应声回答
说："群鸟聚集到一起。"出自《启颜录》。

卷第二百四十六
诙谐二

蔡 谟

晋王导妻妒,导有众妾在别馆,妻知之,持食刀将往。公遽命驾,患牛迟,手捉尘尾,以柄助打牛。蔡谟闻之,后诣王谓曰:"朝廷欲加公九锡。"王自叙谦志,蔡曰:"不闻余物,唯闻短辕犊车,长柄尘尾。"导大惭。出《晋史》。

诸葛恢

晋诸葛恢与丞相王导,共争姓族先后。王曰:"何以不言葛王,而言王葛?"答曰:"譬如言驴马,驴宁胜马也。"出《启颜录》。

蔡 谟

晋朝人王导的妻子特别爱嫉妒,王导将一些妾安置在别馆,他妻子得知这件事后,手里拿一把刀就要去。王导急忙让家中仆人驾车去追赶妻子,嫌牛车走得太慢,手里倒握着拂尘,用拂尘把击打牛屁股,让牛快走。蔡谟听说这件事情后,拜见王导时说:"朝廷想赏赐你九锡,这可是最高的礼遇啊!"王导说了一番自己的谦逊之事。蔡谟说:"不说别的,单单听说你乘坐短辕牛车,用长把拂尘鞭牛。"王导听了羞愧无比。出自《晋史》。

诸葛恢

晋朝的诸葛恢与丞相王导,二人因为族姓排列的先后顺序而发生争吵。王导说:"人们为什么不称葛王,而非得称王葛呢?"诸葛恢回答说:"譬如说驴马,这样称呼的意思难道是说驴比马强吗?"出自《启颜录》。

周 颢

晋庾亮造周颢。颢曰："君何忻悦而忽肥?"庾曰："君何忧惨而瘦?"周曰："吾无所忧,直是清虚日来,秽滓日去。"出《南史》。

韩 博

晋张天锡从事中郎韩博,奉表并送盟文。博有口才,桓温甚称之。尝大会,温使司马刁彝谓博曰："卿是韩卢后。"博曰："卿是韩卢后。"温笑曰："刁以君姓韩,固相问耳。他人自姓刁,那得是韩卢后。"博曰："明公未之思尔,短尾者则为刁。"阖坐雅叹焉。出《启颜录》。

习凿齿

秦苻坚克襄阳,获习凿齿、释道安。时凿齿足疾,坚见之,与语大悦。叹曰："昔晋平吴,利在二陆;今破南土,获士一人有半。"盖刺其蹇也。初,凿齿尝造道安谭论,自赞曰："四海习凿齿。"安应声曰："弥天释道安。"咸以为清对。出《晋春秋》。

孙 盛

晋孙盛与殷浩谈论,往反精苦。客主无间,左右进食,冷而复暖者数四。彼我奋掷尘尾,毛悉脱落,满餐饭中。

周　顗

晋朝时庾亮去拜访周顗。周顗问："你近来有什么高兴的事吗？怎么忽然肥胖起来了？"庾亮反问道："您怎么忧伤愁惨得忽然瘦了呢？"周顗说："我没有什么忧伤的事情，只不过是清虚之气越来越多，污秽之气日益减少。"出自《南史》。

韩　博

东晋时，张天锡的从事中郎韩博，前往建康上表与送盟文。韩博能言善辩，很有口才，桓温很是赞赏他。一次盛大的聚会上，桓温暗中指使司马习彝对韩博说："你是韩卢的后代？"韩博回答说："你是韩卢的后代。"桓温笑着说："习司马因为你姓韩，因此这样问。习司马自然是姓习了，哪能是韩卢的后代呢？"韩博回答说："大人您没有很好地思考啊，短尾巴的就是习。"在座的人听了都大为叹服。出自《启颜录》。

习凿齿

前秦苻坚攻占襄阳，俘获习凿齿、释道安。当时，习凿齿正患脚病，苻坚接见他，跟他谈了一会儿话，非常高兴。慨叹地说："当年晋国平定东吴，得益于东吴的两名水军将领陆抗、陆景；我现在攻克襄阳，得到了一个半名士。"苻坚这样说，是讽刺戏谑当时习凿齿患脚疾，瘸着走路。当初，习凿齿曾拜访道安与他谈说议论，自我夸赞说："四海之内习凿齿。"释道安应声说："普天之下释道安。"当时的人都认为这两句话是绝妙的对子。出自《晋春秋》。

孙　盛

晋朝人孙盛与殷浩互相辩论，你来我往，不辞辛苦。客主不间断，家仆上饭菜，凉了再热，热了又凉，再三再四。辩论到激烈时，彼此用尘尾击打，拂尘上的毛都脱落下来，弄得饭菜里都是。

宾主遂至暮忘食。殷乃语孙曰:"莫作强口马,我当掟卿鼻。"孙曰:"卿不见决鼻牛,人当劳卿颈。"出《南史》。

祖 纳

东晋光禄祖纳少孤苦,性至孝,常自为母炊爨作食。王平闻其佳名,知其常亲供养,乃以二婢饷之,因以为吏。人有戏之者,奴价倍于婢。祖答曰:"百里奚亦何必轻于五羖之皮耶。"出《世说》。

郝 隆

晋郝隆为南蛮参军。三月三日作诗曰:"娵隅跃清池。"桓温问何物,答曰:"蛮名鱼为娵隅。"桓曰:"何为作蛮语。"隆曰:"千里投公,始得一蛮府参军,那得不作蛮语。"出《世说》。

罗 友

晋罗友家贫,乞禄于桓温。虽以才学遇之,而谓其诞肆,非治民才,许而不用。后同府人有得郡者,温为坐饮叙别。友亦被命,至尤迟晚。温问之,答曰:"臣昨奉教旨出门,于中路见鬼椰榆云:'我只见汝送人上郡,何不见人送汝上郡?'友始终惭,回以还解。不觉成淹缓之罪。"温笑其滑稽,而颇愧焉。后以为襄阳太守。出《渚宫旧事》。

宾主一直到了傍晚都忘了吃饭。殷浩对孙盛说："你莫作犟嘴的马，我应当拧住你的鼻子。"孙盛对殷浩说："你没有见到被拽豁鼻子的牛吗，我也要让您的脖子受累。"出自《南史》。

祖　纳

　　东晋光禄大夫祖纳少年时孤苦伶仃，但是非常孝顺，经常亲自为母亲烧火做饭。王平听说他的美名后，得知他亲自服侍并供养母亲，就送给他两名婢女，并推荐他担任官职。有人戏谑祖纳，说他这个奴隶的价格比婢女高出一倍来。祖纳回答说："身为秦穆公宰相的百里奚哪里就一定轻于五张公羊皮吗？"出自《世说》。

郝　隆

　　晋时人郝隆被授予南蛮参军。他在三月三日这天作诗一首，其中一句是："娵隅跃清池。"桓温问是什么，郝隆回答说："南蛮人把鱼叫作娵隅。"桓温问："你为什么用蛮语？"郝隆回答说："我千里迢迢地来投奔大司马您，才得到一个蛮府参军的官职，怎么能不用蛮语呢？"出自《世说》。

罗　友

　　晋朝罗友家里很贫穷，投奔桓温找口饭吃。桓温虽然像对待有才学的人那样对待他，但是认为他平素生性放诞不受管束，答应了他却没有任用。后来，同僚中有人被任命为郡守，桓温为他设宴话别，罗友也被邀请参加。但是罗友到得特别晚。桓温问他怎么来得这么晚，罗友回答："我昨天奉您的指示外出，在路上遇到一个鬼嘲笑我说：'我只见你送别人出任郡守，为什么不见别人送你出任郡守呢？'我听了后始终感到羞愧，回来后还再三思悟这件事，不知不觉就耽误了赴宴的时间，真是罪过。"桓温被他的滑稽逗笑了，非常惭愧。这之后，桓温便任命罗友为襄阳太守。出自《渚宫旧事》。

张　融

宋张融尝乞假还，帝问所居，答曰："臣陆居非屋，舟居非水。"上未解，问张绪。绪曰："融近东山，未有居止。权牵小船上岸，住在其间。"上大笑。太祖尝面许融为司徒长史，敕竟不出。融乘一马甚瘦，太祖曰："卿马何瘦，给粟多少？"融曰："日给一石。"帝曰："何瘦如此？"融曰："臣许而不与。"明日，即除司徒长史。融与谢宝积俱谒太祖，融于御前放气。宝积起谢曰："臣兄触忤宸扆。"上笑而不问。须臾食至，融排宝积，不与同食。上曰："何不与贤弟同食？"融曰："臣不能与谢气之口同盘。"上大笑。出《谈薮》。

何承天

宋东海何承天，徐广之甥也。除著作佐郎，年已迈，诸佐郎并名家少年。颍川荀伯子嘲之，当呼为"奶母"。承天曰："卿当知凤凰将九子，奶母何言耶。"出《谈薮》。

王　绚

晋王绚，彧之子。六岁，外祖何尚之，特加赏异。受《论语》，至"郁郁乎文哉"，尚之戏曰："可改为'耶耶乎文哉'。"吴蜀之人，呼父为耶。绚捧手对曰："尊者之名，安得为戏，亦可道草翁之风必舅。"《论语》云，草上之风必偃，翁即王绚外祖何尚之，舅即尚之子偃也。出《启颜录》。

张　融

南朝宋张融有一次请假回家，皇上问他家住在哪里，张融回答说："我住在陆地上但不是房屋，住在船上但不在水上。"皇上不明白是怎么回事，问张绪。张绪告诉皇上说："张融家住在东山附近，没有固定的住处。暂且将一只小船牵上岸边，全家人住在里面。"皇上听了大笑。齐太祖萧道成曾当面答应授任张融为司徒长史，然而一直没有下命令。张融骑着一匹瘦得可怜的马上下朝，太祖看见了问张融："你的这匹马怎么这么瘦啊？给它多少粮食？"张融回答说："每天喂它一石。"太祖问："那为什么还这么瘦？"张融说："我只答应喂它但实际上并没有给他。"第二天，太祖立即下命令授任张融为司徒长史。张融与宝积谢一块儿拜见太祖，张融在皇上面前放了一个屁，宝积谢起身谢罪说："我的这位兄弟冒犯皇上了。"太祖只是笑笑，没有说什么。过了一会儿，摆上酒宴，张融排斥宝积谢，不与他同桌。太祖问："为什么不跟你的这位贤弟同桌吃饭？"张融说："我不能跟谢气的嘴同餐。"太祖听后大笑。出自《谈薮》。

何承天

南朝宋东海人何承天，是徐广的外甥。官任著作佐郎，年岁已经老迈，其他的著作佐郎都是显赫人家的年轻子弟。颍川人荀伯子嘲笑他，称他为"乳母"。何承天说："你应当知道凤凰带领着九只小凤凰崽，你称我为'乳母'是什么意思呢？"出自《谈薮》。

王　绚

晋朝人王绚，是王彧的儿子。年仅六岁，外祖父何尚之，非常赏识他的聪慧异禀。一天，教他读《论语》，教到"郁郁乎文哉"这一句时，何尚之戏谑地说："这句可以读成'耶耶乎文哉'。"吴蜀的人，呼父为耶。王绚捧着两只小手回答说："长辈的称呼，怎么可以戏谑呢，也可以读成'草翁之风必舅'吗？"《论语》说，草上之风必偃，翁即王绚外祖何尚之，舅即尚之之子偃也。出自《启颜录》。

何 勖

宋江夏王义恭性爱古物,常遍就朝士求之。侍中何勖已有所送,而王征索不已。何甚不平。尝出行,于道中见狗枷犊鼻,乃命左右取之还,以箱擎送之。笺曰:"承复须古物,今奉李斯狗枷,相如犊鼻。"出《因话录》。

谢灵运

宋会稽太守孟颉事佛精恳。谢灵运轻之,谓颉曰:"得道应须慧业,丈人生天当在灵运前,成佛必在灵运后。"颉深恨之。出《南史》。

刘 绘

齐刘绘为南康郡,郡人郅类所居,名秽里。绘戏之曰:"君有何秽,而居秽里。"答曰:"未审孔丘何阙,而居阙里。"绘叹其辩答。出《谈薮》。

徐孝嗣

齐仆射东海徐孝嗣修辑高座寺,多在彼宴息。法云师亦萧寺日夕各游,二寺邻接,而不相往来。孝嗣尝问法云曰:"法师尝在高座,而不游高座寺。"答曰:"檀越既事萧门,何不至萧寺。"出《谈薮》。

沈文季

齐太祖之为齐王也,置酒为乐。清河崔思祖侍宴,谓

何　勗

南朝宋江夏人王义恭天生喜欢古物，经常向所有在朝为官的人搜求。侍中何勗已经送给他一些古物了，但是王义恭还是不断地向他索要。何勗感到很生气。一次，何勗外出，见道边有一只狗枷和一只牛鼻环，就让随从捡了回来，装在箱子里举着送给王义恭，并写一便笺说："承你还需要古物，今奉上李斯狗枷、司马相如牛鼻具各一只。"出自《因话录》。

谢灵运

南朝宋会稽郡太守孟顗供奉佛祖非常精诚恳切。谢灵运很是轻蔑他，对他说："要修心得道，必须天生具备智慧的业缘，老太守在我前边出生，修成佛一定在我灵运后边。"这话让孟顗非常记恨。出自《南史》。

刘　绘

南朝齐人刘绘官为南康郡太守。郡里有个人叫郅类，他家住的地方叫秽里。刘绘戏谑地说："你有什么污秽，而居住在秽里？"郅类反问道："我不知道孔老夫子缺少什么，而居阙里。"刘绘为他答话的机辩而叹服。出自《谈薮》。

徐孝嗣

南齐仆射东海人徐孝嗣，出资重新整修高座寺，经常在寺中歇息。法云禅师是萧寺的僧人，每天从早到晚，两人各自干自己的事情，两座寺院紧挨着，却互相不往来。一次徐孝嗣对法云禅师说："法师您既然身在高座，为什么不来高座寺呢？"法云禅师回答说："施主既然为萧家效力，为什么不到萧寺来呢？"出自《谈薮》。

沈文季

齐太祖被封为齐王时，宴请群臣。清河人崔思祖陪席，他对

侍中沈文季曰："羹胾为南北所推。"文季答曰："羹胾中乃是吴食,非卿所知。"思祖曰："枭鳖胾鲤,似非句吴之诗。"文季曰："千里莼羹,岂关鲁卫之士。"帝称美曰："莼羹颇须归沈。"出《谈薮》。

沈昭略

齐黄门郎吴兴沈昭略,侍中文叔之子。性狂俊,使酒任气,朝士常惮而容之。尝醉,负杖至芜湖苑,遇瑯玡王约。张目视之曰："汝王约耶,何肥而痴?"约曰："汝是沈昭略耶,何瘦而狂?"昭略抚掌大笑曰："瘦已胜肥,狂又胜痴。"约,景文之子。出《谈薮》。

胡谐之

齐豫章胡谐之初为江州治中,太祖委任之。以其家人语傒,语音不正,乃遣宫内数人,至谐之家,教其子女。二年,上问之："卿家语音正未?"答曰："宫人少,臣家人多。非惟不能正音,遂使宫人顿傒语。"上大笑,遍向朝臣说之。谐之历位度支尚书预州刺史。出《谈薮》。

梁　武

梁高祖尝作五字叠韵曰："后牖有榴柳。"命朝士并作。刘孝绰曰："梁王长康强。"沈约曰："偏眠船舷边。"庾肩吾曰："载匕每碍埭。"徐摛曰："臣昨祭禹庙,残六斛熟鹿肉。"

侍中沈文季说："鱼肉汤是北方和南方都推重的精美的菜肴吧？"沈文季回答说："鱼肉汤是吴地的菜肴，这不是你所知道的。"崔思祖说："脍鳖脍鲤，好像也不是吴人的诗句吧？"沈文季回答说："莼羹是我们吴中千里地方的名菜，跟鲁、卫地方的人有什么关系呢？"齐太祖赞美说："莼羹这道名菜必须归沈侍中来安排。"出自《谈薮》。

沈昭略

南齐黄门侍郎沈昭略，吴兴人，是侍中沈文叔的儿子。沈昭略性格狂放，好借酒劲任性，朝中的大臣常常都因畏惧而容忍他。一次，沈昭略又喝醉了酒，手执一棍来到芜湘园林，遇见琅玡人王约，瞪着眼睛盯着王约，说："你是王约吗？为什么又胖又呆啊？"王约回答说："你是沈昭略吗？为什么又瘦又狂啊？"沈昭略听了拍着手掌大笑，说："瘦比胖好，狂比呆好！"王约，是王景文的儿子。出自《谈薮》。

胡谐之

南朝齐豫章人胡谐之刚任江州治中时，是齐太祖萧道成委任他这个官职的。因为他的家人说的是傒语，发音不正，于是派遣几个宫人到他家，教他的子女说标准话。两年后，齐太祖问胡谐之："你家子女的口音矫正过来没有啊？"胡谐之回答说："宫里去的人少，我家人多，不但没有矫正过来我家里人的口音，还使皇上派去的宫人都染上了傒语呢！"齐太祖听了之后大笑，见着上朝的大臣就讲这件事。胡谐之历任度支尚书和预州刺史。出自《谈薮》。

梁 武

梁武帝萧衍曾作五字叠韵："后牖有榴柳。"之后让群臣也各作一句。刘孝绰说："梁王长康强。"沈约说："偏眠船舷边。"庾肩吾说："载匕每碍埭。"徐摛说："臣昨祭禹庙，残六斛熟鹿肉。"

何逊用曹瞒故事曰："暯苏姑枯卢。"吴均沉思良久,竟无所言。高祖愀然不悦,俄有诏曰:"吴均不均,何逊不逊,宜付廷尉。"出《谈薮》。

柳信言

梁安城王萧恮博学,善属文。天保之朝,为一代文宗,专掌词令沉博。历侍中仆射尚书令,有集三十卷,著《梁史》百卷。初,恮以文词擅名,所敌拟者,唯河东柳信言。然柳内虽不伏,而莫与抗。及闻恮卒,时为吏部尚书。宾客候之,见其屈一脚跳,连称曰:"独步来,独步来。"众宾皆舞抃,以为笑乐。出《渚宫旧事》。

徐摛

梁侍中东海徐摛,散骑常侍超之子也。博学多才,好为新变,不拘旧体。常体一人病痢曰:"朱血夜流,黄脓昼泻。斜看紫肺,正视红肝。"又曰:"户上悬帘,明知是箔。鱼游畏网,判是见罾。"又曰:"状非快马,蹋脚相连。席异儒生,带经长卧。"摛子陵,通直散骑常侍。聘魏,魏主客魏收曰:"今日之热,当犹徐常侍来。"陵答曰:"昔王肃至此,为魏始制礼仪。今我来聘,使卿复知寒暑。"收不能对。出《谈薮》。

徐陵

北齐使来聘梁。访东海徐陵春,和者曰:"小如来五岁,大孔子三年,谓七十五也。"出《谈薮》。

何逊用曹瞒的典故，作的是："暵苏姑枯卢。"吴均沉思了好长时间，也没有作出来。梁武帝闷闷不乐，不一会儿，下达指示说："吴均不均，何逊不逊，应当把他们交付廷尉治罪。"_{出自《谈薮》。}

柳信言

南朝梁安城王萧伟知识渊博，擅长写文章。天保年间，在朝中为一代文宗，专门从事诗词写作。他的文章、诗词渊深广博。他曾任侍中仆射尚书令，有文集三十卷，另外撰写《梁史》一百卷。萧伟刚刚闻名于文坛时，当时能够跟他匹敌的人，只有河东柳信言。但是柳信言虽然内心不服气，却不敢公开跟萧伟相抗衡。等到听到萧伟的死讯时，他任吏部尚书。宾客们都在等他，只见他蜷屈着一条腿，蹦跳着闯进来，连连呼喊着："独步文坛了！独步文坛了！"众宾客们一起拍手跳跃，无比兴奋。_{出自《渚宫旧事》。}

徐　摛

南朝梁侍中东海人徐摛，是散骑常侍徐超的儿子。徐摛博学多才，作诗喜欢追求变化，不拘泥于原有的诗体。一次，徐摛看到一个人长痛，说："朱血夜流，黄脓昼泻。斜看紫肺，正视红肝。"又说："户上悬帘，明知是箔。鱼游畏网，判是见罾。"又说："状非快马，蹑脚相连。席异儒生，带经长卧。"徐摛的儿子徐陵，任通直散骑常侍。出使魏国，北魏的主客官魏收说："今天天气特别热，是徐常侍来了！"徐陵回答说："从前王肃到这儿来为你们魏国首次制定了礼仪。今天我来出使，让你们知道寒暑。"魏收对答不上来。_{出自《谈薮》。}

徐　陵

北齐派使臣来南梁出访。拜会东海人徐陵，问他多大了，他回答说："比如来佛小五岁，比孔子早生三年，大概七十五岁了吧。"_{出自《谈薮》。}

李 谐

梁陆晏子聘魏,魏遣李谐郊劳。过朝歌城,晏子曰:"殷之余人,正应在此。"谐曰:"永嘉南渡,尽在江外。"出《谈薮》。

周 舍

梁汝南周舍少好学,有才辩。顾谐被使高丽,以海路艰,问于舍。舍曰:"昼则揆日而行,夜则考星而泊。海大便是安流,从风不足为远。"河东裴子野在晏筵,谓宾僚曰:"后事未尝姜食。"舍曰:"孔称不彻,裴曰未尝。"一座皆笑。舍学通内外,兼有口才。谓沙门法云师曰:"孔子不饮盗泉之水,法师何以捉输石香炉?"答曰:"檀越既能戴纛,贫道何为不执输?"出《谈薮》。

王 琳

后梁王琳,明帝时为中书舍人。博学,有才藻,好臧否人物,众畏其口,常拟孔稚珪。又为《鲙表》,以托刺当时。其词曰:"臣鲙言,伏见除书,以臣为糁蒸将军、油蒸校尉、朣州刺史,脯腊如故者。肃承明命,灰身屏息,凭临鼎镬,俯仰兢惧。臣闻高沙走姬,非有意于绮罗;江陵城西二十里,有高秀湖,其中有鱼。白鲦女儿,岂期心于珠翠。江陵丙河萦结,呼曰"鲀河"。臣美愧夏鳝,味惭冬鲤。常恐鲐腹之讥,惧贻

李 谐

南朝梁的陆晏子出使北魏,北魏派遣大臣李谐到郊外来迎接慰劳他。路过朝歌城时,陆晏子说:"殷朝的遗民,正应当在这儿。"李谐反唇相讥道:"永嘉年间宋君南逃,殷朝的遗民都随着迁到江南去了。"_{出自《谈薮》。}

周 舍

南朝梁时,汝南人周舍幼时就刻苦好学,有才智机辩。顾谐被派往出使高丽国,他认为海路难走,于是向周舍请教。周舍说:"白天测量太阳,晚上观察北斗星的位置来行船。海大都是平稳的水流,只要随着风向航行,到达高丽国的路程并不算太遥远。"河东人裴子野也在宴席上,对同僚们说:"我从来没尝过加姜烹调的菜。"周舍说:"孔子说不撤,裴子野说未尝啊!"满座人都笑了。周舍有学识,通晓佛经和佛经以外的典籍,再加上口才很好。一次,周舍戏谑僧人法云禅师说:"孔夫子不喝盗泉里的水,法师为什么手持黄铜香炉?"法云禅师回答道:"施主既然能举着蠡,贫僧为什么不能执镝呢?"_{出自《谈薮》。}

王 琳

南朝梁时的王琳,在梁明帝时官任中书舍人。王琳知识渊博,很有才华,喜欢褒贬人物,众人都畏惧他那张嘴,常常把他比作孔稚珪。他曾经撰写过一篇《鱼且表》,借以讽刺时弊。文中说:"臣鱼且鱼说,今见到陛下签发的选任命令,授我为糁羹将军、油蒸校尉、臞州刺史,和从前一样,将我做成肉干。我恭敬地接受陛下的任命,忍含着沮丧,屏住呼吸,任凭你们将我放在笼屉上蒸,或者放在鼎镬里煮,每时每刻都胆战心惊啊!我听说高秀湖中的美人鱼们,并不想得到陛下赏赐给她们的绫罗绸锦;_{江陵城西二十里,有高秀湖,其中有鱼。}鱿河里的白鮹女儿们,哪里期望能得到珍珠翠玉呢?_{江陵丙河萦结,呼曰"鱿河"。}比肥美,我愧对夏天里的鳣鱼;论味鲜,我羞见冬季里的鲤鱼。我常常恐惧鲐鱼的讽刺,时时畏怕

鳖岩<small>五甘反</small>。之诮。是以漱流湖底，枕石泥中。不意高赏殊宏，曲蒙钧拔，遂得起升绮席，忝预玉盘。爰厕玳筵，猥烦象箸。泽覃紫腴，恩加黄腹。方当鸣姜动桂，纡苏佩棁。轻瓢才动，则枢榝如云；浓汁暂停，则兰膏成列。婉转绿齑之中，逍遥朱唇之内。衔恩噬泽，九殒弗辞。不任屏营之至，谨到铜铛门奉表以闻。"诏答曰："省表是公卿池沼缙绅，波渠后又。穿蒲入符，肥滑系彰。正膺兹选，无劳谢也。"时恶之，或以讥诮闻，孝明亦弗之罪也。其文传于江表。

鳖岩五甘反。的讥诮。因此,我吮吸湖底的流沙为食,枕着石泥睡眠。不料,崇高的奖赏光临我的头顶,承蒙提拔,于是高升到美席华宴上,羞愧地躺在玉盘中。于是,摆放在华贵的筵席上,有劳象筷大人,将我们送入每一张肥大的嘴中,进入布满黄油的肚子里。刚刚放上姜末桂皮,再置入紫苏。轻便的葫芦刚动,则枢盘如云一样地聚来;浓浓的汤汁才停止沸腾,一排排的兰膏油灯就点燃起来。于是,我们周旋在绿色的腌菜之间,逍遥于红色的口唇之内。含着你们的恩惠,噬啮你们的德泽,虽然九死而不辞。没有感到任何彷徨、惶恐,只是谨慎小心地走入铜釜之门,奉上此表以致谢意。"陛下回书答道:"爱卿乃是池沼中的晋绅,岸渠里的俊杰。你穿行于蒲荇之间,以肥嫩滑腻而闻名于人世。正应当接受我们人的挑选,就不用推辞了。"当时的达官贵人们,都非常厌恶王琳写这篇《鲔表》,有人向皇上告状说这是讥刺皇上。孝明皇帝也没有治王琳的罪。这篇文章在江南一带广为流传。

卷第二百四十七

诙谐三

穆子客　　僧重公　　孙　绍　　魏市人　　魏彦渊
陆　乂　　王元景　　李　庶　　邢子才　　卢询祖
北海王晞　李驹骎　　卢思道　　石动筒　　徐之才
萧　彪

穆子客

魏使穆子客聘梁，主客范胥谓之曰："卿名子客，思归之传，一何太速。"客曰："吾名子客，所以将命四方。礼成告返，那得言速。"出《谈薮》。

僧重公

魏使主客郎李恕聘梁，沙门重公接恕曰："向来全无菹酢膎乎！"恕父名谐，以为犯讳，曰："短发粗疏。"重公曰："贫道短发是沙门种类。以君交聘二国，不辨膎谐！"重公尝谒高祖，问曰："天子闻在外有四声，何者为是？"重公应声答曰："天保寺刹中。"出逢刘孝绰，说以为能，绰曰："何如道天子万福。"出《谈薮》。

穆子客

北魏派穆子客出使南梁,南梁的主客官范胥对穆子客说:"您的名字叫子客,思归之意,也太快了吧。"穆子客回答说:"我的名字叫子客,所以奉命出使四方。完成礼节即告退,哪里说得上快。"出自《谈薮》。

僧重公

北魏派主客郎李恕出使南梁,僧人重公接待他时说:"我们寺院里从来都没有肉酱、酒和𦞂啊!"李恕的父亲名谐,以为犯讳,因此回骂了一句:"你个短发粗疏的和尚。"僧人重公说:"贫僧短发是僧门的戒规。你作为两国交往的使臣,竟然辨识不了'𦞂'与'谐'同音不同义!"僧人重公有一次拜见梁高祖,高祖问:"听说天子在外面有四种名声,哪种名声是应该有的?"僧人重公应声回答说:"在'天保寺刹'四字中。"出门碰到刘孝绰,对他说起此事以自夸其能,刘孝绰说:"还不如说'天子万福'!"出自《谈薮》。

孙 绍

后魏孙绍历职内外，垂老始拜太府少卿。谢日，灵太后曰："公年似太老。"绍重拜曰："臣年虽老，臣卿太少。"后大笑曰："是将正卿。"出《启颜录》。

魏市人

后魏孝文帝时，诸王及贵臣多服石药，皆称石发，乃有热者。非富贵者，亦云服石发热，时人多嫌其诈作富贵体。有一人，于市门前卧，宛转称热，因众人竞看。同伴怪之，报曰："我石发。"同伴人曰："君何时服石，今得石发？"曰："我昨在市得米，米中有石，食之乃今发。"众人大笑。自后少有人称患石发者。出《启颜录》。

魏彦渊

北齐崔昂尝宴筵招朝彦。酒酣后，人多散走。即令著作郎钜鹿魏彦渊追之。彦渊左手执中参军周子渊，渊以□□知名，右手执御史郑守信，来诣昂曰："彦渊后周入郑，执讯获丑。"济州长史李翥尝为主人，朝士咸集，幽州长史陆仁惠不来，翥甚衔之。彦渊曰："一目之罗，岂能获鸟。"翥眇一目，陆号角鸥。又崔儦谓彦渊曰："我拙于书，不能'儦'字使好。"彦渊曰："正可长牵人脚，斜飘鹿尾，即好。"彦渊，司农卿李昌之子。出《谭薮》。

孙 绍

后魏孙绍历任宫内外各种职务，年老了才官拜太府少卿。谢恩那天，灵太后说："你的年岁似乎太大了。"孙绍再次拜谢回答说："我的年龄虽然老了，但是我任少卿一职太少了。"太后听了大笑，说："是啊！正要任命你为正卿的！"出自《启颜录》。

魏市人

后魏孝文帝时，诸位王爷及贵臣们大都服用铅汞等矿石丹药，而且还有人身体发热。有的并非富贵之人也称服用石药发热，当时有许多人厌恶这些人谎称自己是富贵身子。有一个人躺在集市门前边的大道上，不停地转动，自称是服石药后发热了，吸引许多人争相来看。跟他同来的伙伴怪他假作富贵人，告诉他说："我也身上发热了。"这个人问："你什么时候服用的石药，今天才发热？"同伴回答说："我昨天在市上买的米，米里头有石啊，吃了后现在就发热了。"围观的人都大笑起来。从此，很少有人自称服石药发热了。出自《启颜录》。

魏彦渊

北齐崔昂曾经设宴款待朝中有名望才干的人士。酒喝足后，人们都起身离去。崔昂发现后，立即让著作郎钜鹿人魏彦渊将他们追回来。魏彦渊左手抓着中参军周子渊，周子渊以□□名闻朝野，右手抓着御史郑守信，回到宴席上征询崔昂说："我彦渊跑这一趟，抓回来了周参军、郑御史，执讯获丑。"济州长史李萧一次以主人的身份设宴请客，朝中的官员都聚在他家，只有幽州长史陆仁惠没有来赴宴，李萧记恨在心。魏彦渊说："一个眼的罗网，怎么能捕捉到鸟呢？"原来，济州长史李萧瞎了一只眼睛，幽州长史陆仁惠号猫头鹰。还有一次，崔儦对魏彦渊说："我不擅长书法，写不好这个'儦'字，你看怎么写好？"魏彦渊说："正应当拉长人脚，斜飘鹿尾，就可以写好这个'儦'字了。"魏彦渊，是司农卿李昌的儿子。出自《谭薮》。

陆 乂

北齐散骑常侍河南陆乂,黄门郎邱之子。邱字云驹,而乂患风,多所遗忘。尝与人言:"马曰云驹。"有刘某者常带神符,渡漳水致失。乂笑曰:"刘君渡水失神符。"其人答曰:"陆乂名马作云驹。"出《谭薮》。

王元景

北齐王元景为尚书。性虽懦缓,而每事机捷。有奴名典琴。尝旦起,令索食,谓之解斋。奴曰:"公不作斋,何故尝云解斋?"元景徐谓奴曰:"我不作斋,不得为解斋。汝作字典琴,何处有琴可典?"出《启颜录》。

李 庶

世呼病瘦为崔家疾。北齐李庶无须,时人呼为天阉。崔谌调之曰:"教弟种须法。以锥锥遍刺作孔,插以马尾。"庶曰:"持此还施贵族。艺眉有验,然后树须。"崔氏世有恶疾,故庶以此嘲之。俗呼"滹沱河"为崔氏墓田。出《酉阳杂俎》。

邢子才

北齐中书侍郎河东裴袭字敬宪,患耳。新构山池,与宾客宴集。谓河间邢子才曰:"山池始就,愿为一名。"子才曰:"海中有蓬莱山,仙人之所居。宜名蓬莱。"蓬莱,裴

陆 义

北齐散骑常侍河南人陆义，是黄门郎陆印的儿子。陆印，字云驹。陆印患有疯病，好健忘。一次跟人说："马叫云驹。"有个姓刘的人，一次带着神符过漳河时丢失了神符。陆义笑着对这个人说："刘君过河丢了神符。"这个人回答说："陆义名字叫马充当了云驹！"出自《谭薮》。

王元景

北齐的王元景任尚书。他为人虽然怯懦软弱，但是处理事却特别机智敏捷。王元景家中有个奴仆叫典琴。一天早晨起来，王元景让典琴准备早餐，说这叫"解斋"。典琴说："老爷没有戒斋，为什么常常说解除斋戒呢？"王元景语调缓慢地对典琴说："老爷没有斋戒，不得说解除斋戒。你起名叫典琴，哪里有琴可以典卖啊？"出自《启颜录》。

李 庶

世人称生病极瘦为崔家族。北齐的李庶不长胡须，当时人称他是天生的宦官。崔谌调笑李庶说："教给老弟一个种胡须的方法。用锥子在你的脸上到处都刺上孔，再在孔中插入马尾。"李庶说："这种方法还是先在您家试用吧。你们家用这种方法种眉毛成功了，然后我再种胡须。"崔谌家族世代相传，有一种疾病，都患有眉发自行脱落的麻风病。因此，李庶用这件事来嘲弄崔谌。民间称"濡沱河"的地方，就是崔家的墓地。出自《酉阳杂俎》。

邢子才

北齐中书侍郎裴袭，字敬宪，患有耳聋症。他新建一座山塘，宴请宾客。宴席上，裴袭对河间人邢子才说："这座山刚刚建成，请您给起个名字好吗？"邢子才说："东海中有座蓬莱山，传说有仙人在那里居住。我看这座山塘就叫蓬莱吧。"蓬莱，谐音"裴

聋也,故以戏之。敬宪初不悟,于后始觉,忻然谓子才曰:"长忌及户,高则无害。公但大语,聋亦何嫌。"出《谭薮》。

卢询祖

齐主客郎顿丘李恕身短而袍长,卢询祖腰粗而带急。恕曰:"卢郎腰粗带难匝。"答曰:"丈人身短袍易长。"恕又谓询祖曰:"卢郎聪明必不寿。"答曰:"见丈人苍苍在鬓,差以自安。"出《北史》。

北海王晞

齐北海王晞字叔朗,为大丞相府司马。尝共相府祭酒卢思道禊饮晋湖,晞赋诗曰:"日暮应归去,鱼鸟见留连。"时有中使召晞,驰马而去。明旦,思道问晞:"昨被召以朱颜,得无以鱼鸟致责。"晞曰:"昨晚陶然,颇以酒浆被责。卿等亦是留连之一物,何独鱼鸟而已。"晞好文酒,乐山水。府寮呼为方外司马焉。及昭孝立,待遇弥隆。而晞每自疏退,谓人曰:"非不爱热官,但思其烂熟耳。"出《谭薮》。

李骃骏

陈使聘齐,见朝廷有赤髯者,顾谓散骑常侍赵郡李骃骏曰:"赤也何如?"骃骏曰:"束带立于朝,可使与宾客言。"骃骏时接客。出《谭薮》。

聋"，所以以此名戏弄裴袭。裴袭听了起初并没有明白，醒悟后，笑着对邢子才说："高个子忌讳碰门，门修得高点就行了。你尽管大声说话，耳聋又有什么妨碍呢！"出自《谭薮》。

卢询祖

北齐主客郎顿丘人李恕身材短小却喜欢穿过长的袍服，卢询祖腰身粗大偏爱将腰带系得紧紧的。李恕说："卢郎腰粗却系个紧身腰带，多难匝啊！"询祖反唇相讥道："李老身子短袍服长。"李恕对卢询祖说："卢郎你人虽然聪明却不一定长寿哇！"卢询祖回敬道："看你老两鬓苍白，我多少可以自我安慰一下了！"出自《北史》。

北海王晞

北齐北海人王晞字叔朗，官任大丞相府司马。一次，王晞与丞相府祭酒卢思道一块儿在晋湖禊祭饮酒，王晞赋诗道："日暮应归去，鱼鸟见留连。"那天，宫中派来宦官召见王晞，他就奔马而去。第二天早朝，卢思道问王晞："昨天被皇上召见，有没有因为留连鱼鸟而受到责备？"王晞回答说："昨晚喝得特别高兴，确实因为喝酒被皇上责备了。祭酒等人也是我留连的东西啊！怎么单单是鱼和鸟呢？"王晞爱好作文饮酒，愿意在山水间寻找乐趣。丞相府中的同事们，都称他为世外司马。到昭孝帝即位后，给予他的待遇更加优厚。但是，王晞却自行疏懒恢退下来，对人说："我不是不爱做官，只是因为想得已经烂熟于心了而已。"出自《谭薮》。

李驹骎

陈国派使臣出使齐国，看见大殿上有红胡须的人，问身边的齐国散骑常侍赵郡人李驹骎："红胡须的是什么人啊？"李驹骎回答说："扎着腰带站在大殿上，可让他跟宾客谈话。"李驹骎当时被安排接待客人。出自《谭薮》。

卢思道

北齐卢思道聘陈，陈主令朝贵设酒食，与思道宴会，联句作诗。有一人先唱，方便讥刺北人云："榆生欲饱汉，草长正肥驴。"为北人食榆，兼吴地无驴，故有此句。思道援笔即续之曰："共甑分炊米，同铛各煮鱼。"为南人无情义，同炊异馔也，故思道有此句。吴人甚愧之。又卫尉卿京兆杜台卿，共中兵参军清河崔儦握槊，十子成都，止赌一雉。卢思道曰："翳成都，不过一雉。"儦又谓思道曰："昨夜大雷，吾睡不觉。"思道曰："如此震雷，不能动蛰。"太子詹事范阳卢叔虎有子十人。大者字畜生，最有才思。思道谓人曰："从叔有十子，皆不及畜生。"叔虎，主客郎中泽之孙也。散骑常侍陇西辛德源谓思道曰："昨作羌妪诗，惟得五字云：'皂陂垂肩井。'苦无其对。"思道寻声曰："何不道'黄物插脑门'。"思道尝谓通直郎渤海封孝骞曰："卿既姓封，是封豕之后。"骞曰："卿既姓卢，是卢令之裔。"出《谭薮》。

石动筩

北齐高祖尝宴近臣为乐。高祖曰："我与汝等作谜，可共射之。'卒律葛答'。"诸人皆射不得。或云，是髑子箭。高祖曰："非也。"石动筩云："臣已射得。"高祖曰："是何物？"动筩对曰："是煎饼。"高祖笑曰："动筩射着是也。"高祖又曰："汝等诸人，为我作一谜，我为汝射之。"诸人未作，动筩为谜。复云"卒律葛答"。高祖射不得，问曰："此是何

卢思道

北齐的卢思道出使南陈，陈主让满朝的达官显贵设宴，跟卢思道在一起聚宴饮酒。宴席上，大家联句作诗。有一位南陈的大臣先念出一句，乘机讥讽北方人："榆生欲饱汉，草长正肥驴。"因为北方人食用榆树叶，而吴地不饲养驴，因此联出这句诗。卢思道听了后，提笔就联上一句诗："共甑分炊米，同铛各煮鱼。"因为南方人无情无义，非常小气，在一个锅灶上做饭，却各吃各的，因此卢思道联上这句诗。在座的吴人听了这句联诗后，都很羞愧。又有一次，卫尉卿京兆人杜台卿，跟中兵参军清河人崔儦握着长矛，说好投掷十子只赌一只野鸡。卢思道在一旁说："遮住成都，只需一只野鸡。"崔儦有一次跟卢思道说："昨夜雷声特别大，可是我睡得沉，一点也不知道。"太子詹事范阳人卢叔虎有十个儿子。老大字畜生，最有才干。卢思道对人说："我堂叔有十个儿子，都赶不上畜生。"卢叔虎是北齐王客郎卢中泽的孙子。散骑常侍陇西人辛德源对卢思道说："我昨天写一首吟诵羌族老太太的诗，琢磨了一天只写出一句来：'皂陂垂肩井。'苦于对不出下句来。"卢思道接过来说："何不接着写'黄物插脑门'。"卢思道曾对通直郎渤海人封孝骞说："你既然姓封，大概是封豕的后代吧。"封孝骞回敬道："你既然姓卢，一定是卢令的后裔了。"出自《谭薮》。

石动筩

北齐高祖有一次设宴招待近臣，寻欢作乐。宴席上，高祖说："我给你们众人出个谜语，你们可以一块儿来猜。'卒律葛答'，请猜吧。"这些近臣们都没有猜中。有人猜说，是响箭吧。高祖说："不对。"石动筩说："我已经猜着了。"高祖问："是什么东西？"石动筩回答说："是煎饼。"高祖笑着说："石动筩猜得很对。"高祖又说："你们这些人，也可以给我出一个谜语，让我来猜一猜。"出席宴会的大臣们，谁也没有出谜语，只有石动筩出了一个谜语，说的也是"卒律葛答"。高祖猜不中，便问石动筩："这是什么

物?"答曰:"是煎饼。"高祖曰:"我始作之,何因更作?"动箭曰:"承大家热铛子头,更作一个。"高祖大笑。

高祖尝令人读《文选》。有郭璞《游仙诗》,嗟叹称善。诸学士皆云:"此诗极工,诚如圣旨。"动箭即起云:"此诗有何能,若令臣作,即胜伊一倍。"高祖不悦。良久语云:"汝是何人,自言作诗胜郭璞一倍,岂不合死。"动箭即云:"大家即令臣作,若不胜一倍,甘心合死。"即令作之,动箭曰:"郭璞《游仙诗》云:'青溪千余仞,中有一道士。'臣作云:'青溪二千仞,中有两道士。'岂不胜伊一倍。"高祖始大笑。

又齐文宣帝曰。□□□□□□□□□曰:"恕臣万死即得。"帝曰:"好。"曰:"臣昨□□□□□□□□落蜜瓮里,臣为陛下却还复上天□□□□□□□□真乎。"对曰:"臣昨夜梦随陛下行,落一厕中出来。□□□□舐之。"帝大怒,付所司杀却。曰:"臣请一言而死。"帝曰。□□□陛下得臣头极无用,臣失头□□□。笑而舍之。

高□□□斋会,大德法师开讲。道俗有疑滞者,即论难议。援引大义,说法门,言议幽深,皆在雅正。动箭最后论议,谓法师曰:"且问法师一个小义,佛常骑何物?"法师答曰:"或坐千叶莲花,或乘六牙白象。"动箭云:"法师今不读经,不知佛所乘骑物。"师即问云:"檀越读经,佛骑

东西？"石动筩说："是煎饼。"高祖说："我刚才出了一次了，你为什么还出呢？"石动筩回答说："趁皇上的锅还热的时候，又烙了一张。"高祖听后大笑。

高祖曾经让文武百官都来读《文选》。其中有一首郭璞的《游仙诗》，高祖边读边赞叹不已，连说好诗。陪侍的官员们也都附和着说："这首诗确实好哇！对仗工稳，文词清丽，正如皇上说的那样啊！"石动筩立即站起来说："这首诗有什么好的，值得你们称赞？如果让我作一首，一定能强过郭璞一倍。"高祖听了后很不高兴，沉默好长时间才说："你是什么人？自我吹嘘说作诗能胜过郭璞一倍。这不是犯了死罪吗？"石动筩立即回答说："皇上马上让我作一首，如果不能胜郭璞一倍，心甘情愿被处死。"高祖立即让石动筩作诗。石动筩说："郭璞游仙诗中有一句是：'青溪千余仞，中有一道士。'我作的是：'青溪二千仞，中有两道士。'难道不是胜过他一倍吗！"高祖这才大笑起来。

又：北齐文宣帝说。□□□□□□□□□□□说："皇上宽恕我的死罪，我马上说给您听。"文宣帝说："好。"石动筩说："我昨天□□□□□□□□□□落在一个蜜坛子里，我还以为皇上又上天□□□□□□□□□真乎。"文宣帝说："真的吗？"石动筩说："我昨天晚上做梦跟随皇上走，落在一个厕所中。□□□□用舌头舔它。"文宣帝大发雷霆，下命将石动筩交付主管的官吏处死。石动筩说："我请求皇上允许我再说一句话，死而无憾。"文宣帝说。□□□皇上斩下我的头一点用处也没有，我没有了脑袋□□□。文宣帝笑了，不斩石动筩的头了。

高□□□寺庙集会，由大德法师主讲。僧俗有人听不太懂的，就开始争论，质询疑难之处。一些人旁征博引一些大道理，讲述进入佛门的途径，言论深奥，讲得都很高雅正确。石动筩最后一个发言，便问大德法师："我暂且请教大德法师一个小问题，佛祖经常骑什么？"大德法师回答说："有的坐干叶莲花，有的骑六牙白象。"石动筩说："大德法师你现在不阅读经书，不知道佛祖骑的是什么。"大德法师问："施主读经书，你知道佛祖骑的是

何物?"答曰:"骑牛。"法师曰:"何以知?""经云,世尊甚奇特,非骑牛。"座皆大笑。又谓法师曰:"法师既不知佛常骑牛,今更问法师一种法义。比来每经之上皆云价值百千两金,未知百千两金总有几斤?"遂无以对。□尝作内道场,时有法师先立"无一无二无是无非义"。高□升高坐讲,还令立旧义,当呼儒生学士,大德名僧,义理百瑞,无能得者。动箭即讲难此僧必令结舌。高祖大□□□高坐褰衣阔立,问僧:"看弟子有几个脚?"僧曰:"两脚。"又翘一脚向后,一脚独立,问僧:"更看弟子有几个脚?"僧曰:"两脚。"动箭云:"向有两脚,今有一脚,若为能无一无二。"僧答云:"若其二是直,不应有一脚。脚既得有一,明二即非直。"动箭□□以僧义不穷,无难得之理者,乃谓僧曰:"向者剧问法师,未是好义。法师师云:'无一无二,无是无非。'今问法师,此义不得不答。弟子问天无二日,上无二王。今者天子一人,临御四海,法师岂更得云无一?《易》有乾坤,天有日月。星辰配于天子,即是二人。法师岂更得云无二?今者帝临广德,无幽不烛,昆虫草木,皆得其生。法师岂更得无是?今四海为家,万方归顺,唯有宇文黑獭,独阻皇风。法师岂更得云无非?"于是僧默然以无应,高祖抚掌大笑。

高祖又常集儒生会讲,酬难非一。动箭后来谓众士曰:

什么？"石动筩回答说："骑的是牛。"大德法师问："怎么知道是牛呢？"石动筩说："经书上说，世人敬仰的佛祖特别奇特，不是骑牛吗？"在座的都大笑起来。石动筩又对大德法师说："法师既然不知道佛祖经常骑牛，现在我再问您一个佛经上的问题。近来，我读经书，常常遇到上面说价值百千两黄金，不知道百千两黄金总共有多少斤？"大德法师回答不上来。□曾经在宫内设置道场，当时有一位法师讲解佛经，讲授的题目是"无一无二无是无非义"。高□登上高位坐在上面讲话，还让他提出原有的义理。当场让有学问的人士，以及大德法师，谈这个议题的说法各式各样，但是没有一个人能谈得特别透彻，让人信服。石动筩当即说他要讲，一定能让大德法师没话可讲。高祖大□□□高坐，石动筩手提衣襟远远地站在那儿，问大德法师："你看我有几只脚？"大德法师说："你有两只脚。"石动筩这次翘起一只脚放在另一只脚的后面，一只脚站立着问大德法师："再看看我有几只脚？"大德法师回答说："两只脚。"石动筩说："我刚才有两只脚，现在只有一只脚，怎么能无一无二呢？"大德法师："如果有两只脚是真实的，不应该有一只脚。脚既然只有一只，那么，眼睛看到的两只脚就不是真实的。"石动筩□□认为大德法师义理虽然很多，却没有什么难领会的，于是又对大德法师说："刚才我仓促地向法师提出的，不是个好议题。法师说无一无二，无是无非。现在问法师一个问题，不能不回答。我请问大德法师，天上没有两个太阳，朝中没有两个皇上。现在，皇上一个人，统治四海之内。大德法师难道您还能说无一吗？《周易》有乾卦、坤卦，天上有日有月。将星辰伴着天子，就是二人。法师您难道还能说无二吗？现在，皇上广施恩德，没有黑暗的地方不能照亮的。各种生物、草木，都在皇上的恩泽下生存着。法师您难道还能说无是？现在普天下都是我大齐的疆土，各个小国都归顺称臣，只有宇文毓这只黑獭，单独跟我大齐抗衡。法师您难道还能说无非吗？"于是，大德法师沉默不语，无话可答，高祖拍手大笑。

高祖曾召集儒生讲习问题，大家纷纷辩难。石动筩问众人：

"先生知天何姓?"博士天子姓高,动筍曰:"天子姓高,天□必姓高。此乃学他蜀臣秦密,本非新义。正经之上,自有天姓。先生可引正文,不须假托旧事。"博士云:"不知何经,得有天姓。"动筍云:"先生全不读书,《孝经》亦似天本姓也。先生可不见《孝经》云,'父子之道,天姓也!'岂不是天姓。"高祖大笑。动筍又尝于国学中看博士论云:"孔子弟子,达者七十二人。"动筍因问曰:"达者七十二人,几人已著冠,几人未著冠?"博士曰:"经传无文。"动筍曰:"先生读书,岂合不解。孔子弟子,已著冠有三十人,未著冠有四十二人。"博士曰:"据何文以辨之?"曰:"《论语》云,'冠者五六人',五六三十人也。'童子六七人',六七四十二人也。岂非七十二人?"坐中皆大悦,博士无以复之。出《启颜录》。

徐之才

齐西阳王高平徐之才博识,有口辨。父雄,祖成伯,并善术世传其业。纳言祖孝徵戏之,呼为"师公"。之才曰:"即为汝师,复为汝公。在三之义,顿居其两。"孝徵,仆射莹之子。之才尝以剧谈调仆射魏收,收熟视之曰:"面似小家方相。"之才答曰:"若尔,便是卿之葬具。"出《谭薮》。

萧彪

□□明帝与文士庾信、王褒等游处。有萧彪者,宝寅之子。素好臧否,多所月旦。尝侍坐于帝,帝历问众宾何

"诸位先生，你们知道天姓什么吗？"一位博士回答天子姓高，石动筩说："天子姓高，天□必姓高。你这是效仿蜀臣秦宓的论辩，不是什么新内容。正统的经书上，记载着天姓什么。先生可以征引经书上的说法，没有必要假借那些旧东西。"这位博士说："不知道什么经书上，记载着天姓什么。"石动筩说："先生您一点也不读书，《孝经》上已经告诉你天姓。先生没见到《孝经》上说：'父子之道，天姓也！'难道不是天姓吗？"高祖听了后，大笑不止。石动筩还曾在最高学府里阅读那些博士们写的论文。其中，有篇论文中说："孔子的弟子，贤达的七十二人。"石动筩问这位博士："孔子的弟子中贤达的有七十二人，其中有多少人已经戴冠，有多少人没有戴冠？"这位博士回答说"经传上面没有记载。"石动筩说："先生读经传，为什么不理解呢？孔老夫子的七十二位贤达弟子中，已戴冠的有三十人，没戴冠的有四十二人。"这位博士问："你根据哪篇文章得到这个答案的？"石动筩说："《论语》上说，'冠者五六人'，五六三十人啊。'童子六七人'，六七四十二人啊。加在一块，难道不是七十二人吗？"在场的人都大笑起来，而博士也无话可说。出自《启颜录》。

徐之才

北齐西阳王属下高平人徐之才博学多识，能言善辩。他父亲徐雄、祖父徐成伯，都擅长医术，世代相传。纳言祖孝徵开玩笑，叫他"师公"。徐之才说："既是你的老师，又是你的父亲。君、亲、师，一下子就占了两项啊！"祖孝徵，是仆射祖莹的儿子。一次，徐之才用长篇宏论来戏谑仆射魏收，魏收端详着他，说："看你这长相，像个小户人家扎制的送丧模型。"徐之才回答说："果真如此，那便是给您送丧的用具。"出自《谭薮》。

萧　彪

如，皆□□君子也。次问君何如人，答曰："那得是非君子。"之问□□□□□□答曰："那得是君子。"时护在同州。他日帝□□右诈□□□□□□□□□□□吾欲□□□□疾病可乎。使者曰。□□□□□□□□□追答曰。缘君子事。彪乃惶惧，顿首乞留。帝曰。□□□□□□得□□彪乃遗书寄家，号恸而云。帝度其行□□□□之云。吾□别报冢宰彪还，信等咸在。彪甚悲喜□□□□□微笑□视彪巧觉。谓帝曰，北那得是君子。于□□□□□笑。

出《三国典略》。

卷第二百四十八
诙谐四

侯　白

隋侯白，州举秀才，至京。机辩捷，时莫之比。尝与仆射越国公杨素并马言话。路傍有槐树，憔悴死。素乃曰："侯秀才理道过人，能令此树活否？"曰："能。"素云："何计得活？"曰："取槐树子于树枝上悬著，即当自活。"素云："因何得活？"答曰："可不闻《论语》云：'子在，回何敢死。'"素大笑。

开皇中，有人姓出，名六斤，欲参素。赍名纸至省门，遇白，请为题其姓。乃书曰："六斤半。"名既入，素召其人问曰："卿姓六斤半？"答曰："是出六斤。"曰："何为六斤半？"曰："向请侯秀才题之，当是错矣。"即召白至。谓曰："卿何为错题人姓名？"对云："不错。"素曰："若不错，何因

侯 白

隋代的侯白，在州试时考中了秀才，来到京城长安。侯白机敏善辩，当时没有人能跟他相比。一次，侯白跟仆射越国公杨素并排骑马边走边聊天。路边有一株槐树，已经枯死了。杨素问侯白："侯秀才理论过人，能让这株槐树活过来吗？"侯白回答说："能啊！"杨素说："有什么办法能让它活过来？"侯白说："拿来槐树子悬挂在这株树的枝上，立即自己就活了。"杨素问："凭什么它能自己活了呢？"侯白说："你没有听到《论语》上说：'子在，回何敢死？'"杨素听了大笑起来。

隋文帝开皇年间，有一个人姓出，名字叫六斤，想要参见杨素。这个人带着空白的名片来到省衙门口，遇见了侯白，请侯白在空白的名片上给他写上名字。于是侯白在名片上写上："六斤半。"名片送进去后，杨素召见这个人，问："你叫六斤半吗？"这个人回答说："我叫出六斤。"杨素问："为什么名片上写着六斤半？"这个人回答说："刚才我请侯秀才题写的，可能是他写错了吧。"杨素立即将侯白叫到跟前，问他："你为什么错写了这个人的姓名啊？"侯白回答说："没有写错。"杨素说："如果没有写错，为什么

姓出名六斤，请卿题之，乃言六斤半？"对曰："向在省门，会卒无处见称。既闻道是出六斤，斟酌只应是六斤半。"素大笑之。

素关中人，白山东人。素尝卒难之，欲其无对。而关中下俚人言音，谓水为霸。山东亦言擎将去为搋_{音其朝反}。刀去。素尝戏白曰："山东固多仁义，借一而得两。"曰："若为得两。"答曰："有人从其借弓者。乃曰：'搋刀去。'岂非借一而得两？"白应声曰："关中人亦甚聪明，问一知二。"素曰："何以得知。"白曰："有人问：'比来多雨，渭水涨否？'答曰：'霸长。'岂非问一知二？"素于是伏其辩捷。

白在散官，隶属杨素。爱其能剧谈，每上番日，即令谈戏弄。或从旦至晚，始得归。才出省门，即逢素子玄感。乃云："侯秀才，可以玄感说一个好话。"白被留连，不获已。乃云："有一大虫，欲向野中觅肉，见一刺猬仰卧，谓是肉脔。欲衔之，忽被猬卷着鼻，惊走，不知休息。直至山中，困乏，不觉昏睡。刺猬乃放鼻而去。大虫忽起欢喜，走至橡树下，低头见橡斗，乃侧身语云：'旦来遭见贤尊，愿郎君且避道。'"素与白剧谈，因曰："今有一深坑，可有数百尺。公入其中，若为得出。"白曰："入中不须余物，唯用一针即出。"素曰："用针何为？"答曰："针头中令水饱坑，拍浮而出。"素曰："头中何处有尔许水？"白曰："若无尔许水，何因

这个人姓出名六斤,请你题写,就写成了六斤半?"侯白回答说:"刚才在省衙门口,跟这个人仓促相遇,没有地方找秤去。既然听他说是六斤出头,我自己琢磨大概是六斤半。"杨素大笑。

杨素是关中人,侯白是山东人。杨素经常突然发难,想让侯白无言以对。关中的普通百姓把水说成"霸"的音,山东人说"掔将去"为"搽刀去"。杨素曾经戏谑侯白说:"山东还是多仁义之士,借一个而得到两个。"侯白问:"怎么就得到两个呢?"杨素说:"有人向他借一张弓,他说:'搽刀去。'难道不是借一张弓外搭上一把刀吗?"侯白听了后立即说:"你们关中人也很聪明啊,问一个问题却知道两个。"杨素问:"怎么可以证明呢?"侯白说:"有人问,近来下雨很多,渭河里的水涨没涨啊?被问的人回答说:'霸长。'难道这不是问一知二吗?"于是,杨素很是佩服侯白的随机应辩。

侯白担任的是没有实职的散官,隶属于杨素。杨素很喜爱他的健谈,每次轮到他值日,都让侯白来一块儿戏谑聊天。有时候从早上一直聊到晚上下班,侯白才能回家。一次,侯白刚走出省衙门口,就遇见杨素的儿子杨玄感。杨玄感说:"侯秀才,可以为我讲个有趣的故事吗?"侯白被杨玄感缠住,不得已,就说道:"有一只老虎,想到山中寻找肉吃,看见一只刺猬仰身躺在那儿,以为是一块肉。正想伸嘴去叼,忽然被刺猬卷住鼻子,惊慌地逃去,也顾不得停下休息。一直跑到山里,又困又乏,不知不觉中就睡过去了。刺猬这才放开老虎的鼻子离去。老虎睡醒后,忽然发现鼻子上的刺猬没有了,非常高兴,它走到一株橡树下面,低头看见橡栗。于是转过身说:'白天遇见了你的父亲,希望你暂且让让道。'"杨素跟侯白在一块闲聊,杨素讲:"现在有一个深坑,约有几百尺,你进到这深坑下面,能出来吗?"侯白说:"我到这个深坑里后,不需要别的东西,只要有一根针就能出来。"杨素问:"你要用针干什么?"侯白说:"用针刺出水,让水将坑灌满,我自然就从水中浮上来了。"杨素问:"你头里哪来的这么多水呀?"侯白说:"如果头里没有那么多的水,怎么能

肯入尔许深坑?"素又谓白曰:"仆为君作一谜,君射之,不得迟,便须罚酒。"素曰:"头长一分,眉长一寸,未到日中,已打两顿。"白应声曰:"此是道人。"素曰:"君须作谜,亦不得迟。"白即云:"头长一分,眉长一寸,未到日中,已打两顿。"素曰:"君因何学吾作道人谜?"白曰:"此是阿历。"素大笑。

白仕唐,尝与人各为谜。白云:"必须是实物,不得虚作解释,浪惑众人。若解讫,无有此物,即须受罚。"白即云:"背共屋许大,肚共碗许大,口共盏许大。"众人射不得,皆云:"天下何处有物,共盏许大口,而背共屋许大者,定无此物,必须共赌。"白与众赌讫,解云:"此是胡燕窠。"众皆大笑。又逢众宴,众皆笑白后至。俱令作谜,必不得幽隐难识,及诡谲希奇,亦不假合而成,人所不见者。白即应声云:"有物大如狗,面貌极似牛。此是何物?"或云是獐,或云是鹿,皆云不是。即令白解,云:"此是犊子。"白又与素路中遇胡,负青草而行。素曰:"长安路上,乃见青草湖。"须臾,又有两醉胡。衣孝重服,骑马而走。俄而一胡落马,白曰:"真所谓孝乎,惟孝有之矣。"

白初未知名,在本邑。令宰初至,白即谒。谓知识曰:"白能令明府作狗吠。"曰:"何有明府得遣作狗吠? 诚如言,我辈输一会饮食。若妄,君当输。"于是入谒,知识俱门外伺之。令曰:"君何须,得重来相见。"白曰:"公初至,民

敢入那么深的坑呢?"杨素对侯白说:"我给你出个谜语,你猜猜,不得拖延时间,否则就罚酒。"接着,杨素说:"头发长一分,眉毛长一寸,没等到中午,已经打了两顿。"侯白随声说:"这是道人。"杨素说:"你也要出个谜语,也不能拖延时间。"侯白当即说道:"头发长一分,眉毛长一寸,没等到中午,已经打了两顿。"杨素问:"你为什么学我出的道人谜语?"侯白说:"我说的是阿历。"杨素大笑。

　　侯白后来在唐朝担任官职,他曾经和别人各出一个谜语。侯白说:"所出的谜语必须是实物,不能随便乱解释,迷惑大家。如果说出谜底,没有这种东西,就要受到处罚。"接着他说道:"背跟屋那么大,肚子跟碗那么大,口跟杯子那么大。"大家猜不出来,都说:"普天下什么地方有这种东西? 跟杯子那么大的嘴,背跟屋那么大,一定是没有这种东西的,必须一起打个赌。"侯白跟同僚们打好赌后,解开谜底,说:"这是胡燕窝。"大伙听了都大笑起来。一次,大家在一块儿聚餐,人们都起哄说侯白来晚了,就让他出个谜语。所出的谜语,不许是深奥难懂,以及稀奇怪诞的,也不许随便凑合一个,谁也没见过的。侯白立即出一个:"有一种东西像狗那么大,长相极像牛。请问这是什么东西?"有的人猜是獐子,有人猜是鹿,侯白都说不是,人们马上让侯白说出谜底来。侯白说:"是牛犊子。"侯白还曾跟杨素一块儿在路上遇到一个胡人,背着一捆青草走路。杨素说:"在长安的道上,还能见到青草湖。"过了一会儿,又走过来两个喝醉酒的胡人,身上穿着孝服,骑着马。不一会儿,其中的一个胡人从马上跌落在地。侯白看见后说:"这是真孝啊! 只有孝才能这样啊!"

　　当初侯白还没有出名,在家乡。新上任一位知县,侯白当即前去拜见。拜见前,侯白对一位熟人说:"我能让县太爷学狗叫。"这位熟人说:"你怎么能让知县学狗叫呢? 真的像你说的那样,我们请你吃一顿。如果不像你说的那样,你应当请我们喝一顿。"于是,侯白进入县衙里参见知县,那些熟人都在门外窥伺。知县问:"你何必又来拜见本知县呢?"侯白说:"您刚到我县,乡

间有不便事,望谘公。公未到前,甚多贼盗。请命各家养狗,令吠惊,自然贼盗止息。"令曰:"若然,我家亦须养能吠之狗,若为可得?"白曰:"家中新有一群犬,其吠声与余狗不同。"曰:"其声如何?"答曰:"其吠声怮怮者。"令曰:"君全不识好狗吠声。好狗吠声,当作号号。怮怮声者,全不是能吠之狗。"伺者闻之,莫不掩口而笑。白知得胜,乃云:"若觅如此能吠者,当出访之。"遂辞而出。出《启颜录》。

卢嘉言

隋卢嘉言就寺礼拜,因入僧房。一僧善于论议,嘉言即与谈话。因相戏弄,此僧理屈。同坐二僧,即助此僧酬对。往复数回,三僧并屈。嘉言乃笑谓曰:"三个阿师,并不解樗蒱。"僧未喻,嘉言即报言:"可不闻樗蒱人云,'三个秃,不敌一个卢'。"观者大笑,僧无以应。出《启颜录》。

陆 操

隋七兵尚书河间陆操无姿貌,有辩。尝新婚,太子少保赵郡李□谓之曰:"屡逢射雉,几度启颜。"操曰:"息妫二子,不言不笑。"出《谭薮》。

薛道衡

隋前内史侍郎薛道衡以醴和麦粥食之,谓卢思道曰:

里有不适宜的事情,特意来与您商议。知县大人没有来上任前,县里盗贼特别多。希望知县大人让各家各户都养狗,贼一来狗就叫。这样,盗贼就会自己停止偷盗的。"知县说:"果然如此,我家也必须养一条能叫的狗。怎么才能挑选到这样的狗呢?"侯白回答说:"我家里刚刚生下来一群小狗,他们的叫声跟别的狗不一样。"知县问:"它们是怎样叫的?"侯白回答说:"它们的叫声都是'恻恻'的呀。"知县说:"你呀完全不会识别好狗的叫声,好狗的叫声应当是'号号','恻恻'声的,都不是善于叫的狗。"那些窥伺的熟人们听到这里,没有人不捂着嘴笑。侯白知道自己赢了,于是说:"知县大人如果要寻找这样能叫的狗,我去给您寻找。"于是就告辞出来了。<small>出自《启颜录》。</small>

卢嘉言

隋朝卢嘉言去寺庙礼拜敬佛,借着这个机会来到僧房。有位僧人喜欢高谈阔论,卢嘉言就跟他神侃,相互戏谑,这位僧人理屈词尽了。在座的另外两位僧人立即帮助这位僧人应对。你来我往,又经过几番论战,三位僧人都败下阵来。卢嘉言于是笑着对他们说:"三位大师,你们并不懂得樗蒲博戏吧。"三位僧人不知道这话是什么意思。卢嘉言立即告诉他们:"你们听说过没有? 玩樗蒲博戏的人说,'三个秃,抵不上一个卢彩'。"围观的人们都大笑起来,僧人们无言以对。<small>出自《启颜录》。</small>

陆　操

隋朝七兵尚书河间人陆操长相丑陋,但是有辩才。一次新婚时,太子少保赵郡李□戏谑地问陆操:"屡次在新娘面前显露才华,博得新娘子几次笑脸啊?"陆操回答说:"息夫人的两个儿子,始终不说不笑。"<small>出自《谭薮》。</small>

薛道衡

隋朝的前内史侍郎薛道衡用醋和在麦粥里吃,对卢思道说:

"礼之用,和为贵。先王之道,斯为美。"思道答曰:"知和而和,不以礼节之,亦不可行也。"出《谭薮》。

刘 焯

隋河间郡刘焯之、从侄炫并有儒学,俱犯法被禁。县吏不知其大儒也,咸与之枷著。焯曰:"终日枷中坐,而不见家。"炫曰:"亦终日负枷坐,而不见妇。"出《启颜录》。

山东人

山东人娶蒲州女,多患瘿。其妻母项瘿甚大。成婚数月,妇家疑婿不慧,妇翁置酒,盛会亲戚,欲以试之。问曰:"某郎在山东读书,应识道理,鸿鹤能鸣何意?"曰:"天使其然。"又曰:"松柏冬青何意?"曰:"天使其然。"又曰:"道边树有骨𩨒何意?"曰:"天使其然。"妇翁曰:"某郎全不识道理,何因浪住山东。"因以戏之曰:"鸿鹤能鸣者颈项长,松柏冬青者心中强,道边树有骨𩨒者,车拨伤。岂是天使其然?"婿曰:"请以所闻见奉酬,不知许否?"曰:"可言之。"婿曰:"虾蟆能鸣,岂是颈项长?竹亦冬青,岂是心中强?夫人项下瘿如许大,岂是车拨伤?"妇翁羞愧,无以对之。出《启颜录》。

"在众多的道德规范、行为法则中，还是'和'最宝贵啊！先王留下来的好传统，还是甜酒加麦粥最好吃啊！"卢思道回答说："单知道'和为贵'而和，不用规范、法则去约束，也是不可行的。"出自《谭薮》。

刘焯

隋朝河间人刘焯和他的堂侄子刘炫，都精通儒学，他们都触犯了刑律被关押在牢狱中。县吏不知道他们叔侄二人是大儒，给他们都戴上了刑枷。刘焯说："整天在枷中坐着，然而却看不到家。"刘炫说："我也是整天负枷坐着，然而看不到妇啊。"出自《启颜录》。

山东人

有个山东人娶了一位蒲州姑娘，蒲州有很多人都患有大脖子病。这个女子的母亲脖颈上的肿块特别大。结婚几个月后，女方家怀疑姑爷不聪明，于是岳父特意置办了一桌酒席，将亲友都请来，准备在酒桌上，借机试探一下姑爷。开宴后，岳父问姑爷："你在山东读书，按说应有知识，懂得道理，你能说说鸿雁与仙鹤为什么会鸣叫吗？"姑爷回答说："这是自然生成的。"又问："松树、柏树为什么冬天长青呢？"回答说："这是自然生成的。"又问："道边的树为什么长着一个大包呢？"回答说："这是自然生成的。"岳父说："你一点也不懂得道理，为什么白白住在山东读书？"于是戏弄地说："鸿雁、仙鹤能鸣叫是因为长着长长的脖子，松树、柏树冬天长青是因为心刚强，道边的树长着个大包是因为车碰伤后造成的。难道是自然生成的吗？"姑爷听岳父说完后，说："请允许我用我所看见和听到的来回答您，不知可不可以？"岳父说："可以！"姑爷说："蛤蟆能鸣叫，难道是因为它脖子长吗？竹子冬天也青，难道是因为它心刚强吗？岳母大人脖子下面长着那么大个包，难道也是车碰伤造成的吗？"岳父听了羞愧满面，无言以对。出自《启颜录》。

吃人

隋朝有人敏慧，然而口吃。杨素每闲闷，即召与剧谈。尝岁暮无事对坐，因戏之云："有大坑深一丈，方圆亦一丈，遣公入其中，何法得出？"此人低头良久，乃问云："有梯出否？"素云："只论无梯，若论有梯，何须更问。"其人又低头良久，问曰："白白白白日，夜夜夜夜地。"素云："何须云白日夜地，若为得出？"乃云："若不是夜地，眼眼不瞎，为甚物入入里许。"素大笑。又问云："忽命公作军将。有小城，兵不过一千已下，粮食唯有数日。城外被数万人围，若遣公向城中，作何谋计？"低头良久，问云："有有救救兵否？"素云："只缘无救，所以问公。"沉吟良久，举头向素云："审审如如公言，不免须败。"素大笑。又问云："计公多能，无种不解。今日家中，有人蛇咬足，若为医治？"此人即应声报云："取取五月五日南墙下雪雪涂涂，即即治。"素云："五月何处得有雪。"答云："若五月五日无雪，腊月何处有蛇咬？"素笑而遣之。出《启颜录》。

赵小儿

隋有三藏法师，父本商胡。法师生于中国，仪容面目，犹作胡人。行业极高，又有辩捷。尝以四月八日设斋讲说，时朝官及道俗观者千余人。大德名僧、官人辩捷者，前后十余人论议。法师随难即对，义理不穷。最后有小儿姓赵，

吃 人

隋朝有个人非常聪慧机敏,就是有口吃的毛病。杨素每到闲闷时,就将这个人叫来畅谈。有一年岁末二人无事对坐,杨素就说:"有一个大坑一丈深,方圆也一丈阔,派你进到这个大坑里面,你用什么方法才能上来呢?"这个人低头沉思了好久,才问杨素:"有梯子可以爬上来吗?"杨素说:"只当是没有梯子,如果说有梯子,还用再问你吗?"这个人又低头沉思了许久,问:"白白白白日,夜夜夜夜地?"杨素说:"你为什么要问是白日还是夜里呢?只问你怎么能从坑中上来?"这个口吃人说:"如果不是黑夜,眼睛又不瞎,为了什么东西入入坑里?"杨素大笑。接着,杨素又问这个口吃人:"忽然任命你为将军。有一座小城,城里有兵不过一千以内,粮草只够吃用几天,城外却有几万敌军围困。假如派你进入这座小城里,你有什么办法吗?"这个口吃的人沉思许久,问杨素:"有有救救兵吗?"杨素说:"只因为没有救兵,所以才问你。"他沉吟良久,抬头对杨素说:"细细想想如如你说的那那样样,免不了失败。"杨素又大笑。杨素又问这个口吃人:"你的本事很大,没有你解决不了的事情。今天你家有一个人被蛇咬了脚,你怎么给他治疗?"这个口吃人应声说道:"取取五月五日南墙下雪雪涂涂,即即治好了。"杨素问:"五月上哪里寻找雪?"这个人回答说:"如果五月五日没地方找雪,那么腊月寒冬哪里有蛇咬人呢!"杨素笑着把他打发走了。出自《启颜录》。

赵小儿

隋朝有个三藏法师,他的父亲原本是西域的商人。这位法师虽然生长在中国,但相貌还是像胡人。他德行功业特别高,还具有敏捷的思维,能言善辩。一次,他曾在四月八日这天设置斋会,讲说佛法。那天,朝中的文武官员以及僧俗,前来的有一千多人。在这位僧人讲法时,大德高僧及朝中的官员,前后有十多人跟他争论,都是能言善辩的人。尽管提出的问题很难,但三藏法师都能立即回答,阐述义理滔滔不绝。最后有个小孩姓赵,

年十三，即出于众中。法师辩捷既已过人，又复向来皆是高明旧德，忽见此儿欲来论议，众咸怪笑。小儿精神自若，即就座。大声语此僧："昔野狐和尚自有经文，未审狐作阿阇黎，出何典语？"僧语云："此郎子声高而身小，何不以声而补身？"儿即应声报云："法师以弟子声高而身小，何不以声而补身。法师眼深而鼻长，何不截鼻而补眼？"众皆惊异，起立大笑。是时暑月，法师左手把如意，右手摇扇。众笑声未定，法师又思量答语，以所摇扇，掩面低头。儿又大声语云："团圆形如满月，不藏顾兔，翻掩雄狐。"众大笑。法师即去扇，以如意指麾，别送问，并语未得尽，忽如意头落。儿即起谓法师曰："如意既折，义锋亦摧。"即于座前，长揖而去。此僧既怒且惭，更无以应，无不惊叹称笑。出《启颜录》。

长孙无忌

　　唐太宗宴近臣，戏以嘲谑。赵公长孙无忌，嘲欧阳询曰："耸膊成山字，埋肩不出头。谁家麟阁上，画此一猕猴。"询应曰："缩头连背暖，漫裆畏肚寒。只因心混混，所以面团团。"帝敛容曰："欧阳询，汝岂不畏皇后闻？"赵公，皇后之兄也。出《国朝杂记》。

年仅十三岁,从人群里站起来跟三藏僧人问答。三藏法师敏捷的辩才既然已经超过刚才那些参与议论的人,况且这些人都是修养极高、德高望重的人,忽然间冒出个小孩要跟他辩谈,在场的众人都惊讶好笑。然而这位赵小孩神情很是镇静,一点也不怯场。坐下后,便大声问这位高僧:"从前野狐和尚自己有经文,不知道狐狸作《阿阇黎》出自什么经典?"僧人说:"这个小孩声音高而身子矮小,怎么不用声高来补身短呢?"小孩马上应声说:"你这位和尚认为我声高身子矮小,为什么不用声音来补身矮。那么,法师你眼窝深而鼻子长,为什么不将鼻子截下一段补在眼窝上呢?"在场的人们听后都异常震惊,站起身来大笑。当时正值伏天盛暑,三藏法师左手挥着一只如意,右手摇着一柄团扇。大家的笑声没有平息,三藏法师边思考如何回答赵小孩刚才的戏谑,边摇着扇子,掩面低头地站在那儿。赵小孩又大声说道:"团扇的形状宛如一轮满月,没有藏着左右顾盼的玉兔,却遮掩着一只公狸。"众人大笑。三藏法师听了后,忙收起团扇,左手举起如意指向别处,跟别人搭话。还没等他们把话说完,不料他手中如意的头却掉下来了。赵小孩随即站起身对胡僧说:"你手中的如意已经断了,你的义锋也挫败了。"说着,走到法师座位前面,长长作了一个揖转身离去。这位三藏法师既恼怒又羞愧,但没有什么话可以应对。在场的人无不为之惊叹称赞,同时又觉得好笑。出自《启颜录》。

长孙无忌

唐太宗设宴招待跟他关系亲近密切的朝臣们,大家互相戏谑调笑。赵公长孙无忌嘲谑欧阳询说:"举起胳膊是个'山'字,埋下肩就看不到头了,哪家的麒麟阁上,画着这样一只猕猴?"欧阳询听后应声说:"缩着脑袋使脊背温暖,带着肚兜是怕肚子受寒。只因为你心中浑浑噩噩,所以你脸上才表现出忧苦不安。"唐太宗听了后,严肃地说:"欧阳询,你就不怕皇后知道吗?"赵公,是长孙皇后的哥哥。出自《国朝杂记》。

任 璟

　　唐管国公任璟酷怕妻。太宗以功赐二侍子,璟拜谢,不敢以归。太宗召其妻,赐酒,谓之曰:"妇人妒忌,合当七出。若能改行无妒,则无饮此酒。不尔,可饮之。"曰:"妾不能改妒,请饮酒。"遂饮之。比醉归,与其家死诀。其实非鸩也,既不死。他日,杜正伦讥弄璟。璟曰:"妇当怕者三,初娶之时,端居若菩萨,岂有人不怕菩萨耶?既长生男女,如养儿大虫,岂有人不怕大虫耶?年老面皱,如鸠盘荼鬼,岂有人不怕鬼耶?以此怕妇,亦何怪焉?"闻者欢喜。出《御史台记》。

李 勣

　　曹左司郎中封道弘,身形长大,而窳甚阔。道弘将入阁奏事,英公李勣在后,谓道弘曰:"封道弘,你臀斟酌坐得即休,何须尔许大。"出《启颜录》。

李 荣

　　唐有僧法轨,形容短小。于寺开讲,李荣往共论议。往复数番。僧有旧作诗《咏荣》,于高座上诵之云:"姓李应须李,言荣又不荣。"此僧未及得道下句,李荣应声接曰:"身长三尺半,头毛犹未生。"四座欢喜,伏其辩捷。出《启颜录》。

任 瓌

　　唐朝的管国公任瓌特别惧怕老婆。唐太宗曾因他有功，赏赐给他两名侍妾，任瓌跪拜辞谢，不敢将她们带回家中。唐太宗召见任瓌的妻子，赏赐给她御酒，对她说："作为一个女人，性情妒忌，是在被休回家中的七条缘由之中的。如果你能改正，今后不再妒忌，就可以不饮这杯酒。不然，就将它喝下去。"任瓌的妻子说："我不能改正妒忌，情愿饮下这杯御酒。"于是，任瓌妻子端起酒杯一饮而尽。醉着回到家中，跟家里人痛哭流涕地告别。其实，任瓌妻子喝的不是毒酒，并没有死。有一天，杜正伦用这件事来讥笑嘲弄任瓌。任瓌说："这妇人我有三处怕她，刚结婚时，端坐在洞房中像尊菩萨，难道有人不怕菩萨吗？时间长了，生了子女，又像护犊的老虎，难道有人不怕老虎吗？待到年老时，满脸皱纹，就像佛经上说的吸人精气的冬瓜鬼，难道有人不怕鬼吗？因为这些惧怕老婆，又有什么奇怪的呢？"听的人都笑了。出自《御史台记》。

李 勣

　　唐朝左司郎中封道弘身材高大，臀部肥胖。封道弘要去内阁谈公事，英公李勣走后面，对道弘说："封道弘，你的屁股估量着长到能坐下休息就行了，何必这么肥大啊！"出自《启颜录》。

李 荣

　　唐朝有僧法轨，身形矮小。他在寺内讲授佛经，李荣前去与他辩论，二人辩论了几个回合。僧法轨曾写过一首《咏荣》诗，在高座之上朗诵道："姓李应须李，言荣又不荣。"还没等法轨诵出下两句，李荣在下面应声接道："身长三尺半，头毛犹未生。"在座的人都笑起来，佩服李荣的敏捷与机辩。出自《启颜录》。

卷第二百四十九
诙谐五

令狐德棻

唐赵元楷与令狐德棻从驾至陕。元楷召德棻河边观砥柱，德棻不去，遂独行。及还，德棻曰："砥柱共公作何语？"答曰："砥柱附参承公。"德棻应声曰："石不能言，物或凭焉。"时群公以为佳对。出《启颜录》。

崔行功

唐崔行功与敬播相逐。播带楄木霸刀子，行功问播云："此是何木？"播对曰："是栟楄木。"行功曰："唯问刀子，不问佩人。"出《启颜录》。

令狐德棻

唐朝的赵元楷和令狐德棻一起陪同皇帝出巡到陕县。赵元楷叫令狐德棻和他一块儿去黄河边观看砥柱石，令狐德棻不去，于是赵元楷便自己去了。等到他回来后，令狐德棻问他："砥柱石都跟你都说了些什么啊？"赵元楷回答说："砥柱石让我给你捎个信，他愿意参见侍奉你。"令狐德棻应声说："石头不会说话，可捎来什么信物作为凭证吗？"当时群公认为这是绝妙的对答。出自《启颜录》。

崔行功

唐朝崔行功与敬播相互竞争。敬播佩带一把梀木把佩刀，崔行功问："这刀把是用什么木头的？"敬播回答说："是枒梀木的。"崔行功说："我只问刀子，又没有问你这个佩带刀子的人。"
出自《启颜录》。

边仁表

唐四门助教弘绰与弟子边仁表论议。弘绰义理将屈，乃高声大怒。表遂报曰："先生闻义即怒，岂曰弘。"弘又报云："我姓既曰弘，是事皆弘。"边又应声曰："先生虽曰弘，义终不绰。"座下大笑，弘竟被屈而归。出《启颜录》。

辛　郁

唐辛郁，管城人也，旧名太公。弱冠，遭太宗于行所。问何人，曰："辛太公。"太宗曰："何如旧太公。"郁曰："旧太公，八十始遇文王。臣今适年十八，已遇陛下。过之远矣。"太宗悦，命直中书。出《御史台记》。

尹　君

唐杨纂，华阴人也，累迁雍州长史、吏部尚书。纂之在雍州，司法参军尹君尝任坊州司户。省符科杜若，尹君判申曰："坊州本无杜若，天下共知。省符忽有此科，应由读谢朓诗误。华省曹郎如此判事，不畏二十八宿向下笑人。"由是知名。及雍州司法时，有胡盗金城坊者。纂判："京城诸胡尽禁问。"尹君不同之曰："贼出万端，诈伪非一。亦有胡着汉帽，汉着胡靴。亦须汉里兼求，不可胡中直觅。请西市胡禁，余请不问。"纂怒不同判。遽命笔，复沉吟少选，

边仁表

唐朝四门学馆的助教弘绰与学生边仁表辩论。弘绰眼看就要理屈词穷了，于是就高声发火。边仁表立即回报说："先生听到道理就发火，怎么能叫'弘'呢？"弘绰也回敬道："我的姓既然是弘，不论在什么事情上都很宽弘。"边仁表又马上回答说："先生虽然姓弘，但是道理终归不宽绰！"在座的学生都大笑起来，弘绰被说得理亏而离开了。出自《启颜录》。

辛 郁

唐朝辛郁，管城人，旧名太公。年轻时在皇上的行宫附近遇到了唐太宗。唐太宗问他是什么人，辛郁回答说："我叫辛太公。"唐太宗说："跟旧太公比如何？"辛郁回答说："旧太公，年八十得遇周文王。我今年才十八岁，就遇见了皇上。比旧太公强得远了。"唐太宗听了非常高兴，便让他在中书省担任官职。出自《御史台记》。

尹 君

唐朝杨纂，华阴人，历任雍州长史、吏部尚书。杨纂任雍州长史时，司法参军尹君曾任坊州司户。尚书省下达命令让坊册征收杜若税，尹君批复道："坊州原本就不产杜若，天下人都知道。上面突然征要杜若税，是读谢眺诗造成的误会。尚书省的官吏们这样决断事情，不怕上天的二十八宿耻笑吗？"由此尹君出了名。尹君任雍州司法参军主管刑法时，有胡人偷盗金城店铺。杨纂批示说："将京城所有的胡人都监禁起来加以审问。"尹君不同意杨纂的这个批示，说："盗贼出自各种各样的人，而且他们奸诈善于伪装也各自不一样。也有的胡人戴着汉人的帽子，也有汉人穿胡人的靴子。因此也需要到汉人里查找盗贼，不可以只在胡人中查找。我请求将西市商业区的胡人监禁起来，其余的胡人不要再监禁审问了。"杨纂看到尹君跟自己判处的不一样，非常生气。立即拿起笔来想驳回尹君的判处，又沉吟了一会儿，

乃判曰:"纂输一筹,余依。"太宗闻而笑曰:"朕用杨纂,闻义伏输一筹,朕伏得几筹。"出《御史台记》。

裴玄本

唐裴玄本好谐谑,为户部郎中。时左仆射房玄龄疾甚,省郎将问疾。玄本戏曰:"仆射病,可须问之。既甚矣,何须问也。"有泄其言者。既而随例看玄龄,玄龄笑曰:"裴郎中来,玄龄不死也。"出《大唐新语》。

长孙玄同

唐长孙玄同幼有讥辩,坐中每剧谈,无不欢笑。永徽中,在京会宴。众因语论及民间事,一人云:"醴泉县去京不远,百姓遂行蛊毒。此邑须远配流,岂得令在侧近。"一人乃云:"若令配流处还有百姓,此人复行蛊毒,岂不还更损人?"其人云:"若如此,欲令何处安置?"玄同即云:"若令玄同安置,必令得所。"诸人大喜,同即问之。答云:"但行蛊毒人,并送与莫离支作食手。"众皆欢笑。贞观中,尝在诸公主席,众莫能当。高密公主乃云:"我段家儿郎,亦有人物。"走令唤取段恪来,令对玄同。段恪虽微有辞,其容仪短小。召至,始入门,玄同即云:"为日已暗。"公主等并大惊怪云:"日始是斋时,何为道暗?"玄同乃指段恪:"若

于是下笔批示道："杨纂输给你一筹，依你的判处。"唐太宗听说这件事后，笑着说："我任用杨纂，就因为听说他深明大义自认服输一筹，我服输几筹？"出自《御史台记》。

裴玄本

唐朝裴玄本喜爱开玩笑，任户部郎中。左仆射房玄龄病重时，省署郎中们准备去探病。裴玄本戏谑地说："房仆射患病有必要去探问。既然病得很重了，为什么还要去探问呢？"有人将这句话传给了房玄龄。不久裴玄本随别人去探望房玄龄，房玄龄笑着说："裴郎中来看我了，看来我不会死了。"出自《大唐新语》。

长孙玄同

唐朝长孙玄同小时候就有讥讽善辩的才能，每次与人坐下来畅谈，没有人不欢喜大笑的。唐高宗永徽年间，长孙玄同参加京城里的宴会。众人谈论到民间的一些事情，有人说："醴泉县离京城不太远，那里的百姓有人用蛊毒，这个县的人应当发配到边远的地方去，怎么能让他们住在京城的旁边呢？"另一个人说："如果被流放的地方也有百姓，被流放的人到那里后依然实行蛊术，难道不是更加害人了吗？"前面那个人说："如果是这样，那要把他们安置在哪里呢？"长孙玄同应声说："如果让我安置，一定能将这些人安排到一个合适的地方。"在座的人都非常高兴，异口同声地问他安置在什么地方。长孙玄同回答说："如果这些人实行蛊术害人，就将他们全部送到莫离支那儿做杀手。"在场的人听了后，都欢笑不止。唐太宗贞观年间，长孙玄同曾主持在王公家中的宴会。所有参加宴会的人，谁也抵挡不了他的谈锋。高密公主说："我们段家后生中，也有人才。"说完，派人去招呼段恪来参加这个宴会，让他来对付长孙玄同。段恪虽然也有些善辩的才能，但是他身材矮小。被召来后，刚一进门，长孙玄同就说："天已经黑了。"高密公主等人都大吃一惊，说："现在正是正午，为什么说天黑了呢？"长孙玄同便指着段恪说："如果

不日暗,何得短人行?"坐中大笑。段恪面大赤,更无以答。玄同初上,府中设食。其仓曹是吴人,言音多带其声,唤粉粥为粪粥。时肴馔毕陈,蒸炙俱下。仓曹曰:"何不先将粪粥来?"举坐咸笑之。玄同曰:"仓曹乃是公侯之子孙,必复其始,诸君何为笑也?"坐中复大笑。玄同任荆王友,所司差摄祭官祠社。于坛所清斋,玄同在幕内坐。有犬来,遗粪秽于墙上。玄同乃取支床砖,自击之。傍人怪其率,问曰:"何为自彻支床砖打狗?"玄同曰:"可不闻,苟利社稷,专之亦可。"出《启颜录》。

王福畤

唐王福畤名行温恭,累授齐泽二州,世以才学称。子勔、剧、勃,俱以文笔著天下。福畤与韩琬父有旧。福畤及婚崔氏,生子勃。尝致书韩父曰:"勔、剧、勃文章并清俊,近小者欲似不恶。"韩复书曰:"王武子有马癖,明公有誉儿癖,王氏之癖,无乃多乎? 要当见文章,方可定耳。"福畤乃致诸子文章,韩与名人阅之曰:"生子若是,信亦可夸。"出《御史台记》。

许敬宗

唐吏部侍郎杨思玄恃外戚之贵,待选流多不以礼,而排斥之。为选人夏侯彪之所讼,御史中丞郎徐庆弹奏免。

不是天黑了,怎么能短人行呢?"满屋人都哄堂大笑。段恪面红耳赤,无言以对。长孙玄同刚上任时,府中为他设宴。有个仓曹是吴郡人,说话还带着家乡口音,叫粉粥为粪粥。当所有的菜都上齐了,这位仓曹说:"为什么不先将粪粥端上来?"在座的人都笑起来。长孙玄同说:"这位仓曹也是公侯的子孙,一定是他的先人就这样讲话啊!大家为什么取笑人家呢?"在座的人又都大笑起来。长孙玄同是荆王的朋友,他被临时指派代理掌管祭祀的祠庙、社坛。在社坛里做祭祀前的洁身静心准备时,长孙玄同坐在帐幕里面。来了一条狗,往坛墙上撒尿。长孙玄同俯身拾起一块垫床的砖头,向狗打去。旁边的人责怪他轻率,问:"你为什么私自用支床的砖打狗?"长孙玄同说:"你没听说过,只要有利于国家,专之也可以啊!"_{出自《启颜录》}。

王福畤

唐朝人王福畤,以品行温和恭顺而闻名,历任齐泽二州的长史,世人都称道他的才学。王福畤的儿子王勔、王勮、王勃,都以文笔好而名传天下。王福畤跟韩琬的父亲是老朋友。王福畤与崔家的女儿结婚后,生了儿子王勃。王福畤曾写信给韩琬的父亲,说:"王勔、王勮、王勃写的文章,词赋都清新俊逸。近来特别是小儿子好像是更不错。"韩琬的父亲回信给王福畤说:"王武子有爱马的癖好,你有夸奖儿子的癖好。你们王家人的癖好,恐怕是太多了吧。我需要见到你的儿子们的文章后,才能够确认他们写的文章是好是坏。"王福畤收到信后,就将三个儿子的文章寄给韩琬的父亲看。韩琬的父亲和一些当时的名士看过后,说:"生这样的儿子,确实是值得炫耀!"_{出自《御史台记》}。

许敬宗

唐朝吏部侍郎杨思玄,依仗自己贵为外戚,对待等待分配官职的官员很不尊重,而且排挤轻慢他们。结果被待分配的官员夏侯彪举告,御史中丞郎馀庆上书要求免去杨思玄的职务。

中书令许敬宗曰："固知杨吏部之败也。"或问之,宗曰："一彪一狼,共着一羊,不败何待。"敬宗性轻傲,见人多忘之。或谓其不聪,曰："卿自难记,若遇何刘沈谢,暗中摸索著,亦可识。"出《国朝杂记》。

高崔嵬

唐散乐高崔嵬善弄痴,太宗命给使捺头向水下,良久出而笑之。帝问。曰："见屈原云:'我逢楚怀王无道,乃沉汨罗水。汝逢圣明主,何为来?'"帝大笑,赐物百段。出《朝野佥载》。

元 晋

唐曹怀舜,金乡人。父维叔死王事,赠云麾将军。怀舜襁褓授游击将军,历内外文武官。则天云："怀舜久历文资,而屈于武职。"自左鹰扬卫郎将拜右玉钤卫将军。有宋州司马曹元本,父名乞伯。时汲县丞元晋,好谈,多警策。或问元晋:"元本,怀舜从叔。"元晋应声答曰:"虽则同堂,俱非本族。"人怪而问之,晋曰:"元本乞伯子,怀舜继叔儿,以此知矣。"出《御史台记》。

中书令许敬宗得知这件事后,说:"我早就知道杨思玄要失败的。"有人问他为什么,许敬宗回答说:"一彪一狼,共同对付一只羊,不失败还等什么呢。"许敬宗为人性情轻狂傲慢,参见过他的人多数他都记不住。有人说许敬宗可能是因为耳聋,听不见。许敬宗说:"你的名字本来就非常难记,如果遇到的是像何、刘、沈、谢这样的姓氏,就是在黑暗中摸索着,也能辨识出他们来。"出自《国朝杂记》。

高崔嵬

唐朝有个叫高崔嵬的歌舞艺人,擅长假装痴傻逗趣调笑。一次,唐太宗让侍从将他的脑袋按入水中。过了好长时间才松手,高崔嵬从水中抬起头来冲着唐太宗笑。唐太宗问他笑什么,高崔嵬回答说:"我在水中见到屈原大夫了,他问臣:'我遇到楚怀王这个无道昏君,才自沉汨罗江。你遇到的是圣明的皇上,为什么也到水中来了呢?'"唐太宗听了大笑,赏赐给高崔嵬一百段丝绸。出自《朝野金载》。

元 晋

唐朝曹怀舜,金乡人。他的父亲曹维叔为国而死,死后被追赠为云麾将军。曹怀舜还在襁褓中时,就被授予游击将军的官职,后来历任朝内朝外的文武官职。武则天曾说:"曹怀舜长期做文官,最后却屈居武职。"将他从左鹰扬卫郎将升任为右玉钤卫将军。有个宋州的司马叫曹元本,他的父亲叫曹乞伯。当时,汲县县丞元晋,好谈笑,多有警言妙语。有人问元晋:"曹元本是曹怀舜的堂叔吗?"元晋应声回答说:"虽然他们是同堂本家,却不是一个宗族的人。"问的人感到很奇怪,便问他为什么,元晋说:"曹元本乞伯子,曹怀舜继叔儿,根据这个知道的。"出自《御史台记》。

赵谦光

唐诸郎中,不自即员外郎拜者,谓之土山头果毅。言便拜崇品,有似长征兵士,便授边远果毅。赵谦光自彭州司马入为大理正,迁户部郎中。户部员外贺遂涉咏曰:"员外由来美,郎中望不优。宁知粉署里,翻作土山头。"赵谦光答诗曰:"锦帐随情设,金炉任意薰。唯愁员外置,不应列星文。"人以为奇句。出《谭宾录》。

沈佺期

唐沈佺期以罪谪,遇恩复官秩,而未还朱衣。因内宴,群臣皆歌回波乐词起舞,由是多求迁擢。佺期词曰:"回波尔时佺期,流向岭外生归。身名已蒙齿录,袍笏未复牙绯。"中宗即以绯鱼袋赐之。出《本事诗》。

崔日用

崔日用为御史中丞,赐紫。是时佩鱼须有特恩。亦因宴会,命群臣撰词。日用曰:"台中鼠子直须谙,信足跳梁上壁龛。倚翻灯脂污张五,还来啮带报韩三。莫浪语,直王相。大家必若赐金龟,卖却猫儿相赏。"中宗亦以金鱼赐之。出《本事诗》。

裴 谈

唐中宗朝,御史大夫裴谈崇释氏。妻悍妒,谈畏之如严君。时韦庶人颇袭武后之风,中宗渐畏之。内宴,玄唱

赵谦光

　　唐朝各位郎中,有不是从员外郎升任上来的人,被戏谑地称为"土山头果毅官",是说这样的人一下子就升上来了,就像长期征战的士兵,一下就被授任统领府兵的"果毅官"一样。赵谦光从彭州司马直接升任大理正卿,后又升任户部郎中。户部员外郎贺遂涉写诗讽刺他说:"员外由来美,郎中望不优。宁知粉署里,翻作土山头。"赵谦光答诗说:"锦帐随情设,金炉任意薰。唯愁员外置,不应列星文。"人们都认为这是奇句。出自《谭宾录》。

沈佺期

　　唐朝沈佺期,因为获罪被贬官,后来遇到皇上开恩,恢复了官位,却没有还给他代表官位的朱衣朝服。中宗皇帝在宫内设宴宴请文武百官。席间,文武官员们都边舞边唱回波词,并借机想要升官。沈佺期唱的歌词是:"回波尔时佺期,流向岭外生归。身名已蒙齿录,袍笏未复牙绯。"中宗听了之后,立即赏赐给他代表官级品位的绯鱼袋。出自《本事诗》。

崔日用

　　唐朝崔日用官任御史中丞,赏赐给他紫色朝服。当时,佩带标志官位等级的鱼袋,必须有皇上的特殊恩准。在一次宫内的宴会上,皇上让文武大臣撰写词赋以助酒兴。崔日用唱道:"台中鼠子直须语,信足跳梁上壁龛。倚翻灯脂污张五,还来啮带报韩三。莫浪语,直王相。大家必苦赐金龟,卖却猫儿相赏。"于是,唐中宗赏赐给他金鱼袋。出自《本事诗》。

裴　谈

　　唐中宗时,御史大夫裴谈信奉佛教。他的妻子性情暴躁,妒忌心非常强,裴谈害怕她就像是害怕严厉的君主。当时,唐中宗的皇后韦皇后,承袭了武则天的专断跋扈的作风,唐中宗渐渐地也开始惧怕她。一次,宫里设宴招待文武百官。宴席上,开始唱起

《回波词》，有优人词曰："回波尔时栲栳，怕妇也是大好。外边秖有裴谈，内里无过李老。"韦后意色自得，以束帛赐之。出《本事诗》。

李镇恶

唐李镇恶，即赵公峤之父。选授梓州郪县令，与友人书云："州带子号，县带郪名。由来不属老夫，并是妇儿官职。"出《传载》。

卢 廙

唐殿中内供奉卢廙持法细密，虽亲故贵势，无所回避。举止闲雅，必翔而后集。尝于景龙观，监官行香。右台诸御史亦预焉。台中先号右台为高丽僧，时有一胡僧徙倚于前庭。右台侍御史黄守礼指之曰："何胡僧而至此？"廙徐谓之曰："亦有高丽僧，何独怪胡僧为。"一时欢笑。廙与李畲俱非善射者。尝三元礼射，廙畲虽引满射，俱不及埪而坠。互言其工拙，畲戏曰："畲与卢箭俱三十步。"左右不晓。畲曰："畲箭去埪三十步，卢箭去身三十步。"欢笑久之。出《御史台记》。

松 寿

唐韦庆本女选为妃，诣朝堂欲谢。而庆本两耳先卷，朝士多呼为"卷耳"。时长安公松寿，见庆本而贺之。因曰："仆固知足下女得妃。"庆本曰："何以知之？"松寿乃自

《回波词》。有一个宫内艺人唱道："回波尔时栲栳，怕妇也是大好。外边秖有裴谈，内里无过李老。"韦皇后听了后神色很是得意，赏给他一束布帛。出自《本事诗》。

李镇恶

唐朝李镇恶，是赵公李峤的儿子。李镇恶被任命为梓州郪县县令，他在寄给朋友的信中写道："我所隶属的州带子号，我所管辖的县带郪名。这两个地方从来都不属于我啊，都是妇女、孩儿的官职啊！"出自《传载》。

卢虔

唐朝宫中内供奉卢虔执法极严，就是亲朋好友、达官贵戚，也一点不留情面。卢虔为人举止闲雅大方，就像鸟儿一定要滑翔然后落下一样。一次在景龙道观监督、管理行香礼佛的仪式。右台的各位御史也都参加了。台省中早就称右台为高丽僧。当时，有一位胡僧徘徊在前院里。右台侍御史黄守礼指着这位胡僧说："哪里的胡僧到这来？"卢虔沉静地说："不是也有高丽僧吗？为什么唯独责怪有胡僧呢？"在场的人听了都笑起来。卢虔跟李畲一样，不太会射箭。一次，祭庆三元，在乐曲的伴奏下，举行礼射活动。二人虽然都将弓拉得满满的，但是箭射出去后，都没有达到箭靶就中途落在地上。李畲戏谑地说："我与卢虔射的一样，都是三十步。"左右的人们，都不明白他的话是什么意思。李畲解释说："我射的箭离箭靶三十步，卢虔射的箭离他三十步。"所有在场的人听了后笑了很久。出自《御史台记》。

松寿

唐朝韦庆本的女儿被选为妃子，他到朝廷中谢恩。韦庆本的两只耳朵生下来就卷着，朝中的许多官员都称他为"卷耳"。当时长安公松寿看见韦庆本上前祝贺，借机戏谑道："我早就知道您的女儿会成为皇妃的。"韦庆本问："你怎么知道的？"松寿伸手

摸其耳而卷之曰："卷耳后妃之德。"出《启颜录》。

封抱一

唐封抱一任益州九陇尉,与同列戏白打赌钱。座下数百钱,输已略尽,便欲敛手。傍人谓之曰:"何不更戏,觅钱回取之。"抱一乃举手摸钱曰:"同赐也,何敢望问。"山东人谓尽为赐,故言赐也。 出《启颜录》。

尹神童

唐尹神童每说,伯乐令其子执《马经》画样以求马,经年无有似者。归以告父,更令求之。出见大虾蟆,谓父曰:"得一马,略与相同,而不能具。"伯乐曰:"何也?"对曰:"其隆颡跌目脊郁缩,但蹄不如累趋耳。"伯乐曰:"此马好跳踯,不堪也。"子笑乃止。 出《朝野佥载》。

摸着韦庆本的耳朵说:"《诗经》中的《卷耳》篇是颂后妃之德的。"
出自《启颜录》。

封抱一

　　唐朝人封抱一任益州九陇县尉,跟同僚以蹴鞠戏来赌钱。他身边带着的几百文钱,已经输得差不多了,便想停下来不再赌了。旁边有人说:"为什么不继续赌下去,找钱把输的钱赢回来?"封抱一乃举起手摸着钱袋说:"钱赐了,哪敢指望赢回来。"山东人说"尽"为"赐",因此封抱一才说"赐了"。出自《启颜录》。

尹神童

　　唐朝有个尹神童经常讲,伯乐让他儿子带着《马经》上说的良马特点的画像,去寻找良马。找了一年,也没有找到相似的马。回到家中告诉父亲,伯乐再次让儿子外出去寻找。伯乐的儿子从家里走出来时看见一只大虾蟆,返回家中对伯乐说:"孩儿寻找到一匹良马,跟《马经》上画的良马大致一样,但是不能将它买回来。"伯乐问:"为什么呢?"伯乐儿子回答说:"这匹马的头颅隆起,双目突出,脊背直而有纹理,但是蹄子不像良马那样连续奔驰。"伯乐听了后,说:"这匹马喜欢蹦跳,不能胜任良马的美称啊!"伯乐儿子笑了,于是停止寻找良马。出自《朝野金载》。

卷第二百五十
诙谐六

狄仁杰

　　唐秋官侍郎狄仁杰，秋官侍郎卢献曰："足下配马乃作驴。"献曰："中劈明公姓，乃成二犬。"杰曰："狄字犬旁火也。"献曰："犬旁有火，乃是煮熟狗。"出《朝野金载》。

苏味道

　　唐宰相苏味道，与张昌龄俱有名。暇日相遇，互相夸诮。昌龄曰："某诗所以不及相公者，为无银花合故也。"苏有《观灯》诗曰："火树银花合，星桥铁锁开。暗尘随马去，明月逐人来。"味道云："子诗虽无银花合，还有金铜钉。"昌龄赠张昌宗诗曰："昔日浮丘伯，今同丁令威。"遂与抚掌而笑。出《本事诗》。

狄仁杰

　　唐朝秋官侍郎狄仁杰,戏谑另一位秋官侍郎卢献说:"配给您一匹马,就成了驴了。"卢献回敬道:"将您的姓从中间分开,就成了两只犬。"狄仁杰说:"狄字是犬旁加火。"卢献说:"犬旁边有火,就是一只煮熟了的狗。"出自《朝野金载》。

苏味道

　　唐朝宰相苏味道,当时与张昌龄都很有名望。一个空闲的日子,两位宰相相聚在一块儿,互相开玩笑。张昌龄说:"我写的诗之所以没有您的诗好,就在于没有'银花合'这样的传世佳句啊!"苏味道曾经写过一首《观灯》诗:"火树银花合,星桥铁锁开。暗尘随马去,明月逐人来。"苏味道说:"您的诗中虽然没有'银花合',但是却有'金铜钉'啊!"原来,张昌龄曾写过一首赠张昌宗的诗:"昔日浮丘伯,今同丁令威。"于是,二人拍手大笑。出自《本事诗》。

侍御史

唐京台监察院西行中间,号"横劈房"。凡迁此房者,必先盛馔台中,而后居焉。先无窗,后人置之。神龙中,侍中杨再思兼大夫,诸相毕送视事。中书令魏元忠尝任监察,台中故事素谙。谑指房曰:"此是横劈房。"诸相问故,元忠具述其由。御史曰:"此房近日迁耶?"曰:"无别迁。"元忠曰:"当为开窗出气,故不迁耳。"左右欢笑殆不禁。且御史纠察郡司,纲纪庶务,实为众官所忌。詈御史为冷峭,而突厥号御史为吐屯。则天朝,蕃使来朝者,而吐屯独立不入班。谕德张元一以诙谐见称,问蕃使曰:"此独立者为谁?"译者曰:"吐屯,此御史。"元一曰:"人言我朝御史独冷峭,此蕃御史亦甚冷峭。"举朝喧笑。出《御史台记》。

李安期

唐吏部侍郎李安期,隋内史德林之孙,安平公百药之子。性机警。尝有选人被放,诉云:"羞见来路。"安期问:"从何关来?"曰:"从蒲津关来。"安期曰:"取潼关路去。"选者曰:"耻见妻子。"安期曰:"贤室本自相谙,亦应不笑。"又一选人引铨,安期看判曰:"第书稍弱。"对曰:"昨坠马损

侍御史

唐朝京台监察院西行中间，夹着一所房子叫"横劈房"。凡是搬迁到这座房子里住的人，必须先设盛宴招待宫里的人，然后才能住进去。房子最初没有窗户，后来有人开置了窗户。唐中宗神龙年间，侍中杨再思兼任御史大夫，所有的宰相都来送他上任。中书令魏元忠曾经担任过监察官，熟悉院中的故事。他戏谑地指着这座房子说："这是横劈房。"各位宰相询问原因，魏元忠详细地讲述了这座房子的由来及其延革。御史问："这座房子最近要外迁吗？"有人回答说："不往外迁。"魏元忠说："将要给它开个窗子出气，因此不外迁啊！"在场的人听了都欢笑不止。况且，御史这种官职，是专门纠察郡府和朝中各司在执行、遵守纲常、法度，以及署理各种政务上，有没有违法乱纪的行为，实在是让各位官员有所顾忌。官员们背地里都辱骂御史为神情严峻的"冷血动物"。北方突厥人称御史为"吐屯"。武则天当朝执政时，突厥人派使臣来朝见。诸位使臣中，唯有吐屯单独站立，不步入使臣的行列。谕德官张元一以幽默诙谐闻名于朝中，他问突厥使臣："这位单独站着的人是谁？"翻译官回答说："吐屯，就是突厥的御史。"张元一戏谑地说："人们都说我大唐朝的御史神态严肃冷峻，这位邻国御史也特别严肃冷峻啊！"满朝文武百官听了后，都喧闹哄笑不止。出自《御史台记》。

李安期

唐朝吏部侍郎李安期，是隋朝内史李德林的孙子，安平公李百药的儿子。他天生机警聪敏。曾经有人因没有入选而被打发回家。这位落选的官员说："羞于踏上来京那条路啊。"李安期问："你从哪个关进京的？"回答说："从蒲津关来。"李安期说："你就绕道潼关去吧。"这人说："羞于见到妻子和孩子。"李安期说："你的妻子原本最了解你，肯定不会耻笑你的。"还有一个落选的人引荐选拔，李安期看了档案中该人的考卷说："只是你的字写得稍微差了些。"该人回答说："应试那天我从马上掉下来摔伤了

足。"安期曰:"损足何废好书。"为读判曰:"向看贤判,非但伤足,兼以内损。"其人惭而去。又选士姓杜名若,注芳洲官。其人惭而不伏。安期曰:"君不闻芳洲有杜若?"其人曰:"可以赠名公。"曰:"此期非彼期。"若曰:"此若非彼若。"安期笑,谓之改注。又一吴士,前任有酒状。安期曰:"君状不善。"吴士曰:"知暗枪已入。"安期曰:"为君拔暗枪。"答曰:"可怜美女。"安期曰:"有精神选,还君好官。"对曰:"怪来晚。"安期笑而与官。出《朝野佥载》。

邓玄挺

唐邓玄挺入寺行香,与诸僧诣园,观植蔬。见水车以木桶相连,汲于井中。乃曰:"法师等自蹋此车,当大辛苦。"答曰:"遣家人挽之。"邓应声曰:"法师若不自蹋,用如许木桶何为?"僧愕然思量,始知玄挺以木桶为幪秃。又尝与谢佑同射,先自矜敏手。及至对射,数十发皆不中垛。佑乃云:"直由箭恶,从来不曾如此。"玄挺应声报云:"自须责射,因何尤箭。"众人欢笑,以为辩捷。权玄福任萧机,遣郎中员外,极晚始许出。有郎中厅前逼阶枣树下生一小枣,穿砌砖而出。皆讶焉,既就看。玄挺时任员外郎云:

脚。"李安期问："脚摔坏了怎么会影响你写好字呢?"于是,在试卷上批示道："刚才看了你的试卷,不但是跌伤了脚,同时还有内伤。"该人羞愧地走了。还有一个候选官员叫杜若,被安排在芳洲为官,这个人既感到羞愧又不服气。李安期对他说："你没有听说过芳洲盛产杜若吗?"这个人说："我这株杜若可以赠送给您。"李安期说："这个时期不比那个时期。"这个人说："这种杜若也不是那种杜若。"李安斯听后笑了,将这位候选官改任别处。还有一位吴郡的候选官员,在之前的职位上,档案上记载有好饮酒误事的诉状。李安期看后说："你在之前的职位上有不好的表现啊。"这位吴郡的候选官回答说："我就知道有人使暗箭中伤我。"李安期说："为你拔除暗箭。"这人回答说："你是大贤人啊!"李安期说："你能有勇气参加候选,还给你一个好官的名声。"这人说："都怪我来晚了。"李安期听后笑了,选任他一个新的官职。

出自《朝野佥载》。

邓玄挺

　　唐朝邓玄挺来到寺院烧香拜佛,跟着寺里的僧人们来到菜园里,观看他们种菜。邓玄挺看到水车上串联着好几个木桶,从井中将水汲上来。于是便问僧人们："法师们亲自踏水车,肯定会非常辛苦的。"僧人们回答说："分派仆役们用力转动。"邓玄挺应声问："法师们如果不是亲自来踏,用这么多木桶干什么?"僧人们听了后感到很愕然,经过思索,才知道是邓玄挺将木桶误认为"攀秀"。邓玄挺曾与谢佑一块儿射箭,起先谢佑认为自己是能手。等到一交手,他射了几十发都没有射中箭靶子。谢佑于是就说："一定是箭不好使,从来没射过这么差。"邓玄挺应声回答说："只需要责怪射箭的人技艺不高,为什么怨箭不好呢?"在场的人都欢呼雀跃,认为邓玄挺反应敏捷,擅长机辩。权玄福任用萧机为郎中员外,很长时间了才让他上任。有位郎中家厅前有一株临阶枣树,长出一株小枣树,是从砌台阶的砖缝中钻出来的。大家都感到很惊奇,争着去看。邓玄挺当时正任员外郎,说:

"此树不畏萧机，遂即砖辄枣出。"兵部侍郎韦慎形容极短，时人弄为侏儒。玄挺初得员外已后，郎中员外俱来看。韦慎云："慎以庸鄙，滥任郎官。公以高才，更作绿袍员外。"邓即报云："绿袍员外，何由可及侏儒郎中。"众皆大笑。出《启颜录》。

元福庆

唐元福庆，河南人，拜右台监察。与韦虚名、任正名颇事轩昂。殿中监察朱评之咏曰："韦子凝而密，任生直且狂。可怜元福庆，也学坐痴床。"正名闻之，乃自改为俊且强。出《御史台记》。

尚书郎

尚书郎，自两汉已后，妙选其人。唐武德贞观已来，尤重其职。吏兵部为前行，最为要剧。自后行改入，皆为美选。考功员外专掌试贡举人，员外郎之最望者司门都门。屯田虞水，膳部主客，皆在后行，闲简无事。时人语曰："司门水部，入省不数。"角觝之戏，有假作吏部令史与水部令史相逢，忽然俱倒。良久起云："冷热相激，遂成此疾。"先天中，王上客为侍御史，自以才望清雅，妙当入省，常望前行。忽除膳部员外郎，微有怅惋。吏部郎中张敬忠戏咏之曰："有意嫌兵部，专心取考功。谁知脚踜蹬，几落省墙

"这株枣树不惧怕萧机,于是专门从砖缝中拱出一株小枣树来。"兵部侍郎韦慎身材极其矮小,当时的同事们都戏称他为侏儒。邓玄挺刚刚被授予员外郎后,郎中员外们都来看望他。韦慎自谦地说:"我为人庸俗鄙陋,滥竽充数也任个郎官。以你的杰出才干,应当更上一层任个绿袍员外。"邓玄挺立即回答说:"绿袍员外,有什么资格可以比得上你这个侏儒郎中呢!"在场的人们听了后都大笑起来。出自《启颜录》。

元福庆

唐朝元福庆,河南人,官任右台监察。与同任韦虚名、任正名都气宇轩昂。殿中监察朱评之写诗评论他们三人说:"韦子凝而密,任生直且狂。可怜元福庆,也学坐痫床。"任正名听到这首诗后,自己将他的那句"任生直且狂"改成"任生俊且强"。出自《御史台记》。

尚书郎

尚书郎,自两汉以后,都由经过认真选拔的人充任。唐代高祖和太宗武德、贞观两朝以来,尤其重视这个官职。特别是吏部和兵部,是六部之首,最为重要。从刑部、工部后行迁任兵部、吏部前行,都是最好的升迁。至于考功员外,是专门掌管科试举荐官员升迁、降罚的,员外郎中最让人仰慕的是司门都门。主管屯田垦荒的官署,主管山川林泽的民署,以及主管祭器、酒膳、外交等官署,均属后行,属于没有多少实权的闲职。当时人都说:"司门和水部,升入尚书省的不计其数。"百戏里,有表演吏部官员与水部的官员相遇,忽然同时跌倒在地上。过了好长时间才站起来,说:"冷热相互冲击,于是就跌倒了。"先天年间,王上客任侍御史,认为自己才干声望都很高,一定会被精选到尚书省,而且盼望进入前行。忽然被任命为膳部员外郎,心里略微有些惋惜、惆怅。吏部郎中张敬忠知道这件事后,写了一首打油诗,来戏谑王上客:"有意嫌兵部,专心取考功。谁知脚踱蹬,几落省墙

东。"膳部在省中最东北隅,故有此句。 出《两京新记》。

御史里行

唐开元中置里行,无员数。或有御史里行、侍御史里行、殿中里行、监察里行,以未为正官。台中咏之曰:"柱下虽为史,台中未是官。何时闻必也,早晚见任端。"任端即侍御史任正名也。 出《御史台记》。

姚 崇

唐姚崇为紫微令,例给舍置次,不让宰相。崇以年位俱高,不依旧请。令史持直簿诣之,崇批其簿曰:"告直令史,遣去又来。必欲取之,有同司命。老人年事,终不宜当。"诸司舍见之欢笑,不复逼也,遂停宰相宿。 出《大唐新语》。

黄幡绰

唐玄宗好击毬,内厩所饲者,意犹未甚适。会与黄幡绰戏语相解,因曰:"吾欲良马久之,而谁能通于马经者?"幡绰奏曰:"臣能知之。"且曰:"今三丞相悉善《马经》。"上曰:"吾与三丞相语政事外,悉究其旁学,不闻有通马经者,尔焉得知之?"幡绰曰:"臣自日日沙堤上,见丞相所乘,皆良

东。"膳部在尚书省府衙的东北角紧靠墙边，所以才有这种说法。出自《两京新记》。

御史里行

唐玄宗开元年间，设置里行这一官职，也没有固定的名额。分别设有御史里行，侍御史里行、殿中里行、监察里行等，都认为不是正式的官职。朝中有人作诗歌咏这件事："柱下虽为史，台中未是官。何时闻必也，早晚见任端。"所谓"任端"，就是侍御史里行被授任正式的官职。出自《御史台记》。

姚 崇

唐朝姚崇官任紫微令，按照旧例，供给的府第排列的次序档次，不在宰相之下。姚崇以年龄、地位都特别高了为由，不依照原有的规定。可是令史官还是拿着值事簿到姚崇那去，姚崇在簿上批示道："我已经告诉值事的令史官了，可是打发他回去后又来了。一定要让我同意，说是长官让他这样做的。我已年老位高，终归不应当享受这种待遇。"工部的办事员将姚崇的这个批示拿回去后，部里的官员们看了都高兴地笑了，从此不再逼迫他，于是停止了给姚崇按照宰相的住房标准给他建造新房的计划。出自《大唐新语》。

黄幡绰

唐玄宗喜爱骑马打球的游戏，宫中马厩里饲养的御马，都不太符合他的心意。一日，唐玄宗正好跟黄幡绰在一块儿相互戏谑解闷，唐玄宗对黄幡绰说："我早就想寻找一匹良马了，你知道谁精通《马经》吗？"黄幡绰回答说："我应该知道。"并且说："当今的三位丞相全都擅长相马。"玄宗皇上说："我跟三位丞相除了谈论朝政外，还经常一起讨论旁门杂学，没有听说他们精通相马术啊。你是怎么知道的？"黄幡绰说："我每天等候早朝的时候，都在洛水岸边的沙堤上散步，见到三位丞相所骑的马都是良

马也。是以必知通马经。"上因大笑而语他。玄宗尝登苑北楼，望渭水。见一醉人临卧水，问左右是何人，左右不知。将遣使问之，幡绰曰："臣知之，此是年满令史。"上曰："你何以知？"对曰："更一转入流。"上大笑。又与诸王会食。宁王对御座，喷一口饭，直及龙颜。上曰："宁哥何以错喉？"幡绰曰："此非错喉，是喷嚏。"出《松窗杂录》及《因话录》。

杨国忠

唐杨国忠尝会诸亲。时知吏部铨，且欲大噱以娱之。呼选人名，引入于中庭。不问资叙，短小者通道参军，胡者云湖州文学。帘下大笑。出《嘉话录》。

刘朝霞

唐天宝初，玄宗游华清宫。刘朝霞献《驾幸温泉赋》，词调倜傥，杂以俳谐。文多不载，略其赋首云："若夫天宝二年，十月后兮腊月前，办有司之供具，命驾幸于温泉。天门轧开，神仙之福塞；銮舆划出，驱甲仗而骈阗。青一队兮黄一队，熊蹋胸兮豹挐背；珠一团兮绣一团，玉缕珂兮金钑鞍。"其后述圣德云："直获得盘古髓，掐得女娲氏娘。遮

马啊。由此知道他们一定精通《马经》。"玄宗皇上听了大笑就换话题了。唐玄宗一次登上御苑北楼,远望渭水。看见一个人喝醉了酒躺在水边,问身边的人这是什么人,身边人都说不知道。正要派人前去探问,黄幡绰说:"我知道,这个人是任期已满的令史。"玄宗皇上问:"你怎么知道的?"黄幡绰回答说:"再一调转就入流了。"玄宗皇帝听了大笑。玄宗皇帝曾跟诸位皇子一块儿聚餐,宁王坐在玄宗的对面,忽然喷出一口饭,都喷在了玄宗的脸上。玄宗皇帝说:"宁王兄,怎么用错了嗓子?"黄幡绰说:"这不是用错了嗓子,是打喷嚏。"出自《松窗杂录》及《因话录》。

杨国忠

　　唐玄宗在位期间,身为国舅的杨国忠,曾经会见亲友。当时,他正在吏部掌管考核、选任官员,决定他们升迁、任免的职务,想在众人面前开玩笑,从而取悦亲朋。于是呼唤候选官员的名字,被呼唤的人都到厅堂正中。不问资历、业绩,个子短小的都授以道州参军,有胡须的人一律称为湖州文学。帘内的娘娘们都大笑起来。出自《嘉话录》。

刘朝霞

　　唐朝天宝初年,玄宗皇帝出游华清宫。有个叫刘朝霞的人,进献了一篇《驾幸温泉赋》给玄宗皇帝。这篇赋的格调洒脱,不同于一般,还夹杂着幽默。这篇《驾幸温泉赋》很长,就不全载录在这里了,赋的开头大意是这样的:"天宝二年,十月以后腊月之前,有关的官署置办需要的物品、器具,皇上要移驾到华清宫的温泉宫。宫门轧然打开,仿佛是神仙降临到这里;皇上的车驾忽然出现,龙车凤辇在两列仪仗的护卫下络绎向前。青色的一列,黄色的一列,人人都像熊胅胸豹挈背一样的威武雄壮;珍珠结成串,锦绣聚成团,美玉镶嵌的马勒,黄金铸造的马鞍。"文章后面在叙述玄宗皇上的圣明与德政时,是这样写的:"您得到了盘古帝的精髓,又摘取了炼石补天的女娲娘娘的肉瓤。任凭

莫你古来千帝,岂如我今代三郎。"其自叙云:"别有穷奇蹭
蹬,失路猖狂,骨撞虽短,伎俩能长。梦里几回富贵,觉来
依旧恓惶。只是千年一遇扣头,莫五角而六张。"上览而奇
之,将加殊赏,命朝霞改去"五角六张"字。奏云:"臣草此
赋,若有神助。"自谓文不加点,笔不停缀,不愿改之。上
闻,顾左右曰:"真穷薄人也。"遂授以宫卫佐而止焉。出《开
天传信记》。

姚贞操

唐姚贞操云:"自余以评事入台,侯承训继入。此后相
继不绝,故知拔茅连茹也。"韩琬以为不然。自则天好法,
刑曹望居九寺之首,以此评事多入台,迄今为雅例,岂评事
之望,起于贞操耶?须议戏云:"畿尉有六道,入御史为佛
道,入评事为仙道,入京尉为人道,入畿丞为苦海道,入县
令为畜生道,入判司为饿鬼道。故评事之望,起于时君好
法也,非贞操所能升降之。"出《御史台记》。

裴谞

唐裴宽子谞复为河南尹。谞素好诙谐。尝有投牒,

自古以来的千百个帝王，谁能赶得上我朝今天的圣明皇上李三郎？"这篇赋还有段自序说："偏有一个穷困潦倒的文人，因没有前途而狂乱。我的身躯和骨架虽然短小，但我的技能、本领很强。几次梦见自己荣华富贵，醒来后依然过着这样凄惶的日子。现在遇上了千载难逢的叩见皇上的好机会，且五角而六张。"玄宗皇帝看了这篇《驾幸温泉赋》，觉得它奇异不凡，准备重重地奖赏刘朝霞。玄宗皇帝让刘朝霞修改"五角六张"这几个字。刘朝霞回答说："我写作这篇《驾幸温泉赋》，就像有天神相助。"自己说文不加点，笔不停顿，一气呵成，不愿改动。玄宗皇帝听后对身边的近侍说："真是薄命穷相的怪人啊！"于是，授予刘朝霞宫卫佐这样一个小官职而已。出自《开天传信记》。

姚贞操

唐朝姚贞操说："自从我由刑部的评事法官升入御史台后，后面的人接受我的教诲，有人也升入御史台。这以后接连不断有人升入御史台，这本是递连推荐引进的缘故啊。"韩琬不这样认为。自从武则天皇后偏好刑名、严苛法度以来，才使得掌管刑事的刑曹也有希望位居九卿之首。从此，许多评事才能升入御史台。直到今天形成了惯例。怎么能说评事升入御史台，是从姚贞操那儿开始呢？过了一会儿，韩琬戏谑地说："在京都地区所属各县担任县尉职务的人，有六条出路。升任御史台是最好的出路，被称为'佛道'。升为评事次之，被称为'仙道'。升任京尉一般化，被称为'人道'。升任京都府丞就不太好了，被称为'苦海道'。升任县令就比较差了，被称为'畜生道'。升任判司是最差的了，被称为'饿鬼道'。因此说，评事官名望的提高，起源于君王偏好法度，而不是姚贞操所能左右得了的。"出自《御史台记》。

裴谞

唐朝裴宽儿子裴谞为河南尹。他喜欢开玩笑。曾有人投诉，

误书纸背。谓判云:"这畔似那畔,那畔似这畔。我也不辞与你判,笑杀门前着靴汉。"又妇人同投状争猫儿,状云:"若是儿猫儿,即是儿猫儿。若不是儿猫儿,即不是儿猫儿。"谐大笑,判其状曰:"猫儿不识主,傍家搦老鼠。两家不须争,将来与裴谐。"遂纳其猫儿。争者亦止焉。出《开天传信记》。

张文成

唐司门员外郎张文成好为俳谐诗赋,行于代。时大将军黑齿常之,将出征。或人勉之曰:"公官卑,何不从行?"文成曰:"宁可且将朱唇饮酒,谁能逐你黑齿常之。"出《御史台记》。

窦晓

唐窦晓形容短小,眼大露睛;乐彦伟身长露齿。彦伟先弄之云:"足下甚有功德。"旁人怪问,彦伟曰:"既已短肉,又复精进。岂不大有功德!"窦即应声答曰:"公自有大功德,因何道晓?"人问其故,窦云:"乐工小来长斋。"又问长斋之意,窦云:"身长如许,口齿齐崖。岂不是长斋!"众皆大笑。出《启颜录》。

杜延业

唐华原令崔思诲口吃,每共表弟杜延业递相戏弄。杜常语崔云:"延业能遣兄作鸡鸣,但有所问,兄即须报。"旁

误将状词写在纸背面。裴谞在上面批示说:"这边似那边,那边似这边,我也没办法措辞为你评判,笑坏了门前边的穿靴汉。"又有两位妇女为争夺一只猫投上状纸,上面写道:"如果是我家的猫,那么就是我家的猫。如果不是我家的猫,那么就不是我家的猫。"裴谞看了上告信大笑,在上告信上批示道:"猫不认识主人了,到别人家去捉老鼠。你们两家都不要争了,将这只猫送给我裴谞吧。"于是便要来那猫。两位妇女也不争了。出《开天传信记》。

张文成

唐朝司门员外郎张文成喜欢写点诙谐调侃的诗赋,流行于当时。当时,黑齿常之将军将要率军出征。有人劝张文成说:"你现任开关城门这样的小官,为什么不跟黑齿将军一块儿出征?"张成文戏谑地说:"我宁肯用朱唇饮酒,有谁敢追随你这漆黑牙齿的常之啊!"出自《御史台记》。

窦 晓

唐朝窦晓身材矮小,眼睛大而眼球向外凸出;乐彦伟身材高大,牙齿外露。乐彦伟首先戏弄窦晓说:"你非常有功德啊!"旁人感到奇怪,乐彦伟回答说:"你看他身材短小,又在精神上有很大长进,难道不是修得大有功德吗?"窦晓听了后应声回答道:"你有大功德,为什么反而称赞我窦晓啊?"有人问他为什么这样说,窦晓回答道:"乐工小来长斋。"有人问"长斋"是什么意思,窦晓说:"'长'就是身长的意思,'斋'就是口齿突出如悬崖的意思啊! 难道不是'长斋'吗?"众人都大笑起来。出自《启颜录》。

杜延业

唐朝的华原县令崔思诲有口吃的毛病。他经常跟表弟杜延业互相调笑戏谑。有一次杜延业对崔思诲说:"我能让哥哥你学鸡叫,只要我问你什么,你就得立刻告诉我。"在场的另外一个

人云:"他口应须自由,何处遣人驱使。若不肯作,何能遣之?"杜即云:"能得。"既而旁人即共杜私睹。杜将一把谷来崔前云:"此是何物?"崔云:"谷谷。"旁人大笑,因输延业。出《启颜录》。

路励行

唐路励行初任大理丞,亲识并相贺。坐定,一人云:"兄今既在要职,亲皆为乐。谚云:'一人在朝,百人缓带。'岂非好事!"答云:"非直唯遣缓带,并须将却幞头!"众皆大笑。出《启颜录》。

萧 诚

唐萧诚初拜员外,于朝列,安闲自若。侍御史王旭曰:"萧子从容省达。"韩琬应声答曰:"萧任司录,早已免杖,岂止今日方省挞耶?"闻者欢笑。出《御史台记》。

德 宗

唐马燧之孙始生,德宗命之曰继祖。退而笑曰:"此有二义。意谓以索继也。"出《国史补》。

刘玄佐

唐刘玄佐,滑城匡城人。尝出师经本县,欲申桑梓礼于令,坚辞不敢当。玄佐叹恨久之。先是陈金帛,将遣

人对杜延业说:"嘴长在他身上,怎么能受到别人的支使呢? 如果他不肯学,你有什么办法呢?"杜延业当场说:"能的。"过了一会儿,杜延业与这个人偷偷打赌。杜延业捧着一把谷子走到崔思诲面前,问:"这是什么东西啊?"崔思诲说道:"谷……谷……"旁人都大笑起来,都输给了杜延业。 <small>出自《启颜录》。</small>

路励行

唐朝路励行刚刚升任大理寺丞,亲戚朋友都来祝贺。入座后,一个人说:"哥哥现在升任重要的职务,我们所有的亲属都感到高兴。常言说得好:'一人在朝为官,他周围的人都可以宽束腰带,悠闲自在了。'难道这不是一件大好的事情吗?"路励行回答说:"非但只有宽束腰带,还要摘掉帻头呢!"在座的人都大笑起来。 <small>出自《启颜录》。</small>

萧　诚

唐朝人萧诚刚刚授任员外郎,在朝廷群臣中,清闲自在。侍御史王旭赞赏地说:"萧诚这个人可以称得上从容省达。"韩琬应声说:"萧大人任司录时掌管府事,早就免除了杖刑,怎么能说到今天才'省挞'呢?"听的人都笑了。 <small>出自《御史台记》。</small>

德　宗

唐朝人马燧的孙子刚刚生下来,唐德宗给他起个名字叫马继祖。退朝后,德宗笑着说:"继祖这个名字有两层意义,其意思是说,可以理解为继承祖先的品德,也可以理解为继承祖先的禄位。"<small>出自《国史补》。</small>

刘玄佐

唐朝刘玄佐,滑城匡城人。一次率领军队经过他的家乡匡城县时,想向县令行拜见礼,县令坚决谢绝,表示承担不起。刘玄佐叹息怨恨了很久。他一开始准备了黄金与丝织品,将要送礼给

邑僚，以其愚懦而止。玄佐贵为相，其母月织绢一匹，以示不忘本。每观玄佐视事，见邑令走阶下。退必语玄佐："吾向见长官白事卑敬，不觉恐悚。思乃父为吏本县时，常畏长官汗栗。今尔当厅据案待之，其何安焉？"因喻以朝廷恩寄之重，须务捐躯。故玄佐始终不屈臣节。时乡里姻旧，以地近，多投之。玄佐不欲以私擢居将校列，又难置于贱卒，尽置为将判官。此职例假绯衫银鱼袋，外示荣之，实处散冗。其类渐众，久之，有人启诉于刘者，一联云："覆盆子落地，变赤烘烘。羊羔儿作声，尽没益益。"览之而笑，各改着他职。出《因话录》。

顾　况

唐白居易初举未振，以歌诗谒顾况。况谑曰："居易。长安百物贵，居大不易。"及读至《赋得原上草送友》曰："野火烧不尽，春风吹又生。"叹曰："有句如此，居大不难。老夫前言戏之耳！"出《摭言》。

裴　佶

唐北省班：谏议在给事中上，中书舍人在给事中下。裴佶为谏议，形质短小，诸舍人戏之曰："如此短，何得向上？"

县官，县官们嫌他是愚钝的书生拒绝了他的礼物。刘玄佐后来升任宰相，位高权重，堪称显贵。他母亲依然每月织一匹布，用来表示不忘本。刘母每次看到刘玄佐在署衙处理政务，那些郡县的官吏们，悄悄地走在阶下，一点不敢声张。回去后就劝谕儿子："我一看到下属向长官陈述公务时那种谦卑恭敬的样子，就不由得感到惶恐不安。想到你父亲在本县担任小吏时，经常由于敬畏长官而恐惧得直流冷汗。现在，你坐在厅堂的书案后边，像当年你父亲的长官那样对待下属，怎么能心安理得呢？"于是，刘母劝喻儿子不要辜负朝廷的恩遇与重托，一定要全身心用在政务上面。因此，刘玄佐为官始终不违背做忠臣的大节。刘玄佐任宰相期间，家乡的亲朋故旧，因为离京城很近，许多人都来投靠他。他不想因为私人关系而提升这些人为将校，又不好将他们安置在地位低下的卒伍中，于是，都安排为将官们的僚属。这些职务也都被授予红色袍服，佩银鱼袋。外人看了挺荣耀，实际都是无职无权的散官。这种安排越来越多，时间长了，亲朋故旧中有人向刘玄佐述说这件事，写了一副对联给他："覆盆子落地，变赤烘烘；羊羔儿作声，尽没益益。"刘玄佐看后笑了，将这些人都各自改任别的官职。出自《因话录》。

顾　况

　　唐代白居易第一次参加科考举士落第后，拿着自己写的诗歌去拜见顾况。顾况戏谑地说："居易。京城长安各种东西都很贵，想居住下来不太容易啊。"待到读到《赋得原上草送友》："野火烧不尽，春风吹又生。"赞叹地说："有这样千古绝唱的诗句，住在长安一点也不难。老夫前面说的是开玩笑罢了！"出自《摭言》。

裴　佶

　　唐朝时，尚书省的等级是这样分列的：谏议大夫在给事中之上，中书舍人在给事中之下。裴佶任谏议大夫，他身材矮小，诸位中书舍人都很戏谑他说："这样矮小，怎么爬到上面去了呢？"

裴佶曰：“若怪，即曳向下着。”众人皆大笑。后除舍人。出《因话录》。

赵宗儒

唐宪宗问赵宗儒曰：“人言卿在荆州，毬场草生，何也？”对曰：“死罪有之。虽然草生，不妨毬子，上为启齿。”出《国史补》。

燶牛头

有士人，平生好吃燶牛头。一日，忽梦其物故，拘至地府酆都狱。有牛首阿旁，其人了无畏惮，仍以手抚阿旁云：“只这头子，大堪燶。”阿旁笑而放回。出《传载》。

韩皋

唐仆射韩皋镇夏口，常病小疮，令医付膏药，不濡。公问之，医云：“天寒膏硬。”公笑曰：“韩膏实是硬。”原缺出处，今见《因话录》卷二。

裴度

唐裴晋公度在相位日，有人寄槐瘿一枚，欲削为枕。时郎中庾威，世称博物，召请别之。庾捧玩良久，白曰：“此槐瘿是雌树生者，恐不堪用。”裴曰：“郎中甲子多少？”庾曰：“某与令公同是甲辰生。”公笑曰：“郎中便是雌甲辰。”出《卢氏杂说》。

裴佶回答说:"你们如果觉得奇怪,就将我拽到下边来吧!"在场的人听了都大笑。后来,裴佶果然被降为中书舍人。出自《因话录》。

赵宗儒

唐宪宗问赵宗儒,说:"听别人说你在荆州时,球场上杂草丛生,这是为什么啊?"赵宗儒回答说:"判死罪的条文中有这样一条规定。虽然草生,但是并不妨碍击球子,有劳皇上过问这件事。"出自《国史补》。

燖牛头

有一个读书人,平素最喜欢吃卤制的牛头肉。一天,他忽然梦见自己死了,被小鬼押送到地府里的酆都狱。酆都狱中有个叫陈旁的牛头鬼,这个读书人见了后一点也不畏惧,还用手抚摸着牛头鬼陈旁说:"就这牛头,大可值得一卤。"牛头鬼阿旁听了后笑了,就把他释放了。出自《传载》。

韩 皋

唐朝的仆射韩皋镇守夏口,一次身上长了一块小疮,让医生给他的疮上贴上膏药,怎么贴也粘不上去。韩皋问医生:"怎么贴不上?"医生回答说:"由于天寒膏硬。"韩皋笑着说:"韩膏确实是硬啊!"原缺出处,今见《因话录》卷二。

裴 度

唐朝晋国公裴度任宰相时,有个人送给他一个槐木瘿瘤,他想把这个瘿瘤削制成一只木枕。当时任郎中的庾威,人们都说他通晓众物,裴度将他请来,让他鉴别一下。庾威将这只槐木瘿瘤捧在手中把玩了很长时间,向裴度讲解道:"这是一只雌树生的瘿瘤,恐怕不能使用。"裴度问:"庾郎中多大岁数了?"庾威回答说:"我与大人您都是甲辰生人。"裴度笑着说:"庾郎中便是雌甲辰啊!"出自《卢氏杂说》。

姚 岊

　　唐姚岊有文学而好滑稽，遇机即发。仆射姚南仲，廉察陕郊。岊初释艰服后见，以宗从之旧延于中堂，吊罢，未语及他事。陕当两京之路，宾客无时。门外忽投刺云："李过庭。"南仲曰："过庭之名甚新，未知谁家子弟？"左右皆称不知。又问岊知之乎，岊初犹俯首嚬眉，顷之，自不可忍，敛手言曰："恐是李趋儿。"南仲久方悟而大笑。出《因话录》。

姚岘

　　唐朝人姚岘擅长文学而且为人诙谐滑稽,遇着机会就表现出来。仆射姚南仲视察陕郊。姚岘刚刚脱去丧服后,就去拜见姚南仲,以同族本家的身份叙旧。姚岘被请到中堂,姚南仲刚刚说完慰藉姚岘居丧的话,还没有来得及谈别的事情。陕郊正当东、西两京的中间,来往的宾客说不上什么时候就来造访。门外有仆人报告:"李过庭来拜。"姚南仲问:"'过庭'这个名字很是生疏,不知道他是谁家的子弟?"身边的人都说不知道。姚南仲又问姚岘知道不知道,姚岘起初就俯首皱眉装作在苦苦思索。不一会儿,忍不住要笑,拱手说:"恐怕是李趋儿。"姚仲南思考了好久才领悟,不由得大笑起来。出自《因话录》。

卷第二百五十一
诙谐七

周　愿

唐周愿，尝奉使魏州，节度使田季安引之连辔。路见一驴极肥，季安指示愿曰："此物大王世充。"应声答曰："总是小窦建德。"李巽性严毅，不好戏笑。时愿知河西盐铁留事，将至。李戒从事曰："周生好谐谑，忝僭无礼。幸诸贤稍庄以待之。"及愿至，数宴。李公寒温外，不与之言，周亦无由得发。一日，馔亲宾，愿亦预焉。李公有故人子弟来投，落拓不事。遍问旧别墅及家童有技者、图书有名者，悉云货却。李责曰："未官家贫，产业从货，何至书籍古画店彼除？"惆怅久之。复问一曰："有一本虞永兴手书

周　愿

　　唐朝周愿，曾奉命出使魏州。魏州节度使田季安迎接他，跟他并马而行。路上见到一头驴很肥壮，田季安指给周愿看并说道："此物比王世充大。"周愿应声答道："总是比窦建德小吧！"李巽的性格严肃冷酷，不好戏笑。当时周愿被任命为河西盐铁留事，当周愿快要到来的时候，李巽告诫佐官们说："周愿这个人天生喜好戏谑，而且羞辱人不分长幼、不讲礼仪。希望各位要庄重严肃地对待他。"等周愿来到之后，多次设宴款待。李巽除了见面和他寒暄几句外，不跟他多说话，因此周愿没有得到能引发他开玩笑的机会。一天，李巽宴请亲友，周愿也来参加。当时李巽的一个老朋友的儿子来投靠，想求个官做。李便打听他家旧有别墅以及有技艺的家童、有名的图画书籍等情况，都说已经卖掉了。李巽责备他道："还没有开始做官，家境又穷，财产应依据情况而进行买卖，你哪里到了书籍古画都卖掉不要了的地步？"说完之后一直很怅惘不悦，过了一会儿又问："有一部虞永兴手抄的

《尚书》，此又在否？"某人惭惧，不敢言货，云："暂将典钱。"愿忽言曰："此《尚书》大迍厄。"都忘先拒其诙谐是，遂问曰："《尚书》何迍？"愿曰："已遭《尧典》《舜典》之苦，此而即典。"李之颜大开，自更不舍。原缺出处，今见《因话录》四。

又

陆长源以旧德为宣武军行军司马，韩愈为巡官，同在使幕。或讥年辈相悬，愿曰："大虫老鼠，俱为十二属，何怪之有？"旬日布于长安。出《国史补》。

刘禹锡

唐刘禹锡牧连州，替高寓。寓后入羽林将军，自京附书曰："以承眷，辄举目代矣。"刘答书云："昔有一话，曾有老妪山行，见大虫羸然跬步而不进，若伤其足。妪目之，而虎遂自举足以示妪，乃有芒刺在掌，因为拔之。俄奋迅阚吼而愧其恩。自后掷麋鹿狐兔于庭，日无阙焉。妪登垣视之，乃前伤虎也。因为亲族具言其事，而心异之。一旦，忽掷一死人，血肉狼藉，妪乃被村胥诃捕。妪具说其由，始得释缚。妪乃登垣，伺其虎至而语曰：'感矣，叩头大王，已后更莫抛死人来也。'"出《嘉话录》。

《尚书》，此书还在吧？"那个人惭愧而又有些惧怕，不敢说卖了，便说："暂时典当成钱了。"周愿忽然说道："这是《尚书》的一大劫难！"人们都忘记了先前要提防他戏谑的事，于是有人问道："《尚书》有什么劫难？"周愿道："已经遭受《尧典》《舜典》的苦难，这回不是又多了一'典'。"李巽笑颜大开，从此与他难舍难分。原缺出处，今见《因话录》四。

又

陆长源凭借先人的功德担任宣武军行军司马，韩愈为巡官，他们同在一个幕府中任职共事。有的人讥笑他们的年龄辈分相差悬殊，周愿解释道："老虎和老鼠，还同为十二属相呢，这有什么奇怪的？"此话一出，不到十天便传遍了长安。出自《国史补》。

刘禹锡

唐朝刘禹锡被任命为连州刺史，接替了高寓的职位。高寓后来到皇宫羽林军当上了将军，他从京城捎来书信说："已经接受你的关照，我在这里就以遥望而代以致谢了。"刘禹锡回信说："过去有这么一段故事，说曾有一个老妇在山里走路，看见一只大老虎身体十分瘦弱，迈着小步而难以行走，像是脚上受了伤。老妇举目去看时，那老虎竟抬起脚提醒她，原来有一根芒刺扎在它的脚掌上，于是老妇帮它拔掉。那虎立刻振作奔跑起来并长啸一声以感谢老妇的恩情。从那儿以后便经常把麇鹿、狐、兔等抛进老妇的院子里，没有一天不来的。老妇登上墙头观察，知道是从前那只受伤的老虎所为。便对亲戚族人都说了这件事，他们心里也都感到奇怪。一天早晨，突然抛进来一个死人，血肉模糊，于是老妇被村吏呵斥拘捕。老妇详细地说明了缘由，才被释放。于是老妇又登上墙头，等那只老虎再来时说道：'感谢你了，我给大王叩头了，只是希望以后千万别再把死人抛进来了！'"出自《嘉话录》。

袁德师

唐汝南袁德师,故给事高之子。尝于东都买得娄师德故园地,起书楼。洛人语曰:"昔日娄师德园,今乃袁德师楼。"原缺出处,明抄本作出《嘉话录》。

李 程

唐刘禹锡云:"李二十六丞相程善谑,为夏口日,有客辞焉。李曰:'且更三两日。'客曰:'业已行矣,舟船已在汉口。'李曰:'但相信住,那汉口不足信。'其客胡卢掩口而退。又因与堂弟丞相留守石投店酒饮,石收头子,纠者罚之。石曰:'何罚之有?'程曰:'汝忙闹时,把他堂印将去,又何辞焉?'酒家谓重四为堂印,盖讥石。太和九年冬,朝廷有事之际而登庸也。"出《嘉话录》。

杨虞卿

唐郎中张又新,与虔州杨虞卿,齐名友善。杨妻李氏即郿相女,有德无容。杨未尝介意,敬待特甚。张尝语杨曰:"我年少成美名,不忧仕矣。唯得美室,平生之望斯足。杨曰:"必求是,但与我同好,定谐君心。"张深信之。既婚,殊不惬心。杨秉笏触之曰:"君何太痴!"言之数四。张不胜其忿,回应之曰:"与君无间,以情告君。君误我如是,何为痴?"杨于是历数求名从宦之由,曰:"岂不与君皆同耶?"曰:"然。""然则我得丑妇,君讵不同耶?"张色解,

袁德师

唐朝汝南人袁德师,是已故给事中袁高的儿子。他曾在东都洛阳买下娄师德的旧园地,盖起了藏书楼。洛阳人便说道:"昔日娄师德园,今乃袁德师楼。"原缺出处,明抄本作出自《嘉话录》。

李　程

唐朝刘禹锡说:"丞相李程很喜好开玩笑,在夏口的时候,有一个客人来向他告别。李程说:'再住两三天吧。'客人说:'已经要走了,船已经到了汉口。'李程说:'我只相信能停留下来,那汉口是不足相信的。'那个客人捂嘴笑着离去。又有一次,李程与他的堂弟李石在酒肆以掷骰子赌输赢的办法饮酒,李石刚把骰子取在手里,监酒人就要罚他喝酒。李石道:'为什么要罚我?'李程说:'你趁大家忙乱的时候,把他的堂印偷了去,还有什么可说的?'酒店中把骰子掷为双重的四个点称为堂印,他是以此来嘲弄李石。太和九年冬天,当朝廷发生重大变故之时,李石做到了宰相。"出自《嘉话录》。

杨虞卿

唐朝郎中张又新,与虔州的杨虞卿,是出了名的好朋友。杨虞卿的妻子李氏是郎相的女儿,品德好但相貌很丑。杨虞卿从不介意,对她相敬如宾。张又新曾对杨虞卿说:"我年轻时就成了名,不担忧做官的事了。只要能娶到一个漂亮的媳妇,平生的愿望就满足了。"杨虞卿道:"一定要争取这样。只要与我志同道合,一定会让你称心的。"张又新深信他的话。可是张又新完婚之后,很不满意。杨虞卿用笏板触了触他说:"你何必太傻!"对他说过几次,张又新仍十分气愤,回答他说:"我和你亲密无间,我把真情告诉你。你竟这样误会我,请问什么叫太傻?"于是杨虞卿从头至尾述说了他们求名做官的经历,之后说道:"我难道不是和你相同的吗?"张又新说:"是的。"杨虞卿接着说道:"然而我得到的是丑媳妇,这你就与我不同了?"张又新的脸色已缓解,

问:"君室何如我?"曰:"特甚。"张大笑,遂如初。张既成家,乃为诗曰:"牡丹一朵直千金,将谓从来色最深。今日满栏开似雪,一生辜负看花心。"出《本事诗》。

沈亚之

唐沈亚之常客游,为小辈所试,曰:"某改令,书俗各两句。'伐木丁丁,鸟鸣嘤嘤'。东行西行,遇饭遇羹。"亚之答曰:"如切如磋,如琢如磨。欺客打妇,不当娄罗。"出《摭言》。

张 祜

唐张祜客淮南幕中。赴宴,时舍人杜牧为御使,座有妓人索骰子赌酒。牧微吟曰:"骰子逡巡裹手拈,无因得见玉纤纤。"祜应声答曰:"但知报道金钗落,仿佛还应路指尖。"祜未识白居易。白刺史苏州,始来谒。才相见,白谓曰:"久钦藉甚,尝记得右款头诗。"祜愕然曰:"舍人何所谓?"白曰:"'鸳鸯钿带抛何处,孔雀罗衫付阿谁',非款头何邪?"张俯微笑,仰而答之曰:"祜亦尝记得舍人目连变。"白曰:"何也?"曰:"'上穷碧落下黄泉,两处茫茫皆不见',非目连变何邪?"遂欢宴竟日。赵公令狐绹镇维扬,祜常预狎宴,公因熟视祜。改令曰:"上水船,风太急。帆下人,须好立。"祜答曰:"上水船,船底破。好看客,莫倚柁。"出《摭言》。

杨虞卿再问道:"你的媳妇和我的媳妇比较起来怎么样?"张又新说:"漂亮很多。"此时张又新高兴得大笑起来,于是又恢复到当初的样子。张又新有了一个和美的家庭,于是写诗道:"牡丹一朵直千金,将谓从来色最深。今日满栏开似雪,一生辜负看花心。"出自《本事诗》。

沈亚之

唐朝人沈亚之经常到外地游历,有一次被小青年考问试探,那晚生说:"我们来改诗,雅俗各两句。'伐木丁丁,鸟鸣嘤嘤'。东行西行,遇饭遇羹。'"沈亚之酬答道:"'如切如磋,如琢如磨'。欺客打妇,不当娄罗。"出自《摭言》。

张 祜

唐朝张祜曾在淮南节度使的幕府做门客。有一次他去赴宴,那时杜牧还只是御使,当时宴席中有个妓女在掷骰子赌酒。杜牧轻轻吟道:"骰子逡巡里手拈,无因得见玉纤纤。"张祜随声答道:"但知报道金钗落,仿佛还应路指尖。"张祜原来不认识白居易。白居易出任苏州刺史,来淮南使府拜访,才得相见。白居易对张祜说:"久仰你的大名,还记得你的右款头诗。"张祜有些惊讶,问:"舍人所言是指什么?"白居易道:"'鸳鸯钿带抛何处,孔雀罗衫付阿谁',这不是款头诗是什么?"张祜微微一笑,仰首而回答他道:"我也曾记得舍人写的目连变诗。"白居易道:"什么?"张祜道:"'上穷碧落下黄泉,两处茫茫皆不见',这不是目连变又是什么呢?"于是二人高高兴兴地摆宴饮酒,一直到晚上。赵公令狐绹镇守维扬时,张祜常常到那里去饮酒取乐,因而令狐绹对张祜很熟悉。有一次令狐绹让张祜改令,令狐绹先出小令道:"上水船,风太急。帆下人,须好立。"张祜对答道:"上水船,船底破。好看客,莫倚柁。"出自《摭言》。

交广客

交广间游客,各求馆帖。所至迎接甚厚,赆路每处十千。广帅卢钧深知其弊。凡求馆帖者,皆云:"累路馆驿,供菜饭而已。"有客赍帖到驿,驿司依帖供讫,客不发。驿吏曰:"恐后更有使客,前驿又远,此非宿处。"客曰:"食帖如何处分?"吏曰:"供菜饭而已。"客曰:"菜饭供了,还我'而已'来。"驿吏相顾,莫知所为。客又迫促,无计,吏问曰:"不知'而已'。"曰:"大于驴,小于骡。若无可供,但还我价直。"驿吏问:"每一'而已',其价几何?"客曰:"三五千。"驿吏逐敛送耳。出《卢氏杂说》。

卢　肇

唐卢肇初举,先达或问所来。肇曰:"某袁民也。"或曰:"袁州出举人邪?"肇曰:"袁州出举人,亦犹沅江出鳖甲,九肋者盖稀矣。"又肇就江西解试,为试官末送。肇有启事谢曰:"巨鳖屃赑,首冠蓬山。"试官谓之曰:"某昨限以人数挤排,虽获申展,深惭名第奉浼。焉得翻有首冠蓬山之谓?"肇曰:"必知明公垂问。大凡顽石处上,巨鳖载之。岂非首冠邪?"一座闻之大笑。　出《摭言》。

章孝标

唐章孝标及第后,寄淮南李绅诗曰:"及第全胜十政官,金汤渡了出长安。马头渐入扬州郭,为报时人洗眼看。"绅亟以一绝答之曰:"假金只用真金镀,若是真金不镀金。十载长安得一第,何须空腹用高心。"出《摭言》。

交广客

　　到交广一带游历的客人,都要求能有到馆舍下榻的帖子。因为那里招待得很好,临走还要给路费钱十千。广帅卢钧深知"馆帖"的弊端。凡索要馆帖的人都说:"途经这里的人很多,只供给大家吃喝而已。"有位游客带着帖子来到驿站,驿站的人按照上司的吩咐,只供应他的吃喝,那位客人到该上路时,仍不走。驿站的小官吏道:"你该走了,可能后面还有客人要来。前边的驿站又很远,这里你不能住了。"客人说:"食帖如何处理?"驿吏说:"供菜饭而已。"客人说:"菜饭供了,还我'而已'来吧。"驿吏两眼发怔,不知怎么办才好。客人又催促,驿吏仍无办法,于是问道:"不知道'而已'是什么。"客人说:"大于驴,小于骡。如果你没有可以给我的,可按价还我钱。"驿吏问:"每一个'而已'价值多少?"客人说:"三五千。"驿吏只好按数奉送。出自《卢氏杂说》。

卢　肇

　　唐代卢肇刚中举时,前辈问他是什么地方的人。卢肇说:"我是袁州人。"有人说:"袁州也出举人吗?"卢肇说:"袁州出举人,也如沅江出鳖甲一样,九肋的世间稀少。"卢肇到江西参加解试,考官将他排在后边。卢肇申言谢道:"巨鳌屃赑,数第一的是蓬山。"考官对他说:"昨日因人数太多而受局限,虽然让你获得展示才能的机会,但很为你的名次落后而感到愧疚并请能谅解。怎么你还会有首冠蓬山之说呢?"卢肇道:"我知道您会这样问的。大凡石碑在上,总是有巨鳌在下面驮着它。这难道不是第一吗?"在座的人听到后大笑。出自《摭言》。

章孝标

　　唐代章孝标考中进士后,给淮南的李绅寄去一首诗道:"及第全胜十政官,金汤镀了出长安。马头渐入扬州郭,为报时人洗眼看。"李绅立即以一首绝句回答他道:"假金只用真金镀,若是真金不镀金。十载长安得一第,何须空腹用高心。"出自《摭言》。

南　卓

唐郎中南卓,与李修古亲表昆弟。李性迂僻,卓常轻之。李俄授许州从事,奏官敕下,时许帅方大宴,忽递到开角,有卓与李书。遂执书喜白帅曰:"某与卓二十三表兄弟,多蒙相轻,今日某忝为尚书宾幕,又奏署敕下,遽与某书,大奇。"及启缄云:"即日卓老不死,生见李修古上除因。"帅请书看。合座大笑,李修古惭甚。出《卢氏杂说》。

王智兴

唐王智兴带使侍中,罢镇归京。亲戚间有以选事求智兴论荐,固不允。遂请致一函与吏部侍郎。吏部印尾状云:"选人名衔谨领讫。"智兴曰:"不知侍中也有用处。"出《卢氏杂说》。

卢　发

唐中书令白敏中镇荆南,杜蕴廉问长沙,请从事卢发致聘焉。发酒酣傲睨。公少不怿,因改著词令曰:"十姓胡中第六胡,也曾金阁掌洪炉。少年从事夸门地,莫向樽前气色粗。"发答曰:"十姓胡中第六胡,文章官职胜崔卢。暂来关外分忧寄,不称宾筵语气粗。"公极欢而罢。出《摭言》。

裴　休

曲江池本秦时岜洲。唐开元中,疏凿为胜境。南即紫云楼芙蓉苑,西即杏园慈恩寺。花卉环周,烟水明媚,都人

南 卓

唐朝有个郎中叫南卓,与李修古是亲表兄弟。李修古性格迂腐孤僻,南卓很轻蔑他。李修古很快被授为许州从事,奏官传下诏书,许州的长官正在宴请李修古时,忽然送信的使者递来一件开角,其中有一封南卓写给李修古的信。李修古拿着信很高兴地对长官说:"我与南卓是表兄弟,多亏他对我的轻视,今日才愧为尚书宾幕,又有皇上的诏令下,他立即给我写来信,让人很奇怪。"等到打开信一看,上面写道:"有幸南卓未死,活着看见李修古做了官。"许州长官拿过信来看。满座人都大笑,李修古惭愧得无地自容。出自《卢氏杂说》。

王智兴

唐代王智兴以朝廷侍中兼任节度使,任期已到返回京城。亲戚之中便有人让他帮助推荐做官,王智兴坚决不答应。于是又请他给吏部侍郎写封信。不久在一份吏部公文的末尾写道:"选人的名衔已照办完了。"智兴感叹道:"不知道'侍中'的签名也有用处。"出自《卢氏杂说》。

卢 发

唐朝的中书令白敏中镇守荆南时,杜蕴廉有意去长沙做官,白敏中便让从事卢发致聘书。卢发此时酒至酣处,傲慢地斜视杜蕴廉。白敏中对此不悦,于是作诗让他改,吟道:"十姓胡中第六胡,也曾金阁掌洪炉。少年从事夸门地,莫向樽前气色粗。"卢发答诗道:"十姓胡中第六胡,文章官职胜崔卢。暂来关外分忧寄,不称宾筵语气粗。"白敏中很高兴,就此作罢。出自《摭言》。

裴 休

曲江池所在的地方本是秦朝时的岂洲。唐朝开元年间,将其疏通开掘为风景名胜之地。南面是紫云楼和芙蓉苑,西面则是杏园和慈恩寺。花草环绕在池的四周,水色明媚,都城的人

游赏，盛于中和上巳节。即锡宴臣僚，会于山亭，赐太常教坊乐。池备彩舟，唯宰相三使北省官翰林学士登焉。倾动皇州，以为盛观。裴休廉察宣城，未离京，值曲江池荷花盛发，同省阁名士游赏。自慈恩寺，各屏左右，随以小仆，步至紫云楼。见数人坐于水滨，裴与朝士憩其旁。中有黄衣半酣，轩昂自若，指诸人笑语轻脱。裴意稍不平，揖而问之："吾贤所任何官？"率尔对曰："喏，郎不敢，新授宣州广德令。"反问裴曰："押衙所任何职？"裴效之曰："喏，郎不敢，新授宣州观察使。"于是狼狈而走，同座亦皆奔散。朝士抚掌大笑。不数日，布于京华。后于铨司访之，云："有广德令请换罗江矣。"宣皇在藩邸闻是说，与诸王每为戏谈。其后龙飞，裴入相。因书麻制，回谓枢近曰："喏，郎不敢，新授中书门下平章事矣。"出《松窗杂录》。

冯衮

　　唐冯衮牧苏州，江外优佚，暇日多纵饮博。因会宾僚掷卢，冯突胜，以所得均遗一座，乃吟曰："八尺台盘照面新，千金一掷斗精神。合是赌时须赌取，不妨回首乞闲人。"更因饮酣，戏酒妓。而军倅留情，索然无绪。冯哂之曰："老夫过戏，无能为也。"倅敛衽而谢。因吟曰："醉眼从

都来游玩观赏。京城人游览观赏曲江,以一月初一的中和节和三月三的上巳节最为热闹。皇上要赐宴臣僚,聚会于山亭,还要赐予大常教坊的音乐赏听。池中备有彩色的船,只有宰相、三使、中书门下两省及翰林学士等大官才可登临。整个皇宫的人几乎都要来游览,场面十分壮观。裴休此时正准备廉察宣城,还没有离开京城,又正值曲江池荷花盛开之时,便与省阁的名流们一同来游赏。从慈恩寺起,他们屏退了随从,只带着小仆,步行到紫云楼。见有几个人正坐在池水边上,裴休便与同僚们也坐在他们旁边休息。其中有个穿黄衣服的人喝得半醉,显示出一种气度不凡的神态,指责其他人谈笑轻佻。裴休心里有些不平。拱手行礼问道:"请问你任的是什么官职?"对方轻率地回答:"喏,小男子可不敢,小男子是新任的宣州广德县县令。"并反问裴休道:"押衙担任的是什么职务?"裴休效仿那人道:"喏,小男子不敢,刚刚担任宣州观察使。"那人于是狼狈而去,与他在一起的人也都四散而走。裴休的同僚们都击掌大笑。没过几天,消息便传遍了京城。后来被吏部执掌铨选的人查到此人,说:"这个广德县令已请求调往罗江去了。"宣宗在做藩王时听到这一则笑话,常常以这种方式与亲王们开玩笑。后来登基做了皇帝,裴休担任宰相。在用黄麻纸书写诏书时,宣宗还回过头对枢密使回答说:"喏,小男子不敢,我是新任的中书门下平章事。"出自《松窗杂录》。

冯衮

唐代冯衮任苏州牧时,江外富足安逸,闲暇时间多纵酒赌博。一天,冯衮又与宾朋僚属们赌输赢,冯衮大胜,就把所赢的钱都送给同座的人,吟诗道:"八尺台盘照面新,千金一掷斗精神。合是赌时须赌取,不妨回首乞闲人。"接着喝醉后,又调戏陪酒的歌妓。而这歌妓是太守副武官的情人,请太守手下留情,太守感到索然无趣。冯衮斜看他一眼道:"老夫只是过于戏耍,其实已没什么能力了。"副职忙整衣道歉。于是他吟诗道:"醉眼从

伊百度斜，是他家属是他家。低声向道人知也，隔坐刚抛
豆蔻花。"出《抒情诗》。

邻 夫

有睹邻人夫妇相谐和者。夫自外归，见妇吹火，乃赠
诗曰："吹火朱唇动，添薪玉腕斜。遥看烟里面，大似雾中
花。"其妻亦候夫归，告之曰："每见邻人夫妇，极甚多情。
适来夫见妇吹火，作诗咏之。君岂不能学也?"夫曰："彼诗
道何语?"乃诵之。夫曰："君当吹火，为别制之。"妻亦效
吹，乃为诗曰："吹火青唇动，添薪黑腕斜。遥看烟里面，恰
似鸠盘茶。"出《笑言》。

关 图

唐荆州，衣冠薮泽，每岁解送举人，多不成名，号曰"天
荒解"。刘蜕以荆州解及第，号为"破天荒"。尔来关图、
常俦，皆荆人也，率有高文，连登上科。图即戎校之子，及
第归乡，都押衙辈为其张筵。乃指盘上酱瓯，戏老校曰：
"要校卒为者。"其人以醋樽进之曰："此亦'校卒为者'也。"
席人大噱。关图妻即常俦妹，才思妇也，有《祭夫文》行于
世。出《北梦琐言》。

杨玄翼

唐咸通中，杨玄翼怒举子车服太盛，欲令骑驴。时有
诗曰："今年诏下尽骑驴，紫轴绯毡满九衢。清瘦儿郎犹自
可，就中愁杀郑昌图。"出《卢氏杂说》。

伊百度斜,是他家属是他家。低声向道人知也,隔坐刚抛豆蔻花。"出自《抒情诗》。

邻　夫

有妇人见到邻居夫妇相处十分和睦。丈夫从外面回来,看见媳妇正在吹火做饭,便赠了一首诗:"吹火朱唇动,添薪玉腕斜。遥看烟里面,大似雾中花。"妇人正好也在等自己的丈夫回来,等丈夫回来之后,妻子告诉他说:"我经常看见邻居那对夫妇感情很深。刚才丈夫回来,正巧见媳妇吹火,便作了首诗赞美她。你为何不能学学人家?"丈夫问:"他的诗说些什么话?"妻子便诵给他听。丈夫说:"你也吹火,我也为你作一首。"妻子一听便效仿邻居媳妇去吹火,于是丈夫作诗道:"吹火青唇动,添薪黑腕斜。遥看烟里面,恰似鸠盘茶。"出自《笑言》。

关　图

唐代的荆州,人才荟萃,每年由地方选送去应试的举人,多不成功名,当时人称"天荒解"。刘蜕是由荆州选送而考中进士的,号称"破天荒"。后来的关图、常修,都是荆州人,相继都有好文章,连连登科。关图只是一个地位很低的军人的儿子,他考中回来,都府的押衙小吏们为他大摆筵席。关图指着盘上的酱盆戏耍一老校道:"这是校卒做成的。"那人却端了杯醋递过去说:"这也是校卒做成的。"在座的人无不大笑。关图的妻室就是常修的妹妹,是个很有才气的女子,有篇《祭夫文》流传于世。出自《北梦琐言》。

杨玄翼

唐代咸通年间,杨玄翼对举人们乘坐车马装饰和穿戴太奢华很生气,想要下令让他们骑驴。当时有诗写道:"今年诏下尽骑驴,紫轴绯毡满九衢。清瘦儿郎犹自可,就中愁杀郑昌图。"出自《卢氏杂说》。

裴庆余

唐裴庆余,咸通末,佐北门李蔚淮南幕。常游江,舟子刺船,误以篙竹溅水,湿妓人衣。蔚为之色变。庆余遽请彩笺,纪一绝曰:"满额蛾黄金缕衣,翠翘浮动玉钗垂。从教水溅罗裙湿,知道巫山行雨归。"蔚览之极欢谑,命宴者传之。出《摭言》。

赵 崇

虽卢氏衣冠之盛,而累代未尝知举。乾符中,卢携在中书,以宗人无掌文柄者,乃擢群从陕虢观察使卢渥,司礼闱。是年秋,黄巢犯阙,僖皇播迁,举人星逝。迨复京都,裴贽连知三举,渥有羡色。赵崇戏之曰:"阁下所谓'出腹不生养主司'也。"出《北梦琐言》。

郑光业

郑光业,中表间有同人试者。时举子率以白纸糊案子,光业潜纪之曰:"新糊案子,其白如银。入试出试,千春万春。"光业弟兄,共有一巨皮箱。凡同人投献,词有可嗤者,即投其中,号苦海。昆季或从容,用资谐戏。即命二仆,舁苦海于前,人阅一编,皆极欢而罢。光业常言及第之岁,策试夜,一同人突入试铺,为吴语,谓光业曰:"必先必先,可以相容否?"光业为辍半铺之地。又曰:"必先必先,咨仗取一杓水?"亦为取之。又曰:"便干托煎一碗茶,得

裴庆余

唐代的裴庆余，咸通末年，在淮南使府任李蔚的辅佐。他们常游江，船夫撑船时，不小心溅起水滴，湿了歌妓的衣裳。李蔚因此脸色大变。裴庆余急忙拿来彩笺，记下一首绝句："满额蛾黄金缕衣，翠翘浮动玉钗垂。从教水溅罗裙湿，知道巫山行雨归。"李蔚看了很开心，命宴席上的人传看。出自《摭言》。

赵　崇

卢氏家族虽然做大官的很多，但历代也没有过主管科举的人。乾符年间，卢携任职中书省，因宗人之中没有掌握文权的人，便选拔了陕虢观察使卢渥，并让他主持礼部的会考。可是这年秋天，黄巢起义的军队进攻京城，唐僖宗不得不迁移逃难，来应试的举人也都四散而去。等到重新回到京城，裴赞接连三次职掌科举考试之事，卢渥表现出很羡慕的神色。赵崇跟他开玩笑说："您就是所说的'出生就注定不是主考官的命'啊。"出自《北梦琐言》。

郑光业

郑光业的表兄弟中，有一同参加科举考试的。当时规定应试的举人都要用白纸糊上考桌，光业在暗中记道："新糊案子，其白如银。入试出试，千春万春。"光业兄弟几人共用一个大皮箱。举人之中，凡是写的讽刺可笑的诗文，就投进箱里，称这箱为"苦海"。兄弟之中，闲暇时看看这些诗文，把这些词句当作开玩笑的谈资。于是叫两个仆人把"苦海"抬到大家面前，每人翻看一篇，边看边取笑，笑够了才罢休。郑光业还常常讲起中举那年的事，有一天晚上，正准备考试，突然有一个举人走进他的房间，那人讲吴语，对光业说："必先必先，可以让我住在这里吗？"光业为他让出半个床铺。又说："必先必先，请问能不能给我取一勺水来？"光业也给他取来。又道："再请你给我冲一碗茶，可以

否?"欣然与之烹煎。居二日,光业状元及第,其人首贡一启,颇叙一宵之素。略曰:既蒙取水,又使煎茶。当时不识贵人,凡夫肉眼。今日俄为后进,穷相骨头。出《摭言》。

吗?"光业又欣然为他冲上茶。住了两天之后,光业考中了状元,那个人首先向他送上一封贺札,整整倾诉了他俩同住一晚的情谊。主要写的是:那天晚上请你给我打水,又让你帮忙冲茶。当时不识贵人,真是凡夫肉眼。今天眨眼间我就成了个落后的人,一身穷相贱骨头。出自《摭言》。

卷第二百五十二
诙谐八

李　曜	王　铎	薛昭纬	孔　纬	宇文翰
千字文语乞社		山东佐史	罗　隐	卢延让
俳优人	王舍城	顾　夐	不调子	司马都
吴尧卿	李任为赋			

李　曜

　　唐尚书李曜罢歙州,与吴圆交代。有佐酒录事名媚川,聪明敏慧。李颇留意,而已纳营籍妓韶光,托于替人,令存恤之。临发洪饮,不胜离情,有诗曰:"经年理郡少欢娱,为习干戈间饮徒。今日临行尽交割,分明收取媚川珠。"吴答曰:"曳履优容日日欢,须言达德倍汍澜。韶光今已输先手,领得批珠掌内看。"出《抒情诗》。

王　铎

　　唐中书令王铎位望崇显,率由文雅,然非定乱才。出镇渚宫,为都统,以御黄巢。携姬妾赴镇,而妻妒忌。忽报夫人离京在道。铎谓从事曰:"黄巢渐似南来,夫人又自北至,旦夕情味,何以安处?"幕僚戏曰:"不如降黄巢。"王亦

李　曜

唐朝尚书李曜罢任歙州，与新上任的吴圆交代所留之事。其中有个陪同饮宴的录事名叫媚川，生得聪明可爱。李曜对她很留心，可是他已经纳了营妓韶光为妾，只好托付给吴圆，希望其慰抚体恤。临行之前大饮，李曜别情难舍，作诗道："经年理郡少欢娱，为习干戈间饮徒。今日临行尽交割，分明收取媚川珠。"吴圆答诗道："曳履优容日日欢，须言达德倍汍澜。韶光今已输先手，领得玭珠掌内看。"出自《抒情诗》。

王　铎

唐朝的中书令王铎，地位和名望都很崇高，循规蹈矩，文静儒雅，但不是平定乱世之才。朝中命他为都统，出镇渚宫，以抵御黄巢的进攻。他上任时只带了姬妾，妻子十分妒忌。一天，忽然有人来报，说夫人已离开京城，正向这里赶来。王铎对部下说："黄巢渐向南来，而夫人又从北来，这一天的滋味让人太难受，让我如何安适下来？"幕僚戏言道："不如投降黄巢。"王铎也

大笑。洎荆州失守,复把潼关,黄巢传语云:"令公儒生,非是我敌,请自退避,无污锋刃。"于是弃关,随僖皇播迁于蜀。再授都统,收复京都,大勋不成,竟罹非命。出《北梦琐言》。

薛昭纬

唐薛昭纬未登第前,就肆买鞋。肆主曰:"秀才脚第几?"对曰:"昭纬作脚来,未曾与立行第。"出《北梦琐言》。

孔 纬

唐宰相孔纬尝拜官,教坊伶人继至求利市。有石野猪独行先到,有所赐,乃谓曰:"宅中甚阙,不得厚致,若见诸野猪,幸勿言也。"复有一伶至,乃召俯阶,索其笛,指笛窍问曰:"何者是《浣溪沙》孔子?"伶大笑之。出《北梦琐言》。

宇文翰

唐道士程子宵登华山上方,偶有颠仆。郎中宇文翰致书戏之曰:"不知上得不得,且怪悬之又悬。"出《北梦琐言》。

千字文语乞社

敬白社官三老等:切闻政本于农,当须务兹稼穑,若不云腾致雨,何以税熟贡新?圣上臣伏戎羌,爱育黎首,用能闰余成岁,律吕调阳。某人等,并景行维贤,德建名立,遂乃肆筵设席,祭祀蒸尝,鼓瑟吹笙,弦歌酒宴,上和下睦,

大笑。荆州失守后，王铎又被派去把守潼关，黄巢传来话说："你是个读书人，不是我的对手，还是请你自己退走回避吧，免得脏了我的刀刃。"王铎于是放弃潼关，随着僖皇迁移到蜀地。后来又授予他都统之职，命他收复京城，不但没有成功，反而获难死于非命。出自《北梦琐言》。

薛昭纬

唐代人薛昭纬没登科前，到市场买鞋。店主诙谐地问："秀才的脚排第几？"薛昭纬答道："昭纬的脚从做出来那天起，就没有立下次序。"出自《北梦琐言》。

孔 纬

唐朝宰相孔纬曾经在授官后，有教坊的乐人相继登门来求吉利钱。有个叫石野猪的独自先来到，孔纬对他有所赏赐，并说："家里不宽裕，不能给太多，要是见到其他野猪，一定不要说。"后来又有一个乐人来，孔纬便把他召到台阶下，要过他的笛子，指着上面的孔问道："哪个是吹《浣溪沙》的孔？"那个乐人大笑。出自《北梦琐言》。

宇文翰

唐朝道士程子宵，登华山上方仙顶时，偶尔摔过几个跟头。郎中宇文翰给他写信戏谑说："不知上得不得，且怪愚而又愚。"出自《北梦琐言》。

千字文语乞社

敬告地神及三老等：深知国计民生的根本在农业，因此必须致力耕耘，如果干旱无雨，拿什么纳税贡赋？圣明的皇上平定戎羌，爱惜百姓，历法纪年，用闰日闰月来调整；六律六吕，调节时序合阴阳。我们这些人，德行高尚，修身立名，因此才摆筵设席，备以丰厚的祭品，鼓瑟吹笙，弦歌齐鸣，酒宴丰美，上下和睦，

悦豫且康，礼别尊卑，乐殊贵贱，酒则川流不息，肉则似兰斯馨，非直菜重芥姜，兼亦果珍李柰，莫不矫首顿足，俱共接杯举觞，岂徒戚谢欢招，信乃福缘善庆。但某乙某索居闲处，孤陋寡闻，虽复属耳垣墙，未曾摄职从政，不能坚持雅操，专欲逐物意移，忆内则执热愿凉，思酒如骸垢想浴，老人则饱饫烹宰，某乙则饥厌糟糠。钦风则空谷传声，仰惠则虚堂习听，脱蒙仁慈隐恻，庶有济弱扶倾，希垂顾答审详，望咸渠荷滴历。某乙即稽颡再拜，终冀勒碑刻铭。但知悚惧恐惶，实若临深履薄。出《启颜录》。

山东佐史

唐山东一老佐史，前后县令，无不遭侮。家致巨富。令初至者，皆以文案试之，即知强弱。有令初至，因差丁造名簿，将身点过。有姓向名明府者、姓宋名郎君者、姓成名老鼠者、姓张名破袋者。此佐史故超越次第，使其名一处，以观明府强弱。先唤张破袋、成老鼠、宋郎君、向明府，其县令但点头而已，意无所问。佐史出而喜曰："帽底可知。"竟还即卖之。出《启颜录》。

罗　隐

唐罗隐与周繇分深，谓隐曰："阁下有女障子诗极好，乃为绝唱。"隐不喻何为也。曰："若教解语应倾国，任是无

愉悦欢畅，尊卑各有礼节，贵贱各有所乐，祭祀的酒川流不息，上供的肉像兰花般馨香，不仅摆蔬菜姜荠，兼有珍贵果品，所有的人翘首顿足，一齐端杯举筯，这哪里是为消愁取欢，而是相信只有真诚善良的庆祝才能获得幸福。然而我却独居闲处，孤陋寡闻，虽然也一再注意倾听着社会的动向，但终未做官从政，不能坚守高尚的情操，一心追逐外物导致意念转移，想要老婆就像手执热物渴望清凉一样热切，想起酒来就像满身污垢需要洗澡那样渴望，希望老人能饱食烹宰的美味，而我就是饥饿也满足于糟糠。我们盼望着那难得的佳讯，真心诚意地等待恩惠的降临，承蒙您的仁慈恻隐之心，能济弱扶倾，希望能看得清楚回答的详细，使所有渠塘的荷花都淋透雨水。我一定叩首再拜，还将修碑刻铭。我们已诚惶诚恐了，就像是走在薄冰上。出自《启颜录》。

山东佐史

唐朝时山东有一个老佐史，前后来过几任县令，没有不受他侮辱的。他家中极其富有。凡是新来的县令，老佐史都以公文案卷试试他，便知道他的水平高低。有这么一个县官，刚刚到任时，因需要派遣劳役，让人制了一个点名簿，然后对每个人查点。这其中有姓向名叫明府的，有姓宋名叫郎君的，有姓成名叫老鼠的，有姓张名叫破袋的。这个老佐史点名时，故意打乱名字的次序，使这些人名重新排在一起，以观察那位县官是强还是弱。他喊道张破袋、成老鼠、宋郎君、向明府，意为张开破袋，盛上老鼠，送给郎君，去向官府，只见那县官仅点头而已，没有追问的意思。这老吏出来后喜滋滋地说："底细一眼就可看透。"竟然还卖弄炫耀自己。出自《启颜录》。

罗　隐

唐代的罗隐与周繇情谊很深，周繇有一天对罗隐说："阁下有一首'女障子'诗实在是好极了，可称得上绝唱了。"罗隐一脸狐疑，不明白此话何意。周繇随即背诵道："若教解语应倾国，任是无

情也动人。"是隐题花诗。隐抚掌大笑。出《抒情诗》。

卢延让

唐卢延让业诗,二十五举方登第。卷中有"狐冲官道过,狗触店门开"之句,租庸调张濬亲见此事,每称赏之。又有"饿猫临鼠穴,馋犬舐鱼砧"句,为中书令成汭所赏。又有"栗爆烧毡破,猫跳触鼎翻",为蜀王建所赏。卢谓人曰:"平生投谒公卿,不意得力于猫鼠狗子也。"人闻而笑之。出《北梦琐言》。

俳优人

唐咸通中,俳优人李可及滑稽谐戏,独出辈流,虽不能托谊谕,然巧智敏捷,亦不可多得。尝因延庆节,缁黄讲论毕,次及倡优为戏。可及褒衣博带,摄齐以升座,自称三教论衡。偶坐者问曰:"既言博通三教,释迦如来是何人?"对曰:"妇人。"问者惊曰:"何也?"曰:"《金刚经》云'敷座而座',或非妇人,何烦夫坐然后儿坐也?"上为之启齿。又问曰:"太上老君何人?"曰:"亦妇人也。"问者益所不谕。乃曰:"《道德经》云:'吾有大患,为吾有身,及吾无身,吾有何患?'傥非为妇人,何患于有娠乎?"上大悦。又问曰:"文宣王何人也?"曰:"妇人也。"问者曰:"何以知之?"曰:"《论语》云:'沽之哉,沽之哉,我待价者也。'向非妇人,待嫁奚为?"上意极欢,宠锡颇厚。出《唐阙史》。

情也动人。"这是罗隐的题花诗,意在表达花与仕女屏风画一样美而不能言。罗隐拍掌大笑。出自《抒情诗》。

卢延让

唐朝时有个叫卢延让的人,致力于诗歌写作,考了二十五次才登科。试卷中有"狐冲官道过,狗触店门开"的句子,租庸调张濬亲眼见过这些诗句,每每称赞他的诗写得好。还有"饿猫临鼠穴,馋犬舐鱼砧"的诗句,也被中书令成汭所赞赏。还有"栗爆烧毡破,猫跳触鼎翻",也为蜀王建所欣赏。卢延让对人说:"平生投拜公卿门第,想不到得力于猫鼠狗。"人们听了都大笑。出自《北梦琐言》。

俳优人

唐咸通年间,杂耍艺人李可及的滑稽戏,超出同辈,即使没有达到教化的高度,但智慧机敏,是不可多得的。曾有一回延庆节时,道士和尚讲论完毕后,接着要演杂戏。李可及便穿戴上大袍宽带,整理衣装后登上座位,自称对儒、佛、道三教无不知晓。一位坐着的人偶尔问道:"你既然说通晓三教,那请问释迦如来是什么人?"李可及说:"是妇人。"提问的惊奇道:"什么?"李可及道:《金刚经》说'敷座而座',如果不是妇人,那为什么不厌其烦地讲夫坐然后儿坐呢?"皇上听后乐得张开嘴。那人又问:"太上老君是什么人?"李可及道:"也是妇人。"提问的更加不明白。李可及于是说道:《道德经》上说:'吾有大患,为吾有身,及吾无身,吾有何患?'倘若太上老君不是妇人,怎么会患有身孕呢?"皇上大为高兴。那人又问:"文宣王孔子是什么人?"李可及说:"妇人。"那人道:"怎么知道他是女人?"李可及道:《论语》说:'沽之哉,沽之哉,我待价者也。'如果不是妇人,为什么要等待出嫁呢?"皇上心里极欢悦,于是赐赏极丰厚。出自《唐阙史》。

又

天复元年，凤翔李茂贞请入朝奏事。昭宗御安福楼，茂贞涕泣陈匡救之言。时崔相胤密奏曰："此奸人也，未足为信，陛下宜宽怀待之。"翌日，宴于寿春殿，茂贞肩舆披褐，入金銮门，易服赴宴。咸以为前代跋扈，未之有也。时中官韩全海深结茂贞，崔相惧之，自此亦结朱全忠，竟致汴州迎驾，劫迁入洛之始。以王子带召戎，崔胤比之。先是茂贞入关，放火烧京阙，居人殆尽。是宴也，教坊优人安辔新，号茂贞为"火龙子"，茂贞惭惕俯首。仍窃怒曰："他日会杀此竖子。"安闻之，因请告，往岐下谒茂贞。茂贞见之，大诟曰："此贼胡颜敢来邪！当求乞耳。"安曰："只思上谒，非敢有干也。"茂贞曰："贫俭若斯，胡不求乞？"安曰："京城近日但卖麸炭，便足一生，何在求乞？"茂贞大笑而厚赐之。出《北梦琐言》。

又

光化中，朱朴自毛诗博士拜相。而朴恃其口辩，谓可安致太平。由藩王引导，闻于昭宗，遂有此命。对扬之日，而陈言数条，每言臣必为陛下致之。泊操大柄，殊无所成，自是恩泽日衰，中外腾沸。内宴日，俳优穆刀绫作念经行者，至前朗讽曰："若见朱相，即是非相。"翌日出宫。时人语曰："故为相自古有之，君子不耻其言之不出，耻恭之不逮。"况未丧乱，天下阻兵，虽负荷奇才，不能为计。而朱朴一儒生，恃区区之辩，欲其整乱，祇取辱焉。宜其涓缕未申，

又

唐朝天复元年,凤翔李茂贞请求入朝奏事。昭宗召见于安福楼,李茂贞眼泪纵横地陈述了自己救国的主张。此时宰相崔胤秘密上奏说:"李茂贞是个奸人,不可轻信,陛下对其要宽怀大度。"第二天,皇上在寿春殿赐宴,李茂贞素装乘轿,进入金銮门,换了衣服才去赴宴。人们都认为自前代以来,如此专横跋扈的人从未有过。当时,中官韩全诲与李茂贞结交很深,崔胤对他畏惧,从此以后,也结交了朱全忠,这竟导致了后来朱全忠把皇上强行从汴州迁至洛阳。后来用王子带召集兵勇,崔胤做辅助。此前李茂贞进关,放火烧了京城,居民几乎逃尽。有回宴会,教坊乐手安辔新称李茂贞是"火龙子",李茂贞不安地低下头。而背地里怒道:"日后定杀这小子。"安辔新听说后,便请求到岐下去拜见李茂贞。李茂贞一见他就大骂:"你这奸贼有什么脸敢来见我!当是来请求饶命吧。"安辔新道:"只是想拜见,绝不敢有任何冒犯。"李茂贞道:"像你这样的贱骨头,为什么不求乞?"安辔新道:"京城这几天只卖木炭就足够活一辈子了,为何还要求乞?"李茂贞听后大笑,厚赏与他。出自《北梦琐言》。

又

唐朝光化年间,朱朴由毛诗博士拜为宰相。朱朴依仗自己能言善辩,说自己可以使天下安定太平。由藩王引荐,使昭宗听说他,因此才有此任命。昭宗召他对答的那天,朱朴陈述了几项治国之策,每句话后都说臣一定会为皇上尽力。握有大权后,没有任何成就,皇恩一天不如一天,朝廷内外舆论沸腾。有一天宫中设宴,艺人穆刀绫扮作念经的人,走到朱朴面前大声讥讽道:"如果见到朱相,就知道他没有宰相样子。"第二天出宫。时人议论道:"做宰相的自古有之,君子不以说话少为耻,而以态度谦恭却又做不到为耻。"何况国家丧乱,天下驻有重兵,即使身怀奇才的人,也拿不出大计。朱朴不过是一介书生,仅凭三寸不烂之舌,就想整治乱世,只能自取其辱。而且他细微才能也没展现出来,

而黜放已至,故大为识者之所嗤也。出《北梦琐言》。

又

太祖入觐昭宣。昭宗开宴,坐定。伶伦百戏在焉。俳恒□□圣。先祝帝德,然后说元勋梁王之功业曰:"我元勋梁王,五百年间生之贤。"九优太史胡趱应曰:"酌然如此。□□□□□□固教朝廷如□向侍宴臣僚无不失色,梁太祖但笑而已。昭宗不怿,如无奈何。趱又自好博奕。尝独跨一驴,日到故人家棋,多早去晚归。年岁之间,不曾暂辍。每到其家,主人必戒家童曰:"与都知于后院喂饲驴子。"趱甚感之。夜则跨归。一日非时宣召,趱仓忙索驴。及牵前至,则觉喘气,通体汗流,乃正与主人拽硙耳。趱方知自来与其家拽磨。明早,复展步而至,主人亦曰:"与都知抬举驴子。"曰:"驴子今日偶来不得。"主人曰:"何也?"趱曰:"只从昨回宅,便患头旋恶心,起止未得,且乞假将息。"主人亦大笑。□以趱之黠也如是,而不知其所乘,经年与人旋硙亨利,亦数为同人对衔挪揄之。出《玉堂闲话》。

王舍城

伪蜀王先主,未开国前,西域僧至蜀。蜀人瞻敬,如见释迦。舍于大慈三学院,蜀主复谒坐于厅,倾都士女,就院不令止之。妇女列次礼拜,俳优王舍城飘言曰:"女弟子勤苦礼拜,愿后身面孔,一切似和尚。"蜀主大笑。出《北梦琐言》。

顾 夐

伪蜀王先主起自利、阆,号亲骑军,皆拳勇之士。四

就被罢黜流放，因而被有见识的人大为讥笑。出自《北梦琐言》。

又

后梁太祖朱全忠觐见昭宗。昭宗设宴，大家坐好，演出了歌舞杂技。……先颂扬皇上的功德，然后叙述元勋梁王朱全忠的功绩说："我元勋梁王，五百年间才能出这样一个贤人。"九优太史胡趫应声道："当然是这样……"陪宴的臣僚无不大惊失色，朱全忠只是笑了笑。皇上却很不高兴，但无可奈何。胡趫一向喜好下棋。经常独骑一驴，到朋友家去下棋，多是早晨去晚上才回来。一年之间，从不间断。每到朋友家，主人必然要告诉家童说："到后院去把都知的驴子喂上。"胡趫很感激他。直到晚上才骑驴回去。一天，他突然被召见，胡趫慌忙去找驴。等把驴牵到他跟前，只见那驴喘息不止，满身流汗，原来是正在给主人拉磨。由此，胡趫才知每次来都要给他家拉磨。第二天早晨，胡趫徒步而来，主人又说："给都知侍候好驴子。"胡趫说："驴子今天偶尔不能来了。"主人说："为什么？"胡趫说："昨日回去，驴子便患上头旋恶心症，动弹不得，想要请假休息。"主人大笑。想不到像胡趫这样聪明的人，也不知道自己骑的驴竟常年在给人家拉磨渔利，因而多次被同僚嘲笑。出自《玉堂闲话》。

王舍城

伪蜀的先主王建，没有建国前，有个西域的和尚来到蜀地。蜀人都对他很崇敬，如见释迦牟尼。他住在大慈三学院，蜀主前往回拜，坐在大厅上，此时全城的男女，来到院里，都不加制止。妇女们排着队依次向他行礼，艺人王舍城轻轻说道："女弟子们如此勤苦礼拜，希望她们转世之后的相貌，一概像个和尚。"蜀先主大笑。出自《北梦琐言》。

顾　夐

伪蜀王建从利阆起事，号称亲骑军，军中全是勇猛之士。四

百人分□□□□执紫旗，凡战阵，若前军将败，麾紫旗以副之，莫不□□□靡，霆骇星散，未尝挫衄。此团将卒多达，或至节将□□□□至散员亦享官禄。以之定霸，皆资福人。于时□□□□□□南黑云都，皆紫旗之类也。此从各有名号，时顾□□□□□亦尝典郡，多杂谈谑。曾造武举，助曰大顺□□□□侍郎李吒吒下进士及第三□□□□□□□□□□□憨子、姜癫子、张打胸、长小□□□□□□□□□□□□□许□□□□□□□□□□李嗑虳、李破肋、李吉了、樊忽雷、日游神、王号驼、郝牛屎、□□贡、陈波斯、罗蛮子。试《亡命山泽赋》《到处不生草诗》，斯亦麦铁杖、韩擒虎之流也。出《北梦琐言》。

不调子

有不调子，恒以滑稽为事。辈流间有慧黠过人、性识机警者，皆被诱而玩之。尝与一秀士同舟，泛江湖中，将欲登路，同船客有驴瘦劣，尾仍偏，不调子坚劝秀士市之。秀士鄙其瘦劣，勉之曰："此驴有异相，不同常等。"不得已，高价市之。既舍楫登途，果尪弱，不堪乘跨，而苦尤之。不调曰："勿悔，此不同他等。"其夕，忽值雪，不调曰："得之矣，请贳酒三五杯，然后奉为话其故事。"秀士又偄俛贳而饮之。及举爵，言之曰："君不闻杜荀鹤诗云'就船买得鱼偏美，踏雪沽来酒倍香'乎？请君买驴沽酒者，盖为杜诗有之，非无证据。"秀士被买而玩之，殊不知觉，至是方悟焉。出《玉堂闲话》。

司马都

前进士司马都居于青丘，尝以钱二万，托戎帅王师范

百人……执紫旗，凡在战场上，如果前阵的军队将要战败，他们便挥动紫旗而助之，莫不所向披靡，霆骇星散，从未失败过。这紫旗团队中的官兵多很显达。有的官至……，有的官至……都享受官禄。用这种方法称霸一方，都是借着有福之人。这时期……，都与紫旗团是一类的。他们各有名号，当时顾夐……也曾主管过郡事，常戏闹。曾造访过武举人，……侍郎李吒吒下进士及第三……憨子、姜癞子、张打胸、长小……李嗑蛆、李破肋、李吉了、樊忽雷、日游神、王号驼、郝牛屎……陈波斯、罗蛮子。其文学，试作《亡命山泽赋》《到处不生草诗》，这也属于麦铁杖、韩擒虎之流。出自《北梦琐言》。

不调子

有个放荡不羁的年轻人，常常做些滑稽可笑的事。有许多聪明狡黠、灵性而又机警的同辈人，都被他戏弄过。有一次，他与一个秀才同坐在一条船上游江，快要靠岸时，见同船的游客中有人牵了一头瘦劣而又长了根偏尾巴的驴，不调子便力劝秀才一定要买下来。秀才嫌弃那驴子太瘦劣，不调子劝勉道："这驴子长相特异，不同寻常。"没办法，秀才只好以高价买下。不久，他们便离船上路，那驴果然身体瘦弱得不能骑，秀才很苦恼。不调子说："别后悔，这驴绝对不同于别的驴。"那天晚上，忽然下起雪来，不调子又道："这驴你买对了，请你买上三五杯酒。然后我给你讲个故事。"秀士又勉强买来酒与他喝。等到举杯时，不调子道："你难道没听过杜荀鹤的诗说'就船买得鱼（驴）偏美（尾），踏雪沽来酒倍香'？请你买驴买酒，这是杜诗中讲过的，并非没有根据。"秀才被戏弄了，自己竟然还不知道，一直到此时才醒悟。出自《玉堂闲话》。

司马都

前进士司马都居住在青丘，曾拿了二万钱拜托戎帅王师范

下军将市丝。经年,丝与金并为所没。都因月旦趋府,谒王公,偶见此人,问之。其人貌状,魁伟胡腮,凶顽发怒,欲自投于井。都徐曰:"何至如此?足下咤一抱之髭须,色斯举矣;望千寻之玉甃,井有人焉。"王公知之,毙军将于枯木。出《玉堂闲话》。

吴尧卿

唐吴尧卿家于广陵,初佣之保于逆旅,善书计,因之出入府庭,遂闻于搢绅间。始为盐铁小吏,性敏辩,于事之利病,皆心记能调,悦人耳目。故丞相李蔚以其能,自首任之。高骈因署尧卿知泗州院,兼利国监,寻奏为刺史。制命未行,会军变,复归广陵。顷之,知浙西院,数月而罢。又知扬州院,兼榷巢使。伪朝授尧卿御史大夫。尧卿托附权势,不问贵贱,苟有歧路,纵厮养辈,必敛袵枉以金玉饵之。微以失势,虽素约为之死交,则相对终日,不复与言。趋利背义如此。权贵无不以贿赂交结之。故不离淮泗,僭窃朱紫,尘污官省。三数年间,盗用盐铁钱六十万缗。时王棨知两使句务,下尧卿狱,将穷其事,为诸葛殷所保持获全。及城陷,军人识是尧卿者,咸请啖之。毕师铎不许,夜令尧卿以他服而遁。至楚州遇变,为仇人所杀,弃尸衢中。其妻以纸絮苇棺殓之,未及就圹,好事者题其上云:"信物一角,附至阿鼻地狱;请去斜封,送上阎罗王。"时人以为笑端。出《妖乱志》。

部下的军将给他买丝。可是过了一年,丝和钱都没影儿了。司马都因月初到府上去拜会王师范,恰巧遇上那个人,便向他问起这件事。那人魁梧高大,留着络腮胡子,样子十分凶狠,一脸怒气,想要去投井自尽。司马都道:"何必如此?你炸起一簇胡须变颜动怒,想要躲开;望着几尺深的水井,井里可以照见人啊。"王师范闻知此事,把那个人杀于枯木下。出自《玉堂闲话》。

吴尧卿

　　唐朝时,有个叫吴尧卿的人,家住在广陵。最初受雇于旅店,擅长写字和记账,因他经常出入于官府,在缙绅间逐渐有了名望。开始只是个管点儿盐铁事务的小官,但此人机敏而又很有口才,对于许多事情的利弊都能放在心上,并能做很好的调节,使人很高兴。丞相李蔚认为他很有能力,便开始起用他。高骈先授他知泗州院,兼利国监,不久又奏请皇上任他做刺史。皇上的任命还未下来,恰逢军变,他只好又回广陵。不久,又知浙西院,数月后罢职。又知扬州院,并兼任榷菜使。黄巢的伪朝廷还授予他御史大夫之职。吴尧卿一向依附权势,不论贵贱,只要有近便小路可走,即使是奴仆之辈,也必然是恭敬地以钱财为诱饵去拉拢。对那些稍稍失去权势的人,虽然平时与人家结为生死之交,而到此时即使相对终日,也不再与人家说一句话。见利忘义竟然到了这种地步。而对于权贵,则无不以钱物贿赂而去交结。所以他即使不离淮泗地方,也窃取了显要职位,污染了中央台省官员。三年多时间,竟盗用盐铁钱六十万缗。当时王棨主管两使句务,将吴尧卿捉拿下狱,要将此案追究到底,后被诸葛殷所保而未获死罪。到了城被攻陷时,军人中认得吴尧卿的,都请求把他吃了。毕师铎不准许,晚上叫他换了衣服逃走。他逃到楚州又遇变乱,被仇人杀掉,弃尸于大道上。他的妻子用纸絮苇棺将他入殓,还未埋入坟墓,好事者在棺上题道:"信物一封,送至阿鼻地狱;请把非正常途径封的官去掉,封其为阎罗王。"当时的人都以此为笑谈。出自《妖乱志》。

李任为赋

天成年,卢文进镇邓。因出城,宾从偕至,舍人韦吉亦被召。年老,无力控驭,既醉,马逸,东西驰桑林之中,被横枝骨挂巾冠,露秃而奔突。仆夫执从,则已坠矣。旧患肺风,鼻上瘾疹而黑,卧于道周。幕客无不笑者。从事令左司郎中李任,祠部员外任瑶,各占一韵而赋之。赋项云:"当其厅子潜窥,衙官共看,喧呼于麦垄之里,偃仆于桑林之畔。蓝挼鼻孔,真同生铁之椎;脑匂骷髅,宛是熟铜之罐。"余不记之。闻之者无不解颐。出《玉堂闲话》。

李任为赋

后唐天成年间,卢文进镇守邓州。因为要出城,宾客从属一起到来,舍人韦吉也被召请。韦吉已年老,没有控制马的力气,并且已经酒醉,马又狂奔乱跑,在桑林中东西驰骋,帽子也被树枝挂掉了,露着光秃秃的脑袋四处奔窜。等仆人将马勒住,他早已坠地。韦吉过去患过肺风病,鼻子上留有黑色斑疹,此刻卧于路旁。幕客看着无不发笑。从事令左司郎中李任、祠部员外任瑶各选一韵写一首赋。李任在赋中写道:"当仆人偷看,衙官们一起来看时,他正在麦垄里呼叫,仆卧在桑林旁边。那蓝青的鼻头,真像一个生铁槌;那满脸愧色的瘦弱的身体,宛如一个熟铜罐。"其余的就不引用了。听说的人无不开颜大笑。出自《玉堂闲话》。

卷第二百五十三
嘲诮一

程季明

晋程季明嘲热客诗曰："平生三伏时,道路无行车。闭门避暑卧,出入不相过。今代愚痴子,触热到人家。主人闻客来,嚬蹙奈此何。谓当起行去,安坐正咨嗟。所说无一急,沓沓吟何多? 摇扇腕中疼,流汗正滂沱。莫谓为小事,亦是人一瑕。传诚诸朋友,热行宜见呵。"出《启颜录》。

诸葛恪

吴主引蜀使费祎饮,使诸葛恪监酒。恪以马鞭拍祎背,甚痛。祎启吴主曰："蜀丞相比之周公,都护君侯,比之孔子,今有一儿,执鞭之士。"恪启曰："君至大国,傲慢天常,以鞭拍之,于义何伤?"众皆大笑。又诸葛瑾为豫州,

程季明

晋代人程季明曾写过一首嘲讽冒暑而来的宾客的诗,诗中写道:"从来在三伏天的时候,路上没有赶车和行走的人。关上门躺在家中避暑,出来进去懒得与人打招呼。有这么一个呆子,冒着炎热到人家去。主人听有客到来,皱着眉头不耐烦可又没办法。按说应当赶紧起来去迎侯,可是仍坐在那里叹息。说了半天也没听到一件急事,何必啰唆个没完? 摇扇摇得手腕子疼,大汗淋漓滂沱而下。不要说这是区区小事,这毕竟也是做人的一种缺陷。告诫各位朋友,冒暑访客应该被呵斥。"<small>出自《启颜录》</small>。

诸葛恪

吴主请蜀国使者费祎饮酒,派诸葛恪做监酒官。诸葛恪用马鞭拍费祎的后背,费祎感觉很痛。他启告吴主道:"蜀国的丞相,可以与周公相比,都护君侯,也可与孔圣人相比,可今有一小儿,竟是举鞭子的人。"诸葛恪道:"你来到大国,傲慢无礼,用鞭子揍你,怎么算伤大义?"众人都大笑。又诸葛瑾为豫州牧时,

语别驾向台,云:"小儿知谈,卿可与语。"北往诣恪,不相见。后张昭坐中相遇,别驾呼恪:"咄,郎君!"恪因嘲曰:"豫州乱矣,何咄之有!"答曰:"君圣臣贤,未闻有乱。"恪复云:"昔唐尧在上,四凶在下。"答曰:"岂唯四凶,亦有丹朱。"出《启颜录》。

张　湛

晋张湛好于斋前种松柏。袁山松出游,每好令左右挽歌。时人谓:"张屋下陈尸,袁道上行殡。"出《世说》。

贺　循

晋太傅贺循作吴郡,初不出门。吴中强族轻之,乃题府门:"会稽鸡,不能啼。"贺闻,故出行,至门反顾,索笔答之云:"不可啼,杀吴儿。"于是至诸屯及邸阁,检校诸顾、陆使官兵及藏逋亡,悉以事言上。遭罪者众。陆抗时为江陵郡都督,故下自请孙皓,然后得释。原缺出处,明抄本作出《世说》。

陆士龙

晋陆士龙、荀鸣鹤,二人未相识,俱会张茂先,令接语,以并有大才,可勿常谈。陆抗手曰:"云间陆士龙。"荀曰:"日下荀鸣鹤。"陆曰:"既开青天,睹白雉,何不张尔弓,布尔矢?"荀曰:"本谓云龙骙骙,乃是山鹿野麋,兽微而弩强,是以发迟。"张抚掌大笑而已。出《世说》。

对将要入朝的别驾说："小儿诸葛恪善谈,你可以和他谈谈。"北去到了诸葛恪那里,但没与他相见。后来在张昭的寓中相遇,别驾招呼诸葛恪道:"咄,郎君!"诸葛恪嘲讽道:"豫州已经大乱了,还有什么可'咄'的!"别驾道:"君圣臣贤,没有听说有什么变乱。"诸葛恪又道:"昔日唐尧在上,还有四凶存在。"别驾道:"岂止四凶,还有尧的不孝子丹朱。"出自《启颜录》。

张 湛

晋代张湛喜好在书斋前栽种松柏树。袁山松每次出游,都要叫随从唱挽歌。当时人们称道:"张屋下陈尸,袁道上行殡。"出自《世说》。

贺 循

晋代时太傅贺循任职吴郡,刚到任时从不出门。吴郡有势力的家族很轻视他,有人便在他的府门上题道:"会稽鸡,不能啼。"贺循听说后,便走出府院,到门口又返回来,提笔在门上写下:"不可啼,杀吴儿。"于是便到各军屯和官邸去搜查,查出顾、陆诸家役使官兵和收藏逃亡之徒的事,并把此事禀告皇上。为此事获罪者众多。陆抗当时为江陵郡督都,亲自去请了孙皓,此事才得以了结。原缺出处,明抄本作出《世说》。

陆士龙

晋代时,一个叫陆士龙的,一个叫荀鸣鹤的,两人互不相识,一起在张茂先家相会,张茂先叫他们一人一句互相接话,因为两人都很有才华,张叮嘱他们不要说平常的话。陆士龙先说:"云间陆士龙。"荀鸣鹤说:"日下荀鸣鹤。"陆士龙说:"既然是晴天,看见了一只白山鸡,为什么不张开你的弓,放出你的箭?"荀鸣鹤道:"本来说是条粗壮的巨龙,其实不过是只山鹿野麋,兽太小而弓太强,所以箭发迟了。"张茂先听后拍掌大笑。出自《世说》。

繁　钦

魏繁钦嘲杜巨明曰："杜伯玄孙字子巨，皇祖虐暴死射之。神明不听，天地不与。降生之初，状似时鼠。厥性螽贼，不文不武。粗记粗略，不能悉举。"出《启颜录》。

刘道真

晋刘道真遭乱，于河侧与人牵船，见一老妪操橹，道真嘲之曰："女子何不调机弄杼？因甚傍河操橹？"女答曰："丈夫何不跨马挥鞭？因甚傍河牵船？"又尝与人共饭素盘草舍中，见一妪将两小儿过，并著青衣，嘲之曰："青羊引双羔。"妇人曰："两猪共一槽。"道真无语以对。出《启颜录》。

祖士言

晋祖士言与锺雅相嘲，锺云："我汝颍之士利如锥，卿燕代之士钝如槌。"祖曰："以我钝槌，打尔利锥。"锺曰："自有神锥，不可得打。"祖曰："既有神锥，亦有神槌。"锺遂屈。出《启颜录》。

高　爽

高爽辩博多才。时刘蒨为晋陵令，爽经途诣之，了不相接，爽甚衔之。俄而爽代蒨为县，蒨追迎，赠遗甚厚，悉受之。答书云："高晋陵自答。"或问其故，曰："刘蒨饷晋陵令耳，何关爽事？"稍迁国子助教。孙抱为兰陵县，爽又诣之，抱了无故人之怀。爽出从阁下过，取笔题鼓面云："身

繁　钦

三国时魏国的繁钦嘲讽杜巨明道："杜伯的玄孙字子巨，皇祖性情暴虐，非要射死他不可。神明不肯听，天地不相让。子巨刚生下时，样子像个老鼠。其人性如蟊贼，不善文也不习武。对任何事情都是粗记粗略，马马虎虎，不能一一列举。"出自《启颜录》。

刘道真

晋代的刘道真遭遇变乱，便到河边去给人家拉船，见一老妇也在这里摇橹，他嘲讽道："女人怎么不在家织布？为什么到河上来摇橹？"女人答道："男子怎么不去骑马挥鞭？为什么来到河上拉船？"又有一次，刘道真与人共用一个盘子在草房中吃饭，见一个女人领着两个孩子从门前走过，那女人穿的是黑衣裳，他便嘲讽人家道："黑羊领双羔。"那妇人道："两猪共一槽。"结果刘道真无言以对。出自《启颜录》。

祖士言

晋朝的祖士言与锺雅两人相嘲讽，锺雅说："我们汝颖地方的人，锋利如锥；你们燕代的人，愚钝如槌。"祖士言说："那就用我的钝槌，砸你的利锥。"锺雅说："自有神锥，你打不着。"祖士言说："既然有神锥，也就有神槌。"锺雅于是认输。出自《启颜录》。

高　爽

高爽善辩，见多识广而又有才气。当时刘勔正任晋陵县令，高爽路过那里时便去拜访他，可是刘勔知道他到来却并不出来迎接，高爽因此怀恨在心。不久，高爽接替刘勔做了晋陵令，刘勔却迎出去很远，并赠送了很多东西，高爽一一收下。并写了封信告诉他："高晋陵一定会回赠。"有人问原因，他说："这是刘勔发给晋陵令的饷钱，与我有什么关系？"不久又调任国子监助教。当时孙抱为兰陵县令，高爽到他那儿去拜访时，孙抱却没有朋友的情谊。高爽走时从一阁楼下经过，便取笔在一个鼓面上题写道："身子

有八尺围,腹无一寸肠,面皮如许厚,被打未遽央。"挹体肥壮,腰带十围,故以此激之。出《谈薮》。

徐之才

北齐徐之才封西阳王,时王昕与之才嘲戏,之才即嘲王昕姓曰:"王之为字:有言则讦(訐),近犬则狂,加头足而为马(馬),施尾角而成羊。"昕无以对。又尝宴宾客,时卢元明在座,戏弄之才姓云:"卿姓徐字,乃未入人。"之才即嘲元明姓卢字:"安亡为虐,在丘为虚,生男成虏(虜),配马成驴(驢)。"嘲元明二字:"去头则是兀明,出颈则是无明,减半则是无目,变声则是无盲。"元明亦无以对。出《启颜录》。

司马消难

周司马消难以安陆附陈,宣帝遇之甚厚,以为司空。见朝士皆重学术,积经史,消难切慕之。乃多卷黄纸,加之朱轴,诈为典籍,以矜僚友。尚书令济阳江总戏之曰:"黄纸五经,赤轴三史。"消难,齐司空子如之子。出《谈薮》。

马 王

隋姓马王二人尝聚宴谈笑,马遂嘲王曰:"王是你,元来本姓二,为你漫走来,将丁钉你鼻。"王曰:"马是你,元来本姓匡,减你尾子来,背上负王郎。"出《启颜录》。

酒 肆

隋时,数人入酒肆,味酸且淡,乃共嘲此酒。一人

有八尺粗,腹内却无一寸肠子,脸皮几尺厚,被打不能立刻央求。"孙抠身体肥壮,腰带有十围,因而高爽以此激怒他。出自《谈薮》。

徐之才

北齐时徐之才被封为西阳王,有一次王䜣与他互相开玩笑,徐之才便嘲弄王䜣的姓说:"王这个字,有言则证(証),近犬则狂,加头足而为马(馬),按上尾和角而成羊。"䜣无以答对。又有一回徐之才宴请宾朋,当时卢元明在座,他戏弄之才的姓道:"你的姓是个徐字,还没有入人("余"字似未入两字,"人"指似"亻")呀。"徐之才便嘲弄卢元明的姓卢(盧)字道:"安亡为虐,在丘为虖,生男成虏(虜),配马成驴(驢)。"嘲弄元明二字道:"去头则是兀明,出颈则是无明,减半则是无目,变声则是无盲。"元明也无言以对。出自《启颜录》。

司马消难

北周的司马消难因为有把安陆归附陈的功绩,宣帝待他很厚,授予他司空之职。司马消难见朝中的官员都很重视学术,收藏经史典籍,便很仰慕人家。于是他也弄来许多黄纸,在每沓纸上加上一个朱轴,伪装成书籍,以便在僚友面前炫耀。尚书令济阳江总讽刺他说:"黄纸为五经,赤轴是三史。"司马消难,是齐国的司空子如的儿子。出自《谈薮》。

马 王

隋朝时,一个姓马的,一个姓王的,两人聚宴谈笑,马嘲弄王道:"王是你,你原来本姓二,因为你随便地走,就把'丁'钉进了你的鼻子。"王说:"马(馬)是你了,原来本姓匡,那是因为剪掉你的尾巴,背上驮着王郎。"出自《启颜录》。

酒 肆

隋时,几个人一起去喝酒,酒味酸且淡,一起嘲讽酒。一人

云:"酒,何处漫行来,腾腾失却酉。"诸人问云:"此何义?"答云:"有水在。"次一人云:"酒,头似阿滥馌头。"诸人问云:"何因酒得似阿滥馌头?"答曰:"非鹑头。"又一人云:"酒,向他篱得头,四脚距地也独宿。"诸人云:"此有何义?"答云:"更无余义。"诸人共笑云:"此嘲最是无豆。"即答云:"我若有豆,即归舍作酱,何因此间饮醋来。"众欢大笑。出《启颜录》。

卢思道

隋卢思道尝共寿阳庾知礼作诗。已成而思道未就。礼曰:"卢诗何太春日?"思道答曰:"自许编苦疾,嫌他织锦迟。"思道初下武阳入京,内使李德林向思道揖。思道谓人曰:"德林在齐,恒拜思道,今日官高,向虽拜,乃作跪状。"思道尝在宾门日中立,德林谓之曰:"何不就树荫?"思道曰:"热则热矣,不能林下立。"思道为《周齐兴亡论》,周则武皇宣帝,悉有恶声;齐高祖太上,咸无善誉。思道尝谒东宫,东宫谓之曰:"《周齐兴亡论》,是卿作不?"思道曰:"是。"东宫曰:"为卿君者,不亦难乎?"思道不能对。隋文帝以徐陵辩捷,无人酬对,深以为耻。乃访朝官:"谁可对使?"当时举思道,文帝甚喜。即诏对南使,朝官俱往。徐陵遥见思道最小,笑曰:"此公甚小。"思道遥应曰:"以公小臣,不劳长者。"须臾坐定,徐陵谓思道曰:"昔殷迁顽人,本居兹邑,今存并是其人。"思道应声笑曰:"昔永嘉南渡,尽居江左,今之存者,唯君一人。"众皆大笑。徐陵无以对。

道：“酒，是从什么地方漫溢而来，腾腾奔流失去酉？”大家都问：“这是什么意思？”那人答道：“只有水在了。”第二位道：“酒，好像阿滥馆（一种鸟）头。”众人问：“酒怎么能像阿滥馆头呢？”他答道：“不是鹑（音谐醇）头呀。”又有一个人道：“酒，像篱笆杖子得了头，四脚悬地而独宿。”众人问：“这是什么意思？”那人答道：“更无余意。”众人一起笑道：“你这嘲讽最无豆（意思）。”他接着道：“我要有豆子，早回家去做酱了，何必在这里喝醋呀。”众欢声大笑。_{出自《启颜录》。}

卢思道

　　隋朝时卢思道曾与寿阳人庾知礼一起作诗。庾知礼先作成而卢思道尚未写完。庾知礼道：“卢诗何必太迟迟？”卢思道回答说：“你以编草垫子的疾速，嫌别人织锦迟。”卢思道初次离开武阳到京城，宫中内史李德林向他作揖致礼。卢思道对人讲道：“德林在齐朝时，是经常叩拜我的，今天做了高官，假如还要叩拜，仍应跪地而拜。”有一次，卢思道在门外炎日下站立很久，李德林对他说道：“何不躲在树荫下？”卢思道说：“热是够热的，即使这样，也决不在林（暗喻德林）下站立。”卢思道曾写过《周齐兴亡论》，其中写道：周朝的武皇宣帝，名声恶浊；齐朝的高祖太上皇，全无好声誉。他去拜谒东宫太子时，太子问他：“《周齐兴亡论》是你的作品吗？”卢思道回答说：“是。”太子道：“作你的君主，不也挺难的吗？”卢思道无言以对，沉默不语。隋文帝因南朝使者徐陵善辩敏捷，没人能与答之对，而深以为耻辱。于是向朝官们打听：“谁可以应对他？”当时有人推荐了卢思道，文帝很喜悦。立即下诏，命他与南使会谈，朝官们也一起前往。徐陵远望卢思道最小，笑道：“此公太小了。”卢思道也远远地应道：“因为公是小臣，就没有劳烦长者。”不一会儿人们坐下来，徐陵对卢思道说：“昔日殷朝时迁移来许多愚人，就居住在这个城市，如今这里全是那些人。”卢思道应声笑道：“当年晋怀帝南渡，所有人都住在江左，可今日活着的，唯你一人了。”众人大笑。徐陵再无话可对。

又隋令思道聘陈，陈主敕在路诸处，不得共语，致令失机。思道既渡江，过一寺，诸僧与思道设，亦不敢有言，只供索饮食而已。于是索蜜浸益智，劝思道尝之。思道笑曰："法师久服无故，何劳以此劝人？"僧即违敕，失机且惧。思道至陈，手执国信，陈主既见思道，因用《观世音经》语弄思道曰："是何商人，赍持重宝？"思道应声，还以《观世音经》，报曰："忽遇恶风，漂堕罗刹鬼国。"陈主大惭，遂无以对。出《启颜录》。

李 愔

魏高祖山陵既就，诏令魏收、祖孝徵、刘逖、卢思道等，各作挽歌词十首。尚书令杨遵彦诠之，魏收四首，祖刘各二首被用，而思道独取八首，故时人号"八咏卢郎"。思道尝在魏收席，举酒劝刘逖。收曰："卢八劝刘二邪。"中书郎赵郡李愔，亦戏之曰："卢八问讯刘二。"逖衔之。及愔后坐事被鞭扑，逖戏之曰："高槌两下，熟鞭一百，何如言'问讯刘二'时？"出《启颜录》。

薛道衡

隋薛道衡为聘南使，南朝无问道俗，但机辩者，即方便引道衡见之。一僧甚辩捷，令于寺上佛堂中读《法华经》，将道衡向寺礼拜。至佛堂门，僧大引声读《法华经》云："鸠槃荼鬼，今在门外。"道衡即应声还以《法华经》，答云："毗舍阇鬼，乃在其中。"僧徒愧服，更无以报。出《启颜录》。

解 嘲

隋末，刘黑闼据有数州，纵其威虐，合意者厚加赏赐，

又隋朝命卢思道出访陈国，陈后主下令凡卢思道路经的各处，不得与他说话，使他失去取笑人的机会。卢思道已过了长江，经过一个寺院，僧人们为他准备了饮食，谁也不敢与他说话，只供他吃喝。于是卢思道向法师索要蜜浸龙眼，法师劝他先尝尝。他笑道："法师久服无妨，还用这样来劝我？"法师已经违犯了敕令，因错过时机而恐惧。卢思道到了陈国，手拿国书去见陈后主，陈后主便以《观世音经》语捉弄他："你是哪里的商人，还带着重宝？"卢思道也以《观世音经》语禀告道："忽然遇上恶风，漂流坠落到罗刹鬼国。"陈后主大愧，因而无言以对。出自《启颜录》。

李 恬

魏高祖的陵墓建成后，皇上下诏令魏收、祖孝徵、刘逖、卢思道等各作挽歌词十首。由尚书令杨遵彦选拔，结果选魏收四首，祖孝徵、刘逖各二首，唯独卢思道被选中八首，因而当时人们称他为"八咏卢郎"。卢思道在魏收家宴饮时，曾举杯劝刘逖。魏收说："卢八劝刘二了。"中书郎赵郡人李恬也戏谑道："卢八在问讯刘二。"刘逖记恨在心。后来李恬因罪被鞭击，刘逖戏弄他道："高椎两下，熟鞭一百，这比起你说'问讯刘二'时的滋味来怎么样？"出自《启颜录》。

薛道衡

隋朝的薛道衡被派往南朝访问，南朝不论道俗，只要机敏善辩者，就随时引薛道衡去见。一和尚十分善辩而敏捷，就让他在寺院佛堂中读《法华经》，然后带薛道衡到寺中礼拜。薛道衡刚走至佛堂门口，那和尚便大声读《法华经》道："鸠槃茶鬼，今在门外。"薛道衡立即应声，也以《法华经》回答道："毗舍阇鬼，乃在其中。"那和尚愧服，更无话可对。出自《启颜录》。

解 嘲

隋末，刘黑闼占据数州，大逞威势，对合意的人赏赐丰厚，

违意者即被屠割。尝闲暇,访得解嘲人。召入庭前立,须臾,水恶鸟飞过,命嘲之。即云:"水恶鸟,头如镰杓尾如凿,河里搦鱼无僻错。"大悦。又令嘲骆驼,嘲曰:"骆驼,项曲绿,蹄被他,负物多。"因大笑,赐绢五十匹。拜毕,左膊上负绢走出,未至戟门,倒卧不起。黑闼令问:"何意倒地?"答云:"为是偏檐。"更命五十屯绵,置右膊将去,令明日更来。及还村,路逢一知识,问云:"在何处得此绵绢?"具说其事。乃乞诵此嘲语,并问倒地之由。大喜而归,语其妇曰:"我明日定得绵绢。"及晓即诣门,言极善解嘲。黑闼大喜,令引之。适尾一猕猴在庭,命嘲之。即曰:"猕猴,头如镰杓尾如凿,河里搦鱼无僻错。"黑闼已怪,犹未之责。又一鸥飞度,复令嘲之。又云:"老鸥,项曲绿,蹄被他,负物多。"于是大怒,令割一耳。走出至庭,又即倒地。令问之,又云:"偏檐。"复令割一耳。还家,妇迎问绵绢何,答云:"绵绢?割两耳,只有面。"出《启颜录》。

辛 亶

隋辛亶为吏部侍郎,选人为之榜,略曰:"枉州抑县屈滞乡不申里衔恨先生,问隋吏部侍郎辛亶曰:'当今天子圣明,群僚用命。外拓四方,内齐七政。而子位处权衡,职当水镜。居进退之首,握褒贬之柄,理应识是识非,知滞知微,使无才者泥伏,有用者云飞。奈何尸禄素餐,滥处

对违背他意愿的人随意屠杀。他曾在闲暇之时，寻访到一位专门能解嘲的人。把他召进庭院来，片刻，一只水恶鸟从上面飞过，刘黑闼命他嘲之。那人道："水恶鸟，头像镰杓，尾巴像个凿子，河里捞鱼无偏错。"刘黑闼很高兴。又叫他嘲笑骆驼，那人道："骆驼，脖子弯曲而发绿，走路蹄子'被他、被他'响，载东西多。"刘黑闼于是大笑，赏绢五十四。那人拜谢之后，把赏绢挎在左臂上往外走，还未走到戟门，便倒在地上不起来。刘黑闼叫人问他："为何倒地不起？"他回答说："因为偏坠。"于是刘黑闼命再赏五十四绵，放在他右臂上拿去，并叫他明天再来。回到村里，遇到一个熟人，那人问："在哪里得到这么多绵绢？"解嘲人向他述说了这件事。那人求他再背诵一下嘲语，并问明了倒地的缘由。那人大喜而归，回到家告诉他媳妇说："我明天一定能得到绵绢。"第二天早晨那人来到刘黑闼门前，说自己极善于解嘲。刘黑闼很高兴，下令领他进来。恰好此时有一只猕猴在院子里，刘黑闼便命他嘲之。那人道："猕猴，头如镰杓，尾巴像个凿子，河里捞鱼无偏错。"刘黑闼已经觉得很奇怪，但并未斥责他。此时又有一只鸥鸟从上空飞过，叫他再嘲弄一番。那人又道："老鸥，脖子弯曲而发绿，走路蹄子'被他、被他'响，能驮很多东西。"刘黑闼大怒，令人割去他一只耳朵。走出庭院，那人倒地不起。刘黑闼叫人问他怎么回事，那人说："偏坠。"于是下令再割一只耳朵。回到家，媳妇迎上来问绵绢在哪儿，那人道："绵绢？割去两只耳朵，只剩下一张脸了。"出自《启颜录》。

辛　亶

隋朝辛亶为吏部侍郎，选人为他贴出告示，简言如下："枉州抑县屈滞乡不申里衔恨先生，质问隋吏部侍郎辛亶道：'当今天子圣明，群臣尽心竭力。对外疆土四方拓展，国内政行畅通。你位处轻重之地，当如水镜一般明而不污。何况你居于陟黜的首脑之职，握有褒贬官员的大权，理应辨别是非，明察细微，把无才者压下去，把有才者提拔上来。可你怎么竟是尸位素餐，滥处

上官，黜陟失所，选补伤残。小人在位，君子骇弹，莫不代子战灼，而子独何以安？'辛亶曰：'百姓之子，万国之人，不可皆识。谁厚谁亲？为桀赏者，不可不喜；被尧责者，宁有不嗔？得官者见喜，失官者见疾。细而论之，非亶之失。'先生曰：'是何疾欤？是何疾欤？不识何不访其名，官少何不简其精？细寻状迹，足识法家；细寻判验，足识文华。宁不知石中出玉、黄金出沙？量子之才，度子之智，祇可投之四裔，以御魑魅。怨嗟不少，实伤和气。'辛亶再拜而谢曰：'幸蒙先生见责，实觉多违。谨当刮肌贯骨，改过惩非。请先生纵亶自修，舍亶之罚，如更有违，甘从斧钺。'先生曰：'如子之辈，车载斗量，朝廷多少，立须相代。那得久旷天官，待子自作？急去急去，不得久住！唤取师巫，却行无处。'亶掩泣而言曰：'罪过自招，自灭自消，岂敢更将面目，来污圣朝。'先生曳杖而歌曰：'辛亶去，吏部明。开贤路，遇太平。今年定知不可得，后岁依期更入京。'"出《朝野佥载》。

牛 弘

　　隋牛弘为吏部尚书。有选人马敞者，形貌最陋，弘轻之。侧卧食果子，嘲敞曰："尝闻扶风马，谓言天上下。今见扶风马，得驴亦不假。"敞应声曰："尝闻陇西牛，千石不用轭。今见陇西牛，卧地打草头。"弘惊起，遂与官。出《朝野佥载》。

高位，对进用与贬黜都处理失当，而选任补缺的都是些有缺陷的人。小人可安然在位，君子倒被贬黜，没有人不是对你恨之入骨，而你又何以安心？'辛亶道：'百姓之子，万国之人，是不可能全认识的。怎能说对谁偏心对谁亲近呢？被桀赞赏的人，不能不喜欢；被尧斥责的人，哪有不生气的？得到官位的人自然欢喜，失去官位的自然表现出痛恨。细而论之，这不是我的过失。'先生又道：'为什么要恨你？为什么要恨你？不认识为什么不去各处访一访其人的名声，官少为什么不删繁就简取其精？只要仔细察看文状，一定能找到法家；只要仔细区别验看试卷，完全可以找到有文采的人。难道不知道石中出玉、金出于沙吗？量你的才能，度你的智力，仅仅可以到最边远的地方，去抵御那些魑魅魍魉。你还怨叹不少，实在有伤和气。'辛亶再拜而道歉道：'幸蒙先生见教，实觉多违。谨当刮肌贯骨，改过惩非。请先生允许我改正，免去对我的惩罚，如再有违，甘愿刀劈斧砍。'先生道：'像尔等之辈，车载斗量，朝廷有多少人，应立即更换。怎么可以长期没有吏部长官，而等待你去自修？快离去快离去，不得久留！唤取师巫，退却不要停留。'辛亶掩面哭泣道：'罪过自讨，只能自灭自消，哪里还敢再以我的面目来脏污圣朝。'先生拖着手杖咏道：'辛亶去，吏部明。开贤路，遇太平。今年定知不可得，后岁依期再入京。'"出自《朝野佥载》。

牛 弘

隋朝时，牛弘为吏部尚书。有个叫马敞的选人，面貌极其丑陋，牛弘很轻视他。一天，牛弘正侧卧着吃水果时，嘲讽马敞道："曾听扶风马，说可扶摇上天下地。今见扶风马，说是驴也一点不假。"马敞应声道："曾闻陇西牛，能驮千石不用车。今见陇西牛，卧在地上打草吃。"牛弘吃惊地坐起来，然后授予了他官职。

出自《朝野佥载》。

侯 白

陈朝尝令人聘隋，不知其使机辩深浅，乃密令侯白变形貌，著故弊衣，为贱人供承。客谓是微贱，甚轻之，乃傍卧放气与之言。白心颇不平。问白曰："汝国马价贵贱？"报云："马有数等，贵贱不同。若从伎俩，筋脚好，形容不恶，堪得乘骑者，值二十千已上；若形容粗壮，虽无伎俩，堪驮物，值四五千已上；若彌音卜结反。尾燥蹄，绝无伎俩，傍卧放气，一钱不值。"使者大惊，问其姓名，知是侯白，方始愧谢。出《启颜录》。

侯 白

　　陈朝派人出使到隋,隋不知那个使者的论辩水平如何,于是密令侯白乔装打扮去试探,他穿上破旧衣裳,装作下贱人来侍奉。那使者听说来者是卑微之辈,便十分轻视他,侧卧于床上一边放屁一边与他说话。侯白愤愤不平。那人问道:"你们国家的马价钱如何?"侯白答道:"马有数等,贵贱也不同。若是有伎俩,筋骨脚力好,形貌不丑,又经得住乘骑的,值二十千以上;若是形体很粗壮,虽无伎俩,可是能驮东西,值四五千以上;若是弥尾燥蹄,毫无伎俩,又侧卧放屁的,一个钱不值。"使者大吃一惊,问他的姓名,知道他是侯白后,才惭愧地向他道歉。出自《启颜录》。

卷第二百五十四
嘲诮二

赵神德

　　唐初，梁宝好嘲戏，曾因公行至贝州，憩客馆中，闲问贝州佐史，云："此州有赵神德，甚能嘲。"即令召之。宝颜甚黑，厅上凭案以待。须臾神德入，两眼俱赤，至阶前，梁宝即云："赵神德，天上既无云，闪电何以无准则？"答云："向者入门来，案后唯见一挺墨。"宝又云："官里料朱砂，半眼供一国。"又答云："磨公小拇指，涂得太社北。"宝更无以对，愧谢遣之。出《启颜录》。

贾嘉隐

　　唐贾嘉隐年七岁，以神童召见。长孙无忌、徐世勣，于朝堂立语。徐戏之曰："吾所倚者何树？"曰："松树。"徐曰：

赵神德

唐朝初期,有个叫梁宝的喜好嘲戏,有一回因公事去贝州,在客馆中休息,闲来无事,便问贝州佐史:"听说贝州有个叫赵神德的人,很能嘲讽。"于是就让人将赵叫来。梁宝脸特别黑,在大厅上依着几案等待着。不一会儿,赵神德进来,这个人两只眼睛通红,刚走到台阶前,梁宝就说道:"赵神德,天上已经没有云彩了,闪电怎么能没有原则呢?"赵神德答道:"刚才一进门,就见几案后边竖着一锭墨。"梁宝又道:"当官(暗指五官中的视觉器官)的食料钱(古时当官除官饷外,还供给食料钱)换成了朱砂,你半只眼睛就可以供足一国的官员了。"赵神德又答道:"磨掉公小拇指,就可以将太社北方涂成黑色。"梁宝再无言以对,面带愧色地道歉后将赵神德送走。出自《启颜录》。

贾嘉隐

唐贾嘉隐七岁,以神童名义被召见。长孙无忌和徐世勣与他对话。徐戏言道:"我倚靠的是何树?"贾道:"松树。"徐道:

"此槐也，何得言松？"嘉隐曰："以公配木，何得非松邪？"长孙复问之："吾所倚何树？"曰："槐树。"长孙曰："汝不复矫邪？"嘉隐曰："何烦矫对，但取其鬼对木耳。"年十一二，贞观年被举，虽有俊辩，仪容丑陋。尝在朝堂取进止，朝堂官退朝并出，俱来就看。余人未语，英国公李勣，先即诸宰贵云："此小儿恰似獠面，何得聪明？"诸人未报，贾嘉隐即应声答之曰："胡头尚为宰相，獠面何废聪明。"举朝人皆大笑。出《国史纂异》。

欧阳询

唐宋国公萧瑀不解射，九月九日赐射，瑀箭俱不著垛，一无所获。欧阳询咏之曰："急风吹缓箭，弱手驭强弓。欲高翻复下，应西还更东。十回俱著地，两手并擎空。借问谁为此，乃应是宋公。"出《启颜录》。

高士廉

唐高士廉掌选，其人齿高。有选人，自云解嘲谑，士廉时著木履，令嘲之。应声云："刺鼻何曾嚏，踏面不知嗔。高生两个齿，自谓得胜人。"士廉笑而引之。出《朝野佥载》。

裴　略

唐初，裴略宿卫考满，兵部试判，为错一字落第。此人即向仆射温彦博处披诉。彦博当时共杜如晦坐，不理其诉。此人即云："少小以来，自许明辩，至于通传言语，堪作通事舍人，并解作文章，兼能嘲戏。"彦博始回意共语，时厅

"这是槐树,怎么能说是松树呢?"贾嘉隐道:"以公配木,怎能说不是松呢?"长孙再问道:"我倚靠的是什么树?"贾嘉隐道:"槐树。"长孙道:"你不再更正了吗?"贾嘉隐道:"哪里用得着再更正,只要取来一个鬼对上木就可以了。"贾嘉隐到了十一二岁时,于贞观年间被铨选入举,他虽有才智且善辩,可是相貌丑陋。曾召他进朝堂请皇上决定其去留,朝堂官员们退朝后一齐来看他。还没等别人说话,英国公李绩抢先道:"这小孩的脸獠面一样,怎么能够聪明呢?"其他人还没答话,贾嘉隐就应声道:"长着胡人脑袋还能做宰相呢,獠面怎么就该失去聪明啊?"满朝官员都大笑。出自《国史纂异》。

欧阳询

唐朝的宋国公萧瑀不懂得射箭,九月九日皇上带群臣去射猎,萧瑀的箭全部落空,一无所获。欧阳询咏诗道:"急风吹缓箭,弱手驭强弓。欲高翻复下,应西还更东。十回俱著地,两手并擎空。借问谁为此,乃应是宋公。"出自《启颜录》。

高士廉

唐朝时,有一回高士廉主持铨选,他的门牙突出。有个选人自称很善解嘲,高士廉当时穿的是木屐,就叫他嘲戏。选人应声道:"刺激了鼻子不用张嘴打喷嚏,踩在脸上(指鞋面)也不生怒。那都是因为你两颗很突出的牙齿(木屐下有齿),还自鸣得意说自己是得胜者。"高士廉大笑并选拔了他。出自《朝野佥载》。

裴 略

唐初,裴略担任宿卫期满,在兵部参加判词考试,只因错了一个字而落榜。于是他向仆射温彦博开诚相诉。温彦博当时正好与杜如晦坐在一起说话,没有理睬他。可他讲道:"从小以来,就觉自己聪明善辩,还能通传语言,可以胜任通事舍人一职,并懂得写文章,又善于嘲戏。"温彦博这时才注意到他的话,正巧厅

前有竹，彦博即令嘲竹。此人应声嘲曰："竹，风吹青肃肃。凌冬叶不凋，经春子不熟。虚心未能待国士，皮上何须生节目。"彦博大喜，即云："既解通传言语，可传语与厅前屏墙。"此人走至屏墙，大声语曰："方今圣上聪明，辟四门以待士，君是何物，久在此妨贤路！"即推倒。彦博云："此意著博。"此人云："非但著膊，亦乃着肚。"当为杜如晦在坐，有此言，彦博、如晦俱大欢笑，即令送吏部与官。出《启颜录》。

刘行敏

唐有人姓崔，饮酒归犯夜，被武侯执缚，五更初，犹未解。长安令刘行敏，鼓声动向朝，至街首逢之，始与解缚。因咏之曰："崔生犯夜行，武侯正严更。幞头拳下落，高髻掌中擎。杖迹胸前出，绳文腕后生。愁人不惜夜，随意晓参横。"武陵公杨文瓘，任户部侍郎，以能饮，令宴蕃客浑王，遂错与延陀儿宴。行敏咏曰："武陵敬爱客，终宴不知疲。遣共浑王饮，错宴延陀儿。始被鸿胪识，终蒙御史知。精神既如此，长叹伤何为。"李叔慎、贺兰僧伽，面甚黑，杜善贤为长安令，亦黑，行敏咏之曰："叔慎骑乌马，僧伽把漆弓。唤取长安令，共猎北山熊。"出《启颜录》。

窦昉

唐许子儒旧任奉礼郎，永徽中，造国子学，子儒经祀，当设有阶级，后不得阶。窦昉咏之曰："不能专习礼，虚心强觅阶。一年辞爵弁，半岁履麻鞋。瓦恶频蒙撽。音国。墙虚屡被权。音初皆反。映树便侧睡，过匮即放乖。岁暮良功毕，言是越朋侪。今日绐言降，方知愚计喎。音口怀反。"

前有竹,就叫他嘲讽竹子。裴略应声回答道:"竹子,风吹青枝发出肃肃之声。严冬叶子不凋落,过了春季籽不熟。虚心不做栋梁材,皮上何须节与目。"彦博听后大喜,道:"既然你明白通传语言,你可以给厅前屏风传个话。"裴略走到屏风墙外,大声喊道:"方今圣上聪慧贤明,敞开四门而等待贤士,你是何物,长久地竖在这里妨碍贤人的去路!"于是把屏风推倒。温彦博道:"此话合我意。"裴略道:"非但著博(谐音脖),亦乃着肚(谐音杜)。"当时杜如晦在座,听了此言,温彦博、杜如晦都大笑起来,于是将他送到吏部授官。出自《启颜录》。

刘行敏

　　唐朝时有个姓崔的人,因饮酒夜归违犯了宵禁令,被武侯抓住捆绑起来,到五更天,还没有给他松绑。当时长安令刘行敏听到鼓声正去上朝,走到街头恰好碰上,才给他松了绑。于是他咏了首诗道:"崔生犯夜行,武侯正严更(巡夜)。幞头拳下落,高髻掌中擎。杖迹胸前出,绳文腕后生。愁人不惜夜,随意晓参横(三星已落)。"武陵公杨文瓘任户部侍郎,很能喝酒,要设宴请蕃客浑王,可是竟错请了延陀儿。刘行敏咏诗道:"武陵敬爱客,终宴不知疲。遣共浑王饮,错宴延陀儿。始被鸿胪(官府名,掌外事)识,终蒙御史(官名,负责监察)知。精神既如此,长叹伤何为。"李叔慎、贺兰僧伽两人脸很黑,杜善贤当时任长安令,脸也黑,刘行敏咏诗道:"叔慎骑乌马,僧伽把漆弓。唤取长安令,共猎北山熊。"出自《启颜录》。

窦 昉

　　唐朝人许子儒原来任奉礼郎,永徽年间,兴造国子监,子儒主持营建,当设有台阶,后来子儒失去官。窦昉写诗讽刺他:"不能专习礼,心虚也去强试。一年只好远离爵位,半年只能穿麻鞋。没瓦遮自然难挨,墙浮虚很怕人推。大树边侧卧,过了机会再放船。年尾工程完毕,说是超过同辈。今日诏令下,方知自己蠢。"

出《启颜录》。

狄仁杰

　　唐狄仁杰偶傥不羁，尝授司农员外郎，每判事，多为正充卿同异。仁杰不平之，乃判曰："员外郎有同侧室，正员卿位擅嫡妻。此难曲事女君，终是不蒙颜色。"正员颇亦惭悚。时王及善、豆卢钦望，拜左右相。仁杰以才望时议归之，颇冀此命。每戏王、豆卢，略无屈色。王豆卢俱善长行，既拜，谓时宰曰："某无材行，滥有此授。"狄谓曰："公二人并能长行，何谓无材行。"或曰左相事，云适已白右相。狄谓曰："不审唤为右相，合呼为有相。"王、豆卢问故，狄曰："公不闻，聪明儿不如有相子，公二人可谓有相子也。"二公强笑，意亦悒悒。出《御史台记》。

杨茂直

　　唐杨茂直任拾遗。有补阙姓王，精九经，不练时事。每自言明三教。时有僧名道儒，妖讹，则天捕逐甚急，所在题云："访僧道儒。"茂直与薛兼金戏谓曰："敕捕僧道儒，足下何以安闲？"云："何关吾事？"茂直曰："足下明三教，僧则佛教，道则老教，何不关吾事？"乃惊惧，兴寝不安，遂不敢归，寓于曹局数宿。祈左右侦其事意，复共诳之，忧惧不已，遇人但云："实不明三教事。"茂直等方宽慰云："别访人，非三教也。"乃敢出。出《御史台记》。

出自《启颜录》。

狄仁杰

唐朝人狄仁杰性格倜傥而不受拘束，曾授职司农员外郎，每次审理案件，员外郎多是只能随声附和正官的裁决。狄仁杰认为太不公平，于是分辩道："员外郎如同侧室，正员官位居正房。逢迎侍候女主人实在太难了，怎么干也得不到一点儿笑脸。"听到他的话，正员官也很有惭惧之色。当时王及善、豆卢钦望二人拜为左右相。狄仁杰因为才能和名气，以及时议都归向自己，很希望可以得到该项任命。每次戏弄王、豆卢二人，都理直气壮。王、豆卢二人都很擅长"长行"这种赌博游戏，他们拜相之后，对朝中的官员们说："我们没有材行，担任此职太不适当。"狄仁杰说："你们二人都很擅长长行，怎么能说没有材行。"有人说这是左相的事，另有人说已经跟右相禀报过了。狄仁杰说："不应称为右相，应称为有相。"王、豆卢问原因，狄仁杰说："你们没听说吗，聪明儿不如有相子，你们二人可以说是有相子。"二人勉强笑了笑，心里却很郁闷。出自《御史台记》。

杨茂直

唐代人杨茂直任拾遗。有个补阙姓王，他精通九经，但对时事不够练达。每每自言深明儒、释、道三教。当时有个僧人名叫道儒，兴妖作怪，武则天下敕要急速捕捉，各处都写着："查访僧道儒。"杨茂直与薛兼金嘲弄地对他说："敕捕僧道儒，你为何还这么安闲？"那个补阙道："这关我什么事？"杨茂直道："你深明三教啊，僧就是佛教，道就是老教，怎么能说与你无关呢？"那人一听十分恐慌，起居不安，更不敢回家，便在官署里住了好几天。他求左右侦探事态动向，这些人回来都以假话诳骗他，于是更加忧惧，遇人就说："我实在不明白三教的事。"直到此时杨茂直等人才宽慰他说："查访的是个僧人，他叫道儒，不是三教。"他这才敢出来。出自《御史台记》。

左右台御史

唐孝和朝,左右台御史,有迁南省仍内供奉者三,墨敕授者五,台讥之为"五墨三仍"。左台呼右台为高丽僧,言随汉僧赴斋,不咒愿叹呗,但饮食受嚫而已。讥其掌外台,在京辇无所弹劾,而俸禄同也。自右台授左台,号为出蕃;自左台授右台,号为没蕃。每相遇,必相嘲谑不已也。出《御史台记》。

杜文范

唐杜文范,襄阳人也。自长安尉应举,擢第,拜监察御史,选殿中,授刑部员外,以承务郎特授西台舍人。先时与高上智俱任殿中,为侍御史张由古、宋之顺所排蹙,与上智迁员外。既五旬,由古、之顺方入省。文范众中谓之曰:"张宋二侍御,俱是俊才。"由古问之,答曰:"若非俊才,那得五十日骑土牛,趁及殿中?"举众欢笑。出《御史台记》。

御史里行

武后初称周,恐下心未安,乃令人自举供奉官,正员外多置里行。有御史台令史,将入台,值里行御史数人,聚立门内。令史不下驴冲过。诸御史大怒,将杖之。令史云:"今日之过,实在此驴。乞先数之,然后受罚。"许之。谓驴曰:"汝技艺可知,精神机钝,何物驴畜,敢于御史里行。"于是御史羞惭而止。出《国朝杂记》。

左右台御史

唐代孝和时期,左右两台御史中,调入尚书省可仍为内供奉的有三人,得到皇上的墨敕而直接任命的有五人,御史台讥讽他们"五墨(音谐没)三仍(音谐扔)"。左台御史称右台御史为高丽僧,说他们是随同汉僧来赴斋,不祈祷念经,只是吃喝罢了。讽刺右台的御史官在京城无事可做,可俸禄与他们一样照拿不误。如果由右台调转到左台,称作出蕃;自左台调转右台,称作没蕃。每次相遇,定要互相嘲讽一番。出自《御史台记》。

杜文范

唐代的杜文范,是襄阳人。做长安尉时去参加科举考试,及第,被授予监察御史,后转迁殿中,再授刑部员外,并由承务郎特授西台舍人。先前,他与高上智一起任职殿中时,受到侍御史张由古、宋之顺的排挤和踩压,后来他与高上智一起升迁为刑部员外。五个月过去了,张由古和宋之顺才迁转入省。有一次,杜文范当着众人的面对他们说:"张、宋二位侍御,你们都是俊才啊。"张由古问这是何意,杜文范回答说:"若不是俊才,哪能骑了五十天老牛,才赶到殿中?"所有人都大笑。出自《御史台记》。

御史里行

武则天刚刚改国号为周时,怕下属群僚不安服,就下令各官署自行选任供奉官,正员之外还可设置里行(供奉、里行都是不占编制非正式授职的下级官员。)。有一个御史台的令史(未入流的小吏),骑一头驴进入台署,恰遇上几个里行御史站在门里。令史没下驴冲了过去。御史们大怒,要对他进行杖责。令史道:"今天的过错,实在是由于这头驴。请允许我先数落一下这头驴,然后再受罚。"御史们同意。于是令史对驴子数落道:"你那么点技术,又平庸低下,你算个什么驴子,竟敢在御史里行前冲撞。"于是里行御史们深感羞惭而不再惩罚他了。出自《国朝杂记》。

张元一

周则天朝,蕃人上封事,多加官赏,有为右台御史者。因则天尝问郎中张元一曰:"在外有何可笑事?"元一曰:"朱前疑着绿,狄仁杰著朱。阎知微骑马,马吉甫骑驴。将名作姓李千里,将姓作名吴栖梧。左台胡御史,右台御史胡。"胡御史胡元礼也,御史胡蕃人为御史者,寻改他官。周革命,举人贝州赵廓,眇小,起家监察御史,时人谓之台秒。李昭德詈之为中霜谷束。元一目为枭坐鹰架。时同州鲁孔丘为拾遗,有武夫气,时人谓之外军主帅。元一目为鸷入凤池。苏味道才学识度,物望攸归。王方庆体质鄙陋,言词鲁钝,智不逾俗,才不出凡。俱为凤阁侍郎。或问元一曰:"苏王孰贤?"答曰:"苏九月得霜鹰,王十月被冻蝇。"或问其故,答曰:"得霜鹰俊捷,被冻蝇顽怯。"时人伏能体物也。契丹贼孙万荣之寇幽,河内王武懿宗为元帅,引兵至赵州。闻贼骆务整从北数千骑来,王乃弃兵甲,南走荆州,军资器械,遗于道路。闻贼已退,方更向前。军回至都,置酒高会。元一于御前嘲懿宗曰:"长弓短度箭,蜀马临阶骗。去贼七百里,隈墙独自战。甲杖总抛却,骑猪正南掾。"上曰:"懿宗有马,何因骑猪?"对曰:"骑猪夹豕走也。"上大笑。懿宗曰:"元一宿构,不是卒辞。"上曰:"尔付韵与之。"懿宗曰:"请以夆韵。"元一应声曰:"里头极草草,掠鬓不夆夆。未见桃花面皮,漫作杏子眼孔。"则天大悦,

张元一

在武则天执政的周朝，外族人上奏密封的奏章，多给以官职赏赐，有人因此而为右台御史。武则天曾问郎中张元一道："外边有什么可笑的新鲜事？"张元一道："朱前疑穿绿，狄仁杰穿红。阎知微骑马，马吉甫骑驴。有个人要把他的名作为姓叫李千里，又有一个人要把他的姓作为名字叫吴栖梧。左台有个胡御史，右台有个御史胡。"胡御史即胡元礼，御史胡是指蕃人做了御史官，不久改任他官。武则天改唐为周后，有个贝州的举人叫赵廓，身材极小，一开始被授为监察御史，当时人们称他为台秽。李昭德骂他是被霜打了的谷来。张元一称其枭坐鹰架。当时同州人鲁孔丘任拾遗，很有武夫气概，人们都叫他外军主帅。张元一称其鸷入凤池。苏味道有才学有见地而又大度，众望所归。王方庆身材瘦弱难看，语言粗鲁迟钝，智不超俗，才不出众。但两人都任凤阁侍郎。有人问张元一："苏味道、王方庆谁是贤才？"张元一道："苏九月得霜鹰，王十月被冻蝇。"有人问这是何意，张元一答道："得霜鹰即才高敏捷，被冻蝇则愚顽怯懦。"当时的人都佩服他能具体地描绘事物。契丹人孙万荣侵犯幽州，河内王武懿宗为元帅，领兵御敌，行至赵州。听说敌方骆务整率数千骑兵从北杀来，河内王则弃兵甲而跑，向南逃往荆州，军资器械，扔了一道。后来听说敌人退走了，才又向前进发。可是军队回到京都，却赐席设宴，给予很高的接待。当着武则天的面，张元一竟嘲讽武懿宗道："握的是长弓，射出的是近箭，本来是匹很小的蜀马，也要找个台阶才能骑上去。敌人已经远去七百里之遥，你绕着城墙自己跟自己作战。把兵器全都抛掉，你却骑着猪南逃。"武则天道："懿宗有马，为什么要骑猪呢？"张元一道："骑猪就是夹着豕（音谐屎）而去了。"武则天大笑。武懿宗道："这是张元一早已构思好的，不是即兴而作。"武则天道："你可以随便给他一个韵。"武懿宗道："那就请用莘韵。"张元一随即咏道："瞅你的脑袋，里头极为草率，外边的鬓须也不茂盛。没长桃花一般的脸皮，更别说杏子一样的眼睛了。"武则天听后心里十分高兴，

王极有惭色。懿宗形貌短丑,故曰"长弓短度箭"。周静乐县主,河内王懿宗妹,懿妹短丑。武氏最长,时号大哥。县主与则天并马行,命元一咏曰:"马带桃花锦,裙衔绿草罗。定知帏帽底,仪容似大哥。"则天大笑,县主极惭。纳言娄师德长大而黑,一足蹇,元一目为"行辙方相",亦号为"卫灵公",言防灵柩方相也。天官侍郎吉顼长大,好昂头行,视高而望远,目为"望柳骆驼"。殿中侍御史元本竦髀伛身,黑而且瘦,目为"岭南考典"。驾部郎中朱前疑粗黑肥短,身体垢腻,目为"光禄掌膳"。东方虬身长衫短,骨面粗眉,目为"外军校尉"。唐波若矮短,目为"郁屈蜀马"。目李昭德"卒子锐反。岁胡孙"。修文学士马吉甫眇一目,为"端箭师"。郎中长儒子视望阳,目为"呷醋汉"。汜水令苏徵举止轻薄,目为"失孔老鼠"。出《朝野佥载》。

吉　顼

周张元一腹粗而脚短,项缩而眼跌,吉顼目为逆流虾蟆。出《朝野佥载》。

朱随侯

周韶州曲江令朱随侯,女夫李逊,游客尔朱九,并姿相少媚,广州人号为"三㦗"。七肖反。人歌之曰:"奉敕追三㦗,随侯傍道走,回头语李郎,唤取尔朱九。"张鷟目随侯臞乱土枭。出《朝野佥载》。

武懿宗却脸有羞愧之色。武懿宗个子矮而相貌丑，因此前有"长弓短度箭"的诗句。静乐县主是武懿宗的妹妹，也生得矮而丑。武则天年龄最大，因而当时都称她大哥。有一次，静乐县主与武则天骑马并行，命张元一咏诗，元一咏道："马身上佩戴着桃花一样鲜艳的锦带，身穿绿草般的罗裙。准知道在那遮挡的帏帽下面，是一副像大哥一样美丽的面容。"则天听后大笑，县主却感到十分羞愧。纳言娄师德身大而肤黑，并且一只脚是跛子，张元一嘲笑他是"行辙方相"，也称他为"卫灵公"，意思是防卫灵柩的方相（古迷信指出殡时的避邪神）。吏部侍郎吉顼身材高大，好扬着头走路，总是像在望着高远的地方，张元一戏称他是"望柳骆驼"。殿中侍御史元本竦伛偻身子，而且又黑又瘦，被戏称为"岭南考典"。驾部司的郎中朱前疑身材短粗而肤黑，而且身上很脏，被戏称为"光禄掌膳"。东方虬身体高大而衣裳短小，脸很瘦眉毛却很粗，被称为"外军校尉"。唐波若身材短小，被称为"郁屈蜀马"。称李昭德为"卒子锐反。岁（刚满一岁）胡孙"。修文学士马吉甫一只眼睛失明，被称为"端（细瞄）箭师"。郎中长儒子远视，被称为"呷醋汉"。氾水县令苏微举止轻薄，被称为"失孔（没了洞）老鼠"。出自《朝野佥载》。

吉　顼

武周时有个人叫张元一，他的长相是腰粗而脚短，缩脖，眼睛向外鼓，吉顼戏称他是逆流蛤蟆。出自《朝野佥载》。

朱随侯

武周时的韶州曲江县令朱随侯，和他的女婿李逖及游客尔朱九，三人相貌俊美，广州人把他们叫作"三樵"。七肖反。人们编了首歌谣："奉敕追三樵，随侯傍道走，回头语李郎，唤取尔朱九。"张鹫却把他们称作矓乱土枭。出自《朝野佥载》。

李 详

　　周李详,河内人,气侠刚劲,初为梓州监示尉。主书考日,刺史问平已否,详独曰:"不平。"刺史曰:"不平,君把笔书考。"详曰:"请考使君。"即下笔曰:"祛断大事,好勾小稽;自隐不清,疑人总浊。考中下。"刺史默然而罢。出《朝野金载》。

李 详

　　武周朝的李详,是河内人,性侠而刚直,最初曾任梓州监示尉。在进行官员考课的那天,刺史问大家是否公平,唯独李详说:"不公平。"刺史说:"不公平,那就请你执笔给大家写评语。"李详说:"那我就要给刺史大人书写考核鉴定了。"随即下笔写道:"不抓大事,好管些小事;自己隐讳不清正,反而总怀疑别人有污浊。考第为中下。"刺史也只好默然作罢。出自《朝野金载》。

卷第二百五十五
嘲诮三

张 鷟

则天革命，举人不试皆与官，起家至御史、评事、拾遗、补阙者，不可胜数。张鷟为谣曰："补阙连车载，拾遗平斗量。杷推侍御史，碗脱校书郎。"时有沈全交者，傲诞自纵，露才扬己，高巾子，长布衫，南院吟之，续四句曰："评事不读律，博事不寻章。面糊存抚使，眯目圣神皇。"遂被杷推御史纪先知捉向右台对仗弹劾，以为谤朝政，败国风，请于朝堂决杖，然后付法。则天笑曰："但使卿等不滥，何虑天下人语。不须与罪，即宜放却。"先知于是乎面无色。唐豫章令贺若瑾，眼皮急，项辕粗，鷟号为"饱乳犊子"。出《朝野佥载》。

张 鷟

　　武则天改革朝政,举人不再进行考试就可以给官做,可授予御史、评事、拾遗、补阙等职,一时间这些官数不胜数。张鷟写了首歌谣道:"补阙连车载,拾遗平斗量。把推侍御史,碗脱校书郎。"当时有个叫沈全交的人,狂傲怪诞而又放纵自己,喜欢显示才能,自我表现,此人的打扮是高扎头巾,身着长衫,他在南院咏诗,把张鷟的歌谣又续上四句:"评事不读律,博士不寻章。面糊存抚使,眯目圣神皇。"于是被把推御史纪先知捉到右台对着圣上当面弹劾,认为他是诽谤朝政,败坏国风,请求在朝堂对其杖打,然后绳之以法。武则天一听却笑了,她说道:"只要你们这些朝官不滥用职权,何怕天下人去说。不要给他什么罪状了,应该立刻释放。"纪先知脸上没了血色。唐朝豫章县令贺若瑾眼皮发紧,脖子粗,张鷟称其为"饱乳犊子"。出自《朝野佥载》。

石抱忠

石抱忠检校天官郎中，与侍郎刘奇、张询古同知选。抱忠素非静慎，刘奇久著清平，询古通婚名族。将分铃，时人语曰："有钱石下好，无钱刘下好，士大夫张下好。"斯言果征。复与许子儒同知选，刘奇独以公清称。抱忠、师范、子儒颇任令史勾直，每注官，呼曰："勾直乎？"时人又为之语曰："硕学师刘子，儒生用典言。"抱忠后与奇同弃市。选人或为摈抑者，复为语曰："今年柿子并遭霜，为语石榴须早摘。"抱忠在始平，尝为谐诗曰："平明发始平，薄暮至何城。库塔朝云上，晃池夜月明。略彴桥头逢长史，棂星门外揖司兵。一群县尉驴骡骤，数个参军鹅鸭行。"出《御史台记》。

郑愔

唐郑愔曾骂选人为痴汉。选人曰："仆是吴痴，汉即是公。"愔令咏痴。吴人曰："榆儿复榆妇，造屋兼造车。十七八九夜，还书复借书。"愔本姓鄚，改姓郑，时人号为鄚郑。出《朝野佥载》。

宋务先

唐有监察御史不工文，而好作不已。既居权要，多为人所谀，不之觉也。每篇辄为宋务先书以光台，月俸几尽，其妻谓曰："公经生，素非文笔，所称篇咏，不为外人所传。此必台中玩公，折俸助厨耳。奈何受人嗤玩？"自后虽吟咏

石抱忠

石抱忠任检校天官郎中，与侍郎刘奇、张询古共同主持选拔官员之事。石抱忠平素就很不冷静谨慎，刘奇向来清廉公平，张询古与名门贵族联姻。快要对选人进行分组审理的时候，人们议论道："有钱的分到石抱忠名下好，没钱的分到刘奇名下好，士大夫阶层的分到张询古名下好。"这话果然得到验证。后来又与许子儒一起主持铨选，刘奇唯独以公正清廉而著称。而抱忠、师范、子儒都叫令史去勾直（圈画名单），每拟授一个选人的官职，令史们都问道："勾直吗？"当时人们又对他们议论道："刘奇是一位很有学问的人，而那些学问不深的人却偏用掌故来表达意思。"石抱忠后来与刘奇一起被处死并陈尸街头示众。有些落选的应试者又说道："今年的柿子（暗指石抱忠、刘奇）一起遭霜打，所以说石榴（暗喻石抱忠一类的人）应该早些摘去。"石抱忠当年在始平的时候，曾写诙谐诗道："平明发始平，薄暮至何城。库塔朝云上，晃池夜月明。略彴桥头逢长史，棂星门外揖司兵。一群县尉驴骤骤，数个参军鹅鸭行。"出自《御史台记》。

郑愔

唐朝时郑愔曾骂一个候选的官员为痴汉。那人说："我是吴痴，汉是你。"郑愔叫他咏一首描写痴呆的诗。那个从吴地来的选人咏道："榆儿复榆妇，选屋兼造车。十七八九夜，还书复借书。"愔本来姓鄭，后改姓郑，当时人们都叫他鄭郑。出自《朝野佥载》。

宋务先

唐朝时，有个监察御史不擅长诗文，然而又喜欢不断写作。这个人又身居机要之地，因而被很多人奉承，可他自己并不觉悟。每写出一篇就让宋务先书写张贴于台院，工资都快要花费光了，妻子对他说："你长这么大，平素并不写作，你所称道的诗文，也没被外面人传诵。一定是台院中的人戏弄你，工资都救济别人了。你为何要去受人耻笑玩弄呢？"自此以后他虽然仍吟咏

不辍，不复出光台钱矣。或问之，以妻言对。诸御史退相谓曰："彼有人焉，未可玩也。"乃止。出《御史台记》。

傅 岩

唐傅岩，魏州人，本名佛庆。尝在左台，监察中溜，而中溜小祠，无牺牲之礼。比回，怅望曰："初一为大祠，乃全疏薄。"殿中梁载言咏之曰："闻道监中溜，初言是大祠。狼傍索传马，偬动出安徽。卫司无帟幕，供膳乏鲜肥。形容消瘦尽，空往复空归。"出《御史台记》。

侯味虚

唐户部郎侯味虚著《百官本草》，题御史曰："大热，有毒。"又朱书云："大热有毒。主除邪佞，杜奸回，报冤滞，止淫滥，尤攻贪浊。无大小皆搏之，畿尉簿为之相。畏还使，恶爆直，忌按权豪。出于雍洛州诸县，其外州出者，尤可用。日炙干硬者为良。服之，长精神，减姿媚。久服，令人冷峭。"出《朝野佥载》。

贾言忠

唐贾言忠撰《监察本草》云："服之心忧，多惊悸，生白发。"时义云："里行及试员外者，为合口椒，最有毒。监察为开口椒，毒微歇。殿中为萝卜，亦曰生姜，虽辛辣而不为患。侍御史为脆梨，渐入佳味。迁员外郎为甘子，可久服。或谓合口椒少毒而脆梨毒者，此由触之则发，亦无常性。

不辍,但不再花钱让人抄写了。有人问他是怎么回事,他便把妻子说的告诉给人家。御史们出去后相互说:"他有明白人的帮助,不可以再拿他玩耍。"于是不再戏弄他了。出自《御史台记》。

傅 岩

唐朝的傅岩,魏州人,本名叫傅佛庆。曾经在左台任职,有一次去巡察祭祀中溜(土神),但那是个小祠,祭祀规模小,不供牲畜祭品。巡察回来,他怅望地说道:"本来以为是大的祭祀,却尽是些粗疏浅薄的东西。"殿中侍御史梁载言咏诗道:"闻道监中溜,初言是大祠。狼傍索传马,愡动出安徽。卫司无帝幕,供膳乏鲜肥。形容消瘦尽,空往复空归。"出自《御史台记》。

侯味虚

唐朝的户部郎官侯味虚写了一部《百官本草》,其中写到御史时说:"大热,有毒。"他又用红笔写道:"大热而有毒。主要除去邪恶和奸佞,杜绝邪行,判理冤屈,制止淫滥,尤其善于攻讦贪赃污浊等行为。不论大小官员一概可以纠弹,畿尉簿为其辅助。惧怕还使,厌恶爆直,忌讳按查权贵豪门。出自雍州洛州各县,有其他州出产的,更加好用。经日晒后又干又硬的为上品。吃了它,可以长精神,灭媚态。长久服用,能使人刚直严峻。"出自《朝野佥载》。

贾言忠

唐朝人贾言忠在他撰写的《监察本草》中写道:"服了它心忧,多惊悸,生白发。"当时人们议论说:"里行御史和试员御史(都是非正式授官的御史)是合口椒,毒最大。监察御史是开口椒,毒性稍轻一些。殿中御史是萝卜,也叫生姜,虽然辛辣但不用忧患。侍御史则是脆梨,越吃越好吃。由侍御史迁调为员外郎,那就是柑橘了,可以长久服用。有人说合口椒毒性轻而脆梨有剧毒,这是由于偶然触动而发生的,其实这东西是无常性的。

唯拜员外郎,号为摘去毒。欢怅相半,喜迁之,惜其权也。"
出《御史台记》。

司马承祯

唐卢藏用,始隐于终南山,中宗朝,累居要职。道士司马承祯,睿宗追至京,将还职,藏用指终南山谓之曰:"此中大有佳景处,何必在远。"承祯徐答曰:"以仆所观,乃仕宦捷径矣。"藏用有惭色。 出《大唐新语》。

李敬玄

唐中书令李敬玄为元帅,讨吐蕃,至树敦城,闻刘尚书没蕃,着靴不得,狼狈而走。王杲、副总管曹怀舜等惊退,遗却麦饭,首尾千里,地上尺余。时军中谣曰:"洮河李阿婆,鄯州王伯母,见贼不敢斗,总由曹新妇。"出《朝野佥载》。

格辅元

唐格辅元拜监察,迁殿中。充使,次龙门遇盗,行装都尽,袒被而坐。监察御史杜易简,戏咏之曰:"有耻宿龙门,精彩先瞰浑。眼瘦呈近店,睡响彻遥林。捋囊将旧识,掣被异新婚。谁言骢马使,翻作蛰熊蹲。"出《御史台记》。

祝钦明

唐礼部尚书祝钦明颇涉经史,不闲时务,专硕肥腯,顽滞多疑。台中小吏,号之为"媼"。媼者,肉块,无七窍,秦穆公时野人得之。 出《朝野佥载》。

唯有官拜员外郎后,方可称为除去了毒。但是,由御史迁调员外郎,他们也是欢喜惆怅各占一半,喜的是升迁,可惜的是失去了御史的权力。"出自《御史台记》。

司马承祯

唐朝的卢藏用,最初隐居在终南山,中宗执政时期,累居要职。道士司马承祯被睿宗召入京,不久打算回去,卢藏用指着终南山对他说:"这山中就大有好风景,何必走那么远。"司马承祯慢慢回答道:"以我所见,这里倒是通往高官的捷径。"卢藏用面显羞愧之色。出自《大唐新语》。

李敬玄

唐代的中书令李敬玄被授以元帅,去征讨吐蕃,行至树敦城,听说刘尚书已丧生于吐蕃,连靴子也顾不上穿,便狼狈而逃。王杲和副总管曹怀舜等也吓得惊慌而退,逃跑时扔掉粮饷无数,首尾相连有一千里,足足盖了一尺多厚。当时军中流传着一首歌谣说:"洮河李阿婆,鄯州王伯母,见贼不敢斗,总由曹新妇。"出自《朝野佥载》。

格辅元

唐代时有个叫格辅元的人,官授监察御史,后又迁转殿中御史。有一回他出使外地,临时客住龙门被盗,行装全被偷走,只好光着身子裹被而坐。后来有个监察御史杜易简写诗嘲弄他道:"有耻宿龙门,精彩先瞰浑。眼瘦呈近店,睡响彻遥林。将囊将旧识,掔被异新婚。谁言骢马使,翻作蛰熊蹲。"出自《御史台记》。

祝钦明

唐朝礼部尚书祝钦明,精通经史,但不识时务,肥胖臃肿,迁顽而又多疑。官署中的小吏们称他为"媪"。媪就是大肉块,没长七窍,秦穆公时代有郊野之人得到过。出自《朝野佥载》。

姜师度

唐先天中,姜师度于长安城中穿渠,绕朝堂坊市,无所不至。上登西楼望之,师度堰水泷,柴筏而下,遂授司农卿。于后水涨则奔突,水缩则竭涸。又前开黄河,引水向棣州,费亿兆功。百姓苦其淹渍,又役夫塞河口。开元六年,水泛溢,河口堰破,棣州百姓,一概没尽。师度以为功,官品益进。又有傅孝忠为太史令,自言明玄象,专行矫谲。京中语曰:"姜师度一心看地,傅孝忠两眼相天。"神武即位,知其矫,并斩之。出《朝野佥载》。

姜　晦

唐姜晦为吏部侍郎,眼不识字,手不解书,滥掌铨衡,曾无分别。选人歌曰:"今年选数恰相当,都由座主无文章。案后一腔冻猪肉,所以名为姜侍郎。"出《朝野佥载》。

魏光乘

唐兵部尚书姚元崇,长大行急,魏光乘目为趁蛇鹳鹊。黄门侍郎卢怀慎好视地,目为觑鼠猫儿。殿中监姜皎肥而黑,目为饱葚母猪。紫微舍人倪若水,黑而无须鬓,目为醉部落精。舍人齐处冲好眇目视日,云暗烛底觅虱老母。舍人吕延嗣长大少发,目为日本国使人。又目舍人郑勉为醉高丽。目拾遗蔡孚小州医博士,诈谙药性。又有殿中侍御史短而丑黑,目为烟熏地术。目御史张孝嵩为小村方相。

姜师度

唐玄宗先天年间，姜师度在长安城里开掘水渠，水渠穿绕过宫廷殿堂、大街小巷，无所不至。皇上登临西楼观望，只见师度堵塞急流，乘筏顺水而下，甚为满意，于是授他司农卿。可是到后来，遇到雨多涨水时，大水便横冲直撞，遇上干旱少雨时，水渠却又干涸。于是他又向前开通到黄河，引水到棣州，工程耗费巨大。两岸百姓却常常遭受水淹之害，因此他又不得不派民工堵塞黄河口。开元六年，黄河泛滥，大水冲破了堤堰，整个棣州的百姓全都淹死。可是姜师度仍以修渠有功为由，官品一再晋升。当时还有一个叫傅孝忠的人，官授太史令，此人自己说懂得天象，其实是专搞假冒欺骗。京城里的人都说："姜师度一心看地，傅孝忠两眼相天。"神武皇帝即位后，知道他们的欺诈行为，把两个人一起斩首。出自《朝野佥载》。

姜　晦

唐朝时姜晦官拜吏部侍郎，眼不认字，手不会书，把他执掌的铨选之任弄得一塌糊涂，甚至连高低优劣都不分。因而选人们编成歌谣道："今年选数恰相当，都由座主无文章。案后一腔冻猪肉，所以名为姜侍郎。"出自《朝野佥载》。

魏光乘

唐代的兵部尚书姚元崇，个头大，而且行走快，魏光乘便把他称作趁蛇鹳鹊。黄门侍郎卢怀慎喜好低头看地，被他称为觑鼠猫儿。殿中监姜皎长得又胖又黑，被他称为饱食桑葚的母猪。紫微舍人倪若水长得黑，又没有胡子，被他称为醉部落精。舍人齐处冲喜好眯起一只眼睛看太阳，魏光乘便说他是在暗烛光下寻找虱子的老妇。舍人吕延嗣个头高大，头发稀少，被称之为日本国使人。而把舍人郑勉看作醉高丽。称拾遗蔡孚为小州医博士，假装懂得药性。还有个殿中侍御史个子小、又丑又黑，被称之为烟熏地术（植物名）。称御史张孝嵩为小村的方相。

目舍人杨伸嗣为热鏊上猢狲。目补阙袁辉为王门下弹琴博士。目员外郎魏恬为祈雨婆罗门。目李全交为品官给使。目黄门侍郎李广为饱水虾蟆。由是坐此品题朝士，自左拾遗贬新州新兴县尉。出《朝野金载》。

邵　景

唐邵景，安阳人。擢第授汾阴尉，累转歙州司仓，迁至右台监察考功员外。时神武皇帝即位，景与殿中御史萧嵩、韦铿俱升殿行事，职掌殊别。而制出，景、嵩俱授朝散大夫，而铿无命。景、嵩状貌类胡，景鼻高而嵩须多。同时服朱绂，对立于庭。铿独帘中窃窥而咏曰："一双胡子著绯袍，一个须多一鼻高。相对厅前捺且去声。立，自惭身品世间毛。"举朝欢咏之。他日，睿宗御承天门，百僚备列，铿忽风眩而倒。铿肥而短，景咏之曰："飘风忽起团圜旋，倒地还如着脚馉。莫怪殿上空行事，却为元非五品才。"出《御史台记》。

黄幡绰

唐安西牙将刘文树口辩，善奏对，明皇每嘉之。文树髭生颔下，貌类猴。上令黄幡绰嘲之。文树切恶猿猴之号，乃密赂幡绰，不言之。幡绰许而进嘲曰："可怜好个刘文树，髭须共颏颐别住。文树面孔不似猢狲，猢狲面孔强似文树。"上知其遗赂，大笑。出《开天传信记》。

称舍人杨伸嗣为热鏊子上的猢狲。称补阙袁辉为王门下弹琴博士。称员外郎魏恬为祈雨婆罗门。称李全交为品官给使。称黄门侍郎李广为喝饱水的蛤蟆。因为他随意评品戏弄朝官，所以从左拾遗被贬到新州新兴县做县尉。_{出自《朝野金载》。}

邵　景

　　唐代的邵景，是安阳人。经铨选而提拔为汾阴县尉，又转授歙州司仓，后来迁调右御史台任监察考功员外。神武皇帝即位时，邵景与殿中侍御史萧嵩、韦铿一起擢升为殿行事，而执掌的事物各不相同。后来皇上下令，加授邵景和萧嵩为朝散大夫，而韦铿却没有此项任命。邵景、萧嵩的相貌都很像胡人，邵景鼻子高，萧嵩胡须多。上朝时他们同穿朱红官袍，面对着站立于朝堂。韦铿从帘外偷偷看到了他俩可笑的样子，便咏了首诗说："一双胡子著绯袍，一个须多一鼻高。相对厅前捺且立，自惭身品世间毛。"满朝官员听说后都笑而咏之。之后一天睿宗要去承天门，文武百官列队恭驾，韦铿忽感昏眩晕倒在地。韦铿个子很小又很胖，于是邵景咏道："飘风忽起团圞旋，倒地还如着脚馋。莫怪殿上空行事，却为元非五品才。"_{出自《御史台记》。}

黄幡绰

　　唐代时安西牙将刘文树口才很好，尤其善于向皇上进言或回答皇上的问话，明皇为此多次称赞他。刘文树的胡须长在下巴颏的下边，面貌很像个猴子。有一次唐明皇让黄幡绰嘲弄一番他的相貌以取乐。刘文树最忌讳别人称他猿猴，于是偷偷地给幡绰奉送财物，求他不要说自己像猿猴。黄幡绰答应了，向皇上进一首嘲谑诗道："可怜好个刘文树，髭须共额颐别住。文树面孔不似猢狲，猢狲面孔强似文树。"皇上知道他送了贿赂，大笑不止。_{出自《开天传信记》。}

贺知章

唐秘监贺知章有高名,告老归吴中,明皇嘉重之,每事加异。知章将行,泣涕辞,上问何所欲,曰:"臣有男,未有定名,幸陛下赐之,归为乡里之荣。"上曰:"为道之要,莫若于信,孚者,信也,履信思乎顺,卿之子必信顺之人也,宜名之曰'孚'。"再拜而授命焉。久而谓人曰:"上何谑我邪,我实吴人,孚乃爪下为子,岂非呼我儿为爪子耶?"出《开天传信记》。

王 维

唐宰相王玙好与人作碑志。有送润毫者,误扣右丞王维门。维曰:"大作家在那边。"出《卢氏杂说》。

甘 洽

唐甘洽与王仙客友善,因以姓相嘲。洽曰:"王,计尔应姓田。为你面拨獭,抽却你两边。"仙客应声曰:"甘,计你应姓丹。为你头不曲,回脚向上安。"出《启颜录》。

乔 琳

唐朱泚始乱,源休、姚令言等收图书,贮仓廪,作萧何事业。休退语伪黄门侍郎蒋练曰:"若度其才,即吾为萧,姚为曹耳。"识者闻之,为休不奈官职。乔琳性好谐谑,因语旧僚曰:"源公真谓火迫酂侯尔。"出《大唐新语》。

贺知章

唐代秘书监贺知章的名声很响，要告老还乡回吴中，明皇很器重他，每件事都跟别人不同。贺知章将要离开朝廷了，他声泪俱下地与皇上辞别，皇上问他还有什么要求，他说："臣有一个儿子，至今还没有定下来叫什么名字，希望陛下恩赐，这样就是我回到故乡也感到十分荣耀。"皇上道："实行道义的关键，莫过于信了，孚就是信，每每有信才能顺，你的儿子必是信顺之人，应该起名叫'孚'。"贺知章拜了两拜，接受了皇帝的旨意。过了很久，贺知章对人说："皇上怎么戏谑我啊，我是吴地人，这个孚字是爪字下面加个子字，这难道不是叫我儿子为无（吴字谐音）爪子吗？"出自《开天传信记》。

王 维

唐朝宰相王玙，很喜欢给人写墓碑、墓志。有人来送报酬，错敲了尚书右丞王维的门。王维道："大作家在那边。"出自《卢氏杂说》。

甘 洽

唐代人甘洽与王仙客素来很友好，于是他们便以姓氏相互嘲讽。甘洽道："你姓的是王字，我考虑你本应姓田。因为你面颊丰满，只好把你的两侧去掉了。"王仙客接着说："你姓个甘字，我琢磨你本应该姓丹。就因为你的脑袋不能弯曲，只好把你倒过来两脚向上了。"出自《启颜录》。

乔 琳

唐朝朱泚开始叛乱时，源休、姚令言等人便将档案藏于仓库中，想要学习萧何。源休又对伪朝黄门侍郎蒋练说："若衡量才能，我是萧何，姚令言是曹参。"有见识的人听说后，都知道他对自己的官职不满意。乔琳好戏谑，对当年的同僚说："源公可以说是火急的酂侯萧何。"出自《大唐新语》。

契缤秃

唐京城有僧,性甚机悟,病足,有人于路中见,嘲之曰:"法师是云中郡。"僧曰:"与君先不相知,何因辱贫道作契缤秃?"其人诈之曰:"云中郡言法师高远,何为是辱?"僧曰:"云中郡是天州,翻为偷毡,是毛贼,毛贼翻为墨槽,傍边有曲录铁,翻为契缤秃,何事过相骂邪?"前人于是愧伏。出《启颜录》。

宋 济

唐许孟容与宋济为布素之交。及许知举,宋不第。放榜后,许颇惭,累请人申意,兼遣门生就看。宋不得已,乃谒焉。许但分诉首过,因命酒酤,乃曰:"虽然,某今年为国家取卿相。"时有姚嗣卿及第后,翌日而卒。因起慰许曰:"邦国不幸,姚令公薨谢。"许大惭。出《卢氏杂说》。

安陵佐史

唐安陵人善嘲,邑令至者,无不为隐语嘲之。有令,口无一齿,常畏见嘲。初至,谓邑吏:"我闻安陵太喜嘲弄,汝等不得复踵前也。"初上,判三道,佐史抱案在后曰:"明府书处甚疾。"其人不觉为嘲,乃谓称己之善,遂甚信之。居数月,佐史仇人告曰:"言'明府书处甚疾'者,其人嘲明府。"令曰:"何为是言?"曰:"书处甚疾者,是奔墨,奔墨者翻为北门,北门是缺后,缺后者翻为口穴,此嘲弄无齿也。"令始悟,鞭佐史而解之。出《启颜录》。

契缩秃

唐朝时京城里有个和尚,天性机敏,腿脚有毛病,有人在路上遇见,便嘲弄他说:"法师是云中郡。"和尚说:"我与你先前并不相识,什么原因要侮辱贫僧,把我称作契缩秃?"那个人欺骗他说:"云中郡是说法师高明,怎么能说是侮辱你呢?"和尚说:"云中郡就是天州,翻译过来是偷毡,即毛贼,毛贼再翻译过来是墨糟,傍边有曲录铁,译作契缩秃,我们之间有什么过节,要骂我呢?"那人羞愧地认输了。出自《启颜录》。

宋 济

唐朝时,许孟容与宋济二人是贫寒之交。到许孟容主持选举时,宋济落选。发榜后,许孟容很愧疚,多次请人去说明和致意,并派自己的学生去看望。不得已,宋济来拜见他。许孟容为自己的过错辩解一番后,便请宋济饮酒,他说:"虽然这样,我今年还是为国家选拔了卿相之才。"当时有个姚嗣卿,及第后第二天就死了。宋济站起来对许孟容道:"姚令公谢世,那是国家的不幸。"许孟容十分惭愧。出自《卢氏杂说》。

安陵佐史

唐朝时,安陵人很善于嘲讽,凡是有邑令派到这里来的,没有不被用隐语嘲弄的。有这么一个县令,满口没有一牙,常常怕人嘲笑。刚到任时,他对手下的小吏们说:"我听说安陵这地方的人太喜好嘲弄人,你们可不能重走过去的老路。"第一次上堂,断了三个案子,佐史在他身后抱着案卷说道:"大人写字很快。"这位邑令没觉察出被嘲弄,还以为在称赞自己,于是对他很信任。过了几个月后,有个与佐史有仇的人来告发说:"那个夸奖您写字很快的人,实际是在嘲弄您。"令问:"这话是什么意思呢?"那人道:"写字很快的意思就是奔墨,奔墨辗转拼读是北门,北门就是缺后,缺后再辗转拼读就是口穴,这是嘲弄大人没有牙齿。"县令这才明白过来,将佐史鞭打一顿后赶了出去。出自《启颜录》。

崔　护

　　唐刘禹锡云：崔护不登科，怒其考官苗登，即崔之三从舅也。乃私试为判头，毁其舅曰："甲背有猪皮之异。人问曰：'何不去之？''有所受。'"其判曰："曹人之坦重耳，骈胁再观。相里之剥苗登，猪皮斯见。"初登为东畿尉，相里造为尹。曾欲笞之，袒其背，有猪毛长数寸。故又曰："当偃兵之时，则隧而无用，在穴食之日，则摇而有求。"皆言其尾也。出《嘉话录》。

崔　护

　　唐朝的刘禹锡讲：崔护科举落第，怨恨考官苗登，苗登是他的三堂舅。于是私下写一篇判状，诋毁他舅说："他的后背与常人不一样，长了一层像猪皮似的硬甲壳。有人问：'怎么不除掉？''从父母那里接受来的。'"判词说："曹国人把重耳衣服脱光，相连成一块的肋骨被看见了。相里造把苗登衣服剥光，猪皮便露出来了。"当初，苗登曾做过东都畿尉，相里造做过那里的长官。相里造曾要鞭笞苗登，可是除掉他的上衣露出脊背，却有猪毛，长约数寸。所以崔护又说："当不打仗的时候，便垂着没有用处，在圈中饲养之时，便摇晃有求。"这都是说的尾巴。出自《嘉话录》。

卷第二百五十六
嘲诮四

卢　迈

唐宰相卢迈不食盐醋,同列问曰:"足下不食盐醋,何堪?"迈笑而答曰:"足下终日食盐醋,又何堪矣?"出《国史补》。

柳宗元

唐柳宗元与刘禹锡同年及第,题名于慈恩塔,谈元茂秉笔。时不欲名字著彰,曰:"押缝版子上者,率多不达,或即不久物故。"柳起草,暗斟酌之,张复已下,马徵、邓文佐名尽著版子矣。题名皆以姓望,而辛南容,人莫知之。元茂搁笔曰:"请辛先辈言其族望。"辛君适在他处,柳曰:"东海人。"元茂曰:"争得知?"柳曰:"东海之大,无所不容。"俄而

卢　迈

　　唐朝时,有位宰相叫卢迈,他不吃盐和醋,同僚问他:"你不吃盐醋,怎么能忍受得了?"卢迈笑而回答道:"你终日吃盐醋,又怎能受得了呢?"出自《国史补》。

柳宗元

　　唐朝时,柳宗元和刘禹锡在同一年科举及第,题名于慈恩塔上,名字是由谈元茂执笔书写的。当时的及第者都不打算把自己的名字写在最显著的地方,于是人们便说:"名字写在押缝的板子上,命运往往不通达,有的人不长时间就去世了。"当时由柳宗元草拟名单,他暗暗斟酌着,张复以下,马徵、邓文佐的名字全都写在板子上了。题名时需要用到姓氏和籍贯,到了辛南容,人们都不知道。谈元茂便搁笔问道:"请辛先生说说自己的籍贯。"辛南容此时恰在别处,柳宗元应声答道:"他是东海人。"谈元茂问:"你怎么知道?"柳宗元道:"东海之大,无所不容。"不一会儿

辛至,人问其望,曰:"渤海。"众大笑。慈恩题名,起自张莒,本于寺中闲游,而题其同年。人因为故事。出《嘉话录》。

陆　畅

唐陆畅,云阳公出降都尉刘氏,朝士举为傧相。内人以陆吴音,才思敏捷,凡所调戏,应对如流,复以诗嘲之,陆亦酬和。六宫大喜。凡十余篇,嫔娥皆讽诵之。例外,别赐宫锦十段、楞伽瓶唾盂以赏之。内人诗云:"十二层楼倚碧空,凤鸾相对立梧桐。双成走报监门卫,莫使吴歈入汉宫。"或谓内学宋若兰、若昭姊妹所作。陆酬曰:"粉面仙郎选圣朝,偶逢秦女学吹箫。须教翡翠闻王母,不奈乌鸢噪鹊桥。"出《云溪友议》。

平　曾

唐平曾恃才傲物,多犯讳忌。仆射薛平出镇浙西,投谒,礼遇稍薄,乃留诗以讽曰:"梯山航海几崎岖,来谒金陵薛大夫。髭发竖时趋剑戟,衣冠俨处拜冰壶。诚知两轴非珠玉,深愧三缣恤旅途。今日楚江风正好,不须回首望句吴。"薛闻之,遣吏追还,縻留数日。又献《紫白马》诗曰:"白马披鬃练一团,今朝被绊欲行难。雪中放出空寻迹,月下牵来只见鞍。向北长鸣天外远,临风斜辄耳边寒。自知毛骨还应异,更请孙阳仔细看。"薛睹诗曰:"若不留绊行轩,那得观其毛骨。"遂殊礼待之。后游蜀,谒少师李固言。时幕客皆名士,曾每与诸客评论,言笑弥日,侍于李侧,轻忽无所畏,遂献《雪山赋》云:"雪山虽兹洁白之状,叠嶂攒峰,

辛南容到来，人们问其族望，他说："渤海。"众人大笑。慈恩塔题名一事，起于张莒，他们同年中举的人一起到寺中闲游，他在塔上题写了同年的名字。人们便以此为先例延续下来。出自《嘉话录》。

陆　畅

唐朝人陆畅在云阳公主嫁给都尉刘氏时，被朝官们举荐为候相。宫女们因为觉得陆畅操吴音，才思敏捷，都愿跟他开玩笑，他都应对如流，再以诗嘲讽他，陆畅也以讽刺诗酬和。六宫大为欢喜。他所写的十几首诗，嫔娥们都能背诵。惯例之外，又赐给他十匹宫锦和楞伽瓶痰盂作为奖赏。宫娥中有人写诗道："十二层楼倚碧空，凤鸾相对立梧桐。双成走报监门卫，莫使吴歈（吴地的歌曲）入汉宫。"有人说这是宫中才女宋若兰、宋若昭姐妹所作。陆畅和诗道："粉面仙郎（仙女）选圣朝，偶逢秦女学吹箫（意为想结婚，出自秦穆公女弄玉喜好吹箫之典故）。须教翡翠（鸟名）闻王母，不奈乌鸢噪鹊桥。"出自《云溪友议》。

平　曾

唐朝人平曾，依仗自己有才能而目空一切，常常犯忌讳。仆射薛平被派出去镇守浙西，平曾前往拜见，因礼遇稍薄了些，便留下一首诗讽刺道："梯山航海几崎岖，来谒金陵薛大夫。髭发竖时趋剑戟，衣冠俨处拜冰壶。诚知两轴非珠玉，深愧三缄恤旅途。今日楚江风正好，不须回首望句吴。"薛平听说之后，立刻派人去把他追回，挽留数日。又赠一首《絷白马》诗："白马披鬃练一团，今朝被绊欲行难。雪中放出空寻迹，月下牵来只见鞍。向北长鸣天外远，临风斜鞚耳边寒。自知毛骨还应异，更请孙阳仔细看。"薛平看着诗对平曾道："如果不是把你留下来，哪里能一睹你的风骨啊。"于是以厚礼相待他。后来平曾又到蜀地游历，去拜见了少师李固言。当时李固言门下的幕客都是名流，平曾常与他们纵谈论辩，谈笑终日，陪伴于李固言左右，轻率而毫无畏惧，献上一篇《雪山赋》道："雪山虽生得洁白，重峦叠嶂，

夏日清寒，而无草木华茂，为人采掇。"以李罕作文章，发于专经也。李览赋，命推出。不逾旬，贡《鳜姆鱼赋》，言："此鱼触物而怒，翻身上波，为鸥鸢所获，奈鲂鲔何？"李览赋笑曰："昔赵元淑之狂简，袁彦伯之机捷，无以过焉。"然爱其文彩，投赘者无出于曾，虽有忤，不至深罪。又作《潼关赋》，刺中朝："此关倚太华，瞰黄河。虽来往攸同，而叹有异也。"出《云溪友议》。

僧灵彻

唐江西帅韦丹，与东林僧灵彻，忘形之契，篇什唱和，月四五焉。序曰："彻公近以匡庐七咏见寄，及吟咏之，皆丽绝于文圃也。即莲花峰、石镜、虎跑泉、聪明水、白鹿洞、铁虹桥、康王庙，为七咏。此七咏者，俾予益发归欤之兴。且芳时胜侣上游，于三二道人，必当攀跻千仞之峰，观九江之水。是时也，飘然而去，不希京口之顾，默然而游，不假东门而送。天地为一朝，万物任陶铸。夫二林翼翼，松径幽邃，则何必措足于丹霄，驰心于太古矣。偶为《思归绝句》诗一首，以寄上人，法友幸先达其深趣矣。"诗云："王事纷纷无暇日，浮生冉冉只如云。已为平子归休计，五老岩前必共闻。"彻酬曰："年老身闲无外事，麻衣草座亦容身。相逢尽道休官去，林下何曾见一人。"出《云溪友议》。

苏 芸

岭表多假吏，而里巷目为使君，而贫窭徒行者甚众。

夏天清凉,可是没有繁茂的花草供人采取。"因为李固言很少写文章,起初是研究经学的。他看过这篇赋后,命人将平曾赶出去。没过十天,又献来《鳇鮎鱼赋》,说:"这鱼触动到东西而大怒,摇身游上海面,结果被鸱鹰捉获,你能把鲂鲔怎么样呢?"李固言看过后笑道:"过去赵元淑那样的狂傲,袁彦伯那样的机敏,也没有超过他啊。"但是李固言很爱惜他的文采,前来投靠拜谒的还没有超过曾的,虽然平曾多有冒犯,但并未很深地怪罪他。后来平曾又写过一篇《潼关赋》讽刺朝臣:"潼关上倚太华山,下可俯瞰黄河。虽然人们来来往往经过的是同一个地方,而发出的感慨是不一样的。"出自《云溪友议》。

僧灵彻

　　唐朝的江西帅韦丹,与东林的和尚灵彻有着极深厚的友情,经常以诗唱和,每月都有四五次。韦丹在一篇诗序中写道:"彻公近日把他的匡庐七咏寄于我,吟咏之后,深感其秀丽多彩,是文苑中从未见过的。这七咏是莲花峰、石镜、虎跑泉、聪明水、白鹿洞、铁虹桥、康王庙。读过这七咏,使我更加产生回归之意。当芳草争春之时,与朋友一起上山,再邀上三两个道人,一定会攀登上那高耸的峰巅,观赏那烟波浩渺的九江水。这时候,再飘然而去,不愿多看一眼京口,只是默默地游赏,也不想穿东门而让人相送。天地为一统,万物任逍遥。两侧的树枝掩映,松林间的小路深幽,这还何必再踏足于天上,心驰于太古。偶有所得,写《思归绝句》一首,寄予友人,希望法友能够提早知道它的深妙意趣。"诗写道:"王事纷纷无暇日,浮生冉冉只如云。已为平子归休计,五老岩前必共闻。"僧灵彻酬答道:"年老身闲无外事,麻衣草座亦容身。相逢尽道休官去,林下何曾见一人。"出自《云溪友议》。

苏　芸

　　岭南之地有很多暂时代理职务的官吏,百姓们把这些官吏都称作使君,然而使君之中贫困艰难、徒步行走的人非常多。

元和中,进士苏芸南地淹游,尝有诗云:"郭里多榕树,街中足使君。"

李寰

唐李寰镇晋州,表兄武恭性诞妄,又称好道,及蓄古物。遇寰生日,无饷遗,乃箱擎一故皂袄与寰,云:"此是李令公收复京师时所服,愿尚书功业,一似西平。"寰谢之。后闻知恭生日,箱擎一破弊幞头饷恭曰:"知兄深慕高真,求得一洪崖先生初得仙时幞头,愿兄得道如洪崖。"宾僚无不大笑。出《因话录》。

王璠

唐王璠,自河南尹拜右丞。除书才到,少尹侯继有宴,以书邀之。王判书后云:"新命虽闻,旧衔尚在。遽为招命,堪入笑林。"中京以为语柄。故事:少尹与大尹,游宴礼隔,虽除官,亦须候止敕也。出《因话录》。

韦蟾

韦蟾左丞至长乐驿,见李场给事题名,走笔书其侧曰:"渭水秦山照眼明,希仁何事寡诗情。只因学得虞姬婿,书字才能记姓名。"出《摭言》。

封抱一

唐封抱一任栎阳尉,有客过之。既短,又患眼及鼻塞。抱一用《千字文》语作嘲之。诗曰:"面作天地玄,鼻有雁门

唐宪宗元和年间,进士苏芸到岭南游历了好长一段时间,他的诗中曾写道:"郭里多榕树,街中足使君。"

李 寰

唐朝时李寰镇守晋州,他的表兄武恭性情很怪诞,自称喜好道教,愿意收藏古物。遇到李寰过生日,他没礼物相送,便用箱子装着一件破旧的黑棉袄送给李寰,说:"这是李令公当年收复京城时穿过的,我送与你,是希望你的功业像当年的西平郡王李晟一样。"李寰对他表示感谢。后来李寰也听说了武恭过生日,便用箱子装了一条破头巾送给他,说:"知道兄长深深仰慕得道成仙之人,因而求得一条洪崖先生当初成仙得道时用的头巾,希望兄长能像洪崖一样成仙得道。"宾客们无不大笑。出自《因话录》。

王 璠

唐朝时王璠由河南尹迁授尚书省右丞。任命书刚到,少尹侯继便要设宴请客,他写了一封书信邀请王璠。王璠看过信道:"新任命的事仅是刚刚听说,原来的官衔还在。匆忙发出邀请,真可以载入笑林了。"京城的人都把此事当作话柄。按当时惯例:小尹和大尹,在一般交往的宴席上,必须以礼相隔,即使拜了新官,也要等接到敕令才可同席。出自《因话录》。

韦 蟾

左丞韦蟾来到长乐驿,看到那里有给事李场的题名,便提笔在旁边题一首诗:"渭水秦山照眼明,希仁何事寡诗情。只因学得虞姬婿,书字才能记姓名。"出自《摭言》。

封抱一

唐朝时,封抱一任栎阳县尉,有一个客人来拜访他。那位客人个子很矮,又患有眼疾,鼻子也不通气。他便使用《千字文》里的内容讽刺那个客人。这首诗这样写道:"面作天地玄,鼻有雁门

紫,既无左达承,何劳罔谈彼。"出《启颜录》。

崔　涯

唐崔涯,吴楚狂士也,与张祜齐名。每题诗于倡肆,无不诵之于衢路。誉之则车马继来,毁之则杯盘失措。尝嘲一妓曰:"虽得苏方木,犹贪玳瑁皮。怀胎十个月,生下昆仑儿。"又"布袍披袄火烧毡,纸补箜篌麻接弦。更着一双皮屐子,纥梯纥榻出门前"。又嘲李端端:"黄昏不语不知行,鼻似烟窗耳似铛。独把象牙梳插鬓,昆仑山上月初生。"端端得诗,忧心如病。使院饮回,遥见二子,蹑屐而行,乃道傍再拜,兢惕曰:"端端祇候三郎六郎,伏望哀之。"乃重赠一绝句以饰之云:"觅得黄骝鞁绣鞍,善和坊里取端端。扬州近日浑成差,一朵能行白牡丹。"于是豪富之士,复臻其门。或戏之曰:"李家娘子,才出墨池,便登雪岭,何为一日黑白不均?"红楼以为倡乐,无不畏其嘲谑也。祜、涯久在维扬,天下晏清,篇词纵逸,贵达钦惮,呼吸风生。出《云溪友议》。

李宣古

唐澧州宴,酒纠崔云娘形貌瘦瘠,每戏调,举罚众宾,兼恃歌声,自以为郢人之妙。李宣古当筵一咏,遂至箝口。诗曰:"何事最堪悲,云娘只首奇。瘦拳抛令急,长嘴出歌迟。只见肩侵鬓,唯忧骨透皮。不须当户立,头上有钟馗。"出《云溪友议》。

紫,既无左达承,何劳罔谈彼。"出自《启颜录》。

崔　涯

唐代的崔涯,是吴楚之地的狂人,与张祜齐名。常常题诗
于倡家,每一首诗写成之后,没有不在大街上传诵的。受到人们
称赞时,他便乘上车马欢奔而去;遭到人们批评时,他就会发火
而弄得杯盘狼藉。崔涯曾嘲弄一个妓女说:"虽得苏方木,犹贪
玳瑁皮。怀胎十个月,生下昆仑儿。"又讽刺道:"布袍披袄火烧
毡,纸补箜篌麻接弦。更着一双皮屐子,纥梯纥榻出门前。"他还
嘲弄李端端道:"黄昏不语不知行,鼻似烟窗耳似铛。独把象牙
梳插鬓,昆仑山上月初生。"李端端得到这首诗后,心中忧郁不
快像得了病一样。有一次李端端从使院饮酒回来,远远看见有
两个男人走过来,她便蹑手蹑脚地走过去,并在道旁一拜再拜,
小心谨慎地说道:"端端在这里恭候二位了,希望二位能可怜同
情她。"于是崔涯又赠予她一首绝句,对她夸饰一番道:"觅得黄
骝鞍绣鞍,善和坊里取端端。扬州近日浑成差,一朵能行白牡
丹。"于是那些富豪阔少们又重新找上门来。有人戏言道:"李家
娘子,才出墨池,便又登上雪岭,为什么一天之内如此黑白不均
啊?"娼家将此写成歌乐,没有一家不怕崔涯题诗嘲谑讽刺的。
张祜、崔涯久住扬州,当时国内安定,天下太平,诗篇写得恣纵放
荡,那些显达富豪都很钦服惧怕他们,他们喘口气,这些人都觉
得像是要刮大风。出自《云溪友议》。

李宣古

唐代时,澧州这个地方的人常有聚宴,有一个酒纠叫崔云
娘,模样瘦削,常常戏闹,总要罚大家都得喝酒,加上她会唱歌,
自以为是澧州这地方最美妙的人。有一回李宣古在宴席上咏诗
一首,竟使她当场张口结舌。诗咏道:"何事最堪悲,云娘只首
奇。瘦拳抛令急,长嘴出歌迟。只见肩侵鬓,唯忧骨透皮。不须
当户立,头上有钟馗。"出自《云溪友议》。

杜　牧

唐杜牧罢宣州幕，经陕，有酒纠，肥硕而词訾，牧赠诗云："盘古当时有远孙，尚令今日逗家门。一车白土将泥项，十幅红旗补破裈。尾官寺里逢行迹，华岳山前见掌痕。不须啼哭愁难嫁，待与将书问岳神。"出《云溪友议》。

陆岩梦

唐陆岩梦，桂州筵上赠胡子女诗云："自道风流不可攀，那堪蹙额更频颜。眼睛深却湘江水，鼻孔高于华岳山。舞态固难居掌上，歌声应不绕梁间。孟阳死后欲千载，犹有佳人觅往还。"出《云溪友议》。

李　远

唐进士曹唐，《游仙诗》才情缥缈，岳阳守李远每吟其诗而思其人。一日曹往谒之，李倒屣而迎。曹仪质充伟，李戏之曰："昔者未见标仪，将谓可乘鸾鹤。此际拜见，安知壮水牛亦恐不胜其载！"时人闻而笑之。世谓浑诗远赋，不如不作，非言其无才藻，鄙其无教化也。出《北梦琐言》。

李德裕

唐卫公李德裕，武宗朝为相，势倾朝野。及罪遣，为人作诗曰："蒿棘深春卫国门，九年于此盗乾坤。两行密疏倾天下，一夜阴谋达至尊。目视具僚亡匕箸，气吞同列削寒温。当时谁是承恩者，背有余波达鬼村。"又云："势欲凌云威触天，朝轻诸夏力排山。三年骥尾有人附，一日龙髯无路攀。画阁不开梁燕去，朱门罢扫乳鸦还。千岩万壑应惆怅，流水斜倾出武关。"出《卢氏杂说》。

杜　牧

唐朝的杜牧辞去宣州幕职，路经陕西时，在酒店里看见一个酒纠，胖而又话多，他便赠诗道："盘古当时有远孙，尚令今日逞家门。一车白土将泥项，十幅红旗补破裈。尾官寺里逢行迹，华岳山前见掌痕。不须啼哭愁难嫁，待与将书问岳神。"_{出自《云溪友议》。}

陆岩梦

唐代人陆岩梦，在桂州宴席上曾赠诗给胡人女子说："自道风流不可攀，那堪黣额更颓颜。眼睛深却湘江水，鼻孔高于华岳山。舞态固难居掌上，歌声应不绕梁间。孟阳死后欲千载，犹有佳人觅往还。"_{出自《云溪友议》。}

李　远

唐朝进士曹唐的《游仙诗》写得意味深远，岳阳太守李远每每吟他的诗时，便思念起他这个人。有一天，曹唐去拜见他，李远竟倒穿着鞋出来迎接他。曹唐的体貌很魁伟，李远便戏弄他道："以前未见到你，不知你有如此标致的仪态，还以为你可以乘凤凰或黄鹤而来。此时相见，才知用一头壮水牛恐怕也难以驮动！"当时人们听说这件事后都笑了。世人都说许浑的诗和李远的赋不如不写了，倒不是说他们没有才华，而是鄙视他们的作品没有修养。_{出自《北梦琐言》。}

李德裕

唐代的卫公李德裕，武宗朝曾做过宰相，当时权倾朝野。后获罪被贬，被人写诗道："蒿棘深春卫国门，九年于此盗乾坤。两行密疏倾天下，一夜阴谋达至尊。目视具僚亡匕箸，气吞同列削寒温。当时谁是承恩者，背有余波达鬼村。"又写道："势欲凌云威触天，朝轻诸夏力排山。三年骥尾有人附，一日龙髯无路攀。画阁不开梁燕去，朱门罢扫乳鸦还。千岩万壑应惆怅，流水斜倾出武关。"_{出自《卢氏杂说》。}

薛昭纬

唐薛保逊，大中朝，尤肆轻佻，因之侵侮诸叔，故自起居舍人贬澧州司马。子昭纬，颇有父风，尝任祠部员外。时李系任礼部员外，王荛任主客员外。正旦立仗班退，昭纬朗吟曰："左金乌而右玉兔，天子旌旗。"荛遽请其下句，应声答曰："上李系而下王荛，小人行缀。"闻者靡不大哂。天复中，自台丞累贬登州司马。中书舍人颜荛当制，略曰："凌轹诸父，代嗣其凶。"出《摭言》。

崔慎由

唐自大中洎咸通，白敏中入相，次毕诚、曹确、罗劭权使相，继升岩廊。宰相崔慎由曰："可以归矣，近日中书，尽是蕃人。"盖以毕、白、曹、罗为蕃姓也。始蒋伸登庸，西川李景让览报状，叹曰："不能事斯人也。"遽托疾离镇。有诗云："成都十万户，抛若一鸿毛。"亦同慎由之诮也。大夫赵崇卒，侍郎吴雄叹曰："本以毕白待之，何乃乖于所望！"惜其不大拜，而亦讥当时也。出《北梦琐言》。

郑薰

唐颜标，咸通中，郑薰下状元及第。先是徐寇作乱，薰志在激劝勋烈，谓标鲁公之后，故擢之首科。既而问及庙院。标曰："标寒素，京国无庙院。"薰始大悟，塞默久之。时有无名子嘲曰："主司头脑大冬烘，错认颜标作鲁公。"出《摭言》。

薛昭纬

　　唐代的薛保逊，宣宗时期，因他性情轻佻而欺辱诸位叔父，所以从起居舍人贬为澧州司马。他儿子薛昭纬，也颇具父亲作风，曾任祠部员外。当时李系任礼部员外，王荛任主客员外。正月初一朝拜班退后，薛昭纬大声吟道："左边是太阳右边是月亮，这是天子旌旗。"王荛请他说出下句，他随即说道："上面是李系而下面是王荛，小人已经成串了。"听到的人无不大笑。到昭宗天复年间，他已从台丞屡屡贬为登州司马。中书舍人颜荛为皇上起草的诏令，其中大概讲道："凌辱朝中各位父辈，一代比一代厉害。"出自《摭言》。

崔慎由

　　唐朝从大中年到咸通年，先是白敏中被授以宰相，接着毕諴、曹确、罗劭也被授以使相（宰相头衔，但本人出使外地），他们相继迁升进入朝堂。宰相崔慎由说道："可以回家了，近来担任中书令的人，都是蕃邦的人。"大概因为毕、白、曹、罗都是蕃人的姓氏。当初蒋伸被起用，西川李景让看过通报的状文后感叹道："我不能给这个人做事。"于是立即托病离开幕府。当时有诗写道："成都十万户，抛若一鸿毛。"这件事与崔慎由所讽刺的是一个意思。大夫赵崇去世了，侍郎吴雄叹道："本来应当像对待毕、白那样对待他的，但与所希望的相违背！"吴雄可惜赵崇没有担任重要职务，这也是在讥讽当时官场的现实。出自《北梦琐言》。

郑　薰

　　唐朝的颜摽，在咸通年间由郑薰主考时考中状元。在这之前，遇上徐州藩镇作乱的事，郑薰意在勉励人们建功立业，把他当作了鲁郡公颜真卿的后代，所以把颜摽选拔为首科。过了不久，郑薰又问到颜摽的家庙在何处。颜摽道："我家中贫寒，京城里没有庙院。"郑薰此时才醒悟，沉默许久。当时有无名氏写诗嘲讽道："主司头脑大冬烘，错认颜摽作鲁公。"出自《摭言》。

唐五经

唐咸通中，荆州书生号"唐五经"，学识精博，实曰鸿儒，旨趣甚高，人所师仰。聚徒五百，以束修自给。优游卒岁，有西河、济南之风，幕寮多与之游。常谓人曰："不肖子弟有三变，第一变为蝗虫，谓鬻庄而食也；第二变为蠹鱼，谓鬻书而食也；第三变为大虫，谓卖奴婢而食也。三食之辈，何代无之？"出《北梦琐言》。

青龙寺客

唐乾符末，有客寓止广陵开元寺。因文会话云：顷在京寄青龙寺日，有客尝访知事僧，属其匆遽，不暇留连。翌日至，又遇要地朝客。后时复来，亦阻他事，颇有怒色，题其门而去曰："龛龙去东海，时日隐西斜。敬文今不在，碎石入流沙。"僧皆不能详。有沙弥颇解，众问其由，曰："龛龙去，有合字存焉；时（時）日隐，有寺字焉；敬文不在，有苟字焉；碎石入沙，有卒字焉。此不逊之言，辱我曹矣。"僧大悟追访，杳无迹矣。客究沙弥，乃懿皇朝云皓供奉也。出《桂苑丛谭》。

罗　隐

唐裴筠婚萧遘女，问名未几，便擢进士第。罗隐以一绝刺之，略曰："细看月轮还有意，信知青桂近姮娥。"出《摭言》。

唐五经

唐代咸通年间，荆州有一位号"唐五经"的书生，学识渊博精深，实际可以叫作学者，旨趣高雅，为人敬仰。他门下集聚了五百学生，靠学费养活自己。从容度日，有子夏和伏生的风范，幕僚大多都跟他交往。他常对人讲："不肖子弟有三种变化：第一种变为蝗虫，表现为卖了庄稼而吃喝掉；第二种变作蛀虫，表现为把书籍卖了而吃喝掉；第三种变成大虫（老虎），是把婢奴卖了而吃喝掉。这三种吃喝的人，哪一朝没有？"出自《北梦琐言》。

青龙寺客

唐朝乾符末年，有一位客人暂住于广陵的开元寺。因举行文会讲故事说了这样一件事：不久前在京城寄居青龙寺，当时有客要拜访寺中的住持，可是正遇上别人正在访住持，那客人嘱咐那位住持和尚抓紧些，因为他没有更多的时间在这里逗留。第二天那客人又去拜访，可是又遇上地位显要的客人来见住持。后来那客人又来过，也由于住持因有其他事情而不能晤谈，那客人很不高兴，于是将留言题于住持的门上而去，那留言写道："龛龙去东海，时日隐西斜。敬文今不在，碎石入流沙。"和尚们都不明白是什么意思。有一个小和尚却非常了解其中的奥妙，大家问他是什么意思，他说："龛龙去了，还有合字存；时（時）日隐，还留下了寺字；敬文不在，还有苟字；碎石入沙，还有个卒字。合在一起是'合寺苟卒'，这是很不好听的话，是在侮辱我们。"住持和尚明白后去追寻那个客人，那人早已走得无影无踪。寄住开元寺的客人打听了这个小和尚，才知道他原来是唐懿宗时的供奉云皓。出自《桂苑丛谭》。

罗　隐

唐朝时，裴筠与萧遘的女儿订婚，在问过女方名字和生辰八字不久，便中了进士。罗隐写了一首绝句讥剌他，其中写道："仔细看看那圆月（暗指婚姻）还是有情意的，更叫人相信青桂是靠近嫦娥的（暗指靠裙带关系）。"出自《摭言》。

卷第二百五十七
嘲诮五

崔　澹

唐崔澹，试以《至仁伐至不仁赋》。时黄巢方炽，因为无名子嘲曰："主司何事厌吾皇，解把黄巢比武王。"出《摭言》。

皮日休

唐皮日休尝谒归仁绍，数往而不得见。皮既心有所慊，而动形于言，因作《咏龟》诗："硬骨残形知几秋，尸骸终不是风流。顽皮死后钻须遍，都为平生不出头。"时仁绍亦有诸子伣、係，与日休同在场中，随即闻之。因伺其复至，乃于刺字皮姓之下，题诗授之曰："八片尖裁浪作毬，火中爆了水中揉。一包闲气如长在，惹踢招拳卒未休。"时人以为日休虽轻俳，而仁绍亦浮薄矣。出《皮日休文集》。

崔　澹

　　唐代人崔澹被考试的题目是《至仁伐至不仁赋》。当时黄巢气焰正盛，因而被一位无名氏嘲笑道："主考官为什么这样厌恶我朝皇上，在试题中把黄巢比作了周武王。"出自《摭言》。

皮日休

　　唐朝时，皮日休曾去拜见归仁绍，几次前往都没见到。皮日休心里很不满，因而流露于言表，并写了一首《咏龟》诗："硬骨残形知几秋，尸骸终不是风流。顽皮死后钻须遍，都为平生不出头。"正好归仁绍的儿子归佾、归係与皮日休同在一个场中，很快就知道了。因而等他再来的时候，便在他名片的"皮"字下，题了一首诗送给他："八片尖裁浪作毡，火中爆了水中揉。一包闲气如长在，惹踢招拳卒未休。"当时人们都认为，皮日休虽很轻佻滑稽，而归仁绍也够轻浮刻薄的了。 出自《皮日休文集》。

薛　能

唐赵璘仪质琐陋，成名后为婿，薛能为候相。乃为诗嘲谑，其略曰："巡关每傍樗蒲局，望月还登乞巧楼。第一莫教娇太过，缘人衣带上人头。"又曰："不知元在鞍轿里，将为空驮席帽归。"又曰："火炉床上平身立，便与夫人作镜台。"出《抒情诗》。

周　颉

唐处士周颉洪儒奥学，偶不中第，旅浙西。与从事欢饮，而昧于令章，筵中皆戏之。有宾从赠诗曰："龙津掉尾十年劳，声价当时斗月高。唯有红妆回舞手，似持双刃向猿猱。"周答曰："十载文场敢惮劳，宋都回鹞为风高。今朝甘被花枝笑，任道樽前爱缚猱。"出《抒情诗》。

任　毂

唐任毂有经学，居怀谷，望征命而蒲轮不至，自入京中访问知己。有朝士戏赠诗曰："云林应讶鹤书迟，自入京来探事宜。从此见山须合眼，被山相赚已多时。"后至补衮。出《幽闲鼓吹》。

王　徽

唐广明岁，薛能失律于许昌，都将周岌代之。明年，宰相王徽过许，谓岌曰："昔闻贵藩有部将周撞子，得非司空耶？何致此号？"岌愧赧良久，答曰："岌出身走卒，实蕴壮心，每有征行，不避锋刃，左冲右捽，屡立微功，所以军中有

薛　能

唐朝人赵璘相貌猥琐丑陋,成名以后才当了女婿,婚礼上薛能为傧相。他写诗对赵璘进行了嘲讽戏弄,诗中写道:"巡关每傍樗蒲局(赌场),望月还登乞巧楼(是说他年龄很大才婚配)。第一莫教娇太过,缘人衣带上人头(是说不要太娇宠新娘子)。"又写道:"不知元(首,即脑袋)在鞍桥(马鞍)里,将为(还以为)空驮席帽(藤席编的帽子)归(是说他个子太小)。"又写道:"火炉床上平身立,便与夫人作镜台(站在炕上才与夫人一样高,仍是嘲讽他个子矮)。"出自《抒情诗》。

周　颙

唐朝有个叫周颙的隐士,学识渊博,曾去应试却没有考中,旅居浙西。与随从的人欢聚畅饮,但不懂酒令,在座的人都拿他开玩笑。有一次一个宾客赠诗道:"龙津掉尾十年劳,声价当时斗月高。唯有红妆回舞手,似持双刃向猿猱。"周颙答诗道:"十载文场敢惮劳,宋都回鹘为风高。今朝甘被花枝笑,任道樽前爱缚猱。"出自《抒情诗》。

任　毅

唐代人任毅懂经学,住在怀谷,一直盼望着皇上召他入朝,却没有等到,于是就亲自到京城去向朋友们打听。有一个朝官赠诗戏弄他说:"云林应讶鹤书迟,自入京来探事宜。从此见山须合眼,被山相赚已多时。"后来他官至补衮。出自《幽闲鼓吹》。

王　徽

唐朝广明年间,薛能在许昌任职时触犯法律,他的职务由都将周岌代替。第二年,宰相王徽路经许昌,问周岌说:"过去听说贵藩镇有位部将叫周撞子,恐怕就是司空吧？你怎么得到这个称号?"周岌羞愧很久,才回答说:"岌虽士兵出身,但心怀壮志,因此每次出征,都不避刀枪,左冲右掠,屡立微功,所以军中有了

此名号。"王笑,复谓岌曰:"当时扑落涡河里,可是撞不著耶?"岌顷总许卒,征徐方,为贼所败,溺于涡水,或拯之仅免。故有是言。出《三水小牍》。

山东人

山东人来京,主人每为煮菜,皆不为美。常忆榆叶,自煮之。主人即戏云:"闻山东人煮车毂汁下食,为有榆气。"答曰:"闻京师人煮驴轴下食,虚实?"主人问云:"此有何意?"云:"为有苜蓿气。"主人大惭。出《启颜录》。

张 登

唐南阳张登制举登科。形貌枯瘦,气高傲物。裴枢与为师友。枢为司勋员外,举公群至投文,枢才诋诃瑕谪,登自知江陵盐铁院会计到城,直入司勋厅,冷笑曰:"裴三十六,大有可笑事。"枢因问登可笑之由,登曰:"笑公驴牙郎,搏马价。此成笑耳。"出《乾𦠲子》。

朱 泽

唐王轩少为诗,颇有才思。游西小江,泊舟苎萝川,题西施石曰:"岭上千峰秀,江边细草春。今逢浣沙石,不见浣沙人。"俄见一女子,振璃珰,扶石笋,低回而谢曰:"妾自吴宫还越国,素衣千载无人识。当时心比金石坚,今日与君坚不得。"既欢会,复有恨别之辞。后萧山郭凝素,闻王轩之遇,每过浣沙溪,日夕长吟,屡题歌诗于石,寂尔无人,乃郁快而返。进士朱泽嘲之,闻之莫不嗤笑。凝素内耻,

这个名号。"王徽笑了笑，又对周岌说道："当初掉进涡河里，是不是没有撞着呀？"周岌不久前，曾率领许昌的军队去征讨徐方，被徐方打败，掉进涡河里，多亏有人搭救才免于一死。所以才有了这个话柄。<small>出自《三水小牍》。</small>

山东人

有一个山东人来到京城，主人每次给他做菜，他都觉着味道不美。他常常想念榆叶，就自己煮了吃。主人戏言道："听说山东人喜欢煮车毂汁下饭，为的是有榆树味。"山东人道："听说京城人爱煮驴轴就饭吃，是真是假？"主人问："这是什么意思？"山东人道："为了那股子首蓿气。"主人深感羞赧。<small>出自《启颜录》。</small>

张 登

唐代南阳人张登应制举中选。此人形貌很瘦，但气势傲慢。裴枢与他是师友关系。裴枢任司勋员外，参加考试的举子纷纷前来献投文章，他刚要对某些欠缺诋毁斥责一番，张登便从江陵盐铁院会计来到京城，直接闯进司勋厅，冷笑道："裴三十六，大有可笑的事。"裴枢问他可笑的缘由，张登说："我笑你这个贩卖驴子的牙郎，竟然在估量马的价钱。此实在是个笑话。"<small>出自《乾𦠆子》。</small>

朱 泽

唐代人王轩少年时就能作诗，很有才气。他曾去游西小江，船停在苎萝川，在西施石上题诗道："岭上千峰秀，江边细草春。今逢浣纱石，不见浣纱人。"少顷看见一个女子，身上的佩玉晃动，扶着石笋，低声吟道："妾自吴宫还越国，素衣千载无人识。当时心比金石坚，今日与君坚不得。"二人欢愉后，那女子还依依难舍地说了些惜别的话。后来，萧山的郭凝素听说了王轩的艳遇，每次路经浣沙溪，都要在那里长时间地逗留吟咏，多次题诗于浣纱石上，可从来是空寂无人，只好怏怏不快地返回来。进士朱泽写诗嘲笑他，听说的人没有不讥笑的。郭凝素感到羞耻，

无复斯游。诗云："三春桃李本无言,苦被残阳鸟雀喧。借问东邻效西子,何如郭素拟王轩。"出《云溪友议》。

徐彦若

唐乾宁中,荆南成汭曾为僧,盗据渚宫,寻即贡命。末年,每事聘辩。初以澧、朗在巡属,为土豪雷满所据,奏请割隶。宰相徐彦若在中书,不为处置,由是衔之。及彦若出镇番禺,路由渚宫,汭虽加接延,而常怏怏。馔后,更席而坐,诡辩锋起。徐曰:"令公位尊方面,自比桓、文。雷满,偏州一火草贼尔,令公不能加兵,而怨朝廷乎?"成赧焉而屈。徐文雅高赡,听之亹亹。成虽甚敬惮,犹以岭外黄茅瘴,患者发落,而戏曰:"黄茅瘴,望相公保重。"徐曰:"南海黄茅瘴,不死成和尚。"盖讥成公曾为僧也,终席惭耻之。出《北梦琐言》。

冯 涓

冯涓,旧唐名士,雄才奥学,登进士第,履历已高。唐帝幸梁、洋,涓扈跸焉。至汉中,诏除眉州刺史。赴任,至蜀阻兵,王氏强縻于幕中。性耿概不屈,恃才傲物,甚不洽于伪蜀主。知王氏有异图,辄不相许。或赠缯帛,必锁柜中,题云"贼物",蜀主虽知,怜其文艺,每强容之。时或不可,数掮出院。欲挝杀之,略无惧色。后朱梁遣使致书于蜀,命诸从事韦庄辈,具草呈之,皆不惬意。左右曰:"何妨

便再也不去那里游览了。朱泽的诗这样写道:"三春桃李本无言,苦被残阳鸟雀喧。借问东邻效西子,何如郭素拟王轩。"出自《云溪友议》。

徐彦若

唐朝乾宁年间,荆南人成汭,过去当过和尚,窃据了渚宫,随即便向朝廷进贡并表示听命。到乾宁末,每每有事都要与朝廷争辩。最初是因为澧州和朗州这地方虽在自己属地,却被土豪雷满所霸占,因而奏请朝廷割给自己管辖。当时宰相徐彦若正在中书省当政,没有按其要求处置这件事,因而他怀恨在心。等到徐彦若去镇守番禺,路经渚宫时,成汭虽然也加以迎接,但心中常常是怏怏不快。吃过饭后,换了席位坐下,争辩又起。徐彦若道:"令公位尊,常自比齐桓公和鲁文公。雷满不过是偏僻之地的草寇而已,令公难道不能派兵,还要怨恨朝廷?"成汭赧颜而屈服。徐彦若文雅而又高瞻远瞩,所以他的话都令人听而不倦。成汭虽然也很敬畏,但还是拿岭南的地方病黄茅瘴会使人落发来戏弄他,他说道:"岭南那边有黄茅瘴,望相公多加保重。"徐彦若道:"是啊,南海黄茅瘴,不死成和尚。"这是讥讽成汭曾当过和尚,直到席终都使他很羞愧。出自《北梦琐言》。

冯 涓

冯涓,是晚唐的名流,才能出众,学识渊博,曾考中进士,官至高位。唐朝皇帝驾临梁、洋,冯涓随驾同行。到了汉中,皇上下诏任命他为眉州刺史。他去赴任,进了蜀地却遇上蜀主的军队而被俘,蜀主王氏将他强留于幕府中。冯涓性格耿直不屈,恃才傲物,与蜀主相处得很不愉快。他知道蜀主别有图谋,因此什么事也不肯答应。有人来赠送锦帛绸缎,他将这些绸缎都锁在柜子里,上面写上"贼物",蜀主虽然知道,但爱其学问才艺,每次都极力忍受了。有时也难以容忍,曾经数次将他礼请出院。想要抓而杀之,但他丝毫没有惧色。后来朱梁派遣使者送信给蜀主,命令韦庄等人,草拟回信呈上,都不甚满意。左右道:"不妨

命前察判为之？"蜀主又有惭色。梁使将复命，不获已，遂请复职。便亟修回复，涓一笔而成，大称旨。于是却复前欢。因召诸厅同宴，饮次，涓敛衽曰："偶记一话，欲对大王说，可乎？"主许之。曰："涓少年，多游谒诸侯，每行，即必广赍书策，驴亦驮之，马亦驮之。初戒途，驴咆哮跳踯，与马争路而先，莫之能制。行半日后，抵一坡，力疲足惫，遍体汗流，回顾马曰：'马兄马兄，吾去不得也，可为弟搭取书？'马兄诺之，遂并在马上。马却回顾谓驴曰：'驴弟，我为你有多少伎俩，毕竟还搭在老兄身上？'"蜀主大笑。同幕皆遭凌虐。及伪蜀开国，终不肯居宰辅。出《王氏见闻录》。

张濬伶人

唐宰相张濬，常与朝士于万寿寺阅牡丹而饮。俄有雨降，抵暮不息，群公饮酣未阑。左右伶人皆御前供奉第一部者，恃宠肆狂，无所畏惮。其间一辈曰张隐，忽跃出，扬声引词曰："位乖燮理致伤残，四面墙匡不忍看。正是花时堪下泪，相公何必更追欢。"告讫遂去。阖席愕然，相眄失色，一时俱散。张但惭恨而已。出《南楚新闻》。

封舜卿

朱梁封舜卿文词特异，才地兼优，恃其聪俊，率多轻薄。梁祖使聘于蜀，时岐、梁眦睚，关路不通，遂溯汉江而上，路出全州，土人全宗朝为帅。封至州，宗朝致筵于公署。

命令前朝察判冯涓来写?"蜀主又面露愧色。梁朝的使者将要回去禀告,不得已,蜀主只好请冯涓复职,来办这件事。当时亟须写一答书,冯涓提笔一气呵成,蜀主看了很是称心如意。于是又恢复了从前的情谊。因而召各厅的人一起来参加宴会,在喝酒的中间,冯涓整整衣襟恭敬地说:"偶然想起一段佳话,想对大王讲讲,可以吗?"蜀主允许。于是他便讲道:"我年轻的时候,多次到各地去拜访诸侯,每次出去,都要带上许多书简,驴也得驮,马也得驮。刚上路时,驴子又叫又跳地撒欢,跟马抢路跑在前面,不能制止它。走了半天后,遇到上坡,力竭而蹄软,遍体流汗,回头对马说:'马兄啊马兄,我走不动了,可以替老弟驮上这些书吗?'马兄答应了它,于是把书全放在马背上。马也回头对驴子说道:'驴弟,我还以为你有多少伎俩呢,最终还都压在老兄身上了吧?'"蜀主大笑。同僚们都遭到他的嘲讽戏谑。到伪蜀主建国之后,冯涓最终也不肯做宰相。出自《王氏见闻》。

张濬伶人

唐朝宰相张濬,常与朝官们到万寿寺一边观赏牡丹一边饮酒作乐。有一次,忽然下起雨来,直到天黑雨也未停,众公卿虽已酒酣但尚未尽兴。陪他们来的表演歌舞的人都是专为皇帝表演的御前供奉第一部的人,依仗皇上的宠爱而狂妄,无所畏惧。其中一个叫张隐的忽然跳出来,大声地念了一首歌词:"位乖燮理致伤残,四面墙匡不忍看。正是花时堪下泪,相公何必更追欢。"说完竟扬长而去。宴席上的人都大吃一惊,面面相觑,变了脸色,很快便散去。张濬也很惭愧悔恨。出自《南楚新闻》。

封舜卿

五代后梁时的封舜卿文辞独特,才华和门地都很优秀,依仗自己聪明俊秀,轻佻不庄重。梁太祖派他出使蜀地,当时岐、梁不睦,关路不畅通,他只好逆汉水而上,路经全州,当地人全宗朝为一州之帅。封舜卿到来之后,全宗朝在公署设宴接待他。

封素轻其山州，多有傲睨，全之人莫敢不奉之。及执骞索令，曰："《麦秀两歧》。"伶人愕然相顾："未尝闻之，且以他曲相同者代之。"封摆头曰："不可。"又曰："《麦秀两歧》。"复无以措手。主人耻而复恶，杖其乐将。停盏移时，逡巡，盏在手，又曰："《麦秀两歧》。"既不获之，呼伶人前曰："汝虽是山民，亦合闻大朝音律乎！"全人大以为耻。次至汉中，伶人已知全州事，忧之。及饮会，又曰："《麦秀两歧》。"亦如全之筵，三呼不能应。有乐将王新殿前曰："略乞侍郎唱一遍。"封唱之未遍，已入乐工之指下矣。由是大喜，吹此曲，讫席不易之。其乐工白帅曰："此是大梁新翻，西蜀亦未尝有之，请写谱一本。"急递入蜀，具言经过二州事。泊封至蜀，置设。弄参军后，长吹《麦秀两歧》于殿前，施芟麦之具，引数十辈贫儿，褴缕衣裳，携男抱女，挈筐笼而拾麦，仍合声唱，其词凄楚，及其贫苦之意，不喜人闻。封顾之，面如土色，卒无一词。惭恨而返，乃复命。历梁汉安康等道，不敢更言"两歧"字。蜀人嗤之。出《王氏见闻》。

姚洎

唐裴廷裕字庸余，乾宁中，在内庭，文书敏捷，号为"下水船"。梁太祖受禅，姚洎为学士，尝从容，上问及廷裕行止，洎对曰："顷岁左迁，今闻旅寄衡永。"上曰："颇闻其人才思甚捷。"洎对曰："向在翰林，号为'下水船'。"太祖应声

封舜卿向来轻视山荒之州,他在这里表现得很傲慢,全州的人没有敢不奉迎他的。等到举杯饮酒点节目时,封舜卿点道:"请演奏《麦秀两歧》。"乐手们愕然相顾,说:"没有听说过这个曲子,请以其他类似的曲子代替。"封舜卿摇摇头说:"不行。"又喊道:"《麦秀两歧》。"乐手们手足无措。主人由羞愧而生怒,于是杖责了乐手的领班。宴会不得不暂停,过了一会儿,又端起酒杯,封舜卿仍喊道:"《麦秀两歧》。"既然听不到这支曲子,他便把乐手们叫到跟前斥道:"你们虽然是山民,可也该听说过大梁朝的音律吧!"全州人都觉得很羞耻。接着封舜卿来到汉中,这里的乐人们已经知道全州发生的事,都很担忧。到了宴会,封舜卿又点道:"《麦秀两歧》。"这次也像在全州的宴席上,喊了三次没有动静。此时乐手领班王新走到殿前道:"请求侍郎大概地给我们唱一遍。"封舜卿一遍还没唱完,乐手们就已经可以演奏了。因而人们大喜,他们一直演奏这支曲子,到宴席终了也没更换。乐手们对长官道:"这是大梁朝新改编的曲子,西蜀之地也没有,请把曲谱抄录一本。"很快传入蜀地,并详细讲了发生在两州的事。等封舜卿来到蜀地,一切都已布置好。先演过参军戏后,长时间地在殿前演奏起《麦秀两歧》,并设置了割麦的道具,领来数十名贫困百姓,身着破旧衣裳,携男抱女,提着筐簏而拾麦,并随着乐曲齐声歌唱,那歌词很凄楚,表达出极为贫苦之意,让人不喜欢听。封舜卿观看时,面如土色,自始至终没有一句话。愧憾而返,回梁朝复命。路经梁、汉、安、康等地,不敢再说"两歧"的事情。蜀人都讥笑他。出自《王氏见闻》。

姚 洎

唐朝裴廷裕,字庸余,乾宁年间在内庭为官,文思敏捷,绰号"下水船"。后梁太祖受禅接替皇位后,姚洎为学士,有一次闲聊,太祖问到裴廷裕的品行,姚洎回答道:"近年被降职,如今听说寄住衡阳、永州一带。"太祖又问道:"听说这个人才思非常敏捷。"姚洎道:"他之前在翰林院,绰号叫'下水船'。"太祖应声

谓洎曰："卿便是'上水船'也。"洎微笑，深有惭色。议者以洎为"急滩头上水船"也。出《摭言》。

李台瑕

伪蜀韩昭仕王氏为礼部尚书，丽文殿大学士。粗有文章，至于琴棋书算射法，悉皆涉猎，以此承恩于后主。朝士李台瑕曰："韩八座之艺，如拆袜线，无一条长。"时人韪之。出《北梦琐言》。

织锦人

唐卢氏子不中第，徒步及都城门东。其日风寒甚，且投逆旅。俄有一人续至，附火良久，忽吟诗曰："学织缭绫功未多，乱投机杼错抛梭。莫教宫锦行家见，把此文章笑杀他。"又云："如今不重文章事，莫把文章夸向人。"卢愕然，忆是白居易诗，因问姓名。曰："姓李，世织绫锦。离乱前，属东都官锦坊织宫锦巧儿，以薄艺投本行。皆云：'如今花样，与前不同。'不谓伎俩儿以文彩求售者，不重于世，且东归去。"出《卢氏杂说》。

李主簿

唐方干姿态山野，且又兔缺，然性好凌侮人。有龙丘李主簿者，不知何许人也，偶于知闻处见干，而与之传杯。龙丘目有翳，干改令以讥之曰："干改令，诸人象令主。措大吃酒点盐，军将吃酒点酱，只见门外著篱，未见眼中安障。"

对姚洎回复道："如此你便是'上水船'。"姚洎虽在微笑，实际上深带愧色。后来议论的人都把姚洎称作"急滩头上水船"。出自《摭言》。

李台瑕

伪蜀国的韩昭，做了王氏朝廷的礼部尚书，丽文殿大学士。他也能粗略地写几篇文章，至于琴棋书算射法等，也都有所涉猎，也正是以此受到后主的恩惠。朝士李台瑕道："韩八座的技艺，就像拆下的破袜子线，没有一条是长的。"当时人们都觉得说得很对。出自《北梦琐言》。

织锦人

唐朝时，有个姓卢的人应试未中，便徒步到了京都城门以东。那一天天气十分寒冷，只好去投宿住店。不一会儿，又有一人到来，那人烤了一会儿火，忽然吟起诗来："学织缭绫功未多，乱投机杼错抛梭。莫教宫锦行家见，把此文章笑杀他。"又吟道："如今不重文章事，莫把文章夸向人。"卢氏很惊讶，记忆中好像是白居易的诗，于是就问他的姓名。那人道："我姓李，世代织绫锦。遭乱之前，是东都洛阳官锦坊织宫锦巧儿，我以浅薄的手艺来投奔同行。人们都说：'如今的花样，与从前不同了。'不讲技能而只以色彩艳丽向外兜售，已被世间看重了。将要向东归去。"出自《卢氏杂说》。

李主簿

唐代人方干，长相非常粗野，并且上唇纵裂，还是个豁嘴，可是他很喜好羞辱别人。有一个主簿叫李龙丘，不知道是什么地方的人，偶然在一个相识的人的家里与方干相见认识，并在那里喝酒游戏。李龙丘眼睛有毛病，方干便想以改令的方式讽刺他，他说："我先出令，每个人必须改令主的句子。措大（对读书人的贬称）吃酒点盐，军将吃酒点酱，只见门外著篱，未见眼中安障。"

龙丘答曰："措大吃酒点盐，下人吃酒点鲊，干嗜鲊。只见半臂著襕，未见口唇开跨。"一座大笑。出《摭言》。

陈癞子

唐营丘有豪民姓陈，藏镪巨万，染大风疾，众目之为陈癞子。自奉之道，则不薄矣，然切讳癞字。家人妻孥，或误言者，则必遭怒，或至笞棰。宾客或言所苦减退，则酒食延待，优丰甚至。言增添，则白眼相顾耳。有游客，心利所沾，而不能禁其口，遂谒之。初谓曰："足下之疾，近日尤减。"陈亦欣然，命酒馔延接，乃赉五缗。客将起，又问之曰："某疾果退否？"客曰："此亦添减病。"曰："何谓也？"客曰："添者面上添肉渤沤子，减者减却鼻孔。"长揖而去。数日不怿。又每年五月，值生辰，颇有破费。召僧道启斋筵，伶伦百戏毕备。斋罢，伶伦赠钱数万。时有颖者何岸，高不敏见，既去复入，谓曰："蒙君厚惠，感荷奚言，然某偶忆短李相公诗，落句一联，深叶主人盛德也。"陈曰："试诵之。"时陈君处于中堂，坐碧纱帏中，左右侍立，执轻篓白帚者数辈。伶伦曰："诗云：'三十年来陈癞子，如今始得碧纱幪。'"遭大诟而去。出《玉堂闲话》。

患目鼻人

一人患眼侧睛及翳，一人患齆鼻。俱以《千字文》作诗相咏。齆鼻人先咏侧眼人云："眼能日月盈，为有陈根委。"患眼人续下句："不别似兰斯，都由雁门紫。"出《启颜录》。

龙丘对道:"措大吃酒点盐,下人吃酒点鲊,方干爱吃鲊肉。只见半臂著裲,未见口唇开跨。"在座的人大笑。_{出自《撰言》。}

陈癫子

唐朝时营丘有一个姓陈的豪富,家中藏钱万贯,但染上大风病,人们都叫他陈癫子。他自己的生活享用,是很优裕的,但是切忌一个癫字。家人妻小如有人失言,一定会遭到怒斥,有人甚至遭到鞭打。宾客中如果有人说他所苦恼的地方在减退,他便以酒饭款待,酒肴丰盛。如果说增添了,他则以白眼相看。有一位游客,由于利欲熏心,便去拜访他,但是又不能严格地管住自己的嘴。一开始他对陈说:"你的疮,近来有减。"陈十分高兴,命人以美酒佳肴盛待,并送钱五缗。后来这位客人要走了,陈又问他道:"我的疮果然减退了吗?"那客人道:"这也叫添减病。"陈又问道:"是何原因呢?"客人道:"添,就是脸上添肉渤沤子疮;减,有一天会减去鼻子。"说完拱手长揖而去。陈听后好长时间心中不悦。还有每年的五月,遇到他的生日时,也有很大破费。他要请僧道来吃斋宴,而且歌舞百戏也都要齐备。开斋之后,赠送给表演的伶人们数万钱。当时有说笑话的何岸、高不敏求见,出去后又返回来,说道:"承蒙你的厚惠,感激之情难以言表,我偶然想起李相公一首诗,那落句的一联,很适合您的高尚德行。"陈接着道:"请尝试吟诵一下。"当时陈君处于中堂,坐于碧纱围帐之中,身边有好几个站在一旁,手拿轻扇和扫帚的人。伶人说:"诗说:'三十年来陈癫子,如今始得碧纱幪。'"这两人遭到一顿大骂后离去。_{出自《玉堂闲话》。}

患目鼻人

一个人患有眼病,眼珠向一侧眼角斜且被遮住;一个人患有鼻塞病。俩人以《千字文》体作诗相互嘲戏对方。塞鼻人先咏斜眼人道:"眼能日月盈,为有陈根委。"斜眼人续下句道:"不别似兰斯,都由雁门紫。"出自《启颜录》。

伛 人

有人患腰曲伛偻，常低头而行。傍人咏之曰："拄杖欲似乃，播筊便似及。逆风荡雨行，面干顶额湿。著衣床上坐，肚缓脊皮急。城门尔许高，故自匍匐入。"出《启颜录》。

田 媪

唐京城中，有妇人姓田，年老，口无齿。与男娶同坊人张氏女。张因节日盛馔，召田母饮啖，及相送出，主人母云："惭愧，无所啖嚼，遣亲家母空口来空口去。"如此者数矣，田终不悟。归语夫曰："张家母唤我，大有饮食，临别即云：'惭愧，亲家母空口来空口去。'不知何也？"夫曰："此是弄君无齿。张家母面上有疮瘢，眼下皮急，极沾眠，若更有此语，可报云：'只是眼下急。'"田私记之。居数日，张复召田，临起复云："惭愧，空口来空口去。"田母乃熟视主人母眼，良久忘却"眼下急"，直云："是眼皮沾眠。"合家大笑。出《启颜录》。

伛　人

有一个人患了腰弯伛偻病，因而走路时常常是低着头。有人便编成歌谣咏道："拄杖欲似乃，播笏便似及。逆风荡雨行，面干顶额湿。著衣床上坐，肚缓脊皮急。城门尔许高，故自匍匐入。"出自《启颜录》。

田　媪

唐朝时，京城里有个妇人姓田，年岁已老，口中没了牙。她给儿子娶了同坊张氏的女儿做媳妇。张氏因节日做好吃的，便把田老太太找来饮酒吃饭，等到送她回去的时候，张氏道："真不好意思呀，也没有什么好吃的，让亲家母空口来空口去。"这样的话已经说过好几次了，田老太太始终没有醒悟过来。回来后对丈夫说："张老太太把我叫过去，本来准备的吃喝又好又多，可是临别却说：'不好意思呀，让亲家母空口来空口去。'不知是啥意思？"丈夫说："这是戏弄你无齿。张老太太脸上有疮疤，眼下皮急（紧），极沾眯（沾了很多眼屎），若是再有那样的话，你可报复她说，'只是眼下急'。"田老太太默默记下。又过了几天，张氏又叫田老太太过去吃饭，临走时又说："不好意思呀，又让你空口来空口去了。"田老太太盯着张氏的眼睛，过了好长时间，竟忘了"眼下急"，脱口而出："是眼皮沾眯。"全家人都大笑。出自《启颜录》。